Ins Gras gebissen

Pippa Bolle, ganz persönlich

An mir selbst gefällt mir besonders ...
   ... *meine Spürnase*

Die seltsamste Sache, die ich je erlebt habe ...
   ... *ist, dass ich erfunden wurde*

Mein Lieblingssport ist ...
   ... *Power-Lesen, und zwar als Profi in der Champions League*

Welche Fähigkeiten hätten Sie gern?
   ... *Ein fotografisches Gedächtnis*

Mein bisher unerfüllter Traum ist es ...
   ... *von den Damen Auerbach & Keller nach Italien geschickt zu werden*

Drei Dinge, die ich auf eine einsame Insel mitnehme:
   ein Boot, eine Hängematte und Shakespeares gesammelte Werke – erst lesen, dann gemütlich wieder nach Hause schippern

Welche Lehre ziehen Sie aus Ihren bisherigen Fällen?
   ... *Mörder sind ganz normale Menschen – das macht sie so unberechenbar ... und gefährlich*

Mir fehlt im Leben ...
   ... *die Möglichkeit, ein Haustier zu halten – mein anhänglicher Bruder ist einfach kein Ersatz*

Von den Autorinnen sind in unserem Hause bereits erschienen:

Unter allen Beeten ist Ruh'
Dinner for one, murder for two
Tote Fische beißen nicht

Auerbach & Keller

Ins Gras gebissen

Ein neuer Fall für Pippa Bolle

List Taschenbuch

Besuchen Sie uns im Internet:
www.list-taschenbuch.de

Originalausgabe im List Taschenbuch
List ist ein Verlag der Ullstein Buchverlage GmbH, Berlin.
1. Auflage Juli 2013
© Ullstein Buchverlag GmbH, Berlin 2013
Umschlaggestaltung: bürosüd° GmbH, München
Titelabbildung: © Illustration von Gerhard Glück
Satz: LVD GmbH, Berlin
Gesetzt aus der Sabon
Papier: Holmen Paper Hallsta, Hallstavik, Schweden
Druck und Bindearbeiten: CPI – Clausen & Bosse, Leck
Printed in Germany
ISBN 978-3-548-61090-0

Für
Berti und Fritz,
Hilda und Erich
und alle unsere Freunde und Verwandten
in der Altmark, besonders, wenn sie Wegner heißen:
Dank euch scheint immer die Sonne,
auch durch die Wolken.

Personenliste

Pippa Bolle	fährt in Zukunft doppelgleisig und lässt sich auch von Morden nicht aus der Bahn werfen.
Sven Wittig	Pippas Webmaster, geht lieber auf Reisen.
Tatjana Remmertshausen	gelingt es hervorragend, Pippa zu vertreten.
Freddy Bolle	verliebter kleiner Bruder
Hetty Wilcox	Pippas Großmutter, weiß stets guten Rat.
Karin Wittig	Pippas beste Freundin, hat immer ein offenes Ohr.
Ede Glassbrenner	Pippas Nachbar, hält selten den Mund.
Christabel Gerstenknecht	ist älter als ihr Gartenzwergimperium und läuft und läuft und läuft.
Severin Lüttmann jr.	Christabels Stiefsohn, liebt Hunde mehr als (fast) alles andere.
Melitta Wiek	Christabels Haushälterin, versteckt sich hinter dem Mond.
Florian Wiek	Melittas Sohn, hat gute Lungen und ein schlechtes Gewissen.
Unayok, Tuktu und Tuwawi	vierbeinige Lebens- und Seelenretter, wollen nur spielen …
Julius Leneke	ewiges Kind, vom Leben gebeutelt

Dr. med. Maik Wegner	junger Landarzt mit großem »Allgemeinwissen«
Harry Bornwasser	Gerichtsvollzieher, kriegte den Hals nie voll.
Der alte Heinrich	Spökenkieker, weiß alles, spricht aber in Rätseln.
Waltraut Heslich	hat Karten gespielt und haushoch verloren.
Vitus Lohmeyer	Gartenzwergkonstrukteur, inspiriert
Olaf Bartels	Gartenzwergdesigner, meist uninspiriert
Maximilian Hollweg	Betriebsleiter der Zwerge und mit Zipfelmütze ein Riese
Mandy Elise Klöppel	vielgeliebte Heimarbeiterin, flexibel einsetzbar
Lucie Klöppel	Mandys Tochter, Pilz auf zwei Beinen
Zacharias Biberberg	Bürgermeister von Storchentramm, willensstark und sehr von sich überzeugt
Thaddäus Biberberg	Bürgermeister von Storchhenningen, überzeugt, dass die Willenskraft seines Bruders auch ihn stärkt.
Gabriele Pallkötter	Jugendamtsleiterin und selbsternannte moralische Instanz
Hilda Krause	Koryphäe für den richtigen Dreh von Baumkuchenwalzen
Josef Krause	hinterlässt nicht nur in Storchwinkel Spuren.
Prof. Gregor Meissner	fädelt ein, bleibt aber im Hintergrund.

Daria Dornbier	extravagante Alibiverwandte der Bürgermeister-Brüder
Timo Albrecht	fährt Bücherbus und kennt die Gerüchteküche.
Anett Wisswedel	findet den größten Gartenzwerg der Welt.
Sebastian Brusche	investigativer Lokal-Paparazzo
Paul-Friedrich Seeger	Der Kommissar und sein letzter Fall
Christian Hartung	Der Kommissar und sein erster Fall
Severin Lüttmann sen.	Christabels verstorbener Gatte und Firmengründer
Eva Lüttmann	Christabels Vorgängerin, starb vor vielen Jahren und spielt noch immer eine Rolle.
Martha Subroweit, Ernie Wisswedel, Beate Leising, Erich, Hermann und viele andere	Storchwinkels dörfliches Rückgrat

Prolog

Mit weit geöffnetem Mund lag der Tote unter dem Zapfhahn des größten Bierfasses, aus dem immer noch Reste des Inhalts tröpfelten. Das Bier lief ihm übers Gesicht und vereinigte sich auf der Wange mit Blut aus einer hässlichen Stirnwunde. Das Rinnsal suchte sich den Weg auf den Steinfußboden und bildete dort eine übelriechende Pfütze aus Alkohol und Schmutz. Irgendwo in dem Labyrinth aus Getränkekisten, Gerümpel und weiteren Fässern fiel ein steter Tropfen auf blankes Blech und spielte zur düsteren Szenerie eine nervtötende Melodie.

Kriminalhauptkommissar Paul-Friedrich Seeger sah hinab auf die Bescherung zu seinen Füßen.

Wunderbar, dachte er, nur noch einen Monat bis zu meiner Pensionierung, und ich stehe im verdreckten Keller eines Dorfkrugs vor einer Leiche – und nicht nur vor irgendeiner Leiche, sondern vor der von Gerichtsvollzieher Harry Bornwasser, Storchwinkels persönlicher Heimsuchung.

Seeger blickte sich nach seinem Kollegen um. Kriminaloberkommissar Christian Hartung sprang geschickt über die stinkende Lache aus Blut und Bier, sorgfältig darauf bedacht, sich weder die blankpolierten Schuhe noch die Aufschläge seiner Anzughose zu beschmutzen. Im Sturmschritt lief er zur Kellertreppe.

Dem ist es ernst mit der Beförderung, dachte Seeger.

Christian Hartung schob zwei Personen die Stufen hinauf: einen etwas linkischen Mann um die vierzig, der es eilig hatte, vom Ort des Geschehens wegzukommen, und eine angenehm weiblich wirkende Frau gleichen Alters, die den Kellerraum sichtlich ungern verließ. Oben an der Kellertür drängten sich Neugierige und versperrten ihnen den Weg. Hartung warf Seeger einen ratlosen Blick zu, aber dieser zuckte nur mit den Schultern.

Er wandte sich von der Leiche ab und ging mitten durch die Brühe auf eine alte Dame zu, die so elegant auf einem Stapel Bierkisten neben der Treppe thronte, als säße sie auf einem Sessel in der Lobby eines Fünf-Sterne-Hotels. Sie trug Jeans und einen Kaschmirpullover, der farblich auf ihre Handschuhe und den Seidenschal abgestimmt war. Eine stabile Gehhilfe mit vier Gummifüßen lag über ihren Knien. Wie eine Sphinx ruhte neben ihr ein mächtiger Malamut, den der Kommissar eher vor einem Schlitten in Alaska als in einer Dorfschänke mitten in der Altmark erwartet hätte. Herrin und Hund sahen den Kommissar gelassen an, beide aus eisblauen Augen von exakt derselben Farbe.

Als könnte sie Seegers Gedanken lesen, sagte die alte Dame plötzlich: »Niemand hat ihn angerührt.« Ihr Blick wanderte zum tropfenden Hahn im Spundloch des Fasses. »Wir haben nicht einmal den Hahn zugedreht. Wäre ohnehin zu spät gewesen. Bornwasser war schon tot.«

»Sie haben den Toten gefunden, Frau Gerstenknecht?«, fragte Seeger freundlich und zückte sein Notizbuch.

Die alte Dame schüttelte den Kopf. »Das war Severin. Mein Stiefsohn, Severin Lüttmann.«

Sie hob ihre vierfüßige Gehhilfe und stieß sie gegen die Wade des Mannes auf der Treppe, der noch immer versuchte, sich an den Gaffern vorbeizudrängen. »Severin, komm her. Und Sie auch, Melitta!«

Christabel Gerstenknecht machte eine ungeduldige Handbewegung, und ihr Stiefsohn und die Frau in seiner Begleitung kamen die Stufen wieder herunter. Christian Hartung wollte sie aufhalten, aber ein Blick Seegers stoppte ihn.

Selbst im Halbdunkel des Kellers wirkte Severin Lüttmann kreidebleich. Er vermied es angestrengt, der Leiche zu nahe zu kommen oder in ihre Richtung zu blicken.

»Severin, berichte!«, befahl die alte Dame in einem Ton, der jeden Widerspruch ausschloss. »Aber der Reihe nach. Und verständlich.« Sie begann, ihre langen Handschuhe sorgfältig und konzentriert glattzuziehen, bis sie zu den Ellbogen reichten.

Feinstes Ziegenleder, dachte Seeger, handgenäht. Die sitzen wie eine zweite Haut – aber wieso trägt sie die im Haus? Als Schutz vor Druckstellen durch die Gehhilfe?

»Ich kam runter, die Kellertreppe, meine ich.« Severin Lüttmann stellte sich neben die alte Dame. Er sprach mehr zu ihr als zu Seeger. »Und da lag er. Harry Bornwasser, meine ich. Ich dachte noch, wo will der denn den Kuckuck hinkleben? Unter das Fass? Aber dann habe ich gesehen, dass der Kuckuck schon neben dem Zapfhahn klebte und dass der Bornwasser ein bisschen zu ruhig dalag. Und da bin ich ganz schnell wieder nach oben und …«

»Wir waren mit Gerichtsvollzieher Bornwasser in der Schankstube verabredet«, fiel Christabel Gerstenknecht ihrem Stiefsohn ins Wort. »Wir wollten ihm ins Gewissen reden. Für den Fall, dass er sich nicht verhandlungsbereit zeigte, wollten wir die Fässer auslösen.«

Seeger zog die Augenbrauen hoch, und wieder beantwortete Christabel seine Frage, bevor er sie stellen konnte.

»Ganz richtig«, sagte sie. »Wir wollten die Schulden des Wirts bezahlen.«

Seeger wusste, dass er sein »Wieso das denn?« nicht aussprechen musste, tat es aber, um sich das Zepter nicht völlig aus der Hand nehmen zu lassen.

»Ich bin schuld an seiner misslichen Lage«, sagte Christabel, und Seeger registrierte den Stolz in ihrer Stimme. Ehe er auf ihre Auskunft reagieren konnte, kam Christian Hartung die Kellertreppe herunter. Er hatte es endlich geschafft, die Tür zu schließen und die Neugierigen auszusperren.

Breitbeinig und mit vor der Brust verschränkten Armen baute er sich vor der alten Dame auf, blitzte sie aus schmalen Augen an und schnarrte: »Ach ja? Sie sind schuld? Und wieso das?«

Christabel Gerstenknecht zuckte nicht mit der Wimper, als sie eisig erwiderte: »Wenn der Kuchen redet, haben die Krümel Pause, junger Mann.« Sie wandte sich der Frau zu, die hinter Severin Lüttmann stand. »Melitta, helfen Sie mir hoch. Ich möchte gehen.«

Sowohl die Angesprochene als auch Severin Lüttmann bemühten sich sofort um Christabel. Auch Seeger und Hartung machten instinktiv einen Schritt auf sie zu. Weiter kamen sie nicht, denn der Hund sprang auf und fixierte sie so drohend, dass die Beamten zu Salzsäulen erstarrten.

»Unayok. Ruhig«, sagte die alte Dame leise.

Das Tier setzte sich wieder, blieb aber aufmerksam.

Phantastisch abgerichtet, dachte Seeger beeindruckt, und das gilt nicht nur für den Hund. Die menschlichen Satelliten der Lady wissen genau, was ihnen blüht, wenn sie ohne Erlaubnis ihre Umlaufbahn verlassen. Wie hat sie das geschafft? Und ließe sich diese Methode auch auf Kollegen wie Hartung anwenden?

»Bevor Sie gehen, Frau Gerstenknecht, dürfen Sie uns noch unsere Frage beantworten«, erinnerte Seeger freundlich. »Sie wollten die Fässer also aufkaufen, weil Sie ein schlechtes Gewissen haben. Wieso?«

Christabel Gerstenknecht lächelte anerkennend, als würde ein alter Hase den anderen als ebenbürtig akzeptieren. »Ich lasse mir von meinen Mitarbeitern unterschreiben, dass sie vierundzwanzig Stunden vor Arbeitsbeginn keinen Alkohol mehr trinken. Ich will nicht, dass sie in die Maschinen oder die Brennöfen geraten. Und beim Malen brauchen sie eine absolut ruhige Hand. Für die Arbeit bei *Lüttmanns Lütte Lüd* muss man einen klaren Kopf haben«, erklärte sie selbstbewusst.

»Diese Vereinbarung lässt höchstens noch ein paar Bierchen am Samstagabend zu. Wer seinen Arbeitsplatz behalten will, hält sich daran. Das hat den Umsatz des Storchenkrugs mehr als halbiert«, fügte Severin Lüttmann hinzu. »Von der Tränke der gesamten Nachbarschaft zum Trockendock der Region, so etwas kann auch der beste Wirt nicht wegstecken.« Er zuckte zusammen, als ihn der Blick seiner Stiefmutter wie eine Speerspitze traf, und sah verlegen zu Boden.

»Arbeiten denn alle Leute der Umgebung für Sie?«, fragte Christian Hartung erstaunt.

»Es gibt weit und breit keine andere Fabrik als *Lüttmanns Lütte Lüd*«, sagte Christabel. »Fast jeder im Storchendreieck arbeitet für mich. Als Heimarbeiter oder im Werk.«

Sie *weiß*, sie ist der Chef im Ring, dachte Seeger, und das merkt man ihr auch an. Aber in welcher Fabrik lassen sich Mitarbeiter auf eine solche Regelung ein? Er zuckte leicht zusammen, als die zierliche, aber unbeugsame Frau erneut seine Gedanken las und beantwortete.

»Wir fertigen Gartenzwerge«, sagte Christabel, »unser Schlager sind Nachbildungen stolzer Gartenbesitzer. Maßstabsgetreu und lebensecht.« Sie warf Hartung einen amüsierten Blick zu. »Gern auch für den Schreibtisch. Unauffälliger als Spiegel.«

Seeger verkniff sich ein Grinsen, als er die Gesichtszüge seines Kollegen entgleisen sah. Dann fragte er die alte Dame: »Wer wusste, dass Sie die Schulden des Storchenkrugs tilgen wollten?«

»Nur Melitta, mein Stiefsohn, der Wirt und ich.«

Christian Hartung hatte sich wieder gefasst und beschloss, polizeiliche Professionalität zu demonstrieren. Er deutete auf den toten Gerichtsvollzieher und resümierte: »Damit ist der Wirt von jedem Verdacht entlastet. Er hatte kein Motiv, den Gerichtsvollzieher zu töten; er wäre am Ende des Tages schuldenfrei gewesen.«

Christabel Gerstenknecht signalisierte ihr Einverständnis zu Hartungs Ausführungen mit einem huldvollen Nicken. Paul-Friedrich Seeger ließ seinen Kollegen weiterreden, behielt dabei aber die drei anwesenden Dorfbewohner aufmerksam im Blick.

»Wir haben es also mit einem höchst bizarren Unglücksfall zu tun«, fuhr Hartung fort. »Der Mann hat sich unter das Fass gelegt, um das Bier zu probieren, das er beschlagnahmen wollte. Leider überschätzte er sein ... Fassungsvermögen. Betrunken, wie er war, wollte er wieder hochkommen, stieß mit der Stirn gegen den eisernen Zapfhahn, prallte zurück und fiel mit dem Kopf auf den Steinfußboden. Bewusstlos lag er da, wie ein Käfer auf dem Rücken. Das Bier ist immer weiter in seinen offenen Mund gelaufen, und so ist er schlicht ... *ertrunken*. Das nenne ich mal einen ungewöhnlichen Abgang. So etwas hat die Welt noch nicht gesehen.«

»Unsinn, junger Mann!« Christabel Gerstenknecht sah Christian Hartung an, als wäre er ein Grundschüler und hätte entscheidende Teile des Abc nicht begriffen. »Sie sollten Ihre politische Bildung verfeinern. Wichtig in Ihrem Job. Was hier passiert ist, nennt sich Water...«, Christabel Gerstenknecht hielt einen Moment inne, »*Beer*boarding – in diesem Falle selbstverschuldet.« Sie machte eine Pause, strich noch einmal ihre Handschuhe glatt und sah dann wie Seeger und Hartung auf den Toten hinunter. »Bei diesem Kerl kein Wunder – er konnte den Hals nie vollkriegen.«

Kapitel 1

»Und? Wie soll dein Baby heißen?« Hetty Wilcox lehnte sich vor und sah ihre Enkelin gespannt an.

»Wenn ich das wüsste! Ich finde einfach nichts Passendes!«

Pippa Bolle blieb auf ihrem ziellosen Rundgang vom Fenster zum Schreibtisch und retour vor einem vollgestopften Bücherregal stehen und starrte auf die Buchrücken, als suchte sie dort nach Erleuchtung.

»Bolle«, murmelte sie und drehte sich zu ihrer Großmutter um. »Alles in Kombination mit meinem Nachnamen klingt so ... so ... *berlinerisch*!«

Hetty Wilcox schüttelte amüsiert den Kopf. »Und natürlich willst du etwas Internationales, nicht wahr? Etwas, das in vielen Sprachen gut klingt.«

»Ganz genau. Es soll sofort in Erinnerung bleiben. Einfach, aber einprägsam«, bestätigte Pippa. »Karin, hast du keine Idee?«

»Du fragst meine Mutter?«, fragte Sven Wittig entsetzt. »Na klasse, dann kann das hier ja dauern.« Er blickte vom Computer auf, an dem er gerade arbeitete. »Ich hab nicht ewig Zeit. Ich muss noch Mathe üben.«

»O ja? Mit wem denn diesmal? Blond oder braun?«, gab Karin Wittig zurück.

»Mutti!« Sven runzelte empört die Stirn und wandte sich wieder dem Monitor zu. Pippa sah über seine Schulter hinweg zu, wie er verschiedene Graphiken und Farbzusammenstellungen ausprobierte. »Hast du Abel schon mal gefragt, Dear?«, fragte Hetty. »Er hat doch immer so gute Ideen.«

»Und wenn ich das richtig sehe, würden wir ohne ihn gar nicht hier sitzen«, sagte Karin. »Immerhin hat er dich ermuntert ...«

»Aber ich bin es, die mit der Entscheidung leben muss – nicht Abel«, unterbrach Pippa ihre beste Freundin.

Sven wandte sich erstaunt zu Pippa um. »Ich dachte, er ist mit von der Partie.«

»Schon, aber nicht vor dem Herbst. Den ganzen Sommer ist im Freibad der Teufel los, da hat ein Bademeister keine Zeit für Extratouren«, antwortete Pippa. »Er macht mit, sobald er eine Überbrückung bis zur nächsten Saison braucht.«

»Du hast so einen schönen Vornamen, Pippa«, schaltete Hetty sich wieder ein. »Einfach und doch unverwechselbar. Nimm doch einfach den.«

»Es muss noch nichts Endgültiges sein«, erklärte Sven ungeduldig und schielte auf seine Armbanduhr. »Ich habe jetzt das Grundgerüst deiner Homepage erstellt und setze für den Namen erst einmal einen Platzhalter ein. Wir können ihn ändern, sobald ihr euch entschieden habt. Wie wäre es mit *www.pippas-haushüter-dienste.de*? Oder kurz und knackig: *www.p-h-d.com*?«

Hetty kicherte. »Das lockt zumindest jede Menge englischsprachige Intellektuelle an.«

»Wieso das denn?« Sven sah die alte Dame fragend an.

»Weil *PhD* in meiner Heimat die Bezeichnung für den wissenschaftlichen Doktorgrad ist«, erklärte Hetty.

»Nicht schlecht. Das macht einen seriösen Eindruck – und Tante Pippa kann gleich etwas mehr Geld verlangen«, bemerkte Sven anerkennend und pflegte den Namen in die Homepage ein. »Das Wichtigste ist jetzt, dass du Informationen zusammenträgst, die du auf deiner Seite präsentieren willst. Wie sieht dein Service aus, was bietest du an, was kosten deine Dienstleistungen? Und auf deiner Vorstellungsseite solltest du unbedingt erwähnen, dass du Übersetzerin bist und nicht nur Deutsch, sondern auch fließend Englisch und Italienisch sprichst. Es ist wichtig, dass ...«

Ohrenbetäubender Lärm aus dem Hinterhof unterbrach ihn.

»Irgendwann nehme ich ihm diese verdammte Vuvuzela weg und schmeiße sie in den Müll«, fauchte Karin. »Wie kann ein Mensch nur so faul sein? Auch wenn ihr bisher Tür an Tür gewohnt habt: Dein Bruder sollte sich allmählich daran gewöhnen, ein paar Treppen zu steigen, wenn er etwas von dir will, Pippa. Der dritte Stock ist schließlich nicht der Fernsehturm.«

Pippa lachte. »Freddy ist eben ein Gewohnheitstier. Aber wenn er wüsste, dass wir hier oben Tee und Kuchen haben ...«

Sie öffnete das Fenster und lehnte sich hinaus.

Freddy Bolle stand unten und schwenkte einen großen braunen Umschlag. »Post für dich, Schwesterherz! Lag in meinem Briefkasten«, brüllte er. »Lass mal den Korb herunter!«

Ein älterer Mann, der den Hof kehrte, unterbrach seine Tätigkeit und ging zu Freddy hinüber. Ohne einen Versuch zu machen, seine Neugier zu verbergen, studierte er eingehend das Kuvert.

»Korb kommt!«, rief Pippa Freddy zu und wandte sich dann an den Mann, der sich schwer auf seinen Besen stützte. »Noch Fragen zu meiner Post, Herr Glassbrenner? Vielleicht darf ich Sie bei dieser Gelegenheit bitten, Freddys Vuvuzela zu konfiszieren? Für immer!«

Sie drehte sich ins Zimmer um. »Auf diesen Brief habe ich gewartet«, sagte sie erfreut, »Professor Meissner hat einen Übersetzungsauftrag für mich.«

»Der Ornithologe mit den Haubentauchern?«, fragte Hetty. »Ich dachte, von denen hättest du die Nase voll.«

»Von den Haubentauchern – ja. Aber nicht von Professor Meissner und seinen lukrativen Aufträgen«, antwortete Pippa. Sie griff nach dem stabilen Einkaufskorb, der neben ihr auf dem Fußboden stand. »Diesmal werde ich mich in das Flug- und Brutverhalten von Störchen einarbeiten und ihnen einen italienischen Schliff verpassen.« Sie lächelte. »Was Sie schon immer über den Klapperstorch wissen wollten …«

Sie beugte sich wieder aus dem Fenster und ließ den Korb langsam an einem Seil hinunter.

Freddy hob die Arme, um ihn in Empfang zu nehmen, als sich die Tür zum Flur des Vorderhauses öffnete. Eine Frau in den Dreißigern betrat den Hof und sah sich suchend um. Freddy fror mitten in der Bewegung ein, als würde er mit einer Pistole bedroht, und staunte die attraktive Blondine wie verzaubert an. Ede Glassbrenner, ganz Kavalier alter Schule, machte vor der Schönheit eine schwungvolle Verbeugung, verschätzte sich allerdings und stieß mit dem Kinn unsanft gegen das Ende des Besenstiels.

Pippa schaffte es gerade noch, sich lautes Lachen zu verkneifen. »Tatjana! Hier oben! Dritter Stock Hinterhaus!«, rief sie und winkte mit der freien Hand. »Leider ohne Fahrstuhl!«

»Das sollte ich schaffen!«, rief Tatjana Remmertshausen fröhlich zurück.

»Det ist die Frau, die uff ältere Männer steht?«, entfuhr es Ede Glassbrenner. »Also nich nur schön, ooch kluch. Det haste selten.« Fatalerweise unterschätzte er die Akustik eines von hohen Mauern umschlossenen Berliner Hinterhofes: Seine Worte erreichten mühelos nicht nur Tatjana, die mit einem amüsierten Grinsen reagierte, sondern sogar Pippa im dritten Stock.

Freddy Bolle erwachte schlagartig aus seiner Betäubung und eilte zu Tatjana, wobei er beinahe über seine eigenen Füße stolperte. »Freddy Bolle. Ich begleite Sie gerne nach oben. Die Treppe ist überaus steil«, sagte er, als wäre der Aufgang der Transvaalstraße ein Kamin im Hochgebirge und er Bergführer mit Verantwortung für eine Seilschaft. »Hier entlang, bitte.«

Tatjana musterte Freddy und streckte ihm die Hand hin. »Sie sind also Pippas Bruder. Tatjana Remmertshausen. Nett, dass Sie mir den Aufstieg erleichtern wollen.« Sie zwinkerte ihm zu. »Falls wir unterwegs ein Basislager aufschlagen müssen, bin ich wenigstens nicht ganz alleine.«

Karin war neben Pippa ans Fenster getreten und verfolgte die Szene im Hof aufmerksam. »Das ist die legendäre Tatjana Remmertshausen?« Leise pfiff sie durch die Zähne. »Neben ihr wird jedes Topmodel zum Mauerblümchen. Wenn die sich euren Auftraggebern vorstellt, bleiben die glatt zu Hause, um ihr beim Haushüten zuzusehen. Und die will wirklich bei dir arbeiten?«

»Tatjana sucht eine Beschäftigung, die sie auf andere Gedanken bringt«, sagte Pippa. »Da sind häufige Ortswechsel durch das Haushüten genau das Richtige. Auf das Geld ist sie nicht angewiesen.«

Karin verstand. Sie wusste, dass Pippa seit ihrer Rückkehr nach Berlin vor zwei Jahren vergeblich um eine solide Existenz als Übersetzerin kämpfte. Der Haushüterservice sollte zu ihrer finanziellen Absicherung beitragen. Sieben lange Jahre hatte Freundin Pippa in Florenz gelebt, sich dann aber von ihrem untreuen italienischen Ehemann Leo getrennt und war zur Freude aller im Haus wieder in die Transvaalstraße 55 gezogen.

Karin lächelte vergnügt. »Das wird spannend. Diese Schönheit wird unseren Kiez ganz schön aufmischen. Freddy hat die Grazien aus dem zweiten Stock in diesem Moment vergessen.«

Pippa lachte über Karins Anspielung auf die Wohngemeinschaft aus ständig wechselnden Schauspielschülerinnen, in die ihr Bruder sich immer wieder glücklos verliebte, und schloss das Fenster.

Karin Wittig warf noch einen Blick in den Hof, aus dem Tatjana und Freddy inzwischen verschwunden waren. »Wo bleibt Abel? Wollte er heute nicht auch kommen? Er macht sich ganz schön rar, dafür, dass er dein ...«

»*Ein* sehr guter Freund ist«, fiel Pippa Karin ins Wort. »Nicht mehr und nicht weniger. Wie oft muss ich das noch erklären?«

»Ich mag den Mann, er hat Grips.« Hetty Wilcox lächelte unergründlich. »Er hat dich dazu gebracht, diese Haushüteragentur zu gründen. Er würde sich gut eignen, auch *dein* Haus zu hüten, Dear.«

Pippa stöhnte genervt. »Wollt ihr mich ärgern, oder kennt ihr die Bedeutung des Begriffes *Freund* wirklich nicht?«

»O doch, die kennen wir.« Karin zwinkerte der alten Dame zu. »Was uns stört, ist der Zusatz *guter*.«

Pippa schüttelte den Kopf und ging zur Wohnungstür, um ihre zukünftige Kollegin und ihren Bruder hereinzulassen.

Freddy hatte einen hochroten Kopf und japste wie nach einem Marathonlauf, während Tatjana frisch wie ein Frühlingsmorgen wirkte. Pippa begrüßte die beiden und führte sie in ihr Arbeitszimmer.

»Grandma, Karin, Sven – das ist Tatjana Remmertshausen. Wir haben uns im letzten Sommer in Frankreich kennengelernt. Sie wird mir in meiner neuen Agentur helfen ...«

»... hat aber zwei linke Hände«, vervollständigte Tatjana entwaffnend ehrlich den Satz und fügte hinzu: »Leider hat sie auch nichts Ordentliches gelernt und keinerlei Erfahrungen in was auch immer, außer darin, sich hübsch zurechtzumachen.«

»Das würde mir als Qualifikation vollkommen reichen«, hauchte Freddy.

Pippa überhörte die Bemerkung ihres Bruders. »Tatjana – das sind meine englische Großmutter, Hetty Wilcox, meine Freundin Karin und dort, am Computer, ihr Sohn Sven.«

Tatjana gab allen die Hand. Sven versuchte, lässig zu wirken, konnte sie aber nur stumm anhimmeln.

»Vielen Dank, Freddy«, fuhr Pippa fort und machte Anstalten, ihren Bruder aus der Tür zu schieben. »Du langweilst dich hier bestimmt.«

Aber dieser hatte bereits Platz genommen. Hungrig machte er sich über die Kuchen her und zeigte so, dass selbst eine Schönheit wie Tatjana seine Prioritätenliste nicht nachhaltig veränderte.

Während Pippa allen Tee einschenkte, sagte Hetty: »Ich finde es wunderbar, dass Sie meine Enkelin unterstützen wollen, Tatjana. Wenn sich erst einmal herumspricht, dass man beruhigt in den Urlaub oder auf Geschäftsreise fahren kann, während ihr Haus, Tiere und Pflanzen betreut, wird es sicher viele Anfragen geben.«

»Das hoffe ich sehr. Bedarf besteht ja auch in anderen Fällen«, erwiderte Tatjana. »Was ist zum Beispiel, wenn Sie allein leben und ins Krankenhaus oder zur Kur müssen? Nicht immer stehen Nachbarn zur Verfügung. Ich möchte Pippa unterstützen, sobald sie Anfragen bekommt, die sich zeitlich überlappen.«

»In der Anfangszeit Einsätze abzulehnen, wäre wirklich keine gute Werbung«, sagte Pippa. »Durch die Zeitungsannoncen sind bisher allerdings nur Kurzaufträge hereingekommen.« Sie deutete auf Sven am Schreibtisch. »Aber mein talentierter Patensohn wird uns einen Internetauftritt ins Netz stellen, der die Besucher unserer Homepage dazu bringt, umgehend einen Urlaub zu buchen und sämtliches Inventar vertrauensvoll in unsere Hände zu legen.«

Als Tatjana ihm ein anerkennendes Lächeln schenkte, errötete Sven und wehrte verlegen ab. »Aber das ist doch nichts, ich mache doch nur …«

»Nur?«, fiel Pippa ihm ins Wort. »Ohne deine Kreativität wäre ich verloren. Stell dein Licht nicht unter den Scheffel.« Sie wandte sich an Freddy, der mit vollen Backen kaute. »Hattest du nicht etwas für mich?«

»Hmpf«, machte Freddy und zeigte auf den Tisch.

Pippa öffnete das Kuvert. Neben der erwarteten Abhandlung über Weißstörche fand sich darin zu ihrem Erstaunen ein zweiter Umschlag, an dem ein Anschreiben des Professors festgeklammert war.

»Das gibt's doch nicht«, murmelte Pippa kopfschüttelnd, während sie die Zeilen des Ornithologen überflog.

»Schlechte Nachrichten?«, fragte Hetty Wilcox besorgt.

Pippa sah auf. »Ganz im Gegenteil! Hört euch das an: *Ich war so frei, Ihre Adresse an Christabel Gerstenknecht weiterzugeben, eine mir seit langem gut bekannte Dame. Frau Gerstenknecht ist 99 Jahre alt, geistig rege, aber ungern allein. Unglücklicherweise steht ihr das aber zum ersten Mal bevor, da sowohl ihre Haushälterin als auch ihr Stiefsohn demnächst gleichzeitig abwesend sein werden. Aus diesem Grund benötigt sie eine seriöse Gesellschafterin mit guten Manieren und Bildung. Natürlich dachte ich sofort an Sie, sehr verehrte Frau Bolle. Sollten Sie sich entscheiden, die Betreuung der alten Dame zu übernehmen, lassen Sie sich mit meinem Aufsatz ruhig Zeit, bis Sie zurück in Berlin sind.*«

»Sehr verehrte Frau Bolle!«, prustete Freddy und spuckte dabei ein paar Kuchenkrümel in den Raum.

Hetty warf ihm einen tadelnden Blick zu und sagte dann: »Wie reizend vom Herrn Professor, Pippa.«

»In dem zweiten Umschlag ist ein Schreiben von dieser Christabel Gerstenknecht an mich.« Pippa öffnete das schwere Bütten-Kuvert und zog einen eng beschriebenen Bogen heraus.

Wieder las sie zuerst für sich, bevor sie den anderen vorlas: »*Sehr geehrte Frau Bolle, auf Empfehlung meines guten Freundes Gregor Meissner wende ich mich mit einem Anliegen in persönlicher Sache an Sie. Ich benötige jemanden, der mich für zwei Wochen in meinem straffen Tagesplan unterstützt. Da mein Stiefsohn Severin verreisen wird, obliegt es mir, in meiner Manufaktur nach dem Rechten zu sehen. Dabei werden Sie mich begleiten. Ich wünsche zudem, dass Sie mir täglich vorlesen. Diese Aufgabe übernimmt normalerweise meine Haushälterin, die allerdings im gleichen Zeitraum ebenfalls nicht zur Verfügung steht. Des Weiteren lege ich Wert auf niveauvolle Konversation über aktuelle Themen. Von Gregor weiß ich um Ihr literarisches Interesse und Ihre tadellose Reputation, deshalb habe ich Sie ausgewählt. Sie finden anbei einen Scheck, der Ihnen die Zusage erleichtern wird, außerdem eine Zugfahrkarte, selbstverständlich erster Klasse, sowie alle nötigen Daten wie Termin und Adresse. Am Tag Ihrer Anreise werden Sie im Detail erfahren, worin Ihre Aufgaben bestehen. Ich freue mich, Sie in meinem Haus begrüßen zu dürfen, hochachtungsvoll ... Christabel Gerstenknecht.*«

Als Pippa geendet hatte, herrschte unter den Gästen in ihrem Arbeitszimmer einen Moment Schweigen. Dann sagte Karin perplex: »Diese Frau ist gewöhnt zu bekommen, was sie verlangt. Eine Absage zieht sie gar nicht in Betracht. Alle Achtung. Wo soll es denn hingehen?«

Pippa zog einen zweiten Bogen aus dem Kuvert. »Professor Meissner soll mich am Bahnhof in Wolfsburg abholen und zu Frau Gerstenknecht mitnehmen. Der Ort heißt Storchwinkel – nie gehört.«

»Aber ich!«, sagte Karin. »Das liegt in Sachsen-Anhalt, unweit der niedersächsischen Grenze. Storchwinkel ist ein Rundlingsdorf mitten in der Altmark.« Karin geriet ins Schwärmen. »Die Landschaft ist Erholung für die Seele: Caspar-David-Friedrich-Himmel über weiten Feldern, blitzblanke Dörfer und uralte Feldsteinkirchen.«

»Woher kennst du denn die Gegend?«, fragte Pippa.

Karin war in ihrem Element. »Wir haben da ein paarmal Urlaub gemacht: am Arendsee und im Naturpark Drömling – und irgendwo dazwischen liegt auch Storchwinkel. Übrigens auf Empfehlung eines Kleingartennachbarn auf Schreberwerder.«

Ehe Pippa nachfragen konnte, meldete Sven sich zu Wort: »Mama hat uns da mal auf eine Vogelstimmenwanderung gehetzt«, erzählte er und grinste. »Natürlich haben wir uns verlaufen. Meine Schwester war noch ganz klein und hat es nicht geschafft, über einen der unzähligen Wassergräben zu springen, als wir querfeldein zurück zur Straße wollten.«

»Ein Alptraum. Lisa war klatschnass und brüllte wie am Spieß.« Karin stöhnte in Erinnerung daran.

»Sie stank wie toter Fisch, und ihr ganzer Körper war mit diesem komischen grünen Algenzeugs überzogen«, erzählte Sven mit sichtlichem Vergnügen. »Sie wollte keinen Schritt mehr laufen. Wir haben am Straßenrand gehockt und gewartet, bis Papa uns mit dem Auto abgeholt hat.«

»Welche kulinarischen Spezialitäten gibt es denn in der Altmark?«, meldete Freddy sich mit seinem Lieblingsthema zu Wort. »Mir fällt nur Altmärkische Hochzeitssuppe ein. Und Tiegelbraten. Ein bisschen mager für so einen langen Aufenthalt. Ich würde den Auftrag ablehnen, Pippa.«

Aber Pippa hörte ihm nicht zu, denn sie hatte den Scheck gefunden. Fassungslos starrte sie auf die eingetragene Summe, dann blickte sie die anderen an. »Zweitausend Euro. Sie zahlt mir zweitausend Euro für zwei Wochen. Für ein bisschen Lesen und Konversation!«

»Dafür würde ich reden wie ein Wasserfall und mir einen eigenen Koch leisten«, rief Freddy begeistert. »Du nimmst natürlich an!«

»Natürlich nimmt sie an«, sagte Tatjana, »ich kann mich hier um alles andere kümmern.«

»Geht leider nicht.« Enttäuschung zeigte sich in Pippas Gesicht, als sie das gewünschte Anreisedatum entdeckte. »Ich soll am Mittwoch vor Ostern in Storchwinkel anfangen. Grandma – das ist genau die Zeit, in der ich dich und deine Seniorengruppe nach Paris begleite. Ich muss der alten Dame absagen.«

»Unsinn, du machst das«, widersprach Hetty Wilcox. »Die Reise schaffe ich auch allein. Viktor wird mir zur Seite stehen.«

»Mein Vater war zwar noch nie dort«, sagte Karin, »aber er kann wunderbar so tun, als ob.«

Tatjana hob die Hand wie für eine Wortmeldung in der Schule. »Paris? Da war ich schon oft, da kenne ich mich aus. Darf ich für dich einspringen? Ich bin sicher, ich verstehe mich super mit den älteren Herrschaften!«

»Eine wunderbare Idee, meine Liebe!« Hetty lächelte erfreut. »Ich nehme Ihr Angebot gerne an!«

Tatjana wickelt wirklich jeden um den Finger, dachte Pippa, nicht nur Sven und Freddy.

»Gibt es ein Mindestalter für diese Reise?«, erkundigte Freddy sich prompt.

Pippa zögerte, Tatjanas Vorschlag zuzustimmen. »Ich hätte die Gruppe umsonst begleitet, Tatjana, nur gegen Fahrtkosten und Verpflegung.«

»Immerhin, das ist doch schon etwas«, erwiderte Tatjana. »Mach dir keine Gedanken. Das wird mir Spaß machen.«

»Dann ist es beschlossene Sache«, sagte Hetty. »Tatjana begleitet uns nach Paris, und du fährst zu der hilflosen alten Dame, Pippa. Sie braucht dich viel nötiger als wir.«

»Ich fasse es nicht!«, rief Sven plötzlich. »Das müsst ihr euch angucken!«

Die anderen umringten ihn und schauten auf den Monitor, der die Homepage einer Firma namens *Lüttmanns Lütte Lüd* zeigte. Inhaberin: Christabel Gerstenknecht.

»Wisst ihr, was die herstellen? Und wen Tante Pippa jeden Tag besuchen darf? Das ratet ihr nie!« Sven klickte den Online-Shop an. »Gartenzwerge! Tausende von Gartenzwergen!«

Kapitel 2

Pippa fröstelte und sah ungeduldig auf ihre Armbanduhr. Elf Uhr achtunddreißig. Seit zwanzig Minuten stand sie auf dem Vorplatz des Wolfsburger Bahnhofs und wartete auf Professor Gregor Meissner. Bei jedem Wagen, der vorfuhr, hoffte Pippa auf ihren Abholer, aber es waren immer andere, die aus der unangenehmen Märzkälte in ein warmes Auto steigen durften.

Pippa schauderte. Zum wiederholten Mal beschlich sie das Gefühl, jemand starre sie an. Sie fuhr herum, konnte aber niemanden entdecken, der in ihre Richtung sah.

Wirklich, dachte Pippa und schüttelte über sich selbst den Kopf, ich werde noch paranoid. Wer sollte mich beobachten? Ich kenne hier niemanden – und niemand kennt mich.

Eine kalte Windböe fegte über den Bahnhofsvorplatz, und der Regen wurde stärker. Pippa zog ihre leichte Jacke enger um sich, merkte aber rasch, dass ihr dieses Kleidungsstück keinen Schutz gegen Kälte, Wind und Regen bot.

Das habe ich davon, dass ich beim ersten Treffen mit Madame Gerstenknecht schick aussehen wollte, dachte sie ärgerlich. Wo bleibt bloß mein Vogelprofessor?

Vor Kälte zitternd schleppte Pippa ihre beiden Stoffkoffer und die sperrige Hutschachtel unter das schützende Vordach des Bahnhofs. Kurz entschlossen zog sie den Reißverschluss des größeren Koffers auf.

»Elegant, aber leider an einer Lungenentzündung gestorben«, murmelte sie, während sie einen dicken, grobgestrickten Pullover heraussuchte. »Nicht mit mir!«

Sie verstaute die Jacke im Koffer und schlüpfte in das bunt geringelte Kleidungsstück, das ihr beinahe bis zu den Knien reichte. Dann öffnete sie die Hutschachtel und begutachtete kritisch die mitgebrachten Möglichkeiten, ihre roten Haare gegen das schlechte Wetter zu schützen. Pippa entschied sich für ein eng am Kopf anliegendes Modell aus rostrotem Filz, das sie tief in die Stirn zog. Zufrieden betrachtete sie ihr Spiegelbild in der gläsernen Eingangstür des Bahnhofs.

»Hiermit wurde der ehrenwerte Versuch der Verwandlung in eine elegante Gesellschafterin aufgrund höherer Gewalt und zugunsten der eigenen Gesundheit abgebrochen. Wir kehren zu wettergerechten und bequemen Pippawurzeln zurück«, sagte sie laut, und eine auffällig gekleidete Frau, die gerade vorbeiging, sah sie abschätzend an. Zu einem lackschwarzen Regenmantel trug sie Gummistiefel mit hohen Absätzen und einen Regenschirm mit Rüschen – beides in Leopardenmuster.

Spontan wollte Pippa sie auf die außergewöhnlichen Stiefel ansprechen, aber die junge Frau beschleunigte ihre Schritte. Menschen, die lautstarke Selbstgespräche führten, waren ihr offenbar suspekt.

Elf Uhr fünfzig. Pippa zog den Brief ihrer Auftraggeberin aus der Umhängetasche. Hatte sie sich vielleicht in der Zeit geirrt? Oder im Treffpunkt? Nein, da stand es: Professor Meissner sollte sie gegen halb zwölf am Haupteingang des Bahnhofs abholen und nach Storchwinkel chauffieren. Musste sie sich Sorgen machen, ob ihm etwas zugestoßen war? Unvermittelt war da wieder dieses Gefühl, beobachtet zu werden. Sie fuhr herum und sah sich selbst in die Augen.

Pippa, du wirst schrullig, dachte sie, aber bei einer Vorgeschichte von drei Aufträgen mit mörderischer Zugabe ist das wohl kein Wunder.

Sie holte ihr Handy aus der Tasche und wählte noch einmal die Nummer des Professors, und diesmal hob er ab. Bevor sie sich melden konnte, drang donnerndes Niesen aus dem Hörer.

»Frau Bolle, schön, von Ihnen zu hören«, sagte Meissner schniefend. »Wie geht es Ihnen?«

Pippa verschlug es für einen Moment die Sprache. Dann antwortete sie beherrscht: »Nicht so gut, Professor Meissner. Ich werde gerade von einem weltweit anerkannten Vogelforscher versetzt.«

Wieder nieste Meissner heftig. »Versetzt? Ich verstehe nicht. Sie warten auf mich? Haben Sie denn meine Nachricht nicht bekommen? Ich habe Ihnen gestern auf den Anrufbeantworter gesprochen, dass ich unsere Verabredung nicht einhalten kann.«

Verdammt, dachte Pippa, ich hätte das blinkende rote Licht auf meinem Privatanschluss doch nicht ignorieren sollen. Sie war automatisch davon ausgegangen, dass es sich um Freddy handelte, der sich die Vorräte aus ihrem Kühlschrank sichern wollte.

»Ich habe im Havelländischen Luch Großtrappen gezählt«, fuhr Meissner fort mit einer Stimme, die auf eine total verstopfte Nase schließen ließ. »Wundervolle Tiere. Wissen Sie, wir gehen jetzt von einer realistischen Überlebenschance für diese …«

Pippa unterbrach seinen Redeschwall mit einem dezenten Räuspern, auf das er sofort reagierte.

»Um es kurz zu machen: Wir waren Tag und Nacht draußen. Leider hat es ununterbrochen geregnet …«

Was Sie nicht sagen, dachte Pippa mit einem Blick auf den immer stärker werdenden Regen direkt vor ihrer Nase.

»… und es gibt dort bei weitem nicht so viele überdachte Schutzhütten und Beobachtungsstände wie in …«, er nieste mehrmals hintereinander, »…winkel. Ich habe mir eine dicke Erkältung geholt und hüte das Bett. Es tut mir wirklich sehr leid, Frau Bolle.«

»Und mir erst«, murmelte Pippa. Lauter sagte sie: »Wie komme ich denn jetzt nach Storchwinkel? Sie haben selbst gesagt, gegen die Erreichbarkeit des Dorfes mit öffentlichen Verkehrsmitteln sei das Ende der Welt eine Durchgangsstraße!«

Meissner seufzte. »Ja, es ist ein Kreuz. Busse und Bahnen fahren immer seltener. Heutzutage hat eben Hinz und Kunz ein Auto.«

»Dann sagen Sie mir doch bitte, wo ich die beiden finde und dazu bringe, mich zu chauffieren«, sagte Pippa, schon wieder einigermaßen versöhnt.

Das Lachen des Professors verwandelte sich in bellenden Husten. Er rang nach Luft und sagte: »Alles schon geregelt. Sie steigen in den nächsten Zug nach Oebisfelde. Frau Wiek, Christabels Haushälterin, hat mich informiert, dass er um 12.50 Uhr von Gleis 8 abfährt. Die Fahrt dauert knappe zehn Minuten. In Oebisfelde werden Sie dann abgeholt.«

»Von Frau Wiek?«

»Entweder von ihr oder von Severin Lüttmann, nehme ich an. Christabels Stiefsohn.«

Mist, dachte Pippa, das durchkreuzt meinen schönen Plan, den Professor während der Fahrt nach Storchwinkel auszufragen. Ich will Frau Gerstenknecht eigentlich nicht unvorbereitet gegenübertreten. »Professor, ich hatte bei meinem ersten Auftrag als Profi-Haushüterin mit Ihrer moralischen Unterstützung gerechnet. Können Sie mir nicht noch ein paar Tipps geben? Was erwartet Frau Gerstenknecht von mir? Worauf muss ich achten? Wie soll ich mich verhalten?«

Wieder lachte Meissner. »Seien Sie einfach Sie selbst – und lassen Sie sich um Gottes willen nicht davon abbringen, was immer Christabel auch tut!«

Pippa verdrehte die Augen. Das war definitiv nicht die Art Tipp, die sie sich erhofft hatte.

»Schätze, dass ich noch ein paar Tage im Bett liege. Sobald ich fit genug bin, komme ich nach Storchwinkel«, versicherte der Professor. »Hoffentlich noch zu Ostern. Ich muss in meinem Ferienhaus ohnehin nach dem Rechten sehen. Halten Sie auf jeden Fall durch, bis ich da bin. Ich möchte nicht, dass Christabel auch nur einen Tag allein im Haus ist.«

Halten Sie durch?, dachte Pippa alarmiert. Was soll das denn bitte heißen?

»Moment noch, nicht auflegen, Professor!«, rief Pippa. »Woran erkenne ich denn in Oebisfelde meinen Abholer?«

»Keine Sorge, man wird *Sie* erkennen. Die Anzahl der Menschen, die dort aussteigen, wird übersichtlich sein – und ich habe Sie beschrieben.«

Trotz ihrer Anspannung musste Pippa lachen. »Verstehe: Mein Abholer sucht einfach nach dem Vogel mit dem buntesten Gefieder!«

Bis zur Abfahrt des Zuges blieb Pippa noch eine Dreiviertelstunde Zeit. Auf dem Bahnsteig entdeckte sie einen Wartesaal, dessen Außenwände schwarz gekachelt waren. Sie ging hinein und fühlte sich spontan in die Sechzigerjahre des vergangenen Jahrhunderts zurückversetzt, Stichwort: Interzonenbahnhof. Triste Wände und zweckmäßige Bestuhlung in Zweiergruppen. Kleine, quadratische Fenster gewährten Ausblick auf leere Bahnsteige. Im Vergleich zum aufwendig und modern renovierten Gebäudekomplex des Hauptbahnhofs war dieser Wartesaal der reine Anachronismus.

Immerhin trocken und einigermaßen warm, dachte Pippa und ließ sich auf einen Sitz fallen.

Bis auf eine ältere Dame ihr gegenüber war der Warteraum leer. Die Frau saß mit sehr geradem Rücken da, eine steife Handtasche, die sie fest umklammert hielt, auf den zusammengepressten Knien. Ihre Frisur wirkte wie betoniert. Sie bemühte sich nicht, ihre Neugier zu verbergen, und starrte Pippa offen an.

Wenn mich vorhin tatsächlich jemand beobachtet hat, dachte Pippa, kann sie es nicht gewesen sein. Diese Lady hätte sich nicht versteckt.

Pippa bemühte sich nach Kräften, den strengen Blick ihres Gegenübers zu ignorieren, zumal die Frau nicht den Eindruck machte, als sei ihr nach Konversation. Da Pippas Magen knurrte, beschloss sie, sich die Wartezeit mit einem Picknick zu verkürzen. Familie und Freunde hatten ihr ein Überraschungs-Proviantpaket mit auf die Reise gegeben, das sie jetzt aus einem der Koffer holte und öffnete.

Erfreut entdeckte sie mehrere liebevoll beschriftete Plastikdosen: ein paar würzig duftende Frikadellen und eine Tube Senf von Karin, einige Riegel Shortbread mit Karamell und Schokoladenglasur von Freddy, bei deren Anblick Pippa der Verdacht beschlich, es könnten ursprünglich erheblich mehr gewesen sein. In Abels Dose fand sie Spreewaldgurken aus seinem Heimatdorf und lächelte erfreut, weil er sich ihre Vorliebe gemerkt hatte. In einer luxuriös ausgestatteten Pappschachtel von Tatjana entdeckte Pippa belgische Trüffelpralinen – handgerolltes Hüftgold. Ihre Großmutter Hetty hatte selbstgemachte Scones eingepackt, dazu sahnige Butter und ein Töpfchen bittere Orangenmarmelade, selbst ein Messer fehlte nicht. Der Beitrag ihrer Eltern bestand aus deftigen Schmalzstullen und zwei Flaschen Bier.

Das reicht ja locker für zwei Tagesreisen, dachte Pippa

gerührt, und alles delikat aufeinander abgestimmt. Sie packte die letzte Gabe aus: ein Buch von Sven, *Homepage basteln für Anfänger*.

Pippa hatte die Köstlichkeiten auf dem Stuhl neben sich ausgebreitet und bemerkte, dass die Dame gegenüber jede ihrer Gesten interessiert verfolgte.

»Darf ich Ihnen etwas anbieten?«, fragte Pippa freundlich. »Für mich allein ist das viel zu viel. Meine Familie und Freunde scheinen zu glauben, dass ich an meinem Reiseziel nichts zu essen und zu trinken bekomme.«

»Wohin geht es denn?«

»In einen winzigen Ort: Storchwinkel.«

Die Dame kräuselte ihre schmalen Lippen. »Dann könnten sie recht haben.«

Pippa, die gerade versuchte, sich zwischen Frikadelle und Scones als erstem Gang zu entscheiden, blickte erstaunt auf. »Wie meinen Sie das? Kennen Sie Storchwinkel?«

Pippas Gegenüber verengte die Augen und stieß ein schnaubendes Geräusch aus. »Jeder Altmärker kennt Storchwinkel! Und jeder weiß, dass im Dorf striktes Alkoholverbot herrscht – jedenfalls in der Öffentlichkeit. Das Dorf hat weder eine Kneipe noch ein Gasthaus oder einen Laden, in dem Alkohol verkauft wird.«

Und ich wette, du bist der Meinung, dass Storchwinkel damit ein leuchtendes Vorbild für die Sodom und Gomorrhas dieser Welt sein sollte, dachte Pippa amüsiert.

»Deshalb pilgern an den Wochenenden sämtliche Storchwinkeler in die Nachbarorte«, fuhr die Dame unterdessen fort und schüttelte pikiert den Kopf. »Mit dem unschönen Ergebnis, dass einige der Taugenichtse regelmäßig in den Entwässerungsgräben landen.« Sie warf einen beredten Blick auf die Bierflaschen. »Ich hoffe, Sie selbst haben in Storchwinkel Besseres vor?« Es klang, als würde sie vom Gegenteil ausgehen.

Überrumpelt antwortete Pippa: »Ich will dort arbeiten.«
»In der Gartenzwergfabrik?«
»Nein, im Haus der Besitzerin.«

Die Augenbrauen von Pippas Gegenüber schossen in die Höhe. »Bei Frau Gerstenknecht?« Sie musterte Pippa von der rostroten Kappe über den bunt geringelten Pullover bis hinunter zu den robusten Stiefeln. »Meinen Sie, das ist das Richtige für Sie?«

Pippa beschloss, die Frage als rein rhetorisch zu verstehen. Sie wandte sich wieder ihrem Picknick zu, entschied sich spontan für eine Gurke und biss mit großem Appetit hinein. Süßlicher Essiggeruch breitete sich aus.

Ihr Gegenüber öffnete die Handtasche, entnahm ihr ein Stofftaschentuch mit gehäkeltem Spitzenrand und hielt es sich demonstrativ vor die Nase. Das hinderte sie allerdings nicht daran weiterzureden. »Frau Gerstenknecht stellt hohe Anforderungen und duldet keinerlei Nachlässigkeiten. Man kann über sie sagen, was man will, aber das ist eine ganz gesunde Einstellung, wenn Sie mich fragen. Kann man sich leisten, wenn man der größte Arbeitgeber der Region ist – und bleiben will.«

Pippa reagierte nicht, verkniff sich aber eine zweite Gurke. Nicht jeder muss Geruch und Geschmack dieser Spreewald-Delikatesse so lieben wie ich, dachte sie, aber muss mir so jemand dann sympathisch sein? Nein!

»Sie arbeiten auf dem alten Gutshof«, fuhr die Dame unbeirrt fort, »dann hat also die Haushälterin gekündigt. Hat es nicht mehr ausgehalten, nehme ich an. Dass die Wiek sich das in ihrer Situation leisten kann … erstaunlich.«

Obwohl Pippa von dem herablassenden Tratsch mehr als unangenehm berührt war, fragte sie dennoch: »Sie kennen Frau Wiek?«

»In meiner Position kenne ich alle Frauen in Frau Wieks …

Situation«, entgegnete die Dame hochmütig, »Sie verstehen?«

Pippa verstand zwar keineswegs, hatte aber trotzdem das Bedürfnis, die ihr unbekannte Haushälterin zu verteidigen. Diese Frau im Warteraum hatte es geschafft, ihre Vorfreude auf die neue Aufgabe erheblich zu dämpfen. Pippa fühlte sich, als hätte eine strenge altjüngferliche Lehrerin sie vor der ganzen Klasse gemaßregelt. Schärfer, als es sonst ihre Art war, sagte sie: »Weder Frau Wieks Situation noch ihre Stelle stehen zur Disposition – ich bin lediglich die Urlaubsvertretung.«

Ihr Gegenüber presste ärgerlich die Lippen zusammen und entgegnete schnippisch: »Wie Sie meinen. Dann kann ich ja wohl nur viel Erfolg wünschen, so unwahrscheinlich das auch sein mag.«

Pippa atmete tief durch und wollte gerade etwas erwidern, als die Dame aufstand und verkündete: »Unser Zug ist bereitgestellt worden.«

Auf dem Weg hinaus ging sie nah an Pippa vorbei und schnappte sich blitzschnell die Schachtel mit den Trüffeln. An der Tür blieb sie kurz stehen und wandte sich noch einmal zu Pippa um. »Es war nett, mit Ihnen zu plaudern. Vielen Dank für die Einladung zum Picknick.«

Kapitel 3

*I*ch sollte wirklich lernen, weniger Gepäck mitzunehmen, dachte Pippa und bugsierte Koffer und Hutschachtel aus dem Zug auf den Bahnsteig von Oebisfelde. In Zukunft werde ich mich vergewissern, dass meine Auftraggeber gutgefüllte Bücherregale besitzen oder zumindest in der Nähe einer Bibliothek wohnen. Sonst lehne ich ab.

Hoffnungsvoll hielt sie nach jemandem Ausschau, der sie schon beim Aussteigen in Empfang nehmen wollte, aber außer der Trüffelräuberin gab es niemanden, der von ihr Notiz nahm. Die kletterte gerade aus dem Waggon, winkte Pippa zu und eilte dann leichtfüßig den Treppenabgang des Bahnsteigs hinunter. Kein Wunder, denn diese dreiste Person hatte ja auch nur ihre steife Handtasche und die Pralinen zu tragen!

Stimmt nicht ganz, korrigierte Pippa sich, schließlich hatte ich schon während der Zugfahrt das Vergnügen, meine schönen Trüffel im Mund dieser Dame verschwinden zu sehen.

Kurz entschlossen packte sie die Koffer und schleifte sie die Treppe hinab, durch die Unterführung, eine nicht enden wollende Rampe wieder hinauf und vor das Bahnhofsgebäude aus rotem Backstein. Sie keuchte, als sie das Gepäck absetzte und sich umsah.

Oebisfelde war früher Grenzkontrollpunkt gewesen. Hier hatten Interzonenzüge Hunderte von Menschen, die auf dem Weg zu ihren Verwandten in der DDR waren, gleichzeitig ausgespuckt. Geduldig mussten sie in Reih und Glied warten, dass man ihre Einreisevisa überprüfte und ihr Gepäck nach verbotenen Waren durchwühlte. Pippa hatte viele solcher Kontrollen an verschiedenen Grenzübergängen erlebt, wann immer sie ihre Großeltern väterlicherseits besuchen wollte. Sie schauderte bei der Erinnerung daran und stellte erleichtert fest, dass Oebisfelde heute zwar verschlafen, aber durchaus einladend wirkte.

Vor dem Bahnhofsgebäude parkte nur ein einziges Auto. Ein lässig gekleideter junger Mann mit modisch zerzausten Haaren lehnte daran und unterhielt sich ausgerechnet mit der Trüffeldiebin. Diese wandte sich jetzt um und zeigte in Pippas Richtung.

Der junge Mann kam strahlend auf Pippa zu und streckte ihr die Hand zur Begrüßung hin. »Pippa Bolle, nicht wahr? Ich bin Ihr Chauffeur. Maik Wegner.«

Die Dame war ihm gefolgt. »*Doktor* Maik Wegner«, verkündete sie, den Titel demonstrativ betonend. »Der Landarzt unseres Vertrauens. Er hat seine Praxis in Storchwinkel, und der ganze Umkreis ist neidisch darauf.«

Mit Freundlichkeit und Hilfe beim Tragen hättest du mich mehr beeindruckt als mit dem Doktortitel eines anderen, dachte Pippa grimmig, freute sich aber insgeheim darüber, dass die Schmeicheleien der Trüffeldiebin dem jungen Arzt keine erkennbare Reaktion entlockten.

»Darf ich vorstellen?«, sagte Wegner stattdessen. »Das ist Frau Pallkötter, Gabriele Pallkötter. Leiterin und Rückgrat des Jugendamtes unserer Region.«

Pippa verzog keine Miene. »Wir sind uns bereits begegnet. Wir teilen dieselbe Vorliebe für gute Schokolade.«

Wie schon im Wartesaal musterte Gabriele Pallkötter Pippa sehr langsam von oben bis unten. Dann kräuselte sie die Lippen. »Und ich kann mir diese Vorliebe sogar leisten.«

Maik Wegner erfasste die Spannung zwischen den beiden Frauen sofort und wechselte elegant das Thema. »Sicher haben Sie Frau Wiek erwartet, Frau Bolle. Aber da ich hier einen Hausbesuch machen musste, habe ich mich angeboten, ihr das abzunehmen. Frau Wiek hat wegen der Beerdigung alle Hände voll zu tun.«

Bei Pippa schrillten alle Alarmglocken. »Beerdigung?«, fragte sie entsetzt. »Es gibt einen Trauerfall im Hause Gerstenknecht?«

Maik Wegner hob beruhigend die Hände. »Um Gottes willen, nein. Einer der Honoratioren von Storchwinkel, unser Gerichtsvollzieher, ist verstorben, und Frau Gerstenknecht hat als Bürgermeisterin die Pflicht, ein standesgemäßes Begräbnis zu organisieren.«

»Alle wichtigen Leute der Umgebung werden Harry Bornwasser das letzte Geleit geben«, warf Gabriele Pallkötter wichtigtuerisch ein.

»Und warum sind Sie dann nicht auf der Beerdigung?«, schoss Pippa zurück.

»Denken Sie wirklich, Doktor Wegner könnte dort noch etwas ausrichten?«, erwiderte die Frau trocken und machte damit klar, dass sie die Bemerkung nicht auf sich bezog.

Pippa zog innerlich den Hut vor so viel Schlagfertigkeit. Meine Güte, diese Frau ist mir echt über, dachte sie. Und ich dachte, ich wäre durch die Wortgefechte mit Freddy auf alles vorbereitet.

Während Maik Wegner Pippas Gepäck im Kofferraum verstaute, nahm Gabriele Pallkötter wie selbstverständlich auf dem Beifahrersitz Platz.

»Wie reizend von Ihnen, mich mitzunehmen, Doktor Wegner«, flötete sie, als sie losfuhren. »So bleibt mir erspart, auf den Bus zu warten und ...«

Pippa blendete die Unterhaltung der beiden aus. Sie schaute aus dem Seitenfenster und betrachtete die Landschaft, die bereits erste Anzeichen von Frühling ahnen ließ. Weitflächige Wiesen wechselten sich mit schnurgeraden Wassergräben und lichten Wäldern ab. Die Bäume rechts und links der Straße trugen schon den zartgrünen Schleier der ersten Blattknospen. Von Zeit zu Zeit passierten sie ein einsam gelegenes Gehöft oder durchfuhren ein gepflegtes Rundlingsdorf mit kaum mehr als einem Dutzend Häuser. Nur vereinzelt kamen ihnen Autos entgegen. Es hatte zu regnen aufgehört, und die Landschaft schimmerte wie frisch gewaschen.

Das ist also der Naturpark Drömling, dachte Pippa begeistert. Wann war ich zuletzt auf derart einsamen Straßen unterwegs? Welche Erholung nach den Wintermonaten im stets vollen Berlin.

Sie nahm sich vor, von Professor Meissner eine Wanderung durch den Drömling einzufordern – als Entschädigung für die Fahrt in Gesellschaft der unentwegt schwatzenden Frau Pallkötter.

»Haben Sie Herrn Bornwasser nach seinem Ableben noch mal gesehen?«, fragte diese gerade den jungen Arzt.

Wegner schüttelte den Kopf. »Nein.«

Gabriele Pallkötter sah ihn forschend an. »War er denn nicht Ihr Patient?«

»Doch, schon. Aber es bestand keine Notwendigkeit. Das war Sache der Polizei.«

Pippa schluckte, aber ihr Mund wurde trocken vor Schreck. Sie beugte sich nach vorn und fragte vorsichtig: »Polizei? Herr Bornwasser wurde doch nicht etwa ermordet?«

»Ermordet? Wie kommen Sie denn darauf?!« Gabriele Pallkötter verzog spöttisch den Mund. »Wir sind hier in der

Altmark – nicht in Berlin. Hier passieren Unfälle, keine Morde. Sie lesen zu viele Kriminalromane, meine Gute.«

Nein, dachte Pippa, ich erlebe zu viele. Ich will nur sichergehen, dass es nie wieder vorkommt.

»Ich lebe seit zweiundsechzig Jahren auf unserem idyllischen Fleckchen Erde«, fuhr die Pallkötter fort, »und in der ganzen Zeit habe ich zwar von mehreren Unfällen mit Todesfolge gehört, aber von keinem einzigen Mord.« Sie machte eine dramatische Pause. »Bei Familie Lüttmann-Gerstenknecht sind Sie da übrigens in besten Händen. Die kennt sich mit tragischen Unfällen aus.« Sie sah Pippa erwartungsvoll an.

Nur mühsam konnte Pippa sich zügeln. Auf keinen Fall wollte sie der Trüffeldiebin die Genugtuung geben, neugierig nachzufragen, welche Geschichten hinter ihren Andeutungen steckten.

Aber Doktor Wegner schüttelte bereits verärgert den Kopf. »Das ist Jahre her, Frau Pallkötter. Das war lange vor Christabels Zeit.«

»Aber es ändert nichts an der Tatsache«, sagte diese triumphierend, »dass Frau Gerstenknecht genau weiß, wie man aus tragischen Unfällen optimalen Gewinn zieht.«

»Sie ist eine ehrliche und gerechte Geschäftsfrau!«

»Ihre Loyalität ehrt Sie, Doktor Wegner.« Gabriele Pallkötter legte ihre Hand besänftigend auf seinen Arm. »Aber wir alle wissen doch auch, dass Ihnen nichts anderes übrigbleibt.«

Pippa fing den peinlich berührten Blick des jungen Arztes im Rückspiegel auf. Sie lächelte ihm zu, um ihm zu signalisieren, dass sie nichts auf das Geschwätz der Frau gab.

Meissner, Sie und Ihre dummen Großtrappen, dachte sie, wieso mussten Sie gerade jetzt krank werden? Wie es aussieht, hätte ich Ihre Einführung in den Storchwinkeler Mikrokosmos mehr als nötig gehabt!

»Es ist, wie es ist: Christabel Gerstenknecht weiß selbst aus Gräbern Kapital zu schlagen«, beharrte Gabriele Pallkötter. »Sonst würde die Gartenzwergmanufaktur jetzt nicht *ihr* gehören, sondern Severin Lüttmann junior.«

Die scharfe Stimme der Beifahrerin drang in Pippas Gedanken wie ein Messer in weiche Butter. Zu ihrem Ärger erkannte Pippa, dass die geschwätzige Frau langsam, aber sicher erreichte, was sie offenbar vorhatte: bei Pippa Zweifel an ihrer Auftraggeberin zu säen, indem sie ein ganz bestimmtes Bild von der alten Dame zeichnete. Ein nicht sehr vorteilhaftes Bild, wie Pippa leicht verunsichert zugeben musste. So unangenehm es ihr auch war: Ihre Phantasievorstellung von einer zarten alten Dame, die mit ihren neunundneunzig Jahren eine ständige Aufsicht brauchte, um ihren Tag gefahrlos zu bewältigen, löste sich auf. Und das, bevor sie Christabel Gerstenknecht persönlich begegnet war!

»Aber ich fühle mich gar nicht wohl damit, dass wir hier so fröhlich miteinander plaudern, wo doch heute der arme Herr Bornwasser beerdigt wird.« Die Stimme von Gabriele Pallkötter troff für einen Moment von scheinheiliger Pietät.

Fröhlich?, dachte Pippa gallig. Das nennt die fröhlich? Wie giftig ist sie denn erst, wenn sie ernst ist?

»Was meinen Sie, Doktor Wegner, warum hat es so lange gedauert, bis die Polizei Bornwassers Leiche freigegeben hat?«, plapperte die Frau unverdrossen weiter.

»Sind zwei Wochen lang?«, gab der junge Arzt desinteressiert zurück, ohne den Blick von der Straße zu wenden. »Kam mir jetzt nicht ungewöhnlich lang vor. Immerhin hat man doch erst überall nach Hinterbliebenen gesucht. Aber vermutlich sehen Laien das anders.«

Gabriele Pallkötter schnappte hörbar nach Luft. Sie presste die Lippen zusammen und sah stumm nach vorne.

Endlich Ruhe, dachte Pippa und kicherte lautlos in sich hinein. Mit etwas Erfahrung und Übung bekommt man die Dame also in den Griff.

Maik Wegner setzte den Blinker und bog von der Straße ab. Sie fuhren eine leichte Anhöhe hinunter auf ein malerisch gelegenes Dorf zu. Auf den Dächern mehrerer Gehöfte entdeckte Pippa wagenradgroße Nester.

»Storchennester!«, rief Pippa begeistert. »So viele auf einmal habe ich noch nie gesehen! Das sind ja eins, zwei, drei ... sieben Stück! Das ist phantastisch.«

»Sie befinden sich hier mitten im sogenannten ›Storchendreieck‹«, erklärte Maik Wegner stolz. »Warten Sie nur ab. Irgendwann in den nächsten Tagen werden unsere Störche eintreffen. Für den Besitzer des Nestes, in das der erste Storch heimkehrt, wird jedes Jahr ein Preis ausgeschrieben. Gestiftet von Frau Gerstenknecht.«

Pippa war nach Gabriele Pallkötters Ausführungen angenehm überrascht über diesen sympathischen Zug ihrer Arbeitgeberin, blieb aber misstrauisch. »Und was bekommt der Sieger? Einen Gartenzwerg?«

Der Doktor lachte und schüttelte den Kopf. »Das weiß man vorher nicht. Es ist jedes Jahr ein großes Geheimnis. Aber sobald der Storch gelandet ist, wird es verkündet. Und wie durch ein Wunder entspricht der Preis immer einem großen Wunsch des Gewinners, den er sich selbst nicht leisten kann. Keine Ahnung, wie sie das macht.«

»Können Sie Beispiele geben?«, fragte Pippa neugierig.

»Ich bin noch nicht sehr lange hier«, sagte Maik Wegner, »aber ich weiß von einer Heimarbeiterin aus Storchhenningen, die sich ihren Traum erfüllen konnte, mit ihrer Schwester nach Madeira zu fahren.« Er machte eine kurze Pause, als würde er überlegen, wie er die nächsten Sätze formulieren sollte, und fuhr dann fort: »Florian Wiek, der Sohn von

Frau Gerstenknechts Haushälterin, hat vor Jahren eine Trompete inklusive Unterricht gewonnen, und einer meiner Patienten, Julius Leneke, erhielt vor drei Jahren so etwas wie eine Lebensstellung bei Frau Gerstenknecht selbst.«

»Lebensstellung! So kann man es natürlich auch nennen«, schnarrte Gabriele Pallkötter und schnaubte verächtlich.

Ungewöhnliche Wünsche, die die noble Geste der alten Dame zu etwas ganz Besonderem machten, fand Pippa. »Nicht schlecht. Das lohnt sich.«

»Ja, Frau Gerstenknecht ist sehr großzügig.«

Das gilt dir, Frau Pallkötter, dachte Pippa und sagte: »Bestimmt schauen in diesen Tagen viele Leute zum Himmel und beten darum, dass ihr Nest zuerst besetzt wird.«

»Und der Preis ist ein hervorragender Anreiz für viele Leute, sich ein Nest auf ihr Hausdach zu setzen. Frau Gerstenknecht weiß, wie man Menschen – und Störche – ködert«, bestätigte der Doktor.

So viel Lob konnte Gabriele Pallkötter nicht unkommentiert stehenlassen. »Die unmittelbare Nähe so vieler Klapperstörche scheint die Menschen in Storchentramm, Storchhenningen und Storchwinkel auch in anderer Hinsicht zu beflügeln. Ich kann kaum genug Pflege- oder Adoptivstellen finden.« Die Stimme der Jugendamtsleiterin klang missbilligend. »Wussten Sie, dass in Deutschland mittlerweile jedes dritte Kind unehelich geboren wird?«

»Seien Sie lieber froh, dass es bei uns noch Kinder gibt«, sagte Wegner streng. »Wenn es mit der allgemeinen Landflucht so weitergeht, haben wir bald mehr Klapperstörche auf unseren Dächern als Klappern in Kinderhänden.«

»Warum sollte man hier weggehen wollen?«, fragte Pippa erstaunt. »Die Dörfer, die alten Gehöfte, die Birkenwälder und der hohe Himmel … Das sieht doch alles sehr einladend aus.«

»Sie haben recht, aber der Zauber der Landschaft allein füllt keine Speisekammer«, erwiderte Wegner. »Der Jugend wird hier schlicht zu wenig geboten. Nicht jeder will sein Leben lang in der Gartenzwergfabrik Wichtel bemalen. Und wenn der gesellschaftliche Höhepunkt des Jahres das Beringen von Störchen ist und das Unterhaltungsprogramm darin besteht, ihnen per Webcam beim Brüten zuzusehen ...« Er zuckte mit den Schultern. »Allerdings ist Frau Gerstenknecht nicht ganz unschuldig daran, dass es die jungen Leute von hier fortzieht.«

»Trockendock Storchwinkel?«, fragte Pippa.

Wegner warf Gabriele Pallkötter einen schnellen Blick zu, der besagte: Sie haben wirklich jede Minute genutzt, um über Christabel Gerstenknecht zu tratschen. Dann nickte er und antwortete: »Wer will schon für ein Glas Bier kilometerweit laufen?«

Wegner hielt vor einem kleinen Backsteinhaus, das nur durch ein Schild neben der Tür als Gemeindeverwaltung zu erkennen war. Zu Pippas Überraschung befand sich darin auch ein Büro des Jugendamtes, das sie in einem so kleinen Ort nicht vermutet hätte. Die Pallkötter hatte also nicht übertrieben, als sie vom hohen Bedarf an Vermittlungen in dieser Region sprach.

Der junge Arzt stieg aus und ging um das Auto herum. Er öffnete die Beifahrertür und reichte Gabriele Pallkötter die Hand, um ihr herauszuhelfen. Seine Galanterie wirkte wie eine einstudierte Choreographie, zu der er sich verpflichtet fühlte. Frau Pallkötter nahm seine Geste wie eine ihr dienstgradmäßig zustehende Respektsbezeugung entgegen, ohne sich dafür zu bedanken. Sie winkte huldvoll zum Abschied und verschwand in ihr Büro.

Pippa stieg aus dem Auto, streckte sich und sah sich um.

Der Ort war wie ausgestorben. War das ein Beweis für die erwähnte Landflucht? Sie entdeckte eine Kinderkrippe, einen Lebensmittelladen und einen Getränkemarkt. Alle drei hatten in der Tür ein Schild mit der Aufschrift: Heute geschlossen.

Pippa deutete auf den Getränkemarkt, der großflächig Werbung für verschiedene Biersorten machte. »Bis hierher scheint sich der Herrschaftsbereich derer von Gerstenknecht nicht zu erstrecken.«

Maik Wegner lachte und hielt ihr einladend die Beifahrertür auf. Diesmal wirkte seine freundliche Geste echt.

»Jetzt ist es nicht mehr weit«, sagte Wegner, als sie den kleinen Ort verlassen hatten.

Pippa warf einen Blick auf ihre Uhr. Sie waren bereits seit mehr als einer Stunde unterwegs. »Sie legen für Ihre Hausbesuche ziemliche Strecken zurück.«

Wegner nickte. »Der Preis für die malerische Landschaft ist eine suboptimale Infrastruktur. Das zuständige Polizeirevier und unser Krankenhaus sind in Salzwedel, der nächstgrößeren Stadt. Dank schmaler Straßen und Kopfsteinpflaster braucht ein Krankenwagen von dort bis zu mir eine halbe Ewigkeit. Mit alldem könnte man noch leben«, er verzog keine Miene, »aber das nächste Sexkino ist erst in Wolfsburg!« Er seufzte theatralisch.

Pippa ging auf seinen gespielten Ernst ein. »Das Schicksal eines Landarztes: Man hat keinen Beruf, sondern lebt eine Berufung.« Dann kam sie wieder zur Sache. »Und dieser Ort heißt ...«

»Storchentramm.«

»Genau. Wie ausgestorben. Lebt hier überhaupt noch jemand?«

»Noch.« Maik Wegner grinste. »Kommt ganz darauf an, wie schnell ich von einem Notfall zum nächsten komme.«

Pippa lachte herzlich. Der schwarze Humor des jungen Arztes gefiel ihr immer besser.

Er fuhr fort: »Aber Spaß beiseite: Die sind heute alle in Storchwinkel auf der Beerdigung. Sie wissen doch, wenn auf dem Land mal was los ist, dann gehen alle hin. Egal, ob Schützenfest oder Beerdigung.«

Sie passierten ein abgestecktes, weitläufiges Gelände zwischen zwei Birkenwäldern.

»Ein Bauvorhaben? Hier, mitten in der Einöde?«, fragte Pippa erstaunt. »Was wird denn hier geplant?«

»Die wollen ein Einkaufszentrum auf die grüne Wiese kippen«, erklärte Wegner. »Aber für wen, frage ich Sie? Alles, was wir brauchen, bekommen wir in Salzwedel. Wem das immer noch nicht reicht, der kann nach Klötze oder Wolfsburg fahren.« Er runzelte die Stirn. »Für unsere Gegend ist das Ding jedenfalls völlig überdimensioniert. Gott sei Dank gibt es noch keine Baugenehmigung. Darum tobt zwischen den Dorfhäuptlingen des Storchendreiecks ein Riesenstreit, denn alle drei müssen zustimmen. Sie werden während Ihres Aufenthalts alles darüber erfahren, ganz sicher.«

»Weil einer der Häuptlinge Christabel Gerstenknecht heißt.«

»Als Bürgermeisterin von Storchwinkel ist sie als Einzige von den dreien gegen dieses Irrsinnsprojekt und die Keimzelle des Widerstands. Bei ihr laufen alle Fäden der Protestbewegung zusammen und werden von ihr mit fester Hand gebündelt.«

»Ignoriert diese Frau völlig, dass sie neunundneunzig Jahre alt ist?«, fragte Pippa verblüfft. »Ich dachte, ich bereite hier lediglich einen eleganten Fünf-Uhr-Tee für eine fragile kleine Lady, die mit einer Decke über den Knien im Schaukelstuhl sitzt, während ich ihr aus seichten Liebesromanen vorlese.«

Wegner röhrte vor Lachen. »Fragil? Sicher, wenn Sie eine knorrige Eiche als fragil bezeichnen ... Christabel ist zwar steinalt, aber weder senil noch gebrechlich.«

»Ich muss also nicht ständig befürchten, dass sie ...«

»Stirbt, meinen Sie? Nicht, wenn ich es verhindern kann.«

»Trotzdem: Worauf muss ich achten, damit es ihr gutgeht? Dürfen Sie mir etwas über ihren Gesundheitszustand sagen?«

»›Eisern‹ ist das Wort der Wahl – so viel kann ich verraten. Außer einer starken Sehschwäche hat sie nur Probleme mit längeren Wegen. Die strengen sie sehr an, aber Christabel wäre nicht Christabel, wenn sie nicht auch dafür eine hervorragende Lösung gefunden hätte.«

»Auto mit Chauffeur?«

Wegner schüttelte den Kopf. »Besen.«

Kapitel 4

Der Kirchturm von Storchwinkel kam gerade erst in Sicht, aber schon weit vor dem Ortseingang parkten Autos. Gabriele Pallkötter hatte offenbar recht: Niemand aus der Umgebung fehlte bei der Bornwasser-Beerdigung.

»Das ist ja wie bei einem Rockkonzert«, fluchte Wegner, während er das Auto durch die schmale Gasse zwischen den beidseitig abgestellten Autos manövrierte. »Hoffentlich brauchen wir heute weder die Polizei noch die Feuerwehr. Die kommen hier auf keinen Fall mehr durch.«

Sie fuhren im Schritttempo auf die Kirche zu, die sich am Eingang des Dorfes befand. Nirgends entdeckten sie auch nur die kleinste Parklücke. Ungeduldig bremste Wegner mitten auf der Straße neben einem anderen Auto und stellte den Motor ab. Aus dem Handschuhfach holte er ein selbstgebasteltes Schild und platzierte es hinter der Windschutzscheibe: Arzt im Einsatz.

»Bei einem solchen Massenauflauf doch nicht unwahrscheinlich, oder? Irgendwann, irgendwo werde ich bestimmt gebraucht«, kommentierte er seine eigenwillige Parkplatzwahl, nachdem sie ausgestiegen waren.

»Dieser Herr Bornwasser muss sehr beliebt gewesen sein, wenn so viele Menschen ihm das letzte Geleit geben«, sagte Pippa.

»Die sind hier, weil für einen Tag etwas anderes als Wasser ins Trockendock gelassen wird«, erklärte Maik Wegner. »Ein Leichenschmaus ist eine der wenigen Gelegenheiten, zu der man in Storchwinkel sanktionsfrei Alkohol trinken darf. Allerdings nur Bier und Altmärker Apfelwein, bei Schnaps hört Frau Gerstenknechts Entgegenkommen auf.«

Sie liefen auf die hübsche Feldsteinkirche zu, die inmitten des Friedhofs stand. Das kleine Gotteshaus bot wohl nicht allen Trauergästen Platz, denn auf dem umzäunten Kirchhof warteten zahlreiche Beerdigungsgäste auf das Ende des Gedenkgottesdienstes. In diesem Moment wurde das überdachte Portal an der Stirnseite von innen geöffnet. Menschen strömten auf den Vorplatz und bildeten mit den Wartenden ein Spalier für den Sarg, der von sechs Männern in schwarzen Anzügen und weißen Handschuhen getragen wurde. Eine erstaunlich lebhafte Trauergemeinde folgte dem Sarg auf dem kurzen Weg zu einem offenen Grab.

Eine schneidend kalte Böe traf Pippa von hinten. Obwohl der Wind Wegners leise Worte davontrug, glaubte sie doch verstanden zu haben, was er murmelte: »Das war mit Sicherheit das erste Mal, dass Bornwasser in der Kirche war.«

Sie sah ihn an und erschrak. Sein Gesicht hatte jede Jugendlichkeit verloren. Mit versteinerter Miene blickte Wegner zum Grab hinüber.

Ist er verärgert, weil die Leute sich so wenig andächtig zeigen?, fragte sie sich verwirrt, oder sind auch seine Gefühle dem Verstorbenen gegenüber alles andere als pietätvoll?

Unvermittelt setzte Wegner sich in Richtung Grab in Bewegung. Dann drehte er sich zu Pippa um, als wäre ihm gerade eingefallen, dass er in Begleitung war. »Kommen Sie, wir sehen uns das aus der Nähe an.« Er machte eine einladende Handbewegung. »Bei dieser Show lernen Sie gleich das ganze Dorf kennen. Und dazu jeden, der im Dreieck Rang und Namen hat – oder gern haben würde.«

Pippa zögerte und deutete fragend auf sein Auto, in dem ihr gesamtes Gepäck lag.

»Die Koffer fahre ich Ihnen später direkt zum Gutshaus«, sagte er. »Jetzt ist ohnehin kein Durchkommen – oder wollen Sie durch ein Hupkonzert zu diesem Jahrmarkt der Eitelkeiten beitragen?«

Widerstrebend folgte Pippa dem jungen Mann. Die Trauergäste trugen allesamt Kleidung in gedeckten Farben, und in ihrem bunt geringelten Pullover kam sie sich vor wie ein Papagei unter lauter Raben. Sie fühlte sich auf der Beisetzung des ihr unbekannten Mannes so fehl am Platze, als wäre sie eine neugierige Gafferin. Solche Skrupel schienen die meisten anderen Trauergäste nicht zu plagen. Sie zogen hinter vorgehaltener Hand unverhohlen über den Verstorbenen her und schienen die Beerdigung nur wegen des Unterhaltungspotentials zu besuchen. Bornwasser hatte auf der Beliebtheitsskala der Anwesenden eindeutig keinen der vorderen Ränge belegt. Fröstelnd zog Pippa ihren Filzhut tiefer ins Gesicht.

Während Wegner sich durch die Menge bis zum Grab drängelte, blieb Pippa zurück. Sie stellte sich schräg hinter zwei Männer, die trotz der dichten Menschenmenge erstaunlich viel Platz hatten. Vor ihnen hatte sich eine Schneise mit freier Sicht auf das Grab gebildet, und Pippa bemerkte, dass viele Trauergäste das unverstellte Blickfeld nutzten, um die beiden unauffällig im Auge zu behalten.

Was ist an ihnen derart interessant?, fragte Pippa sich neugierig.

Der ältere Mann trug eine echte englische Wachsjacke von der Art, wie Pippa sie selbst nur zu gern besessen hätte, und eine dunkelgrüne Cordhose. Die an den Oberschenkeln aufgesetzten, mit Lederecken verstärkten großen Taschen plus zwei Zollstocktaschen hatten ein beachtliches Fassungsvermögen und beulten sich leicht nach außen. Mit einer Hose wie dieser könnte ich mir meine Koffer sparen, dachte Pippa. Ihr schien es, als stammte die Hose noch aus einer Zeit, in der man solche praktischen Beinkleider als »Manchesterhosen« bezeichnete, so sehr war der Stoff an einigen Stellen abgewetzt.

Der deutlich jüngere Mann neben ihm erregte nicht nur durch den schmalen, maßgeschneiderten Nadelstreifenanzug Pippas besondere Aufmerksamkeit, sondern auch durch die topmodische Brille und die teuren italienischen Schuhe. Er war gekleidet wie einer der modebewussten Männer in Italien, die traditionell deutlich mehr Wert auf *bella figura* legten als ihre deutschen Artgenossen.

Dafür habe ich noch immer einen Blick, dachte Pippa wehmütig. Nicht umsonst bin ich auf einen Italiener reingefallen und muss jetzt dank des italienischen Rechts noch zwei Jahre auf meine Scheidung warten. Die sieben Jahre mit Leo in Florenz waren vielleicht nicht die schönsten meines Lebens – aber immerhin die wärmsten. Unwillkürlich wickelte sie den dicken Strickpullover enger um sich.

Die Stimme des älteren Mannes vor ihr riss sie aus ihren Gedanken. »Haben Sie Waltraut Heslich schon gesehen?«, fragte er den Jüngeren.

»Bornwassers Lebensgefährtin?« Sein Nebenmann schüttelte den Kopf. »Heute noch nicht.«

»Ich hätte sie an vorderster Front erwartet«, sagte der ältere Mann. »Aber vielleicht steht sie hinten.« Als er sich suchend umwandte, fiel sein Blick auf Pippa. Er musterte sie neugierig. »Wollen Sie hier durch? Sind Sie eine Bekannte von Herrn Bornwasser?« Höflich trat er zur Seite, um sie vorzulassen.

Pippa suchte krampfhaft nach einer logischen Erklärung für ihre Anwesenheit auf der Beerdigung. »Ich bin beruflich hier«, sagte sie schließlich.

»Ach ja? Was tun Sie denn, wenn ich fragen darf?«

Von der Neugier des Mannes überrumpelt, antwortete sie: »Ich bin die Verstärkung für ...«

»Ich hör wohl schlecht«, fauchte der Mann in Nadelstreifen, während sein Blick weiter auf das Grab gerichtet blieb, »schicken die tatsächlich eine Verstärkung! Die trauen uns wohl überhaupt nichts zu.«

Aber der ältere Mann streckte Pippa die Hand hin. »Sie sind die Verstärkung? Das ging aber schnell. Wir freuen uns über Unterstützung. Mein Name ist Seeger.«

Unwillkürlich ergriff Pippa die Hand und schüttelte sie, obwohl sie nicht verstand, welche Verbindung zwischen den beiden Männern und Christabel Gerstenknecht bestand.

»Das ist Kollege Hartung«, fuhr der Mann fort und deutete auf seinen eleganten Begleiter.

Dieser nickte Pippa lediglich flüchtig zu. »Wie ich schon sagte: Wir brauchen Sie nicht. Wir schaffen das allein.«

Pippa ahnte plötzlich, dass die beiden sie mit jemandem verwechselten. »Ich ...«, setzte sie zu einer Erklärung an, aber der Mann namens Seeger legte den Finger vor die Lippen. Er machte eine Kopfbewegung zum Grab, wo sich gerade ein untersetzter Mann in Positur warf, um eine Rede zu halten.

»Später«, flüsterte Seeger. »Hören Sie sich lieber an, was Thaddäus Biberberg zu sagen hat. Und anschließend erläutern Sie mir, welche Schlüsse Sie daraus ziehen.«

Der Mann am Grab war klein und stämmig, mit vor Aufregung roten Wangen. Er hielt einen zerknitterten Zettel in den Händen, den er hektisch überflog und dann in die Tasche seines schlechtsitzenden Sakkos stopfte. Offenbar wollte er sich nicht die Blöße geben, seine Rede abzulesen.

»In meiner Eigenschaft als Bürgermeister von Storchhenningen ist es mir eine besondere Ehre, Harry Bornwassers Leben und Verdienste zu würdigen«, begann er salbungsvoll. »Seine legendäre Tatkraft ließ er voll und ganz unserem geliebten Storchendreieck zugutekommen. Auch nach der Öffnung der Grenze verließ er seine geliebte Heimat nicht, sondern stand zu unserem Leben in ländlicher Stille ...«

»So ein Pech – und jetzt, da durch ihn hier endlich mal was los ist, kriegt er es nicht mehr mit«, murmelte Hartung und zupfte gelangweilt an den Manschetten seiner schicken Anzugjacke.

Das in ihr aufsteigende Lachen konnte Pippa nur unterdrücken, indem sie sich ganz auf die Rede des Bürgermeisters konzentrierte.

»Nach der Wende hat sich Harry Bornwasser nicht unterkriegen lassen«, deklamierte dieser gerade, »sondern sich Schritt für Schritt eine zweite Karriere als Gerichtsvollzieher aufgebaut. Wer Harry Bornwasser kannte, weiß, mit welcher Hingabe er für seinen Beruf lebte und wie vollkommen er darin aufging ...«

»Wie wahr«, sagte ein Mann, der von hinten an Pippa herangetreten war, mit gedämpfter Stimme. »Das wissen alle, die jemals das zweifelhafte Vergnügen hatten, Besuch von ihm zu bekommen. Des einen Freud, der anderen Leid.«

»Ah, die Lokalpresse.« Seeger drehte sich um und begrüßte den Neuankömmling mit einem Nicken. »Habe mich schon gefragt, wo Sie stecken, Brusche. Was wäre die morgige Ausgabe des *Storchenklapperers* ohne detaillierte Berichterstattung über die Beisetzung? Allerdings frage ich mich, wer sich dafür interessieren soll. Ihre Abonnenten sind doch alle hier.«

»*Ciconia Courier*, Herr Kommissar. Seit 1860 immer bestens informiert.« Der Lokalreporter lächelte nachsichtig. »Gerne auch darüber, warum die Herren Ermittler es sich nicht nehmen lassen, die Veranstaltung mit ihrer Anwesenheit zu beehren. Der aufmerksame Leser wird sich das zu Recht fragen.«

»Um Herrn Bornwasser Respekt zu erweisen, selbstverständlich.«

»Der ihm im Leben nicht zukam«, gab Brusche zurück.

Seeger zuckte mit den Schultern. »Da sind Sie und Ihr Blatt tatsächlich besser informiert als ich.«

Brusche zog die Stirn kraus. »Ach, kommen Sie, Herr Kommissar. Mir machen Sie nichts vor. Sie wären nicht hier, wenn die Polizei nicht ein Interesse an diesem Fall hätte.«

Pippa fühlte sich wie auf heißen Kohlen. Polizei? Kommissare?, dachte sie alarmiert. Für wen halten die dann bitteschön *mich*? Und vor allem: Warum sind die wirklich hier? Ich muss Seeger unbedingt erklären ...

Aber wieder kam sie nicht dazu, denn am Grab tat sich etwas, das die allgemeine Aufmerksamkeit auf sich zog. Der Redner wurde mitten im Satz von einem Mann beiseitegeschoben, der ihn um Haupteslänge überragte und vor Selbstbewusstsein strotzte. Dieser erzählte haargenau das Gleiche wie sein Vorredner, nur in deutlich pompöseren Worten.

Brusche lachte leise. »Ich habe mich schon gefragt, wie lange Zacharias Biberberg es aushält, auf seinen Einsatz zu warten.« Er holte ein Handy aus seinem Trenchcoat und checkte auf dem Display die Uhrzeit. »Genau neun Minuten. So lange hat der Bürgermeister von Storchentramm seinen Bruder noch nie reden lassen.«

Die beiden sind Brüder?, dachte Pippa. Unterschiedlicher kann man ja wohl nicht sein.

Am Grab forderte der Pastor die Trauernden jetzt auf, nacheinander vorzutreten und eine Schaufel Erde auf den Sarg zu werfen.

Hartung zog ein Notizbuch aus der Tasche und schlug es auf. »Frau Heslich wird krank sein«, sagte er. »Sie ist ja seit Bornwassers Tod das reinste Nervenbündel.«

»Ja, schwer getroffen, die Ärmste«, fügte Brusche ironisch

hinzu. »Hätte ich nicht gedacht. Ist ja sonst immer ein echt harter Knochen.«

»Vielleicht fühlt sie sich einem derartigen Massenauflauf von Gaffern nicht gewachsen. Es soll Menschen geben, die lieber leise trauern«, sagte Pippa heftiger, als sie eigentlich wollte.

Alle drei Männer wandten sich ihr zu. Brusche, der sie in diesem Moment erst wahrnahm, musterte sie interessiert, und Seeger nickte wohlwollend.

Hartung schien sich durch ihre Bemerkung gemaßregelt zu fühlen und sagte schneidend: »Leise? Waltraut Heslich leise? Wenn Sie das glauben, kennen Sie die Frau nicht.« Für diese unprofessionelle Bemerkung in Anwesenheit der Presse fing er sich einen strafenden Blick seines Kollegen ein.

»Gegen Waltraut Heslich sind die Glocken des Kölner Doms Vogelgezwitscher«, erklärte Brusche Pippa.

»Sie notieren doch die Reihenfolge des Defilees, Hartung?«, fragte Seeger streng.

Der junge Beamte nickte. Eifrig kritzelte er in sein Notizbuch und murmelte dabei: »Thaddäus Biberberg, Zacharias Biberberg, die Herren Hollweg, Bartels und Lohmeyer von der Gartenzwergfabrik, Melitta Wiek ...«

Christabel Gerstenknechts Haushälterin! Pippa stellte sich auf die Zehenspitzen, um besser sehen zu können. Am Grab stand eine vielleicht vierzigjährige Frau mit weiblicher Figur, auf mütterliche Weise attraktiv. Sie trug ein etwas altmodisch wirkendes Kostüm in dunklem Grün. Melitta Wiek starrte einen Moment lang mit undefinierbarem Gesichtsausdruck ins Grab, bevor sie sich abrupt abwandte und die kleine Schaufel einem schüchtern wirkenden blonden Mann in ihrem Alter übergab.

»Severin Lüttmann junior«, murmelte Hartung beim Schreiben.

Das sind also die beiden, die ich vertreten soll, dachte Pippa. Sie wirken sehr sympathisch.

Während Severin Lüttmann ein paar Worte sprach, entstand Unruhe in der Trauergemeinde. Die Umstehenden machten Platz für einen alten Mann mit Schlapphut, der durch die Gasse, die sich für ihn geöffnet hatte, zum Grab schritt. Er war in ein übergroßes, wollenes Tuch gewickelt und hatte eine Tabakspfeife im Mund. Pippa fröstelte unwillkürlich, als sie seine nackten Füße in leichten Sandalen bemerkte.

Niemand achtete mehr auf Severin Lüttmann, denn alle hatten sich dem alten Mann zugewandt, der schweigend und gelassen dastand. Lüttmann verstummte, und in die Stille hinein sagte Brusche: »Kommen Sie, Seeger, geben Sie mir was zu berichten. Informieren Sie die Öffentlichkeit über Ihre Ermittlungen in diesem Fall.«

Das hatte der alte Mann gehört. »Ein Fall ist es in der Tat!« Er reckte die geballte Faust in die Höhe. »Ein Fall aus den Höhen des Hochmuts in die Tiefen der Verdammnis.« Dann erhob er plötzlich die Stimme und rief: »Und der Teufel, der sie verführte, ward geworfen in den See von brennendem Schwefel, dort, wo auch das Tier und der falsche Prophet sind. Tag und Nacht werden sie gequält werden, spricht der Herr – bis in alle Ewigkeit!«

»Offenbarung des Johannes, Kapitel 20, Vers 10«, leierte der Pastor automatisch herunter.

Durch die Menge ging ein nervöses Raunen, und der alte Mann fuhr mit Donnerstimme fort: »Noch bevor das Grab der Verdammnis geschlossen ist, werden die Furien der Rache zuschlagen. Und wieder werden sie ihre Schwingen ausbreiten und ihren Schatten werfen auf die Sünderin, und sie werden sie vor sich hertreiben in die Hitze des Höllenfeuers. Von dort ist keine Wiederkehr, und nichts wird von ihr bleiben als ihre schwarze sterbliche Hülle!«

»Der Spökenkieker-Heinrich«, sagte Brusche sichtlich begeistert, »stiehlt unserem Pastor die Show!«

Beinahe erleichtert wandten sich die Augen aller jetzt einer betagten, elegant gekleideten Frau zu, die sich im Rollstuhl von Melitta Wiek ans Grab schieben ließ.

Christabel Gerstenknecht, dachte Pippa und hielt den Atem an.

Der unheimliche Mann, den der Reporter den Spökenkieker-Heinrich genannt hatte, verneigte sich tief in Richtung der Dame.

Auf ein Handzeichen des Pastors hin trat ein kaum zwanzig Jahre alter Mann vor. Er setzte eine Trompete an, aber kein Ton kam heraus. Die Menge murmelte, als der Pastor leise mit dem jungen Mann sprach, der daraufhin den Kopf schüttelte. Christabel Gerstenknecht machte eine auffordernde Handbewegung, und beide Bürgermeister drückten dem Trompeter mürrisch einen Geldschein in die Hand.

Wie eine Musicbox, in die eine Münze geworfen wurde, spielte der junge Mann nun eine schmetternde Fanfare – die Klassikliebhaber als Präludium zum Te Deum von Charpentier und Musikunkundige zumindest als Eurovisionshymne aus dem Fernsehen erkannten.

Die Trauergemeinde nickte beifällig, und Pippa wurde endgültig klar, dass hier von Harry Bornwasser ohne großes Bedauern Abschied genommen wurde.

Der Pastor, von der unkonventionellen Interpretation des Te Deum sichtlich überrascht, hatte am Ende des Stückes seine Fassung zurückerlangt und sagte: »Jetzt bitten wir unsere hochverehrte Frau Gerstenknecht, als Bürgermeisterin des Heimatdorfes unseres lieben Dahingegangenen die abschließenden Worte zu sprechen.«

Christabel Gerstenknecht nickte ernst. Feierlich hob sie den Deckel des Kartons auf ihrem Schoß und entnahm ihm einen Gartenzwerg, der eine exakte Kopie von ihr selbst war. Sie warf die Keramikskulptur ins Grab, wo sie krachend auf dem Sarg zerbarst.

Dann nickte sie wie zur Bestätigung und sagte mit fester, klarer Stimme: »Und tschüs!«

Kapitel 5

Das Ende der Bestattungszeremonie bedeutete nicht, dass die Gesellschaft sich in alle Richtungen zerstreute. Einige der Trauergäste strebten zu ihren Autos, aber die meisten zogen wie eine Karawane zu Fuß die Straße entlang. Pippa fing Gesprächsfetzen auf und stellte erfreut fest, dass die Älteren im Dialekt miteinander sprachen.

Das muss Altmärker Platt sein, dachte sie, meine Vorliebe für Sprachvarianten aller Art bedient diese Gegend also auch. Ob Frau Gerstenknecht das auch beherrscht? Ist sie hier geboren? Dann kennt sie fast hundert Jahre Geschichte aus eigener Anschauung. Wie seltsam es sein muss, wenn kaum noch jemand da ist, der die Erinnerungen an die eigene Kindheit teilen kann.

Unschlüssig stand Pippa am Ausgang des Kirchhofs. Sie überlegte, ob sie die Initiative ergreifen und sich ihrer Auftraggeberin und Frau Wiek vorstellen sollte, aber die beiden waren noch auf dem Friedhof, umringt von einer kleinen Menschentraube.

Auch die Gelegenheit, mit Seeger und Hartung zu reden und das Missverständnis aufzuklären, bot sich nicht, denn die beiden Ermittler waren in ein Gespräch mit dem Pastor vertieft. Nicht einmal Maik Wegner war zu sehen.

Pippa blickte die Straße hinab. An der nahegelegenen Kreuzung wies ein Schild auf die Gartenzwergmanufaktur hin, deren massives Backsteingebäude das Ortsbild auf der linken Seite dominierte. Der Fabrik gegenüber befand sich ein Café, das offenbar das Ziel der Trauergäste war. An der nach rechts abgehenden Straße stand an einer Bushaltestelle ein weißer fensterloser Bus mit bunter Aufschrift: *Rollende Bücherkiste*.

Ein Bücherbus!, dachte Pippa erfreut, mindestens zehn Kilo meines Gepäcks erweisen sich hiermit als überflüssig.

Sie steuerte schon darauf zu, als fröhliches Kindergeschrei ihre Aufmerksamkeit erregte. Eine junge, hübsche Frau kam auf sie zu, auf dem Arm ein etwa dreijähriges blondes Mädchen. Das Kind deutete auf Pippa und wand sich kreischend in den Armen seiner Mutter. Schließlich setzte die junge Frau das Mädchen ab, das sofort auf Pippa zurannte.

Es zeigte begeistert auf den Filzhut und piepste: »Haben! Haben!«

Pippa lachte und erfüllte der Kleinen den Wunsch. Jauchzend setzte das Mädchen den viel zu großen Hut auf, der ihr über die Augen bis zum Hals rutschte. Davon ließ die Kleine sich allerdings nicht irritieren und marschierte los. Mit rotem Topfhut, hellbraunem Mäntelchen und passenden Leggings sah sie aus wie ein Rotkappenpilz auf zwei Beinen. Immer wieder stieß sie kichernd gegen Hindernisse, aber die junge Mutter ließ sich nicht aus der Ruhe bringen und lenkte ihre kleine Tochter jeweils sanft in eine andere Richtung.

Das Mädchen überquerte armrudernd die schmale Straße und traf zufällig durch die Lücke zwischen zwei geparkten Autos. Schließlich prallte es gegen einen jungen Mann, der am Zaun des gegenüberliegenden Hauses lehnte, von wo aus er die Irrwege des Kindes amüsiert beobachtet hatte.

»Wenn das nicht meine beste Freundin Lucie ist«, sagte der Mann, hob das Mädchen hoch und schwenkte es durch die Luft. Das Kind quietschte vor Vergnügen.

»Sieh an, Timo Albrecht. Was machst du denn hier?«,

fragte die junge Mutter, die ihrem Wirbelwind gefolgt war. »Solltest du nicht gerade ein Dorf weiter sein? Bei anderen Lesern? Wir sind doch nur dienstags und donnerstags an der Reihe. Und heute ist Mittwoch.«

»Ich habe meine Gründe.« Der Mann zwinkerte ihr zu und deutete mit dem Daumen über seine Schulter auf den Bücherbus an der Haltestelle. »Im Moment komme ich hier nicht weg. Es muss irgendwo einen starken Magneten geben.«

»Und wo sollte der sein?«, fragte die junge Frau kokett.

Er setzte die kleine Lucie ab, die sich sofort wieder davonmachte. »Du weißt doch, Mandy: immer da, wo Action ist ...«

»Ah, und wo genau ist die heute?«

»Sag du's mir ...«

Pippa grinste in sich hinein, als sie begriff, dass es sich beim Schlagabtausch der beiden jungen Leute um einen handfesten Flirt handelte. Sie wollte sich schon diskret zurückziehen, als Zacharias Biberberg heranstürmte und das verliebte Geplänkel unterbrach.

»Herr Albrecht, was haben Sie hier verloren?«, herrschte Biberberg den jungen Mann an. »Denken Sie, im Angesicht des Todes leiht sich jemand Literatur über Testamente oder Patientenverfügungen aus? Sie sollten ...«, er blickte demonstrativ auf seine Armbanduhr, »genau in dieser Minute in Storchhenningen auf dem Marktplatz stehen und den Bürgern die Möglichkeit geben, sich kulturell zu bilden.«

»Genau aus diesem Grund bin ich hier, Herr Bürgermeister«, antwortete Timo Albrecht gelassen. »Ich präsentiere mich Bürgern, die vielleicht noch nie etwas von unserem rollenden Bücherregal gehört haben. Der Bücherbus hat heute Tag der offenen Tür.«

Der verdutzte Zacharias Biberberg hatte keine Gelegenheit, eine Antwort zu formulieren, denn sein Bruder Thaddäus näherte sich mit schnellen Schritten. Im Gehen zerrte er die Kondolenzschleife von einem Grabstrauß und warf sie achtlos ins Gebüsch.

Dann verbeugte sich Thaddäus Biberberg umständlich vor Mandy und überreichte ihr den Strauß mit den Worten: »Blumen für die schönste Blume im gesamten Storchendreieck.«

Zacharias Biberberg kniff wütend die Lippen zusammen, während Timo Albrecht mit den Augen rollte, als Mandy den Strauß entgegennahm.

Hahnenkämpfe, dachte Pippa amüsiert. Beerdigungen sind eben traditionell Schauplätze für große Gefühle.

Zacharias Biberberg hatte sich wieder gefasst und baute sich vor seinem deutlich kleineren Bruder zu voller Größe auf. »Wie ärgerlich, dass du jetzt nach Storchhenningen musst, Thaddäus. Aber keine Sorge, während du dich mit unserem Investor triffst, werde ich dich hier würdig vertreten. Ich muss sagen, äußerst geschickt von dir, ausgerechnet diesen Zeitpunkt zu wählen. So kann dir niemand aus Storchwinkel ins Gespräch pfuschen.«

Thaddäus Biberberg blickte hektisch von Zacharias zu Mandy, offenbar wollte er die Angebetete nicht im Einflussbereich seines Bruders zurücklassen. Dann sagte er: »Hast du etwa vergessen, dass mein Auto kaputt ist? Du wolltest mich fahren. *Ich sorge dafür, dass du rechtzeitig von der Beerdigung zu diesem bahnbrechenden Gespräch kommst*, hast du gesagt. Erinnerst du dich?«

»Aber das tue ich doch, Thaddäus, das tue ich doch. Unser lieber Timo hat eigens für dich den Fahrplan des Bücherbusses umgestellt. Du musst nur einsteigen, und du wirst rechtzeitig an Ort und Stelle sein.« Zacharias Biberberg grinste wölfisch. »Und vergiss nicht, mich heute Abend anzurufen und mir zu erzählen, wie unser Investor entschieden hat.«

Thaddäus Biberberg begriff offenbar, dass er diese Schlacht verloren hatte, bäumte sich aber ein letztes Mal auf. »Ich verstehe: *mein* Gespräch – aber *unser* Investor. Nun, mein Lieber, dann sei dir sicher, dass ich alles in meiner Macht Stehende tun werde, um einen befriedigenden Abschluss zu erreichen. *Mein* Storchhenningen hat nichts weniger verdient.«

Wenn ich Zacharias Biberberg wäre, würde ich die Drohung gegen *sein* Storchentramm nicht überhören, dachte Pippa amüsiert.

Aber dieser blieb völlig unbeeindruckt. Ohne weitere Zeit zu verschwenden, schob er seinen Bruder und Timo Albrecht in Richtung Bücherbus.

Da mit dem Ende der Beerdigung einige der Besucher den Weg frei gemacht hatten, hatte Timo Albrecht keine Ausrede, seine Weiterfahrt hinauszuzögern. Beim Wegfahren machte er seinem Ärger durch lautes Hupen Luft.

Zacharias Biberberg wandte sich wieder der jungen Frau zu. »Und nun zu uns, Mandy Elise Klöppel. Hast du über mein Angebot nachgedacht?«

Obwohl viel kleiner als er, wirkte die junge Frau bei ihrer Antwort, als wäre sie mit ihm auf Augenhöhe. »Hab ich, Zacharias. Und es ist viel zu niedrig, um mich dazu zu bringen, dir …« Sie ließ den Satz unvollendet und drückte ihm den Blumenstrauß in die Hand. »Nimm das als Trostpflaster.« Ein Lächeln huschte über ihr Gesicht, als sie leise hinzufügte: »Schade, dass es kein Blumen*korb* ist.«

Sie wartete seine Reaktion nicht ab, sondern ließ den erbosten Mann einfach stehen. Dann trat sie zu Pippa, denn diese beschäftigte sich inzwischen mit der kleinen Lucie, die fröhlich plappernd ihr Bein umklammerte.

Pippa streckte Mandy die Hand hin. »Pippa Bolle.«

Die junge Frau reagierte nicht, sondern musterte sie nur.

Pippa ließ die Hand sinken. »Ich werde bei Frau Gerstenknecht wohnen, damit sie während der nächsten Wochen nicht allein ist.«

»Tatsächlich.«

Es klang, als hätte Pippa gerade jede Menge Sympathiepunkte verloren.

Der Weg ins Herz einer Mutter führt über ihr Kind, dachte Pippa und sagte: »Ihre Tochter ist entzückend. Ein richtiger Schatz.«

Das Gesicht der jungen Frau entspannte sich. »Sie heißt Lucie.«

»Wie alt ist sie denn?«

Mandy Klöppel erzählte stolz von ihrer kleinen Tochter. Pippa erfuhr, seit wann Lucie laufen konnte und wann sie ihr erstes Wort gesprochen hatte. »Lucie liebt jede Art von Verkleidung ... aber Mützen und Hüte besonders.«

»Dann darf sie ihn noch ein wenig aufbehalten.«

»Wollen Sie auch zur Ade-Bar?«

»Ade-Bar?«

Mandy Klöppel deutete die Straße hinunter auf das Café gegenüber der Fabrik, vor dem sich bereits eine beträchtliche Anzahl Menschen versammelt hatte. »Kommen Sie, gehen wir zusammen.«

Im Vertrauen darauf, dass Maik Wegner sie dort finden würde, schloss Pippa sich Tochter und Mutter an.

Glaub bloß nicht, dass ich nicht merke, wie deine Blicke meinen Rücken durchbohren, Bürgermeister, dachte Pippa und drehte sich rasch um. Zacharias Biberberg konnte nicht schnell genug reagieren, und so ertappte sie ihn. Er starrte sie wütend an. Dann warf er die Blumen in hohem Bogen über die Schulter, als wäre er eine Braut, hinter deren Rücken die unverheirateten Freundinnen darauf warteten, den Brautstrauß zu fangen.

Pippa wandte sich eilig ab, damit er ihr Lachen nicht sah, als der Strauß in den Ästen eines Friedhofsbaumes hängen blieb.

Der Geschwindigkeit des Kindes angepasst, das Pippa und Mandy Klöppel zwischen sich an den Händen hielten, näherten sie sich langsam dem Ort des Leichenschmauses. Bereits aus der Entfernung hörte man Lachen und Geplauder.

»Sieht mehr nach einem Frühlingsfest aus«, sagte Pippa.

»Das liegt an Hilda Krauses Backkünsten«, erklärte Mandy Klöppel. »Gedeckter Bienenstich, Schmandkuchen, Schokoladenkuchen mit Puddingfüllung und ihr unvergleichlicher Baumkuchen.«

Freddy, wenn du wüsstest!, dachte Pippa, der beim Gedanken an diese Köstlichkeiten das Wasser im Munde zusammenlief.

Mandy Klöppel taute zusehends auf, und Pippa wollte die Gelegenheit nutzen, etwas mehr über Storchwinkel zu erfahren. »Das war eine beeindruckende Darbietung vorhin auf dem Friedhof. Der Trompeter ist wirklich gut. Hat der Tote sich die Fanfare gewünscht?«

»Nein – das ganze Dorf.«

Pippa und Mandy sahen sich an, und Pippa musste lachen.

Auch Mandy kicherte unterdrückt. »Glauben Sie mir, das ist das erste Mal, dass mich irgendetwas im Zusammenhang mit Bornwasser zum Lachen reizt.«

»So schlimm?«

»Schlimmer. Jeder hier kannte den Mann, und jeder hätte mit Freuden darauf verzichtet.«

»Gerichtsvollzieher sind traditionell nicht sehr beliebt.«

Mandy Klöppel zuckte nur mit den Schultern und schwieg wieder unergründlich.

Vor dem Café drängten sich die Menschen und ließen sich Kaffee und Kuchen schmecken. Sie standen um Bistrotische, die nicht aussahen, als würden sie im Gastronomiebedarf angeboten: Ihre Beine waren hohe, ineinander verschobene Xe, auf denen eine runde Naturholzplatte lag.

Die sehen ja aus, als hätte ..., dachte Pippa, wurde aber in ihrem Gedankengang unterbrochen, als eine Kellnerin mit einem großen Tablett voller Köstlichkeiten vor ihr auftauchte. Genau wie Mandy Klöppel ließ sie Lucies Hand los, um sich zu bedienen, und sofort machte sich die Kleine zu neuen Abenteuern auf.

Einen Teller mit einem Stück Baumkuchen in der Hand, bewunderte Pippa das schmucke Haus, vor dem sie standen. Die Fassade war sonnengelb gestrichen, und über die gesamte Breite prangte in verschnörkelten Lettern: *Echter Storchwinkeler Baumkuchen*. Die beiden Schaufenster waren liebevoll mit der Spezialität des Hauses in zahlreichen Variationen dekoriert: von in Zellophan verpackten halben Ringen mit verschiedenen Glasuren bis hin zu einem beeindruckend hohen Hochzeits-Baumkuchen, der verschwenderisch mit Marzipanblumen geschmückt war. Ein Metallschild in Form eines Baumkuchens verriet den Namen des Cafés: *Hildas Ade-Bar*.

Störche sind hier wirklich allgegenwärtig, dachte Pippa und bewunderte den Humor der Cafébesitzerin.

Während Mandy Klöppel neben ihr die Ankunft eines Taxis beobachtete, las Pippa die Anschlagtafel neben der Eingangstür des Cafés: *Täglich wechselnder Mittagstisch – Kaffee und Kuchen – Eigene Baumkuchenherstellung – Frisch gepresste Säfte – 3L-Gutscheine werden eingelöst.*

Bevor Pippa fragen konnte, was sie unter 3L-Gutscheinen zu verstehen habe, sagte Mandy Klöppel: »Die Ade-Bar ist absolut empfehlenswert, das Essen ist sehr gut. Aber: Es ist ein echter Saftladen.«

Pippa stutzte kurz, dann verstand sie. »Kein Alkohol!«

»Genau! Obwohl der steife Kaffee das dreimal wettmacht. Der kann buchstäblich Tote zum Leben erwecken.« Nach einer Pause fuhr sie fort: »Pech für Harry Bornwasser, dass er niemals hier war.«

Auf Pippas fragenden Blick hin erklärte sie: »Bei Hilda Krause war für ihn nichts zu holen.«

Mit sattem Knall schlug die Tür des Taxis zu. Gabriele Pallkötter war ausgestiegen und ließ ihren strengen Blick über die Versammlung schweifen.

»Verdammt, die Palle. Die oberste moralische Instanz des Storchendreiecks.« Mandy Klöppel zuckte leicht zusammen. »Ich hätte es ahnen müssen.« Sie blickte sich hektisch um. »Wo ist Lucie? Das gibt nur wieder Ärger, wenn Frau Pallkötter merkt, dass die Kleine allein unterwegs ist.«

Auch Pippa konnte das kleine Mädchen nirgends entdecken.

»Ich kann sie schon hören! Allein, wie sie meinen Namen ausspricht, macht mich rasend«, sagte Mandy Klöppel zunehmend panisch. »*Na, Frau Klöppel, ist Ihre Kleine wieder unbeaufsichtigt? Haben Sie sie wieder allein gelassen?*« Trotz ihrer Besorgnis gelang der jungen Frau eine erstaunlich lebensechte Imitation der gefürchteten Jugendamtsleiterin.

»Lucie kann nicht weit sein«, begann Pippa, aber bevor sie den Vorschlag machen konnte, gemeinsam nach ihr zu suchen, stand Gabriele Pallkötter schon vor ihnen.

Na, da haben sich ja die beiden Richtigen gefunden, sagte der Blick der Dame. Dann sagte sie: »Ein glücklicher Zufall, dass ich Sie hier treffe, Frau Klöppel, dann muss ich Sie nicht suchen. Ich wünsche, Sie morgen auf dem Jugendamt zu sehen.«

»Hat das nicht Zeit bis nach Ostern?«, bat Mandy Klöppel.

Gabriele Pallkötter schüttelte den Kopf. »Gemeindeverwaltung Storchentramm. Morgen früh, zehn Uhr. Ich habe mich heute in Wolfsburg noch einmal umfassend erkundigt – auch was das Erbrecht angeht –, und ich würde das Ergebnis gerne mit Ihnen besprechen. Auch Frau Heslich ist der Meinung, dass ...«

»Das darf ja wohl nicht wahr sein! Sie haben schon wieder mit Frau Heslich über mich geredet?«, fiel Mandy Klöppel ihr empört ins Wort. »Setzen Sie es doch gleich in die Zeitung! Ich wünsche Ihnen beiden die Kuhkrätze an den Hals – und möge sie brennen wie die Hölle! Nichts soll Ihre Schmerzen jemals lindern!«

Während Pippa versuchte, den Ausbruch der jungen Mutter zu verdauen, entdeckte sie im Gesicht der Jugendamtsleiterin tiefe Befriedigung darüber, dass es ihr gelungen war, Mandy Klöppel zu provozieren.

»Also dann morgen um zehn Uhr. Auf die Minute! Ich habe nicht unbegrenzt Zeit. Die kleine Lucie dürfen Sie selbstverständlich mitbringen«, sagte Gabriele Pallkötter. Sie machte eine bedeutungsvolle Pause. »Noch ein gutgemeinter Rat: Echauffieren Sie sich nicht immer so, Frau Klöppel, damit schaden Sie nur sich und Ihrem Fall. Denken Sie daran: Ich kann Ihnen wirklich helfen. Es ist noch nicht alles verloren. Immerhin sind Sie ohne Ihre Tochter zur Beerdigung gekommen und setzen die Kleine nicht diesem traurigen Ereignis aus. Ich darf doch annehmen, dass Lucie in adäquater Obhut ist?«

»Ist sie«, antwortete eine leicht rauchige, völlig unaufgeregte Stimme hinter ihnen, und die drei Frauen drehten sich um.

Lucie thronte stolz auf dem Schoß von Christabel Gerstenknecht, deren Rollstuhl von Melitta Wiek geschoben wurde. Flankiert wurde die kleine Gruppe auf der einen

Seite von den Kommissaren Seeger und Hartung, auf der anderen von Severin Lüttmann und einer rundlichen Frau mit grauem Dutt und freundlich wirkenden Wangengrübchen.

Den anerkennenden Blick, den Seeger der verdutzten Pippa zuwarf, konnte sie allerdings nicht einordnen. Und noch weniger verstand sie, dass Gabriele Pallkötter plötzlich ihre ohnehin tadellos sitzende Frisur zurechtzupfte und ein strahlendes Lächeln aufsetzte, das ihr Gesicht völlig veränderte.

»Christabel, ich muss drinnen wieder nach dem Rechten sehen«, sagte die Frau mit den Grübchen nervös, »der Kuchen geht weg wie warme Semmeln. Das müssen ja mindestens zweihundert Trauergäste sein. Wenn nicht dreihundert. Bei diesem Auflauf frage ich mich, ob ich heute Mittag nicht besser in meiner Backstube geblieben wäre.«

»Du musst auch mal ausspannen, Hilda«, entgegnete Christabel Gerstenknecht. »Wir haben gemütlich gegessen, und die Rechnung für den Leichenschmaus ist besprochen. Deine Backstube kann gut ein paar Stunden ohne dich auskommen. Es läuft doch wie am Schnürchen. Überlass ruhig alles einmal deinen Aushilfen.«

»Bedienen ja, backen nein.« Hilda Krause wandte sich zum Gehen. »Der Baumkuchen geht zur Neige, und an meine Baumkuchenwalze lasse ich niemanden. Da habe ich einen Ruf zu wahren.«

»Verstehe«, sagte Christabel, aber ihre unwillig gerunzelte Stirn strafte sie Lügen. Sie unternahm einen zweiten Versuch. »Wenn du noch weitere Hilfe brauchst ...« Sie deutete auf Melitta Wiek.

»Jederzeit gern, Frau Krause«, sagte diese.

»Wunderbar, vielen Dank, aber das ist nicht nötig.« Hilda Krause nickte noch einmal zum Abschied und ging ins Café.

Gabriele Pallkötter hatte währenddessen ihren Blick nicht von Kommissar Seegers Gesicht gewandt. »Herr Hauptkommissar – auch mal wieder im Lande? Sie sind doch nicht etwa aus beruflichen Gründen hier?«, säuselte sie schmachtend und sah auf ihre Armbanduhr. »Und selbst wenn, müssten Sie doch jetzt langsam Feierabend machen dürfen. Wie wäre es, wenn wir in der Ade-Bar gemeinsam etwas zu uns nehmen – im Andenken an den lieben Verblichenen?«

Kommissar Seeger beschloss offenbar, das mehr als deutliche Angebot nicht gehört zu haben, und fragte Gabriele Pallkötter mit unbewegter Miene: »Haben Sie Waltraut Heslich gesehen?«

»Leider nein, Herr Kommissar. Eine dringende Angelegenheit hat mich heute nach Wolfsburg geführt ...«

Bei der Erwähnung der Stadt glaubte Pippa wahrzunehmen, dass Melitta Wiek leicht zusammenzuckte, und Severin Lüttmann sah aus, als ginge unmittelbar vor ihm die Titanic unter.

»... und als es später wurde als geplant, habe ich gegen zwölf Uhr versucht, Waltraut anzurufen, um ihr zu sagen, dass ich es nicht schaffe, sie zur Beerdigung zu begleiten. Leider war sie da bereits unterwegs und hat nicht mehr abgenommen. Wieso fragen Sie?«

»Frau Heslich war nicht auf der Beerdigung«, sagte Seeger.

Ungläubigkeit malte sich auf Gabriele Pallkötters Gesicht. »Sind Sie sicher? Das erstaunt mich wirklich. Sie hatte einen so wunderbaren Kranz binden lassen.«

Severin Lüttmann nickte eifrig. »Das stimmt. Auf der Schleife steht: *Für immer vereint* ... Wundervoll.« Ein sehnsuchtsvolles Seufzen entrang sich seiner Brust. Christabel Gerstenknecht zog eine Augenbraue leicht nach oben, und er verstummte.

»Sie denken also, Frau Heslich geht es gut?«, fragte Hartung die Pallkötter.

Diese war sichtlich beunruhigt, aber Christabel Gerstenknecht sagte: »Natürlich geht es ihr gut – sie erbt schließlich alles.«

Bevor einer der Kommissare darauf eingehen konnte, gellte ein markerschütternder Schrei über den Vorplatz. Sekunden später wankte Hilda Krause aus dem Café. Sie war kreidebleich, und in ihrem Blick stand blanke Panik. Krampfhaft schnappte sie nach Luft, stolperte in Christabels Richtung und stützte sich schwer auf den Bistrotisch, an dem Pippa und Mandy Klöppel standen. Der Tisch schwankte, zwei Kuchenteller fielen herunter und zerbrachen klirrend auf dem Kopfsteinpflaster. Pippa und Melitta Wiek griffen zu, um die entsetzte Frau festzuhalten.

»Hilda? Hilda, was ist passiert?«, rief Christabel Gerstenknecht besorgt.

Hilda Krause hob kraftlos den Arm und deutete auf die Eingangstür ihres Cafés. Ihre Lippen zitterten, als sie kaum hörbar flüsterte: »Backstube …«

Dann brach sie ohnmächtig zusammen.

Kapitel 6

Ohne einen Blick zu wechseln, rannten die Kommissare los. In der Tür der Ade-Bar drehte Seeger sich zu Pippa um und rief: »Na los, Sie auch. Worauf warten Sie?«

Pippa deutete erstaunt auf sich. »Ich? Wieso ...«

»Was denken Sie denn?«, unterbrach Seeger ungeduldig. Er verschwand im Café, aus dem Hartung bereits die Anwesenden nach draußen vor die Tür schickte.

Christabel Gerstenknecht warf der zögernden Pippa einen undefinierbaren Blick zu. »Na los, nun machen Sie schon.« Dann wandte sie sich an Melitta Wiek. »Und Sie kümmern sich um Hilda. Severin, du holst Doktor Wegner – und das alles vite, vite.«

Das kommt davon, dass ich an entscheidender Stelle den Mund nicht aufbekomme, obwohl ich sonst zu allem meinen Senf dazugebe, dachte Pippa.

Auf dem Platz war kein Laut zu hören, als sie sich widerstrebend in Bewegung setzte. Die Besucher des Leichenschmauses machten ihr Platz und starrten ihr stumm hinterher. Die Kerzen der aufgestellten Windlichter flackerten bedrohlich in der einsetzenden Dämmerung und verstärkten die düstere Atmosphäre. Schaudernd bahnte Pippa sich ihren Weg durch die Leute, die aus dem Café strebten. Als sie vor der Tür zur Backstube stand, war der vordere Raum leer.

Sie atmete tief durch. Dann stieß sie die Schwingtür auf – und wünschte sofort, sie hätte es nicht getan.

Mit blassen Gesichtern standen Seeger und Hartung neben einer weiblichen Leiche. Die tote Frau lag auf der linken Seite, als würde sie schlafen. Sie trug ein Kittelkleid aus Synthetik mit einem Muster aus vielfarbigen, ineinander verwobenen Kreisen, und ihre rechte Körperhälfte wies schwere Verbrennungen auf. An Stellen, wo die Hitze nicht direkt an den Körper gelangt war, bildeten die Überreste ihres Kittelkleides auf der Haut ein bizarres Tattoo. Der Raum stank nach verbranntem Fleisch und verschmortem Plastik.

Die Leiche lag auf dem Boden vor einem nach vorne offenen Baumkuchenofen, in dem in ganzer Breite gleichmäßiges Feuer brannte. Vor den Gasflammen drehte sich noch immer die motorgetriebene Kuchenwalze.

Pippa schloss die Augen und verließ rückwärts die Backstube, aber das Bild hatte sich ihr bereits unauslöschlich eingeprägt. Seeger und Hartung folgten ihr ins Café. Hartung bat telefonisch um Unterstützung und gab sich betont unbeeindruckt, aber auf seiner Stirn stand Schweiß. Seeger nickte Pippa ernst zu und ging an ihr vorbei zur Ladentür.

Ich muss ihm jetzt sagen, dass ich keine Kollegin bin, dachte Pippa, ich gehe da nicht noch einmal hinein. Ich bin für meine Neugier genug gestraft.

»Herr Kommissar, ich …«, begann sie.

Paul-Friedrich Seeger winkte ab, ohne sich umzudrehen. »Später«, sagte er und öffnete die Tür.

Durch das Schaufenster sah Pippa, dass Hilda Krause sich wieder ein wenig erholt hatte. Sie saß direkt vor dem Café auf einem Stuhl. Melitta Wiek hielt ihr ein altmodisches Riechfläschchen unter die Nase, das sie danach an Christabel Gerstenknecht zurückgab. Schweigend warteten die Trauergäste vor dem Geschäft und blickten den Kommissar gespannt an.

»Es hat einen bedauerlichen Unfall gegeben«, erklärte Seeger. »Bitte behalten Sie die Ruhe. Wir werden jetzt …«

»Ein Unfall, Herr Kommissar?« Lokalreporter Brusche drängelte sich durch die Menge nach vorn. »Was ist passiert? Und wie? Wen hat es diesmal erwischt?«

»Kommen Sie mit, Brusche, und sagen Sie's mir«, erwiderte Seeger, nachdem er einen Moment lang überlegt hatte. »Sie kennen doch jeden hier.«

Brusche war begeistert. »*Das* nenne ich doch mal Kooperation mit der Presse.«

Das wirst du bereuen, dachte Pippa, als Brusche aufgeregt an ihr vorbei zur Backstube eilte und die Schwingtür aufstieß.

Genau wie ihr selbst reichte dem Reporter ein kurzer Blick auf die Leiche. Die Tür schwang zurück, ohne dass er den Raum betreten hätte. Sie hätte ihn frontal getroffen, aber im letzten Moment löste er sich aus seiner Erstarrung und stoppte sie mit der Hand. Er hastete hinter die Verkaufstheke. »Ich brauche ... Schnaps! Verdammt, gibt es hier keinen ...«

Mit sichtlichem Aufatmen entdeckte er auf einem kleinen Glasregal hinter dem Tresen eine Anzahl eckiger Flaschen aus braunem Glas. Die Etiketten waren kunstvoll mit Kalligraphie beschriftet, und jedes trug einen anderen Namen: Lüttmann, Gerstenknecht, Klöppel, Krause, Bartels, Heslich, Lohmeyer ... Auf einer Flasche, die deutlich größer war als die anderen, stand: *Lebenselixier*. Wie ein Ertrinkender griff Brusche danach, drehte ungeduldig den Verschluss ab und schüttete sich große Tropfen der Flüssigkeit direkt in den Rachen. Er zog eine Grimasse und schüttelte sich, als hätte er reinen Essig getrunken. Langsam kehrte Farbe in sein Gesicht zurück.

Unbewegt beobachtete Seeger Brusches Versuche, die Fassung zurückzuerlangen, und fragte: »Und? Wer ist es?«

»Sie Mistkerl!« Der Lokalreporter blitzte den Kommissar wütend an. »Das wissen Sie doch selbst! Das da drin ist ... war ... Waltraut Heslich.«

Seeger nickte ruhig. »Aber jetzt habe ich die Bestätigung, nachdem Sie so freundlich waren, sie zu identifizieren.« Er wandte sich wieder den Menschen vor dem Laden zu. »Meine sehr verehrten Damen und Herren, es tut mir wirklich leid: Wie Herr Brusche mir gerade bestätigt, handelt es sich bei dem Unfallopfer um Frau Waltraut Heslich.«

Ein Raunen ging durch die Menge. Gabriele Pallkötter stieß einen spitzen Schrei aus. Dann schlug sie die Hand vor den Mund, als sei sie erschrocken über dieses Zuviel an Emotion vor allen Leuten.

»Meine Kollegen werden sich jetzt von jedem Anwesenden Namen und Anschrift geben lassen«, fuhr Seeger fort.

»Was ist passiert? Sagen Sie uns, was passiert ist!«, forderte jemand aus der Menge, und die anderen Wartenden stimmten murmelnd zu.

Seeger zögerte mit der Antwort. Dann sagte er: »Frau Heslich ist offenbar der Flamme des Baumkuchenofens zu nahe gekommen und ...«

Eine Frau schrie auf. Dann rief jemand: »Genau, wie der alte Heinrich gesagt hat! Genau wie seine letzte Prophezeiung! Vorhin, an Bornwassers Grab!«

Die Menschen sahen sich entsetzt an, als wäre ihnen wieder eingefallen, warum sie hier versammelt waren: Sie hatten einen Toten zu Grabe getragen. Und jetzt gab es eine weitere Leiche.

Unruhe machte sich breit, als Einzelne aus dem düsteren Orakel des alten Mannes zitierten: »Hitze des Höllenfeuers«, hörte Pippa, und »Furien der Rache«. Als die Worte »schwarze sterbliche Hülle« fielen, wurde ihr übel, und sie sehnte sich nach Christabel Gerstenknechts Riechfläschchen.

»Er weiß immer genau, was geschehen wird«, sagte ein Mann.

»Er hat auch alle anderen Unglücksfälle der letzten Jahre vorhergesagt«, ein anderer.

»Heinrich hat das Zweite Gesicht!«, rief eine Frau. »Er soll uns erklären, was hier passiert! Und warum!«

»Wo ist er?« – »Wo ist der alte Heinrich?« – »Er muss uns warnen, ehe noch mehr passiert!« – »Hat ihn jemand gesehen?«

Die Menge bewegte sich unruhig wie eine Herde Tiere kurz vor dem Ausbruch einer Stampede.

»Ruhe!« Christabel Gerstenknechts feste Stimme brachte die aufgeregte Trauergemeinde abrupt zum Schweigen. Ruhig strich sich die alte Dame ihre langen Handschuhe glatt, dann richtete sie sich mühsam in ihrem Rollstuhl auf. »Genug! Reißt euch zusammen, wir sind nicht im Mittelalter. Wir werden jetzt genau das tun, was Hauptkommissar Seeger wünscht. Alle. Alles. Das sind wir Waltraut Heslich schuldig. Habe ich mich deutlich ausgedrückt?«

Die Menschen nickten stumm, und die alte Dame machte eine Handbewegung in Seegers Richtung, mit der sie sagte: Alles vorbereitet. Legen Sie los.

Seeger winkte Pippa und Hartung zu sich. Von hinten drängelte Brusche sich an ihnen vorbei und bahnte sich einen Weg durch die Menschen. Er verschwand in einer kleinen Baumgruppe auf der anderen Straßenseite.

»Sie kommen jetzt bitte nacheinander zu meinen Kollegen und weisen sich aus«, verkündete Seeger, »wir werden Ihre Personalien aufnehmen.«

»Werden wir jetzt alle verhört?«, fragte jemand schüchtern. »Ist denn das nötig?«

»Es gibt keine Verhöre. Wir sind hier nicht in einem Fernsehkrimi«, platzte Pippa heraus, ohne nachzudenken. »Im

Moment geht es um nichts anderes als unsere Personalien.«

Seegers Mundwinkel zuckten, aber Hartung warf ihr einen missbilligenden Blick zu. Pippa ärgerte sich, dass sie nicht geschwiegen hatte, aber ihre Worte zeigten Wirkung: Vor ihr und Hartung bildeten die Leute zwei ordentliche Warteschlangen.

Christabel Gerstenknecht sah Seeger an. »Können wir Ihre Arbeit noch auf andere Weise unterstützen, Hauptkommissar Seeger?«

»Allerdings«, antwortete Hartung an Seegers statt. »Der alte Mann mit dem Schlapphut, dieser Heinrich. Wissen Sie, wo der ist? Der soll hier antanzen. Sofort.«

»Er hat den Friedhof schon vor Ende der Beerdigung verlassen«, rief jemand.

»Nun, dann werden wir ihn suchen«, bestimmte Christabel Gerstenknecht.

»Mein Sohn kann ihn holen«, sagte Melitta Wiek.

Christabel Gerstenknecht nickte dem jungen Trompeter zu. »Aber geh nicht allein zur Mühle, Florian. Nimm die Hunde mit.«

Die Blicke der Leute wandten sich Florian Wiek zu, als sähen sie ihn durch die Fürsorge der alten Dame in einem neuen Licht. Davon gänzlich unbeeindruckt, drehte sich der junge Mann um und ging.

Gleichzeitig erschien Severin Lüttmann mit Maik Wegner, der sich sofort um Hilda Krause kümmern wollte.

Diese wehrte ihn freundlich, aber bestimmt ab. »Mir geht es gut, Doktor. Vorhin, das war nur ... der Schreck.«

»Fühlen Sie sich in der Lage, mir einige Fragen zu beantworten, Frau Krause?«, fragte Seeger sofort.

Als Hilda Krause zustimmte, bat er sie ins Café.

Pippa, die an einem Stehtisch direkt an der geöffneten

Ladentür stand, spitzte die Ohren, während sie weiter Personalien aufnahm. Einer nach dem anderen trat vor, schob ihr den Personalausweis oder Führerschein hin und murmelte seinen Namen. Wie Pippa wollten alle gerne hören, was der Kommissar mit Hilda Krause zu besprechen hatte, daher machten sie nach der Aufnahme in die Liste nur zögernd ihren Logenplatz für den Nächsten frei. Einige musste Pippa mit sanftem Druck weiterschieben, damit sie ihre Aufgabe erledigen konnte.

Hilda Krause war mit festem Schritt hinter den Verkaufstresen getreten und begutachtete jetzt kritisch die Flasche, die Brusche nicht ins Regal zurückgestellt hatte. »Da hat wohl noch jemand eine Stärkung gebraucht«, murmelte sie und zapfte aus einer großen Kaffeemaschine heißes Wasser in ein Glas. Sie gab reichlich vom *Lebenselixier* hinein, das sich als grasgrüne Tinktur entpuppte, fügte Zucker hinzu und trank in ruhigen, langen Schlucken. »Gut gegen Schock. Sie auch, Herr Kommissar?«

»Sieht aus wie ein Zaubertrank«, sagte Seeger zweifelnd. »Ist Storchwinkel etwa ein von unbeugsamen Altmärkern bevölkertes Dorf im Kampf gegen …«

»Manche nennen Heinrich tatsächlich einen Druiden.« Hilda Krause hielt die große braune Flasche einladend hoch. »Seine Elixiere wirken wahre Wunder. Mal probieren?«

»Gern.« Seeger nahm das Getränk und kostete einen winzigen Schluck. Einen Moment lang starrte er konzentriert in die Ferne, als müsste er sich sehr beherrschen, dann sagte er: »Vielleicht will ich doch nicht groß und stark werden. Was ist denn da drin?«

»Wir nennen es *Entenflott*, gemeinhin auch bekannt als Kleine Wasserlinse. Ob sie allerdings wirklich diesen unverwechselbaren Geschmack ausmacht, ist und bleibt Heinrichs Geheimnis«, antwortete Hilda Krause mit zufriedenem Lächeln. »Aber Sie wollten mir einige Fragen stellen, Herr Kommissar.«

Seeger hatte erreicht, was er wollte: Durch den kleinen Wortwechsel über Heinrichs Elixier hatte Hilda Krause ihre Schwäche endgültig überwunden und war jetzt in der Lage, über das Geschehene zu reden. Er stellte sein Glas auf den Tresen und nickte. »Wieso war Frau Heslich in Ihrer Backstube? Was wollte sie dort, Frau Krause?« Suchend klopfte er die Taschen an den Oberschenkeln seiner Hose ab und zog dann Notizblock und Stift aus einer auf der rechten Seite.

Hilda Krause zuckte mit den Achseln. »Wenn ich das wüsste ... Vielleicht wollte sie sich vergewissern, dass alles so vorbereitet war, wie sie es wünschte. Sie war sehr penibel.«

»Obwohl sie die Feier nicht selbst bezahlte?«

»Gerade *weil* sie nicht selbst bezahlte. Ich schätze, sie wollte kontrollieren, ob von allen Kuchensorten genug vorhanden war. Oder ob die Dekoration ihren Vorstellungen entsprach. Sie bestand auf rosa Kerzen in den Windlichtern. Sie liebte Rosa.«

»Wann waren Sie heute zuletzt in der Backstube?«

»Vorhin, als ...« Sie brach ab. »Sie meinen *vorher*. Das muss kurz vor elf gewesen sein. Ich war bei Christabel zum Essen eingeladen. Wir hatten einiges zu besprechen, und danach sind wir gemeinsam zur Beerdigung gegangen.«

»Welche Personen haben während Ihrer Abwesenheit Zugang zum Haus?«

Hilda Krause sah ihn erstaunt an. »Wie meinen Sie das?«

»Wer außer Ihnen hat einen Schlüssel? Für die Ladentür, für den Hintereingang, für Ihre Wohnung?«

»Schlüssel?« Sie schüttelte ratlos den Kopf. »Niemand. Bei mir ist immer alles offen.«

»Haben Sie denn gar keine Angst, dass jemand etwas

klaut?« Er deutete auf den monumentalen Flachbildschirm an der Wand des Cafés. Angesichts der Verständnislosigkeit in Hilda Krauses Miene seufzte der Kommissar. »Verstehe. Wir sind im Storchendreieck, mitten in der beschaulichen Altmark. Hier schließt niemand die Türen ab.«

Ihr Gesicht hellte sich auf. »Ganz genau! Bis auf meine Backstube. Jedenfalls heute.«

»Moment – die Eingangstür und die Hintertür waren offen, aber die Verbindungstür zwischen Café und Backstube abgeschlossen? Habe ich das richtig verstanden?«, fragte er ungläubig.

Hilda Krause nickte. »Aber ja. Im Café herrscht Rauchverbot, und ich wollte verhindern, dass meine Aushilfen mit ihren Glimmstängeln durch die Backstube traben, um im Garten zu rauchen.« Sie grinste. »Die drei sind einfach zu bequem, um für fünf Minuten Pause ganz ums Haus herumzugehen.«

»Aber ...« Kommissar Seeger wollte noch etwas sagen, aber dann schüttelte er kaum merklich den Kopf und fragte: »Die Baumkuchenwalze – warum lief die? Und warum brannte das Feuer? Oder brennt es immer?«

»O nein, da bin ich sehr gewissenhaft. Ich lasse das Feuer niemals unbeaufsichtigt.« Hilda Krause schwieg einen Moment. Dann sagte sie: »Das Gas war abgedreht, als ich ging. Hundertprozentig. Während ich backe, verlasse ich das Haus nie. Und nach dem Backen lösche ich das Feuer. *Ich habe die Walze nicht wieder angestellt.*«

Brusches Auftauchen lenkte Pippa vom Gespräch der beiden ab. Der Journalist keuchte und wischte sich mit einem Taschentuch den Mund ab.

Den hat es aber ordentlich erwischt, den investigativen Herrn Zeitungsschreiber, dachte Pippa.

Schwer atmend stützte sich Brusche auf einen Bistrotisch, aber Christabel Gerstenknecht gönnte ihm keine Erholung. »Schreiben ist doch Ihr Beruf, nicht wahr?« Sie deutete mit dem Kopf auf Pippa und Hartung. »Machen Sie sich mal nützlich und helfen Sie den beiden. Vielleicht gewähre ich Ihnen dann sogar das Interview, um das Sie seit Jahren betteln.«

In Brusches Gesicht zeigte sich pure Verzweiflung, aber die alte Dame kannte kein Erbarmen. »Sie erstellen eine Liste der Leute, die auf der Beerdigung waren, aber jetzt fehlen. Sie kennen doch jeden. Strengen Sie Ihr Hirn an.«

Unwillkürlich fasste Brusche sich an den Kopf.

Christabel Gerstenknecht lächelte. »Ja, der ist noch da. Also los.«

Hilda Krause kam aus dem Café und sagte: »Der Hauptkommissar möchte mit dir sprechen, Christabel. Du bist die Älteste, hat er gesagt, mit dir redet er zuerst. Dann musst du nicht so lange warten und kannst schnell wieder nach Hause.«

»Das kommt überhaupt nicht in Frage«, schnappte die alte Dame empört. »Soll ich mir etwa alles aus zweiter Hand erzählen lassen? Die jungen Leute sollen zuerst gehen. Ich habe Zeit. Melitta, Severin – der Kommissar möchte mit euch sprechen.«

»Ich komme mit.« Maik Wegner schloss sich den beiden an und war als Erster im Café. »Kann ich hier noch irgendwie behilflich sein?«, fragte er Seeger.

Dieser deutete wortlos auf die Schwingtür.

Wegner ging mit großen Schritten darauf zu, öffnete sie und steckte den Kopf in die Backstube. Dann drehte er sich um und sagte trocken: »Ich hole dann mal Beruhigungsspritzen. Für alle, die das sehen müssen. Meinen ganzen Vorrat.«

Pippa fühlte sich mittlerweile, als hätte sie ein Déjà-vu. Die Polizei ermittelte, sie war hautnah dabei – ohne sich darum bemüht zu haben. Während sie fleißig Namen und Adressen notierte, spitzte sie die Ohren abwechselnd in Richtung Café oder Christabel Gerstenknecht.

»Sag deinem Neffen Bescheid, er soll herkommen«, sagte diese gerade zur Baumkuchenbäckerin. »Ich möchte nicht, dass du allein in deinem Haus bleibst. Ich zahle ihm die Fahrkarte. Bis er da ist, wohnst du bei mir.«

Hilda Krause wollte protestieren, kam aber nicht zu Wort.

»Ich will nichts hören, Hilda. Die Polizei macht sicher jede Menge Unordnung, und ich habe reichlich Platz. Nach diesem Schreck sollst du es sauber und ordentlich haben.«

… und vor allem gefahrlos, dachte Pippa. Christabel Gerstenknecht möchte, dass ihre Freundin in Sicherheit ist.

»Aber die Vorbereitungen für Ostern …«, sagte Hilda Krause lahm.

Christabel Gerstenknecht schüttelte lächelnd den Kopf. »Sobald Josef hier ist, lasse ich dich wieder frei.«

In diesem Moment schrillte eine Polizeisirene durch die anbrechende Nacht und wurde rasch lauter. Ein Fahrzeug kam mit quietschenden Bremsen zum Stehen, und einige Männer stiegen aus. Rhythmisch blitzte das Blaulicht in der Dunkelheit, während Hartung die Kollegen in Empfang nahm.

Das hat ganz schön gedauert, dachte Pippa. Sieht aus, als wäre das ein riesiges Gebiet, um das Seeger und Hartung sich kümmern müssen.

Neugierig spähte sie durch die geöffnete Tür in die Ade-Bar. Die Männer standen zusammen, und Hartung brachte die Neuankömmlinge auf den Stand der Dinge. Zwei von ihnen gingen sofort in die Backstube. Seeger trat einige Schritte zur Seite, holte ein Diktiergerät aus einer seiner Hosentaschen und sprach hinein. Dann kontrollierte er auf dem Display einer kleinen Digitalkamera die Bilder, die er in der Backstube aufgenommen hatte.

In der Innentasche seiner Wachsjacke klingelte ein Handy. Er nahm das Gespräch an und hörte aufmerksam zu. Plötzlich sah er überrascht zu Pippa hinüber. Sie zuckte zusammen, denn er ertappte sie dabei, wie sie ihn anstarrte und zu belauschen versuchte.

»Verstanden«, sagte Seeger ins Telefon, ohne sie aus den Augen zu lassen. »Da kann man nichts machen.«

Seeger ließ das Handy zurück in die Innentasche gleiten und winkte Pippa zu sich. Er neigte seinen Kopf vor und sagte leise in ihr Ohr: »Das war mein Vorgesetzter. Die von uns angeforderte dritte Planstelle ist abgelehnt worden. Es wurde auch niemand geschickt, uns vorübergehend zu helfen.« Er machte eine Pause, und Pippa hörte nur seine Atemzüge. Dann fragte er: »Aber wer sind dann Sie?«

»Das versuche ich Ihnen doch schon die ganze Zeit zu sagen«, flüsterte Pippa unglücklich zurück. »Ich bin keine Polizistin. Ich bin Frau *Gerstenknechts* Verstärkung!«

»Schade, die erste Version hätte mir besser gefallen.« Zu Pippas Überraschung verzog sich Seegers Gesicht zu einem breiten Grinsen. »Aber so ist es auch nicht zu verachten.« Er machte eine Pause und sagte: »Dann gehen Sie jetzt besser wieder nach draußen und kümmern sich um Ihren eigenen ... Fall, Frau ...?«

»Bolle, Pippa Bolle«, sagte sie und schüttelte seine Hand, die er aber nicht losließ. Stattdessen zog er Pippa noch näher zu sich heran. »Zu niemandem ein Wort, verstanden?«

Pippa wusste nicht, ob er die Verwechslung meinte oder die Tatsache, dass sie Informationen hatte, die niemand außer der Polizei haben sollte, nickte aber hastig. So sympathisch und kompetent der Kommissar ihr auch erschien, sie wünschte sich Abstand zu der toten Frau in der Backstube.

Vor der Tür atmete sie tief durch und ging zu Christabel Gerstenknecht, um sich endlich vorzustellen.

Die alte Dame musterte sie amüsiert. »Ich weiß, wer Sie sind, meine Liebe. Und ich muss sagen, Sie haben einen exzellenten Start hingelegt.« Sie zupfte ihre Handschuhe bis über die Ellbogen und sagte zufrieden: »Sie werden Ihrem Ruf gerecht. Sie sind da, wenn man Sie braucht.«

Pippa winkte erschöpft ab. »Auf diesem Gebiet«, sie deutete aufs Café und die Polizisten, »kann ich gut darauf verzichten, mich zu profilieren.«

Christabel Gerstenknecht lächelte unergründlich. »Kopf hoch, Kindchen. Diesmal müssen Sie den Mord nicht allein aufklären. Ich denke, ich werde Ihnen helfen. Ich bin sicher, Sie können von mir noch so einige Tricks lernen.«

Pippa starrte ihre Arbeitgeberin überrascht an. »Sie glauben, es war Mord?«

Christabel Gerstenknecht zuckte mit den Achseln. »Finden wir es heraus«, sagte sie und sah dabei aus wie eine Katze vor einem unbewachten Sahnetopf.

Kapitel 7

Strahlender Sonnenschein fiel durch das Fenster, als Pippa erwachte, und malte den Schatten eines sich drehenden Rades an die Zimmerdecke. Alles im Zimmer schien im Takt übergroßer Speichen zu tanzen.

Bei Christabel würde mich selbst ein Riesenrad im Garten nicht wundern, dachte Pippa träge.

Sie streckte sich verschlafen und sah auf den Wecker. Halb sieben – ein paar Minuten hatte sie noch, bevor Melitta Wiek sie mit dem Haus und ihren neuen Aufgaben vertraut machen würde, um danach mit Severin Lüttmann zum Flughafen und zu ihren jeweiligen Urlaubszielen aufzubrechen.

Pippa ließ den Blick durch den Raum wandern – in der Nacht zuvor hatte lediglich eine kleine Lampe am Bett gebrannt, als sie todmüde hineingefallen war. Der vage Eindruck von schweren, dunklen Holzmöbeln bestätigte sich im Morgenlicht: Ein wuchtiger, mit Schnitzereien verzierter Kleiderschrank dominierte den Raum, eine dazu passende Kommode und das großzügig bemessene Bett mit den Nachtschränken rechts und links waren von gleicher Machart. Nach diesem Mobiliar würde sich jeder Antiquitätenhändler die Finger lecken. Vor dem Fenster stand ein großer Sekretär mit einem Lehnstuhl. Die Tapete mit Blumenmuster in zarten Farben ließ den Raum trotz der dunklen Möbel heiter und freundlich wirken.

Auf einem Nachtschrank standen ein Wecker, eine altmodische Lampe mit verspieltem Glasschirm und ein schnurloses Telefon in einer Ladeschale, auf dem anderen entdeckte sie ein Tablett mit allem, was zu einer frühmorgendlichen Teezubereitung gehörte: Wasserkocher, Milch, Tee, Zucker und eine große Tasse. Sie reckte sich, um den Wasserkocher anzustellen, und fragte sich, ob sie diese kleine Aufmerksamkeit in der Nacht zuvor übersehen hatte oder ob jemand im Zimmer gewesen war, während sie noch schlief. Sie angelte nach einem Teebeutel und hängte ihn in die Tasse. Als sie das kochende Wasser darüber goss, erfüllte der Duft nach Earl Grey sofort das ganze Zimmer.

Entspannt lehnte sie sich in die weichen Kissen zurück, betrachtete das bewegte Spiel der Schatten im Raum und ließ ihren Ankunftstag in Storchwinkel Revue passieren.

Es hatte tiefe Dunkelheit geherrscht, als sie endlich alle in Christabel Gerstenknechts Haus angekommen waren. Erschöpft vom langen und ereignisreichen Tag hatte sie das Angebot einer Abendmahlzeit abgelehnt und sich sofort in ihr Zimmer zurückgezogen. Nicht nur die Müdigkeit, auch der Anblick der Leiche in der Backstube war Pippa auf den Magen geschlagen.

Heute Morgen kam ihr der vergangene Tag vor wie die Inszenierung eines skurrilen Mörderspiels mit ihr als einziger Zuschauerin, von der das Storchendreieck die Lösung des Rätsels erwartete. Die Dorfbewohner beherrschten ihre Rollen perfekt: Frau Pallkötter spielte die böse Hexe, Christabel Gerstenknecht die weise Königin, Maik Wegner machte sich gut als jugendlicher Held, die beiden Bürgermeister gaben komische Clowns und der alte Heinrich das düstere Orakel ... und niemand außer ihr fand das merkwürdig.

Pippa schüttelte über sich selbst den Kopf. Unsinn. Sie hatte all diese Menschen in einer Extremsituation kennengelernt; kein Wunder, dass ihre subjektive Wahrnehmung dadurch beeinflusst wurde. Sie nahm sich vor, bei allen Beteiligten eine unvoreingenommene zweite Beurteilung vorzunehmen, und schwang sich aus dem Bett, um endlich der Ursache des Schattenspiels auf den Grund zu gehen.

Als sie mit ihrer Tasse zum Fenster ging, entdeckte sie die Abbildung auf dem Porzellan und lachte laut, denn es war ein Gartenzwerg, der eine Teetasse in der Hand hielt – auf der ein Zwerg zu sehen war, der eine Teetasse ...

Sieh an, dachte Pippa, Gartenzwerg-Merchandise, nicht nur witzig, sondern auch überaus geschäftstüchtig. Von Gartenzwergen allein kann niemand ein so großes Anwesen wie dieses erhalten und noch obendrein die Weißstorchwelt sponsern.

Sie stellte die Tasse ab und öffnete das Fenster, das in einen weitläufigen, umzäunten Garten hinausging. Dann hielt sie Ausschau nach dem Auslöser des rasenden Schattenspiels an der Zimmerdecke. Sie hatte mit allerlei Ausgefallenem gerechnet: einem eigenen Windrad zur Stromerzeugung oder einem Kinderkarussell als Ausstellungsfläche für Christabels Gartenzwerge, aber nicht mit dem, was sich ihr darbot. Sie blickte auf ein gigantisches Hamsterrad, in dem ein Malamut gerade einem olympischen Schlittenhunde-Weltrekord entgegenlief. Ein zweiter Hund saß vor dem Rad, als wartete er ungeduldig darauf, dass er endlich an der Reihe war.

Christabels Hunde gestalten sich ihren Morgenspaziergang selbst, dachte Pippa amüsiert, wie praktisch!

Im hinteren Teil des Gartens standen locker verteilt insgesamt sechs Hundehütten mit flachem Dach. Auf einer lag ein dritter Hund, der seine Artgenossen gelassen beobachtete. Mehr Hunde sah Pippa nicht, und sie fragte sich, ob die anderen Hütten leer waren oder ihre Bewohner zu den Langschläfern zählten.

Mitten im Garten stand ein hoher Mast, auf dessen Spitze ein riesiges Storchennest thronte, das noch unbewohnt war. Die am Nest angebrachte Webcam versprach allerdings, dass sich das ändern würde. Der Mast bestand aus einem Metallgeflecht aus diagonalen Verstrebungen in X-Form, bei deren Anblick Pippa an die Beine der Bistrotische vor der Ade-Bar denken musste. Es sah ganz so aus, als gäbe es in der Umgebung einen Handwerker, der gut mit Metall zu arbeiten und Funktionalität in Kunst zu verwandeln verstand.

Noch waren die Büsche und Bäume im Garten kahl, aber Pippa konnte sich vorstellen, wie schön es dort war, wenn die alten Obstbäume in voller Blüte standen und die Kletterrose am Tee-Pavillon zu neuem Leben erwachte. Eine gepflasterte, von einer kniehohen Steinmauer eingefasste Terrasse über die gesamte Breite des Hauses bot einen weiten Blick in die Landschaft.

Auf der rechten Seite grenzte ein Zaun ein weiteres Grundstück ab, auf dem ein eineiiger Zwilling des Storchenmastes stand. Jenseits des Nachbargartens machte Pippa einen Teich und einen Fußweg aus, der durch Felder und schließlich über eine kleine Brücke führte, bis er in eine Pappelallee mündete. Gleich dahinter, an einer Wegkreuzung, erhob sich eine traditionelle Bockwindmühle mit spitzem Giebel. Aus Pippas Perspektive wirkte die Mühle, als würde sie in der klaren Morgenluft schweben. Wenn das die Behausung des Spökenkiekers war, dann hatte er sich zwar ein unkonventionelles, aber sehr romantisches Domizil ausgesucht.

Von der Terrasse her ertönte ein schriller Pfiff. Der vor dem Rad wartende Malamut lief schwanzwedelnd in Richtung Haus, gefolgt von dem Hund aus dem Rad, der mitten im Lauf geschickt aus seinem Trimmgerät sprang. Das Laufrad drehte sich weiter, wurde langsamer und hielt schließlich an. Es wird also allein durch die Muskelkraft der Tiere angetrieben, konstatierte Pippa beeindruckt.

Der dritte Hund stand behäbig auf und streckte sich. Dann verließ er das Dach seines kleinen Bungalows und spazierte gemächlich zum Gartentor. Dort wartete er geduldig auf Severin Lüttmann und seine Kameraden.

Christabel Gerstenknechts Stiefsohn ließ die Tiere hinaus aufs Feld und schloss gewissenhaft das Tor hinter sich. Dabei entdeckte er Pippa am Fenster, hob die Hand zum Gruß und deutete eine Verbeugung an. Die Hunde tobten in ihrer Vorfreude auf den Spaziergang um ihn herum und bellten ununterbrochen. Wenn dieses Spektakel jeden Morgen stattfindet, braucht niemand im Dorf einen Wecker, dachte Pippa.

Aber Severin Lüttmann hob bereits einen Zeigefinger. Sofort verstummten die Hunde und setzten sich ruhig hin, so dass er ihnen Leinen anlegen konnte. Dann ging er mit ihnen über den Feldweg davon, ohne dass eines der Tiere gezogen oder ein Kräftemessen versucht hätte – wobei der schmächtige Mann ganz sicher chancenlos gewesen wäre.

Sieh an, die Hunde gehorchen ihm, dachte Pippa, er hat also Autorität. In Christabel Gerstenknechts Gegenwart wirkt er auf mich eher schüchtern.

Nachdenklich verfolgte sie seinen Weg bis zur Brücke, dann erinnerte sie sich an ihre Verabredung mit Melitta, noch vor dem Frühstück einen Rundgang durch das Haus zu machen. Sie schlüpfte in ihren Morgenmantel und huschte über den Flur zum Bad. Im Erdgeschoss hörte sie die Haushälterin summend hin und her gehen. Dem Geschirrklappern nach zu urteilen, deckte sie bereits den Frühstückstisch.

Langschläfer sind die hier alle nicht, dachte Pippa. Da werde ich wohl früher ins Bett gehen müssen als sonst, um mit so viel morgendlicher Aktivität mithalten zu können.

Bloß nicht Christabels Unwillen riskieren, indem ich morgens verschlafe. Sie kicherte, als sie sich vorstellte, wie die alte Dame reagieren würde: »Der von uns bereitgestellte Wecker scheint für Sie nicht auszureichen. Bei dem Salär, das ich Ihnen zahle, meine Liebe, erwarte ich, dass Sie notfalls ein Blasorchester engagieren, das Sie pünktlich aus dem Land der Träume holt!«

Zurück im Zimmer, kleidete Pippa sich an und packte ihren Koffer aus. Sie hängte den Morgenmantel sowie ihre Hüte und Mützen an die altmodischen Kleiderhaken neben dem Schrank. Mit ihren Büchern neben dem Bett trug der Raum sofort ihre Handschrift. Ob noch genug Zeit war, ihre Eltern in Berlin anzurufen? Ihr Vater machte sich schnell Sorgen, wenn er nicht hörte, dass sie gut untergebracht war. Sie sah auf die Uhr. Jetzt war er vielleicht schon auf dem Weg in Ede Glassbrenners Wohnung, die endlich barrierefrei werden sollte. Als Hausmeister der Transvaalstraße 55 übernahm Bertie Bolle derlei Umbauten gerne selbst. Kurz entschlossen griff sie zum Telefon. Vielleicht konnte sie wenigstens kurz mit ihrer Mutter oder Großmutter …

In diesem Moment klopfte es an der Tür.

»Frau Bolle? Sind Sie wach?«, fragte Melitta Wiek leise.

»Ich komme«, antwortete Pippa und stellte das Telefon zurück in die Ladestation.

Eine solche Küche hatte Pippa nicht erwartet: Die eine Hälfte des riesigen Raums war hochmodern und nach dem neuesten Stand der Technik ausgestattet, während die andere Hälfte beherrscht wurde von einer Kombination aus gemütlicher Eckbank und großem Holztisch sowie mehreren Küchenstühlen, die ebenso antik waren wie die Möbel in ihrem Zimmer. Die Fenster gingen zum Dorfplatz hinaus. Das angrenzende Esszimmer, von dem aus man durch zwei große Flügeltüren aus Glas auf die Terrasse treten konnte, war modern eingerichtet.

Pippa sah sich die Küchengeräte an, die eines Profis würdig waren, und fragte sich, in welcher Weise hier ihre Fähigkeiten gefordert sein würden.

Melitta Wiek verstand sofort.

»Frau Gerstenknecht erwartet von Ihnen nicht, dass Sie kochen«, sagte sie beruhigend. »Es ist alles geregelt. Das Mittagessen kommt direkt aus Hildas Küche. Sie bereiten lediglich das Frühstück zu und bringen es auf einem Tablett zu Frau Gerstenknecht nach oben. Sie frühstückt im Bett, während Sie ihr vorlesen.« Melitta Wiek lächelte. »Und das kann dauern. Sie sollten also schon etwas im Magen haben, wenn Sie nicht wollen, dass das Magenknurren Ihre Stimme übertönt. Danach helfen Sie der Chefin beim Waschen und Anziehen. Sie schätzt es, wenn Sie die Kleidung schon am Abend bereitlegen.«

»Die Herrschaft schlief noch, aber die Zofe zog die Vorhänge zurück und öffnete die Fenster, um frische Luft hereinzulassen«, murmelte Pippa.

»Oh, da haben Sie vollkommen recht – die Vorhänge habe ich vergessen«, sagte Melitta Wiek, ohne eine Miene zu verziehen.

Sie öffnete die Tür des großen Kühlschranks, der reich gefüllt war.

»Abends begnügt Frau Gerstenknecht sich mit kalter Küche – ein paar belegte Brote reichen völlig aus. Ehrlich gesagt finde ich, dass sie viel zu wenig isst. Achten Sie bitte darauf, dass sie wenigstens ausreichend trinkt.«

Pippa deutete auf die perfekt ausgestattete Küchenzeile.

»Hier kann man mühelos die Gäste eines ganzen Restaurants bekochen«, sagte sie.

»Frau Gerstenknecht lädt gern ein.« Melitta Wiek lächelte. »Dann ist sie selbst hier aktiv.«

Pippa konnte sie nur stumm anstaunen, und die Haushälterin fuhr fort: »Alle haben schon mit einer Schürze vor dem Bauch an dieser Arbeitsplatte gestanden: Geschäftspartner, Angestellte, Bürgermeister oder der alte Heinrich, ganz egal. Frau Gerstenknecht thront auf der Eckbank und delegiert – und die Gäste schnippeln, schneiden und schälen. Während die anderen dann den Tisch decken und einen Aperitif nehmen, der natürlich alkoholfrei ist, zaubert sie ein Menü, nach dem man sich alle zehn Finger leckt. In dieser Küche wurden beim Kartoffelschälen und Möhrenraspeln schon internationale Verträge geschlossen.«

»Und ich wette, keiner der Vertragspartner hat das je vergessen«, mutmaßte Pippa amüsiert.

»Frau Gerstenknechts Strategie funktioniert – wir liefern mittlerweile nach Japan und Australien, die USA und Argentinien.«

Der Stolz in Melitta Wieks Stimme war nicht zu überhören, und dass sie in diesem Zusammenhang das Wort *wir* benutzte, zeigte, wie sehr die Haushälterin sich Christabel Gerstenknecht und ihrer Fabrik verbunden fühlte.

»Hat Frau Gerstenknecht die Firma zu dem gemacht, was sie heute ist?«

»Lüttmann senior leitete einen der wenigen privaten Handwerksbetriebe der DDR, kam dann aber mit der Wende nicht zurecht. Der Firma ging es gar nicht gut. Und dann starb auch noch seine erste Frau, Eva Lüttmann. Viel zu jung, wenn Sie mich fragen. Aber kommen Sie, gehen wir durchs Haus.« Sie verließ die Küche und durchquerte die Eingangshalle.

Pippa folgte ihr und fragte: »Wie starb sie? Eine Krankheit?«

»Ein grässlicher Unfall, oben in der alten Mühle«, sagte Melitta Wiek über die Schulter, während sie die Flügeltür zum Wohnzimmer öffnete.

Der Raum erstreckte sich über die gesamte Tiefe des Hauses, es gab sowohl Fenster zum Dorfplatz als auch eine große Glastür zur Terrasse. Ein offener Kamin in der Mitte der Wand gegenüber der Tür teilte den Raum in zwei Hälften. Zwei ausladende Sitzgarnituren, hohe Bücherregale und dicke Teppiche sorgten für Gemütlichkeit. Eines der Gartengemälde von Max Liebermann – echt, wie Pippa vermutete – und ein großes Porträt von Christabel Gerstenknecht in jüngeren Jahren schmückten die Wände rechts und links der Flügeltür. Statt eines Fernsehers entdeckte Pippa eine Stereoanlage mit CD-Wechsler samt eindrucksvoller CD-Sammlung. Eine Auswahl Tonträger lag auf einem antiken Butlertisch.

»Eine Ihrer Aufgaben ist es, jeden Morgen die CDs einzulegen, die Frau Gerstenknecht abends ausgesucht hat – in der von ihr vorgesehenen Reihenfolge«, erklärte Melitta Wiek, nahm die CDs vom Butlertisch und bestückte damit das Gerät. »Dann stellen Sie die Musik an.« Sie drückte auf einen Knopf an der Anlage, und überall im Haus erscholl Musik. »Die Musik ist jetzt in allen Räumen zu hören, zu denen Frau Gerstenknecht Zugang hat. Selbstverständlich auch in ihrem Schlafzimmer. Sie wird also wach sein, wenn Sie zu ihr hinaufgehen.«

Sie nahm ein Blatt Papier, das auf der Anlage lag, und gab es Pippa. Alles, was Melitta Wiek ihr bisher erklärt hatte, stand dort aufgelistet: wann Frau Gerstenknecht zu frühstücken wünschte, wann die Musik anzustellen war ...

Melitta Wiek führte sie zur Treppe hinauf in den ersten Stock. Mit wenigen Handgriffen zeigte ihr die Haushälterin, wie der Treppenlift bedient wurde oder durch einen Aufsatz in einen Lastenaufzug verwandelt werden konnte.

»Nehmen wir kein Frühstück mit nach oben?«, fragte Pippa.

Die Haushälterin schüttelte den Kopf. »Heute nicht. Heute ist alles anders als sonst, weil Herr Lüttmann und ich später wegfahren. Wir gehen jetzt nur hinauf, um Frau Gerstenknecht beim Ankleiden zu helfen und Hilda Krause zum Frühstück zu bitten.«

Im ersten Stock gab es rechter Hand drei Türen, auf der linken Seite nur eine.

»Hier lebt Severin Lüttmann«, sagte Melitta Wiek. »Er hat eine eigene Wohneinheit. Frau Gerstenknecht wollte es so. Ein erwachsener Mann sollte seine Privatsphäre haben, hat sie gesagt.«

Ob er die nur mit seinen Hunden teilt?, fragte sich Pippa. Aber seine Erwähnung bot ihr die willkommene Gelegenheit, das Gespräch noch einmal auf Eva Lüttmann zu bringen. »Hat ihn der Tod seiner Mutter sehr getroffen?«

»Selbstverständlich. Alles, wie es sich gehört.«

Merkwürdige Antwort, dachte Pippa, offenbar will sie nicht darüber reden. Auch gut, dann wird Professor Meissner mir eben noch ein paar Fragen mehr beantworten müssen.

»Die andere Seite kennen Sie ja bereits zum Teil«, sagte Melitta Wiek und zeigte in Richtung von Pippas Zimmer, »zwei Gästezimmer und in der Mitte das Bad.« Sie klopfte an die erste Tür. »Hilda? Sind Sie wach?«

Als keine Antwort kam, lächelte sie. »Aha – die beiden Freundinnen halten bereits ein Schwätzchen. Kommen Sie, wir gehen jetzt hinauf zur Chefin.«

Im Dachgeschoss gab es auf jeder Seite des Flurs nur eine Tür, die linke war aus wertvollem Ebenholz, die gegenüberliegende aus gebürstetem Stahl.

Pippa blickte durch die großzügige Treppenflucht hinunter bis zur Eingangstür. »Trotz des Treppenliftes – wäre es nicht einfacher, wenn Frau Gerstenknecht weiter unten ...«

»Es ist alles genau so, wie Frau Gerstenknecht es haben möchte«, sagte Melitta Wiek knapp und deutete auf die Stahltür, die nur durch Eingabe einer Zahlenkombination auf ein Tastenfeld geöffnet werden konnte und deshalb an die Eingangstüren begehbarer Tresore erinnerte. »Hier ist ihr Allerheiligstes. Wenn sie dort drin ist, ist sie für niemanden zu sprechen. Auch für Sie nicht. Sie können sie dann nur per Telefon erreichen. Dort arbeitet sie an der Buchhaltung, an Verträgen oder Ähnlichem. Versuchen Sie gar nicht erst, sie dabei zu stören. Sie wird nicht reagieren.«

»Aber wenn ihr ausgerechnet dort etwas passiert?«

»Es gibt innen einen Notknopf, der die Tür öffnet.«

Das beruhigt mich nicht wirklich, dachte Pippa und fragte: »Was, wenn sie den Knopf nicht mehr erreicht?«

»Dann will sie nicht gerettet werden, hat sie gesagt.« Die Haushälterin seufzte. »Sie müssen wissen: In diesem Raum ist alles verwahrt, was für den Erhalt der Firma wichtig ist, auch die Entwürfe für die Kollektion der nächsten Saison. Alles streng geheim, verstehen Sie?«

Pippa glaubte, sich verhört zu haben. »Es gibt Kollektionen? Für *Gartenzwerge*?«

»Selbstverständlich, was denken Sie denn? Wer konkurrenzfähig bleiben will, muss innovativ sein. *Lüttmanns Lütte Lüd* beschäftigt einen Gartenzwergdesigner und einen Konstrukteur – ich denke, das ist einzigartig auf der Welt.«

Eine Stahltür, um geheime Entwürfe für Gartenzwerge zu schützen – noch vor zwei Tagen hätte Pippa das für einen Witz gehalten.

»Aber ich würde doch nicht ...«, begann Pippa, und Melitta Wiek hob die Hand, um sie zu unterbrechen.

»Das ist kein Misstrauen Ihnen gegenüber, Frau Bolle. Ich war selbst auch nie in diesen Räumlichkeiten, und ich arbeite hier schon seit zwanzig Jahren.« Sie lächelte. »Mit meiner Reise nach Indien belohnt Frau Gerstenknecht meine Treue.«

Melitta Wiek zog ein Blatt aus ihrer Schürzentasche, entfaltete es und reichte es Pippa. »Hier sind alle wichtigen Telefonnummern. Für den Notfall, falls Sie Unterstützung oder Hilfe benötigen.«

Pippa studierte die Liste: zuerst der Notruf und die Nummer von Doktor Wegner, dann Severin Lüttmanns Kontaktmöglichkeiten an seinem Urlaubsort.

»001 ...«, sagte Pippa. Diese Vorwahl kannte sie gut von ihrer Freundin Debbie, die nach einem gemeinsamen Abenteuer in England wieder in Seattle lebte. »Herr Lüttmann fliegt in die USA?«

Melitta Wiek nickte. »Nach Alaska.«

»Im März? Ist da nicht tiefster Winter?«

»Er hat ein Faible für Schlittenhunderennen und will sich sowohl eines ansehen als auch lernen, selber einen Schlitten zu lenken. Bei einem der wichtigsten Champions der Zunft: Martin Buser.«

Auf der Liste standen außerdem die Telefonnummern von Hilda Krause und die des Betriebsleiters der Gartenzwergmanufaktur, Maximilian Hollweg. Pippa fragte sich, ob sie Melitta Wieks Nummer übersehen hatte, und fuhr mit dem Finger noch einmal an den Namen entlang.

»Meine fehlt«, sagte die Haushälterin, als könnte sie Pippas Gedanken lesen. »Ich mache in Kerala eine Ayurveda-Kur. Handys sind da nicht erlaubt. Aber wenn es wirklich dringend ist, wenden Sie sich bitte an meinen Sohn Florian. Wir wohnen direkt am Dorfplatz. Hausnummer 4.«

»Ein unglückliches Zusammentreffen, dass Sie beide ausgerechnet so kurz vor Frau Gerstenknechts hundertstem Geburtstag gleichzeitig verreisen, oder?«

Melitta Wiek presste kurz die Lippen zusammen. »Wie jeder andere Arbeitnehmer habe ich Anspruch auf Urlaub. Und Ihnen hat dieses unglückliche Zusammentreffen schließlich einen lukrativen Auftrag beschert, nicht wahr?«

Da bin ich wohl in ein Fettnäpfchen getreten, dachte Pippa, und sie hat recht: Es geht mich nichts an, wann sie ihren wohlverdienten Urlaub nimmt. »Es wird schon nichts sein. Ich werde Ihre Nummer nicht brauchen.«

»Man kann nie wissen.« Melitta Wiek war ganz die korrekte Haushälterin. »Frau Gerstenknecht ist zwar zäh – aber nicht unsterblich.«

Kapitel 8

Der Frühstückstisch war für sechs gedeckt, aber bisher saßen nur Hilda Krause, Christabel Gerstenknecht, Florian Wiek und Pippa am Tisch. Melitta Wiek briet in der Küche Speck und Eier. Von Severin Lüttmann war nichts zu sehen.

Christabel Gerstenknecht runzelte die Stirn und sah auf die Uhr. »Wo bleibt der Junge denn? Ich habe Hunger. Er ist bereits eine Viertelstunde zu spät.«

Sie zog sich mühsam am Tisch von ihrem Stuhl hoch, griff sich den Gehstock mit vier Füßen, der hinter ihr stand, und ging mit kurzen, langsamen Schritten zur Terrassentür.

Da Pippa registrierte, dass weder Hilda Krause noch Florian Wiek aufsprangen, um der alten Dame zu helfen, blieb auch sie sitzen.

Sie will so viel wie möglich allein schaffen, dachte Pippa, bestimmt gibt es ein Donnerwetter, wenn man sie zu sehr umsorgt.

Die alte Dame öffnete beide Flügel der Terrassentür und beschirmte die Augen mit einer weiß behandschuhten Hand, um in die Landschaft hinauszusehen.

Immer diese Handschuhe, dachte Pippa, ob sie die auch nachts trägt? Aber warum? Eine Hautkrankheit oder eine Kontaktallergie? Gicht?

»Tuktu! Tuwawi! Unayok! Wo seid ihr? Hierher!«, rief Christabel Gerstenknecht mit unerwartet kräftiger Stimme. Sie horchte einen Moment nach draußen, dann nahm sie eine Hundepfeife vom Tischchen neben der Tür und blies hinein.

Obwohl für menschliche Ohren kein Laut zu hören war, ertönte postwendend Gebell von der Mühle her.

Christabel Gerstenknecht legte den Kopf schief und lauschte. Dann kehrte sie zum Frühstückstisch zurück und sagte: »Die Hunde sind in einer Minute hier. Severin in fünf. Wir können anfangen.«

Melitta Wiek trug eine Platte mit Rührei herein und setzte sich zu den anderen.

»Gott sei Dank, endlich«, sagte Florian und verteilte Speck und Eier auf die hingehaltenen Teller. »Mein Magen knurrt wie Unayok, wenn er einen Angriff auf dich wittert, Christabel.«

Im Gegensatz zu den meisten anderen, inklusive seiner Mutter, bemerkte Pippa, genoss Florian also das Privileg, die alte Dame zu duzen, denn diese lächelte ihn wohlwollend an und fragte: »Hat Severin dir alles erklärt?«

Florian nickte. »Ich habe die Hunde bereits gestern Abend und heute Morgen gefüttert. Zur Zufriedenheit aller.«

Pippa kicherte innerlich. Seine Formulierung klang, als wären auch die Hunde zu seiner Eignung als Ersatz-Futtergeber befragt worden und hätten ihre Zustimmung verweigern können.

Melitta Wiek ging mit einer großen Teekanne um den Tisch herum und schenkte allen ein. Als sie bei Pippa stand, klingelte es an der Haustür.

»Ich gehe«, sagte Pippa und stand auf, aber die Haushälterin ließ es sich nicht nehmen, sie zur Tür zu begleiten.

»Guten Morgen, die Damen!« Sebastian Brusche strahlte über das ganze Gesicht.

Melitta Wiek verzog keine Miene. »Nicht jetzt, Herr Brusche«, sagte sie ruhig, aber bestimmt, »wir sitzen gerade beim Frühstück. Und wir haben heute Morgen noch viel vor.«

»Ich weiß, das ist der Grund für mein frühes Erscheinen, Frau Wiek.« Der Reporter hielt eine Kamera hoch. »Ich wollte Sie unbedingt erwischen, bevor Sie für Wochen in alle Winde verstreut sind.«

Melitta Wiek seufzte ungehalten. »Hat das nicht Zeit, bis wir wieder zurück sind? Herr Lüttmann und ich sind nur zwölf Tage weg, und Frau Gerstenknechts hundertster Geburtstag ist erst in etwas mehr als drei Wochen.«

Brusche machte einen Schritt nach vorn, aber Pippa und Melitta wichen nicht von der Stelle.

»Ich dachte, ich mache eine Serie. Pro Woche ein Bericht über die große alte Lady des Storchendreiecks. Jedes Mal unter einem anderen Aspekt, Sie verstehen? Das mögen die Leute. Wie wird man hundert Jahre alt? Wie hält man sich geistig und körperlich fit? Und Sie, Melitta, sind ein so wichtiger Teil von Frau Gerstenknechts Leben ...«

Die Haushälterin erwies sich gegen seine Schmeichelei als unempfindlich und machte Anstalten, ihm die Tür vor der Nase zuzuschlagen, aber Brusche trat beherzt auf die Schwelle und rief: »Aber sie hat mir ein Interview versprochen!«

Melitta Wiek schüttelte den Kopf. »Wenn ich zitieren darf: *Vielleicht gewähre ich Ihnen ein Interview*, hat sie gesagt. *Vielleicht*, Herr Brusche.«

Der Reporter verlegte sich aufs Flehen. »Melitta, ich bitte Sie, haben Sie ein Herz!«

Pippa reichte es. »Hat sie – aber es schlägt nicht für Sie.« Sie fing einen beinahe erschrockenen Blick der Haushälterin auf und fuhr fort: »Vor ihrer Abreise hat Frau Wiek noch etliches zu erledigen. Und Sie sollten eigentlich tun, was jeder gute Journalist in Ihrer Situation längst täte. Ich verstehe nicht, warum Sie Ihre Zeit hier verplempern.«

Verständnislos ließ Brusche seinen Blick zwischen Pippa und der sich entspannenden Melitta Wiek hin- und herwandern.

»Ihre Leser warten auf einen Hintergrundbericht über den Tod von Waltraut Heslich!« Mit der Hand zeichnete Pippa eine schwungvolle Linie in die Luft. »Ich kann die Schlagzeile schon vor mir sehen: *Tod durch Feuerwalze!*«

Der Reporter stutzte, dann hellte sich sein Gesicht auf. »Mädchen, Sie sind gut – die nehme ich!« Er drehte sich auf dem Absatz um und ging ohne ein Wort des Abschieds davon.

Melitta Wiek schloss die Tür und wandte sich Pippa zu. »Gut gemacht, *Mädchen*. Bei Ihnen weiß ich Frau Gerstenknecht in guten Händen.«

»Vielen Dank. Immer gern.«

Sie ist korrekt, aber großmütig, dachte Pippa und war erleichtert, dass die Haushälterin ihr die neugierigen Fragen nach ihrer Urlaubsplanung nicht krummnahm.

Severin Lüttmann saß ihr gegenüber, und Pippa musste zweimal hinsehen, um in ihm den schüchternen, unscheinbaren Mann vom Vortag wiederzuerkennen: Seine Augen blitzten, sein blondes Haar war verwegen zerzaust und die Haut von der morgendlichen Kälte gerötet.

Christabel Gerstenknecht folgte Pippas Blick und sagte: »Severin ist ganz in seinem Element, wenn er mit den Hunden zusammen ist. Die Firma interessiert ihn nicht halb so sehr wie seine Vierbeiner.«

Severin Lüttmann wirkte verlegen. »Meine Jungs sind echte Prachtkerle. Ihre Lebensfreude ist ansteckend. Wenn ich mit ihnen draußen war, fühle ich mich wie neugeboren. Das kann kein Bürojob leisten.«

Das ging an seine Stiefmutter, nicht an mich, dachte Pippa,

er hat das Gefühl, sich ihr gegenüber rechtfertigen zu müssen, dass ihm die Tiere wichtiger sind als die Firma.

»Außerdem sind Hunde ein echter Frauenmagnet«, warf Florian ein. »Hoffe ich jedenfalls, wo ich doch jetzt täglich mit ihnen Gassi gehe.«

»Und wartet mal ab, wenn ich erst mit den beiden Mädchen aus Alaska zurückkomme ...«

Froh, in Pippa eine Zuhörerin zu haben, die noch nicht Bescheid wusste, erzählte Severin ihr von seinen Plänen, zwei Hündinnen zu holen, mit denen er eine eigene Zucht gründen wollte.

»Aber müssen Sie sie denn wirklich aus Alaska mitbringen?«, fragte Pippa. »Gibt es Schlittenhunde nicht auch hier?«

»Nur überzüchtete Triefaugen«, erwiderte er. »Ich will gesunde Tiere mit Spaß am Leben, den sie an ihre späteren Besitzer weitergeben können. Und da sind die aus der Happy-Kennels-Zucht von Martin Buser genau die Richtigen.«

»Severin bildet Begleithunde für seelisch kranke und erschöpfte Menschen aus«, erklärte Florian. »Sie werden es erleben, wenn Sie mit ihnen spazieren gehen. Die Hunde passen sich ganz Ihren Bedürfnissen an und haben auch noch Spaß dabei. Das ist faszinierend!«

»Also wirklich, Florian«, tadelte Melitta Wiek, »Frau Bolle macht mir nicht den Eindruck eines körperlich oder seelisch erschöpften Menschen.«

»Was nicht ist, kann ja noch werden«, sagte Christabel Gerstenknecht trocken. »Nach zwölf Tagen allein mit mir stehen die Chancen nicht schlecht, dass sie ein ganzes Rudel solcher Hunde benötigen wird.« In das betretene Schweigen am Tisch hinein fuhr sie fort: »Wenigstens sind die Tiere weder ängstlich noch devot – und sie belügen mich nie. Ich wünschte, Severin würde seine Fähigkeiten auch an Menschen in meiner Umgebung praktizieren. Das würde vieles erleichtern. Nicht nur bei *Lüttmanns Lütte Lüd.*«

Als Pippa überrascht in die Runde blickte, stellte sie fest, dass Severin rot geworden war und Melitta, plötzlich appetitlos, den gebratenen Speck auf ihrem Teller von links nach rechts schob, während sich die alte Dame, offensichtlich hochzufrieden mit diesem Effekt, in aller Seelenruhe ihr Rührei schmecken ließ.

»Und, Severin«, sagte sie in die Stille hinein, »vergiss nicht, was ich dir gesagt habe: Die Transportkörbe für den Flug dürfen nicht zu groß sein, die Tiere haben dann keinen Halt. Das ist ebenso schlecht wie zu enge Körbe. Lass dich von Martin eingehend beraten. Du kannst dich auf sein Urteil verlassen.«

»Sie haben auch gezüchtet?«, fragte Pippa.

Die alte Dame schüttelte den Kopf. »Ich habe mich früher ein wenig als Musherin, also Lenkerin von Hundeschlitten, versucht. Heutzutage gewähre ich nur noch einigen von Martins alten Hunden das Gnadenbrot, so wie Unayok und Tuktu.«

Severin strahlte Pippa an. »Und ganz nebenbei hat sie mich dadurch auch mit dem Schlittenhundevirus infiziert, weil ich überlegt habe, wie man den Tieren eine neue Aufgabe geben könnte.«

Christabel Gerstenknecht nickte. »Wenn sie nicht mehr vor den Schlitten können und nicht mehr ziehen dürfen, sind sie ihres Lebensinhalts beraubt. Dann brauchen sie einen Ersatz, damit sie sich nicht langweilen und depressiv werden. Bei uns können sie sich weiterhin austoben und im Ruhestand wohl fühlen.«

»Das ist genau wie bei uns Menschen«, sagte Hilda Krause, »wenn wir nach einem erfüllten Berufsleben nichts mehr zu tun haben, altern wir vorzeitig. Wer ein Hobby hat – oder zwei«, sie warf Christabel Gerstenknecht einen Blick zu und lächelte, »der blüht auf.«

Die alte Dame erwiderte das Lächeln. »Hat man eine Mission, wird man ganz leicht hundert.«

Das Gespräch wandte sich den langen Flügen zu, die sowohl Melitta Wiek als auch Severin Lüttmann bevorstanden.

Florian schüttelte den Kopf. »Unvorstellbar: Ich frage mich, wie es sich anfühlt, wenn es Tag ist und der Körper wünscht sich Nacht. Wie nach einer durchfeierten Party?«

»Ja, Jetlag macht mürbe«, sagte Christabel Gerstenknecht. »Deshalb ziehe ich Schiffsreisen vor – dann kommen Körper und Seele gleichzeitig am Ziel an.«

O nein, die Frau geht doch in ihrem Alter nicht mehr auf Reisen!, dachte Pippa. Sie stellte sich gerade eine Christabel Gerstenknecht vor, die ein komplettes Kreuzfahrtschiff herumkommandierte und die Besatzung strammstehen ließ, als sie merkte, dass alle sie ansahen und eine Antwort erwarteten.

Gnädig wiederholte Christabel Gerstenknecht ihren Wunsch: »Heute Vormittag ist der Bücherbus im Dorf. Bitte holen Sie das von mir bestellte Buch ab. Timo Albrecht weiß Bescheid.« Sie und Hilda Krause, die auch bereits knapp sechzig Jahre zählte, kicherten wie Schulmädchen, ohne dass Pippa den Grund verstand.

Wie Oma Hetty, wenn sie mit ihren Freundinnen zusammen ist, dachte Pippa, die Lebensfreude dieser Frauen nimmt einem wirklich jede Angst vor dem Alter.

Als es erneut an der Haustür klingelte und Melitta Wiek aufstehen wollte, hielt Pippa sie mit einer Handbewegung zurück. »Ich übernehme, Frau Wiek. Das wird Brusches letzter Versuch für heute, das verspreche ich«, verkündete sie und marschierte aus dem Esszimmer.

»Ach, Sie sind es«, entfuhr es Pippa, ehe sie sich bremsen konnte.

Hartung runzelte die Stirn, aber Seeger lächelte amüsiert. »Wen hatten Sie denn erwartet? Einen Recken in silberner Rüstung?« Er hielt einen Gartenzwerg im Arm, als trage er ein Baby.

Pippa trat einen Schritt zurück und bat die beiden Ermittler ins Haus. Beide waren gekleidet wie am Tag zuvor, und Pippa fragte sich flüchtig, ob sie wohl in Cordhosen und Nadelstreifen schliefen.

Im Esszimmer knallte der Kommissar den Gartenzwerg ohne weitere Begrüßung auf den Tisch zwischen Käseplatte und Marmeladensortiment und sagte: »Wir haben Frau Heslichs Haus unter die Lupe genommen. Dieser kleine Mann hier stand bei ihr auf dem Stubentisch. Ich nehme an, der ist von Ihnen?«

Die frech grinsende Figur auf dem Tisch hatte die Schultern hochgezogen und beide Handflächen in einer Du-hast-es-so-gewollt-Geste nach außen gedreht.

»Woher hatte sie den?«, fragte Christabel Gerstenknecht scharf.

»Gibt es diese ... *Kunstwerke* denn nicht überall zu kaufen?« Hartungs Tonfall ließ keinen Zweifel daran, was er vom ästhetischen Wert der Figur hielt.

»Dieser Zwerg gehörte Frau Heslich nicht«, entgegnete die alte Dame knapp. »Das ist ganz ausgeschlossen – dieses Modell stammt aus unserer neuen Kollektion, und die ist noch streng geheim.«

»Es gibt nur drei Exemplare, und die sind in der Fabrik unter Verschluss«, sagte Florian Wiek langsam.

Seeger sah den jungen Mann erstaunt an, und Christabel Gerstenknecht erklärte: »Florian ist einer unserer Keramik- und Porzellanmaler. Wir vertrauen ihm in jeder Hinsicht, wenn ich das sagen darf. Er ist für die Bemalung unserer Prototypen zuständig, denn er ist verschwiegen und hat die sicherste Hand. Nach der Qualitätskontrolle durch meinen Betriebsleiter Herrn Hollweg wandern die Modelle direkt in den Safe seines Büros.«

Hartungs fassungsloser Blick fixierte die bunte Figur auf dem Tisch. Ihm war anzusehen, dass er zwischen den Worten *Safe* und *Gartenzwerg* keinerlei logische Verbindung sah. »Safe? Wieso das denn? Ist das nicht ein ganz normaler ... äh ...«, er suchte nach Worten, »Vertreter seiner Gattung?«

Insgeheim stimmte Pippa ihm zu, aber Christabel Gerstenknecht schnappte empört nach Luft. Dann gab sie Florian ein Zeichen und sagte: »Ich verlasse mich auf Ihre Diskretion, meine Herren.«

Melittas Sohn nahm den Zwerg vom Tisch, drehte ihn um und öffnete eine Klappe am Boden der Figur. Nachdem er einen winzigen Schalter neben zwei Batterien betätigt hatte, platzierte er den Gartenzwerg in der geöffneten Terrassentür.

Christabel Gerstenknecht deutete auf Hartung. »Gehen Sie hinaus«, befahl sie.

Zu überrumpelt, um zu protestieren, spazierte Hartung durch die Tür.

»Hehehe ... Hehehe ... Dumm gelaufen! ... Hehehe ... Hehehe ... Dumm gelaufen!«, plärrte es hämisch aus dem Gartenzwerg, und der erschrockene Ermittler erstarrte. Er stand auf der Terrasse und zögerte sichtlich, das Haus wieder zu betreten. Er ahnte zu Recht, dass der Wichtel dies nicht schweigend hinnehmen würde. Da ihm nichts anderes übrigblieb, biss er die Zähne zusammen, stellte sich mannhaft dem erneuten Geschrei der Figur und kehrte ins Esszimmer zurück. Im Gegensatz zu ihm selbst hatten die meisten Anwesenden größte Mühe, ernst zu bleiben.

»Das ist Florians Stimme«, erklärte die alte Dame. »Unser erster Gartenzwerg mit verbalem Bewegungsmelder. Wir rechnen mit einem Verkaufserfolg. Noch hat unser kleiner Einbrecherschreck keinen Namen, aber vielleicht möchte einer der Herren Kommissare seinen Vornamen zur Verfügung stellen?«

Florian Wiek bückte sich und wedelte mit der Hand vor dem Zwerg herum, worauf das meckernde Gelächter abermals ertönte.

Bevor die Figur ihr gesamtes Programm abspulen konnte, war Hartung zur Stelle und entfernte die Batterien.

»Dumm gel…«, quakte der Gartenzwerg noch und verstummte.

»Sie behaupten also, Frau Heslich diesen Zwerg nicht geschenkt zu haben?«, herrschte Hartung Christabel Gerstenknecht an und hielt ihr die Figur anklagend vors Gesicht.

Diese musterte ihn gelassen. »Warum sollte ich Frau Heslich etwas schenken?«, erwiderte sie. »Noch dazu ein geheimes Exponat?«

»Sie waren befreundet«, gab Hartung triumphierend zurück, »immerhin haben Sie die Beerdigung von Frau Heslichs Lebensgefährten Harry Bornwasser mit ausgerichtet!«

»Pfffff«, machte Hilda Krause, »Lebensgefährte, dass ich nicht lache. Wohl eher Waffenbruder.«

Christabel Gerstenknecht warf Hilda Krause einen undefinierbaren Blick zu und sagte: »Tatsächlich kennen Frau Heslich und ich uns schon mein halbes Leben – aber das macht uns nicht automatisch zu Freundinnen. In einer Zeit, die lange vor Ihrer Geburt liegt, Kommissar Hartung, war Waltraut Heslich meine Chefin im Krankenhaus von Storchhenningen. Seitdem hat sich vieles geändert. Das Krankenhaus ist heute ein Altenheim, und es gibt nur noch einen deutschen Staat. Und auch wir haben uns verändert: Ich bin reich – und sie ist tot.«

Diese Unverblümtheit machte Hartung sprachlos, und Seeger ergriff das Wort, indem er sich an Florian Wiek wandte. »Vielen Dank, dass Sie gestern für uns den alten Heinrich gesucht haben.«

Florian Wiek zuckte mit den Achseln. »Keine Ursache. Aber es hat ja leider nichts genutzt, da ich ihn nicht finden konnte.«

»Ich habe heute auch schon nach ihm Ausschau gehalten«, sagte Severin Lüttmann, »morgens geht Heinrich immer Kräuter sammeln. Mit Tau benetzt müssen sie sein, sagt er. Ich bin mit den Hunden alle üblichen Stellen abgelaufen, aber er war nirgends. Auch nicht in seiner Mühle.«

»Jeder darf reingehen und sich an seinen Töpfen und Tinkturen bedienen«, warf Hilda Krause ein. »Für das Geld gibt es eine Spendenbox an der Tür. Einen Schlüssel …«

Seeger seufzte und hob die Hand, um die Erklärung abzukürzen. »Ich weiß, ich weiß, den gibt es nicht. Im Storchendreieck schließt niemand ab.«

Christabel Gerstenknecht und Hilda Krause nickten wohlwollend.

»Kannten sich der alte Heinrich und Frau Heslich?«, fragte Hartung scharf.

»Kennt der Papst den lieben Gott?« Christabel Gerstenknecht zog die Augenbrauen hoch. »Hier kennt jeder jeden. Storchentramm hat zweitausendsiebenhunderteinundsechzig Einwohner, Storchhenningen knappe viertausendfünfhundert, und in diesem Dorf wohnen einhundertachtundsechzig Menschen.« Sie legte eine vielsagende Pause ein. »Seit gestern.«

Seeger unterdrückte ein Lächeln. »Mochten sie sich?«

»Heinrich und Waltraut Heslich?« Christabel Gerstenknecht schüttelte den Kopf. »Ganz sicher nicht – aber da ist Heinrich einer von vielen. Waltraut Heslich stand für Erziehung und Schulmedizin in ihrer unpersönlichsten Form, Heinrich ist Laisser-faire und ein leidenschaftlicher Naturheilkundler. Er kümmert sich um jeden Patienten persönlich. Jedes Tonikum ist maßgeschneidert.«

»Beruhigendes für den Multitasking-Choleriker«, erklärte Hilda Krause und sah Hartung an, »Aufbauendes für die Mutlosen und Schüchternen«, fuhr sie mit Blick auf Severin Lüttmann fort, »Unterstützendes für die Unterstützenden«, sie schenkte Melitta Wiek ein liebevolles Lächeln. »Aber es gibt noch mehr: Geduldswässerchen für die Ungeduldigen ...«

Und alle Elixiere stehen in der Ade-Bar, erinnerte sich Pippa. Ich sollte Heinrich bei Gelegenheit um eine Spezialmischung für Konzentration beim Arbeiten bitten ...

»Bevor Sie danach fragen, Kommissar Seeger«, sagte Christabel Gerstenknecht ruhig, »Heinrich würde ich tatsächlich als Freund bezeichnen. Er hat sich in mehr als einer Situation als solcher erwiesen.«

»Dann geben Sie uns die Handynummer Ihres sogenannten Freundes«, schnarrte Hartung, bevor Seeger eingreifen konnte.

Ein Prusten von Florian Wiek ließ Hartung herumfahren.

»Handy?! Heinrich hat in seiner Mühle gerade mal fließendes Wasser«, sagte Florian Wiek. »Er hat kein Telefon und erst recht kein Handy. Es gibt dort überhaupt nichts, was Strahlung verursachen könnte.«

»Wer den alten Heinrich sprechen will, wenn er nicht in der Mühle ist, hinterlässt eine Nachricht in einem Holzkasten an der Tür«, erklärte seine Mutter. »Irgendwann taucht er dann bei demjenigen auf.«

»Oder ...« Christabel Gerstenknecht wartete, bis sich ihr

alle Blicke zugewandt hatten, und fuhr dann, an Hartung gerichtet, fort: »Oder man wünscht ihn sich her. Telepathie, Sie verstehen?«

Hartung sah aus, als würde er jeden Augenblick explodieren. Da er jemanden brauchte, an dem er sich abreagieren konnte, zeigte er auf Severin Lüttmann und blaffte: »Sie haben gestern Abend behauptet, Sie seien zu spät zur Beerdigung gekommen, weil Sie in Salzwedel auf der Bank waren.«

Severin Lüttmann nickte zögernd.

»Ich habe das überprüft, Herr Lüttmann. Sie waren tatsächlich auf der Bank.« Hartungs Stimme war kalt. »Allerdings will mir eines nicht einleuchten: Selbst wenn Sie auf dem Heimweg alle Reifen gewechselt hätten, sind vier Stunden Fahrzeit von Salzwedel bis ins Storchendreieck zu lang. Viel zu lang.« Er verengte die Augen und zischte: »Wo haben Sie die Zeit zwischen Ihrem Bankbesuch und Ihrem Eintreffen auf der Beerdigung verbracht, Herr Lüttmann?«

»Im Blumenladen! Ich sagte doch, dass ich noch Blumen abgeholt habe!« Severin Lüttmann fühlte sich sichtlich unwohl.

»Und die Blumen waren für …?«

Lüttmanns Antwort klang mehr nach einer Frage als nach Antwort. »Die Beerdigung?«

Hartung verschränkte die Arme vor der Brust. »Tatsächlich. Dunkelrote Rosen.«

Severin Lüttmann entging der interessierte Blick seiner Stiefmutter, denn er starrte vor sich auf den Tisch und erwiderte leise: »Kann sein, dass ich noch irgendwo anders war … vielleicht.«

Hartung hatte genug. »Salzwedel, Staubwedel, Palmwedel – mir ganz egal. Sie sagen mir jetzt, wo Sie waren.«

Severin Lüttmann errötete. »Ich war mit einer Frau zusammen«, flüsterte er kaum hörbar.

Christabel Gerstenknecht schnalzte mit der Zunge, während Melitta Wiek amüsiert lächelte.

»Aha! Das wird die Dame uns sicher bestätigen können«, sagte Hartung. »Die Telefonnummer, bitte.«

Lüttmann nickte ergeben. Dann bat er: »Können wir bitte unter vier Augen ...«

Hartung ging mit ihm hinaus in die Eingangshalle.

Pippas Neugier war so groß, dass sie begann, den Tisch abzuräumen und das Geschirr in die Küche zu tragen. Lüttmann stand neben Hartung im Hausflur und sah ihm dabei zu, wie er eine Nummer in sein Handy tippte.

Lüttmanns Gesicht war tiefrot, und Hartung grinste zufrieden, als die beiden Männer ins Esszimmer zurückkehrten.

»Nun ist hoffentlich alles geklärt«, sagte Christabel Gerstenknecht zu Kommissar Seeger. »Ich darf Sie bitten, uns allein zu lassen. Heute ist der letzte Werktag vor Ostern. Wir haben heute noch andere Igel zu kämmen.«

Obwohl nicht angesprochen, antwortete Hartung: »In Ordnung, Frau Gerstenknecht – aber Sie halten sich zu unserer Verfügung. Gut möglich, dass wir weitere Fragen haben.«

Christabel Gerstenknecht blieb ruhig. »Selbstverständlich.«

Melitta Wieks entsetzte Miene sprach Bände, und Severin Lüttmann sackte resigniert in sich zusammen.

Damit hat mein Auftrag sich erledigt, dachte Pippa, jetzt fährt niemand mehr weg, und ich werde hier nicht mehr gebraucht!

Sie begleitete die Kommissare hinaus. Als sie die Tür hinter ihnen schloss, schnappte sie auf, wie Hartung zu Seeger sagte: »Das glauben Sie nicht: Der Typ war bei einer Nutte, einer gewissen Milena. Der ist extra bis nach Wolfsburg gefahren, damit hier keiner ...«

Das sind Dinge, die ich nicht wissen will, dachte Pippa und ging rasch zurück ins Esszimmer.

Melitta Wiek stand am Tisch und fragte gerade verzweifelt: »Was bedeutet das jetzt für uns?«

»Dass ihr so schnell wie möglich losfahrt«, erwiderte Christabel Gerstenknecht gelassen.

Severin Lüttmann und Melitta Wiek sahen sich überrascht an.

»Aber der Kommissar hat doch gesagt ...«

Die alte Dame winkte ab. »So wie ich das verstanden habe, hat er mit mir gesprochen, Severin. Von euch war nicht die Rede. Hilda, wie siehst du das?«

»Mich hat er jedenfalls nichts gefragt«, sagte Hilda Krause.

Christabel Gerstenknecht klatschte in die Hände. »Also – worauf wartet ihr? Und bitte keine langen Abschiedsszenen.«

Sofort sprang Severin Lüttmann auf und rannte die Treppen zu seiner Wohnung hinauf, um sein Gepäck zu holen.

»Ihnen wünsche ich, dass Sie Ihre Korrektheit hier in Storchwinkel zurücklassen«, sagte Christabel Gerstenknecht zu Melitta Wiek. »Tun Sie alles, was ich auch täte. Dann wird genug Verbotenes dabei sein.«

Ehe die Haushälterin antworten konnte, kam Lüttmann bereits mit seinen Koffern herein. Florian Wiek hakte seine noch immer zögernde Mutter unter und zog sie mit sich zur Eingangstür. Lüttmann folgte ihnen, dann drehte er sich noch einmal zu seiner Stiefmutter um. »Wir sind rechtzeitig zu deinem Hundertsten zurück!« Er winkte und verschwand im Flur; dann fiel die Haustür mit einem Knall ins Schloss.

Christabel sah den beiden nach. »Bis eben hatte ich daran keinen Zweifel«, sagte sie trocken.

Kapitel 9

Pippa ging die Auffahrt des Gutshauses hinunter und trat hinaus auf den belebten Dorfplatz. Sie wollte rechtzeitig zur Öffnung des Bücherbusses an der Haltestelle sein.

Bei Tageslicht sah Storchwinkel aus wie ein Dorf aus dem Bilderbuch. Links und rechts von ihr gruppierten sich jeweils sechs Häuser rund um den Platz und machten auf diese Weise der Bezeichnung »Rundlingsdorf« alle Ehre. Direkt in der Mitte lag ein Teich, aus dem ein weiterer der hohen metallenen Storchentürme ragte, die Pippa schon aus Christabels Garten kannte. Zwei Männer, mit Seilen gesichert wie professionelle Kletterer, nutzten die gekreuzten Verstrebungen, um zum Nest hinaufzusteigen. Etliche Dorfbewohner standen am Ufer, feuerten die beiden an und applaudierten, als sie das Nest erreicht hatten und anfingen, es von winterlichem Unrat zu reinigen. Zwei breite Planken, die in maßgeschneiderten Aussparungen der Stahlkonstruktion ruhten, führten wie eine Brücke vom Ufer zum Metallturm. Pippa schüttelte sich bei dem Gedanken, wie leicht man darauf ausrutschen und mit dem kalten Wasser des Teiches Bekanntschaft schließen konnte.

Vor zwei Häusern harkten Leute den ungepflasterten Bürgersteig und hinterließen im Sand ein akkurates Streifenmuster.

Pippa dachte spontan an die Wege aus märkischem Sand auf der Kleingarteninsel Schreberwerder, wo sie ihren ersten Mordfall erlebt hatte.

Um das fast meditativ anmutende Muster vor dem Haus eines älteren Herrn nicht zu zerstören, wich Pippa auf die Straße aus und erntete freundliches Kopfnicken. »Nett von Ihnen, junge Dame.« Der Mann stützte sich auf den Stiel seiner Harke und musterte sie forschend. »War ein ganz schön aufregender Tag gestern, besonders für Sie. Sind Sie noch bei Christabel?«

»Und ich werde auch noch einige Tage bleiben«, erwiderte Pippa.

»Das ist gut. Gerade jetzt.« Der Mann nickte wieder. »Jetzt sollte niemand allein sein.« Dann fuhr er fort, den Sandplatz vor seinem Haus in einen Zen-Garten zu verwandeln.

Pippa ging weiter zur Ausfallstraße, an der auch die Bushaltestelle lag. Als sie das Straßenschild las, musste sie grinsen. Ciconiaplatz ... hier heißen sogar die Plätze nach den Weißstörchen! Es würde mich schon sehr wundern, wenn dahinter nicht mein Professor steckt – sponsored by *Lüttmanns Lütte Lüd*.

Eine Gruppe von Menschen stand beieinander und diskutierte lebhaft. Pippa ging unauffällig langsamer und spitzte die Ohren. Zwar schnappte sie tatsächlich ein paar Satzfetzen über den Tod von Waltraut Heslich auf, aber die Leute unterhielten sich offenbar über die zu erwartende Ankunft von jemandem oder etwas anderem. Als Pippa sie erreichte, grüßten die Dörfler sie wie eine alte Bekannte.

Kein Wunder, ich habe ja auch gestern vor der Ade-Bar die Personalien der meisten von ihnen aufgenommen, dachte Pippa.

Kurz entschlossen stellte sie sich dazu. »Warten Sie auf den Bücherbus?«, fragte sie einen Herrn mit Schnäuzer.

Der Mann sah sie verblüfft an. »Bücherbus? Nö – auf den ersten Storch.« Er deutete auf ein Fachwerkhaus links neben Christabel Gerstenknechts Grundstück. »Martha Subroweit da drüben hat vorhin einen über das Dorf fliegen sehen. Wenn das einer von unseren Störchen war ...«, er machte eine bedeutungsvolle Pause, »dann steht bald fest, wer dieses Jahr gewonnen hat.«

Seit Pippa da stand, waren noch mehr Menschen zu der Gruppe gestoßen. Die sind genauso neugierig wie ich und wollen herausfinden, wer ich bin und was ich mit Christabel zu tun habe, dachte Pippa, und vor allem, was mich mit der Polizei verbindet. Neues Futter für die Gerüchteküche!

Tatsächlich musterten die Leute sie neugierig, aber nicht unfreundlich, während sie sich weiter über die sehnlich erwartete Ankunft der Störche unterhielten. Pippa erfuhr, dass die Dorfbewohner große Mühe investierten, um den Tieren ein artgerechtes Heim zu bereiten.

»Dieses Mal muss ich einfach Glück haben. Meine Störche müssen die Ersten sein. Ich habe ihnen ein wirklich komfortables Nest bereitgestellt«, sagte eine Frau stolz. »Unser Professor hat meinen Einsatz ausdrücklich gelobt, denn ich habe weder Kosten noch Mühen gescheut. Mein halber Lohn ist draufgegangen.«

»Als ob du nicht jeden Cent von ihm und Christabel zurückbekämest, Martha«, knurrte ein älterer Mann.

Die Frau zuckte mit den Schultern. »Der Gedanke zählt, Erich, ganz allein der Gedanke.«

»Darf ich Sie fragen, was Sie sich wünschen, wenn Sie gewinnen?«, fragte Pippa.

»Ich möchte einmal ins Fernsehen«, sagte Martha Subroweit schwärmerisch, »egal wie. Hinter die Kulissen gucken, Sie verstehen? Vielleicht bei einer Kochshow ...«

»Willst du wirklich, dass alle Welt weiß, wie du kochst, Martha?«, brummte Erich. »Das würde ich mir aber noch mal überlegen.«

Die Frau warf ihm einen bösen Blick zu und fuhr, an

Pippa gewandt, fort: »Oder einmal als Statistin arbeiten. In einem Krimi. Oder einem Liebesfilm.«

Erich lachte laut, ein paar andere Männer gackerten. »Ich sehe es geradezu vor mir«, rief er, »wie der jugendliche Held sich von seiner Angebeteten abwendet und sein Herrenhaus verlässt, um dir von Cornwall in die Altmark zu folgen!«

Martha Subroweit verschränkte die Arme vor der Brust und musterte den Mann aus zusammengekniffenen Augen. »Am liebsten wäre ich allerdings eine erfolgreiche Mörderin in einem Dorf voller missgünstiger alter Zausel.«

»Nichts leichter als das«, schoss Erich zurück, »dann bitten wir Christabel einfach um eine Live-Übertragung aus Storchwinkel. Webcams haben wir genug ... und früher oder später ...«

»Wie wird überprüft, wer gewonnen hat?«, beendete Pippa das Geplänkel der beiden. »Könnte sich ein Storch auf ein Nest setzen, ohne dass es bemerkt wird?«

»Raten Sie mal, warum wir hier stehen und Ausschau halten«, erwiderte Erich mit besorgter Miene. »Seit gestern ist die Leitung gestört.«

Auf Pippas verständnislosen Blick hin sagte eine junge Frau in Florian Wieks Alter: »Ich erkläre es Ihnen.« Sie gab Pippa die Hand. »Ich bin Anett Wisswedel.«

»Pippa Bolle.«

Anett Wisswedel lächelte. »Ich weiß. Ich stand gestern in Ihrer Reihe. Alle haben mitgekriegt, dass Sie bei Frau Gerstenknecht wohnen. Dass Severin und Melitta gleichzeitig verreisen, ist noch nie vorgekommen. Und ausgerechnet jetzt ...«

»Sie meinen die Todesfälle?«, fragte Pippa.

Die junge Frau nickte. »Gut, dass Sie in Zukunft für Frau Gerstenknechts Sicherheit sorgen.« Sie zeigte auf das Nest auf dem Mast. »Sehen Sie die kleine Kamera da oben? Alle Nester im Storchendreieck sind mit Webcams ausgestattet, dafür haben Professor Meissner und seine Studenten gesorgt. Die Kameras übertragen alles in sein Haus, und von dort aus werden die Bilder abwechselnd aus den verschiedenen Nestern in die Ade-Bar gesendet. Ist Ihnen der große Monitor bei Hilda aufgefallen? Wir können dort alle Störche ständig verfolgen: von der Ankunft über die Aufzucht bis hin zum Abflug. Und natürlich auch das Eintreffen des Gewinners.«

Pippa nickte. »Der alljährliche Wettbewerb um den ersten Landeplatz.«

»Genau. Aber wir kommen momentan nicht an Übertragungsbilder!«

Wieder nickte Pippa. »Weil Professor Meissner in Berlin krank im Bett liegt und die Anlage nicht in Betrieb nehmen kann. Wirklich ärgerlich.«

»An Professor Piep liegt es nicht«, sagte Martha. »Die Anlage läuft längst.«

»Dank Ihrer Kollegen ist die Ade-Bar seit gestern versiegelt, und dort steht doch unser Fernseher«, erklärte Anett Wisswedel. »Das ist der Grund!«

»Das sind nicht meine ...«, setzte Pippa an, als ein Raunen durch die wartenden Menschen ging und einige zum Himmel zeigten.

Ein Storch flog direkt über sie hinweg.

»Das ist schon der zweite heute«, rief Erich aufgeregt und stieß den Mann neben sich an. »Jetzt wird es langsam eng, Hermann, was?«

Der Angesprochene kratzte sich am Kopf, während er den Flug des Weißstorchs nachdenklich verfolgte. »Der kam mir aber nicht bekannt vor. Dir?«

»Nee, keiner von unseren«, stimmte Erich zu. »Schätze, der gehört an die Elbe, ins Storchendorf Rühstädt oder nach Wahrenberg ...«

Beinahe widerwillig löste Pippa sich aus der munteren Truppe und ging weiter in Richtung Bücherbus. Die unterhaltsamen Diskussionen der Storchwinkeler machten ihr Spaß, aber sie war schließlich in Christabels Auftrag unterwegs. Und deren Einfluss war überall gegenwärtig. In jedem der Vorgärten, die sie passierte, entdeckte Pippa Gartenzwerge. Sie bemerkte, dass die kleinen Figuren individuelle Gesichtszüge trugen, ganz so, als wären sie Miniaturversionen ihrer Besitzer. Ein Garten tanzte aus der Reihe: Dort standen überall Vogelskulpturen, in den Blumenkästen, auf dem Rasen und außen auf den Fensterbänken, so lebensecht, als würden sie jeden Moment auffliegen.

Das muss Meissners Ferienhaus sein, dachte Pippa. Professor Piep – das muss man sich erst einmal trauen, den seriösen Herrn Professor so zu nennen!

Wieder kam sie an einem Grüppchen Dörfler vorbei. Sie unterhielten sich auf Altmärkisch, und Pippa schnappte auf, dass *de Dörpstrat* vor den Häusern von Bornwasser und von Mandy Klöppel schon viel zu lange nicht mehr ordentlich geharkt worden sei und es allmählich *tied wörd*, das zu regeln. Der Verstorbene könne natürlich aus bekannten Gründen nicht mehr selbst harken, aber im Fall von Mandy Klöppel sei ein ernstes Wort überfällig …

»Bestimmt denkt sie nicht daran, dass morgen das lange Osterwochenende beginnt, und will es Samstag erledigen«, verteidigte sie eine Frau mittleren Alters. »Oder sie hat heute noch keine Zeit gehabt.«

Zwei Männer stießen sich feixend an. »Ganz bestimmt sogar, Elke. Die hat erst Zeit, wenn der Bücherbus wieder weg ist«, sagte der eine.

Die Frau runzelte die Stirn. »*Arbeit is keen Has, se löppt nicht wech.* Mandy kann später auch noch harken.«

Der Bücherbus stand bereits an der Haltestelle. Auf der verschlossenen Eingangstür prangte die Graphik eines Dreiecks mit einem Storch in jeder Ecke. Die Vögel waren einem aufgeschlagenen Buch in der Mitte des Dreiecks zugewandt, in dem die Öffnungszeiten zu lesen waren. Pippa suchte nach denen von Storchwinkel und erfuhr: *Dienstag und Donnerstag 11.00 bis 14.00Uhr, keine Wartezeit für Leser in 3L-Mittagspause.*

Ein Blick auf die Armbanduhr zeigte ihr, dass es bereits kurz vor halb zwölf war. Sie drehte sich zu den drei ebenfalls wartenden Männern um.

Ein zahnloser Alter grinste sie an. »Schon richtig, Mädchen, der Bus sollte um elf Uhr öffnen, aber das wird noch dauern. Die Mandy ist heute erst spät aus Storchentramm zurückgekommen.«

Ein rotwangiger, stark übergewichtiger Mann lehnte am Bus. Er kicherte und sagte: »Aus den Krallen von der Pallen.«

Gerade als Pippa fragen wollte, was Mandys Rückkehr aus Storchentramm mit der verschlossenen Bustür zu tun hatte, tippte der Zahnlose auf das Ziffernblatt seiner Uhr. »Timo ist erst seit einundzwanzig Minuten bei der Mandy.«

Erich hatte die kleine Gruppe ebenfalls erreicht und diesen Kommentar gehört. »Na ja, dann wird's ja nicht mehr lange dauern. Sein Durchschnitt sind dreiunddreißig Minuten.«

»Ja, der ist noch jung«, sagte der dritte Mann. »Bei den Bürgermeistern reichen fünfzehn Minuten. Maximal sechzehn.«

Die drei lachten.

Erich hob den Zeigefinger. »Nicht ganz richtig, Hannes. Das gilt für Zacharias, Thaddäus schafft es länger. Wenigstens dabei lässt er seinen Bruder hinter sich.«

»Das MEK stellt sich eben auf jede Zielperson individuell ein«, sagte der Zahnlose, und wieder lachten die Männer.

Pippas Verwirrung wuchs. MEK? Mobiles Einsatzkommando? Wieso das denn? Und wieso bei Mandy im Haus? War das vielleicht die Verstärkung, um die Seeger gebeten hatte?

Das MEK ist eine Spezialeinheit für Observation und Zugriff, grübelte Pippa, aber wer oder was benötigt hier Zugriff? Erwartet Seeger noch mehr Tote? Was macht hier im Dorf einen Sondereinsatz nötig – und was genau hat Mandy Klöppel damit zu tun?

Hilda Krause war zusammen mit Anett Wisswedel an den Bus gekommen, und die beiden Frauen gesellten sich zu Pippa. Hilda Krause trug einen Stapel Bücher, und Pippa verrenkte den Kopf, um die Aufschrift auf den Buchrücken lesen zu können.

»Dorothy L. Sayers und P. D. James – die lese ich auch gerne«, sagte sie, »und Sie haben sogar ein Buch gefunden, das ich noch nicht kenne.« Sie deutete auf den betreffenden Titel. »Hat es Ihnen gefallen?«

»Das kann ich Ihnen leider nicht sagen«, erwiderte Hilda Krause, »seit gestern ist mir der Appetit auf Kriminalromane vergangen. Ich bringe sie zurück und leihe mir stattdessen heile Welt aus.«

Der Zahnlose gackerte. »Liebesromane, ej? Stell dich doch einfach vor Haus Nummer 2! Da gibt es Liebe pur.«

Hilda Krause musterte den Alten empört. »Lasst endlich Mandy in Ruhe. Aus euch alten Knackern spricht der reine Neid. Ihr würdet ihr doch die Bude einrennen, wenn sie euch wollte!«

»Erst neulich hat der alte Heinrich gesagt, dass aus Mandy noch mal etwas ganz Großes wird«, warf Anett Wisswedel ein.

»Etwas ganz Großes?« Der Mann, den Erich mit Hermann angesprochen hatte, schnaubte spöttisch. »Nur über die Leiche von der Palle.«

Erich dagegen war beeindruckt. »Das hat Heinrich wirklich prophezeit? Dann wird das auch so sein. Seinem Schicksal kann man nicht entgehen, sagt er immer.«

Alle wandten sich um, als eine Haustür lautstark zuklappte. Timo Albrecht kam den Vorgartenweg von Haus Nummer 2 herunter und schlenderte ohne sonderliche Eile auf den Bücherbus zu.

»Respekt, Timo«, sagte der Zahnlose, »neunundvierzig Minuten! Handgestoppt! Persönliche Bestleistung, würde ich schätzen.«

Timo Albrecht zwinkerte ihm fröhlich zu und öffnete die Bustür, ohne sein verspätetes Auftauchen auch nur mit einer Silbe zu kommentieren. Er stieg ein und ließ sich in den Fahrersitz fallen, dann winkte er die Wartenden zu sich herein.

Weil man ihr den Vortritt ließ, betrat Pippa den Bus als Erste.

»Guten Tag. Sie wollen das Buch für Christabel Gerstenknecht abholen, nicht wahr?«

Der junge Mann strahlte sie an, und Pippa verstand sofort, warum er bei Mandy Klöppel einen Stein im Brett hatte. Timo Albrecht griff in ein Fach hinter sich und reichte ihr ein Buch mit festem Einband.

Pippa schnappte nach Luft, als sie sah, worum es sich handelte. »*Lady Chatterleys Liebhaber*? Sind Sie sicher?«

Sie blickte auf und fand sich umringt von den Storchwinkelern, die zusammen mit ihr auf den Bibliothekar gewartet hatten. Alle reckten neugierig die Hälse, um zu sehen, wie sie darauf reagierte, dass sie für die alte Dame einen Klassiker der erotischen Weltliteratur abholen sollte.

»Sind Sie sicher?«, wiederholte Pippa perplex, und alle

um sie herum nickten. In Storchwinkel waren Christabel Gerstenknechts literarische Vorlieben offenbar kein Geheimnis.

»Frau Gerstenknecht hat einen exquisiten Geschmack«, erklärte Timo Albrecht, »nicht nur das *Decamerone* von Boccaccio, Balzacs *Tolldreiste Geschichten* und die *Kurtisanengespräche* des Aretino hat sie schon durch, sondern selbstverständlich auch Casanovas Erinnerungen – um nur einiges zu nennen.«

»Warum auch nicht?«, fragte Hilda Krause. »Viele junge Leute glauben, die Sexualität gehört ihnen allein. Aber wenn sie älter werden, ändern sie ihre Meinung. Nur weil der Körper sich verändert, hört man ja nicht auf zu ... denken.«

Sie musterte Timo Albrecht, als wäre er ein besonders leckerer Kuchen, und blinzelte dann Pippa schelmisch zu. Diese errötete, denn Hilda Krause hatte offensichtlich auch *ihren* wohlgefälligen Blick auf den attraktiven jungen Mann bemerkt. Verlegen verschwand Pippa im Inneren des Busses. Sie suchte in den Regalen nach Literatur über die Altmark und entschied sich für einen Bildband über den Naturpark Drömling sowie eine Chronik Storchwinkels aus den Wendejahren.

»Wo hast du denn die Kunstbücher, Timo?«, hörte sie Hilda Krause fragen. »Josef kommt heute Abend und bleibt bei mir, bis ... bis alles aufgeklärt ist. Irgendetwas über Skulpturen oder Kunst am Bau wäre für ihn genau das Richtige.«

»Immer auf der Suche nach Inspiration, verstehe.« Timo Albrecht deutete auf ein Regal. »Dort drüben lauern die schönen Künste, Hilda!«

Mehr und mehr Menschen drängten in den Bus, unter ihnen auch Florian Wiek.

»Ich bin beeindruckt, wie viele Leute in Storchwinkel lesen«, sagte Pippa zu Timo Albrecht, der seinen Platz verlassen hatte, um ihr die ausgewählten Bücher abzunehmen und sie zu registrieren.

»Bücher leihen und Bücher lesen – das sind zwei verschiedene Paar Schuhe«, entgegnete Timo Albrecht trocken. »Sagen wir so: Für meine Kunden macht sich jedes *geliehene* Buch bezahlt.«

Er lachte über ihr erstauntes Gesicht: »Christabel Gerstenknecht hat den Bücherbus ins Leben gerufen und ist sein größter Förderer. Für Mitarbeiter von 3L – also *Lüttmanns Lütte Lüd* – ist die Ausleihe gratis. Als Belohnung für jedes ausgeliehene Buch gibt es nicht nur einen Essensgutschein für die Ade-Bar, sondern obendrein eine verlängerte Mittagspause. Und Sie sehen: Man rennt mir buchstäblich die Bude ein.«

»Und das reicht Frau Gerstenknecht? Reger Zulauf?« Pippa schüttelte den Kopf. »Ich hätte ihr zugetraut, dass sie Stichproben macht, um zu kontrollieren, ob die Bücher wirklich gelesen wurden.«

»Sie meinen, sie lässt alle im Gutshaus antanzen und einen Test schreiben? Oder eine Zusammenfassung?« Timo Albrecht lachte amüsiert. »Oder besser noch Nacherzählungsverhöre.«

»Sie werden sie besser kennenlernen, wenn Sie länger hier sind, Pippa«, sagte Hilda Krause. »Christabel geht es darum, Anreize zu geben. Aber jeder ist seines eigenen Glückes Schmied. Sie will niemanden zu irgendetwas zwingen.«

Timo Albrecht fügte hinzu: »Ihre Philosophie ist: Wenn sich von zwanzig Ausleihern auch nur einer tatsächlich in die Seiten eines Buches verirrt und es liest, hat sich ihre Investition gelohnt.«

Dennoch, dachte Pippa, so viel Geld für die bloße Möglichkeit, dass jemand wirklich ein Buch liest ...

Florian Wiek überreichte Timo Albrecht einen Satz Noten für Trompete, damit er sie für die Ausleihe erfassen konnte.

Da Pippa nah genug stand, bekam sie mit, was Florian sagte, obwohl er seine Stimme senkte. »Kannst du mir Literatur über Porzellan und berühmte Manufakturen besorgen, Timo? Meissner, KPM Berlin, Nymphenburg, Graf von Henneberg – alles, was du kriegen kannst. Ich brauche so viele Informationen wie möglich.«

Albrecht schrieb die Namen auf und nickte. »Spätestens nächsten Donnerstag bringe ich dir was mit. Wenn ich in Salzwedel nichts für dich finde, dann in einer anderen Bibliothek.«

Florian deutete mit einer Handbewegung an, dass Timo nicht so laut sprechen solle.

»Ich habe mich in Fabriken in Berlin und Sachsen für ein Praktikum als Glas- und Porzellanmaler beworben«, flüsterte er. »Sollte ich zu einem Gespräch eingeladen werden, will ich gut vorbereitet sein. Das könnte für mich das Sprungbrett zu einer Anstellung sein. Nach meiner Lehre möchte ich mal was anderes sehen als Störche und Gartenzwerge. Aber kann das bitte erst mal unter uns bleiben? Ich habe es sogar dem alten Heinrich verschwiegen, und dem erzähle ich so gut wie alles. Ich wollte ihn Christabel gegenüber nicht in Gewissensnöte bringen.«

»Wann sind denn die Prüfungen?«, fragte Timo Albrecht kaum hörbar.

»Mit den schriftlichen bin ich durch, fehlen nur noch die mündlichen. In einem Monat habe ich alles hinter mir – hoffe ich.«

»Ich halte dir die Daumen«, sagte Timo Albrecht und drückte freundschaftlich Florians Schulter.

Mich sollte wundern, wenn Christabel Gerstenknecht

über deine Pläne glücklich ist, dachte Pippa, sie verliert dann ihren besten Porzellanmaler. Ich bin sicher, sie weiß gar nichts von diesen Bewerbungen.

Pippa warf einen Blick auf die Uhr und erschrak, als sie sah, wie viel Zeit seit ihrem Aufbruch aus dem Herrenhaus vergangen war. Als sie eilig den Bus verlassen wollte, musste sie warten, weil ein Mann hereindrängte. Er war um die fünfzig und machte den Eindruck, als würde er keinen großen Wert auf sein Äußeres legen. Seine Strickjacke hatte Löcher an den Ellbogen, und er hatte sich schon länger nicht mehr rasiert. Fahrig strich er sich die Haare aus dem hageren Gesicht, in dem Pippa tiefe, dunkle Augenringe auffielen.

»Julius Leneke! Ich werd verrückt!«, rief Timo Albrecht. »Seit wann bist du denn zurück?«

»Der alte Heinrich hat mich gestern Abend abgeholt«, erwiderte der Mann leise.

»Und? Hast du dir in Wiesbaden einen Kurschatten zugelegt?«

Leneke verzog das Gesicht. »Welche Frau würde sich für mich schon interessieren? Und selbst wenn, ich hätte sie ja doch zurücklassen müssen. Also habe ich es erst gar nicht versucht.«

Mit Leidensmiene legte er einen Stapel Bücher vor Timo Albrecht, die dieser einzeln aufschlug, um im Computer ihre Rückgabe einzupflegen. *Seelischer Schmerz als Lebensinhalt, Praktische Übungen im Dauerversuch* las Pippa ungläubig die Titel, außerdem *Ich leide, also lebe ich* und *Bis dass der Tod uns scheidet: Mein Schicksal und ich als Weggefährten.*

»Geht es dir denn jetzt wieder … gut?«, fragte Timo Albrecht vorsichtig.

Ein tiefer Seufzer entrang sich Julius Leneke. »Heinrich sagt, ja – dann wird es wohl so sein.«

Du meine Güte, dachte Pippa schaudernd, wenn der nicht das Leid der ganzen Welt auf seinen schmalen Schultern trägt! Und dieser Heinrich wird mir langsam echt unheimlich.

Sie nickte Timo Albrecht zum Abschied zu und schlängelte sich an Leneke vorbei aus dem Bus.

Der Teich in der Mitte des Dorfplatzes lag verlassen da, als Pippa vorbeiging. Mit den beiden Kletterern waren auch die Planken hinüber zum Storchenmast verschwunden.

So können die Störche ganz ungestört brüten, dachte sie, sie hocken hier zwar auf dem Präsentierteller, sind aber sicher wie in einer Wasserburg mit Burggraben bei geschlossener Zugbrücke.

Sie blieb stehen und drehte sich um, als jemand hinter ihr ihren Namen rief.

Der mürrische Mann aus dem Bus, Julius Leneke, eilte ihr nach und sagte vorwurfsvoll: »Ich habe gerade erfahren, wer Sie sind. Sie haben sich mir nicht vorgestellt.«

»Hätte ich das denn tun sollen?«, fragte Pippa erstaunt.

Der Mann nickte ernst. »Selbstverständlich. Ich muss genau wissen, wen Christabel um sich hat. Ich bin sehr besorgt um ihre Sicherheit. Schließlich bin ich ihr Sohn und Erbe.«

Kapitel 10

Vor dem Eingang des Gutshauses standen zwei Männer, rauchten und unterhielten sich – neben einer Sänfte.

Das kann nur eine Halluzination sein, dachte Pippa und vergaß darüber die Neuigkeit, dass Christabel einen Sohn hatte.

»Guten Morgen. Kann ich Ihnen helfen?«, fragte Pippa und bestaunte das hölzerne Etwas, das genau einer Person Platz bot.

»Vitus Lohmeyer«, stellte sich einer der Männer mit einer kleinen Verbeugung vor. »Gartenzwergkonstrukteur. Wir warten auf die Chefin.«

Pippa erinnerte sich, Lohmeyer auf der Beerdigung gesehen zu haben. Allerdings hatte er dort, aus gegebenem Anlass, einen schwarzen Anzug getragen, der seine kräftige Statur mehr als nötig betonte und aussah, als hätte er ihn von jemandem geliehen. Jetzt war er, wie der Mann neben ihm, dunkelblau gekleidet: sportliche Hose und Polohemd mit einem winzigen eingestickten Gartenzwerg auf der linken Brustseite.

»Pippa Bolle«, sagte Pippa und verkniff sich die Frage nach der Sänfte, »ich sehe mal nach Frau Gerstenknecht.«

Vitus Lohmeyer nickte dankend, und Pippa eilte ins Haus.

Bereits in der Eingangshalle hörte sie, dass im Wohnzimmer gesprochen wurde. Eine männliche Stimme, vor Anspannung schrill, rief: »Wir müssen endlich den internationalen Markt ausbauen, ihn gänzlich erobern! Wir können und dürfen nicht mehr alles dem Zufall überlassen!«

»Tun wir das denn Ihrer Meinung nach, Herr Bartels?«, fragte Christabel Gerstenknecht gefährlich leise.

»Nun, ich finde, unsere Strategie muss in dieser Hinsicht gründlich überdacht werden«, ereiferte sich der Mann.

»Inwiefern?« Christabels Stimme klang ruhig, dennoch schien es Pippa eher die Ruhe vor dem Sturm zu sein.

Sie näherte sich zögernd der Wohnzimmertür. Durfte sie einfach hineinplatzen, oder ging es bei dem Gespräch um Interna? Unsicher blieb sie vor der halboffenen Tür stehen.

»Ich stelle mir ein Angebot vor, das auch der ... nun ja ...«, Bartels räusperte sich, »der *Optik* unserer Kunden in Übersee Rechnung trägt.«

»Sie denken an Schlitzaugen? Gartenzwerge in Uniformen der chinesischen Terrakotta-Armee?«, fragte Christabel Gerstenknecht.

»Ganz genau!« Bartels' Stimme überschlug sich vor Eifer. »Ninjas für den japanischen Markt, Zulukrieger für Südafrika ...«

»Nicht zu vergessen: Machos mit Schlafzimmerblick und Dreitagebart für Südamerika«, warf Christabel Gerstenknecht ironisch ein und brachte damit ihren Gesprächspartner zum Verstummen.

Pippa unterdrückte ein Kichern. Die alte Lady war wirklich schlagfertig!

»Eines müssen Sie mir erklären, Herr Bartels«, fuhr Christabel Gerstenknecht fort, »warum höre ich mir das alles hier und jetzt an – und nicht nachher bei unserer Besprechung in der Fabrik?«

»Ich wollte ganz in Ruhe ... unter vier Augen ...«, stammelte Bartels, »nur Sie und ich ...«

»Ich verstehe«, unterbrach die alte Dame kühl, »Sie wollten sich einen Vorteil verschaffen.«

»Nein, nein!« Die Panik in Bartels' Stimme war unüberhörbar. »Ich war mir nicht sicher, ob wir nach den Ereignissen der letzten Tage wirklich ein Teamgespräch haben werden ... und wo doch heute der letzte Arbeitstag vor Ostern ist und die nächste Kollektion bald vorgestellt werden soll!«

»Und weil Sie dachten, ich komme heute nicht in die Fabrik, sind Sie inklusive Sänfte und Träger hier aufmarschiert«, konterte Christabel Gerstenknecht.

»Ich ... Sie haben recht«, sagte Bartels kleinlaut. »Ich habe noch ein Anliegen ...« Er räusperte sich krampfhaft, als brächte er das, was er zu sagen hatte, vor Verlegenheit kaum über die Lippen.

»Zieren Sie sich nicht so. Raus damit.«

»Also gut: Ich fürchte, auf Hollweg ist kein Verlass. Er nimmt meine neuen Entwürfe bei weitem nicht so ernst wie nötig. Er schenkt meinen Ideen nicht genug Aufmerksamkeit. Jetzt ist sogar ein Exemplar der neuen Muster in der Öffentlichkeit aufgetaucht, bevor wir es offiziell vorgestellt haben. Das ist ungeheuerlich.« Er schnaufte und fuhr mit erhobener Stimme fort: »Wieso besaß Frau Heslich diesen Zwerg? Wie eng war sie mit unserem Betriebsleiter befreundet? Eng genug, dass er ihr einen Zwerg vor der Veröffentlichung gezeigt hat? Das wäre Vertragsbruch. Ich frage mich: Was genau wusste Waltraut Heslich von unseren Plänen?«

»Das wird sie uns nicht mehr verraten können«, erwiderte Christabel Gerstenknecht trocken. »Dafür hat jemand gesorgt. Gründlich.«

Bartels zog scharf die Luft ein, dann stieß er hervor: »Glauben Sie, Hollweg ist die undichte Stelle und wollte eine Mitwisserin ausschalten?«

Christabel Gerstenknecht ging auf diese Frage nicht ein, sondern sagte laut: »Kommen Sie endlich herein, Pippa, und sagen Sie uns: Wäre das möglich?«

Mit hochrotem Kopf trat Pippa ins Wohnzimmer.

Die alte Dame ignorierte ihre Verlegenheit. »Nun? Was denken Sie?«

»Eine ziemlich gewagte These«, antwortete Pippa ausweichend. »Und eine ungeheure Anschuldigung.«

Sie musterte den aufgeregten Mann. Er war ihr nicht sympathisch, seine Empörung empfand sie als aufgesetzt. Auch er trug die dunkelblaue Kluft der Fabrikarbeiter, aber an ihm sah sie unpassend aus, wie die Demonstration einer Zugehörigkeit, die in Wirklichkeit nicht existierte.

»Es geht immerhin um den Verrat von Werksgeheimnissen!«, rief Bartels pathetisch aus.

»Es geht um Mord an einem Menschen«, sagte Pippa, »*immerhin*.«

»Über Hollweg brauchen Sie sich keine Gedanken zu machen, Pippa. Wir werden von ihm die gleichen Überlegungen hören – nur wird dann Bartels der Verräter sein.« Mit der Andeutung eines Lächelns schüttelte Christabel Gerstenknecht den Kopf. »Von Ihnen möchte ich nur wissen, ob Sie eine Verbindung zwischen *Lüttmanns Lütte Lüd* und diesen mysteriösen Todesfällen für möglich halten.«

Pippa rang mit sich. Sollte sie ihre Meinung kundtun oder lieber für sich behalten?

»Wenn sich in einem kleinen Ort innerhalb kürzester Zeit zwei ungewöhnliche Todesfälle ereignen und jeder in der Gegend auf die eine oder andere Weise etwas mit derselben Firma zu tun hat, dann ist eine Verbindung nicht völlig auszuschließen«, sagte sie schließlich.

Christabel Gerstenknecht gackerte amüsiert. »Was ist los mit Ihnen, Pippa? Sind Sie vom Haushüten in den diplomatischen Dienst gewechselt? Sagen Sie mir, was Sie wirklich denken!«

Pippa fing einen Blick von Bartels auf: Er starrte sie offenen Mundes an. Du bist nicht gewöhnt, dass Christabel jemanden nach seiner Meinung fragt, stimmt's?, dachte Pippa.

Sie grinste. »Ich kann es auch anders ausdrücken, Frau Gerstenknecht. Die Polizei ist hier und befragt das halbe Dorf – also ist sie der gleichen Ansicht wie ich: Jeder ist verdächtig.«

Christabel Gerstenknecht kicherte – wie stets, wenn jemand den Mumm hatte, frei vor ihr zu sprechen. Dann sagte sie: »Genau, und deshalb sollten wir alles dafür tun, der Polizei zu helfen. Holen Sie meinen grünen Hut und die passenden Ziegenlederhandschuhe. Und nennen Sie mich verdammt noch mal Christabel. Wir sind jetzt ein Team.«

Mit Hilfe von Vitus Lohmeyer und des zweiten Mannes bestieg Christabel Gerstenknecht die Sänfte. Die beiden Männer ergriffen die Holme und marschierten los. Wie Pippa erwartet hatte, half Bartels nicht. Er ging links von der Sänfte, sie selbst auf der rechten Seite.

»Sie können jetzt aufhören, so zu tun, als würden Sie sich nicht wundern, Pippa«, sagte Christabel Gerstenknecht. »Das Privileg, in einer Sänfte getragen zu werden, verdanke ich Vitus Lohmeyer. Er ist in jeder Hinsicht kreativ, was ich sehr an ihm schätze. Als er mitbekam, wie ich es hasse, mit dem Rollstuhl über unser Kopfsteinpflaster zu holpern, kam er auf die Idee, mir mit einer Sänfte den täglichen Weg in die Manufaktur zu erleichtern. Dort behelfe ich mich dann mit meinen Vierfüßlern weiter, die an strategischen Stellen deponiert sind. Das erleichtert das Leben ungemein.« Sie lächelte. »Herr Lohmeyer wies mich übrigens darauf hin, dass Sänftenbeförderung schon vor langer Zeit für Würdenträger und Menschen mit Gehschwierigkeiten üblich war – und ich genieße jede Minute!«

Vitus Lohmeyer ging vorne zwischen den Tragestangen und sah nicht so aus, als würde ihm das Gewicht Mühe bereiten. Er drehte den Kopf zu Pippa und erklärte: »Sänften waren in den großen Städten im buchstäblichen Sinne die *Vorläufer* der Taxen ...«

»Wenn ich Ihren Vortrag kurz unterbrechen darf, Herr Lohmeyer, aber Sie haben mir gerade ein so schönes Stichwort geliefert«, sagte Christabel Gerstenknecht und tippte Bartels auf die Schulter. »Sie sind doch immer so scharf darauf, ein Vorläufer zu sein, Bartels. Legen Sie mal einen kleinen Sprint hin. Informieren Sie Hollweg, dass ich in Kürze eintreffe.«

Sofort trabte Bartels los, und Lohmeyer sah ihm mit deutlicher Genugtuung nach. Dann wandte er sich wieder an Pippa. »Als ich unsere historische Zwergenwelt des Rokoko gestaltete, bin ich bei der Recherche auf die Sänften und auf viele interessante Informationen dazu gestoßen. Berlin erließ zum Beispiel für seine Sänftenträger die allerersten Vorschriften für den öffentlichen Personennahverkehr. Eine der Regeln legte fest, dass sie nur die Straße und nicht den Bürgersteig benutzen durften.«

»Haben Sie die Sänfte nach einem historischen Vorbild anfertigen lassen?«, fragte Pippa.

»Selbstverständlich nicht«, sagte Christabel Gerstenknecht, »sie ist ein Original und stammt aus dem Rotlichtviertel von Paris. Zugegeben, sie gehörte keiner erstklassigen Kurtisane, aber die Dame hatte genug Geld, um sich so gutes Holz zu leisten, dass sich eine Aufarbeitung lohnte.«

»Wäre es nicht naheliegender, Ihren Rollstuhl mit breiteren Rädern und einer Federung auszustatten?«

»Ich bitte Sie!« Die alte Dame schüttelte empört den

Kopf. »Glauben Sie, ich verzichte freiwillig auf den Luxus, mich von zwei Männern auf Händen tragen zu lassen?«

»Darf ich diesen Satz zitieren?« Lokalreporter Brusche erschien plötzlich links neben ihnen. Er atmete schwer, denn er hatte sie erst nach einem kleinen Sprint eingeholt.

»Stopp!«, befahl Christabel Gerstenknecht, und die Sänfte wurde abgesetzt. »Herr Lohmeyer, wir sehen uns später. Herr Brusche übernimmt für Sie, denn er will lebensnah für einen Artikel recherchieren.« Sie kicherte. »Wie wäre es mit: *Ich trug die Königin der Zwerge zu ihrem Volk*, Herr Brusche? Und Sie sagen sogar die Wahrheit, wenn Sie es einen Insider-Bericht nennen!«

Verdattert stellte Brusche sich zwischen die beiden Holme. Er ächzte erschrocken, als er die Sänfte anhob und ihm klar wurde, auf was er sich gerade eingelassen hatte. Diesen Artikel würde er sich buchstäblich im Schweiße seines Angesichts erarbeiten.

Als sie am Tor des großen Backsteingebäudes ankamen, erwartete sie ein Mann, der dort breitbeinig und mit vor der Brust verschränkten Armen Position bezogen hatte. Sein rundes Gesicht war rot, seine Halbglatze glänzte.

»Ich muss Sie sprechen, Frau Gerstenknecht«, sagte er drängend.

»Um was geht es, Herr Hollweg?« Die Stimme der alten Dame klang ungnädig, aber der stämmige Mann im Anzug ließ sich nicht abwimmeln.

»Unter vier Augen. Es ist wichtig.«

Christabel machte keine Anstalten, irgendjemanden wegzuschicken, nur weil ihr Betriebsleiter es verlangte. Hollweg war ganz offensichtlich nicht begeistert, wollte sich aber seinen Ärger nicht anmerken lassen. »Frau Gerstenknecht, ich bin untröstlich. Einer unserer neuen Gartenzwerge auf unerlaubter Wanderschaft!« Sein Versuch, einen Scherz zu machen, zündete nicht, also sagte er ernst: »Wem trauen Sie diesen ungeheuerlichen Vertrauensbruch zu? Für Wiek, Lohmeyer und unsere Mitarbeiter würde ich jederzeit die Hand ins Feuer legen, und Sie doch sicherlich auch!«

Sieh da, Bartels taucht in dieser Aufzählung nicht auf, dachte Pippa und fing einen beredten Blick Brusches auf, dem diese Tatsache ebenfalls nicht entgangen war.

»Die Hand ins Feuer, lieber Kollege Hollweg – wie recht Sie haben«, sagte Bartels, der aus dem Pförtnerhäuschen am Werkstor getreten war und sich vor Hollweg aufbaute. »Jemand hat Frau Heslichs Hand viel zu lange ins Feuer gehalten, nicht wahr? Und es ist ihr nicht gut bekommen. Bleibt das Rätsel, wie der geheime Prototyp aus unserer neuen Kollektion in ihren Besitz gelangt ist. Nur: Wer außer Herrn Bornwasser, Frau Pallkötter und Ihnen hatte im Dorf noch mit Waltraut Heslich zu tun?«

Hollweg beherrschte sich mühsam, als er ruhig antwortete: »Wir haben jeden Freitagabend Doppelkopf gespielt – und nicht Monopoly mit Gartenzwergen, lieber Kollege Bartels.«

Brusche hatte sich neben Pippa gestellt und raunte ihr begeistert ins Ohr: »Großartig – hoffentlich kann ich mir alles merken. Dagegen war der Kalte Krieg ein Freundschaftsspiel!«

Hollweg straffte die Schultern. »Bei dieser unerhörten Unterstellung bleibt mir nichts anders übrig, als meinen Rücktritt ...« Vergeblich forschte er im Gesicht seiner Chefin nach einem Zeichen des Protests. »... aus der Firma in Erwägung zu ziehen«, beendete er seinen Satz lahm.

»Ich stehe selbstverständlich jederzeit zur Verfügung, Kollege Hollwegs Position kommissarisch zu übernehmen«, verkündete Bartels pompös. Es fehlte nicht viel, und er hätte vor Christabel Gerstenknecht salutiert.

Hollweg maß seinen Kontrahenten von Kopf bis Fuß. »Nun, dann würde wenigstens wieder eine Stelle für einen Entwickler mit so hervorragenden Talenten wie denen meines geschätzten Kollegen Lohmeyer frei. Das täte der Firma wirklich gut.«

»Meine Herren!« Christabel Gerstenknecht hob die Hand, und die Konkurrenten verstummten schlagartig. »So sehr mich Ihre Unterhaltung amüsiert – es ist März und zu kalt, um hier draußen auf den Sommer zu warten. Wir sehen uns bei der Besprechung.«

Brusche nahm seine Position wieder ein, und die Sänfte wurde über einen großen gepflasterten Hof bis vor eine große Halle getragen. Bartels reichte Christabel Gerstenknecht die Hand und half ihr beim Aussteigen. Dann nahm er ihren Arm und ging mit ihr langsam zur Werkshalle. Brusche, endlich erlöst, zog einen Fotoapparat aus seiner Umhängetasche und machte Anstalten, den beiden zu folgen.

»Moment, Herr Brusche. Ihre Kamera, bitte.« Hollweg streckte auffordernd die Hand aus.

»Aber ich recherchiere gerade für einen Artikel«, protestierte der Reporter. »Frau Gerstenknecht hat …«

»Ihnen erlaubt, in der Halle zu fotografieren? Das hat sie garantiert nicht. Das nennt man nämlich Werksspionage.« Hollweg schnippte ungeduldig mit den Fingern. »Entscheiden Sie sich, Brusche: Wenn Sie in die Halle wollen – her damit.«

Am Eingang der Halle stand eine der vierfüßigen Gehhilfen bereit. Christabel Gerstenknecht stützte sich schwer auf sie, als sie zu einem Pult ging, neben dem Florian Wiek mit einer Trompete in der Hand bereits wartete. Die alte Dame nickte ihm zu. Er setzte das Instrument an und blies eine ohrenbetäubende Fanfare, die aus allen Ecken der Fabrik widerhallte. Sofort verließen die Mitarbeiter ihre Arbeitsplätze und versammelten sich vor dem Rednerpult.

»Rufen Sie Ihre Leute jeden Tag um diese Zeit hier zusammen, Frau Gerstenknecht?«, fragte Brusche.

Die alte Dame lächelte fein. »Würde das wirklich zu mir passen, Herr Brusche? Berechenbarkeit? Nein, ich komme immer zu unterschiedlichen Zeiten. Erst durch die Fanfare erfahren die Mitarbeiter, dass ich im Betrieb bin. Käme ich täglich um Punkt zehn Uhr, würden sie um genau fünf vor zehn anfangen zu arbeiten – und den Rest des Tages verbummeln.«

Auf der einen Seite die harte, unnachgiebige Chefin, dachte Pippa, und auf der anderen fördert sie einen Bücherbus. Zusätzlich hat sie den Wettbewerb um den ersten Storch des Jahres ins Leben gerufen und erfüllt den Gewinnern kostspielige Wünsche – und selbst das dient noch dem Naturschutz. Wirklich alles, was diese Frau tut, ist zielgerichtet.

Christabel Gerstenknechts Stimme riss sie aus ihren Gedanken.

»Liebe Mitarbeiter! Heute ist Gründonnerstag, und das Osterfest steht vor der Tür«, sagte die alte Dame. »Normalerweise würdet ihr von mir an diesem Tag einen frischen Baumkuchen für die österliche Kaffeetafel bekommen. Jeder weiß: Das ist in diesem Jahr nicht möglich.« Sie machte eine Pause und blickte ernst auf ihre Zuhörer. »Im Zusammenhang mit den Ereignissen der letzten Tage möchte ich euch deshalb bitten, alles Ungewöhnliche, ja überhaupt alles, was zum Tode unserer Mitbürger Waltraut Heslich und Harry Bornwasser erwähnenswert scheint, nicht für euch zu behalten. Meine persönliche Assistentin und Sicherheitsberaterin Pippa Bolle«, sie zeigte auf die Haushüterin, die sich unerwartet im Fokus der allgemeinen Aufmerksamkeit wiederfand, »wird für alles ein Ohr haben und sich bei Bedarf um weitere Maßnahmen kümmern.«

Pippa nickte den Mitarbeitern, die sie neugierig anstarrten, verlegen zu.

Die alte Lady schafft es immer wieder, mich zu überrumpeln, dachte sie leicht nervös. Erst wird mich die halbe Dorfbevölkerung verfolgen, um mir vermeintlich außergewöhnliche Beobachtungen zuzutragen, dann wird die andere Hälfte versuchen, mich nach diesen Informationen auszuhorchen ... die zweitausend Euro sind alles andere als leichtverdientes Geld ...

Christabel Gerstenknecht kam zum Ende ihrer Ansprache. »Ich gebe euch für den Rest des Tages frei«, verkündete sie, »damit ihr statt des Baumkuchens zu Hause selbst etwas backen könnt. Räumt eure Arbeitstische auf, und dann habt ein schönes Osterfest.«

»Ein Hoch auf die Chefin!«, brüllte jemand, und alle Mitarbeiter klatschten begeistert Beifall.

Während die Mitarbeiterversammlung sich in bester Laune auflöste, bat Christabel Gerstenknecht Lohmeyer darum, sie auf dem Weg ins Konferenzzimmer zu stützen. Als Brusche sich anschließen wollte, wurde er auf ein Zeichen der alten Dame hin von Florian Wiek aufgehalten.

»Kommen Sie, Herr Brusche, ich führe Sie ein wenig herum und erzähle Ihnen alles Wissenswerte über *Lüttmanns Lütte Lüd*«, sagte der junge Mann in einem Ton, der keine Widerrede zuließ. Dann schob er den Reporter zu einigen Werkbänken im hinteren Teil der Halle, auf denen halbbemalte Gartenzwerge standen.

Das Konferenzzimmer lag neben Hollwegs Büro und war durch eine Flügeltür mit ihm verbunden. In dem holzgetäfelten Raum stand ein ovaler Tisch mit Polsterstühlen, der

Platz für gut fünfzehn Personen bot. An der Stirnwand gegenüber der Flügeltür hing ein Porträt von Christabel Gerstenknecht neben dem Ölgemälde eines streng blickenden Mannes, in dem Pippa den Betriebsgründer Severin Lüttmann senior vermutete. Durch die Sprossenfenster an der Längsseite blickte man auf Hilda Krauses Ade-Bar, die noch immer versiegelt war.

Christabel Gerstenknecht nahm unter den Porträts Platz, während Lohmeyer und Bartels sich rechts von ihr niederließen. Pippa und Hollweg setzten sich an die andere Seite des Tisches.

»Wir schließen für vier lange Tage«, sagte Christabel Gerstenknecht. »Also: Welche Themen stehen auf der Tagesordnung?«

Pippa erwartete, dass der bei Waltraut Heslich aufgetauchte Prototyp als Erstes angesprochen würde, aber Hollweg schnitt ein anderes Thema an.

»Ihr Geburtstag, Frau Gerstenknecht. Immerhin werden Sie hundert Jahre alt. Das ist ein Anlass für eine große Feier.«

»Was soll es da zu feiern geben? Ich habe bereits alles gefeiert, was es zu feiern gibt.« Die alte Dame sah in die Runde. »Spätestens seit ich siebzig bin, sage ich, was ich denke. Seit ich achtzig bin, tu ich das auch. Seit meinem Neunzigsten lasse ich es sogar von anderen erledigen. Hundert hin oder her – es gibt keine Steigerung mehr.« Sie schüttelte bestimmt den Kopf. »Nein. Keine Feier.«

Vitus Lohmeyer, der Pippa gegenübersaß, sah seine Chefin bittend an. »Es ist der Belegschaft ein echtes Anliegen, Frau Gerstenknecht. Ihre Mitarbeiter würden Sie gern ehren.«

Pippa musterte ihn unauffällig. Er war etwa in ihrem Alter, ein kräftiger, aber keineswegs übergewichtiger Mann mit lebendigen Gesichtszügen und Künstlerhänden.

Christabel Gerstenknecht überlegte einen Moment, dann sagte sie: »Einverstanden. Die Belegschaft darf mich gerne feiern. Hollweg – Sie arrangieren alles. Es soll an nichts fehlen: Hochzeitssuppe, Tiegelbraten und Baumkuchen für alle. Dazu aus der Diesdorfer Mosterei alles, was das Herz begehrt.«

Bartels zog erstaunt die Augenbrauen hoch. »*Alles* aus der Mosterei?«

»Alles«, bestätigte Christabel Gerstenknecht. »Die schmackhaften Säfte, die herrlichen Liköre und diesen wunderbar prickelnden Cider.«

Was?, dachte Pippa, auch in der Altmark wird mein englisches Lieblingsgetränk hergestellt? Davon muss ich meiner Mutter und Oma Hetty ein paar Flaschen mitbringen – und vor allem muss ich es bei nächster Gelegenheit selbst probieren.

»Arrangieren Sie etwas im Storchenkrug, Herr Hollweg«, fuhr Christabel Gerstenknecht fort, »dort ist Platz für alle.«

Bartels meldete sich zu Wort. »Ob die Leute dort feiern wollen ... so direkt nach Bornwassers Tod?«

»Gerade deswegen, Herr Bartels«, erwiderte die alte Dame gelassen. »Alle werden das Todes-Fass sehen wollen. Das wird *die* Attraktion meiner Feier.« Sie sah ihre Mitarbeiter nacheinander an. »Damit ist das entschieden. Nächster Punkt.«

Meint sie das jetzt ernst, oder ist das mal wieder einer ihrer pädagogisch-psychologischen Schachzüge, um den Leuten zu demonstrieren, wozu übermäßiger Alkoholgenuss führen kann?, dachte Pippa.

Sie horchte auf, als der Name Julius Leneke fiel; bis jetzt hatte sie an die Begegnung mit ihm nicht mehr gedacht.

»Er ist wieder in Storchwinkel«, sagte Hollweg, »wie sollen wir uns ihm gegenüber verhalten?«

Christabel Gerstenknecht sah ihren Betriebsleiter kühl an. »Ich verstehe Ihre Frage nicht, Herr Hollweg. Während Julius' Krankheit und der Kur wurde seine Stelle freigehalten. Meinem Adoptivsohn steht zu, was allen Arbeitnehmern in seiner Situation zusteht: die Rückkehr an seinen Arbeitsplatz. Irgendwelche Einwände?«

Julius Leneke ist überhaupt nicht ihr leiblicher Sohn, dachte Pippa erstaunt, meine Auftraggeberin steckt wirklich voller Überraschungen.

Hollweg gab sich noch nicht geschlagen. »Ich meinte nur, weil ...«

Mit einer Handbewegung schnitt Christabel ihm das Wort ab. »Er hat Anspruch auf eine langsame Wiedereingliederung. Zunächst zwei Stunden täglich, dann vier und so weiter. Bis er wieder Vollzeit einsetzbar ist. Ich werde Julius über Ostern zu mir bestellen und mich über sein Befinden informieren. Sie erfahren als Erster, wenn ich ihn noch nicht für einsatzfähig halte.« Sie lächelte. »Allerdings sollten Sie sich darauf keine allzu großen Hoffnungen machen.«

»Bei allem Respekt, wir dachten ... ich dachte ... könnte es sein, dass Julius den Gartenzwerg entwendet hat? Er hasste Frau Heslich. Und er kennt die Zahlenkombination meines Safes.«

»Julius ist mein Sohn – er kann in meiner Firma überhaupt nichts stehlen. Merken Sie sich das«, entgegnete die alte Dame kalt, um dann versöhnlicher fortzufahren: »Außerdem würde eine solche Aktion überhaupt nicht zu ihm passen. Sie ist viel zu humorvoll für sein Naturell.«

Immerhin streitet sie nicht ab, dass er Waltraut Heslich hasste, dachte Pippa. Wann Christabel ihn wohl adoptiert hat? Ich frage mich, ob seine Unsicherheit und seine seelische Instabilität auf die dominante Mutter zurückzuführen sind.

»Für mich ist das Thema damit erledigt«, erklärte Christabel Gerstenknecht rigoros. »Nächster Punkt, meine Herren.«

»Alle Modelle für die neue Kollektion sind fertig«, verkündete Vitus Lohmeyer strahlend und erhielt dafür von seiner Chefin ein erfreutes Lächeln. »Ich habe mir erlaubt, einen zusätzlichen Wichtel zu entwerfen. Ich weiß, das war nicht geplant, aber …«

Christabel Gerstenknecht wedelte mit der Hand, um zu signalisieren, dass eine Entschuldigung unnötig war. »Zeigen Sie mir den kleinen Mann. Ich freue mich über jeden Zuwachs in meiner Zwergenfamilie – auch ungeplanten.«

Hollweg stand auf und ging zum Safe, um die Prototypen zu holen.

»Wie ich hörte, hatte Herr Lohmeyer die Idee für diesen Zwerg während seiner Pilgerreise nach Lourdes«, ätzte Bartels, »vermutlich eine göttliche Eingebung.«

»Wo und wann uns die Muse küsst, ist gleichgültig«, sagte Christabel Gerstenknecht scharf, »nur, dass sie es tut, ist wichtig.«

Bartels setzte zu einer Erwiderung an, kam aber nicht dazu, weil die Tür aufgerissen wurde und Hauptkommissar Seeger an Florian Wiek vorbei in den Raum trat. Hastig schloss Hollweg den bereits geöffneten Safe wieder.

»Ich habe versucht, ihn aufzuhalten«, erklärte Florian Wiek.

»Schon gut, Florian.« Christabel Gerstenknecht nickte dem jungen Mann beruhigend zu und sah dann den Kommissar an. »Nun?«

Wie immer kam Paul-Friedrich Seeger ohne Umschweife zur Sache. »Wie ich erfahren habe, hat einer Ihrer Arbeiter gestern Morgen auf dem Weg zur Schicht etwas Interessantes beobachtet: Ihr Adoptivsohn Julius Leneke und Spökenkieker-Heinrich standen zusammen vor der Ade-Bar.«

»Julius war längere Zeit in einer Kurklinik. Mir war nicht wohl bei dem Gedanken, dass er den weiten Weg von Wiesbaden bis ins Storchendreieck mit dem Auto allein zurücklegt«, antwortete Christabel Gerstenknecht. »Deshalb ist ihm Heinrich auf meine Bitte hin mit dem Zug entgegengefahren und hat Julius auf der Rückfahrt begleitet.«

»Wussten Sie von der frühen Ankunft der beiden?«, fragte Seeger.

»Nein. Offenbar waren sie klug genug, nachts zu fahren, statt sich am Tage über volle Autobahnen zu quälen. Aber ich habe bisher weder mit Julius noch mit Heinrich gesprochen.«

Jetzt kam auch Kommissar Hartung mit Schwung hereingestürzt und hörte die Antwort. Er stemmte die Hände in die Seiten und schnarrte: »Und das sollen wir Ihnen glauben?«

Christabel Gerstenknecht würdigte ihn keines Blickes. Sie zog sich die Handschuhe bis zum Ellbogen glatt und sagte zu Seeger: »Lauern da draußen noch mehr von Ihren Männern? Als Nächsten hätte ich dann gern jemanden, der souverän ist und entsprechende Umgangsformen besitzt. Unsichere und vorlaute Menschen kann ich nur schwer ertragen.«

Hartung fiel buchstäblich in sich zusammen. Er rang sichtlich um Fassung und zwinkerte nervös hinter seiner modernen breitrandigen Brille.

Zu ihrer Überraschung empfand Pippa Mitleid mit dem etwas zu forschen Ermittler. Vermutlich hat Christabel bei ihm einen wunden Punkt getroffen, dachte sie, es kann für Hartung aber auch nicht leicht sein, neben jemandem wie Seeger ein eigenes Profil zu entwickeln.

Um die unangenehme Situation zu entspannen, sagte sie, an Hartung gewandt: »Die Herrschaften sind in einer Sitzung und wollten gerade die neue Kollektion in Augenschein nehmen.« An die Adresse von Christabel und ihren Mitarbeitern fügte sie hinzu: »Vielleicht lassen die Herren Kommissare und ich Sie deshalb für einen Moment allein, bis das erledigt ist.«

Christabel Gerstenknechts anerkennender Blick verweilte auf Pippa, als sie sagte: »Bleiben Sie. Sie gehören dazu, Pippa, und wenn man der Polizei nicht vertrauen kann – wem dann?«

Sie gab Hollweg, der noch immer am Safe stand, ein Handzeichen, und er öffnete die Tür weit und sah hinein. Dann drehte er sich entgeistert zu den anderen um. Um allen Anwesenden freie Sicht ins Innere des Stahlschranks zu gewähren, trat er einen Schritt zur Seite.

»Alle Zwerge sind da, die Kollektion ist vollständig«, sagte er. »Das kann nur eines bedeuten: Der Wichtel von Frau Heslich ist ein Plagiat.«

Kapitel 11

Schlagartig wurde es so still, dass man eine Stecknadel hätte fallen hören. Aller Augen richteten sich auf Christabel. In den Mienen ihrer Mitarbeiter spiegelte sich eine Mischung aus Entsetzen und Spannung, so als erwarteten sie von der alten Dame eine Reihe von knappen Anweisungen, die zur sofortigen Lösung dieses Rätsels führen würden.

In diesem Moment platzte Brusche in den Raum. Instinktiv erfasste er die geladene Atmosphäre. »Was habe ich verpasst?« Er zückte sein Aufnahmegerät, schaltete es an und hielt es hoch. »Wem galt die Bombe, die hier gerade hochgegangen ist?«

Laute Rufe vor dem Gebäude lenkten die Anwesenden vom Auftauchen des Lokalreporters ab. »Der erste Storch! Er ist gelandet!« – »Wo denn? Ich habe nichts gesehen!« – »Der muss irgendwo zwischen MEK und dem Gutshaus runter sein!« – »Mist! Falsche Dorfseite! Ich bin aus dem Rennen!«

Bis auf Christabel hielt es niemanden mehr am Konferenztisch; auch Pippa sprang auf, um aus dem Fenster zu sehen. Auf der gegenüberliegenden Straßenseite hatte sich vor der Ade-Bar die halbe Dorfbevölkerung versammelt und diskutierte aufgeregt. Ein paar Neugierige machten sich bereits auf den Weg zum Ciconiaplatz.

»Der erste Storch? Ich muss los!«, rief Brusche und rannte aus dem Konferenzzimmer.

»Er könnte bei uns gelandet sein«, murmelte Florian Wiek und wandte sich aufgeregt zu Christabel um, die ihm mit einer knappen Handbewegung die Erlaubnis erteilte, die Besprechung vorzeitig zu verlassen.

»Meine Herren, es sieht so aus, als hätte ein *Ciconia ciconia* soeben unsere Sitzung beendet«, sagte die alte Dame. »Höhere Gewalt, sozusagen. Hollweg, Sie erstellen bis Mittwoch nach Ostern eine Liste von Verdächtigen, die für die Herstellung des Plagiats in Betracht kämen, und händigen sie dann den Herren Kommissaren aus. Wer nach einem Mörder sucht, kann auch für uns Augen und Ohren offen halten. Und jetzt, meine Herren, entschuldigen Sie mich. Ich bin müde.«

Sofort eilten Pippa und Bartels zu Christabel, um ihr behilflich zu sein.

»Wir begleiten Sie nach Hause, Frau Gerstenknecht«, sagte Hartung schnell. »Wir wollen noch einmal mit Ihrem Stiefsohn und Frau Wiek sprechen.«

Die alte Dame sah ihn ungerührt an und zog sorgfältig ihre Handschuhe glatt. »Merken Sie sich Ihre Fragen während der nächsten zwei Wochen, Kommissar Hartung. Die beiden sind heute Morgen abgereist und jetzt ...«, sie blickte auf die Uhr an der Wand, »über den Wolken, wenn ich nicht irre.«

Über Seegers Gesicht huschte ein amüsiertes Lächeln, aber der junge Kommissar schnappte nach Luft. »Das ist unerhört! Sie alle sollten sich zu unserer Verfügung halten, falls wir noch weitere Auskünfte wünschen.«

»Sicher.« Christabel Gerstenknecht nickte graziös. »Aber nicht alle Wünsche gehen in Erfüllung, junger Mann.«

Bartels und Lohmeyer wurden von Christabel zum Sänftendienst eingeteilt, während Pippa, Hollweg und die beiden Kommissare neben ihr gingen. Als sie aus dem Fabriktor kamen, wartete vor der Ade-Bar eine Delegation von Dorfbewohnern auf sie. Auf einen Wink Christabels hin setzten Bartels und Lohmeyer die Sänfte ab.

Ohne Umschweife fuhr Erich, der offenbar als Wortführer eingesetzt war, Kommissar Seeger an: »Auf Sie haben wir schon gewartet! Wie stellen Sie sich das eigentlich vor? Denken Sie, wir können fliegen?«

»Ich verstehe nicht ...«

»Lassen Sie uns in die Ade-Bar! Wie sollen wir sonst herausfinden, wo der erste Storch landet?«

Die anderen Dörfler murmelten zustimmend.

»Was bringt uns die ganze moderne Technik, wenn wir sie nicht nutzen können?«, fuhr Erich fort. »Mord hin oder her – wir wollen an unseren Übertragungsmonitor!«

»Tut mir leid, aber das geht nicht«, sagte Seeger. »Haben Sie noch etwas Geduld. Spätestens am Wochenende können Sie Ihr Café wieder betreten.«

Erich rang verzweifelt die Hände. »Am Wochenende? Das ist viel zu spät! Bis dahin kann alles entschieden sein ... und wir haben vielleicht einen falschen Gewinner! Wir brauchen unsere Direktübertragungen jetzt, Herr Kommissar! Dringend.«

Wieder taten die Umstehenden murmelnd ihre Zustimmung kund und nickten ernst.

»Alles sehr heikel, Herr Kommissar«, witzelte Martha Subroweit. »Sie müssen Erich verstehen. Der Storch hat eben eine ganze Weile auf seinem Dach gesessen. Mein Nachbar würde sehr ungern seinen Gewinn verpassen, nur weil der Beweis fehlt.«

»Wozu haben wir denn an jedem Nest Webcams installiert?«, rief Erich. »Damit wir Beweise haben! Und jetzt soll der erste Storch landen, ohne dass wir es gemeinsam beobachten und bezeugen können?«

»Wie gesagt: So leid es mir tut«, sagte Seeger, »aber ich sehe keine Möglichkeit, das zu erlauben.«

»Ich habe einen Vorschlag, mit dem bestimmt beide Parteien leben können«, schaltete Pippa sich ein. »Wenn Sie den Fernseher ins Schaufenster stellen, könnten die Storchwinkeler von der Straße aus alles verfolgen. Und es muss keinen Streit geben, wer der rechtmäßige Gewinner ist.«

»Na toll«, murrte Hartung und verdrehte die Augen, »damit haben wir rund um die Uhr Gaffer vor dem Fenster, die uns bei der Arbeit beobachten.«

»Und ich dachte, Sie stehen gerne im Rampenlicht und lassen sich bewundern«, bemerkte Christabel leichthin.

Hartung setzte zu einer geharnischten Erwiderung an, aber Seeger ließ es nicht dazu kommen.

»Das ist eine hervorragende Idee«, sagte er. »Kollege Hartung, wir sorgen jetzt dafür, dass das Schaufenster seinem Namen gerecht wird.«

Die Dorfbewohner klatschten Beifall und eskortierten die Kommissare die wenigen Schritte zum Eingang des Cafés. Nach und nach versammelten sich immer mehr Storchwinkeler vor dem Schaufenster, und diejenigen, die in der Zwischenzeit im Dorf nach dem Storch Ausschau gehalten hatten, berichteten nun.

»Erich, in deinem Garten ist er definitiv nicht«, sagte einer, und ein anderer Mann fügte hinzu: »Vom Weg zu Heinrichs Mühle aus konnte ich den Storch auf Bornwassers Nest stehen sehen.«

»Wie bitte?«, rief Erich entrüstet. »Das fehlte gerade noch! Säuft ein ganzes Fass alleine aus und soll dann auch noch gewinnen?«

Während die Storchwinkeler diese Neuigkeiten aufgeregt diskutierten, führte Christabel mit Hollweg eine leise Unterhaltung über das plagiierte Modell der aktuellen Zwergenkollektion. Pippa schnappte allerdings nichts als ein paar Wortfetzen auf.

Interessiert sah sie zu, wie die beiden Kommissare den Fernseher im Schaufenster aufstellten und anschlossen. Als sich plötzlich eine Hand auf ihre Schulter legte, fuhr sie erschrocken zusammen. Eine Frau flüsterte ihr ins Ohr: »Ich bin Beate Leising, ich arbeite in der Fabrik. Kann ich Sie kurz sprechen? Unter vier Augen?«

Pippa nickte und ging mit ihr ein paar Schritte zur Seite.

»Ich wollte nur ...«, sagte Beate Leising schüchtern, »weil doch Frau Gerstenknecht vorhin gesagt hat, wir sollen es Ihnen erzählen, wenn wir ...«

Es geht los: der erste Hinweis aus der Bevölkerung, dachte Pippa.

»Sie möchten mir etwas erzählen ...« Pippa suchte kurz nach einer neutralen Formulierung und fuhr dann fort: »Etwas, das Herrn Bornwasser oder Frau Heslich betrifft?«

»Ganz genau. Ich weiß ja nicht, ob es wirklich wichtig ist, aber ich dachte ... weil doch Frau Gerstenknecht will ...«

»Es kann alles wichtig sein«, sagte Pippa. »Keine Scheu, Sie können den beiden nicht mehr schaden – nur noch nutzen.«

»Es geht um Frau Heslich.« Beate Leising holte Luft. »Also, meine Schwester arbeitet in Salzwedel im Reisebüro, und da habe ich sie vorgestern abgeholt. Das mache ich jeden Dienstag, und dann gehen wir erst zum Italiener und dann zum Chinesen. Meine Schwester mag keine Pizza, und ich kriege keinen Reis runter, Sie verstehen?«

Obwohl Pippa keineswegs verstand, was das mit Waltraut Heslich zu tun hatte, nickte sie. »Deshalb besuchten Sie nacheinander zwei Lokale.«

»Ganz genau. Und in beiden Lokalen war auch die Waltraut. Also, die Frau Heslich, meine ich.« Die Frau senkte die Stimme. »Mit zwei unterschiedlichen Männern.«

Pippa horchte auf. »Kannten Sie die Männer?«, fragte sie gespannt.

»Ja, sicher. Die Pizza war für Thaddäus und der Reis für Zacharias Biberberg. Aber sie haben beide kaum etwas gegessen, weil sie sich so aufgeregt unterhalten haben.«

Sieh mal an, die beiden konkurrierenden Bürgermeister, dachte Pippa. Es fehlte nicht viel, und sie hätte durch die Zähne gepfiffen.

»Von den Unterhaltungen haben Sie nicht zufällig etwas mitbekommen, Frau Leising?«

Die Frau nickte. »Doch, sicher, aber das war gar nicht so leicht, besonders in der Pizzeria, weil meine Schwester und ich direkt unter dem Lautsprecher saßen.« Sie verdrehte die Augen. »Eros hat gesungen. Immer wieder *Tutte storie*. Ich mag den ja, den Eros. Aber in diesem Fall ...« Sie machte eine Kunstpause.

»In diesem Fall?«

»Haben wir uns an einen anderen Tisch gesetzt.«

Diese Dame weiß, wie man die Spannung steigert, dachte Pippa amüsiert. »Und was haben Sie gehört, nachdem Sie am anderen Tisch saßen?«

»Die Biberbergs, also besonders der Zacharias, die wollen ja schon lange dieses große Einkaufszentrum. Aber daraus kann nur etwas werden, wenn Frau Gerstenknecht und ihre Mitstreiter überstimmt werden.«

»Oder wenn die Bürgermeister es schaffen, die Gegner auf ihre Seite zu ziehen.«

»Ganz genau. So, und jetzt hat die Waltraut den beiden – aber eben jedem für sich – einen Plan serviert, wie das klappen könnte.«

»Sie hat also beide unabhängig voneinander auf die gleiche Schiene gesetzt?«

Beate Leising nickte. »Ganz genau. Die Waltraut hat allen beiden vorgeschlagen, den Zusammenschluss unserer drei Dörfer zu einer *Samtgemeinde Storchendreieck* voranzutreiben und sich dann selbst zum Oberbürgermeister wählen zu lassen.«

Allmählich dämmerte es Pippa. »Und sie hat jedem der beiden Herren angeboten, ihn zu unterstützen und zu wählen – gegen Geld natürlich.«

»Ganz genau!«, rief Beate Leising. »Und jetzt würden meine Schwester und ich gerne wissen, wie viel Frau Gerstenknecht bietet.«

Pippa rang um Fassung. Dass es auf so etwas hinauslaufen würde, hatte sie nicht geahnt.

Lautes Klatschen unterbrach die beiden, als der mittlerweile im Schaufenster platzierte Fernseher das erste Bild übertrug: Ein stattlicher Weißstorch stand auf einem Nest.

»Ach, das ist doch Bornwassers Nest«, sagte Erich und seufzte enttäuscht.

Martha stellte die Frage, die auch alle anderen Beobachter beschäftigte: »Davon mal abgesehen – wieso steht der da so ungemütlich rum?«

»Ganz genau!« Beate Leising ließ Pippa stehen und ging näher ans Schaufenster. »Ist der denn nach so langem Flug nicht müde? Also ich würde mich erst einmal ausruhen wollen.«

Erich schöpfte Hoffnung. »Er hat sich vielleicht noch nicht entschieden und fliegt noch mal los. Vielleicht weiß er, dass mit diesem Nest kein Blumentopf zu gewinnen ist. Jedenfalls nicht für uns. Sag du doch auch mal was dazu, Hermann. Gilt der zweite Storch, wenn der hier in Bornwassers Nest bleibt?«

Der Angesprochene kratzte sich am Kopf, während die Umstehenden verschiedene Möglichkeiten diskutierten. »Vielleicht erben die Hinterbliebenen den Wunsch, wenn der Besitzer tot ist.« – »Du meinst: die *Erfüllung* des Wunsches.« – »Auch das!« – »Was ist, wenn der Erbe mit dem Wunsch nichts anfangen kann? Kann er den dann weitergeben?« – »Keine Ahnung. Gab es das schon einmal?« – »Dass sich das Vieh aber auch von allen Nestern ausgerechnet dieses ...«

»Ich kläre das«, sagte Hermann und trat an die Sänfte. Es kümmerte ihn nicht, dass er Hollweg mitten im Satz unterbrach, als er sich an Christabel wandte. »Frau Gerstenknecht, wir brauchen Ihre Entscheidung. Der erste Storch steht im Turmnest von Haus 6, also wäre eigentlich Bornwasser der Gewinner des ersten Preises.«

Er zeigte auf den Monitor im Schaufenster, und Christabels sichtlich irritierter Blick folgte seinem Finger. Einen Moment lang schwieg sie, während die Menschen vor der Ade-Bar wie auf heißen Kohlen ihre Entscheidung abwarteten.

Dann sagte sie: »Bornwassers letzten Wunsch habe ich bereits erfüllt. Ich habe sein Grab bezahlt. Mehr gibt es nicht. Dieses Nest – und damit auch dieser Storch – läuft außer Konkurrenz. Deshalb hatte ich diese Kamera auch vorsorglich abgestellt.«

»Bravo!«, rief Erich. »Ein Hoch auf Christabel Gerstenknecht!«

Die Hochrufe und der begeisterte Applaus der Leute ließen Pippa zu ihrer Überraschung Genugtuung empfinden. Die Königin von Storchwinkel wickelt ihre Untertanen um den Finger, dachte sie, die beiden Bürgermeister und ihr Komplott um das überdimensionale Einkaufszentrum haben nicht den Hauch einer Chance, wenn sie nur an sich denken – ob mit Waltraut Heslich als Komplizin oder ohne.

Pippa stellte verwundert fest, dass auch sie auf dem besten Wege war, ein eingefleischter Fan der alten Lady zu werden. Waltraut Heslich hatte gegen Christabel Gerstenknechts Interessen gearbeitet, was auch hieß, dass Christabel trotz ihres biblischen Alters als ernstzunehmende Gegnerin betrachtet wurde. Hätte es sonst konspirativer Treffen bedurft, bei denen Komplotte geschmiedet wurden? Und Waltraut Heslich war noch weiter gegangen: Sie hatte sogar ihre eigenen Komplizen gegeneinander auszuspielen versucht. Überall schwarze Flecken auf vermeintlich weißen Westen, selbst in diesem winzigen, hübschen Dorf ...

Pippa wurde wieder aufmerksam, als Erich erstaunt fragte: »Was macht der denn jetzt?«

Alle starrten auf den Monitor. Der Storch stand noch immer im Nest, nur pickte er jetzt an etwas herum, das sich außerhalb der Reichweite der Kamera befand.

»Nach Bornwassers Tod hat niemand daran gedacht, das Nest zu reinigen«, sagte Christabel. »Ihn wird der Unrat vom Winter stören.« Sie winkte Florian heran. »Such dir einen Freiwilligen, und dann bringt das Nest in Ordnung. Sofort.«

Brusches Hand schnellte in die Höhe. »Ich bin dabei! So bekomme ich gleich ein Foto aus der Perspektive des ersten Storches in diesem Jahr. Das hatte ich noch nie.«

Als Pippa den beiden Männern hinterherblickte, sah sie den alten Heinrich gemessenen Schrittes zur Ade-Bar kommen. Wie schon auf dem Friedhof ging er barfuß in leichten Sandalen und war in eine alte Wolldecke gewickelt. Er trat an die Sänfte und sagte leise: »Ich habe deinen Auftrag ausgeführt, Christabel. Zu deiner Zufriedenheit.«

Christabel Gerstenknecht lächelte und legte Heinrich sanft die Hand auf den Arm. »Wir reden später darüber.«

Vermutlich ging es bei dem Auftrag um den kranken Julius Leneke, dachte Pippa, es sei denn, die beiden haben noch andere Dinge miteinander zu klären.

Hauptkommissar Seeger kam eilig aus der Ade-Bar und sagte zu Heinrich: »Freut mich, dass ich Sie endlich treffe. Ich ...«

Der alte Mann musterte ihn ruhig. »Viele Menschen haben mich herbeigewünscht – dem wollte ich mich nicht entziehen. Verfügen Sie über mich, wenn Sie Hilfe bei der Aufklärung der Todesfälle brauchen.«

»Nun, ich hätte einige Fragen an Sie«, erwiderte Seeger.

Heinrich machte eine kleine Verbeugung. »Ganz der Ihre. Ich habe die vier grässlichen Todesfälle vorhergesagt, also werde ich Ihnen auch bei der Aufklärung behilflich sein.«

Erstaunt zog Seeger die Augenbrauen hoch. »Vier? Ich zähle zwei. Sie meinen, es wird noch mehr passieren?«

»Ich sehe Verbindungen, und ich zähle die Toten. Alle«, sagte Heinrich ernst. »Eva Lüttmann und ihr Tod in der Mühle, Severin Lüttmann senior und sein tragisches Ableben im Sumpf, Bierleiche Bornwasser im Storchenkrug und Frau Heslichs Feuertod in der Ade-Bar. Das sind vier.« Er machte eine dramatische Pause und fuhr dann mit erhobener Stimme fort: »Erst Luft, dann Erde, dann Wasser, dann Feuer. Merkt euch: Wer sich gegen die Elemente stellt, von dem fordern sie Tribut. Einstweilen sind sie besänftigt. Friede kann wieder einziehen in unser Dorf – bis eines der Elemente aufs Neue erzürnt wird. Dann wird sich die Erde abermals auftun, und der zornige Wind wird neuerlich wehen, und die Schuldigen werden ihrer Strafe nicht entgehen. Deshalb hütet euch! Hütet euch, sage ich: So dein Bruder an dir sündigt, so strafe ihn; und so es ihn reut, vergib ihm.«

Hartung war ebenfalls aus dem Café getreten und hatte Heinrichs Worten gelauscht, im Gesicht eine Mischung aus Faszination und Skepsis. Ihm war anzusehen, dass er den seltsamen Mann am liebsten aufs Präsidium geschleppt und dort nach allen Regeln der Verhörkunst auseinandergenommen hätte, aber er riss sich zusammen. Stattdessen fragte er: »Wie machen Sie das? Wahrsagen, meine ich.«

»Ich bin kein Wahrsager«, entgegnete Heinrich, »ich lese im Leben der anderen. Und wenn es seinem Ende zugeht, spüre ich, ob es ein gutes oder ein schlechtes Ende sein wird. Das ist alles.«

Pippa lief ein Schauder über den Rücken. Sie sah Hartung schlucken und wusste, ihm erging es ähnlich.

Heinrich betrachtete den jungen Kommissar ruhig und lange. »Machen Sie sich keine Gedanken, mein Junge. Sie müssen nur lernen, sich helfen zu lassen, dann werden Sie die Schuldigen finden.«

»*Die* Schuldigen?«, fragte Seeger interessiert. »Es sind mehrere?«

»Das spüre ich ganz deutlich«, bestätigte Heinrich.

Seeger nickte ihm kurz zu und reckte dann den Hals, als er Gabriele Pallkötter erspähte, die eben die Praxis von Doktor Wegner verließ und nun Kurs auf die Versammlung vor der Ade-Bar nahm. Als sie das Café erreichte, hielt er sie auf. »Frau Pallkötter, auch von Ihnen möchte ich noch wissen, wo Sie sich zum Zeitpunkt des Todes von Frau Heslich aufgehalten haben.«

»Wann soll das gewesen sein?«

»Exakt um 12.30 Uhr.«

Ein kurzes Grinsen huschte über Gabriele Pallkötters Gesicht. »In Wolfsburg.« Sie zeigte auf Pippa. »Die da kann das bestätigen, denn wir haben gemeinsam auf den Zug nach Oebisfelde gewartet. Doktor Wegner war so freundlich, uns dort abzuholen. Der Mann ist ja so zuvorkommend. Das ist noch ein Landarzt alter Schule.« Mit einem beredten Blick auf Heinrich fügte sie hinzu: »Und seine Medikamente helfen sogar.«

Heinrich hielt ihrem Blick gelassen stand. »Gegen das Böse in der Welt ist eben kein Kraut gewachsen, Gabriele.«

Die Dörfler hatten dem Wortwechsel gespannt gelauscht und nicht mehr auf den Fernseher geachtet, aber jetzt rief Erich: »Seht mal, die Jungs sind oben auf dem Nest!«

Alle wandten sich wieder dem Schaufenster zu. Im Monitor winkte Brusche ihnen zu, dann beugte er sich über das Nest, hob einen Gartenzwerg heraus und hielt ihn direkt in die Kamera.

Ein erstauntes Raunen ging durch die Menge.

»Daran hat der Storch herumgepickt?«, fragte Pippa ungläubig.

Lohmeyer starrte mit weit aufgerissenen Augen auf den Zwerg und schnappte nach Luft. »Aber das kann nicht sein! Das ist mein Lourdes-Wichtel!«

»Ihr *was*?«, stellte Martha einmal mehr eine Frage, deren Beantwortung alle Storchwinkeler interessierte.

Lohmeyer fuhr sich nervös mit der Hand über die Stirn. »Das habe ich in Frankreich gesehen, in Lourdes«, erklärte er. »Es gibt dort Madonnen, bei denen man den Kopf abschrauben kann, um Weihwasser einzufüllen. Das brachte mich auf die Idee, eine entsprechende Wichtel-Version zu gestalten, als sicheres Depot für Haustürschlüssel oder wichtige Nachrichten.«

Pippa fand Lohmeyers Eifer liebenswert, konnte aber dennoch nicht verhindern, dass ihre nächste Frage ironisch klang. »Und wie muss ich mir das vorstellen? Kopf abdrehen, Schlüssel rein, Kopf wieder zu?«

»Genau so!« Lohmeyer nahm vor Bestürzung über das Auftauchen seines neuen Gartenzwergs den leichten Spott in ihrer Frage gar nicht wahr. »Die üblichen Verstecke wie Blumentöpfe oder die Fußmatte vor der Haustür sind viel zu gängig, die kennt jeder. Mein Lourdes-Wichtel hingegen, irgendwo im Garten platziert, garantiert maximale Sicherheit für das traute Heim.«

»Ich darf wohl annehmen, dass auch dies ein Plagiat des Prototyps ist, dessen Original sich im Safe von Herrn Hollweg befindet und ihn nicht verlassen hat. Jedenfalls nicht offiziell«, mutmaßte Seeger.

Lohmeyer war so erschüttert, dass er den Kopf hängen ließ.

»Das ist unerhört!«, rief Bartels. »Das ist Werksspionage!«

»Haben Sie eine Erklärung, Frau Gerstenknecht? Herr Hollweg?«, fragte Seeger. Beide schüttelten den Kopf.

»Zwei Tote – und zwei noch geheime Gartenzwerge«, sagte Hartung nachdenklich.

Zum zweiten Mal schauderte es Pippa. Was ging in diesem Dorf vor? In was war sie da wieder hineingeraten?

Sie trat einen Schritt zur Seite, um ein Taxi durchzulassen, das neben der Ade-Bar anhielt. Zuerst stieg Hilda Krause aus, sah sich erstaunt um und fragte: »Was ist hier denn für ein Menschenauflauf? Seid ihr das Empfangskomitee für meinen Neffen?«

Pippa entfuhr ein freudiger Ausruf, als sie den jungen Mann im selbstgestrickten Pullover erkannte, der jetzt das Taxi verließ.

Er drehte sich zu ihr um, und sein Gesicht hellte sich auf. »Pippa Bolle – ich glaube es nicht!«

»Herr X!«

Seit den Morden auf Schreberwerder hatte sie den jungen Künstler, den sie dort kennen- und schätzengelernt hatte, nur selten getroffen.

Strahlend kam er auf sie zu und küsste ihr die Hand.

»So eine Überraschung!«, sagte Pippa. »Aber jetzt verstehe ich endlich, woran mich die vielen Xe in Storchwinkel erinnert haben. Die konnten ja nur von dir sein.«

Misstrauisch verfolgte Gabriele Pallkötter die herzliche Begrüßung der beiden. »Mir können die nichts vormachen, die haben sich hier doch verabredet«, murmelte sie. »Das ist ein abgekartetes Spiel!«

Heinrich sah sie lange von der Seite her an. Dann sagte er laut: »Nein, das ist Schicksal, Gabriele Pallkötter. Und glaube mir: Seinem Schicksal kann man nicht entgehen. Niemand. Auch du nicht.«

Kapitel 12

Pippa bestückte den CD-Wechsler und drückte auf Start. Die ersten Klänge von Haydns Symphonie Nr. 104 umbrausten sie, als sie das Frühstückstablett für Christabel aufnahm und zur Treppe ging.

Sie kannte die Symphonie gut, denn ihre Großmutter Hetty liebte sie von allen Werken Haydns am meisten. »Ich möchte jetzt die Londoner mit dem Dudelsack hören«, pflegte Hetty zu sagen, um dann jedes Mal mit einem Schmunzeln darauf hinzuweisen, dass der Volksmund diese Bezeichnung geprägt hatte und nicht etwa der verehrte Komponist selbst.

Das mit der Lautstärke muss ich wohl noch üben, dachte Pippa grinsend, denn die donnernde Musik, die aus jedem Winkel des Hauses widerzuhallen schien, brachte die Treppenstufen unter ihren Füßen zum Vibrieren.

Sie stellte das Tablett auf eine Stufe und lief wieder nach unten, um leiser zu stellen. Auf dem Rückweg bemerkte sie einen Briefumschlag, den jemand unter der Eingangstür hindurchgeschoben hatte. Sie hob das Kuvert, auf dem nur die Worte *Für Christabel* standen, auf und entschied, es gleich mit nach oben zu nehmen, denn sie war nicht sicher, ob Christabel schon in der Lage war, das Bett zu verlassen.

Nachdem am Nachmittag zuvor in Bornwassers Storchennest der Lourdes-Wichtel aufgetaucht war, hatte sich Christabel sofort nach Hause bringen lassen und in ihre Räumlichkeiten zurückgezogen. Die alte Dame war so erschöpft, dass sie nur noch einen Joghurt zu sich nehmen konnte, bevor sie sich von Pippa beim Umkleiden und danach ins Bett helfen ließ.

Bei ihrer überbordenden geistigen Energie vergisst man nur allzu leicht, wie alt Christabel wirklich ist, dachte Pippa, und dass ihr zerbrechlicher Körper nicht mehr so ohne weiteres in der Lage ist, derartig vielen Eindrücken und Aufregungen standzuhalten, wie sie in den letzten Tagen auf sie eingeprasselt sind. Ich hoffe, das alles war nicht zu viel für sie.

Beim Eintreten in die Privatgemächer der Hausherrin stellte Pippa sofort fest, dass diese Sorge unbegründet war: Christabel war bereits hellwach und putzmunter. Sie thronte, den Rücken von dicken Kissen gestützt, aufrecht in ihrem imposanten Boxspringbett. Gekleidet war sie in ein schlichtes weißes Nachthemd, über das sie ein gehäkeltes zartrosa Bettjäckchen gezogen hatte – wieder fühlte sich Pippa an ihre Großmutter erinnert, die auch einige dieser selten gewordenen Kleidungsstücke besaß.

»Da kann ich ja froh sein, dass die erste Musik des Tages nicht die Symphonie mit dem Paukenschlag war«, sagte Christabel statt einer Begrüßung, »sonst müsste mich jetzt wohl Doktor Wegner ins Leben zurückholen.«

Pippa wurde rot und setzte zu einer Entschuldigung an, aber Christabel winkte lächelnd ab. »Sie müssen meinen Humor besser einschätzen lernen, meine Liebe. Dann leben Sie ruhiger.«

Erleichtert stellte Pippa das Tablett aufs Bett und nahm von Christabel, deren Hände bereits in dünnen weißen Baumwollhandschuhen steckten, *Lady Chatterleys Liebhaber* entgegen. Sie setzte sich in den bequemen, mit weinrotem Samt bezogenen Ohrensessel neben dem Bett und schlug das Buch auf.

»Einen Moment noch, meine Liebe«, sagte Christabel. Sie öffnete das Kuvert, das Pippa auf dem Tablett an die Tasse gelehnt hatte, und zog ein kurzes Schreiben heraus. Stirnrunzelnd las die alte Dame, seufzte dann und übergab Pippa den Brief.

»Lesen und erledigen«, sagte Christabel. Sie nahm ein Croissant aus dem Brotkörbchen, tunkte es in ihren Milchkaffee und biss genüsslich ab.

»*Liebe Christabel, veranlasse bitte Deine derzeitige Haushälterin, am Ostersamstag für mich in Storchentramm zur Apotheke zu gehen. Dr. Wegner war so freundlich, mir bei einem Hausbesuch ein Rezept auszustellen, das bei mir abgeholt werden kann. Julius.*«

Pippa blieb die Spucke weg. Was glaubt dieser Mann, für wen ich arbeite?, dachte sie. Oder will er schlicht seine Mutter imitieren? Und was kommt als Nächstes auf mich zu? Fütterung der Störche mit frischen Fröschen, die ich vorher selbst im Drömling fangen muss? Oder das Harken der Storchwinkeler Bürgersteige in Karomuster? Das Drehen der Baumkuchenwalze im Dreivierteltakt?

Sie schaffte es nur mühsam, ihre Gedanken nicht laut auszusprechen. »Ich bin nicht motorisiert«, sagte Pippa, »wie komme ich nach Storchentramm, um die Medikamente zu holen?«

Christabel schüttelte den Kopf und kicherte. »Überhaupt nicht. Dies ist nur ein Versuch von Julius, Sie näher kennenzulernen. Er hat mit Frauen nicht sehr viel Erfahrung. Das ist einfach seine Art, um einen Besuch zu bitten. Wahrscheinlich gefallen Sie ihm.« Sie strich Butter und Marmelade auf das angebissene Croissant und aß mit sichtlichem Appetit.

Pippa entspannte sich wieder und grinste. »Ich fürchte, Ihr Sohn hat keine Chance bei mir. Ich habe schon jede Menge Bekannte.«

»Dann kommt es auf einen mehr ja auch nicht mehr an«, konterte Christabel und griff nach einem zweiten Blätterteighörnchen.

»Also gut. Dann werde ich ihn morgen besuchen.« Pippa wusste, wann Widerstand zwecklos war.

»Nein, Sie gehen schon heute zu ihm. Und Sie dürfen dabei ruhig ungeniert Ihrem Hobby frönen, meine Liebe.«

»Hobby?«, fragte Pippa verblüfft.

»Fragen stellen und irgendwann daraus die richtige Antwort entwickeln.«

»Ich verstehe nicht ...«

»Nun, man hört so einiges über Sie«, erwiderte Christabel, ohne ihr Frühstück zu unterbrechen. »Und alle Geschichten sind überaus interessant: Morde auf einer Schrebergarteninsel, Mordstheater in Stratford-upon-Avon. Und nicht zu vergessen: Fischen nach Mördern in Frankreich.«

»Angeln«, verbesserte die verblüffte Pippa automatisch.

Christabel sah amüsiert von ihrem Tablett auf. »Sieht jedenfalls so aus, als würden Sie derzeit wunderbar hierherpassen.«

»Der Professor ist besser informiert, als ich dachte.«

»Josef Krause hat – oder besser: hatte – eine deutlich größere kriminelle Energie als Meissner, meine Liebe, und ist damit der qualifiziertere Informant.«

»Natürlich, Herr X.«

Er war jetzt Künstler, hatte aber früher einmal eine weit weniger vorzeigbare Karriere verfolgt.

»Seine heutigen Arbeiten gefallen mir«, sagte Christabel munter, »die Xe passen perfekt zu meinem Lebensmotto: Man kann mir kein X für ein U vormachen.« Unvermittelt wurde sie ernst. »Wer meine Pläne durchkreuzt, im wahrsten Sinne des Wortes, muss damit rechnen, ausgeixt zu werden. Bildlich gesprochen.« Um das Gesagte zu unterstreichen, zeichnete sie mit dem Buttermesser ein X in die Luft. »Meine Mitarbeiter wissen das längst. In meiner Familie muss sich das erst noch herumsprechen.«

»Julius?«, fragte Pippa vorsichtig.

»Der auch.« Die alte Dame beugte sich vor. »Finden Sie heraus, ob er irgendetwas mit dieser Sache zu tun hat.«

Pippa schluckte trocken. »Den … Todesfällen?«

»Den Plagiaten natürlich.« Ihr Tonfall legte nahe, dass es keinen Zweifel daran geben konnte, was sie gemeint hatte.

»Aber Sie haben doch selbst gesagt, dass Ihr Sohn für eine solche Aktion …«

»Freut mich, dass ich gestern glaubhaft wirkte«, fiel Christabel ihr ins Wort, »jetzt muss ich nur noch selbst davon überzeugt werden.« Sie seufzte und fuhr fort: »Bei ihm hängt alles von seiner Tagesform ab. Julius ist ein Krankheitsjunkie. Er liest von einer Krankheit, und am nächsten Tag leidet er prompt unter den Symptomen. Das bringt ihm meine Aufmerksamkeit. Und die vieler verschiedener Ärzte.«

»Aber was fehlt ihm wirklich?«

»Familie. Oder doch zumindest eine, die er wirklich haben will.«

»Hat er doch, Christabel: Sie.«

»Allerdings erst seit drei Jahren.«

Du liebe Güte, dachte Pippa, Julius muss bei der Adoption schon weit über vierzig Jahre alt gewesen sein. Wieso adoptiert man einen erwachsenen Mann?

»Seit der Adoption beziehungsweise der Aufnahme in unsere Familie geht es mit ihm langsam bergauf.« Christabel hielt kurz inne und räusperte sich. »Er trinkt keinen Tropfen Alkohol mehr, und mittlerweile trifft er sogar ab und zu eigene Entscheidungen. Aber genau vor diesen Entscheidungen habe ich Angst. Besonders dann, wenn er sie aus einem Ohnmachtsgefühl heraus trifft.«

»Was könnte das mit den Plagiaten zu tun haben?«, fragte Pippa.

»Das sollen Sie herausfinden. Und mir haarklein berichten.« Wieder seufzte die alte Dame. »Ich hoffe, ich lebe noch lange genug, bis Julius sich endlich voll für sich selbst verantwortlich fühlt und sich auch so benimmt.«

»Soll er in Ihre Fußstapfen treten?«

»In der Firma? Nein, die wird der Sohn meines Mannes erben.« Sie nahm die Kaffeetasse und trank in kleinen Schlucken, während sie nachdenklich aus dem Fenster blickte.

Natürlich, dachte Pippa, das ist nur gerecht. Allerdings wirkt Severin junior auf mich nicht so, als wäre er sonderlich scharf darauf.

Christabel wandte sich wieder Pippa zu und lächelte. »Aber wir reden unausgesetzt von mir. Wie langweilig. Mein Leben kenne ich bereits zur Genüge. Erzählen Sie von sich, meine Liebe. Wieso sind Sie Übersetzerin – oder noch spannender: Haushüterin geworden? Familie, Freunde, Liebhaber – ich will alles wissen.«

Pippa warf den Kopf zurück und lachte laut. »Als ob Sie nicht schon längst alles wüssten!«

»Nur die Oberfläche«, erwiderte Christabel und kicherte. »Ich will wissen, was dahintersteckt.«

»Geht mir genauso – aber hat das nicht etwas mit langsam wachsendem gegenseitigen Vertrauen zu tun?«

»Vorschlag: Bei jeder Lesesitzung darf jede von uns der anderen eine Frage stellen, und sie bekommt eine ehrliche Antwort. Was halten Sie davon?«

»Sie haben meine Frage nicht beantwortet, Christabel.«

»Das habe ich auch nie behauptet.« Wohlwollend musterte die alte Dame ihr Gegenüber. »Ignoranz und Sturheit sind das Vorrecht der Alten. Was wir nicht hören wollen, hören wir auch nicht. Oder wir vergessen es sofort wieder.«

In gespieltem Bedauern schüttelte Pippa den Kopf. »Wie schade. Dann lohnt sich aber auch die ganze Vorleserei nicht, und ich kann gleich einpacken.«

»Touché, meine Liebe.«

Christabel sah Pippa erwartungsvoll an, und diese verstand, dass die alte Dame das Gespräch als beendet betrachtete. Sie schlug das Buch auf und las vor: »Kapitel eins. *Unser Zeitalter ist seinem Wesen nach ein tragisches, also weigern wir uns, es tragisch zu nehmen* ...«

Während des Lesens sah sie über das Buch hinweg, dass Christabel, die sich mit geschlossenen Augen in die Kissen zurückgelehnt hatte, den Text leise mitsprach.

»... *Es gibt keinen ebenen Weg in die Zukunft, aber wir umgehen die Hindernisse oder klettern über sie hinweg*«, fuhr Pippa fort, und wieder fiel ihr Blick auf die sich synchron bewegenden Lippen Christabels.

Meine Güte, sie kennt das Buch auswendig, dachte Pippa und geriet darüber ins Stocken.

»Haben Sie die Zeile verloren?«, fragte Christabel und schlug die Augen auf. »Es geht weiter mit: *Wir müssen leben, ganz gleich, wie viele Himmel eingestürzt sind.*«

»Sie kennen das Buch ja bereits«, sagte Pippa beeindruckt, »und zwar Wort für Wort!«

Die alte Dame lächelte und nickte. »Meine Mutter hat mir Anfang 1961 eine der englischen Erstausgaben zukommen lassen, gleich, nachdem dieser lächerliche Prozess beendet und die unsinnige Zensur gegen das Buch endlich aufgehoben war. Das muss man sich einmal vorstellen: Mehr als dreißig Jahre lang durfte das Buch in England nicht gedruckt werden, weil es als pornographisch galt. Ich kann Bigotterie nicht ausstehen.«

Mehr als den ersten Satz hatte Pippa nicht mitbekommen. »Ihre Mutter?«, stammelte sie. »Englisch? 1961?«

Christabel drohte Pippa scherzhaft mit dem Finger. »Damit haben Sie Ihr Fragenkontingent der nächsten drei Tage ausgeschöpft, das ist Ihnen hoffentlich klar. Ihre Entscheidung ...«

Mit einer Geste bat sie darum, das Tablett vom Bett zu nehmen, dann sagte sie: »Meine Mutter ist 1959 nach England zurückgegangen und bis zu ihrem Tod dort geblieben. Ich wollte sie erst begleiten, aber dann hing ich doch zu sehr am Storchendreieck. Und an meiner Arbeit.« Für einen Moment ging ihr Blick ins Leere. »Leider.«

»Meine Mutter ist ebenfalls Engländerin!«, rief Pippa erfreut. »Deshalb die vielen englischen Komponisten in Ihrem CD-Regal und die Londoner Symphonien ...«

Sie brach ab, als Christabel den Kopf schüttelte. »Meine Mutter war Deutsche. Sie war noch sehr jung, als sie beim hiesigen Landadel in Stellung ging. Schon kurz darauf wurde sie schwanger, sozusagen ohne bekennenden Vater. Ich muss Ihnen nicht erklären, warum das so war. Ein ganz altes und doch immer wieder neues Lied. Nur heute nicht mehr ganz so tragisch für die junge Mutter.«

Pippa nickte stumm.

»Die Eltern des betreffenden Junkers taten alles, um ihren Sohn aus einem Skandal herauszuhalten. Sie reichten meine Mutter in eine befreundete englisch-deutsche Familie weiter, die ihnen noch einen Gefallen schuldig war«, fuhr Christabel fort. »Immerhin, meiner Mutter gefiel es in England sehr gut. Sie fasste Fuß, schloss sich den Suffragetten an und erzog mich entsprechend. Ich lernte, dass ich mit Rückgrat, Hirn und einem Mund zum Äußern meiner Meinung ausgestattet war. Sie bestärkte mich darin, dies niemals zu vergessen und stets für mich und für andere, Schwächere, einzutreten. Die Frauen, die ich damals um mich hatte, waren in dieser Hinsicht gute Vorbilder.«

»Christabel Pankhurst! Die berühmte Frauenrechtlerin. Sie sind nach Christabel Pankhurst benannt!«, entfuhr es Pippa. »Ich habe mich von Anfang an über Ihren außergewöhnlichen Vornamen gewundert. Kannten Sie sie etwa persönlich?«

»Das wäre dann Frage Nummer vier, aber ich will mal nicht so sein.« Christabel lächelte über Pippas Aufregung. »Ja, auch sie hat mich auf dem Arm gehabt. Aber meine Erinnerungen sind eher Gefühle als echte Bilder. Ich war noch ein Winzling, als meine Mutter mich zu ihren Versammlungen mitgenommen hat. Leider brach dann der Erste Weltkrieg aus, und wir kehrten nach Deutschland zurück.«

»Perfektes Futter für Herrn Brusche. Mit entsprechenden Ausschmückungen natürlich.«

»Unser ungestümer Reporter wird mich mit großen Augen ansehen, wenn er den Namen Pankhurst hört, und nicht den Hauch einer Ahnung haben, von wem ich rede.« Die alte Dame kicherte.

»Tja, Recherche ist die Mutter des guten Journalismus! Dann kann er mal den Beweis antreten, dass es ihm damit ernst ist«, sagte Pippa. »Christabel Pankhurst und ihre Mitstreiterinnen waren ihrer Zeit weit voraus. Und Sie und Ihre Mutter mittendrin. Im Kampf für das Wahlrecht der Frauen! Das ist irre interessant. Jedenfalls für mich.«

»Deshalb mag ich Lawrence. Er gesteht uns Frauen die gleichen Rechte zu wie den Männern.« Christabel deutete auf das Buch auf dem Bett. »Dass er – ein Mann – diese Geschichte geschrieben hat, verblüfft mich immer wieder. Ein Mann mit viel Gefühl. Selbst heute noch selten.«

»Deshalb kennen Sie es auswendig.«

Christabel schüttelte lachend den Kopf. »Kein Grund, beeindruckt zu sein – ich kann nur den ersten Abschnitt. Er enthält meine gesamte Lebensphilosophie, und er verspricht obendrein, dass dieses Buch uns zeigt, wie sie praktisch angewendet wird.«

»Es geht Ihnen also gar nicht um die Erotik?«

»Doch, selbstverständlich, das auch. Für *Krieg und Frieden* habe ich schließlich Storchwinkel.« Sie lachte fröhlich.

Pippa ließ sich anstecken und lachte mit. »Jetzt bin ich neugierig: Was haben Sie zuletzt mit Melitta Wiek gelesen?«

»Marcel Proust: *Auf der Suche nach der verlorenen Zeit.* Aber damit können wir jetzt aufhören, denke ich. Ich bin mir sicher, sie wird sie im Urlaub finden. Aber jetzt bestehe ich darauf, dass Sie von sich erzählen, meine Liebe.«

»Gerne. Seit ich vor zwei Jahren aus Florenz zurückgekehrt bin, wohne ich wieder in Berlin. Ich lebe in Scheidung und vermisse Italien – aber keineswegs den Mann.«

»Ihr Vorname ist auch nicht gerade alltäglich, Pippa.«

»Meine Familie liebt Doppelkonsonanten: Mein Bruder heißt Freddy, meine Mutter Effie, meine Großmutter Hetty. Papa behauptet, Ma habe ihn nur geheiratet, um auch in ihrem Nachnamen endlich einen Doppelkonsonanten zu …«

Das Klingeln des Telefons neben Christabels Bett unterbrach sie. Die alte Dame zögerte, hob dann aber ab. Sie lauschte einen Moment und sagte: »Danke, Florian, das freut mich. Grüß deine Mutter von mir, wenn sie wieder anruft. Sag ihr, sie soll sich keine Sorgen machen, es ist alles in bester Ordnung.« Wieder hörte sie zu und antwortete dann: »Du meine Güte, Florian, das musst du sie wirklich selber fragen.«

Sie hielt Pippa den Hörer hin. Diese sah sie erstaunt an, aber Christabel zuckte mit den Schultern.

»Hallo, Florian«, sagte Pippa.

»Guten Morgen. Ich … Hören Sie, würden Sie mich vielleicht ab und an über den Stand Ihrer Ermittlungen informieren? So eine Morduntersuchung kenne ich sonst nur aus dem Fernsehen.«

»Ermittlungen? Ich ermittle nicht. Ich bin lediglich die Haushüterin und Gesellschafterin von Frau Gerstenknecht. Wie kommen Sie bloß darauf?«

»Frau Leising hat erzählt ...«

Pippa prustete los. »Entschuldigen Sie, Florian, ich lache Sie nicht aus, aber Frau Leising und einige ihrer Nachbarn haben da ganz falsche Vorstellungen ... und sie haben mit Sicherheit auch den Kommissar falsch verstanden.«

Sie verabschiedete sich von dem jungen Mann und legte auf.

»Was, um alles in der Welt, glaubt dieses Storchwinkel, wer ich bin? Was haben Sie den Leuten denn erzählt? Und was denkt der Kommissar?«

»Dass Sie eine Detektei haben und mein persönlicher Bodyguard sind«, verkündete Christabel vergnügt.

»Wie bitte?«, fragte Pippa entgeistert.

»Falls Sie es noch nicht wussten: Sie sind meine persönliche Sicherheitsbeauftragte, die unter dem Tarnmantel der braven Haushüterin in ganz Europa heikle Fälle löst.« Angelegentlich zog sie sich ihre Handschuhe glatt. »An Sie ist nur schwer ranzukommen – es sei denn, man kann sich Ihre gepfefferten Tagessätze leisten.«

Wider Willen musste Pippa lachen. »Das hat Kommissar Seeger nie im Leben geglaubt.«

»Der nicht, aber Hartung – und das kann für uns noch sehr interessant werden. Pippa, ich freue mich wirklich, dass Sie hier sind. Sie sind meine Versicherung gegen Langeweile.«

Langeweile?, dachte Pippa amüsiert. Sollte mich doch sehr wundern, wenn diese Frau jemals wusste, was das ist.

Kapitel 13

Pippa wurde rasch klar, dass sie mit ihrer Einschätzung richtiglag; Christabel kannte das Wort Langeweile tatsächlich nur vom Hörensagen. Die alte Dame drängte plötzlich auf Eile, denn sie hatte Herrn X zu sich bestellt, um ihm einen künstlerischen Auftrag zu erteilen.

»Währenddessen gehen Sie zu Julius«, bestimmte Christabel rigoros, »bei dem Gespräch mit Josef benötige ich Sie nicht. Es reicht, wenn Sie uns eine Kanne Tee zubereiten und den Servierwagen ins Wohnzimmer schieben. In der Speisekammer steht ein Baumkuchen, den Sie anschneiden dürfen. Und wir brauchen passende Musik, um den Künstler bei seinem kreativen Prozess zu inspirieren. Was halten Sie von Max Bruch?«

»Warum nicht?«

Pippa hatte keine Ahnung, ob Herr X die romantischen Klänge Bruchs als inspirierend empfinden würde, aber sie fand es bemerkenswert, dass ihre Auftraggeberin sich Gedanken über die perfekte musikalische Untermalung für das Gespräch machte.

»Was soll Herr X … Josef … für Sie gestalten, Christabel?«

»Die Zahl Hundert. Durchgeixt selbstverständlich«, verkündete Christabel strahlend.

Pippa lachte und half der alten Dame bei der Morgentoilette und beim Ankleiden, bevor sie ins Erdgeschoss hinunterging, um das Gewünschte vorzubereiten.

Die Auswahl auf dem Servierwagen hielt Christabels kritischer Begutachtung stand, und die Tatsache, dass Pippa Feuer im Kamin gemacht hatte, brachte ihr weitere Pluspunkte ein. Herr X traf pünktlich ein, einen großen Skizzenblock unter dem Arm. Pippa nahm ihm den Dufflecoat ab und führte ihn zu Christabel ins Wohnzimmer. Dann verabschiedete sie sich, packte sich warm ein und machte sich auf den Weg zu Julius Leneke.

Der Dorfplatz lag da wie ausgestorben.

Storchwinkel in Feiertagsruhe, dachte Pippa, während sie in der Straßenmitte am Teich entlangschlenderte. Es fühlt sich an wie erschöpfte Ruhe nach einem Sturm.

Kurz bevor sie Mandy Klöppels Haus erreichte, bog plötzlich eine dunkle Limousine mit hohem Tempo in die Dorfstraße ein und raste auf sie zu. Obwohl Pippa einen beherzten Sprung zur Seite machte, verfehlte der Wagen sie nur knapp, denn der Fahrer vollführte eine Vollbremsung und kam mit quietschenden Reifen quer vor ihr zum Stehen. Eine Wolke aus Sand und Staub hüllte die erschrockene Pippa ein, und sie rang hustend um Luft.

Na warte, dachte Pippa grimmig, dir werde ich ein paar passende Worte erzählen, du Wahnsinniger.

Die Fahrertür flog auf, und Zacharias Biberberg sprang heraus. Ohne Pippa auch nur zu bemerken, knallte er die Autotür zu und rannte an ihr vorbei in Mandy Klöppels Vorgarten und hinter das Haus.

Pippa sah ihm perplex nach. Nahm dieser Mann außer seinen eigenen Bedürfnissen denn gar nichts wahr?

Da Biberberg sich ihrem gerechten Zorn durch Flucht entzogen hatte, beschloss sie, bei Gelegenheit mit Mandy ein ernstes Wort über das rüpelhafte Verhalten ihres Verehrers zu wechseln. Kaum vorstellbar, dass Reifenspuren in aufgewühltem Sand das regelmäßige Harken des Gehsteigs adäquat ersetzen konnten.

Kopfschüttelnd ging sie um das Auto herum und setzte ihren Weg fort. Hinter der Haltestelle des Bücherbusses bog sie nach links und ging an Waltraut Heslichs Bungalow vorbei zu Julius Lenekes Domizil, das sich hinter einem großzügigen Vorgarten mit ausgedehnten immergrünen Gehölzen versteckte. *Nimmersattstraße 13* stand auf einem Emailleschild am Gartenzaun. Die Zahl war aus zwei Vögeln dieser Storchengattung gestaltet.

Du meine Güte, dachte Pippa, Nimmersattstraße! Dieses Dorf ist wirklich besessen von seinem Vogelkult. Es würde mich gar nicht wundern, wenn auch die anderen Wege und Plätze nach Storchenarten benannt wurden. Was gibt es da noch? Jaribus und Marabus und Großstörche? Dank der letzten Übersetzungen für Professor Piep sollte ich das eigentlich wissen.

Pippa beschirmte die Augen mit der Hand gegen die Märzsonne, um das nächste Straßenschild besser erkennen zu können. Einige Meter weiter mündete die schmale Straße in eine von Pappeln gesäumte Allee, die um das Dorf herum und an Heinrichs Mühle vorbei nach Storchhenningen führte.

»Klaffschnabelallee«, murmelte Pippa und grinste. »Dacht' ich's mir doch.« Nur zu gern wäre sie jetzt durch den Ort geschlendert, um nach weiteren Straßennamen Ausschau zu halten, aber ihr Auftrag war wichtiger. Je schneller sie ihn hinter sich brachte, desto besser.

Pippa gab sich einen Ruck, öffnete das Gartentor und ging über den gepflasterten Weg zur Haustür. Einen irrationalen Moment lang hatte sie das Gefühl, mit dem Betreten des Vorgartens in eine andere Welt einzutauchen – die ganz eigene Welt von Julius Leneke, in die er sich zurückzog. Pippa war außerstande, das Ausmaß seiner Krankheit, oder besser: seine geistige Gesundheit einzuschätzen. Gut möglich, dass er dieses Haus am Ortsausgang absichtlich gewählt hatte, um sich von der Dorfgemeinschaft abzusondern.

An der rechten Seite des Hauses entdeckte sie einen der allgegenwärtigen Metalltürme mit aufgesetztem Storchennest. Allerdings war dieser hier schwarz lackiert. Pippa benutzte den wuchtigen Türklopfer in Form eines Löwenkopfes, um auf sich aufmerksam zu machen. Sie fuhr zusammen, als dies den tiefen, hallenden Klang eines schaurigen Gongs auslöste, und bemerkte erst dann, dass die Tür aus Metall bestand.

Als niemand öffnete, betätigte sie den Türklopfer noch einmal. Aber wieder rührte sich nichts.

Da Christabel sie nicht so schnell zurückerwartete, entschied Pippa, einen Spaziergang zu machen und es später noch einmal zu versuchen. Sie ging zunächst in Richtung Pappelallee, kehrte aber wieder um, als ihr einfiel, dass Waltraut Heslichs Haus direkt nebenan lag. Und wenn sie schon einmal hier war ...

Der Garten vor Waltraut Heslichs gepflegtem Bungalow war auch zu dieser frühen Jahreszeit die demonstrative Zurschaustellung des Ordnungssinnes seiner Gärtnerin: akkurate Beete mit ordentlichen Einfassungen, in denen kegelförmig zugeschnittene, von Kies umgebene Buchsbäume standen wie die Zinnsoldaten. Verschwenderische Blütenfülle war hier das ganze Jahr nicht zu erwarten. Zur Straße hin gab es ein großflächiges Blumenfenster mit kurzer Spitzengardine. Weder die pinkfarbenen Orchideen auf der Fensterbank noch die Buchskegel in den Beeten verstellten den freien Blick von drinnen auf die Straße und die gegenüberliegende Kirche.

Und umgekehrt, dachte Pippa und sah sich um. Die Straße war menschenleer. Sie trat ans Fenster und spähte hinein.

Beinahe hätte sie aufgelacht, so groß war der Kontrast zwischen den zartrosa Wänden mit breiter Rosenborte in Taillenhöhe, dem altrosa Teppichboden und dem Sideboard mit Flachbildfernseher in schwarzglänzendem Klavierlack. Die strenge Couchgarnitur aus schwarzem Leder und Chrom war mit vielen rosa Rüschenkissen dekoriert. Eine farblich passende, offenbar selbstgehäkelte flauschige Decke hing sorgfältig gefaltet über der Rückenlehne des Sofas und rundete das ungewöhnliche Ensemble ab.

Wenn ich noch einen Beweis benötigt hätte, dass Rosa die Lieblingsfarbe dieser Frau war – hier sehe ich ihn mit eigenen Augen, dachte Pippa. Gemütlich ist anders, aber es sieht klasse aus.

Sie gestand sich ein, dass sie das Haus nur zu gern betreten hätte. Wieder sah sie sich um, ob sie noch immer unbeobachtet war. Dann legte sie wie zufällig die Hand auf die Haustürklinke. Mit dem Öffnen der Tür bestätigte sich, dass in Storchwinkel kaum jemand sein Haus absperrte.

Wenn man mich schon so nett hereinbittet, dachte Pippa, schlüpfte hinein und schloss rasch die Tür.

Alles war penibel aufgeräumt, nichts lag herum. Zwei Stockschirme standen in einem schmiedeeisernen Ständer neben der Garderobe, ein Mantel hing ordentlich auf einem Bügel, der hell gefliese Boden wirkte wie frisch gewischt. Makellose Sauberkeit, wohin sie auch blickte.

Nichts, nicht einmal Fußspuren, dachte Pippa mit wachsender Verwunderung, und das bei dem Schmuddelwetter der letzten Zeit. Merkwürdig, wo doch die Polizei vor zwei Tagen durchs Haus getrampelt ist. Die werden wohl kaum eine Putzkolonne geschickt haben, um sauberzumachen; das hier ist schließlich kein Tatort.

Ihr Instinkt sagte ihr, dass etwas nicht stimmte, aber ihre Neugier trieb sie ins Wohnzimmer. Die Bücherregale fremder Wohnungen zogen sie stets magisch an, denn sie war sicher, durch die Auswahl der Literatur eine Menge über den Besitzer zu erfahren. Entdeckte sie eines ihrer Lieblingsbücher, hatte die Person bei ihr sofort einen Stein im Brett – und wäre er oder sie Pippa zuvor auch noch so unsympathisch gewesen.

Im Wohnzimmer standen zwei schlichte schwarze Regale. Das erste war Fachliteratur vorbehalten: dicke Wälzer über Krankheiten – auch der Pschyrembel fehlte nicht – und ärztliche Ausbildung, reihenweise Bücher über Gynäkologie und die Arbeit von Hebammen. Die Inspektion des zweiten Regals zeigte Arztromane, so weit das Auge reichte. Auf einem Bord in Augenhöhe stand ein gerahmtes Bild: Waltraut Heslich in der Tracht einer Oberschwester, wie sie, offenbar am Tag ihrer Pensionierung, mit verkniffenem Gesichtsausdruck von einem silberhaarigen Mann eine Urkunde und einen Blumenstrauß entgegennahm.

Sie hat ihren Beruf wirklich geliebt, dachte Pippa, und ist nicht gern in den Ruhestand gegangen.

Sie fuhr herum, als eine Tür klappte. Jemand war von hinten ins Haus gekommen! Hektisch suchte Pippa nach einem Versteck. Sie hechtete in letzter Sekunde hinter das Sofa und hielt die Luft an. Insgeheim pries sie den hochflorigen Teppich, der sie hoffentlich vor blauen Flecken an Knien und Ellbogen bewahrt hatte. Sie presste sich flach auf den Boden und spähte unter dem Sofa hindurch. Eine Frau – Pippa sah lediglich Unterschenkel in Nylonstrümpfen und robuste Pumps mit Blockabsätzen – stand auf der Türschwelle zu einem benachbarten Raum. An ihrem rechten Schuh klebten Grashalme.

Mist, dachte Pippa, wer einen Garten hat, hat auch eine Hintertür! Und diese Schuhe kenne ich, die repräsentieren die Vereinigten Jugendämter des Storchendreiecks. Nicht auszudenken, wenn die Palle mich hier erwischt!

Die Frau beugte sich herunter, um die Schuhe abzustreifen, schaute aber zu Pippas Erleichterung nicht in ihre Richtung. Dennoch bestätigte sich, was Pippa bereits vermutet hatte: Es war Gabriele Pallkötter, die jetzt auf Strümpfen den Raum durchquerte und außer Sicht geriet. Das schabende Geräusch einer Schublade, die sich dem Öffnen widersetzte, war zu hören. Gleich darauf klimperte es, und die Lade wurde mit einem energischen Ruck wieder geschlossen. Gabriele Pallkötter erschien in Pippas Blickfeld, schlüpfte wieder in ihre Schuhe und verließ den Raum. Sekunden später fiel die Haustür hinter ihr ins Schloss, und ein Schlüssel drehte sich.

Pippa fluchte verhalten. Als Freundin von Waltraut Heslich besaß die Pallkötter natürlich einen Schlüssel, um im Haus nach dem Rechten zu sehen und die Blumen zu gießen. Nichts anderes hatte sie vermutlich gerade gemacht, als Pippa ihr beinahe in die Arme gelaufen war. Von wegen offene Häuser!

Pippa blieb noch einige Minuten zusammengekauert auf dem Fußboden sitzen, falls Gabriele Pallkötter auf die Idee kam, noch einmal durch das Fenster hineinzusehen. Dann schlich sie geduckt hinüber zum Sideboard, um herauszufinden, welche der Schubladen Gabriele Pallkötter geöffnet hatte. Gleich die erste links oben klemmte. Sicherheitshalber probierte Pippa die anderen ebenfalls aus, aber sie glitten alle geräuschlos auf und zu.

Die erste Lade war mit Papieren vollgestopft. Obenauf lagen eine Broschüre des Storchenkrugs sowie ein Autoschlüssel. Pippa nahm die Broschüre heraus, die sich wie ein

Verkaufsexposé las: Die Gastwirtschaft mit Fremdenzimmern wurde darin gepriesen als ein Kleinod in einem traumhaften Landschaftsschutzgebiet, umgeben von idyllischen Teichen und in Fußmarschnähe international gepriesener Vogelbeobachtungsplätze. Der Kaufpreis für das Anwesen legte nahe, dass es sich dabei um ein luxuriöses Schloss handelte, in dem zufällig eine Bierzapfanlage stand.

Ganz schön dick aufgetragen, dachte Pippa. Aber wieso lagen diese Unterlagen in der Schublade der Toten? War sie tatsächlich am Kauf der Immobilie interessiert gewesen? Und Gabriele Pallkötter? Was hatte sie der Lade entnommen? Oder hatte sie etwas gesucht, aber nicht gefunden?

Pippas Herz klopfte, als sie durch die anderen Papiere blätterte. Sie fand etliche Dankschreiben ehemaliger Patienten sowie einige Urkunden und Auszeichnungen. Eine flache Schatulle erregte ihre Aufmerksamkeit, und sie ließ den Verschluss aufschnappen. Das Kästchen enthielt einen goldenen Stern, dessen Mitte ein Medaillon mit umlaufendem Lorbeerkranz bildete. Innerhalb des Kranzes waren ein Hammer, ein Zirkel und zwei flankierende Ähren eingeprägt. Die Medaille hing an einer Spange, die mit einem roten Band verkleidet war. Pippa nahm den Stern aus dem Etui und entdeckte auf seiner Rückseite eine Gravur: *Held der Arbeit.*

Schau an, dachte Pippa, soweit ich mich erinnere, war mit dieser äußerst seltenen Auszeichnung eine Prämie von bis zu zehntausend Mark verbunden. Eine Menge Geld – was Waltraut Heslich wohl damit gemacht hat?

Sie legte alles wieder genauso zurück, wie sie es vorgefunden hatte, und schloss die Schublade. Es war höchste Zeit, aus dem Haus zu verschwinden, bevor sie doch noch erwischt wurde.

Mit wenig Hoffnung probierte sie, ob die Klinke der Haustür nachgab, aber Gabriele Pallkötter hatte tatsächlich von außen abgeschlossen.

Blieb nur die Hintertür als Fluchtweg. Innerlich schimpfte Pippa mit sich selbst, dass sie sich in diese unmögliche Situation gebracht hatte. Fehlte nur noch, dass die hintere Tür ebenfalls abgeschlossen war und sie durch ein Fenster klettern musste. Pippa ging durch die blitzblanke Küche. In der Tür zum Garten steckte von innen ein Schlüssel. Rasch schloss sie auf und wünschte sich inständig, dass die Pallkötter die unverschlossene Tür bei einem späteren Besuch als eigene Nachlässigkeit verbuchen würde. Im Garten atmete sie tief durch.

Die Entspannung währte nur kurz, denn eine Trompetenfanfare ließ sie zusammenfahren. Sie sah sich erschrocken um, begriff aber schnell, worum es sich dabei handeln musste: Florian übte im Birkenwäldchen hinter dem Dorf, um die Nachbarn nicht zu sehr zu stören.

Pippa schwang sich über den niedrigen Zaun und stapfte über die Wiese hinter Waltraut Heslichs Haus. Sie sah sich nicht um. Wenn überhaupt, konnte sie dabei höchstens von Julius Leneke gesehen werden, und der war nicht zu Hause.

Sie folgte dem Klang der Trompete und fand Florian, wie erwartet, mitten im Wald auf dem kleinen Fußweg, der vom Dorf bis zur Mühle führte. Er bemerkte sie nicht, und sie lauschte andächtig seinem virtuosen Spiel, ohne ihn zu stören. Als er das Instrument absetzte, klatschte sie begeistert. Florian drehte sich erstaunt um und verbeugte sich dann strahlend.

»Wunderbar gespielt«, sagte Pippa. »Das machen Sie aber nicht erst seit gestern?«

»Seit zwölf Jahren«, erwiderte er. »Ich habe in Salzwedel einen sehr guten Lehrer und belege von Zeit zu Zeit Sommerkurse. Schon als Kind wollte ich unbedingt ein Instrument lernen.«

»Umso schöner, dass sich Ihnen diese Möglichkeit geboten hat.«

»So, wie Sie das sagen, klingt das ganz einfach.« Florian verzog das Gesicht. »Aber so war es nicht.«

Pippa sah ihn fragend an.

»Vor zwölf Jahren landete der erste Storch des Jahres auf unserem Dach«, erzählte er. »Ich dachte schon, Mama und ich hätten gewonnen, und tobte wie ein Indianer beim Regentanz um unseren Dorfplatz herum. Da flog das blöde Vieh plötzlich wieder los, um sich doch ein anderes Nest zu suchen. Vor Wut brüllte ich wie am Spieß. Vermutlich stand es echt auf der Kippe, ob je wieder ein Storch in diese Gegend kommen würde; so laut war ich.« Bei der Erinnerung daran schüttelte er lachend den Kopf, und Pippa stimmte ein.

»Alle haben versucht, mich zu trösten, und faselten das Zeug, das Erwachsene in solchen Situationen von sich geben: Man muss auch mal verlieren können, und nächstes Jahr hast du wieder eine Chance und so weiter.« Er zwinkerte Pippa zu. »Scheinheilige Kommentare, die meisten waren froh, dass sie selber wieder im Spiel waren.« Florian sah liebevoll auf seine Trompete hinunter. »Ich habe mich erst wieder beruhigt, als Christabel mich zu sich rufen ließ, um zu erfahren, was passiert war. Ich habe ihr mein Leid geklagt und sie gefragt, ob man Störche auch auf dem Nest festbinden dürfte, um sein Ziel zu erreichen. Oder ob auch gilt, wenn der Storch nur ein kleines bisschen gelandet ist, wo es doch für einen guten Zweck wäre.«

»Für einen guten Zweck?«

»Na – meine Musikstunden!«, sagte Florian mit der gleichen Überzeugung, wie er es als kleiner Junge wahrscheinlich auch getan hatte.

»Und davon war sie so gerührt, dass sie zugestimmt hat, Ihre Stunden zu bezahlen.«

»Das wäre so überhaupt nicht Christabel. Nein, sie stellte eine Bedingung: Sie würde meinen Unterricht finanzieren, wenn ich bereit wäre, eines ihrer Lieblingsinstrumente zu lernen.«

»Und die sind?«

»Harfe und Querflöte.« Florian verdrehte die Augen. »Ich bitte Sie! Ich habe natürlich abgelehnt.«

»Erstaunlich willensstark für ein Kind – Hut ab. Aber wieso zahlte sie dann doch?«

»Wegen meines Arguments *gegen* diese Instrumente.«

Er grinste über Pippas erstauntes Gesicht und fuhr fort: »Kommt nicht in Frage, habe ich gesagt, die sind mir nicht laut genug. Ich will gehört werden!«

»Das war eine Antwort nach ihrem Geschmack.«

»Absolut. Aber sie hat trotzdem eine Bedingung gestellt: Sie wollte, dass sie und die ganze Manufaktur von den Musikstunden profitieren.«

Er sah sie abwartend an, und Pippa ging ein Licht auf.

»Der Appell!«

»Richtig.« Florian nickte. »Sie setzt jede Unterrichtsstunde von der Steuer ab. Als betriebliche Sonderausgabe.«

Und entbindet den jungen Mann durch dieses Arrangement gleichzeitig von der Last lebenslanger Dankbarkeit, dachte Pippa. Sehr clever. »Mir ist aufgefallen, dass Sie Christabel als Einziger von den Jüngeren des Ortes duzen«, sagte Pippa. »Stammt das auch aus der Zeit Ihrer kleinen geschäftlichen Vereinbarung?«

»Nein, ich kenne sie, seit ich denken kann. Ich habe sie immer schon geduzt, schon als kleines Kind – und sie mich sowieso. Später hat sie es nie korrigiert, also denke ich, sie hat noch immer nichts dagegen.«

»Ich übrigens auch nicht.« Spontan reichte Pippa ihm die Hand. »Wir werden in nächster Zeit viel miteinander zu tun haben. Also sollten wir uns auch duzen.«

Erfreut schlug Florian ein, dann sagte er: »Ich will nicht unhöflich sein, aber ich muss noch üben. Ich bin Mitglied im Blasorchester des Storchendreiecks, und wir geben am Ostersonntag ein Konzert in der Salzwedeler Mönchskirche. Hätten Sie … hättest du Lust zu kommen? Ich spiele sogar ein Solo.«

»Liebend gern, aber dann müsste ich Christabel allein lassen. Das möchte ich nicht.«

»Julius könnte euch fahren«, schlug Florian eifrig vor, »dann könntet ihr alle drei kommen.«

»Julius macht sich gerade rar«, sagte Pippa und seufzte. »Ich war vorhin bei ihm, weil ich morgen ein Rezept für ihn einlösen soll. Aber niemand hat auf mein Klopfen reagiert.«

Florian winkte ab. »Das liegt sicher daran, dass die Palle im Garten der Heslich war und nach ihm gerufen hat. Hab ich selbst gehört. Da wird er sich in seinem Mauseloch verbarrikadiert haben. Wenn die was von ihm will, macht er sich unsichtbar.«

Auf Pippas ungläubigen Blick hin fügte er hinzu: »Er hasst sie wie die Pest. Der Ärmste hat schon sein ganzes Leben lang mit dieser schrecklichen Frau zu tun. Es reicht, wenn ihr Name fällt, und schon kriegt er Ekelausschlag.«

»So extrem?«

»Noch schlimmer. Kann man aber auch verstehen: Julius war ein Waisenkind, und sie ist vom Jugendamt. Sie hat ihn schon seit frühester Jugend unter ihrer Fuchtel. Die hat ihn von einem Heim ins andere verfrachtet. Eine Weile war er sogar bei den Lüttmanns, aber die haben sich dann für Severin entschieden.«

Pippa fiel buchstäblich die Kinnlade herunter. »Wie darf ich das denn verstehen?«

»Wie es sich anhört. Eva Lüttmann wollte einen Sohn, und da haben sie zunächst Julius aus dem Heim in Pflege geholt. Aber das ging nicht gut, Julius war oft krank und hat viel geweint. Jedenfalls war er nicht, was sich Frau Doktor unter einem Vorzeigekind vorgestellt hat. Und dann haben sie ihn einfach wieder zurückgegeben und ein anderes Kind adoptiert.«

»Severin Lüttmann?«, fragte Pippa entsetzt.

Florian nickte ernst. »Severin war erst ein paar Wochen alt, da musste Julius ins Krankenhaus. Wegen einer Blinddarmentzündung. Von dort aus ging es direkt wieder ins Heim. Einfach so. Ohne Erklärung. Nur Severin senior hat ihn noch besucht.«

Und ich finde es schon widerlich, wenn man einen Hund aus dem Tierheim wieder zurückbringt, weil man einen niedlicheren gefunden hat, dachte Pippa erschüttert. Kein Wunder, dass Julius einen Knacks hat.

»Dass Christabel ihn adoptiert hat, war dann so etwas wie ihre Wiedergutmachung«, sagte sie langsam.

»Das denkt meine Mutter auch. So ist er wenigstens finanziell abgesichert.«

»Und Severin? Macht ihm das etwas aus? Immerhin arbeitet Julius in seiner Firma und ist praktisch unkündbar, wenn ich das richtig verstehe.«

»Severin und Julius?«, fragte Florian ehrlich verblüfft. »Die beiden kommen großartig miteinander aus. Julius ist das beste Aushängeschild für Severins Pläne, seelisch angeknackste Menschen mit Hilfe der Hunde wieder auf die Beine zu bringen. Er probiert an Julius seine Therapien aus, und der Erfolg bestätigt ihn auf ganzer Linie. Dass Julius wieder Auto fährt, verdankt er nur dieser gemeinsamen Arbeit, auch wenn er nach wie vor einen Beifahrer braucht, weil er sich noch nicht allein auf die Piste traut.«

»Woran leidet er? Depressionen?«

»Julius? Der ist nicht verkehrt«, antwortete Florian ausweichend, »er ist nur einfach überfordert vom ... normalen Leben.«

Kein Wunder – Normalität ist in Storchwinkel ja offensichtlich ein Fremdwort, dachte Pippa.

»Werden sich Julius und Severin die Leitung der Manufaktur später teilen? Christabel ist nicht mehr ... äh ... die Jüngste.«

»Weder Julius noch Severin sind interessiert. Der eine kann es nicht, der andere will es nicht. Severin träumt von einer eigenen Einrichtung zur Hundetherapie. So wie die Therapien mit Pferden oder Delphinen. Nur will Severin sich auf Patienten mit Erschöpfungszuständen spezialisieren.«

»Wer kommt denn dann in Frage?«

Vor ihrem geistigen Auge sah Pippa bereits die feindliche Übernahme von 3L durch einen riesigen anonymen Hersteller stereotyper Billiggartenzwerge aus Plastik.

»Soweit ich weiß, hat Christabel schon vor Jahren den Betriebsleiter als ihren Nachfolger eingesetzt, falls keiner der Söhne ihres Mannes Interesse zeigt.«

»Also Maximilian Hollweg.«

»Leider! Gnade uns Gott, wenn der mal nicht mehr von Christabel im Zaum gehalten wird. Wenn Hollweg das Regiment übernimmt, dann gute Nacht, Marie, das wird kein Spaß.« Beim Gedanken daran stöhnte Florian auf. »Hollweg hält alle Vergünstigungen für Mitarbeiter und Heimarbeiter für überflüssige Geldausgaben.«

»Kein netter Mensch?«

»Geht so ...« Florian hielt inne, als wäre ihm aufgegangen, dass er zu viel erzählt hatte. »Ich werde dann mal besser weiter üben – und Julius übernehme ich. Das Rezept kann ich zusammen mit ihm einlösen, dann bitte ich ihn gleich, mit euch zum Konzert zu kommen. Auf diese Weise haben wir wenigstens vier Zuhörer. Aus dem Storchendreieck wird sicher niemand dort auftauchen: Die gucken lieber in den Himmel und warten auf die Störche.«

»Christabel, Julius und ich – das sind drei. Wer ist Nummer vier?«

»Vitus Lohmeyer, er fährt mich hin. Das hat er meiner Mutter versprochen.« Florian grinste spitzbübisch. »Er würde alles tun, um sich bei ihr einzuschmeicheln. Oder bei mir. Jeder hier weiß: Der Weg zu Melitta Wiek führt direkt über mich.«

Kapitel 14

Die schwermütige Melodie aus Florians Trompete begleitete Pippa, während sie ihren Spaziergang durch das Birkenwäldchen fortsetzte.

Melitta Wiek und Vitus Lohmeyer wären ein schönes Paar, dachte sie, beide sind zuvorkommend und freundlich, und beide sind Christabel in besonderer Weise zugetan. Trotzdem kann ich mir nicht vorstellen, dass die pflichtbewusste Melitta heiraten würde, solange die alte Dame noch lebt. Florians Mutter hatte ja schon Bedenken, für zwei Wochen Urlaub das Haus zu verlassen.

Durch ihre Überlegungen fiel ihr auf, wie wenig sie von Melitta wusste. Nicht einmal, ob diese je verheiratet gewesen war und wo Florians Vater lebte.

Der Wald ging in eine Weide über, und schließlich stieß der Weg wieder auf die Pappelallee, die in Richtung Storchhenningen führte. Auf der Brücke blieb Pippa stehen. Sie lehnte sich an das schmiedeeiserne Geländer und ließ den Blick über die weite Landschaft schweifen. Der Bach floss ruhig zwischen winterlichen Kuhweiden hindurch, führte aber wegen der Regenmengen der letzten Tage viel Wasser. An der niedrigen Uferböschung kündigten Büschel von Schneeglöckchen den nahen Frühling an. Steter Wind, der hier auf dem flachen Land durch nichts gebremst wurde, hatte die Bäume mit deutlich erkennbarer Neigung nach Osten wachsen lassen. In Sichtweite gab es nur ein einziges Gebäude, in dem Pippa den Storchenkrug aus Waltraut Heslichs Prospekt erkannte. Sie nahm sich vor, ihm auf jeden Fall einen Besuch abzustatten.

Auf der anderen Seite der Brücke, zwischen den nach Storchhenningen und Salzwedel führenden Straßen, erhob sich eine imposante hölzerne Bockwindmühle, die gleichermaßen düster und romantisch wirkte. Das rechteckige Mühlenhaus ruhte auf der Spitze eines Ständerwerks aus dicken Balken. Die Windflügel reichten beinahe bis zum Boden und überragten die Mühle nach oben beträchtlich. Auf der anderen Seite führte eine offene verwitterte Stiege zu einem ausladenden Anbau.

Da möchte ich nicht Don Quichotte sein, dachte Pippa, als sie die Spannweite der Flügel abschätzte. Auf der Scheitelhöhe schwebt man bestimmt zwanzig Meter über dem Boden. Ob Eva Lüttmann durch diese Flügel zu Tode gekommen ist? Pippa schauderte. Ausgerechnet einen solchen Ort hat der alte Heinrich sich als Wohnung ausgesucht? Der Mann hat wirklich einen ausgefallenen Geschmack.

Vor der Mühle entdeckte sie eine Schautafel, die das Gebäude als Kulturdenkmal des Storchendreiecks auswies. Ein Verein, der sich den Erhalt von Mühlen der Region auf die Fahne geschrieben hatte, kümmerte sich darum. Sie erfuhr weiter, dass Heinrichs Heim 1755 erbaut worden und noch voll funktionstüchtig war. Bei dem ungewöhnlichen Anbau handelte es sich um die »Feise« genannte Müllerstube.

Auf der Suche nach weiteren Informationen ging sie um die freistehende Schautafel herum und fand einen vergilbten, mit der Hand beschriebenen Zettel, der mit Reißzwecken am Holz befestigt war: *Sprechzeiten: Wann immer du mich brauchst – Komm herein, und warte auf mich. Die Mühle ist immer offen. Frisches Quellwasser findest du in einem Krug neben dem Fenster – bedien dich.*

Im Gegensatz zur nicht verschlossenen Haustür von Waltraut Heslich war dies eine echte Aufforderung einzutreten, und Pippa ließ sich nicht lange bitten. Sie kletterte die steile Treppe hinauf, die nur auf einer Seite einen einfachen Handlauf als Sicherheit bot. In circa fünf Metern Höhe endete die Stiege an einer kleinen Plattform vor der Eingangstür. Dort hing ein improvisierter Holzbriefkasten, unter dem ein offenes Fach angebracht war, wie man es für Zeitschriften oder Großbriefe benötigte. Heinrich nutzte das Fach allerdings, um dort einen selbstgebastelten Block vor der Witterung zu schützen. Neugierig nahm Pippa den Block zur Hand, der sich als eine Art Anamnesebogen entpuppte, an dem ein mit Schnur befestigter Bleistift baumelte.

Füll dies aus, wenn du keine Zeit hast zu warten, las sie, *ich komme zu dir nach Hause, sobald ich kann, und bringe die passende Medizin.*

Der Bogen fragte alle klassischen Krankheitssymptome ab, aber sie entdeckte auch: *Erzähl mir von den Sorgen, die du in letzter Zeit hattest,* und *Gab es Vorahnungen oder Visionen? Wer ist außer dir betroffen?*

Der Spökenkieker, wie er leibt und lebt, dachte Pippa, aber darf er überhaupt medizinischen Rat erteilen? Dafür benötigt man doch eine Ausbildung oder ein Zertifikat. Das braucht man doch in Deutschland immer und für alles. Sie kicherte. Ein Spökenkieker-Diplom ...

Sie horchte an der Tür, aber kein Laut war zu hören.

Niemand zu Hause, dachte Pippa, die Mühle fühlt sich verlassen an.

Sie drückte die Klinke herunter, und die Tür öffnete sich knarrend in einen stickigen Raum, in dem ein alter Kanonenofen Wärme verbreitete. Was sie bereits draußen zu spüren glaubte, bestätigte sich: Heinrich war nicht da.

Toll, dachte Pippa, ist Heinrich ansteckend? Jetzt bilde

ich mir schon ein, die Schwingungen von Häusern, Pardon, von Mühlen deuten zu können!

Sie trat ein, ohne die Tür hinter sich zu schließen, und öffnete auch das winzige Fenster, um Sauerstoff in die Kammer zu lassen. Dann sah sie sich in dem spartanisch eingerichteten Raum um: zwei Stühle, ein Holztisch, außerdem eine Art Massagetisch, auf dem gläserne Schröpfköpfe auf ihren Einsatz warteten. An einer Wand hatte Heinrich Regalbretter angebracht. Pippa entdeckte unzählige lateinisch beschriftete Flaschen mit flüssigem Inhalt, Mörser in unterschiedlichen Größen, Bündel getrockneter Kräuter, Gläser mit für sie nur zum Teil definierbaren eingelegten Beeren, Früchten oder Wurzeln, außerdem weitere Flaschen von der Art, die sie bereits in der Ade-Bar gesehen hatte: gekennzeichnet mit den Namen einiger Dorfbewohner.

Da Heinrich die Mühle in ihrem Urzustand belassen hatte und sich mit seiner kleinen Praxis nur auf den ohnehin verfügbaren Platz beschränkte, war der Innenraum im hinteren Teil weiter durch seine ursprüngliche Bestimmung geprägt. Pippa blickte auf große hölzerne Zahnräder, einen wuchtigen Mühlstein, Ständerwerk, Seilzüge, Tröge und Trichter – dort wirkte alles, als wäre der Müller nur schnell vor die Tür gegangen und würde bald zurückkehren, um mit seiner Arbeit fortzufahren.

Auf dem Tisch entdeckte Pippa ein Rezept, geschrieben in Heinrichs steiler, altertümlicher Schrift. Sie versuchte erst gar nicht, die an Hieroglyphen erinnernden lateinischen Abkürzungen zu entziffern. Eine schmale Flasche, mit *Professor Piep – 3 x täglich einreiben* beschriftet, stand neben einem wattierten Kuvert, das an den Vogelkundler adressiert war. Auf einem an eine dicke Kerze gelehnten Zettel hieß es: *Lieber Besucher – bitte umgehend zur Post bringen, ganz gleich, wo. Danke.*

Und das soll funktionieren?, fragte Pippa sich erstaunt. Irgendjemand kommt hier vorbei und nimmt die Tinktur mit, um sie brav an den Professor zu schicken? Und wenn Heinrich kein Telefon hat – woher weiß er von Meissners Zipperlein? Offensichtlich gibt es im Storchendreieck gut funktionierende Kommunikationswege jenseits von Handy oder E-Mail. Dürfte besonders für den armen Kommissar Seeger und seinen Adlatus ganz schön schwierig sein, diese Kanäle aufzuspüren oder gegen sie zu kämpfen.

Sie kicherte vor sich hin. Ein Spökenkieker mit Visionen war auf moderne Technik wohl nicht angewiesen.

Als sie sich umdrehte, entdeckte sie eine Tür, hinter der sich das ehemalige Müllerstübchen verbarg: eine winzige Kammer mit einem schmalen Bett und einer alten schmucklosen Truhe, die Heinrich als Schrankersatz für Kleider oder persönliche Unterlagen diente.

»Das ist pure Askese«, sagte Pippa halblaut, »aber was braucht man eigentlich mehr als das? Alles andere dient nur der Bequemlichkeit oder unserer Unterhaltung. Ich könnte ohne Musik, ohne Bücher, ohne tägliche Nachrichten auf Dauer nicht auskommen, Heinrich offenbar schon. Warum entscheidet ein Mensch sich dafür, *derart* spartanisch zu leben?«

»Weil er schon alles gehabt und nichts davon wirklich gebraucht hat«, sagte jemand mit Grabesstimme direkt hinter ihr.

Mit einem Aufschrei fuhr Pippa zusammen. Ihr Gesicht wurde heiß. Sie war nicht nur erschrocken, sondern zutiefst beschämt, dass der alte Heinrich sie dabei erwischt hatte, wie sie in seinem Privatbereich herumschnüffelte.

Sie drehte sich um und erkannte beinahe erleichtert den Lokaljournalisten Brusche, der grinsend im Türrahmen lehnte. Wie immer sah er aus wie das lebendig gewordene

Klischee eines Reporters: zerknitterter Trenchcoat, karierte Schiebermütze, Umhängetasche – selbst der Stift hinter dem Ohr fehlte nicht, obwohl er auch sein Diktiergerät stets griffbereit hatte.

Angriff ist die beste Verteidigung, dachte sie und fuhr ihn an: »Verdammt, Sie haben mich erschreckt! Müssen Sie sich so anschleichen?«

Der Journalist hob die Augenbrauen. »Wenn Sie schon die Tür offen lassen, dann sollten Sie mit Leuten rechnen, die Ihrem Beispiel folgen.« Sein Grinsen wurde breiter. »Aber zumindest mit mir.«

Jetzt fühlte Pippa sich erst recht in der Defensive. »Und Sie sind natürlich hier, weil Sie Heinrichs Heilkenntnisse in Anspruch nehmen wollen«, sagte sie ironisch. »Um welche Krankheit handelt es sich, wenn Sie mir die Frage erlauben? Infektiöse Schreibblockade oder bakterielle Ideenlosigkeit?«

»Wir beide haben uns mit dem gleichen Leiden angesteckt«, gab Brusche ebenso ironisch zurück, »Ermittlungsfieber.«

Die ertappte Pippa drehte sich schnell weg, denn sie spürte wieder, wie ihre Wangen heiß wurden. Dann fragte sie betont desinteressiert: »Was glauben Sie denn, hier herauszufinden? Etwas für Ihre Story über Christabel Gerstenknecht?«

Brusche zuckte mit den Schultern. »Kann man nie wissen. Ich interessiere mich selbstverständlich auch für ihre Wegbegleiter. Christabel und der alte Heinrich sind ...«, er hakte seine Zeigefinger ineinander, »*so* eng. Außerdem sollte ein guter Reporter immer an mindestens zwei Storys gleichzeitig dran sein. Ich arbeite nicht nur an Christabels Hundertstem, sondern auch an meinen *Vier-Elemente-Morden.*«

Seine Morde? Glaubt der Mann, diese schrecklichen Todesfälle wären eigens für seine Zeitung inszeniert worden?, dachte Pippa und fragte dann: »Was meinen Sie? Welche Morde?«

»Tun Sie nicht so scheinheilig – als ob Sie das nicht selbst am besten wüssten. Sie waren doch dabei! Feuer, Wasser, Luft und Erde – tolle Geschichte. Heinrich soll mir noch ein bisschen mehr über seine Theorie erzählen. Ein paar interne Einzelheiten.«

»Die Polizei hat bisher nicht explizit von Mord gesprochen.«

»Die Polizei redet auch lange nicht so publikumswirksam wie der alte Heinrich«, erwiderte Brusche ungerührt.

Gegen ihren erklärten Willen bewunderte Pippa sein Engagement. Ein Reporter, wie er im Buche steht, dachte sie, ich wette, er redet mindestens so gern, wie er zuhört. Aber wenn er schon mal hier ist, kann ich ihn auch ausquetschen. »Wissen Sie, warum Heinrich in dieser einsamen Mühle wohnt?«

»Warum tun Sonderlinge überhaupt etwas? Die Frage ist doch: Wurde er zum Sonderling, weil er hier haust – oder haust er hier, weil er ein Sonderling ist? Ich bin sicher, dass er keine Miete zahlt. Die Mühle gehört den Lüttmanns schon ewig, und Christabel nimmt von Heinrich ganz bestimmt kein Geld.«

»Sie sind ja bestens informiert. Dann wissen Sie sicher auch, wie Eva Lüttmann hier zu Tode gekommen ist.«

Brusche zog sich die Mütze vom Kopf und setzte sich an den Tisch. Während er nachdenklich sein blondes Haar zerzauste, las er die Nachricht an dem Umschlag mit Professor Meissners Adresse. Der junge Reporter steckte die Flasche ins Kuvert und ließ es in seiner Umhängetasche verschwinden.

Nanu, dachte Pippa, bist du doch nicht nur der hartgesottene, gefühlskalte Starreporter, für den dieses Dorf allenfalls eine Durchgangsstation ist, sondern fest integriert in diesen kleinen Kosmos?

»Sie wollen dem Professor die Tinktur schicken?«, fragte Pippa.

Brusche sah erstaunt zu ihr auf. »Was denken Sie, warum ich hier bin? Der Professor hat mich angerufen und darum gebeten, ihm die Medizin per Kurier nach Berlin zu senden. Dafür versprach er mir, dass ich von Heinrich ein paar saftige Informationen bekomme.«

So funktioniert das also, dachte Pippa. Sie nahm die Streichhölzer von der Untertasse, auf der die Kerze stand, und zündete diese an. Dann schloss sie die Tür, setzte sich zu Brusche an den Tisch und sagte: »Ungewöhnlich, dass ein Wissenschaftler wie Professor Meissner beim alten Heinrich eine Tinktur bestellt, finden Sie nicht? Kaum vorstellbar, dass er hier etwas bekommt, das es in ganz Berlin nicht gibt.«

Brusche lächelte warm. »Heinrich ist nicht bloß irgendein Naturheilkundler. Er ist ein Gesundbeter der besonderen Art. Die Heilung beginnt schon bei dem Gedanken, dass es diese Medizin nur ein einziges Mal auf der Welt gibt und dass er, während er sie zusammenbraute, allein an dich gedacht hat.«

Wider Willen war Pippa von den liebevollen Worten des Reporters gerührt. »Sie mögen den alten Heinrich.«

»Eigentlich lustig, dass wir ihn alle so nennen«, antwortete er ausweichend. »Immerhin ist Frau Gerstenknecht dreißig Jahre älter als er.«

Pippa akzeptierte, dass Brusche sich um eine ehrliche Antwort drücken wollte, und ließ ihn weiterreden.

»Diese Gegend ist reich an interessanten Charakteren, die alles andere als konform sind«, fuhr Brusche fort. »Kennen Sie Gustaf Nagel? Er war Wanderprediger und – wie unser Heinrich – ein Asket. Oder Jenny Marx, die kluge Gefährtin Karls. Der alte Bismarck ... allesamt gebürtige Altmärker. Ich habe eine Artikelserie darüber gemacht, die überregional Beachtung fand.«

»Die würde ich gern einmal lesen«, sagte Pippa aufrichtig.

»Tatsächlich?« Brusche wirkte erstaunt und erfreut zugleich.

Die Artikel werden mir eine Menge darüber verraten, wie die Serie über Christabel ausfallen wird, dachte Pippa.

Ihr Interesse schien Brusche in Hochstimmung versetzt zu haben. Eifrig sagte er: »Wann immer Sie etwas wissen wollen, egal, über wen oder was – wenden Sie sich an mich. Sollte ich über Informationen verfügen – und ich weiß einiges, was das Storchendreieck und seine Bewohner angeht –, werde ich sie gern mit Ihnen teilen.«

»Wunderbar, dann komme ich auf das Thema zurück, das Sie vorhin geflissentlich ignoriert haben: Eva Lüttmann. Wie ist sie gestorben?«

Der junge Reporter musterte sie zweifelnd. »Ich kann es Ihnen erzählen. Aber sind Sie sicher, dass ich es Ihnen hier zeigen soll? Am Ort des Geschehens?«

Pippa nickte zögernd, leicht verunsichert durch seinen Tonfall.

»Also gut. Wie Sie wollen. Kommen Sie.«

Pippa folgte ihm in den Innenraum der Mühle. Aus dieser Perspektive sahen der Antrieb der Flügel und das Mahlwerk geradezu monumental aus. Sie konnte sich leicht vorstellen, dass – einmal in Gang gesetzt – ungeheure Kräfte wirkten.

»Die Mühle ist noch voll funktionsfähig«, sagte Brusche und betrachtete das riesige, aufrecht stehende Zahnrad. »So etwas wie damals könnte heute allerdings nicht mehr passieren.«

»Es war ein Unfall?«

»So steht es in sämtlichen Gutachten, und so steht es im Abschlussbericht der ermittelnden Polizei. Ein wirklich verdammt hässlicher Unfall.«

Er strich nachdenklich über das hölzerne Rad.

»Nun sagen Sie schon, wie es passiert ist«, drängte Pippa, als Brusche einige Zeit geschwiegen hatte.

»Also gut.« Er seufzte. »An jenem Tag blies ein kräftiger Wind. Aber die Flügel standen still. Das haben jedenfalls die Leute ausgesagt, die auf dem Weg zum Storchenkrug an der Mühle vorbeigekommen sind. Einige haben Frau Lüttmann sogar noch gesprochen. Sie erzählte, sie wolle schauen, ob sich die Mühle eignete, um dort ihren Geburtstag zu feiern. Alles schien in bester Ordnung, aber als die Leute den Storchenkrug wieder verließen, drehten sich die Flügel.«

»Und das war ungewöhnlich?«

»Frau Lüttmann muss versehentlich den Bremsblock gelöst haben.« Er deutete auf das Zahnrad. »Das hier nennt sich Kammrad. Seine Zähne greifen in das sogenannte Stockrad – hier.« Er zeigte auf einen Radkranz mit Aussparungen, der in Höhe seiner Hüfte rechtwinklig zum Zahnrad stand. »Das treibt über eine Drehachse die Flügel an. Eva Lüttmann muss hier gestanden haben, als es passierte. Irgendwas von ihrer Kleidung hat sich verfangen, und sie wurde … nun ja.«

Pippa wurde übel. Obwohl sie die Augen schloss, sah sie die Zähne vor sich, die in die passenden Aussparungen griffen, Räder, die sich unbarmherzig weiterdrehten, die hilflose Eva Lüttmann blitzartig zwischen sich zerrten und …

»Die arme Frau hatte keine Chance«, sagte Pippa erschüttert.

Brusche schüttelte den Kopf. »Sie wurde in der Mitte durch …«

»Das reicht!«, donnerte Heinrich.

Pippa und Brusche fuhren herum. Der alte Mann stand in der Tür und starrte sie grimmig an.

»Ihr Narren! Wenn man bösen Dingen Sprache gewährt,

wächst ihre Kraft – und sie können wieder geschehen. Und wieder und wieder! Wollt ihr das? Wollt ihr den Frieden meines Heims zerstören?«

Während Brusche keine sichtbare Reaktion zeigte, war Pippa vor Scham darüber, dass Heinrich sie ertappt hatte, wie versteinert. »Nein ... nein, selbstverständlich nicht. Das war ... war pietätlos von uns«, stammelte sie. »Ihre Tür steht für Hilfesuchende offen, und wir haben Ihre Gastfreundschaft missbraucht. Bitte nehmen Sie unsere Entschuldigung an.«

Sie sah Brusche auffordernd an, und dieser murmelte etwas Unverständliches, das mit viel gutem Willen als Entschuldigung durchgehen konnte.

Obwohl Heinrich besänftigt wirkte, wollte Pippa so schnell wie möglich weg. Wenn Brusche die Situation nicht peinlich war und er noch bleiben wollte, sollte er das tun. Sie verabschiedete sich hastig und trat den Rückzug an.

Auf dem Absatz vor der Eingangstür holte sie tief Luft. Als sie die steile Treppe hinabblickte, wurde ihr schwindelig. Der Aufstieg war einfach gewesen, aber jetzt ... Sie hatte gerade beschlossen, wie von einer Leiter rückwärts hinunterzusteigen, als sie durch das noch immer offene Fenster Brusches Stimme hörte.

»Da hast du der Kleinen aber einen ordentlichen Schrecken eingejagt«, sagte der Journalist amüsiert. »Die kommt bestimmt nicht wieder.«

»Alles, was hier geschehen sollte, ist bereits geschehen, Sebastian. Hier wird sie nicht mehr gebraucht«, erwiderte der alte Heinrich gelassen. »Jetzt muss sie dringend herausfinden, wo sie wirklich vonnöten ist, und dort weiteres Unheil verhüten.«

Kapitel 15

Kopflos lief Pippa die schmale Landstraße nach Storchhenningen entlang. Der Schreck über Heinrichs plötzliches Auftauchen in der Mühle und der kurze, nicht für ihre Ohren bestimmte Wortwechsel zwischen ihm und Brusche hatten sie völlig durcheinandergebracht. Schließlich blieb sie stehen, um sich zu orientieren.

Ich gehe in die völlig falsche Richtung, dachte sie irritiert und atmete ein paarmal tief ein und aus, um sich zu beruhigen. An dieser Straße liegt der Storchenkrug. Von dort führt der Wiesenweg, den Severin mit den Hunden gegangen ist, entlang eines Wassergrabens direkt zu Christabels Gartenpforte, überlegte sie, den nehme ich. An der Mühle gehe ich jedenfalls nicht wieder vorbei. Von denen ist einer allein schon eine Herausforderung, beiden zusammen möchte ich heute nicht noch einmal begegnen.

Entschlossen ging sie weiter, während sie über Heinrichs Worte nachdachte. Was hatte der alte Mann damit gemeint, sie müsse nur herausfinden, wo sie wirklich gebraucht wurde? Welche Aufgabe hatte er ihr zugedacht? Und warum sagte er ihr das nicht ins Gesicht?

Aus der Ferne wirkte das zweistöckige Backsteingebäude des Storchenkrugs so lauschig, wie die Broschüre ihn geschildert hatte, aber je näher Pippa kam, desto deutlicher wurden die Anzeichen von Verfall. Eine hohe immergrüne Hecke umgab das Grundstück von drei Seiten, der gepflasterte Vorplatz war zur Straße hin offen. Das von einem Storchennest gekrönte Dach hing leicht durch, und sämtliche Fensterrahmen hatten einen frischen Anstrich bitter nötig.

Erst als Pippa von der Straße auf den Vorplatz bog, konnte sie das Erdgeschoss des Storchenkrugs sehen. Zu ihrer großen Überraschung stand die Eingangstür einladend offen, und mehrere Autos parkten vor dem Gebäude.

Merkwürdig, dachte Pippa, ich dachte, der Storchenkrug wäre geschlossen. Oder findet gerade eine Besichtigung für Kaufinteressenten statt? Bestimmt haben außer Waltraut Heslich noch mehr Leute das Exposé erhalten oder angefordert.

In jedem Fall bot sich auf diese Weise eine brillante Gelegenheit, den Storchenkrug unauffällig anzusehen und gleichzeitig zu erfahren, wer die Interessenten für dieses Objekt waren.

Ob die wohl wissen, dass hier nur alle hundert Jahre mal Alkohol in die Gläser kommt?, dachte Pippa und kicherte, da ihr die Sonderregelung zu Christabels Geburtstagsfeier einfiel.

Sie betrat das Haus, verharrte aber mucksmäuschenstill, als sie hinter einer breiten Tür, die vom Flur abging, zwei erregte Männerstimmen streiten hörte. Auf Zehenspitzen zog sie sich rückwärts in eine dunkle Ecke zurück, da prallte sie plötzlich mit dem Rücken gegen etwas unerwartet Weiches. Gleichzeitig kam eine Hand von hinten und hielt ihr den Mund zu, während ein kräftiger Arm ihre Taille umschlang. Entsetzt versuchte Pippa, sich zu befreien, als ihr eine ruhige Stimme ins Ohr flüsterte: »Guten Morgen, Frau Bolle. Darf ich Sie bitten, meine Ermittlungen erst dann zu stören, wenn ich Ihnen den Auftrag dazu erteile?«

Umgehend beruhigte sich Pippa: Kommissar Seeger. Sein harter Griff ließ nach, und sie drehte sich zu dem Mann hinter ihr um. Sie öffnete den Mund, um ihre Anwesenheit zu erklären, aber Seeger legte den Zeigefinger an die Lippen. Pippa nickte und blieb schweigend neben ihm stehen. Die wütenden Stimmen waren verstummt, aber jetzt erklang ein surrendes Geräusch, das immer lauter wurde.

»Der Lastenaufzug. Er führt vom Keller direkt in diesen Flur«, raunte Seeger. Er deutete auf die Tür, hinter der gestritten worden war. »Dort ist der Schankraum.«

Pippa signalisierte mit einem Nicken, dass sie verstanden hatte: Er wollte sehen, wer den Aufzug benutzte.

Das Surren stoppte mit einem ruckenden Geräusch, der Lastenaufzug hielt an. Vitus Lohmeyer trat heraus, in eine Liste vertieft, die auf einem Klemmbrett befestigt war. Ohne hochzusehen, ging er auf den Schankraum zu, gerade als dessen Tür von innen heftig aufgestoßen wurde.

Während Lohmeyer unwillkürlich einige Schritte zurückwich, stolzierte Bartels aus der Kneipe in den Flur und fauchte: »Das muss ich mir nicht bieten lassen! Nicht von Ihnen, Hollweg! Von mir aus halten Sie Ihre Rede, aber das Geschenk überreiche ich!«

Hollweg folgte ihm auf dem Fuße. Er stieß ein spöttisches Lachen aus. »Seit Jahren warte ich auf eine kreative Idee von Ihnen, Bartels. Jetzt, ausgerechnet zum hundertsten Geburtstag unserer Arbeitgeberin, kommen Sie mit einem zwei Meter hohen Gartenzwerg daher, der aufs Werksdach montiert werden und ein Storchennest über seinem Kopf balancieren soll. Glauben Sie im Ernst, wir merken nicht, dass Sie die Feierlichkeiten nutzen wollen, um sich zu profilieren?«

»Der Zwerg war allein meine Idee«, rief Bartels empört. »Entweder *ich* enthülle ihn, oder Frau Gerstenknecht macht es selbst. *Sie* jedenfalls nicht, Hollweg, Sie nicht!«

»Es ist bezeichnend für Ihren Charakter, Herr Bartels«,

sagte Hollweg, sichtlich um Gelassenheit bemüht, »dass Sie zwar gerne von den Ideen des Teams profitieren, Ihre erste und einzige kreative Eigenleistung aber ganz für sich allein beanspruchen.«

Unbeeindruckt von der hitzigen Diskussion seiner Kollegen hob Lohmeyer das Klemmbrett. »Meine Bestandsaufnahme der Kellerbestände hat neun Flaschen Holunderwein, zwölf verschiedene Obstbrände, zwanzig Kisten Apfelcider und ebenso viele mit Most, Mineralwasser, Cola und Brause ergeben. Außerdem zwei riesige alte Fässer, beide randvoll mit dunklem Bier. Keine Ahnung, ob es noch genießbar ist. Ich frage mich wirklich, warum der Wirt das nicht alles zu Geld gemacht hat, bevor er weg ist.«

»Ist doch klar! Er durfte nicht: Auf allem klebte der Kuckuck«, giftete Bartels. Er hatte sich noch immer nicht beruhigt.

»Außerdem brauchte er das ja auch nicht, die Chefin hat ihn großzügig abgefunden«, sagte Hollweg. »Ich habe gehört, er hat mit dem Geld irgendwo am Arendsee ein gutgehendes Café übernommen.«

»Der will mit Hochprozentigem nichts mehr zu tun haben.« Bartels kicherte hämisch. »Mal eine ganz neue Variante, vom Alkohol in den Ruin getrieben zu werden. Hätte Frau Gerstenknecht nicht das Verbot ...«

Lohmeyer unterbrach ihn mit einer ungeduldigen Handbewegung. »Verschonen Sie uns mit weiteren Ausführungen.« Er tippte mit dem Finger aufs Klemmbrett. »Wir sollten uns lieber darüber unterhalten, wie wir den Getränkebestand aufstocken können. Und welchen Cateringservice wir bestellen. Ich kenne da einen ...«

»Damit beauftragen wir Hilda Krause«, fiel Hollweg ihm ins Wort, »schließlich sind die beiden Damen eng befreundet.«

»Mir passt nicht, dass Sie ganz allein und selbstherrlich entscheiden, wer das Essen liefert.« Bartels war gleich wieder auf hundertachtzig. »Sie besitzen nicht einmal die Höflichkeit, sich Lohmeyers Vorschlag zu Ende anzuhören. Sie nutzen wirklich jede Gelegenheit, Ihre Machtstellung zu demonstrieren, Hollweg. Und dabei sollte der *Herr Betriebsleiter* besser ganz leise sein. Er wäre doch nicht einmal dann imstande, Gips blasenfrei in Zwergenform zu gießen, wenn sein Leben davon abhinge!«

»Wäre mir auch neu, dass das zu meinen Aufgaben gehört«, gab Hollweg zurück, »ich bin für den Überblick zuständig – den ich Ihnen im Übrigen absprechen muss, Bartels. Aus Ihrer Obhut verschwinden immerhin wertvolle Prototypen. Und nicht nur das: Am Dienstag wird Julius Leneke wieder in der Firma erscheinen. Wo war denn da Ihr Überblick?«

»Dass Sie uns den Auftrag erteilen, das zu verhindern, heißt noch lange nicht, dass Lohmeyer und ich etwas mit Ihrer miesen Intrige zu tun haben wollen.« Bartels schnaubte. »Wir haben doch keine Lust, uns die Finger zu verbrennen! Und kommen Sie nicht auf die Idee, uns mit Kündigung zu drohen, sonst erfährt die Chefin ein paar Dinge, die Ihnen gar nicht gut bekommen würden!«

Pippa fühlte sich bei der Auseinandersetzung der Männer an die lautstarken Streitereien der Peschkes aus dem zweiten Stock der Transvaalstraße 55 erinnert. Während das Ehepaar sich allerdings immer genauso schnell wieder vertrug, wie es in Streit geraten war, machten die drei Herren den Eindruck, als wären die verbalen Angriffe ein existentieller Teil ihres täglichen Umgangs. Dass Lohmeyer sich daran beteiligte, wunderte sie allerdings. Von ihm hatte sie mehr Rückgrat erwartet.

Die drei sind sich nicht nur uneins, ob der Adoptivsohn

der Chefin in der Firma ein Bein auf den Boden bekommen soll, dachte sie, sie sind sich auch sonst spinnefeind.

»Reicht es nicht, dass wir Lenekes Entwürfe im Safe verschwinden lassen, ohne sie je zu verwerten?«, sagte Lohmeyer. »Der Mann ist nicht die hellste Birne im Leuchter, aber irgendwann wird selbst ihm aufgehen, dass mehr dahintersteckt als sein Hang zu Ideen, die angeblich technisch nicht umsetzbar sind.«

»Dann nennen Sie doch mal Ihre Gründe.« Seeger trat aus dem Versteck heraus ins Blickfeld der streitenden Männer. »Ich würde wirklich gern erfahren, warum Sie sich so verhalten.«

Hollweg, Bartels und Lohmeyer starrten den Kommissar erschrocken an.

Der Betriebsleiter fasste sich als Erster. »Das ist ja unerhört! Seit wann belauschen Sie uns schon? Was tun Sie überhaupt hier?«

»Das habe ich doch gerade gesagt, Herr Hollweg.«

Pippa verharrte still im Schatten. Seeger ist ein verdammt cooler Hund, dachte sie, der lässt sich nicht so leicht aus der Ruhe bringen.

»Wir machen eine Bestandsaufnahme, um Frau Gerstenknechts Geburtstagsfeier zu planen«, erklärte Lohmeyer.

»Vielen Dank, aber das wollte ich nicht wissen.« Seeger lächelte. »Was steckt hinter Ihrer konsequenten Ablehnung von Julius Lenekes Ideen?«

Mit sichtlicher Genugtuung verschränkte Bartels die Arme vor der Brust.

»Na los. Raus damit, Herr Hollweg.«

Dieser trat unruhig von einem Fuß auf den anderen und schwieg verbissen.

»Von mir aus dürfen Sie Ihrem Kollegen ruhig soufflieren, Herr Bartels«, sagte Seeger ruhig.

Darauf hatte Bartels nur gewartet. »Herr Hollweg traut Leneke nicht. Er glaubt zu wissen, dass Julius mit seinen gesundheitlichen Problemen der Firma nur schaden kann.« Er warf Seeger einen vielsagenden Blick zu. »Und das will Hollweg verhindern, indem er 3L nicht nur selbst leitet, sondern in den nächsten Wochen gänzlich von Frau Gerstenknecht übernimmt!«, schloss er triumphierend.

Lohmeyer seufzte. »Julius Lenekes Interessengebiete sind vielfältig: ab wann man für sein Leben selbst verantwortlich ist und ob Trägheit nun eine biblische Todsünde oder eine moderne Tugend ist. Einen Betrieb wirtschaftlich zu führen, gehört sicher nicht zu seinen Fähigkeiten. Herr Hollweg befürchtet, die Chefin könnte Pläne für ihren Adoptivsohn haben, denen er nicht gewachsen ist.«

Wie aufs Stichwort meldete Hollweg sich zu Wort. »Julius Leneke sollten Sie sich sowieso mal etwas genauer ansehen: Er hasste Frau Heslich, und er wohnt direkt neben ihr! Außerdem hatte er Zeit und Gelegenheit ...«

Mit einer Handbewegung stoppte Seeger den Redeschwall. »Nicht ablenken. Zurzeit interessiert mich nur das, wonach ich gerade gefragt habe. Und meine Geduld ist begrenzt. Entweder bekomme ich jetzt eine Antwort, die mich zufriedenstellt, oder wir haben ein offizielles Rendezvous auf dem Revier.«

»Ich plane, Christabel nach Ostern ein Kaufangebot für die Manufaktur zu machen. Die Chefin hat sich finanziell verhoben, als sie den Wirt abgefunden hat. Deshalb wollte sie auch keine große Feier zu ihrem Geburtstag. Das Geld ist knapp.«

Die Blicke, die Hollweg, Bartels und Lohmeyer wechselten, verdeutlichten Pippa, dass die beiden Kollegen des Betriebsleiters in dessen Pläne eingeweiht waren.

»Und jetzt auch noch das Desaster mit den Plagiaten«,

fügte Lohmeyer leise hinzu. »Eine Katastrophe für die Zukunft von *Lüttmanns Lütte Lüd*.«

»Machen wir uns doch nichts vor!«, rief Hollweg. »Christabels Ende rückt in greifbare Nähe. Sie möchte den Fortbestand der Firma gewährleistet sehen. Und das geht weder mit Severin noch mit Julius; die beiden haben ihre eigenen Ziele.« Er schnaubte. »Nicht nur riesige Konzerne, die mit Aufkauf drohen, besiegeln das Schicksal gesunder Familienbetriebe, sondern vor allem unfähige und desinteressierte Söhne, die derartige Angebote annehmen.«

»Und dem möchten *Sie* zuvorkommen, indem *Sie* das Angebot machen?«, fragte Seeger milde.

»Zum Besten von *Lüttmanns Lütte Lüd*«, sagte Hollweg pathetisch.

Bartels prustete los. »Dass ich nicht lache! Scheinheiliger geht es wohl nicht! Aber wir alle fragen uns, woher der selbstlose Herr Hollweg wohl das viele Geld für das Angebot nimmt!?«

»Das fragen wir uns in der Tat.« Seeger nickte. »Ihre Erklärung, Herr Hollweg?«

Der Angesprochene starrte auf den Fußboden und schwieg.

»Nun?«, bohrte Seeger noch einmal nach.

Wie ein bockiges Kind presste Hollweg die Lippen zusammen.

An diesem Punkt war die Geduld des Kommissars erschöpft. »Gut. Am Dienstag nach Ostern. Acht Uhr. Kommissariat in Salzwedel. Sie melden sich unten am Eingang, ich werde Sie dort abholen. Und planen Sie Zeit ein.«

Er wandte sich Bartels zu, der vor Schadenfreude feixte. »Ich weiß, wie ungern Sie die zweite Geige spielen, aber in diesem Fall ist das unumgänglich. Sie erwarte ich Punkt elf Uhr.«

Bartels' Grinsen verschwand schlagartig. Unruhig rieb er seine Hände an der Hose ab.

»Dann bin ich wohl um vierzehn Uhr an der Reihe?«, fragte Lohmeyer beflissen.

Seeger winkte lässig ab. »Nein danke. In Ihnen lese ich wie in einem offenen Buch.«

Lohmeyers Irritation war unübersehbar. Er schluckte und starrte den Kommissar beinahe furchtsam an. Dann dämmerte ihm, dass Seeger einen Scherz gemacht hatte. Mühsam rang er sich ein gequältes Lächeln ab.

Warum macht die Polizei uns immer derart nervös, auch wenn wir absolut nichts angestellt haben?, dachte Pippa.

Hollweg wandte Seeger demonstrativ den Rücken zu und schnarrte: »Dann können wir ja endlich mit unseren Planungen fortfahren, meine Herren. Wir müssen noch die Gästeliste zusammenstellen und dringend mit Frau Krause über das Speisenangebot reden.«

»Und dabei will ich Sie keinesfalls stören«, sagte Seeger und bugsierte die Männer sanft zur Eingangstür.

Hollweg öffnete den Mund, um zu protestieren, und hielt den Schlüsselbund der Gastwirtschaft hoch. Blitzschnell griff Seeger danach und schnappte ihn dem Betriebsleiter weg. »Selbstverständlich muss anschließend ordentlich zugesperrt werden. Gut, dass Sie daran gedacht haben.« Er ließ die Schlüssel klimpern. »Den bringe ich Frau Gerstenknecht zurück, wenn ich hier fertig bin. Dort können Sie ihn sich abholen. Sie sehen sich ja täglich.«

Überrumpelt ließen die drei Männer sich von ihm ins Freie komplimentieren, dann schloss er die Tür hinter ihnen.

Seeger drehte sich um. »Und jetzt zu Ihnen, Frau Bolle.«

Zögernd trat Pippa aus dem Schatten. Sie hatte das dringende Bedürfnis, ihre Anwesenheit zu rechtfertigen. »Ich war spazieren und sah ganz zufällig, dass die Haustür offen stand. Ich wollte nur die Gelegenheit nutzen, mir den Storchenkrug anzusehen.«

Der Kommissar schüttelte amüsiert den Kopf. »Wenn ich diese Aussage einmal in die echte Pippa-Bolle-Version übersetzen darf: *Hier ist ein Mord geschehen, und ich musste mir einfach den Tatort ansehen. Die Polizei ist zwar mein Freund und Helfer, aber ich vertraue auf Selbst-ist-die-Frau.*«

Verdammt, dachte Pippa, was will ich diesem Mann eigentlich vormachen?

»Ich gehe wohl besser und störe Sie nicht weiter bei Ihrer Arbeit. Ich bin ohnehin schon viel zu lange unterwegs. Christabel wird bereits auf mich warten.«

»Kommt gar nicht in Frage, Sie bleiben hier. Sie sehen sich alles genau an und sagen mir, was Ihnen auffällt.«

Er öffnete die Kellertür und bat sie mit einer einladenden Armbewegung nach unten.

Eine nackte Glühbirne spendete trübes Licht. Vorsichtig stieg Pippa die Treppe hinunter, die sie an die schwindelerregende Stiege an Heinrichs Mühle erinnerte. Da die steilen Stufen ausgetreten und unregelmäßig waren, rutschte sie aus und konnte sich gerade noch an der Kellerwand abstützen.

»Puh, die ist gefährlich!« Sie tastete sich die letzten Stufen hinab und sah sich um. »Ich schätze, Frau Gerstenknecht hat klugerweise den Lastenaufzug genommen – und wir sollten das für den Rückweg auch tun.«

Ihr Blick fiel auf das legendäre Fass, unter dessen Zapfhahn man die Leiche Bornwassers gefunden hatte. Die gestapelten Getränkekisten entsprachen Lohmeyers Bestandsliste. »Ich wüsste gerne, wie Bornwasser lag, dann kann ich mir das Szenario besser vorstellen«, sagte sie nachdenklich.

Ehe Seeger begriff, worauf Pippa hinauswollte, lag sie schon rücklings auf dem Fußboden.

»Darf ich?« Seeger nestelte seine Digitalkamera aus einer der zahllosen Hosentaschen. »Das würde ich gerne für die Ewigkeit festhalten.«

Pippa hatte einige Schwierigkeiten, sich genau unter den Zapfhahn zu schieben. »Ist es so richtig?«

Sie ließ sich von Seeger dirigieren, während er Fotos machte.

»Gar nicht so einfach«, sagte Pippa und rutschte ächzend weiter nach links, bis sich der Zapfhahn genau über ihrem Mund befand. »Und äußerst unbequem. Warum hat er nicht einfach ein Glas genommen?«

»Vielleicht hat ihn jemand ... überredet.«

Pippa sah fragend zu Seeger hinauf. »Eine Waffe?«

Seeger nickte und reichte ihr die Hand, um ihr aufzuhelfen.

Sie passte nicht auf und stieß sich den Kopf am Fass. »Au! Jetzt verstehe ich, warum jeder von einem Unfall ausging ...« Pippa rieb sich die schmerzende Stelle an der Stirn. »Wenn der Boden feucht und ich ausgerutscht wäre, käme ich wohl nicht nur mit einer Beule am Kopf davon. In dieser Umgebung kann auch ein ganz kleiner Schubser schon große Wirkung haben. Besonders, wenn man vorher getrunken hat.«

Seeger sah sie besorgt an. »Alles in Ordnung mit Ihrem Kopf?«

»Nicht so schlimm«, sagte Pippa und ließ den Blick durch den halbdunklen Raum wandern. »Und wo war Frau Gerstenknecht?«

Der Kommissar deutete auf zwei übereinandergestapelte Bierkisten mit Leergut neben der Treppe.

Pippa ging hin und setzte sich. »Von hier aus hat sie den Toten bewacht, bis Sie kamen?«

»Frau Gerstenknecht nebst Gefolge«, erinnerte sich Seeger. »Melitta Wiek, Severin Lüttmann und der riesige Hund.«

»Auch wenn sie nicht allein hier unten war – keine schöne Vorstellung.«

»Die Dame ist aus sehr robustem Holz geschnitzt, die haut so schnell nichts um«, sagte Seeger und grinste.

Pippa drehte den Kopf und betrachtete nachdenklich die steile Kellertreppe. »Wäre es für den Mörder nicht viel einfacher gewesen, Bornwasser dort hinunterzustoßen, damit er sich den Hals bricht?«

Ich bin mal gespannt, wie er reagiert, dachte sie, noch hat er nicht offiziell von Mord gesprochen.

»Ich schätze, das wäre unserem Täter zu prosaisch gewesen«, knurrte Seeger, während er auf dem Display der Kamera die eben geknipsten Bilder kontrollierte. »Sie haben doch gehört, was der alte Heinrich sagte: Alles folgt einem genauen Plan.«

Erstaunt sah Pippa ihn an. »Sie glauben an diese Feuer-Wasser-Erde-Luft-Geschichte? Klingt das nicht ein wenig zu esoterisch für einen pragmatischen Ermittler?«

»Ich nehme alles ernst, was man mir im Zusammenhang mit einem Tötungsdelikt erzählt. Es wäre fahrlässig, das nicht zu tun.« Er verstaute die Kamera wieder in der Seitentasche seiner Hose.

»Aber er bringt damit die Fälle Bornwasser und Heslich in einen Zusammenhang. Überhaupt: Wieso kennen Sie eigentlich Frau Heslichs exakten Todeszeitpunkt? Hat jemand sie schreien hören?«

»Nein, aber durch die Hitze ist ihre Armbanduhr angeschmort. Die Zeiger sind um 12.30 Uhr mit dem Ziffernblatt verschmolzen.«

»Wie schrecklich. Und Sie glauben wirklich, die beiden Fälle haben miteinander zu tun? Dadurch wird aus zwei einzelnen ein Doppelmord.«

»Ich glaube gar nichts, aber ich ziehe alles in Erwägung.

Der alte Heinrich zählt noch zwei weitere Tote mit: das Ehepaar Lüttmann.«

»Zwischen diesen Todesfällen und den beiden aktuellen liegen doch viele Jahre!«

»Eva Lüttmann starb vor etwas mehr als zwanzig Jahren, Severin senior vor fünfzehn, um genau zu sein.«

Nur zu gern verließ Pippa den düsteren Keller und folgte Seeger in die Schankstube, deren Fenster auf das kleine Sumpfgebiet zwischen Storchenkrug und Dorf hinausgingen. Durch die schmutzigen Scheiben schaute sie auf Weiden, Entwässerungsgräben und den Wiesenweg, der zur rückseitigen Gartenpforte von Christabels Grundstück führte. Aus tiefhängenden Wolken regnete es heftig.

»Du liebe Güte, ich habe keinen Schirm dabei«, sagte sie.

Seeger winkte ab. »Das ist nur ein Schauer. Der ist gleich vorüber.«

»Von hier aus kann man nur den Storchenturm sehen«, murmelte Pippa, »das Gutshaus ist lediglich zu erahnen.«

»Alles ist genauso wie zur Zeit der Ermittlungen zu Eva Lüttmanns Tod«, sagte Seeger. »Nur die Bäume sind ein wenig größer.«

Pippa drehte sich erstaunt zum Kommissar um. »Sie haben damals auch ermittelt? Dann wissen Sie sicher, warum es zwischen Gutshaus und Gasthof eine direkte Verbindung gibt?«

»Natürlich. Was ist Ihre Theorie?«

Pippa dachte einen Moment nach. »Severin senior war dem Alkohol so zugetan, dass er Wiesenweg und Steg über den Bach zu seiner Bequemlichkeit anlegen ließ.«

»Nah dran.« Seeger grinste. »Aber es war wohl weniger der Alkohol als seine Geliebte, die er hier regelmäßig traf.«

Pippa riss die Augen auf. »Das war ein Stundenhotel?«

»Nicht offiziell. Aber ein Treffpunkt von Leuten, die ihre gemeinsame Zeit nicht unbedingt am Tisch sitzend verbringen wollten.«

»Da oben gibt es also Zimmer?« Pippa deutete zur Decke.

»Früher. Jetzt ist das die Wohnung für den Wirt. Heutzutage gehen Herren mit entsprechenden Bedürfnissen zu Mandy Elise Klöppel.«

Du meine Güte: Mandy Elise Klöppel! MEK, dachte Pippa, Mobiles Einsatzkommando ... deshalb ihr Spitzname. »Und Mandy macht es nichts aus, dass alle Welt Bescheid weiß?«

»Mandy hat Frau Gerstenknechts ganze Sympathie. Das zählt für die Leute – damit geht so gut wie alles durch. Nur Frau Pallkötter regt sich auf.« Seeger verdrehte die Augen und seufzte. »Sie steht ständig bei uns auf der Matte und bittet um Amtshilfe, wie sie es nennt.«

Wenn du dich da mal nicht täuschst, dachte Pippa amüsiert, so, wie die Pallkötter dich anhimmelt, steckt hinter ihren häufigen Besuchen auf dem Revier etwas ganz anderes.

»Durch Ihren Beruf blicken Sie hinter so manche Fassade, Herr Seeger. Ich bin sicher, in Ihren Akten stehen interessante Geschichten.«

»Als Roman würde es sich gut lesen. Aber als Ermittlungsbeamter werde ich froh sein, wenn ich einen endgültigen Schlussstrich unter all diese Querverweise und Verbindungen ziehen kann. In wenigen Tagen darf ich die Menschen nur noch als das sehen, was sie sind: meine Nachbarn.«

»Ist das der Grund, weshalb Sie so offen mit mir reden? Weil Sie wissen, dass es in ein paar Wochen keine Vorschriften mehr für Sie gibt?«

Seeger schüttelte den Kopf. »Nein. Ich möchte wenigstens meinen letzten Fall ganz auf meine Art lösen. Und dafür brauche ich Sie, Frau Bolle.«

Pippa sah ihn überrascht an.

»Sie müssen mir das Dorf bei Laune halten und sich unter die Einheimischen mischen«, erklärte Seeger. »Und Sie müssen Christabel Gerstenknecht dazu bringen, dass sie mitspielt.«

Obwohl ihm Pippas Mangel an Begeisterung nicht entgehen konnte, fuhr er fort: »Diese Frau möchte ich um nichts in der Welt zur Feindin haben, denn dann würde ich mit meinen Ermittlungen nicht weit kommen. Ganz Storchwinkel tut, was sie sagt. Deshalb brauche ich dringend Ihre Hilfe.«

»Verstehe. Weil Queen Mum alles erfährt, was im Dorf vor sich geht, soll ich sie aushorchen und es brühwarm an Sie weitergeben.« Pippa verzog das Gesicht. »So was nennt man Landesverrat, Kommissar Seeger.«

Seeger musterte sie ungerührt. »Ich nenne es Datentransfer, Frau Bolle.«

Kapitel 16

Während Seeger die Tür des Storchenkrugs sorgfältig absperrte und zur Sicherheit noch einmal die Klinke drückte, wartete Pippa auf dem Vorplatz. Fröstelnd knöpfte sie ihren neongrünen Filzmantel bis zum Hals zu und zog sich die geringelte Strickmütze über die Ohren. Der kurze, aber sehr heftige Regenschauer hatte die Luft empfindlich abgekühlt. Tiefhängende grauschwarze Wolken und dichte Nebelschwaden ließen die Landschaft wirken wie aus einem viktorianischen Schauerroman.

Fehlt nur noch das Heulen des Hundes von Baskerville, dachte Pippa. Für diese Rolle wäre Unayok bestens geeignet, denn er ist deutlich größer und respekteinflößender als Tuktu oder Tuwawi. Und dabei ist er so anschmiegsam und verspielt ... Sie lächelte unwillkürlich, als sie den Malamut mit den eisblauen Augen vor sich sah, wie er sich an Christabels Beine lehnte und ihr sanft den mächtigen Schädel auf die Knie legte, um sich ein paar Streicheleinheiten zu holen.

»Sie nehmen mir mein zweifelhaftes Ansinnen nicht übel?«, fragte Seeger, der in diesem Moment neben sie trat.

»Tut mir leid, mein Lächeln galt nicht Ihnen«, sagte Pippa, »ich dachte gerade an Unayok. Das Schöne an Hunden ist, dass sie einen nicht zu Dingen überreden wollen, die unmoralisch sind.«

»Ist das der große mit den blauen Augen? Der hat mir hier im Keller einen schönen Schreck eingejagt, als er sich schützend vor der alten Dame aufbaute.«

Pippa zuckte mit den Schultern. »Dann hat er geglaubt, Sie wollten Christabel angreifen. So ist das bei treuen Freunden.«

Sie gingen in Richtung Wiesenweg. Pippa trat prompt in eine tiefe Pfütze und verzog das Gesicht. Falls sie tatsächlich den direkten Weg entlang des Grabens zum Gutshaus nahm, würde sie sich vermutlich die Schuhe ruinieren und ihre Hose bis zu den Knien durchnässen.

»Keine gute Idee, bei diesem Wetter nur leichte Turnschuhe anzuziehen«, kommentierte Seeger, als er ihr Gesicht sah.

Pippa musterte den Kommissar. Der Mann hatte leicht reden: Mit seiner regendichten Wachsjacke, der derben Hose und den festen Schuhen konnte das Wetter ihm nichts anhaben. Aber sie hatte ja nur kurz zu Julius Leneke gehen wollen.

Er zeigte die Straße hinunter zur Mühle. »Lassen Sie uns hier entlanggehen. Weniger Pfützen und kein Morast.«

»Den Weg kenne ich schon«, erwiderte Pippa ausweichend. Auf keinen Fall wollte sie ihm gegenüber zugeben, dass sie es momentan für besser hielt, die Mühle zu meiden.

»Dann gehen wir durch das Vogelschutzgebiet«, bestimmte Seeger, »das ist allerdings ein gutes Stück länger.«

Mit langen Schritten marschierte er los, und Pippa folgte ihm. Der Regenschauer hatte die Landschaft buchstäblich mit Wasser gesättigt, von den kahlen Zweigen der Bäume und Büsche tropfte es noch immer. Sie gingen schweigend nebeneinanderher, bis sie zu einem Weiher kamen, an dem ein Vogelbeobachtungshaus stand. Kein Lufthauch bewegte die Wasseroberfläche.

»Ist das schön hier!«, sagte Pippa überrascht.

Plötzlich packte Seeger sie am Arm. »Pst! Da – ein Graureiher!«

Pippa folgte seinem Blick und entdeckte am gegenüberliegenden Ufer einen großen grauweißen Vogel, der völlig bewegungslos im seichten Wasser stand. Er sah aus, als hätte der Nebel selbst ihn geformt, wäre da nicht der gelbliche Schnabel gewesen.

»Ich dachte, hier gäbe es nur Störche«, flüsterte Pippa.

Seeger schüttelte den Kopf und angelte sehr langsam, um den Vogel nicht zu verjagen, seine Digitalkamera aus der großen Hosentasche am Oberschenkel. Er hielt sie hoch und drückte ein paarmal ab. Durch das leise Geräusch des Auslösers wurde der Reiher aufmerksam, breitete seine Flügel aus und flog davon. Zufrieden begutachtete Seeger seine Ausbeute im Display der kleinen Kamera und verstaute sie wieder.

»Wunderbar!«, sagte er strahlend und rieb sich die Hände.

»Vogelliebhaber?«, fragte Pippa, obwohl sie die Antwort bereits ahnte. Die gesamte Gegend schien von diesem Virus befallen zu sein.

Seeger nickte. »Graureiher sind hier selten – bei den vielen Störchen.« Er deutete auf einen nahen Baum, in dessen Wipfel ein unordentlich wirkender Haufen Reisig hing. »Das ist ein Reihernest. Gebrütet wird im März und April, aber leider ist dieses Nest verlassen. Sie kommen nur zum Jagen hierher. Reiher wagen sich sogar an Wasserratten, die sie komplett hinunterwürgen. Mir sind von diesem Beobachtungsstand aus ein paar eindrucksvolle Schnappschüsse davon gelungen.«

Pippa war sich nicht sicher, ob sie dieses spezielle Motiv gerne sehen würde, behielt ihre Zweifel aber für sich.

Sie gingen weiter und betraten einen Plankenweg mit Geländer, der durch sumpfiges Gebiet führte. Seegers Schritte in den derben Schuhen hallten dumpf in der Stille des Nebels, der in zerfaserten Schwaden über den hohen gelblichen Gräsern schwebte.

Pippa blieb stehen und lehnte sich ans Geländer. »Selbst bei diesem Wetter ist es wunderschön hier. Bei Sonnenschein muss es das Paradies sein.« Sie blickte nach unten. »Sogar der Sumpf sieht friedlich und harmlos aus.«

»Das hat Severin senior auch geglaubt. Deshalb hat er sich nach einem nächtlichen Besuch im Storchenkrug ohne Taschenlampe hierher gewagt«, erwiderte Seeger seelenruhig. »Leider hat es ihn hier in den Morast gezogen. Ohne ein Heer von freiwilligen Helfern hätten wir ihn wohl nie gefunden. Er war über und über mit Entenflott bedeckt, als man ihn herauszog. Sie können sich nicht vorstellen, wie fürchterlich das stank!«

Pippa, die sich weit über das niedrige Geländer gebeugt hatte, um die Stelle besser sehen zu können, fuhr hastig zurück. Plötzlich hatte sie keine Lust mehr, hier zu stehen und die Landschaft zu bewundern. Sie ging rasch weiter, wobei sie sich in der Mitte des Plankenwegs hielt.

»Seitdem gibt es dieses Geländer«, erklärte Seeger.

Pippa schluckte, fing sich aber gleich wieder. »Und das Alkoholverbot, nehme ich an.«

»Nein, das gibt es erst seit drei Jahren.« Er blickte sie eindringlich an. »Ich wüsste ausgesprochen gern, warum Frau Gerstenknecht es damals erst erlassen hat. Natürlich bin ich besonders an schmutzigen Details interessiert.«

»Natürlich sind Sie das. Aber ich verspreche nichts. Ich werde höchstens weitergeben, was offiziell autorisiert wird. Und das auch nur dann, wenn es unsere Seite weiterbringt.«

Seeger nickte anerkennend. »Sie lernen schnell.«

»Woher wollen Sie wissen, dass ich gerade etwas lerne?«, fragte Pippa belustigt. »Abgesehen davon sollten Sie nicht vergessen, mit wem ich hier spazieren gehe. Es spricht doch für sich, dass ausgerechnet Sie mich brauchen, um an Informationen zu kommen.«

Der Kommissar seufzte theatralisch. »Glauben Sie mir, mein Angebot ist wirklich ganz ehrenhaft! Es geht nur um den Informationsaustausch zwischen staatlicher Ermittlungsbehörde und kundiger Hofberichterstatterin. Schließlich wollen wir doch der Gerechtigkeit zum Sieg verhelfen, indem wir den wahren Schuldigen überführen.«

Plötzlich wusste Pippa, an wen der erfahrene Ermittler sie erinnerte: an Rebecca Davis, die kluge englische Kommissarin, mit der zusammen sie die Morde im beschaulichen Hideaway aufgeklärt hatte. Rebecca glaubte fest daran, dass ein guter Polizist dem Volk aufs Maul schauen und gut zuhören sollte, weil das die Aufklärungsquote von Verbrechen deutlich erhöhte.

Seeger scheint ähnlich unkonventionell zu denken, überlegte Pippa. Davon können Christabel und ich nur profitieren, denn wir werden umgekehrt auch immer umfassend informiert sein.

»Mal abgesehen von den schmutzigen Details, die uns alle brennend interessieren«, sagte Pippa. »Was will die Polizei denn genau wissen?«

»Schön, dass Sie sich entschlossen haben, Ihrer staatsbürgerlichen Pflicht nachzukommen, Frau Bolle.« Seeger grinste zufrieden.

In großem Einverständnis lächelte Pippa ihn an. »Ich sollte meine Frage präzisieren: Welche Informationen bringen beide Seiten momentan weiter?«

Seeger hob den Zeigefinger. »Bornwasser besaß ein Domizil auf Mallorca, eins in Salzwedel, zwei Häuser in Storchentramm und eines in Storchwinkel. Fünf Immobilien! Darüber hinaus haben wir in seinem Haus ein Exposé des Storchenkrugs gefunden. Das Objekt hat seine Busenfreundin Waltraut Heslich ersteigert – merkwürdigerweise ohne jegliche Mitbieter.«

»Deshalb hatte sie ein Exposé in ihrer Schublade! Nicht, weil sie Kaufinteressentin war, sondern weil sie den Storchenkrug mit Gewinn weiterverkaufen wollte.«

Der Kommissar sah sie erstaunt an. »Woher wissen Sie denn, was sie in ihrer Schublade hatte?«

Mit rotem Kopf berichtete Pippa von ihrer Durchsuchung in Waltraut Heslichs Haus und der Beinahe-Begegnung mit Gabriele Pallkötter. »Selbst schuld, wenn hier niemand seine Haustür abschließt«, beendete sie ihre Beichte trotzig.

Seeger zog leicht die linke Augenbraue nach oben. »Frau Pallkötter hat, im Gegensatz zu Ihnen, Frau Bolle, jedes Recht dazu, das Haus zu betreten, denn die Herrschaften Bornwasser, Heslich und Pallkötter haben sich gegenseitig als Erben eingesetzt. Sowohl der Storchenkrug als auch Waltraut Heslichs Haus gehören ihr praktisch bereits.«

Dann kann ich für den armen Julius nur hoffen, dass sie nicht vorhat, dort einzuziehen, dachte Pippa. »Einer für alle, alle für einen. Wie die drei Musketiere. Aber wer ist d'Artagnan?«

»Das muss Maximilian Hollweg sein. Der ist mit von der Partie, da bin ich mir sicher.«

Pippa schlug sich vor die Stirn. »Natürlich! Die Doppelkopf-Runde!«

Sie erzählte ihm, was sie darüber wusste.

»Meine Rede: Durch Tratsch erfährt man oft mehr als aus direkten Befragungen«, sagte Seeger triumphierend.

»Eine englische Kollegin von Ihnen glaubte, dass man nur fragen kann, was man schon halbwegs ahnt oder weiß. Viele Fragen werden gar nicht gestellt, weil das Hintergrundwissen fehlt.«

»Ganz genau. Sie hat völlig recht. Das wäre eine Kollegin nach meiner Fasson.«

Und umgekehrt, dachte Pippa. Wäre Rebecca in der Nähe, würde die Palle beim Kommissar erst recht keinen Stich machen.

»Jetzt aber mal Butter bei die Fische«, sagte sie. »Auch ich kann nur gezielt suchen, wenn ich weiß, welche Puzzleteilchen Ihnen fehlen.«

»Sie haben recht.« Seeger überlegte einen Moment. »Ich will es mal so formulieren: Sie sind doch in Storchwinkel, damit Christabel nie allein ist ... Da sind wir d'accord?«

Pippa nickte.

»Damit sind Sie so etwas wie ihr Bodyguard«, fuhr er fort, »und als solcher haben Sie das Recht, in alles eingeweiht zu sein. Aus Sicherheitsgründen sozusagen.« Seeger räusperte sich. »Um ehrlich zu sein: Wir denken ernsthaft über Personenschutz für Frau Gerstenknecht nach. Wir halten auch ihr Leben für gefährdet.«

Pippa blieb so abrupt stehen, dass Seeger noch einige Schritte weiterging, bevor er es bemerkte.

Eine solche Möglichkeit hatte Pippa nie in Betracht gezogen. Sie fröstelte und empfand die stille Umgebung plötzlich als bedrohlich. Wer wusste schon, wer ihnen im Schutz des Nebels folgte? Hastig schloss sie wieder zu ihm auf.

»Sie gehen also tatsächlich von Mord aus. Bei beiden Fällen«, sagte sie. Als Seeger sie lediglich bedeutungsvoll anschaute, begriff sie, dass es noch schlimmer war. »Mein Gott, in allen vier Fällen! Und das bedeutet, dass Christabels Familie auf der Liste des Mörders steht. Also könnte sie selbst in Gefahr sein.«

»Deshalb werden Hartung und ich in der kommenden Woche sehr sorgfältig die alten Fallakten von ... *Erde* und *Luft* durchgehen.«

»Aber der alte Heinrich hat doch gesagt ...« Sie unterbrach sich. Jetzt nichts Falsches sagen, sonst dachte Seeger noch, sie wäre den Beteuerungen des Spökenkiekers, die Elemente seien besänftigt, auf den Leim gegangen. »Denken Sie denn, der alte Heinrich hat etwas mit den Morden zu tun?«

Der Kommissar zuckte mit den Achseln. »Ich will nur nicht riskieren, dass er als Einziger auf dem richtigen Weg ist.«

»Mich würde interessieren, wie und wann er in diese Gegend kam«, sagte Pippa, »und ob er sofort den seltsamen Einsiedler in der Todesmühle spielte. Ich will wissen, ob Christabel dem Richtigen vertraut. Was glauben Sie, warum die beiden so gut befreundet sind?«

»Wahrscheinlich, weil er ihr nicht nach dem Munde redet. Und vermutlich hält sie ihn in seiner Verrücktheit für normaler als den ganzen Rest um sie herum.«

Sie lächelten sich zu und setzten ihren Weg fort. Von Zeit zu Zeit erklang ein Plätschern im Wasser oder der Schrei einer Krähe, aber Pippa fühlte sich mit dem Kommissar an ihrer Seite sicher. Dies war eine gute Gelegenheit, ihn einige Dinge zu fragen, die ihr unter den Nägeln brannten.

»Wie und wo Bornwasser gestorben ist, weiß ich jetzt. Können Sie mir noch etwas zu Waltraut Heslich sagen? Ich musste sie ja leider selbst sehen, als sie … Ich weiß nicht, aber auf mich wirkte die Szenerie irgendwie seltsam, so als habe die Frau sich durch Unvorsichtigkeit selbst verbrannt.«

Seegers Gesicht wurde hart. »Genau … und zwar *nur* sich selbst.«

Was meint er damit?, dachte Pippa, aber dann dämmerte es ihr. »Jemand hat dafür gesorgt, dass der Brand sich auf Frau Heslich beschränkte?«

Seeger nickte ernst. »So grauenhaft das klingt: Es muss jemand dabei gewesen sein, der eine Ausbreitung des Feuers verhinderte.«

Während Pippa schluckte, fuhr er fort: »Alles deutet auf hervorragende Planung hin. Nicht nur, dass die bei den Opfern gefundenen Gartenzwerge geheime Prototypen waren – sie wurden überdies sorgfältig ausgewählt.«

»Das müssen Sie mir erklären.«

»Ihnen würden die Parallelen auffallen, wenn Sie so viele Leute befragt hätten wie ich. Jeder Einzelne hat im Gespräch über Harry Bornwasser gesagt, der Gerichtsvollzieher habe sich durch Gier und Eitelkeit ausgezeichnet. Selbst seinen Storchenturm hat er nur aufgestellt, um auch am Wettbewerb um den ersten Storch teilnehmen zu können. Er bekam also den Hals nie voll und wollte immer hoch hinaus. Und wo wurde sein Zwerg gefunden?«

»Oben im Storchennest.«

»Sehen Sie? Frau Heslichs Zwerg ist die personifizierte Schadenfreude und Häme, und bei beinahe jeder Befragung wurde erwähnt, dass dies die hervorstechenden Charakterzüge dieser Frau waren. Sie hatte großes Vergnügen daran, den Betroffenen deren persönliche Niederlagen immer wieder unter die Nase zu reiben, noch jahrelang.«

»Aber hätte dem Mörder dann nicht daran gelegen sein müssen, die Opfer mit ihren Zwergen zu konfrontieren? Das war aber nicht der Fall, denn beide Zwerge tauchten erst nach dem Tod der beiden auf – und nicht an den Tatorten.«

»Das ist richtig. Aber vielleicht sollen die Zwerge eine Warnung für andere sein. Oder die Tat rechtfertigen. Oder beides.«

»Das glaube ich nicht«, sagte Pippa bestimmt. »Die Sprechfunktion bei Frau Heslichs Wichtel war nicht aktiviert, erinnern Sie sich? Das hat erst Florian gemacht. Bis auf ein paar Leute wusste auch niemand, dass es diese Funktion überhaupt gibt, denn *Lüttmanns Lütte Lüd* will die Bewegungsmelder erst jetzt auf den Markt bringen. Ich glaube, die Zwerge haben eine andere Bedeutung – und vielleicht nicht einmal etwas mit dem Täter selbst zu tun.«

»Sie meinen, der Wichteldieb wollte auf diese Weise den Verdacht auf jemanden aus der Manufaktur lenken?«

»Wäre möglich. Auf jeden Fall schadet eine Verbindung zu den Morden dem Ruf der Firma und lässt ihren Wert sinken, besonders wenn die neue Kollektion unter diesen Umständen jetzt auch noch vorzeitig bekannt wird.«

Seeger nickte. »So kann man Christabel Gerstenknecht auch fertigmachen. Der Mörder muss nicht immer töten.«

Kommissar Seeger und Pippa hatten die Einfahrt des Gutshauses erreicht und erblickten Christabel, die in der offenen Haustür stand und mit Gabriele Pallkötter diskutierte. Selbst aus etlichen Metern Entfernung war zu erkennen, dass die Pallkötter die sichtlich genervte Christabel zu umschmeicheln versuchte.

»Ich muss los, wir reden ein anderes Mal weiter«, sagte Seeger eilig und gab Pippa den Schlüssel vom Storchenkrug. »Wenn Sie den bitte Frau Gerstenknecht geben würden?«

»Wann ist unser nächstes konspiratives Treffen?«, raunte Pippa ihm zu.

Über Seegers Gesicht huschte ein Lächeln. »Immer zwischen zwölf und dreizehn Uhr, wenn Sie wollen, an Sonn- und Feiertagen gerne auch länger. Sie finden mich im Vogelbeobachtungsstand bei den Teichen. Dorthin gehe ich täglich, um meinen Kopf zu klären und meine Zukunft zu üben.«

»Sie *üben* Ihre Zukunft?«

»In einem Monat bin ich Pensionär. Es wird Zeit für ein Hobby, und Vogelbeobachtung steht in der engeren Auswahl.« Er versuchte, fröhlich zu klingen, aber es gelang ihm nicht.

»Sie sollten sich darauf freuen, nichts mehr mit Verbrechen zu tun zu haben.«

»Aber leider auch nicht mehr mit so vielen verschiedenen Menschen. Trotz all dem, was ich im Berufsleben gesehen und erfahren habe, mag ich Menschen immer noch.«

»Da wird sich doch wohl jemand finden lassen«, sagte Pippa aufmunternd.

»Ja, Frau Pallkötter«, gab Seeger düster zurück.

»Ich dachte, wir reden von *Menschen*«, murmelte Pippa und entlockte ihm damit ein Grinsen. Sie blickte zum Gutshaus hinüber und registrierte alarmiert, dass Gabriele Pallkötter auf sie und Seeger aufmerksam geworden war und neugierig den Hals nach ihnen reckte.

Seeger sah an sich herunter. »Um bei Damen Eindruck zu machen, werde ich wohl auf meine geliebte Hose und die alte Jacke verzichten müssen, schätze ich.«

»Um die Jacke machen Sie sich keine Gedanken«, sagte Pippa, »die wäre bei mir in den besten Händen. Und ich würde sie ewig in Ehren halten, das schwöre ich.«

Seeger schüttelte lachend den Kopf.

»Ich frage mich, warum ich Ihnen das alles überhaupt erzähle.«

»Na, so von Kollege zu Kollege …«, erwiderte Pippa und zwinkerte ihm zu.

»Ich gehe mal besser, bevor ich hier noch eine Lebensbeichte ablege.«

Sie schüttelten sich die Hand, und Pippa ging die Auffahrt zum Gutshaus hinauf. Mit großen Schritten kam Gabriele Pallkötter auf sie zu.

Die Palle wär gerne Seegers Schnalle, fuhr es Pippa durch den Kopf. Sie konnte nicht verhindern, dass sie über das ganze Gesicht grinsen musste.

Gabriele Pallkötter stutzte und funkelte sie wütend an.

Halte mich ruhig für eine Konkurrentin, dachte Pippa amüsiert, dann strengst du dich wenigstens an. Der Mann hat es verdient.

»Ich habe Sie überall gesucht, Paul-Friedrich«, hörte sie im Weitergehen die Frau mit mädchenhafter Stimme zum

Kommissar sagen. »Sie spielen doch Doppelkopf? Herr Hollweg und ich fragen uns, ob Sie vielleicht ...«

Christabel erwartete sie an der Haustür. »Da sind Sie ja endlich, Pippa. Wohnt Julius neuerdings im Vogelschutzgebiet?«

Pippas verblüfftes Gesicht brachte die alte Dame zum Lachen. »Ich habe vom oberen Stockwerk aus ... ferngesehen.«

»Tut mir leid, dass ich so lange unterwegs war.«

Christabel winkte ab. »War nicht schlimm. Ihr Herr X und ich haben ja über der Planung gesessen. Aber er hat eilig das Weite gesucht, als Frau Pallkötter plötzlich vor der Tür stand. Feiertage sind wirklich fürchterlich, sie bringen die Menschen auf die seltsamsten Ideen. Was denkt sie sich dabei, hier einfach aufzukreuzen?«

»Was wollte sie denn?«

»Was alle wollen: sich bei mir einschmeicheln. Sie hat mir von Waltraut Heslichs zweigleisigen Kooperationsbemühungen mit den Biberbergs erzählt. Angeblich wollte sie mich davor warnen, dass die Herren sich *verbrüdern*, um das Regiment im Storchendreieck zu übernehmen.« Nachdenklich betrachtete sie Gabriele Pallkötter, die noch immer eifrig auf den Kommissar einredete. »So etwas müssen Sie mir sagen, wenn Sie davon erfahren, Pippa. Auch, dass Frau Leising schon angefragt hat, was ich für ihre Stimme zu zahlen bereit bin.«

»Woher weiß die Palle denn das schon wieder? Und warum muss sie alles herumtratschen, bevor ich überhaupt Gelegenheit hatte, mit Ihnen zu reden?«, eiferte Pippa sich empört. »Was glaubt sie, wer sie ist? Nicht nur das Jugendamt, sondern Gott persönlich?«

»Oh, das ist hier traditionell ein und dasselbe«, sagte Christabel, aber es klang eher bitter als scherzhaft.

Am liebsten würde ich der Pallkötter den Hals umdrehen, dachte Pippa grollend.

Sie blickte zu Gabriele Pallkötter hinüber, die sich gerade kokett die Frisur richtete, an der es dank einer Überdosis Haarspray nichts zu richten gab. Dabei drehte sich die Jugendamtsleiterin ein wenig und entdeckte Florian, der mit Tuktu, Tuwawi und Unayok über den Dorfplatz auf sie zukam. Ihr Gesicht verzerrte sich panisch, und sie stieß einen markerschütternden Schrei aus. Ehe der Kommissar wusste, wie ihm geschah, hatte sie die Arme um ihn geschlungen. Ununterbrochen kreischend, presste sie sich an ihn und barg ihr Gesicht an seiner Schulter.

»Sieh an, das unbarmherzige Jugendamt hat also doch eine Schwäche«, murmelte Christabel, die das Geschehen interessiert verfolgte, »eine ausgewachsene Hundephobie.« Laut rief sie: »Nimm die Hunde an die Leine, Florian, und geh durch euren Garten zu den Hundehäusern!«

Florian nickte und stieß einen kurzen Pfiff aus. Sofort kamen die drei Hunde zu ihm und ließen sich anleinen. Dann führte er sie durch das Gartentor von Nummer 4 und verschwand hinter dem Haus.

Obwohl die vermeintliche Gefahr gebannt war, klammerte Gabriele Pallkötter sich nach wie vor zitternd an Seeger – immerhin war sie mittlerweile still. Der Kommissar blickte verzweifelt zu Pippa und Christabel hinüber. In dem hilflosen Bemühen, die Pallkötter nicht anzufassen, hielt er seine Arme ungelenk abgespreizt.

»So haben wir als Backfische auch Kontakt zum anderen Geschlecht aufgenommen. Die Gute hat wirklich Glück gehabt, dass das Objekt ihrer Begierde in Reichweite war.« Christabel kicherte vergnügt. »Und jetzt gehen Sie hin, Pippa, und laden Herrn Seeger zum Mittagessen ein. Retten Sie unseren Kommissar – sonst ist er morgen verheiratet.«

Kapitel 17

»*Wir gehen aufeinander los und sagen gehässige Dinge übereinander* ...«, las Pippa vor, und Christabel lachte leise.

»Passt genau auf uns drei Bürgermeister«, sagte sie. »Lawrence hat immer direkt aus dem Leben gegriffen.«

Sie hatten die morgendliche Lesestunde in die große Küche verlegt, um Hilda beim österlichen Backen Gesellschaft zu leisten. In einer großen gusseisernen Pfanne auf dem Herd brutzelte Fett, und die Bäckerin schöpfte mit einem Löffel aus einer Steingutschüssel kleine Mengen Teig, die sie in die brodelnde Flüssigkeit gleiten ließ, um sie auszubacken. Der ganze Raum duftete nach frischem Schmalzgebäck.

Pippa und Christabel saßen auf der gemütlichen Eckbank, und auf der Tischplatte vor Pippa lag *Lady Chatterleys Liebhaber*. Auf einem Stövchen stand eine Kanne Tee, aus der die alte Dame von Zeit zu Zeit nachschenkte. Sichtlich genoss sie die friedliche Stimmung, während ihr Blick mal auf Pippa, mal auf ihrer Freundin ruhte.

Als Christabel lachte, drehte Hilda sich neugierig um. Ein Klumpen Teig plumpste aus viel zu großer Höhe vom Löffel in das heiße Fett und ließ es zischend hochspritzen. Hilda fuhr herum und zog unter lautstarken altmärkischen Flüchen die Pfanne von der glühend heißen Platte.

Pippa unterbrach ihren Vortrag und fragte besorgt: »Haben Sie sich verbrannt, Hilda?«

»Nein, nichts passiert. Ich wollte euch nicht stören, aber

deine Heiterkeit hat mich abgelenkt, Christabel. Beim Backen von *Poopsmütze* sollte man wirklich immer aufpassen, so schnell, wie die fertig sind.« Hilda wischte sich seufzend die Hände an der Schürze ab und warf einen Blick in die Pfanne. »Die hier sind verbrannt, die kann ich vergessen.«

Mit einer Schaumkelle schöpfte sie das verkohlte Gebäck aus der Pfanne und entsorgte es in den Mülleimer.

»Mit meiner Baumkuchenwalze wäre mir so etwas niemals passiert«, fuhr sie fort und runzelte die Stirn, »aber die werde ich nie wieder anfassen, die kann die Polizei von mir aus behalten. Darauf backe ich keine Baumkuchen mehr. Das wäre mir wirklich zu gruselig.«

»Wann kommt denn die neue?«, fragte Christabel.

»Auf keinen Fall mehr vor Ostern. Selbst wenn ich sie heute noch bekommen hätte, wäre es zu spät gewesen. Also gibt es morgen als Ersatz *Nunnepferzken ün Poopsmütze* ...«

Pippa lachte laut auf. »Papstmützen und ... Nonnenfürzchen? Habe ich das richtig verstanden? Wenn das nicht perfekt zu Ostern passt! Wie viele wollen Sie denn noch machen?«

»Ein paar hundert müssen es schon noch werden«, antwortete Hilda und schob die Pfanne zurück auf die heiße Herdplatte. »Nach dem allgemeinen Eiersuchen pilgern alle in die Ade-Bar zum Kaffeetrinken, das ist Tradition. Diesmal haben sich die Bürgermeister von Storchhenningen und Storchentramm schwer ins Zeug gelegt und die österlichen Süßigkeiten gesponsert. Bei diesen beiden Geizkragen ist das eine Sensation! Es werden doppelt so viele Leute kommen wie sonst, schon allein, um von der unerwarteten Großzügigkeit der Biberbergs zu profitieren.« Hilda lachte in sich hinein. »Und wer weiß, wann der erste Storch landet? Dann brauche ich jede Menge Nachschub. Ich bin wirklich froh, dass ich für diesen Marathon deine Küche benutzen darf, Christabel. In meiner fühle ich mich immer noch nicht wohl.«

Als sie Pippas begehrlichen Blick auf das fertige Gebäck auffing, das auf Kuchengittern auskühlte, lächelte Hilda Krause. Sie holte einen Teller aus dem Geschirrschrank, legte ein paar frische, noch warme Papstmützen darauf und stellte ihn auf den Tisch.

Pippa bedankte sich und probierte.

»Wahrhaft himmlisch!«, sagte sie, ehrlich begeistert. »Seien Sie froh, dass mein Bruder Freddy nicht hier ist. Selbst Sie könnten nicht so schnell backen, wie er diese Köstlichkeit verputzen würde! Und die Papstmützen bestehen wirklich nur aus Pfannkuchenteig?«

»Na ja, nicht ganz – aber wenn ich meine geheime Zutat verrate, würde ja keiner mehr in die Ade-Bar kommen und die Originale kaufen. So wird jeder, der es zu Hause selbst versucht, stets das Gefühl haben, dass irgendetwas fehlt.« Hilda Krause zwinkerte Christabel zu, die beifällig nickte.

»Das nenne ich geschäftstüchtig«, sagte Pippa und griff nach einem weiteren Gebäckstück. »Ein winziges Mützchen noch ...«

Sie wischte sich die fettigen Finger an einer Serviette ab, bevor sie sich wieder über das aufgeschlagene Buch beugte und weiterlas: »*Oder wir verbergen die gehässigen Gefühle, die wir füreinander hegen, hinter zuckersüßer Falschheit ...*«

Hilda prustete und rief: »Also, wenn ihr mich fragt: Dieser Lawrence kannte nicht nur euch Bürgermeister, sondern vor allem unsere Frau Pallkötter!«

»Uns alle, Hilda.« Christabel lächelte milde. »Er kannte uns alle.«

Pippa wollte gerade fortfahren, als Hilda Krause aus dem Fenster blickte und knurrte: »Wie recht du hast, Christabel.

Da kommen jedenfalls zwei, die für ihre zuckersüße Falschheit auch noch Steuergelder kassieren.«

»Sieh an. Die Herren Bürgermeister beehren mich mit einem Besuch«, sagte Christabel, ohne sich für diese Erkenntnis mit einem Blick aus dem Fenster vergewissern zu müssen.

Pippa öffnete die Haustür, noch bevor die Biberbergs Gelegenheit hatten, zu klingeln. Aus dem Augenwinkel sah sie auf dem Vorplatz eine schattenhafte Gestalt hinter einem Busch verschwinden.

»Guten Morgen, die Herren«, sagte Pippa, »Frau Gerstenknecht erwartet Sie in der Küche. Gleich links, bitte.«

Sie amüsierte sich innerlich über das kleine Wettrennen und das kurze Gerangel auf der Schwelle, das die Dorfhäuptlinge veranstalteten. Jeder wollte Christabel als Erster begrüßen.

Sie wartete, bis Thaddäus und Zacharias Biberberg in der Küche verschwunden waren, und ging dann hinaus zum Busch. Durch das immergrüne Laub ließ sich eine zusammengekauerte Gestalt erahnen.

»Jetzt kommen Sie schon rein, Herr Brusche«, sagte sie. »Wir brauchen einen beeinflussbaren Zeugen.«

»Wirklich?« Verlegen grinsend richtete Brusche sich auf. »Sie haben was gut bei mir.«

Pippa musterte ihn aus zusammengekniffenen Augen und dachte nach. Dann sagte sie: »Sehr gut. Dann finden Sie heraus, warum die Palle sich bei Christabel einschmeicheln will. Meines Wissens hat sie das bisher noch nie für nötig befunden. Wieso kommt sie jetzt an und erzählt Christabel, dass Waltraut Heslich gegen sie intrigiert hat? Wieso haut sie plötzlich ihre eigene Freundin noch nach deren Tod in die Pfanne? Und wieso bittet sie Christabel so ganz nebenbei auch noch in die Doppelkopf-Runde?«

Brusche, der interessiert zugehört hatte, zog die Brauen hoch. »Doppelkopf? Mit der Palle? Sie haben recht, Pippa, das geht *wirklich* zu weit.«

»Was in unserer strukturschwachen Region wirklich nötig ist, sind echte Alternativen. Wir brauchen Investoren, denen dieses Gebiet am Herzen liegt, die bereit sind, Wagnisse einzugehen«, sagte Zacharias Biberberg pathetisch, als Pippa und Brusche die Küche betraten.

Die Bürgermeister von Storchhenningen und Storchentramm saßen neben Christabel am Tisch, auf dem sich die Ergebnisse von Hilda Krauses Fleiß auf Kuchengittern türmten. Beiden Männern war deutlich anzusehen, dass sie sich für ihr Gespräch mit Christabel einen anderen Rahmen als Teigschüsseln, Gebäckpyramiden und mehrere ungebetene Zuhörer erhofft hatten.

Thaddäus Biberberg streckte die Hand nach einer Papstmütze aus, zog sie aber hastig zurück, als ihn Hilda Krauses strenger Blick traf.

Stattdessen fuhr er seinen Bruder an: »Das sollte ich doch sagen! Du wolltest auf frisches Blut aus dem Ausland verweisen und die Chancen, die sich ...«

»Danke, dass du mich daran erinnerst«, unterbrach ihn Zacharias Biberberg. »Und du hast ja so recht. Wie mein Bruder schon sagte, Frau Gerstenknecht: Wir, die wir den Überblick haben, müssen denen die Hand reichen, die den Weg allein nicht finden. Wir müssen an den richtigen Stellen sparen, um an den notwendigen investieren zu können. Wir müssen Synergieeffekte schaffen, unsere Kräfte bündeln – so, wie wir Biberbergs es vormachen. Nur so hat das Storchendreieck auch in Zukunft eine echte Chance!«

»Und einer dieser ... Synergieeffekte, wie Sie es nennen, wäre die Zusammenlegung der Dörfer zu einem Verwaltungsbezirk, vermute ich mal«, entgegnete Christabel ruhig. »Sie erstreben eine Samtgemeinde. Das sehe ich doch richtig?«

Während Thaddäus nickte, schüttelte Zacharias den Kopf, als fühlte er sich missverstanden. »Eine Verwaltung für alle vereinfacht natürlich vieles, aber das ist es nicht allein! Überlegen Sie doch mal: Für Investoren ist eine Gemeinde mit nahezu achttausend Einwohnern wesentlich interessanter als ...«

»Und dann gibt es nur noch einen Bürgermeister, der sofort ein riesiges Einkaufszentrum bauen lässt!« Hilda Krause knallte den Teiglöffel auf die Arbeitsplatte und stemmte die Hände in die Hüften. »Ich will aber keine Rabattsysteme, die mich zum Kauf von mehr Ware verleiten wollen, als ich tatsächlich benötige. Mir reichen die Hofläden bei den Bauern und gutsortierte Lebensmittelgeschäfte im Dorf. Das will ich. Und zwar in jedem Dorf.«

»Klar, weil in Ihrer kleinen Ade-Bar ein Schlag Sahne doppelt so viel kostet wie im Supermarkt«, konterte Zacharias Biberberg spöttisch.

»Aber die kann jeder kaufen, ohne dafür so viel Benzin zu verfahren, dass die Ersparnis im Supermarkt sich in Wohlgefallen auflöst!«, rief Hilda Krause entrüstet.

Zacharias Biberberg winkte ab. »Machen Sie sich nicht lächerlich, Frau Krause. Kleine Läden sind längst nicht mehr zeitgemäß. Nur das Warenangebot in einem modernen Supermarkt kann problemlos den Wünschen und Bedürfnissen der Bevölkerung angepasst werden. Und das weit über Ihre mickrigen Öffnungszeiten hinaus! Heute geht man nicht mehr einkaufen, heute geht man shoppen, und zwar bis Mitternacht!«

Eingedenk der Tatsache, wie mühsam sie ihr Geld verdiente, warf Pippa ein: »Also, ich brauche keine längeren Öffnungszeiten. Ich brauche mehr Geld.«

»Vielen Dank für das Stichwort, Frau Bolle«, rief Zacharias Biberberg erfreut. »Denken wir doch mal an die Arbeitsplätze, die das Einkaufszentrum schaffen würde!«

So spricht ein echter Politiker, dachte Pippa in widerwilliger Anerkennung, er benutzt sogar Gegenargumente, um die eigenen zu untermauern.

»Arbeitsplätze? Erbärmliche Vierhundertfünfzig-Euro-Jobs, bei denen man um fünf Uhr morgens Regale einräumt oder bis Mitternacht an der Kasse sitzt, das nennen Sie *Arbeitsplätze*?« Hilda Krauses Stimme überschlug sich vor Empörung.

»In der Tat.« Zacharias Biberberg nickte selbstgefällig. »Ein nettes kleines Zubrot, mit dem der eine oder die andere sich dann einen besonderen Wunsch erfüllen kann. Ich stehe bereit, derlei Bedürfnisse und Wünsche unserer Mitbürger und Mitbürgerinnen nicht nur zu berücksichtigen, sondern sie zu meinen eigenen zu machen!« Er hob den Zeigefinger und blickte triumphierend in die Runde. »Und ich würde mich mit ganzer Person dafür einsetzen!«

Er stieß Thaddäus Biberberg an, der nur widerwillig den Blick vom Fettgebackenen vor seiner Nase löste. Beflissen nickte er zu den Ausführungen seines Bruders.

Alle sahen gespannt Christabel an, die bisher mit halbgeschlossenen Lidern gelauscht hatte, ohne eine Reaktion zu zeigen. Jetzt öffnete sie die Augen und zog ihre Handschuhe glatt. »Das nenne ich Politik«, sagte sie, »schöne Worte und der feste Wille, selbst nicht an sie zu glauben!«

»Darf ich das zitieren?«, fragte Brusche entzückt.

Christabel nickte. »Und das Folgende ebenfalls: Zacharias Biberberg hat recht.« Beide Bürgermeister sahen aus, als würden sie ihren Ohren nicht trauen.

»Tatsächlich müssen wir unsere Kräfte bündeln«, fuhr Christabel fort. »Wir brauchen dringend Menschen, die dafür sorgen, dass unsere Region so lebens- und liebenswert bleibt, wie sie ist. Da müsste tatsächlich so einiges geschehen – aber gleichzeitig hapert es gerade in diesem Punkt, denn wenn das eigene Säckel leer ist, hat man Existentielleres zu tun, als sich um andere zu kümmern. Armut macht egoistisch. Wer reich ist, hat alle Möglichkeiten, andere für seine Geschäfte und Interessen einzuspannen.« Ihr Gesicht wurde hart. »So wie Sie, meine Herren. Ich nehme Ihnen sogar ab, dass Ihnen persönlich sehr viel an diesem Projekt liegt. Und am Zusammenschluss der Dörfer zu einer Samtgemeinde Storchendreieck. Leider! Wie ich höre, wollten Sie sich beide das so einiges kosten lassen. Wie viel wollten Sie denn Frau Heslich für ihre Stimme zahlen? Nur damit ich den Wert kenne, den Sie sich selber zumessen.«

Die beiden Bürgermeister wechselten einen bestürzten Blick, und Brusches Stift flog nur so über die Seiten seines Notizblocks.

»Du hast auch mit der Heslich verhandelt?«, fauchte Zacharias Biberberg seinen Bruder an. »Spinnst du? Mit wem denn noch? Etwa auch mit Hollweg und …« Als er merkte, was er gesagt hatte, klappte sein Mund abrupt zu. Aber er fing sich erstaunlich schnell.

Christabel stoppte ihn mit einer müden Handbewegung, bevor er den Versuch starten konnte, sich wieder ins rechte Licht zu rücken. »Reiten Sie sich nicht noch weiter rein, Biberberg. Für meinen Geschmack spritzt der Schlamm schon hoch genug. Ganz gleich, mit wem von Ihnen beiden ich es zu tun habe – ich habe immer das Gefühl, ich kann nur zwischen Teufel und Beelzebub wählen.«

Hilda Krause verschränkte die Arme vor der Brust und nickte. »*Ein Loch ist ein Loch*, sagte der Teufel und steckte seinen Schwanz in den Bienenstock.«

»Also ich muss doch sehr bitten!«, ereiferte sich Zacharias Biberberg mit rotem Kopf. »Wir sind mit sehr ehrenhaften Vorschlägen hergekommen. Wir wollten unsere unseligen Differenzen ein für alle Mal beenden und die Bewohner des Storchendreiecks selbst wählen lassen, wie sie leben möchten. Und vor allem: unter welchem Bürgermeister. Bei allem Respekt, Frau Gerstenknecht: Sie vertreten doch wahrlich nicht nur die Interessen Storchwinkels, sondern auch Ihre eigenen, ist es nicht so? Und mit diesem Klein-Klein und dem Wirtschaften in die eigene Tasche muss es auch mal vorbei sein, auch wenn es Ihnen nicht passt!«

»Um was geht es hier eigentlich wirklich?«, fragte Pippa in die Runde.

»Wenn sich die Gemeinden verändern oder zusammenschließen wollen, muss ein Gebietsänderungsvertrag geschlossen werden«, erklärte Brusche. »Davor steht die Entscheidung jedes einzelnen Gemeinderats, dass eingemeindet wird. Dieser Vertrag muss dann vom Landkreis als Kommunalaufsichtsbehörde genehmigt werden.«

Thaddäus Biberberg, der wieder in den verführerischen Anblick des Fettgebäcks versunken war, sagte wie auswendig gelernt: »Natürlich wäre es sinnvoll, alles der größten Gemeinde zuzuschlagen, was in unserem Fall Storchhenningen wäre.«

»Oder der Gemeinde mit der größten Ausdehnung, also meinem Storchentramm«, warf sein Bruder hastig ein.

Obwohl es taktisch wesentlich klüger wäre, Christabel gegenüber als Einheit aufzutreten, schaffen sie es nicht, ihren privaten Konkurrenzkampf außen vor zu lassen, dachte Pippa überrascht.

Hilda Krause nickte bedeutsam. »Auf jeden Fall reißen sich alle um Storchwinkel!«

Pippa ging ein Licht auf. »Es geht um die Steuereinnahmen! Der einzige florierende Arbeitgeber der Region ...«

»*Lüttmanns Lütte Lüd* ...«, soufflierte Brusche.

»... füllt dann endlich auch die Kassen der anderen beiden Orte«, endete Pippa.

Wieder nickte Hilda Krause. »Oder die Kasse des Bürgermeisters, der über alles herrscht.«

»Wir brauchen dann nur einen Bürgermeister und zwei Ortsvorstände«, rief Thaddäus Biberberg. »Begreifen Sie nicht, wie viel Geld wir sparen würden?«

»Mit dieser zutreffenden Analyse und dem damit verbundenen visionären Blick in die Zukunft empfehlen Sie sich ja schon fast als FDP-Politiker«, sagte Christabel sanft.

Thaddäus Biberberg entging ihre Ironie, denn in diesem Moment brach seine bisherige Zurückhaltung zusammen. Er schnappte sich ein Stück Gebäck und biss hinein.

Hilda Krause kam blitzschnell an den Tisch und hielt ihm die offene Hand unter die Nase. »Ich bekomme einen Euro von Ihnen.«

»Ich dachte, die kosten nur achtzig Cent«, nuschelte Thaddäus Biberberg verdattert mit vollem Mund.

»Das ist mit Bedienung«, schoss Hilda Krause zurück. »Wer sich immer alles, was er haben will, einfach nimmt, der muss früher oder später dafür bezahlen.«

Pippa beobachtete, wie Christabel ihre Handschuhe energisch glattzog. Ich frage mich, ob sie sich mit dieser Geste selbst beruhigt, dachte sie und stand auf, um Hilda Krause zu helfen, das Gebäck in Frischhaltebehälter zu packen. Zu Thaddäus Biberbergs sichtlichem Bedauern verschwanden die Kuchengitter eins nach dem anderen vom Tisch, weil Pippa sie zur Arbeitsplatte trug.

»Ich nehme an, Zacharias, Sie werden es sich nicht nehmen lassen, für die Stelle des Bürgermeisters einer zukünftigen Samtgemeinde zu kandidieren?«, fragte die alte Dame gelassen.

»Darauf können Sie wetten, und ich werde Thaddäus zu meinem Stellvertreter ernennen«, sagte Biberberg. Er rechnete fest damit, gewählt zu werden, daran ließ er keinen Zweifel.

Das nenne ich pfiffig, dachte Pippa, schiebt seinen Bruder in die zweite Reihe und lässt es wie eine Auszeichnung klingen!

Christabel lächelte amüsiert. »Dann stellen Sie sich darauf ein, dass ich ebenfalls kandidiere und eine Stellvertreter*in* ernenne.«

»Wie im amerikanischen Wahlkampf: Präsident und Vize, für den Fall des Ablebens«, kommentierte Brusche begeistert. »Sehr fortschrittlich.«

Mit einigem Unbehagen registrierte Pippa, dass beide Bürgermeister sie durchdringend anstarrten. Die beiden hielten sie offenbar für Christabels potentielle Kandidatin, denn Zacharias Biberberg zischte: »Damit das klar ist: Wir akzeptieren nur Einheimische. Das ist unsere einzige Bedingung.«

»Mit jeder anderen Ernennung sind Sie einverstanden?«, fragte Christabel lauernd.

»Selbstverständlich, Frau Gerstenknecht«, verkündete Zacharias Biberberg pompös und lehnte sich zufrieden zurück.

Pippa war klar, dass er glaubte, die alte Dame ausgetrickst zu haben, und jetzt unvorsichtig wurde.

»Nun gut.« Christabel lächelte fein. »Dann ernenne ich Mandy Elise Klöppel.«

Den beiden Dorfhäuptlingen fiel buchstäblich die Kinnlade herunter, aber als Thaddäus protestieren wollte, wurde er von seinem Bruder zurückgehalten.

»Mandy hat tiefe Einblicke in die Innenwelt des gesamten Storchendreiecks«, führte Christabel seelenruhig aus, »sie kennt sozusagen die intimsten Bedürfnisse seiner Bewohner.

Die Schwierigkeiten und Probleme, mit denen die Frauen hier zu kämpfen haben, erfährt sie tagtäglich am eigenen Leib. Als alleinerziehende Mutter ist sie darin geübt, auch ungewöhnliche Optionen, die sich ihr bieten, auszuschöpfen und mit wenig Geld über die Runden zu kommen.«

»Und der alte Heinrich hat gesagt, dass sie noch mal ganz groß rauskommt!«, rief Hilda Krause.

Mittlerweile war das Gebäck verpackt, und Pippa wusch sich die Hände. Dann quetschte sie sich neben Brusche, der etwas entfernt von den anderen saß, und flüsterte ihm ins Ohr: »Hätte Mandy überhaupt eine Chance?«

Sebastian Brusche grinste und erwiderte leise: »Aber klar. Vor allem Männer werden sich genötigt sehen, sie zu wählen. Mandy ist ein wandelndes Pulverfass. Wer will schon riskieren, dass sie in der Öffentlichkeit delikate Geheimnisse ausplaudert? Großartig, ich sehe die Schlagzeile schon vor mir: Im Storchendreieck immer oben – Frauen und Vögel!«

Pippa zog die Luft ein und gab ihm einen Klaps auf den Arm. »Das meinen Sie doch wohl nicht ernst?«

Brusche schüttelte grinsend den Kopf. »Aber wie wäre das: *Aus MEK wird: Yes, she can*!«

Kapitel 18

Der Ostersonntagmorgen präsentierte sich mit milden Temperaturen und strahlendem Sonnenschein. Nachdem sie Christabel das Frühstück serviert und ein weiteres Kapitel vorgelesen hatte, half Pippa der alten Dame, es sich im Wohnzimmer gemütlich zu machen. Dick eingewickelt in eine weiche Kaschmirdecke saß Christabel in einem Lehnstuhl in der offenen Terrassentür, ließ sich von der Sonne bescheinen und beobachtete durch ein Fernglas den Zug der Storchwinkeler zur alten Mühle, wo das große Eiersuchen beginnen sollte.

»Jeder Einzelne, der sich heute auf den Weg macht, kostet die Biberbergs bares Geld«, sagte Christabel vergnügt, »diesen Anblick lasse ich mir auf keinen Fall entgehen!«

Ganz Storchwinkel schien auf der Pappelallee unterwegs zu sein, um am Osterhappening der Biberbergs teilzunehmen, und selbstverständlich wurden aus Storchhenningen und Storchentramm viele weitere Besucher erwartet. Kinder saßen in Bollerwagen und Kinderwagen oder hüpften aufgeregt an den Händen ihrer Eltern. Alle hatten Körbe und Taschen für die erhoffte Ausbeute an Süßigkeiten dabei.

Nicht nur Christabel will sich das Spektakel nicht entgehen lassen, dachte Pippa belustigt. »Man kann nur hoffen, dass die Bürgermeister tief genug in die Tasche gegriffen haben, sonst haben sie heulende Kinder und wütende Eltern am Hals, und ihr Wahlkampf mit Hilfe von Schokoladenhasen und Krokanteiern erweist sich als kapitaler Flop.«

Christabel ließ das Fernglas sinken und sah Pippa an. »Mein Mitleid hält sich in engen Grenzen. Wer Kinder mit Süßigkeiten besticht, um an die Wählerstimmen der Eltern zu kommen, hat sich einen Reinfall redlich verdient.« Sie kicherte. »Ein wenig Schadenfreude werden Sie einer alten Frau doch gönnen, oder?«

Pippa vergewisserte sich, dass Christabel es warm genug hatte, dann ging sie hinauf in ihr Zimmer, um ihren Eltern telefonisch ein schönes Osterfest zu wünschen. Als niemand den Hörer abnahm, versuchte sie es bei ihrem Bruder. Sie stand am Fenster, darauf eingestellt, es lange klingeln zu lassen. Wenn die Wasserschutzpolizei ihm dienstfrei gab, pflegte Freddy sein Bett bis mittags nicht zu verlassen und auch dort zu frühstücken.

Sie runzelte die Stirn, als Freddy auch nach dem zwanzigsten Klingeln nicht abhob. Dass er um elf Uhr noch im Tiefschlaf liegen sollte, konnte sie sich beim besten Willen nicht vorstellen. Ob er die Kinder der Transvaalstraße 55 schon morgens in den Park von Rehberge begleitet hatte, um seinerseits Eier zu suchen? Bei seiner sprichwörtlichen Bequemlichkeit höchst unwahrscheinlich.

»Jetzt mache ich mir aber doch Sorgen«, murmelte sie und wählte kurz entschlossen die Nummer ihrer Freundin Karin. Schon nach zweimal klingeln hob diese ab.

»Pippa! Wie geht es dir?«

»Gut. Aber ich erreiche niemanden von meiner Familie. Hast du eine Ahnung, wo die sind? Ich halte es selbst bei Freddy für unwahrscheinlich, dass er jetzt noch schläft.«

»Jetzt noch? Du bist gut!« Karin lachte. »Als seine Schwester solltest du wissen, dass an einem freien Tag zehn Uhr für ihn noch tiefe Nacht ist.«

Pippa blickte auf ihren Wecker am Bett. »Versteh ich nicht. Es ist doch schon elf.«

»Offenbar liegt Storchwinkel in einer anderen Zeitzone. In Berlin ist es erst zehn.«

»Aber wir haben doch seit heute Nacht Sommerzeit! Ich habe gestern Abend extra alle Uhren eine Stunde vorgestellt.«

Karin lachte wieder. »Dann ticken sie bei dir tatsächlich anders. Wegen Ostern wurde die Umstellung zwischen die beiden Feiertage gelegt. Wir stellen erst heute Nacht um.«

»Hier ist so viel passiert, dabei ist mir das völlig entgangen!« Pippa seufzte theatralisch.

»Stopp!«, rief Karin aufgeregt. »Warte einen Moment!«

Pippa hörte, wie der Hörer abgelegt wurde, dann folgten eilige Schritte und Geschirrklappern. Sie wusste genau, was Karin jetzt tat, weil es sich bei unzähligen Telefonaten zwischen Berlin und Florenz eingespielt hatte: Sie goss sich Tee in einen Bierhumpen und setzte sich dann in den gemütlichen Sessel, der als ihr ausgewiesenes Hoheitsgebiet galt.

»So«, sagte Karin schließlich, »wir können. Du bist mein Osterei, Pippa: Du servierst mir akustische Leckerbissen, die ich weder suchen noch später wieder abtrainieren muss. Und wenn deine Familie wieder zurück ist, werde ich jedes schmutzige Detail farbenfroh ausschmücken und genüsslich weiterreichen. Gegen Gebühr.«

»Wo sind denn die anderen? Im Park?«

»In Paris.«

»Bitte?« Pippa glaubte, sich verhört zu haben. »Mit Grandma Hetty und Ede Glassbrenner auf Seniorenreise? Alle?«

»Samt und sonders. Seniorenreise kann man das kaum noch nennen: deine Eltern, Freddy, Sven ... deine Homepage kannst du erst mal vergessen.«

Und ich sollte eigentlich auch jetzt dort sein, dachte Pippa sehnsüchtig, das wäre sicher um einiges problemloser. »Paris ist eben ein echter Magnet«, sagte sie.

»Paris? Wohl eher die holde Tatjana.« Karin kicherte.

»Verstehe. Wenn sich unsere Jungs da mal nicht ohne es zu ahnen eine zu große Aufgabe gestellt haben. Ich lerne auch gerade, wie sich das anfühlt.«

»Erzähl. Und nichts auslassen, wenn ich bitten darf.«

Pippa wollte gerade loslegen, als es an ihrer Tür klopfte.

»Warte einen Moment«, sagte sie zu Karin und rief dann: »Herein!«

Zu ihrer Überraschung kam Herr X ins Zimmer. Er trug eine karierte Schiebermütze und einen handgestrickten dunkelgrauen Pullover, auf dessen Brust ein Storch prangte. Wie immer war Pippa erstaunt, wie jugendlich der Mittdreißiger durch sein fast kindliches Gesicht und seine schlaksige Gestalt wirkte.

»Guten Morgen, Pippa. Hast du Lust, mich auf einer Fahrradtour durch meine Freiluft-Galerie zu begleiten? Ich könnte dir einige Nester zeigen, in denen die Storchenpaare auf hohem künstlerischen Niveau brüten!«

»Mit dem größten Vergnügen.« Pippa lachte über die von Herrn X benutzte Formulierung. Sie nahm das Telefon wieder ans Ohr. »Ich muss mich leider von dir verabschieden, Karin, aber wir holen das nach. Grüß bitte alle von mir, die in der Transvaal die Stellung halten. Und jetzt gebe ich dich weiter.« Sie drückte dem verdutzten Herrn X den Hörer in die Hand. »Für dich. Deine Nachbarin aus der Kleingartenidylle Schreberwerder. Ich schätze, du warst es, der ihr den Urlaub in dieser Gegend empfohlen hat. Leider hat sie das mir gegenüber unerwähnt gelassen, sonst hättest du mich entsprechend auf das Storchendreieck vorbereiten können. Und dann wäre ich jetzt ganz sicher in Paris!«

Pippa flitzte zu Christabel ins Wohnzimmer, um nachzufragen, ob sie für einige Stunden entbehrlich war.

»Aber sicher. Gönnen wir uns ein wenig Auszeit voneinander – sonst ereilt uns zwei noch der Lagerkoller«, sagte Christabel. »Ich habe es hier gemütlich, und Sie machen sich einen schönen Tag. Hilda hat vorgekocht. Julius und ich werden es uns schmecken lassen.«

Dir kommt zupass, dass du unter vier Augen mit deinem Adoptivsohn sprechen kannst, dachte Pippa. Ob es ihm allerdings so recht sein wird, weiß ich nicht …

Als hätte Christabel ihre Gedanken gelesen, sagte diese: »Es ist ohnehin besser, wenn Sie Julius und mich allein lassen, wir haben einiges zu bereden. Und heute Abend gehen wir alle gemeinsam ins Konzert.«

»Dann lasse ich mir jetzt ein wenig von Herrn X die Gegend zeigen«, sagte Pippa.

Christabel nickte wohlwollend. »Tun Sie mir den Gefallen und nehmen die Hunde mit. Die freuen sich über Bewegung, und Florian wird froh sei, wenn er vor seinem großen Auftritt noch proben kann, statt Gassi zu gehen.« Sie lächelte liebevoll. »Der Arme ist sehr aufgeregt.«

»Kann ich die drei denn bändigen? Sind sie daran gewöhnt, neben einem Fahrrad herzulaufen?«

»Machen Sie sich keine Sorgen, sie lieben ihr Geschirr. Sie werden nicht einmal selbst treten müssen, die Hunde werden Sie auch gerne ziehen. Aber lassen Sie sie nicht von der Leine, sonst übernehmen sie auch noch das Eiersuchen. Sie haben verflixt gute Nasen.« Sie zwinkerte. »Und wir wollen der kleinen Lucie doch nicht den Spaß verderben.«

Wie Christabel gesagt hatte, liefen die Hunde diszipliniert vor und neben dem Rad her und ließen es rollen, ohne dass Pippa sich anstrengen musste. Als Herr X und sie die Mühle erreichten, war der Tross der Eiersucher bereits in Richtung Storchenkrug und Vogelschutzgebiet weitergezogen.

Herr X bremste und stieg vom Rad.

Pippa hielt ebenfalls an. Die Hunde blieben sofort stehen und setzten sich dann, um geduldig zu warten, bis es weiterging.

Herr X schützte seine Augen mit der Hand gegen das Sonnenlicht und beobachtete die Windmühlenflügel, die sich träge vor dem blauen Himmel drehten.

»Ich liebe Windmühlenflügel in Bewegung«, sagte Herr X verträumt, »sie haben mich schon immer inspiriert. Ein riesiges rotierendes X ...«

Pippa grinste innerlich. Stets wirkte Josef Krause leicht versponnen und in kreativen Sphären schwebend, immer auf der Suche nach Inspiration für sein nächstes Kunstwerk. Der alte Spökenkieker müsste ganz nach seinem Geschmack sein.

Sie deutete mit dem Kopf zur Mühle. »Was hältst du von Heinrich?«, fragte sie.

»Warum fragst du mich das?« In seiner Stimme lag ein Hauch von Argwohn.

Pippa zuckte mit den Schultern. »Kein besonderer Grund. Ich würde mir einfach gerne eine Meinung bilden.«

»Du bist nicht halb so harmlos, wie du tust«, erwiderte Herr X. »Immer, wenn du dir eine Meinung bildest, wird es gefährlich. Das habe ich auf Schreberwerder erlebt. Dann gerät jeder unter Verdacht.«

»Glaubst du denn, dass Heinrich etwas mit den ... Vorkommnissen zu tun hat?«

»Es sollte mich wundern, wenn hier irgendjemand *nichts* mit den Ereignissen zu tun hätte. Manche werden allerdings nicht einmal selbst wissen, was genau oder wie viel. Und das ist vielleicht auch gut so.«

»Gesprochen wie der alte Heinrich höchstselbst«, sagte Pippa und grinste. »In Rätseln.«

Ein schöneres Kompliment hätte sie ihm offenkundig nicht

machen können, denn Herr X strahlte über das ganze Gesicht. Sie stiegen wieder auf ihre Räder, und die Hunde sprangen schwanzwedelnd auf. Da weit und breit kein Auto zu sehen war, fuhren sie mitten auf der Landstraße auf Salzwedel zu, und Pippa stellte erfreut fest, dass ihre unbeabsichtigte Schmeichelei dem jungen Künstler die Zunge löste.

»Der alte Heinrich ist ein später Jünger von Gustaf Nagel. Der lebte knapp dreißig Kilometer von hier am Arendsee«, begann er und sah sie fragend an. »Du weißt, wer das ist?«

Pippa schüttelte den Kopf. »Den Namen habe ich hier schon öfter gehört, aber ...«

»Damals hielten ihn alle für verrückt, aber meiner Meinung nach war er seiner Zeit nur weit voraus«, erzählte Herr X. »Gustaf Nagel war ein bekannter Wanderprediger. Er lief grundsätzlich barfuß oder trug allenfalls Sandalen an den bloßen Füßen und lebte seit seiner Jugend vegetarisch. Seine Interessen waren vielfältig: Er gründete eine Partei, entwickelte eine eigene Rechtschreibung und schwor auf Naturheilkunde. Am Arendsee schuf er einen Zufluchtsort für Gleichgesinnte, von denen jedes Jahr Zehntausende zu ihm pilgerten, um von ihm zu lernen. Nagel baute eine Kurhalle, in der er selbst hergestellte Säfte und Naturprodukte verkaufte. Stell dir vor: Er war zeitweise sogar der größte Steuerzahler der Gegend!«

»War er auch ein Spökenkieker?«

»Ich weiß es nicht. Auf jeden Fall galt er durch seine asketische Lebensweise als Sonderling, und die wurden damals nicht gern gesehen. Sein Paradiesgarten am Arendsee wurde von den NS-Behörden geschlossen. Heute wäre er vielleicht bei den Grünen, wer weiß. Oder er würde sich bei Greenpeace engagieren. Als Naturheilkundler hätte er mit Sicherheit eine volle Praxis.«

»Wie Heinrich, meinst du? War Gustaf Nagel verheiratet?«

»So weit ging die Askese dann doch nicht, dass er darauf verzichtet hätte.« Herr X kicherte. »Er war dreimal verheiratet. Von seinen vier Söhnen hat er allerdings nur die drei aus seiner zweiten Ehe anerkannt.«

»Und Heinrich?«

»Heinrich war einmal verheiratet.« Herr X wurde ernst. »Und er hatte einen Sohn, aber der ist gestorben. Als Baby, gleich nach der Geburt. Heinrichs Frau hat den Verlust nicht verkraftet. Die beiden haben sich ein Jahr später getrennt.«

Wie tragisch, dachte Pippa und fragte dann: »Woran ist das Kind gestorben?«

Herr X konnte die Frage nicht hören, denn er bog in einen kleinen Waldweg ein, den ein gelbes Schild als Verbindung nach Storchhenningen auswies. Für Pippa kam das etwas zu überraschend; sie musste bremsen und umdrehen. Dann folgte sie ihm den Weg entlang, der sich durch lichten Birkenwald schlängelte. Genüsslich sog sie die milde Luft ein, die nach Frühling und frischer Erde duftete. An den Zweigen der Birken saßen Blattknospen, die bereits kurz davor standen, sich zu öffnen.

Als sie zu Herrn X aufgeschlossen hatte, wiederholte sie die Frage nach Heinrichs Baby.

»Das ist es ja, das weiß man nicht«, erwiderte er. »Christabel hadert bis heute damit, dass sie vielleicht etwas falsch gemacht hat.«

»Wie bitte?« Vor Überraschung trat Pippa abrupt in die Bremse und verlor das Gleichgewicht, denn die Hunde liefen noch ein paar Schritte weiter und schleiften die auf einem Fuß hüpfende Pippa samt Rad ein Stück hinter sich her.

Herr X hielt an, um sie bei ihrem Kampf mit dem Fahrrad und den drei Hundeleinen zu unterstützen. Als alles entwirrt und Pippa wieder standfest war, fragte sie atemlos: »Christabel? Was hat denn Christabel damit zu tun?«

Herr X sah sie erstaunt an. »Weißt du das nicht? Christabel war früher, weit vor der Wende, hier in der Gegend die Hebamme. Sie half bei Hausgeburten oder im Kreißsaal des kleinen Krankenhauses in Storchhenningen.«

»Es muss furchtbar sein, ständig mit dem Gedanken zu leben, etwas getan – oder nicht getan – zu haben, das ein Menschenleben kostete«, sagte Pippa leise und schüttelte sich. »Ich frage mich, wie Leute damit klarkommen, die mutwillig töten.«

Herr X nickte und stieg wieder aufs Rad. Eine Weile fuhren sie schweigend nebeneinanderher. Dann sagte Pippa: »Wenn man diese gemeinsame Vergangenheit bedenkt, finde ich die Freundschaft zwischen Christabel und Heinrich noch bemerkenswerter.«

»Er hat niemals an ihrer Kompetenz gezweifelt, nur am Krankenhaus und an der Schulmedizin.«

»Jetzt verstehe ich auch, warum Heinrich sich der Naturheilkunde verschrieben hat.«

»Das passte gut zu seiner Vorbildung. Er hat in der DDR Biologie studiert, an der Humboldt-Uni in Berlin. Nach der Wende machte er zusätzlich eine Ausbildung zum Heilpraktiker.« Herr X lächelte. »Ich kann mir nicht vorstellen, dass es auch nur eine Pflanze in unseren Breitengraden gibt, deren Heilwirkung Heinrich nicht kennt. Er ist eine echte Koryphäe auf seinem Gebiet. Und ein Segen für uns alle.«

»Du bist aber gut über ihn informiert. Gehörst du auch zu den Kunden für seine wundersamen Elixiere?«

»Klar! Ich vertraue ihm. Ich kenne Heinrich schon so lange, wie ich meine Tante Hilda hier besuchen komme. Und das sind schon einige Jahre.«

»Ist sie auch deine modische Beraterin?«

Herr X verstand sofort. »Jedes Jahr bekomme ich einen Pulli von ihr. Dieser hier ist ganz neu. Meine Verbundenheit mit Storchwinkel ist so eng, dass ich sogar zwei Exemplare mit Gartenzwergen drauf besitze.« Er lachte fröhlich. »Ich bin gerne Werbeträger für 3L, denn dank Christabel kann ich als freischaffender Künstler überleben. Sie ist meine einzige regelmäßige Kundin«, fuhr er fort. »Dass ich jetzt die Skulptur zu ihrem Hundertsten kreieren darf, ist nicht nur eine große Ehre, sondern sichert mir für lange Zeit den Lebensunterhalt.«

Pippa freute sich für ihn, fragte sich aber, wie Christabels üppiger Auftrag zu Hollwegs Aussage über ihre prekäre Finanzsituation passte. Hoffentlich hat sie sich nicht übernommen und muss Herrn X am Ende enttäuschen, dachte sie. Das wäre für beide ein Desaster.

Herr X bemerkte ihre Zweifel nicht, sondern redete begeistert weiter. »Wir wollen die durchgeixte Hundert mitten im Naturschutzgebiet platzieren. Selbstverständlich werde ich ausschließlich Naturmaterialien verwenden. In die drei Ziffern und das große X baue ich Ansiedlungsmöglichkeiten für Kleintiere aller Art: Nistkästen, Igelhäuser, Insektenhotels, Bienenstöcke ...« Seine Wangen glühten vor Freude. »Professor Piep und der alte Heinrich beraten mich, damit meine Kreativität eine perfekte Verbindung mit den neuesten Erkenntnissen des Naturschutzes eingehen kann!«

Da sie den Ortseingang von Storchhenningen erreicht hatten, konnten sie sich während des Fahrens nicht mehr unterhalten. Das Dorf war deutlich größer als Storchwinkel und verfügte über gepflasterte Bürgersteige und regen Autoverkehr, der sie zu mehr Aufmerksamkeit als bisher zwang. Eine alte Kirche bildete den Mittelpunkt des Ortes, sie war umgeben von Backsteinbauten und Fachwerkhäusern. Wo in Storchwinkel große Nester auf Masten thronten, dienten hier Letztere – sichtlich nicht von Herrn X konstruiert – dem perfekten Handyempfang. Ein großer moderner, eckiger Kasten entpuppte sich als Kombination aus Gemeindeverwaltung und Wache der Freiwilligen Feuerwehr.

Wenn Seegers Kommissariat hier wäre statt in Salzwedel, müsste der Ärmste nicht ständig Dutzende Kilometer Landstraße fahren, dachte Pippa, als sie Herrn X auf die Straße folgte, die am Storchenkrug vorbei nach Storchwinkel zurückführte. Vorsichtig manövrierten sie mit den Fahrrädern durch die vielen Menschen, die zu Fuß zum Eiersuchen unterwegs waren.

Pippa bremste und stieg ab. »Mir ist das hier mit den Hunden zu heikel«, sagte sie zu Herrn X. »Lass uns lieber laufen.«

Er stimmte zu, und sie schoben ihre Räder, während die Hunde folgsam bei Fuß gingen. Pippa fiel eine Gestalt auf, die sich gegen den Menschenstrom ihren Weg bahnte.

»Kommissar Seeger! Sind Sie hier, um dem Volk aufs Maul zu schauen? In der Hoffnung, ein paar Informationen aufzuschnappen?«, fragte Pippa ihn scherzhaft, als sie aufeinandertrafen.

Seeger schüttelte grimmig den Kopf. »Ganz im Gegenteil: Ich habe gerade eben mehr erfahren, als mir lieb ist. Und zwar über die Biberbergs.«

Pippa lachte auf. »Wie das?«

Der Kommissar seufzte. »Ich war zu meiner täglichen Meditationsstunde im Vogelbeobachtungshaus – wegen der Eiersuche früher als sonst. Ich dachte, das wäre eine schlaue Idee, aber dann wurde ich von zwei bürgermeisterlichen Osterhasen gestört. Die beiden streiten wirklich über alles. Sogar darüber, wo welche Eier versteckt werden.«

»Sie machen Witze.«

»Ich wollte, es wäre so, aber Thaddäus Biberberg verweigerte sich lautstark den Anordnungen seines Bruders.«

»Die beiden haben die Süßigkeiten *selbst* versteckt?«, fragte Pippa. Sie wechselte einen amüsierten Blick mit Herrn X.

»Einen Teil davon. Zusätzlich haben sie noch eine ganze Mannschaft von Helfern herumgescheucht. Aber natürlich mussten sich die Biberbergs ausgerechnet meinen Rückzugsort aussuchen, um selbst aktiv zu werden.«

»Und wo wollte Zacharias die Eier versteckt haben?«

Seeger verdrehte die Augen. »In echten Vogelnestern. Wie einfallsreich. Aber ich vermute dahinter weniger kreative Ironie als vielmehr den Wunsch, Material zu sparen. Wahrscheinlich ging er zudem davon aus, dass die Leute dort nicht suchen würden.«

»Vielleicht sind alle Eier und Süßigkeiten Kommissionsware, und er hofft, die nicht gefundenen zurückgeben zu können.«

»Würde mich nicht wundern. Oder er hat vor, sie einschmelzen zu lassen und als Weihnachtsmänner wiederzuverwenden«, brummte Seeger. »Aber bei dieser Völkerwanderung dürfte er sich da schwer geschnitten haben.«

Während des Gesprächs hatten die Hunde ruhig neben Pippa gesessen. Jetzt erhob sich Unayok, näherte sich dem Kommissar und beschnüffelte ihn ausgiebig. Dann lehnte er sich an Seegers Bein und schaute ihn aus eisblauen Augen auffordernd an.

Lächelnd beugte Seeger sich zu dem Hund hinunter und kraulte ihn. »Na, erkennst du mich wieder? Guter Junge! So einen wie dich könnte ich mir für meinen Ruhestand gut vorstellen. Dann wären wir zu zweit und könnten aufeinander aufpassen.«

Pippa konnte sich ein Grinsen nicht verkneifen. »Ja, das stimmt, er kann wunderbar unwillkommene Leute auf Abstand halten.«

Der Kommissar zwinkerte verschwörerisch. »Ich sehe, wir verstehen uns bestens.«

Je weiter Pippa und Herr X kamen, desto bevölkerter wurde es um sie herum. Das Naturschutzgebiet wimmelte von Menschen, und es herrschte ein Höllenlärm. Die Kinder bejubelten jeden Fund mit ohrenbetäubendem Kreischen, und die meisten von ihnen hatten mittlerweile mehr Schokolade im Gesicht als in ihren Körben. Den Kleinsten halfen die Eltern, indem sie sie sanft zu den Verstecken dirigierten. Kein Grashalm, kein Busch, kein Büschel Schneeglöckchen blieben von den Suchenden verschont. Eines war klar: Die Biberbergs würden an dieses Osterfest noch lange denken.

»Hier ist es mir zu voll«, sagte Pippa. »Gibt es nicht einen anderen Weg zurück nach Storchwinkel?«

Da Herr X Menschenansammlungen verabscheute, musste er nicht überredet werden. Sie wollten gerade auf einen Wiesenweg abbiegen, als Timo Albrecht Pippas Namen rief und zu ihnen herüberkam.

»Gut, dass ich Sie treffe, Frau Bolle«, sagte er und senkte dann konspirativ die Stimme. »Ich hörte, Sie fungieren als geheimer Briefkasten.«

»Allerdings nur für Topagenten mit Topinformationen«, erwiderte Pippa im gleichen Tonfall. »Ich will gar nicht wissen, warum Sie mit Ihren Informationen nicht zur Polizei gehen, sondern frage gleich nach dem Preis.«

»Ich wünsche mir einen freien Tag, mitten in der Woche. Ich möchte einmal mit Mandy und Lucie auf dem Arendsee herumschippern, ohne dass wir von der gesamten Bevölkerung des Storchendreiecks beobachtet werden.«

Pippa lachte. »Das lässt sich machen. Falls die Informationen einen freien Tag wert sind.«

»Super!«, rief der junge Mann erfreut. Dann aber zögerte er und sah Herrn X auffordernd an. Der zuckte mit den Schultern und ging mit seinem Rad ein Stück beiseite. Als Timo Albrecht sicher war, dass nur noch Pippa ihn hören konnte, sagte er leise: »Frau Heslich wollte ihr Testament ändern.«

»Woher wissen Sie das?«, fragte Pippa erstaunt.

»Sie hat bei mir mehrere Bücher zu diesem Thema ausgeliehen. Gleich, nachdem Herr Bornwasser ... ertrunken ist.«

»Vielleicht wollte sie nur ihr Testament schreiben, weil ihr durch seinen Tod bewusst wurde, dass man seine Angelegenheiten regeln sollte, bevor es zu spät ist.«

Timo Albrecht schüttelte den Kopf. »Ganz sicher nicht. Sie brauchte die Bücher, um sich zu vergewissern, dass ihre geplanten Änderungen rechtlichen Bestand haben würden. Und sie wollte, dass ich das geänderte Testament unterschreibe. Als Zeuge, dass sie im Vollbesitz ihrer geistigen Kräfte ist.«

»Sie haben zugesagt?«

»Klar! Ich war neugierig!«

»Und warum ging sie damit nicht zu einem Notar?«

»Das habe ich sie auch gefragt! Sie sagte, sie habe nicht die Zeit, dafür eigens nach Wolfsburg oder Salzwedel zu fahren. An dem Tag, als Bornwasser beerdigt wurde, sollte ich unterschreiben. Deshalb war ich auch mit dem Bus in Storchwinkel. Kunden für die Bibliothek mussten wir nicht befürchten, ich war ja außerplanmäßig dort.«

Eine Rentnerin hat nicht genug Zeit, mal schnell zwanzig Kilometer zu fahren?, grübelte Pippa. Für ein so wichtiges Vorhaben? Trotz eigenem Auto? Da in ihrer Schublade ein Autoschlüssel lag, muss sie motorisiert gewesen sein. Und warum soll ausgerechnet ein Wildfremder ihr Testament bezeugen, soweit dieser Begriff auf die Menschen im Storchendreieck überhaupt anwendbar ist, bei all den verschlungenen Verbindungen? Braucht man überhaupt einen Zeugen für ein rechtskräftiges Testament? Ich denke nicht. Wieso *wollte* sie also einen Zeugen? Klingt, als fühlte sie sich nach Bornwassers Tod bedroht.

Timo Albrecht sah sie abwartend an, schien aber nicht bereit, freiwillig weitere Informationen preiszugeben. Pippa seufzte. »Okay, Sie haben Ihren freien Tag. Ich bin sicher, Frau Gerstenknecht ist einverstanden.«

Sein Gesicht leuchtete auf.

»Jetzt aber raus damit«, sagte Pippa. »Was stand in dem Testament? Was haben Sie gegengezeichnet?«

Der junge Mann zuckte mit den Schultern. »Keine Ahnung. Zur Unterschrift ist es ja nicht mehr gekommen, erinnern Sie sich?«

Stimmt, dachte Pippa, an dem Tag wurde Waltraut Heslich ermordet.

Kapitel 19

Als Pippa endlich wieder am Gutshaus ankam, schmerzte ihre Kehrseite vom Fahrradsattel. Während sie vergeblich versuchte, das Ziehen in ihren Waden zu ignorieren, war die Kraft der Hunde ungebrochen. Die drei Energiebündel trabten leichtfüßig zu ihren Hundehütten, und selbst Unayok, der Älteste, zeigte keinerlei Zeichen von Müdigkeit. Tuktu sprang sofort in das große Hamsterrad, offenbar wild entschlossen, den bereits gelaufenen Kilometern noch einige Dutzend hinzuzufügen.

»Ich sitze eindeutig zu viel am Schreibtisch«, murmelte Pippa, »das muss sich ändern. Es kann doch nicht sein, dass mich eine läppische Fahrradtour so umhaut!«

Severin junior fiel ihr ein, der jetzt vielleicht irgendwo in Alaska mit dem Hundeschlitten unterwegs war. Der Mann lässt dabei auch das Gespann die meiste Arbeit übernehmen, dachte sie, ich habe immerhin in die Pedale getreten … Sie kicherte innerlich. Zum Bremsen, wenn die Hunde zu schnell zogen.

Nach einem letzten neidischen Blick auf den kraftstrotzenden Tuktu, der mit heraushängender Zunge in seinem Rad tobte, ging sie quer durch den Garten zum Haus. Schon von weitem sah sie etwas leuchtend Rotes mit schwarzer Schleife an der Klinke der Terrassentür des Esszimmers baumeln. Es entpuppte sich als Ei aus Plastik, doppelt so groß wie ein Hühnerei – von der Sorte, in der kleine Geschenke verpackt werden konnten. Die Schleifenbänder hingen bis auf die Erde herab. Wie bei einem Trauerkranz war eines davon mit goldenen Prägebuchstaben beschriftet: *Für Pippa Bolle, zum Nachdenken* stand darauf.

Ungewöhnlich, dachte sie und runzelte die Stirn, wer macht mir denn ein Geschenk? Neugierig öffnete sie das Ei und fand darin einen Zettel. Sie zuckte zusammen, als sie die getippten Worte las: *Halt dich raus, Pippa Bolle! Sonst reist du zu Pfingsten nicht nach Pankow, sondern schon ab Ostern nirgendwo mehr hin!!!*

Unwillkürlich suchte sie mit Blicken den Garten ab, allerdings ohne viel Hoffnung, den Überbringer der anonymen Botschaft noch zu entdecken. Da sie den ganzen Tag unterwegs gewesen war, konnte diese uncharmante Drohung hier schon seit Stunden hängen. Pippa nahm sich vor, Christabel zu fragen, ob sie etwas bemerkt oder gesehen hatte. Sie las die Nachricht noch einmal und schüttelte verärgert den Kopf.

Meine Gegner könnten ruhig mal etwas mehr Phantasie investieren, anstatt ewig den alten Gassenhauer zu bemühen, dachte Pippa. Ein Name wie meiner kann auch ein Fluch sein.

Blieb trotzdem die Frage, wem sie diesen Drohbrief zu verdanken hatte. Schnell lief sie durch Esszimmer und Eingangshalle bis ins Wohnzimmer. In der Tür blieb sie abrupt stehen, denn Christabel lag lang ausgestreckt auf dem Sofa und schlief.

Wie zerbrechlich sie aussieht, dachte Pippa, sie ist so klar und jung im Kopf, dass ich immer wieder vergesse, wie alt sie wirklich ist.

Sie ärgerte sich, die alte Dame alleingelassen zu haben. Hatte sie der Besuch von Julius Leneke zu sehr erschöpft? Pippa blickte nachdenklich auf das knallrote Ei in ihrer Hand. Timos Informationen hatten Zeit bis später, und das unangenehme Überraschungsei würde sie der alten Dame vorerst ganz verschweigen.

Auf Zehenspitzen schlich sie zu Christabel und breitete eine Decke über die Schlafende. Dann stellte sie die vierfüßige Gehhilfe, die neben dem Couchtisch auf ihren Einsatz wartete, hinter die Rückenlehne des Sofas, damit die alte Dame nicht darüber stürzte, wenn sie aufstand.

Keinesfalls lasse ich sie heute Abend das Konzert besuchen, dachte Pippa. Ruhe und Entspannung waren für ihren fast hundertjährigen Schützling jetzt wichtiger.

Um Christabel nicht zu wecken, setzte Pippa sich leise in eine gemütliche Ecke des Wohnzimmers und blätterte in der Chronik, die sie im Bücherbus ausgeliehen hatte.

Rasch stellte sie fest, dass sie keines der üblichen Jahrbücher mit offiziellen Grußworten und seitenlangen Statistiken in den Händen hielt. Stattdessen bestand das Buch aus von verschiedenen Bürgern verfassten Kapiteln, in denen sie in chronologischer Reihenfolge jeweils einen Monat ihres Lebens in Storchwinkel beschrieben. Einer schilderte seinen Januar, der Nächste seinen Februar und so weiter. Bei der Anzahl der mitwirkenden Bewohner Storchwinkels ergab das locker fünf Jahre Dorfchronik. Sie vermutete, dass es sowohl aus den vorhergehenden als auch den nachfolgenden Jahren weitere Bände gab, laut Einband behandelte das ihr vorliegende Buch die Jahre 1990 bis 1995.

Ein kollektives Tagebuch der Wendejahre, dachte Pippa, eine großartige Idee.

Neugierig suchte sie nach Leuten, die sie bereits kennengelernt hatte, und fand als Erstes den Beitrag von Hermann, der mit ihr und einigen anderen an der Haltestelle des Bücherbusses darauf gewartet hatte, dass Timo die Tür öffnete.

»*Endlich ist nach vier Jungen meine erste Tochter geboren. Mutter und Kind sind wohlauf*«, las sie, »*obwohl die Zeit nicht reichte, ins Krankenhaus zu fahren. Aber das war eher beruhigend, denn im Storchendreieck ist es ja seit langem gefahrloser, ein Kind zu Hause zu bekommen als im Kreißsaal in Storchhenningen. Ich war also ziemlich erleichtert, dass die Kleine es so eilig hatte.«*

Oh-oh, dachte Pippa, wenn Waltraut Heslich da schon das Zepter im Kreißsaal geschwungen hat, wird sie diesen Kommentar nicht gerne gelesen haben.

Sie blätterte weiter bis zu einem Kapitel, als dessen Verfasserin Hilda Krause verantwortlich zeichnete. Die Bäckerin berichtete von ihrem Alltag in der Ade-Bar: »*Endlich ist die bestellte Baumkuchenwalze eingetroffen, und sie funktioniert einwandfrei. Das wissen jetzt alle, die ich zu den ersten Ergebnissen meiner Backkunst eingeladen habe. Übrigens: Die Schokoladenüberzugfraktion hat das Wettessen gewonnen – und richtet das nächste Fest aus!«*

Pippa seufzte beim Gedanken an das unrühmliche Ende der Baumkuchenwalze, deren Einweihung so fröhlich gefeiert worden war.

Die nächsten Kapitel der Chronik überflog sie lediglich, erst dem Beitrag von Harry Bornwasser schenkte sie wieder mehr Aufmerksamkeit.

»*Jetzt im November ist es wieder ganz besonders ärgerlich, dass meine Mitbürger sich standhaft der Notwendigkeit widersetzen, endlich die Gehwege vor ihren Häusern zu pflastern. Blätter und tiefer Matsch verschmutzen Schuhe und Hosensaum, wenn man gezwungen ist, zu Fuß durchs Dorf zu gehen.*« Es folgten eine detaillierte Kosten-Nutzen-Rechnung und ein ärgerliches Fazit, in dem er den Dorfbewohnern bescheinigte, dass sie sich mehr für die ersten Reisen ins Ausland interessierten, als vor ihrer eigenen Tür zu kehren und damit alles auf Vordermann zu bringen.

Bornwasser hatte sein Kapitel nicht nur mit einer schwungvollen Unterschrift, sondern zusätzlich mit einem Stempel versehen. Pippa beugte sich tiefer über den Abdruck, um die winzigen Buchstaben zu entziffern, und stutzte: Der Stempel identifizierte Harry Bornwasser als Notar.

Hatte er seinen Beruf als Gerichtsvollzieher erst später ergriffen? Viele Menschen waren nach der Wende gezwungen gewesen, beruflich umzusatteln. In seinem Fall war der Wechsel hervorragend gelungen, sonst besäße er nicht so viele Immobilien. Fest stand allerdings, dass die neue Tätigkeit seine Beliebtheit bei seinen Mitbürgern nicht gerade gesteigert hatte.

Pippa wusste aus Gesprächen mit Ede Glassbrenner mehr über Notare der DDR, als ihr lieb war. Glassbrenner spuckte Gift und Galle, wenn er über die Willkür der Rechtspflegeorgane zeterte, deren Opfer er geworden war. Seiner Meinung nach waren die wenigen freiberuflichen Notare damals nichts weiter als der verlängerte Arm der ihm verhassten Regierung.

Und Bornwasser war einer von ihnen, dachte Pippa. Das ist mir mindestens so unsympathisch wie sein Beitrag zur Chronik.

Neugierig suchte Pippa nach einem Beitrag von Christabel. In ihrem Kapitel schilderte die alte Dame ihre Empfindungen, als sie nach der Maueröffnung aus Westdeutschland in ihre alte Heimat zurückkehrte. Erstaunt las Pippa, dass Christabel damals Haus Nummer 2 gekauft hatte, in dem heute Mandy Klöppel mit ihrer kleinen Tochter Lucie wohnte.

Würde mich gar nicht wundern, wenn sie Mandy das Haus zu einer äußerst günstigen Miete überlässt. Pippa lachte leise vor sich hin. Ich sollte mal herausfinden, was dabei für Christabel herausspringt. Umsonst ist bei ihr ja nichts.

In ihrem Kapitel beschrieb Christabel außerdem zwei Spaziergänge mit ihren Hunden, und sie hatte – wie andere auch – ihren Beitrag mit Fotos illustriert. Eins zeigte zwei bildschöne Schlittenhunde vor Heinrichs Mühle, und auf zwei weiteren war ein halbwüchsiger Junge zu sehen, der mit den Tieren herumtollte.

Das könnte Severin sein, überlegte Pippa. Stammt seine Leidenschaft für Schlittenhunde etwa schon aus dieser Zeit?

Die Bilder der Mühle und des Jungen veranlassten Pippa, nach einem Kapitel von Eva Lüttmann zu suchen. Sie schlug viele Seiten zurück, bis sie den gesuchten Eintrag fand. Pippa rechnete rasch nach: Severins Mutter musste ihn kurz vor ihrem tragischen Unfalltod verfasst haben. In knappen, pragmatischen Worten beschrieb Eva Lüttmann darin ihren Arbeitsalltag zwischen ihrer Praxis in Storchwinkel und dem Krankenhaus in Storchhenningen.

»Eva Lüttmann war Ärztin?«, rief Pippa unwillkürlich aus.

Christabel öffnete die Augen und brauchte einen Moment, um sich zu orientieren, dann richtete sie sich auf. »Was haben Sie gesagt?«

»Das tut mir leid, ich wollte Sie nicht erschrecken«, sagte Pippa verlegen.

Mit beiden Händen richtete Christabel ihre derangierte Frisur. »Ich bin trotz Mittagsschlaf wieder eingeschlafen. Wie ärgerlich. Ich werde alt.« Sie deutete auf das Buch, das aufgeschlagen auf Pippas Schoß lag. »Haben Sie sich das bei Timo geholt? Das wäre nicht nötig gewesen. In meinem begehbaren Safe steht ein Bücherregal mit sämtlichen Ausgaben der Chronik. Sie können sie jederzeit haben.«

»Gerne, vielen Dank! Eine wunderbare Idee, so ein Tagebuch eines Ortes.«

»Severins Vater wollte nach der Wende in Storchwinkel etwas ganz Besonderes fördern und rief alle auf, ihre Ideen einzubringen. Hilda machte den Vorschlag mit der Fünf-Jahres-Chronik. Die Bücher sind mittlerweile zu einem festen Bestandteil unseres dörflichen Lebens geworden. Und dank

Hildas Überredungskünsten machen wirklich alle mit.« Christabel lächelte. »Ich will allerdings nicht ausschließen, dass ihr Baumkuchen gelegentlich dabei geholfen hat, Widerspenstige zu überzeugen.«

Pippa schlug Christabels Beitrag auf. »Mir gefallen die Fotos in Ihrem Kapitel sehr. Ist das Severin junior?«

Auf einen Wink von Christabel reichte Pippa ihr das Buch, und die alte Dame betrachtete die Bilder liebevoll.

»Schade, dass ich nicht mehr gut sehe. Fotografieren hat mir wirklich Freude bereitet«, sagte sie leise und seufzte. »Das Lästige am Älterwerden ist nicht, dass man gebrechlich wird. Oder gar krank – das trifft auch jüngere Menschen. Schlimm ist, dass so viele liebgewordene Hobbys und Gewohnheiten ihre Mühelosigkeit verlieren. Sie entspannen nicht mehr, sondern werden zu einer Anstrengung, der man nicht mehr standhält.«

Hat sie meine Frage nicht gehört?, dachte Pippa und wiederholte sie deshalb. »Ist das Severin junior? Auf den Bildern?«

»Als ich mit meinen Hunden ins Dorf zog, waren sie eine Attraktion. Besonders bei den Kindern. Ich war nie allein bei meinen Spaziergängen, ich hatte immer einen Schwarm Kinder dabei. Severin war von Anfang an Feuer und Flamme für meine Vierbeiner. Er war damals in der Pubertät.« Sie blickte nachdenklich in den Garten hinaus, dann fuhr sie fort: »Und er war stets froh, aus dem Haus zu kommen. Ich denke, damals entstand bei ihm der Wunsch, selbst Schlittenhunde zu besitzen.«

»Tiere können ein wunderbarer Trost sein.«

Christabel sah erstaunt auf und nickte dann. »Nach dem Tod von Eva Lüttmann wurden meine Hunde für ihn noch wichtiger. Wenn ich es recht bedenke, haben sie zunächst mich und den Jungen und dann seinen Vater und mich zusammengeführt. Ihnen verdanke ich also mein derzeitiges Leben.«

Warum heiratet ein Mann in den besten Jahren eine deutlich ältere Frau?, fragte Pippa sich nicht zum ersten Mal. Christabel musste damals fast achtzig gewesen sein.

»Wenn Sie mir die Frage erlauben, Christabel: Warum hat er die Manufaktur Ihnen hinterlassen und nicht seinem Sohn?«

»Ihre Fragen werden häufiger und kühner«, stellte Christabel amüsiert fest.

Pippa bekam einen roten Kopf und verfluchte innerlich ihre unstillbare Neugier.

»Sie haben ganz recht, wenn Sie keine Liebesheirat vermuten«, fuhr Christabel ungerührt fort. »Aber Verstand und Freundschaft können auch eine solide Grundlage für Zusammenleben bilden.«

»Und ich dachte schon, es ging um Geld«, murmelte Pippa.

Wieder einmal musste sie feststellen, dass Christabels Gehör noch immer tadellos funktionierte, denn diese lachte laut und herzlich über Pippas Bemerkung.

»Sie haben sich verschätzt, meine Liebe: Bei mir sind es lediglich die Augen und die Knochen, die immer schwächer werden.«

Dann darf ich für meine Frechheit wohl jetzt meine Koffer packen, dachte Pippa, aber Christabel belehrte sie eines Besseren.

»Natürlich haben Sie wieder ins Schwarze getroffen. Geld spielt immer eine Rolle, ganz gleich, ob es um den Verstand, um Freundschaft oder um Liebe geht. Severin senior hatte kein Geld, ich hatte recht üppig geerbt und wollte es sinnvoll ausgeben. Insofern haben wir uns auch da perfekt ergänzt.«

Christabel las in Pippas skeptischer Miene wie in einem Buch und fuhr fort: »Ich nehme an, jemand hat Sie eingeweiht. Jetzt fragen Sie sich natürlich, warum mein Gatte dann ausgerechnet auf dem Rückweg von seiner Geliebten den Weg ... allen Fleisches genommen hat.«

»Nun ja ... ich ...«, stammelte Pippa verlegen.

Christabel winkte lässig ab. »Und dabei hätte ich gedacht, dass ich ausgerechnet Ihnen mit Ihrer italienischen Vorgeschichte nicht erklären muss, was einem erschöpften Liebhaber auf dem Heimweg zur treusorgenden Ehefrau alles passieren kann. Das, meine Liebe, hat nämlich nichts mit dem Alter zu tun, auf jeden Fall nicht mit dem Ihrigen.«

Verdammt, dachte Pippa, kein Wort mehr über untreue Ehemänner, sonst schneide ich mir noch tiefer ins eigene Fleisch.

»Ich werde Florian und Julius Bescheid geben, dass Sie und ich heute Abend zu Hause bleiben«, sagte Pippa. »Ich sehe doch, dass Sie sich heute verausgabt haben. Sie müssen sich ausruhen. Das Konzert ist zu anstrengend.«

Lediglich durch ein fast unmerkliches Heben der Augenbrauen zeigte Christabel, dass sie die Absicht hinter dem abrupten Themenwechsel bemerkt hatte. »Ich habe den Eindruck, Melitta Wiek hat Sie ein wenig zu gut eingearbeitet«, erwiderte sie. »An jedem anderen Abend würde ich vielleicht sogar nachgeben – aber nicht heute. Florian spielt zum ersten Mal ein Solo, und das will ich hören. In angemessener festlicher Umgebung.«

»Wollen Sie sich vergewissern, dass er gut genug ist, um bei Ihrem Hundertsten aufzutreten? Oder wollen Sie als moralische Unterstützung im Publikum sitzen, weil seine Mutter nicht dabei sein kann?«

Die alte Dame kicherte. »Ach was, ich habe nur deshalb so viel Geld in ihn investiert, damit er auf meiner Beerdigung allen Anwesenden noch mal so richtig den Marsch blasen kann.«

Pippa lachte, blieb aber streng. »Florian wird verstehen, wenn Sie zu müde sind, um auf das Konzert zu gehen.«

Christabel drohte scherzhaft mit dem Finger. »Sie haben Angst, dass ich Ihnen wegen Altersschwäche unter den Händen wegsterbe, Pippa! Wie charmant! Aber lassen Sie sich gesagt sein: Sterben mitten in einem Konzert passt wesentlich besser zu mir, als in meinem Bett einzuschlafen und nicht mehr aufzuwachen. Obendrein ist heute in Salzwedel schneller ein Arzt zu finden, der es wagt, mich zu retten, als in Storchwinkel. Maik Wegner ist über das Osterwochenende zu seinen Eltern nach Süddeutschland gefahren.«

Pippa stieg auf ihren scherzhaften Ton ein. »Verstehen Sie mich bitte: Ich will nicht das ganze Dorf am Hals haben, wenn die Jahrhundertfeier ausfällt, nur weil ich nicht auf Sie aufgepasst habe! Lassen Sie mich also wenigstens *versuchen*, Sie halbwegs gesund bis zu Ihrem hundertsten Geburtstag zu begleiten.«

»Ich bin von bösen Krankheiten in meinem Leben verschont geblieben. Gott sei Dank«, sagte Christabel leise und wurde plötzlich ernst. »Bis auf die Verbrennungen, die ich vor mir und der Welt verberge.«

Sie zog ihre Handschuhe aus, und Pippa starrte auf schwer vernarbte bräunliche Handflächen.

Deshalb trägt sie Handschuhe!, dachte Pippa entsetzt.

»Danach war es für mich vorbei mit Schlittenhunderennen«, sagte Christabel.

»Reibungshitze durch Hundeleinen?«

Die alte Dame nickte. »Falsch gehandhabt. Und trotz eisiger Kälte ohne Handschuhe. Ich hätte es besser wissen müssen. Jeder ist mal leichtsinnig. Ich habe dafür bezahlt.« Sie gluckste. »Mit vielen teuren Handschuhen.«

»Haben Sie denn gar keine Angst vor Krankheit ... oder dem Tod?«

»Früher einmal.« Christabel zuckte mit den Schultern. »Aber dann habe ich begriffen, dass Angsthasen tausend Tode sterben und Mutige nur einen. Ich habe mich dem Club derer angeschlossen, die ihre hundert Jahre Lebenszeit in vollen Zügen genießen. Alles Menschen, die sich nicht in Watte gepackt, sondern jede Sekunde voll ausgekostet haben. Bis zum Schluss.«

»Leider sind Sie das einzige Mitglied dieses Clubs, das ich kenne.«

»Vielleicht das einzige, das Sie *persönlich* kennen, aber sonst ... Der Architekt Oscar Niemeyer, der die Hauptstadt Brasiliens geschaffen hat, starb zehn Tage vor seinem hundertfünften Geburtstag. Die französische Reiseschriftstellerin und Entdeckerin Alexandra David-Néel wurde beinahe hunderteins. Auch Irving Berlin, dessen wundervolles *White Christmas* uns bis heute erfreut, schaffte die Hunderteins. Elly Beinhorn, die berühmte Flugpionierin, hörte erst mit knapp achtzig Jahren mit dem Fliegen auf und wurde hundert. Heidi Oetinger, in deren Jugendbuchverlag die Bücher von Astrid Lindgren erschienen, ebenfalls. Und wir wollen Ihre halb-englische Herkunft nicht vergessen, meine Liebe. Wie alt wurde Ihre hochverehrte Queen Mum? Hundertzwei Jahre!« Sie zwinkerte Pippa zu. »Soll ich weitermachen?«

Pippa hob beschwörend die Hände. »Genug! Ich verstehe, was Sie mir sagen wollen!«

»Glauben Sie mir, Pippa: Meine einzige Angst ist, dass es im Himmel langweilig ist. Deshalb tue ich jetzt noch alles, um nicht hineinzukommen. In diesem Fall, indem ich Sie ärgere und darauf bestehe, in dieses Konzert zu gehen.«

»Was schlagfertige Argumente betrifft, haben Sie einfach sechzig Jahre länger Übung. Ich gebe auf«, sagte Pippa.

»Ich habe mir den besten Wahlspruch zu eigen gemacht, den D. H. Lawrence zu bieten hat: *Tod ist der unverfälschte, wunderschöne Ausklang einer großen Leidenschaft.*«

»Schön gesagt. Leider ist er trotzdem keine hundert geworden.«

»Leider nein, aber ich.« Christabel lächelte spitzbübisch. »Und zwar vor einem Jahr.«

Pippa verschlug es fast die Sprache. »Sie *sind* schon hundert? Aber warum haben Sie denn über Ihr Alter gelogen?«

»Die anderen haben halt nicht richtig aufgepasst. Bei der Achtundsiebzig bin ich einfach zwei Runden gefahren.«

»Aber warum denn bloß?«

Christabel seufzte und suchte nach Worten. Dann sagte sie: »Meine Mutter starb mit achtundneunzig und geistig fit. Sie war eine wunderbare Frau. Ich habe sie sehr geliebt. Die Vorstellung, dass es plötzlich niemanden mehr gibt, der auch nur eine kleine Erinnerung aus meiner Kindheit mit mir teilt, war traurig. Ich brauchte einfach ein ganzes Jahr, um mich damit abzufinden.«

Die alte Dame wirkte auf einmal sehr zerbrechlich, und Pippa hatte einen Kloß im Hals. Während sie noch nach tröstenden Worten suchte, stellte sie jedoch fest, dass Christabel sich längst wieder gefangen hatte.

Mit breitem Grinsen sagte sie: »Außerdem: Jede Frau macht sich gern ein wenig jünger! Auch ich.«

Kapitel 20

Der Applaus verebbte, und die Besucher strömten aus der alten Mönchskirche Salzwedels, die schon vor Jahren zu einer Konzerthalle umgewidmet worden war. Das Licht der Straßenlaternen spiegelte sich auf dem nassen Kopfsteinpflaster und ließ es festlich glitzern.

Pippa stand am Seitenportal und streckte prüfend die Hand aus.

»Es regnet nicht mehr«, sagte sie und schob den Rollstuhl mit Christabel neben die Schautafel, an der sie auf Julius warten wollten, während er das Auto holte.

»Rührend, dass Sie so besorgt um mich sind. Ich mag alt sein, bin aber nicht aus Zucker.« Christabel sah Pippa prüfend an. »Wie hat es Ihnen gefallen?«

Jetzt nichts Falsches sagen, dachte Pippa, die noch damit kämpfte, das letzte Musikstück zu verarbeiten, eine moderne Komposition mit schrillen Trompetenklängen und Schlagzeug im Stakkato-Tempo.

»Ein wunderbares Konzert. Das letzte Stück war allerdings durchaus ... gewöhnungsbedürftig. Eine überraschende Auswahl des Ensembles.«

Christabel nickte zufrieden. »Meine Auswahl, um genau zu sein. Darius Milhaud. Moderne E-Musik ist mein Heavy Metal.«

»Sie haben die Noten gesponsert?«

»Selbstverständlich. Florian wollte mit seiner Trompete und seinen Jungs gehört werden. Dafür ist dieses kleine Stück perfekt.« Die alte Dame kicherte vergnügt. »Dadurch gehen alle hellwach nach Hause. Nicht einmal Thaddäus Biberberg war sein übliches Nickerchen vergönnt.«

»Gehört Milhaud auch zu Ihrem Club der Hundertjährigen?«

»Er nicht, aber seine Frau Madeleine, die Librettistin. Sie wurde einhundertsechs Jahre alt. Sie sehen: Stetige Aktivität, welcher Art auch immer, hält jung.«

Pippa winkte lachend ab. »Bei diesem Thema geb ich mich – jedenfalls für heute – geschlagen.«

»Kreativer Input, wie es heute so schön heißt, ist immer gut, um die Gehirnzellen anzuregen. Und wenn Milhaud die Konzertbesucher polarisiert und zu Diskussionen anregt, habe ich mein Ziel erreicht.«

Pippa sah sich unter den Menschen um, die noch immer aus der Kirche kamen. »Von Ihrem Kreativteam habe ich allerdings nur Vitus Lohmeyer entdecken können.«

Christabel runzelte die Stirn. »Sehr richtig. Und das, obwohl ich allen den Konzertbesuch verordnet habe. Inklusive Überlassung der Eintrittskarte, versteht sich. Dennoch glänzen die Herren Bartels und Hollweg durch Abwesenheit.«

Dass Bartels nicht unter den Konzertbesuchern war, überraschte Pippa nicht, aber der Betriebsleiter?

Das wird den Kaufpreis für *Lüttmanns Lütte Lüd* in die Höhe treiben, Hollweg, dachte sie. Wenn ich einen eurer Zwerge zitieren darf: Dumm gelaufen!

Christabel deutete auf einen Mann, der an einer Laterne lehnte und sich in ihrem Licht Notizen machte. »Sehen Sie, Pippa: Sogar die Polizei ist heute Abend hier. Sehr eifrig, der junge Beamte. Ob er hofft, mit Hilfe von Überstunden seine Beförderung zu beschleunigen?« Als Pippa zögerte, fügte sie hinzu: »Gehen Sie schon, berichten Sie ihm die Neuigkeiten über Waltraut Heslich, von denen Sie mir auf der Herfahrt erzählt haben. Ich laufe Ihnen nicht weg.«

»Guten Abend, Kommissar Hartung. Sind Sie dienstlich hier?«, fragte Pippa.

Hartung verzog seinen Mund zu einem schmalen Lächeln. »Jede Gelegenheit wahrzunehmen, sich über den potentiellen Täterkreis zu informieren, zeichnet einen guten Ermittler aus, Frau Bolle«, entgegnete er knapp.

Besonders dann, wenn er keinen anderen Lebensinhalt zu haben scheint als amerikanische Krimiserien und deren Helden nacheifern möchte, dachte Pippa.

»Vielleicht habe ich etwas für Sie«, sagte sie und berichtete ihm von Waltraut Heslichs Plänen, ein neues Testament aufzusetzen. Als sie sich vergewissert hatte, dass Christabel außer Hörweite war, erzählte sie ihm auch von dem Drohbrief an der Terrassentür.

»Haben Sie den Brief bei sich?«, fragte Hartung beunruhigt. »Ich würde ihn mir gern ansehen.«

»Nein. Ich habe nicht damit gerechnet, Sie hier zu treffen.«

»Sie sollten die Drohung keinesfalls auf die leichte Schulter nehmen. Ich komme mit nach Storchwinkel, ich möchte die Nachricht so schnell wie möglich ...«

Pippa unterbrach ihn mit einem Kopfschütteln. »Nicht heute, bitte. Kann das bis Dienstag warten? Frau Gerstenknecht weiß noch nichts davon, und sie hatte in den letzten Tagen genug Aufregung. Sie braucht dringend Ruhe. Ich will ihr heute nicht noch mehr zumuten.«

Er dachte kurz nach und nickte dann. »Einverstanden. Nach den Gesprächen mit Hollweg und Bartels wollte ich ohnehin nach Storchwinkel. Dann komme ich anschließend gleich bei Ihnen vorbei.«

Er ging mit Pippa zu Christabel hinüber.

»Guten Abend, Frau Gerstenknecht. Ich bin am Dienstagnachmittag dienstlich in Storchwinkel und würde dann auch gerne mit Ihnen und Ihrem Sohn Julius sprechen.«

»Ja, natürlich«, erwiderte Christabel abwesend, während sie sich umsah. »Ich frage mich, wo genau dieser Sohn so lange bleibt. Hat er das Auto in Storchwinkel geparkt?«

»Vielleicht wartet er an einem anderen Ausgang auf Sie? Rufen Sie ihn doch einfach an, ehe Sie hier noch weiter vergeblich warten«, schlug Hartung vor.

»Ich besitze kein Handy, junger Mann«, gab Christabel hoheitsvoll zurück.

»Meine Mutter dachte auch, sie könne nicht mit einem Mobiltelefon umgehen. Sie schreckte vor der Technik zurück.« Hartung lächelte milde. »Aber ich habe ihr ein Seniorengerät gekauft, mit besonders großen Tasten und ganz einfacher Bedienung. Jetzt ist sie immer erreichbar.«

In aller Ruhe zog Christabel ihre Handschuhe glatt. »Nur Diener müssen immer erreichbar sein, Herr Hartung. Ich erlaube mir den Luxus, andere nicht jederzeit in meine Tagesplanung hineinpfuschen zu lassen.«

»Man sollte sich vom Fortschritt nicht einschüchtern lassen, Frau Gerstenknecht. Man muss nur Leute finden, die einem helfen, Schritt zu halten.«

Ach du meine Güte, dachte Pippa, hin- und hergerissen zwischen Belustigung und ehrlicher Sorge um Hartung, jetzt hat sich unser Kommissar so weit aus dem Fenster gelehnt, dass er gleich kopfüber hinausfällt. Und die Landung wird alles andere als weich.

Christabel musterte den jungen Beamten ausdruckslos. »Mein erstes Auto habe ich 1946 über die Avus gejagt, meinen ersten Flug habe ich 1951 absolviert. Als ich zum ersten Mal an einem Computer saß, hat Ihre Mutter Ihnen noch die Windeln gewechselt. Und Sie glauben, ich habe Angst vor einem kleinen Telefon?«

Damit wandte sie ihren Blick ab und beobachtete eine Gruppe Menschen vor der Kirche, unter ihnen Gabriele Pallkötter.

Obwohl Hartung nach einem gemurmelten Abschied hastig das Weite gesucht hatte, fuhr Christabel fort: »Ich habe immer alles ausprobiert. Nur Motorrad gefahren bin ich nie. Der Helm ruiniert jede Frisur, es sei denn, man ersetzt ihn ganz durch sie.«

Pippa folgte Christabels Blick und unterdrückte ein Lachen. Gabriele Pallkötters helmartige Frisur wirkte wie frisch betoniert. Kein Windstoß, keine Gewehrkugel würde diesem Prunkstück aus Friseurkunst und Haarspray auch nur das Geringste anhaben können.

Bei dieser Frau bekommt das Wort »Betonkopf« eine völlig neue Bedeutung, dachte Pippa und spürte gleichzeitig, dass sie ihr den Schokoladentrüffel-Raub noch immer nicht verzeihen konnte.

In diesem Moment trafen sich ihre Blicke. Gabriele Pallkötter setzte ihr antrainiertes Lächeln auf und kam auf Pippa und Christabel zu.

»Meine Gratulation, verehrte Frau Gerstenknecht«, verkündete sie salbungsvoll. »Florian Wiek ist ein hervorragendes Beispiel, wie positiv sich finanzielle Unterstützung und moralische Unterweisung bei unterprivilegierten Kindern auswirken können.«

Christabel kniff für einen winzigen Moment die Lippen zusammen. Dann entspannte sie sich und entgegnete gelassen: »In Florians Fall haben Sie recht, Frau Pallkötter. Aber ich frage mich, warum beides bei Ihnen selbst so völlig wirkungslos bleibt.«

Gabriele Pallkötter erbleichte und schnappte nach Luft.

Dann wechselte ihre Gesichtsfarbe zu Dunkelrot, und sie wandte sich brüsk ab und stürmte weg.

So aufgedreht habe ich Christabel noch nie erlebt, dachte Pippa, der Schlaf am Nachmittag hat sie mehr gestärkt, als für einige Menschen, die ihr heute in die Quere kommen, gut ist. Hartung und Pallkötter hat sie bereits in die Flucht geschlagen. Je eher Julius auftaucht, desto besser.

In ihrem blinden Zorn stieß Gabriele Pallkötter mit den Biberberg-Brüdern zusammen, die sich einen Weg durch die Menge bahnten. Zacharias Biberberg führte eine Frau am Arm, die deutlich jünger war als er selbst.

Pippa musterte die Frau und runzelte die Stirn. Woher kenne ich dieses Gesicht?, überlegte sie. Ist das seine Frau oder seine Tochter? »Das ist Daria, die Schwester der Biberbergs«, erklärte Christabel, als hätte sie Pippas Gedanken gehört, »verheiratete und wieder geschiedene Dornbier. Es ist mir ein Rätsel, warum die Leute nicht einfach ihren Geburtsnamen behalten. Niemand muss bei einer Heirat mehr den Namen des Partners annehmen. Bei der Scheidungsrate heutzutage würde das eine Menge Papierkram ersparen. Ich habe erst geheiratet, als unser antiquiertes Namensrecht endlich entsprechend geändert war – und darauf musste ich immerhin achtzig Jahre warten. Was sagt Ihnen das über die Gleichberechtigung in diesem Lande?«

Pippa fiel erst jetzt auf, dass die alte Dame nicht den Namen ihres Mannes trug. Sie selbst hatte nach italienischem Recht geheiratet und so ohne weitere Diskussionen mit Leo ihren eigenen Namen behalten dürfen. Dies war nicht nur ein Beispiel dafür, dass Christabel – ähnlich wie Gustaf Nagel – ihrer Zeit immer ein wenig voraus war, sondern auch dafür, dass diese Gegend offensichtlich starke Charaktere hervorbrachte.

Christabels Stimme riss sie aus ihren Gedanken.

»Zu repräsentativen Terminen wird Daria immer aus Wolfsburg angekarrt. Der gute Zacharias plant noch einen großen Auftritt, sonst hätte er seine Grace Kelly nicht dabei.«

Stimmt, dachte Pippa, sie hat etwas von Grace Kelly. Und darüber hinaus etwas, das ich nicht fassen kann, das aber ein merkwürdiges Gefühl in meiner Magengrube hervorruft.

Die Biberbergs nebst Begleitung standen jetzt mitten auf dem Vorplatz, und Sebastian Brusche hielt ihnen ein Diktiergerät entgegen. Nach und nach umringten immer mehr Neugierige die Gruppe, um dem Interview zu lauschen.

Für Zacharias Biberberg boten die Fragen des Lokalreporters einen willkommenen Vorwand, um eine lautstarke Rede an seine potentiellen Wähler zu halten.

»Kultur ist Baumkuchen für den Geist«, verkündete der Bürgermeister pompös. »Deshalb sage ich: Das Storchendreieck braucht ein zeitgemäßes Dorfgemeinschaftshaus, damit junge Künstler wie Josef Krause, auch bekannt als Herr X, dort ausstellen können. Oder damit jemand wie Florian Wiek, dem wir alle heute lauschen durften, mit seinem Orchester eine angemessene Bühne hat, ohne dass die Musiker nach Salzwedel ausweichen müssen! Kulturelles Leben muss direkt vor Ort stattfinden!«

Natürlich hat er darauf spekuliert, Brusche bei dem Konzert zu treffen, dachte Pippa, und als Politiker versteht er sich darauf, eine derartige Situation sorgfältig zu planen, sie aber gleichzeitig spontan wirken zu lassen.

Die ersten Zuhörer wandten sich kopfschüttelnd ab und gingen weiter. Ihren Bemerkungen entnahm Pippa, dass es sich um Einwohner Salzwedels handelte, die Biberbergs Meinung, die Region brauche für kulturelle Veranstaltungen dringend eine Alternative zur Mönchskirche, keineswegs teilten.

Pippa stimmte ihnen insgeheim zu. Ein Busservice, der die Bewohner der umliegenden Dörfer kostenlos zu den Veranstaltungen in Salzwedel brachte, wäre sofort umsetzbar und allemal günstiger als der Bau eines neuen Kulturzentrums. Trotzdem blieben noch genug Leute stehen und hörten weiter zu; darunter auch Bewohner des Storchendreiecks, wie Pippa feststellte.

Unter ihnen befand sich Gabriele Pallkötter, die zu den nun folgenden Worten Zacharias Biberbergs demonstrativ nickte, nachdem sie sich vergewissert hatte, dass Christabel ihre Nähe zu den Bürgermeistern mitbekam.

»Wir *brauchen* heute Orte, an denen wir uns treffen und Werte pflegen können, die unsere Region lebbar und *er*lebbar machen. Wir *brauchen* Plätze, wo Gemeinschaft gepflegt wird!«, deklamierte Biberberg dramatisch.

»Würde mich nicht wundern, wenn er den zufällig überaus großzügig geplanten Innenbereich des zukünftigen Einkaufszentrums als idealen Ort für die Kultur der Gegend betrachtet«, sagte Christabel. »Um den liegen alle Geschäfte, und es gibt reichlich Platz für eine Bühne und Bestuhlung.«

»So ein Einkaufszentrum hat doch keinerlei Atmosphäre!«, wandte Pippa ein. »Wie soll denn da Stimmung aufkommen?«

Christabel zuckte mit den Achseln und seufzte. »Aber es ist modern. Überaus clever, der Mann. So kommt er seinem Ziel ein gutes Stück näher. Schade, dass er auf der anderen Seite steht.«

Ungeduldig winkte sie Julius Leneke zu sich, der endlich aufgetaucht war und gemeinsam mit Lohmeyer der Rede des Bürgermeisters lauschte.

»Hast du das gehört, Julius? Morgen gehst du zu Mandy und besprichst mit ihr, was wir dieser verdammt guten Idee entgegensetzen können.«

Die Augen ihres Adoptivsohns weiteten sich entsetzt, und er rang sichtlich um Fassung. Hilfesuchend starrte er Pippa an, unfähig, auch nur ein Wort des Protestes über die Lippen zu bringen.

»Du kannst das. Das weiß ich«, sagte Christabel rigoros. »Wenn du dir nur halb so viel zutraust wie ich dir, haben die Biberbergs nicht den Hauch einer Chance gegen uns.«

Ihre aufmunternden Worte beruhigten Julius Leneke keineswegs.

»Vielleicht könnte man eine Halle der Manufaktur nutzen«, schlug Pippa vor. »Oder Sie bauen den Storchenkrug zu einem Dorfgemeinschaftshaus um!«

»Ich wusste, Sie sind gut angelegtes Geld, Pippa.« Christabel nickte anerkennend. »Julius, du findest mit Mandy einen Weg, den Storchenkrug zu erwerben. Er ist der ideale Ort für das zukünftige *Storchwinkeler Heimathaus*.«

Julius starrte seine Adoptivmutter fassungslos an, nach wie vor um Worte verlegen.

Sebastian Brusche kam heran und fragte: »Was halten Sie von den Plänen Ihres Mitbewerbers, Frau Gerstenknecht? Eine Stellungnahme für unsere Leser, bitte.«

Sofort wandte sich die allgemeine Aufmerksamkeit der alten Dame zu.

»Zacharias Biberberg plant einen Ort der Kultur? Keineswegs: Er wirft Nebelkerzen«, sagte Christabel mit feinem Lächeln. »Wenn sich der Rauch verzogen hat, steht plötzlich ein riesiges Einkaufszentrum auf der grünen Wiese. Diese Ankündigung von Zacharias Biberberg hat mich – ganz ehrlich – zutiefst bestürzt. Wie Sie selbst sehen können, steht mein Sohn Julius aufgrund des eben Gehörten unter Schock. Jemand muss von unseren vertraulichen Plänen erfahren haben, zu meinem hundertsten Geburtstag aus einem bisherigen Sorgenkind des Storchendreiecks, dem Storchenkrug, endlich einen behaglichen Treffpunkt für alle zu machen. Frau Bolle, meine Sicherheitsbeauftragte, wird klären, wie es zu diesem skandalösen Leck kommen konnte. Es verleiht der Tatsache, dass die Biberbergs ausgerechnet jetzt ihre Ideen zu einem Kulturzentrum präsentieren, einen gewissen Beigeschmack. Die Beurteilung dieses Zufalls überlasse ich indes gerne Ihren Lesern.«

Virtuos und kaltschnäuzig gelogen – Ziel erreicht, dachte Pippa, als sie das Interesse des Reporters sah.

»Im Storchenkrug soll die *Stiftung Storchwinkeler Heimathaus* angesiedelt werden«, verkündete Christabel, »mit Lesungen, künstlerischer Förderung für Kinder, Ausstellungen, Konzerten, Volkshochschulkursen, Spieleabenden, Skatturnieren und vielem mehr. Das ist mein Geschenk an meine Mitbürger.«

»Und mit Alkohol-Ausschank?«, fragte Brusche lauernd.

Die Biberbergs grinsten sich verschwörerisch zu, als alle Umstehenden die Ohren spitzten.

Christabel nickte, was den beiden Bürgermeistern den verfrühten Triumph aus dem Gesicht wischte. »Selbstverständlich mit Ausschank. Mein Vertrauen in die Storchwinkeler ist stetig gewachsen.« Sie warf Julius Leneke einen beredten Blick zu. »In *alle* Storchwinkeler. Ich bin sicher, sie wissen nun verantwortungsbewusst mit Alkohol und sich selbst umzugehen. Sie sehen, Brusche: Ich verlange nicht nur von anderen dazuzulernen, ich übe mich auch selbst in dieser schwierigen Kunst. Vertrauen, Loyalität und Liebe sind die größten Geschenke, die man bekommen – und geben – kann. Ein Erfolgserlebnis, Brusche – lassen Sie sich das gesagt sein –, kann Hunderte Misserfolge vergessen machen.«

Aha, dachte Pippa, ihr Julius hatte Alkoholprobleme, und das allgemeine Alkoholverbot wurde zu seinem Schutz verhängt, um ihn keiner Versuchung auszusetzen. Es muss für ihn eine schwere Bürde gewesen sein, dass seinetwegen auch alle anderen auf dem Trockenen saßen. Hat ihn sicher nicht gerade beliebt gemacht in der Gegend. Kein Wunder, dass er sich immer eingeigelt hat. Eins ist klar: Heute Abend lerne ich mehr über Christabels Leben als durch meine Fragen.

»Nun, das alles klingt mir doch ein wenig verstaubt und antiquiert«, sagte Zacharias Biberberg, der den unerwarteten Tiefschlag durch die versprochene Aufhebung des Alkoholverbots rasch verdaut hatte. »Bei allem Respekt, Frau Gerstenknecht, aber das ist bei jemandem Ihres Alters auch nicht anders zu erwarten. Was wir hier brauchen, ist Zukunft für unser Land – und keine verstaubte Unsterblichkeit.«

Sebastian Brusche, sichtlich begeistert, hielt sein Diktiergerät wieder in Richtung Christabel.

»Lassen Sie mich darauf mit einem Satz meines Lieblingsdichter D. H. Lawrence antworten«, erwiderte diese gelassen. »Unsterblichkeit, lieber Zacharias Biberberg, Unsterblichkeit ist eine Frage des Charakters.«

Etliche der Zuhörer applaudierten Christabel, während Zacharias Biberberg wütend schnaufte und sein Bruder Thaddäus verdutzt von einem zur anderen sah. Daria Dornbier löste sich von Zacharias' Arm und trat zu Christabel.

»Dass ausgerechnet Sie es wagen, von Vertrauen und Loyalität und Liebe zu reden, erstaunt mich«, fauchte sie die alte Dame an. »Von Einmischung und Gewissenlosigkeit und Egoismus sollten Sie sprechen!« Nach einer Pause fügte sie hinzu: »Damit kennen Sie sich besser aus! Jedenfalls besser als mit Vertrauen oder Liebe oder Loyalität.«

Sie marschierte zu ihren Brüdern zurück und zog sie mit sich. Etwas abseits blieben sie stehen und tuschelten miteinander, wobei Daria immer wieder flammende Blicke in Richtung Christabel warf.

Ins betroffene Schweigen der Umstehenden hinein sagte Christabel: »Wie recht sie hat!« Sie lächelte versonnen. »Aber manchmal sprudeln Loyalität, Liebe und Vertrauen aus völlig unerwarteter Quelle und waschen alles Falsche und alles Böse und alle Missgunst weg. Ist es nicht so? Wenn man mit vielen verschiedenfarbigen Scheinwerfern auf einen Punkt leuchtet, dann wird dieser Punkt nicht schwarz, sondern weiß. Oder sollte ich besser sagen: Minus mal Minus gibt Plus?«

Kapitel 21

Den Ostermontag verbrachten Pippa und Christabel mit Faulenzen und Vorlesen. Bis auf ein kurzes Gespräch mit Severin im fernen Alaska, der von klarem Himmel, Schnee und gesunden, agilen Hunden schwärmte, wehrte Pippa alle Anrufer ab.

Pippa und Christabel genossen den Luxus, sich müßig durch den Tag treiben zu lassen.

Die schrecklichen Ereignisse um Bornwasser und Heslich schienen plötzlich weit weg, und alles, was wirklich zählte, waren Musik und Literatur – und ein köstlicher Baumkuchen mit Fondant-Überzug zu vielen Tassen heißem Tee.

Nach so viel Ruhe erwachte Pippa am Dienstagmorgen früher als nötig, noch in völliger Dunkelheit. Im Traum hatte sie Zacharias Biberberg gerade ein riesiges Osterei mit Trauerschleife an den Kopf geworfen. Das Ei zerbrach, und das Dotter ergoss sich über sein Gesicht wie eine gelbe Maske. Mit diesem Bild vor ihrem geistigen Auge lag sie wach und grübelte, wer ihr den Drohbrief geschickt haben könnte.

Ich lasse mich doch von einem Ei mit Trauerflor nicht einschüchtern!, dachte sie. Aber wenn ich sowieso schon wach bin, kann ich die Zeit auch nutzen, alles mal in Ruhe zu durchdenken.

Nach einer ausgiebigen Dusche zog sie sich an und ging hinunter in die Küche, um sich Tee aufzubrühen. Während das Wasser heiß wurde, stand sie am Fenster und schaute hinaus. Regentropfen rannen an den Scheiben hinunter, während der Morgen langsam dämmerte. Nach und nach wurde der Himmel grau, und Pippas Blick ging über den Dorfplatz und noch stille Straßen bis zu Christabels Manufaktur, die bei den diffusen Lichtverhältnissen nur als dunkler Klotz ohne detaillierte Konturen auszumachen war. In den Häusern der Storchwinkeler war hier und da ein Fenster erleuchtet, auch bei den Wieks. Bald würde Florian die Hunde holen, um mit ihnen noch vor Arbeitsbeginn den ersten Spaziergang zu machen.

Während der Tee zog, holte Pippa einen Block und einen Stift aus ihrem Zimmer. Dann setzte sie sich an den Küchentisch und malte eine Tabelle: Jeder der Todesfälle bekam eine eigene Spalte, in die sie alles eintrug, was sie über die Umstände bereits wusste und wo sie sich noch Klarheit verschaffen musste. Mit welchen Personen hatten die Toten häufig zu tun gehabt? Welche gemeinsamen Freunde, welche Feindschaften hatten eine Rolle gespielt? Gab es verwandtschaftliche Bande? Die Verflechtungen innerhalb des Storchendreiecks waren derart eng und verworren, dass es überall Schnittmengen geben musste, davon war Pippa überzeugt, auch wenn sie selbst sie bisher noch nicht kannte. Sie notierte eine Liste von Fragen, die zur Klärung beitragen sollten. Früher oder später würde sich so ein Kreis von Verdächtigen ergeben – oder der eindeutige Hinweis auf einen Schuldigen.

In einem so engen Umfeld müssen sich zwangsläufig Motive, Ursachen und Interessenlagen überlappen, dachte sie. Irgendwas verbindet die beiden letzten Todesfälle, und wenn Heinrichs Worte nicht völliger Unsinn sind, sogar alle vier.

Sie nahm ein neues Blatt und notierte alles, was ihr in diesem Zusammenhang wichtig erschien:

Wie lange spielte das Vierergespann Heslich, Pallkötter, Hollweg, Bornwasser schon zusammen Doppelkopf, und fördert so etwas eigentlich Freundschaft oder Feindschaft?
Was hat diese vier so unterschiedlichen Menschen zusammengeführt bzw. was verbindet sie?
Warum und vor allem wobei sind oder waren Bornwasser und Heslich »Waffenbrüder«, wie Christabel es nannte?
Welche Rolle spielen die Gartenzwerge, die die Toten charakterisieren sollen?
Wurden sie vom Täter selbst aufgestellt oder von jemand anderem, der die Morde benutzte, um eine Nachricht zu platzieren?
Wie konnte diese Person an geheime Prototypen gelangen?
Warum wollte Waltraut Heslich ihr Testament ändern?
Wurde sie umgebracht, um das zu verhindern?
Warum sollte Timo Albrecht das Testament bezeugen und nicht jemand aus ihrem engeren Umfeld (Pallkötter, Hollweg etc.) oder ein Notar?
Wer will, dass ich aufhöre zu schnüffeln (Drohbrief!)?

»Das sieht doch schon ganz ordentlich aus«, sagte sie leise, »aber der Vollständigkeit halber sollte ich noch einige weitere Fragen hinzufügen.«

Welchen Auftrag hat der alte Heinrich für Christabel ausgeführt?
Hatte das etwas mit den Toten zu tun oder mit Julius Leneke?
Welche Situationen sind es, in denen Heinrich Christabel früher schon geholfen hat?
Warum verbindet die beiden eine so lange und enge Freundschaft, obwohl Heinrich allen Grund hat, Christabel wegen des Todes seines Sohnes zu hassen?
Was, wenn der alte Heinrich Christabel seit Jahren erpresst?

Seit ich von dem toten Baby weiß, mag ich dem alten Mann die bedingungslose Freundschaft zu Christabel nicht mehr abnehmen, dachte Pippa.

Sie musste sich eingestehen, dass sie unter solch tragischen Umständen zu einer wirklichen Freundschaft vermutlich nicht in der Lage wäre.

Der Auftritt Daria Dornbiers nach dem Konzert in Salzwedel kam ihr in den Sinn. Obwohl sie nicht mehr im Storchendreieck wohnte, ließ sie sich dennoch von ihren ehrgeizigen Brüdern vor deren Karren spannen. Warum kam ihr diese Frau nur so bekannt vor? Und welche offene Rechnung gab es zwischen Daria Dornbier und Christabel?

Seufzend blickte Pippa auf die beiden Blätter vor sich – eins mit einer schier endlosen Fragenliste, das andere mit den Akteuren dieser Tragödie, verbunden durch viele Linien, die sich wie ein Spinnennetz über die Namen legten.

»Da kommt eine Menge Arbeit auf mich zu«, murmelte sie, »oder ehrlicherweise: eine Menge Schnüffelei. Herzliche Grüße an den Versender des Ostereis: Ich lasse mir nicht drohen!«

Es wurde Zeit, frischen Tee für Christabel zu kochen und das Frühstückstablett zu richten. Pippa stand auf und stutzte, als sie aus dem Fenster sah, denn auf der Straße hatte sich eine große Anzahl Menschen versammelt. Sie standen im strömenden Regen in Gruppen zusammen und debattierten.

Pippa grinste, weil sie zunächst dachte, das offizielle Eintreffen des ersten Storches hätte die Dorfbewohner zusammengeführt, aber dann fiel ihr Blick auf die Küchenuhr. Es war bereits nach sieben Uhr, und nicht einmal der erste Storch des Jahres hatte die Macht, den pünktlichen Schichtbeginn in der Manufaktur zu verschieben.

Als es klingelte, eilte sie zur Haustür.

»Herr Lohmeyer! Guten Morgen.«

Lohmeyer lächelte flüchtig. Er war tropfnass, was ihn allerdings nicht sonderlich zu stören schien. »Guten Morgen. Ich bin auf der Suche nach Maximilian Hollweg. Ist er bei der Chefin?«

Pippa schüttelte den Kopf. »Um diese Zeit? Wo denken Sie hin? Frau Gerstenknecht ist noch nicht einmal aufgestanden.«

»Verdammt. Ich hatte gehofft ...« Er nagte nervös an der Unterlippe und fuhr fort: »Das Werkstor ist verschlossen. Unsere Mitarbeiter stehen im wahrsten Sinne des Wortes im Regen.«

»Gibt es keinen Nachtwächter?«

»Doch, natürlich. Frau Gerstenknecht gibt allerdings Hermann und seinem Kollegen an Feiertagen und während der Betriebsferien ebenfalls frei. Dann sind Bartels, Hollweg und ich verantwortlich für den Schließdienst. Immer abwechselnd. Und diesmal war Hollweg an der Reihe. Wir waren schon bei ihm zu Hause, aber dort ist er nicht.«

»Sie sind einfach in sein Haus spaziert?«

»Ja klar, wieso denn nicht?«, fragte Lohmeyer erstaunt. »Wir sind hier im Storchendreieck und ...«

»Da schließt keiner ab«, vollendete Pippa.

»Ganz genau – bis auf die Gartenzwergfabrik. Da sind wir penibel. Da darf keiner einfach so rein. An jedem Werktag wird abends ein neues Passwort in die Schließanlage gegeben, das mündlich an die Chefin weitergemeldet wird. Derjenige, der dafür zuständig ist, muss am nächsten Werktag morgens als Erster da sein, um es einzugeben und damit aufzusperren.«

»Also sind Sie drei immer die Ersten in der Manufaktur, noch vor Schichtbeginn.«

Lohmeyer grinste. »Frau Gerstenknecht ist der Meinung, gutbezahlte Bürohengste sollten *vor* der Herde antraben, denn das zeichnet echte Zugpferde aus. Um zehn Uhr an den Arbeitern vorbeizuschlurfen, um uns in einen bequemen Schreibtischstuhl zu setzen und zuzusehen, wie die eigentlichen Akteure das Geld verdienen – das würde sie uns niemals gestatten.«

»Typisch Christabel«, entgegnete Pippa.

»Es kann doch nicht sein, dass Hollweg schon nach Salzwedel zum Kommissariat aufgebrochen ist, ohne dass er vorher …?«, sagte Lohmeyer leise, als spräche er mit sich selbst.

Stimmt, dachte Pippa, Seeger hat Hollweg für acht Uhr zur Befragung bestellt. Das muss ihn reichlich durcheinandergebracht haben, wenn er darüber seine Pflichten vergisst.

»Kommen Sie einen Moment herein, Herr Lohmeyer. Ich wecke Christabel.«

Auf ihr Klopfen an Christabels Tür ertönte sofort ein »Herein!«. Die alte Dame blickte Pippa neugierig entgegen.

»Habe ich verschlafen, oder ist die Musikanlage defekt? Die leidige Zeitumstellung gehört abgeschafft, wenn Sie mich fragen. Diese verdammte kleine Stunde fehlt mir tatsächlich an meinem Schlaf.«

Als Pippa ihr erklärte, dass die Fabriktore verschlossen waren, weil Hollweg nicht erschienen war, und Lohmeyer nun das Passwort benötigte, war Christabel mit einem Schlag hellwach.

»Rasch, helfen Sie mir. Ich werde mich persönlich darum kümmern.«

Sie benutzten die Sänfte, um Christabel so schnell wie möglich zu *Lüttmanns Lütte Lüd* zu bringen.

Die alte Dame öffnete das Werkstor und ließ es sich nicht nehmen, im Eingang zur Fabrikationshalle jeden Mitarbeiter freundlich zu begrüßen.

Bartels stand hinter ihr und gönnte den Arbeitern weder Blick noch Gruß. »Was ich immer sage: Auf Hollweg ist kein Verlass. Jetzt sehen Sie es selbst, Frau Gerstenknecht.«

Zu seiner sichtlichen Enttäuschung reagierte die alte Dame nicht, also setzte Bartels noch eins drauf. »Sie müssen wirklich enttäuscht von Hollweg sein. Ihr Vertrauen derart mit Füßen zu treten! Was könnte wichtiger sein, als ...«

»Wenn ich schon einmal in der Fabrik bin«, fiel Christabel ihm ins Wort, »können wir auch gleich ein paar Dinge besprechen.« Sie ließ sich von Lohmeyer eine ihrer vierfüßigen Gehhilfen reichen. »Bringen Sie mich ins Büro, Herr Bartels. Herr Lohmeyer, Sie begleiten uns bitte.«

Sie setzten sich in Bewegung, kamen aber nur einige Meter weit, denn aus einem entfernten Teil der riesigen Halle ertönte ein markerschütternder Schrei, der sie mitten in der Bewegung erstarren ließ.

Pippa widerstand dem Impuls, mit den anderen in Richtung des Schreis zu rennen, und blieb mit Christabel zurück.

»Ich hoffe, es ist lediglich eine Spinne.« Die alte Dame krauste die Stirn und zog ihre Handschuhe glatt. »Erstaunlich, wie manche Menschen auf harmlose Insekten reagieren. Wir können uns Zeit lassen.«

Pippa lachte und ging langsam neben der alten Dame her.

»Ganz gleich, ob man selbst schnell oder langsam ist«, sagte Christabel, »rechtzeitig zu sein ist Einstellungssache.«

Am Ende der Halle standen die Menschen schweigend im Kreis um etwas herum. Erst als sich die Menge für sie und Christabel teilte, erkannte Pippa, was es war: eine der großen, in den Boden eingelassenen Stahlwannen, in denen der flüssige Gips für die Gartenzwerge angerührt wurde. Eine Plastikhaube verbarg den Inhalt.

Pippas Kopfhaut kribbelte. Die Erstarrung der Mitarbeiter, das Entsetzen in ihren Gesichtern ... Pippa kannte diesen Gesichtsausdruck mittlerweile, und sie ahnte, was sie erwartete.

Die junge Mitarbeiterin, die sich Pippa am Dorfteich als Anett Wisswedel vorgestellt hatte, stand als Einzige direkt an der Wanne. »Frau Gerstenknecht, ich ...« Sie brach ab, zog die Abdeckhaube zur Seite und sah Christabel hilfesuchend an.

Pippa wunderte sich nicht, dass Anett Wisswedel geschrien hatte: In der Wanne waren die Konturen einer gigantischen Zwergenform samt hoher Zipfelmütze zu erkennen, deren Gesicht bei näherem Hinsehen die Züge von Maximilian Hollweg trug. Es war nicht das karikaturhafte Gesicht einer Nachbildung – dort lag der echte Mensch, überzogen von Gips.

Christabels Hand krampfte sich um Pippas Arm, und die alte Dame zog scharf die Luft ein. Dann fasste sie sich und rief: »Holt ihn da heraus. Sofort. Und ruft die Polizei.«

»Wenn ich etwas einwenden darf«, raunte Pippa ihrer Chefin leise ins Ohr, »die Polizei wird nicht wollen, dass wir hier irgendetwas anrühren oder verändern. Und wir können Herrn Hollweg nicht mehr helfen.«

Christabel wollte erst protestieren, dann nickte sie. »Herr Bartels, decken Sie ihn wieder zu.«

Der Angesprochene starrte sie panisch an, und seine Augen füllten sich mit Tränen. Sekunden später weinte er hemmungslos. »Das ... das kann ich nicht, Frau Gerstenknecht«, brachte er schluchzend hervor.

Christabel musterte ihn mit unbewegtem Gesicht. »Nehmen Sie gefälligst die Zwiebel aus der Tasche, Bartels«, sagte sie mit eisiger Stimme, »und hören Sie auf zu heulen. Sie wollen mir doch nicht erzählen, dass Sie um Ihren Kollegen trauern.«

Bartels rang um Luft und schnäuzte sich geräuschvoll. »Hollweg ist in die neue Wanne gefallen, die ich für den größten Gartenzwerg aller Zeiten konstruiert habe. In den Gips für den Gartenzwerg zu Ihrem Geburtstag«, erwiderte er mit zitternder Stimme. »Es ist schrecklich. Ich fühle mich so schuldig. Wenn ich nicht die Idee gehabt hätte, diese einzigartige Riesenform zu bauen, dann würde er jetzt noch leben!« Wieder schluchzte er auf und schlug theatralisch die Hände vors Gesicht.

»Gütiger Himmel.« Christabel schüttelte den Kopf. »Sie sind jetzt sofort still, oder ich sorge eigenhändig dafür, dass Sie mit Ihrem bedauernswerten Kollegen den Platz tauschen.«

»Wenigstens kann er jetzt die Fabrik nicht mehr kaufen«, murmelte jemand hinter Pippa.

Als sie sich umdrehte, blickte sie in Florians Gesicht, der zwar blass aussah, aber ausgesprochen zufrieden.

Lohmeyer, der die Abdeckhaube wieder über die Wanne gelegt hatte, trat zu ihnen. »Chefin, Sie sollten lieber nach Hause …«

Christabel wehrte mit einer Handbewegung ab. »Unsinn. Hier ist mein Platz – und nicht zu Hause im warmen Bett. Schicken Sie die Leute heim, heute wird nicht mehr gearbeitet. Frau Wisswedel soll bitte bleiben. Sie hat Hollweg gefunden, die Polizei wird sie befragen wollen.«

Lohmeyer warf einen Blick auf die abgedeckte Wanne. »Seltsam. Diesen Toten hat der alte Heinrich nicht vorhergesagt.«

Hat er nicht?, dachte Pippa und versuchte, sich an die genauen Worte des Spökenkiekers zu erinnern. Er hatte von erzürnten Elementen geredet und von Schuldigen, die sich ihrer Bestrafung nicht entziehen können.

»Vielleicht haben wir seine Worte falsch interpretiert«,

sagte Pippa langsam. »Heinrich warnte davor, die Elemente erneut herauszufordern, weil die Erde sich dann noch einmal auftun und der zornige Wind noch einmal wehen würde.« Sie schluckte. »Und hier liegt Hollweg, fest umschlossen von hartem Gips ... da kann man durchaus eine Verbindung herstellen. Das würde dann allerdings auch bedeuten ...«

Christabel sprach für sie weiter: »... dass wir noch ein Urteil zu erwarten haben: die Bestrafung eines Schuldigen durch die Luft.«

Kapitel 22

In der Ade-Bar duftete es nach Kaffee und frischgebackenem Kuchen. Pippa, Christabel und Anett Wisswedel saßen zusammen am Fenster, während Bartels sich an einen Tisch in der dunkelsten Ecke des Raumes zurückgezogen hatte. Er wirkte beleidigt und schniefte demonstrativ vor sich hin.

Hilda Krause kam mit einem Tablett aus der Backstube und stellte es auf den Tisch der Frauen. »Hat jemand Appetit?«

Pippa und Anett Wisswedel schüttelten den Kopf, aber Christabel sagte: »Ich könnte ein kleines Frühstück gebrauchen. Mir knurrt der Magen.« Sie griff nach einem Rosinenbrötchen und biss mit Appetit hinein. »Vielen Dank, meine Liebe. Wenn ich schlechte Laune habe, bekomme ich Hunger.«

Ich würde jetzt keinen Bissen runterbringen, dachte Pippa und sah hinaus auf die regennasse Straße. Gegenüber bewachten zwei fröstelnde Polizisten in Uniform das Fabriktor, um jedem, der die laufenden Untersuchungen stören könnte, den Zugang zum Gelände zu verweigern. Über ihre Dienstmützen hatten sie transparente Plastiküberzieher gestülpt, die an Duschhauben erinnerten. Im Innenhof von *Lüttmanns Lütte Lüd* standen zwei Mitarbeiter der Spurensicherung in ihren weißen Overalls und erstatteten Hartung Bericht. Der junge Kommissar schrieb mit konzentriert gerunzelter Stirn in ein kleines Notizbuch.

Die Straße war menschenleer. Nicht einmal vor dem Bildschirm im Schaufenster von Hildas Café stand jemand, was – soweit Pippa beobachtet hatte – während der letzten Tage so gut wie nie vorgekommen war. Die Storchwinkeler schätzten es mittlerweile, auch außerhalb der Öffnungszeiten der Ade-Bar einen Blick auf die noch immer leeren Storchennester werfen zu können, darum hatten sie Hilda gebeten, den Monitor nicht wieder an die Wand zu hängen.

Das dürfte in der Geschichte Storchwinkels das erste Mal sein, dass die Bewohner auf Ansage widerspruchslos in ihren Häusern verschwunden sind, dachte Pippa.

Gerade gingen weitere Uniformierte von Haus zu Haus, um Aussagen aufzunehmen.

Pippa fragte sich, ob Julius Leneke ihnen wohl die Haustür öffnen würde, wenn er an der Reihe war, was nicht mehr lange dauern konnte. Sie war davon ausgegangen, dass an diesem Morgen seine Wiedereingliederung beginnen sollte, hatte ihn aber weder am Werkstor noch später in der Halle entdeckt. Abgesehen davon war sie der Meinung, dass er jetzt dringend an die Seite von Christabel gehörte.

»Wo ist Julius?«, fragte sie Christabel. »Jemand sollte ihm Bescheid sagen. Soll ich ihn holen?«

»Er ist zusammen mit Josef und Heinrich unterwegs, um Hildas neue Baumkuchenwalze zu holen«, antwortete diese und inspizierte ausgiebig die Käsesorten auf dem Tablett, bevor sie sich für ein Stück Camembert entschied. »Es wird Zeit, dass Hilda endlich wieder frischen Baumkuchen backt. Wenn wir auf die postalische Lieferung der Walze warten, dauert es noch ewig.«

Wie überaus praktisch, dachte Pippa, wenn hier im Dorf etwas passiert, sind diese Herren stets weit weg. Auch eine Kunst.

Unterdessen hatte Bartels immer wieder theatralisch aufgeschluchzt und zum Tisch der Frauen hinübergelinst, aber von ihnen keine Aufmerksamkeit bekommen.

»Wieso muss ich hier eigentlich herumsitzen, während Lohmeyer als Vertreter von *Lüttmanns Lütte Lüd* drüben im Werk ist?«, nörgelte er jetzt. »Ich bin zwei Jahre länger in der Firma als er. *Ich* sollte dem Kommissar alles erklären, nicht Lohmeyer.«

Christabel knallte verärgert ihr Messer auf den Tisch. »Hilda? Ist unter Heinrichs Tinkturen auch eine, die diesen Mann zum Schweigen bringen kann?«

Pippa und Anett Wisswedel wechselten einen amüsierten Blick, als Hilda Krause sofort zielstrebig zu einer Flasche Essig griff, ein Schnapsglas füllte und es Bartels an den Tisch brachte. Pippa wartete mit angehaltenem Atem auf seine Reaktion, als Bartels den Inhalt des Glases ohne zu zögern herunterkippte.

Zur Überraschung aller bedankte er sich aber lediglich bei Hilda.

»Hm«, flüsterte Hilda ihnen zu und grinste, »wenn das kein Beweis dafür ist, dass der Mann keinerlei Geschmack hat ...«

Christabel kicherte und gab der Freundin einen spielerischen Klaps auf die Hand.

Einmal mehr bewunderte Pippa den Humor der beiden Damen, der ihnen immer wieder durch schwere Krisen half. Keine von ihnen war gewillt, sich kampflos Schocksituationen, Rückschlägen, drohender Depression oder Verbitterung zu ergeben. Stets zogen sie sich an den eigenen Haaren aus dem Sumpf und blickten nach vorne.

Ich habe bisher von keiner der beiden gehört, dass sie je mit ihrem Schicksal gehadert hätten, dachte Pippa. Entweder sind sie Meisterinnen der Verdrängung, oder sie beherrschen die Kunst, bereits im Übel die Quelle der Heilung zu erkennen.

»Christabel, wir sollten Melitta Wiek und Severin junior informieren«, sagte Pippa kurz entschlossen.

Die alte Dame blickte sie erstaunt an. »Wieso das?«

»Hollwegs Tod, die Polizei in der Manufaktur ... Niemand weiß, was die nächsten Tage bringen. Das ist Grund genug, Severin mitzuteilen, was hier inzwischen passiert ist. Denken Sie nicht, Ihr Stiefsohn würde das von Ihnen erwarten? Und Melitta Wiek wird an Ihrer Seite sein wollen, um Sie zu unterstützen.«

»Ich habe doch Sie an meiner Seite«, erwiderte Christabel. »Sie sind mir Stütze genug. Die beiden haben sich ihren Urlaub verdient.«

»Auch wenn sich Severin in erster Linie für seine Hunde interessiert, ist er leitender Mitarbeiter von *Lüttmanns Lütte Lüd*. Und er wird hier jetzt gebraucht«, insistierte Pippa.

Nach einem Moment des Nachdenkens fragte Christabel: »Welcher Tag ist heute?«

»Ich weiß, die beiden sind erst seit sechs Tagen unterwegs, aber trotzdem ...«

»Das Datum«, fiel die alte Dame ihr ins Wort.

»Dienstag, der 2. April.«

Christabel nickte. »Dann geben wir den beiden noch ein wenig Zeit und lassen sie, wo sie sind. Stattdessen überlegen wir, ob der Tod meines Betriebsleiters tatsächlich gestern eingetreten ist und damit ein sehr böser Aprilscherz war.«

»Böser Aprilscherz? Das klingt nach einer guten Schlagzeile!«

Unbemerkt hatte Sebastian Brusche die Ade-Bar betreten. Wie aus dem Boden gewachsen stand er am Tisch und sah neugierig von einer zur anderen.

Pippa wollte ihn gerade höflich bitten, woanders nach Neuigkeiten zu suchen, als Christabel sagte: »Sie kommen wie gerufen, Brusche. Wir können Unterstützung jeglicher Art gebrauchen. Diese Ereignisse erfordern eine Sonderausgabe des *Ciconia Courier*. Ein Journalist Ihres Kalibers ist dafür doch sicherlich bereit, auf seine Nachtruhe zu verzichten.«

Sebastian Brusche, der sich sichtlich darauf eingestellt hatte, verjagt zu werden, starrte Christabel verblüfft an. »Ich verstehe nicht. Sie *wollen*, dass ich berichte?«

Die alte Dame ignorierte souverän sein Erstaunen. »Hintergrundberichte, Statements aus sogenannten gut informierten Kreisen, Interviews, Pressemitteilungen der ermittelnden Behörde, ein chronologischer Ablauf der Ereignisse, die Vorgeschichte der Opfer, Meinungen von Unbeteiligten ... muss ich Ihnen wirklich erklären, wie Sie in einem derartigen Fall vorzugehen haben?«

»Ich ... ja ... nein ...«, stotterte Brusche und musterte Christabel misstrauisch, hin- und hergerissen zwischen seiner beruflichen Neugier und der langsam dämmernden Erkenntnis, dass er gerade instrumentalisiert wurde.

Christabel deutete auf Bartels. »Zufällig sitzt dort drüben jemand, der bestens informiert ist. Mit dem können Sie beginnen. Herr Bartels kann Ihnen alles über Maximilian Hollwegs Werdegang bei *Lüttmanns Lütte Lüd* erzählen.«

Sofort holte Brusche sein Diktiergerät aus der Manteltasche und setzte sich zu Bartels, der das Auftauchen interessierten Publikums dazu nutzte, die Frequenz seiner zwischenzeitlich verebbten Schluchzer wieder zu steigern.

»Grauenvoll, grauenvoll«, stieß Bartels unter Tränen hervor, »vor Ostern haben wir noch gemeinsam den Geburtstag von Frau Gerstenknecht geplant! Es sollte ein so schönes Fest werden. Und jetzt? Das ist einfach nicht fair!«

Die Blicke von Anett Wisswedel und Pippa trafen sich, und Pippa las in der Miene der jungen Frau ähnliche Gedanken wie ihre eigenen: Was war nicht fair? Dass über Christabels Geburtstagsfeier ein Schatten fiel oder dass Hollweg der Tote war und damit im Mittelpunkt des allgemeinen Interesses stand – und nicht Bartels selbst? Ging es ihm denn immer nur darum, die Hauptperson zu sein? Egal, wie?

Der Journalist nickte verständnisvoll und holte zusätzlich Block und Stift aus der Tasche. »Sehr interessant, Herr Bartels. Aber fangen wir vorne an: Wann haben Sie Herrn Hollweg zuletzt gesehen?«

»Vor Ostern, das sagte ich doch bereits. Am Samstag war das. Im Storchenkrug. Die da«, er zeigte quer durch den Raum auf Pippa, »kann das bezeugen, nicht wahr?«

Die Formulierung reizte Pippas Widerspruchsgeist, deshalb fiel ihre Antwort schnippischer aus, als sie eigentlich wollte. »Ja, das kann ich – allerdings nicht, dass es tatsächlich die letzte Begegnung zwischen Hollweg und Ihnen war. Ansonsten erinnere ich mich genau – wie könnte ich zwei solche Streithähne vergessen?«

Begeistert stürzte sich Brusche auf diese Information. »Ein Streit? Um was ging es dabei, Frau Bolle?«

Ehe Pippa antworten konnte, meldete Bartels sich zu Wort. »Man soll nicht böse über Tote reden, aber ich kann an dieser Stelle einfach nicht verschweigen, dass Herr Hollweg ein sehr schlechter Verlierer war. Fragen Sie Frau Pallkötter, die spielte mit ihm regelmäßig Doppelkopf. Sie wird es Ihnen bestätigen.«

Christabel runzelte unwillig die Stirn. Offenbar führte das Gespräch in eine Richtung, die ihr nicht gefiel, denn sie sagte: »Schlechte Verlierer sind wir alle, Bartels. Wichtig ist nur, was oder wobei wir verlieren. Wenn Sie also daran interessiert sind, ausnahmsweise mit einem geistreichen und niveauvollen Statement zitiert zu werden, sollten Sie Herrn Brusche besseres Material an die Hand geben als lächerlichen Tratsch vom Kartentisch.«

»Ich frage mich allmählich, warum Sie diesen Mann beschäftigen«, sagte Pippa leise zu Christabel, während Brusche sich wieder Bartels zuwandte. »Er raubt Ihnen offenkundig immer wieder den Nerv.«

»Sie unterschätzen meinen missionarischen Eifer, meine Liebe«, erwiderte diese und lächelte. »Manche Leute müssen einfach zu ihrem Glück gezwungen werden. Ich glaube nach all den Jahren noch immer, dass jeder Mensch sich ändern kann, auch noch später im Leben. Aber ganz gleich welchen Alters: Dafür ist häufig etwas Ansporn nötig. Bei Bartels habe ich die Hoffnung noch nicht aufgegeben, dass es glückt. Bei anderen schon.«

Pippa wollte gerade nachfragen, bei wem sie aufgegeben hatte, als ein erstaunter Pfiff Brusches ihre Aufmerksamkeit erregte. Neugierig horchte sie, worüber an Bartels' Tisch gesprochen wurde.

»Verstehe ich das richtig?«, fragte der Reporter nach. »Sie haben eine mehrere Meter hohe Gussform bauen lassen? Für einen monumentalen Zwerg, der mit seinen ausgestreckten Armen eine Plattform für ein Storchennest über seine Zipfelmütze stemmen soll? Und die sollte mit Gips ausgegossen werden?«

»Sollte?«, rief Bartels anklagend aus. »Das ist es doch! Jemand *hat* sie mit Gips ausgegossen, mit Hollweg drin! Dadurch ist er doch …« Er brach ab und schluchzte.

Christabel riss der Geduldsfaden. »Das ist wirklich unerträglich, Bartels! Seien Sie verdammt noch mal ein Mann! Niemand nimmt Ihnen diese theatralische Betroffenheit ab – es sei denn, Sie rechnen damit, der Nächste zu sein!«

Brusche wartete gespannt auf Bartels' Reaktion, aber der

verschränkte jetzt die Arme und schmollte. Immerhin war sein Tränenstrom versiegt. Der Journalist seufzte und fragte in den Raum hinein: »Wer hat Hollweg überhaupt gefunden?«

»Ich«, sagte Anett Wisswedel leise.

Sofort kam Brusche herüber. Er setzte sich an den Nebentisch und sah die junge Frau aufmunternd an.

»Der Geburtstagszwerg für die Chefin war meine Aufgabe. Heute Morgen wollte ich damit beginnen«, erzählte Anett Wisswedel. »Als ich die Abdeckung von der Wanne nahm, dachte ich zuerst, Herr Bartels hätte einen meiner Kollegen damit beauftragt, doch schon früher daran zu arbeiten. Aber dann erkannte ich, dass Herr Hollweg in der Gussform lag. Ganz mit Gips überzogen.« Sie schauderte sichtlich.

»Woran haben Sie denn erkannt, dass es sich bei dem Toten um Herrn Hollweg handelt?«, fragte Brusche ungewohnt sanft.

»Unsere Zwerge gucken alle fröhlich und nicht so schlecht gelaunt wie der in der Form. Darum habe ich genauer hingesehen.«

Pippa musste sich beherrschen, um über den unfreiwilligen Witz der jungen Frau nicht zu lächeln.

»Was glauben Sie, wie lange Hollweg schon in der Form lag und trocknete? Können Sie eine professionelle Einschätzung abgeben, Frau Wisswedel?«

»Schwer zu sagen.« Anett Wisswedel wiegte den Kopf. »Von der Festigkeit des Materials her würde ich sagen ... eher länger als vierundzwanzig Stunden.«

Von Bartels kam ein verächtliches Schnauben. »Die junge Dame kann so etwas allenfalls für kleine Gartenzwerge beurteilen, die aus sehr viel weniger Gipsmasse bestehen. Außerdem haben Lohmeyer und ich für dieses besondere Projekt einen neuen Härter entwickelt: sehr haltbar, absolut wetterfest und speziell für die Belastung durch eine aufrecht stehende, überlebensgroße Statue gemacht.«

Diesmal musste Pippa sich rasch abwenden, um nicht laut herauszuplatzen. Sie fragte sich, wie groß eigentlich ein überlebensgroßer *Zwerg* war. Gab es amtliche Werte zu lebensgroßen Zwergen? Wenn ja – wurde mit Zipfelmütze gemessen oder ohne? Und ab wann galt ein Zwerg als überlebensgroß? Wenn er einem Menschen bis zur Hüfte reichte? Bei drei Metern bis zur Spitze der Zipfelmütze plus Storchennest ... das erreichte ja beinahe schon Dimensionen alter Götterstatuen in Ägypten!

»Niemand kann mit Sicherheit sagen, wie schnell der Gips aushärtet, und vor allem nicht, wie er auf«, Bartels hüstelte verlegen, »äh, lebendes Material reagiert. Aber eines ist sicher: Die Form, die er umschließt, gibt er nicht wieder frei – der Gips setzt sich in jede Pore.«

Im Raum herrschte absolute Stille, und auch Pippa verging das Bedürfnis zu lachen.

Bartels' Beschreibung der Vorgänge ließ bei allen ein höchst anschauliches Bild entstehen, wie Hollweg in die Gipsmasse gefallen und innerhalb von Sekunden so dicht davon umschlossen war, dass es keine Rettung für ihn gab.

»Herr Hollweg lag mit dem Gesicht nach oben in der Form«, sagte Pippa, »er muss rückwärts hineingestürzt sein.«

Bartels nickte. »Bei geöffneter Abdeckung.«

Anett Wisswedel fuhr auf. »Das kann nicht sein. Sie war geschlossen. Ich habe sie eigenhändig ... oh.« Sie holte tief Luft und fügte zaghaft hinzu: »Es war Mord, oder?«

»Und es sieht so aus, als wäre unser Mörder ein ganz Ordentlicher«, warf Brusche ein. »Er wollte nicht, dass noch andere zu Schaden kommen. Er hat die Abdeckhaube fein säuberlich wieder aufgelegt.«

Geräusche und Stimmen vom Hinterausgang der Backstube ließen alle aufhorchen. Froh über die Ablenkung, flötete Hilda entzückt: »Meine neue Walze ist da!«

Christabel erhob sich von ihrem Stuhl und ging mit der Freundin in die Backstube, gefolgt von Brusche mit schussbereiter Kamera.

In der Pendeltür drehte er sich noch einmal um und sagte: »In diesem Fall wird im wahrsten Sinne des Wortes der *Geschmack* der Leser entscheiden, welche Meldung die wichtigere ist!«

Mit einem Winken verschwand auch er hinter der Pendeltür.

»Mit Ihrem Vorschlag, Lüttmann junior und die Wiek zurückzuholen, sind Sie aber nicht weit gekommen«, sagte Bartels zu Pippa.

Was geht dich das denn an?, dachte Pippa und zuckte mit den Schultern. »Auch wenn Christabel es nicht will: Ich werde ihren Stiefsohn kontaktieren und Florian bitten, dringend seine Mutter anzurufen. Dann können beide selbst entscheiden, ob sie zurückkommen wollen oder nicht.«

»Die beiden Wieks dürften Hollwegs Ableben nicht sonderlich bedauern«, bohrte Bartels weiter. »Im Gegenteil. Sie profitieren davon.«

»Ach ja?«

»Allerdings. Lohmeyers Chancen auf seine angebetete Melitta Wiek sind heute doch sprunghaft gestiegen«, sagte Bartels. »Wenn Frau Gerstenknecht ihn tatsächlich zu Hollwegs Nachfolger ernennt, wird sein neues Gehalt locker für drei reichen und ihn so endlich für sie attraktiv machen. Also: Sieg auf der ganzen Linie.«

»Warum reden Sie so mies über die Wieks?«, fragte Anett Wisswedel entrüstet. »Zumindest Florian ist überhaupt nicht hinter Geld her. Dem geht es nur um seine Arbeit, die er wirklich liebt. Wenn er seine Abschlussprüfung erst einmal geschafft hat, wird er es allen zeigen.« Sie starrte den sprachlosen Bartels wütend an, dann hellte sich ihr Gesicht auf. »Obwohl – jetzt, wo Hollweg weg ist ... Bei Lohmeyer wird er sicherlich die Anerkennung bekommen, die er verdient.«

Sieh da, dachte Pippa, hier sind die Sympathien aber eindeutig verteilt.

»Sag ich doch: Beide Wieks profitieren von Hollwegs Tod«, murmelte Bartels hämisch.

Anett Wisswedel schnappte nach Luft, aber ehe der Streit eskalieren konnte, fragte Pippa die junge Frau: »Sind Florian und Herr Hollweg nicht gut miteinander ausgekommen?«

»Am Ostersonntag in der Früh haben wir noch darüber gesprochen. Ich wollte gerade zur Biberberg-Eier-Rallye, als ich Florian wütend aus Hollwegs Haus kommen sah. Er hat mich ein Stück begleitet, um sich wieder zu beruhigen. Hollweg hatte ihm wieder mal ein Zwischenzeugnis verweigert.«

»Florian hat ein Recht auf ein Zeugnis, Hollweg hätte sich gar nicht weigern dürfen.«

»Als ob den je interessiert hätte, was er darf und was nicht. Der findet immer ein Schlupfloch, das können Ihnen die meisten meiner Kollegen bestätigen. Und seit Bornwassers Tod wurde er immer schlimmer. Wir hätten sonst was getan, um ihn loszuwerden.« Sie stockte und wurde rot. »Äh ... ich meine das natürlich nicht so, wie es ... jetzt passiert ist.«

»Sehen Sie? Sehen Sie? Ich habe immer gesagt, dass Hollweg nicht geeignet ist, die Firma zu leiten! Aber auf mich hört ja niemand!«, ereiferte sich Bartels prompt.

Auf dich hört niemand, weil du eine Nervensäge bist und dich ständig beschwerst, dachte Pippa. Mich wundert allerdings, dass Florian und Teile der Belegschaft offensichtlich deiner Meinung sind und Christabel dennoch an Hollweg verkaufen wollte.

Beinahe erleichtert sah Pippa die beiden Kommissare vom Fabrikgelände auf die Ade-Bar zukommen.

Seeger und Hartung wirkten erschöpft, als sie das Café betraten. Pippa taten die beiden leid, als sie daran dachte, wie viel anstrengende Arbeit vor ihnen lag.

»Wo sind die anderen?«, fragte Seeger knapp. Auf Pippas Fingerzeig hin ging er zur Schwingtür, um alle ins Café zu bitten.

»Frau Wisswedel, Sie kommen bitte gleich mit«, sagte Seeger. »Alle anderen bitte ich um eine detaillierte Aufstellung Ihrer sämtlichen Aktivitäten während der letzten beiden Tage, und das heute noch. Sie können Ihre Niederschrift entweder bei einem unserer Beamten oder bei Frau Bolle abgeben.«

»So weit kommt es noch«, murmelte Bartels, wobei er offenließ, was genau er an der Bitte Seegers unzumutbar fand.

Stört ihn, dass er alles aufschreiben soll, dachte Pippa, oder will er die Auflistung nicht mir oder einem untergeordneten Beamten anvertrauen?

Bartels zog eine Visitenkarte aus der Brusttasche, stand auf und marschierte zu den beiden Kommissaren. Seeger machte eine Kopfbewegung in Richtung Hartung, der Bartels die Karte abnahm.

»Ich darf davon ausgehen, dass unsere ursprüngliche Verabredung heute um elf Uhr ausfällt?«, fragte Bartels.

Paul-Friedrich Seeger nickte. »Dürfen Sie.«

»Dann rufen Sie mich an, und wir machen einen neuen Termin. Dabei können wir gern besprechen, wie ich die letzten beiden Tage verbracht habe.« Bartels drehte sich auf dem Absatz um und verließ das Café.

Hartung wollte ihn aufhalten, aber Seeger schüttelte den Kopf.

»Wir haben uns ja am Sonntagmittag gesehen«, erinnerte Pippa Seeger. »Seither habe ich jede Minute mit Frau Gerstenknecht verbracht – bis auf die Schlafenszeiten natürlich. Während ich die Radtour unternahm, war Julius Leneke bei Frau Gerstenknecht zum Essen. Nachdem er das Haus verlassen hatte, legte sie sich auf das Sofa im Wohnzimmer, um auszuruhen, und ist fest eingeschlafen. Ich habe sie geweckt, als ich ins Gutshaus zurückkehrte.«

Hartung wurde aufmerksam und wandte sich an Christabel. »Aha, deshalb haben Sie nicht gesehen und gehört, wer den Drohbrief an der Terrassentür hinterlassen hat.«

Christabel zog die Augenbrauen hoch. »Drohbrief?«

Pippa fiel erst jetzt auf, dass sie vollkommen vergessen hatte, Christabel von diesem besonderen Überraschungsei zu erzählen, und erklärte rasch, was es damit auf sich hatte.

Christabel reagierte unerwartet gelassen. »Kommissar Seeger, während Sie Hollwegs Tod klären, werde ich herausfinden, wer diesen unsäglichen Brief an Frau Bolle geschrieben hat. Und dann gnade demjenigen Gott!«

»Und wie wollen Sie das anstellen?«, fragte Hartung weit weniger herablassend als sonst, aber mit leichtem Zweifel in der Stimme.

»Lassen Sie das ruhig meine Sorge sein, junger Mann. Ich habe da wirksame Mittel und Wege.«

»Darauf wette ich«, murmelte Seeger. Dann sah er Pippa an. »Wir haben heute Mittag eine Verabredung. Sie wissen, wo.«

Sicher, dass er von ihrem geheimen Treffpunkt bei der Vogelbeobachtungsstation sprach, erwiderte sie: »Gleiche Zeit, gleicher Ort. Ich werde dort sein.«

»Und das ist wo, wenn ich fragen darf? Nur damit ich nicht zu spät komme.« Brusche grinste.

Seeger schüttelte den Kopf. »Sie haben keine Zeit, Sie

haben einiges zu recherchieren. Ich lese dann morgen im *Courier*, was Sie herausgefunden haben.«

»Machen Sie sich auf eine dicke Sonderausgabe gefasst, Herr Kommissar. Was halten Sie von der Schlagzeile *Ripper tötet im Dreieck*?«

Hartung musterte den enthusiastischen Reporter mit der ganzen Überheblichkeit des besser Informierten. »Sie stellen da einen Zusammenhang zu den anderen Toten her, den wir nicht bestätigen können. Wir haben alles engmaschig durchsucht, aber weder in Hollwegs Haus noch in der Fabrik wurde bisher ein Gartenzwerg gefunden, der ihm zugeordnet werden kann.«

Anett Wisswedels Gesicht wurde weiß, als sie flüsterte: »Aber das ist in diesem Fall auch gar nicht nötig – Hollweg ist jetzt selber einer.«

Kapitel 23

Trotz des Regenschirms waren Pippa und Christabel bei der Rückkehr ins Gutshaus völlig durchnässt. Pippa half der alten Dame in trockene Kleidung, zog sich dann selbst um und kochte eine große Kanne Tee.

Als das Surren des Treppenlifts Christabels Ankunft im Erdgeschoss signalisierte, hatte Pippa im Wohnzimmer bereits zwei gemütliche Sessel so platziert, dass man bequem in den Garten sehen konnte.

Lange saßen die beiden Frauen schweigend nebeneinander und hingen ihren Gedanken nach. Unablässig strömte dichter Regen aus der dunkelgrauen Wolkendecke, die tief über der winterlich-kargen Landschaft hing. Unayok und Tuwawi hatten sich in ihre Hütten verkrochen, nur der unverwüstliche Tuktu hielt das Laufrad in Schwung.

»Man muss seine Angestellten nicht immer mögen«, sagte Christabel plötzlich, »trotzdem fühlt man sich für sie verantwortlich. Es macht mir zu schaffen, dass ich dieser Verantwortung nicht gerecht geworden bin. Maximilian Hollweg ist in meinem Werk gestorben. Das bedrückt mich ebenso sehr wie die Frage, wie ich meinen Mitarbeitern das Gefühl zurückgeben kann, bei *Lüttmanns Lütte Lüd* einen sicheren und vor allem ungefährlichen Arbeitsplatz zu haben. Es reicht nicht, dass sie trotz der momentanen Schließung der Fabrik weiterhin ihren Lohn bekommen.«

Pippa wusste, dass die alte Dame von ihr lediglich aufmerksames Zuhören erwartete, und schwieg deshalb.

Christabel seufzte. »Lesen Sie mir etwas vor – das beruhigt. Gute Literatur beruhigt immer. Sie vermittelt die Zuversicht, dass selbst im größten Chaos Klärung möglich ist. Jede gute Geschichte hat einen Anfang und ein Ende und eine Moral.«

»Dann hole ich rasch …«

»Nicht nötig, ich habe es mitgebracht.«

Christabel reichte ihr das Buch.

»Wo waren wir denn«, murmelte Pippa, während sie blätterte, »ah, hier: *… und wenn er nicht in Arbeit eingespannt war … dann suchte ihn die Angst heim …*«

Sie las weiter vor, merkte aber rasch, dass Christabel geistesabwesend war. Pippa hörte mitten im Satz auf und sagte: »Vorlesen scheint heute nicht zu helfen. Es geht Ihnen nicht gut. Ich mache mir ernsthaft Sorgen.«

»Das ist mein Blutdruck. Wenn ich mit mir unzufrieden bin und zu grübeln beginne, wird er kapriziös.« Sie lächelte. »Also Gott sei Dank nicht oft.«

»Ich hole Doktor Wegner.«

Christabel schüttelte den Kopf. »Auf keinen Fall, er hat jetzt Sprechstunde. Direkt nach den Feiertagen ist dort der Teufel los. Das macht keinen guten Eindruck, wenn er ausgerechnet meinetwegen aus der vollen Praxis stürmt. Gehen Sie lieber hin, und bitten Sie ihn um diese wunderbaren Tropfen, die mich so herrlich entspannt und müde machen. Er weiß dann schon Bescheid.«

»Ich lasse Sie nur ungern allein«, sagte Pippa zögernd.

»Dann schicken Sie Florian zu mir. Oder Sebastian Brusche, wenn Sie ihn finden. Unser rasender Reporter bringt mich durch seine bloße Anwesenheit auf andere Gedanken.«

Oder regt dich noch mehr auf, dachte Pippa besorgt, wusste aber, dass Widerstand zwecklos war, wenn Christabel ihre Entscheidung getroffen hatte. Sie holte ihre Jacke und den großen Schirm, dann ging sie noch einmal ins Wohnzimmer, um sich abzumelden.

»Glauben Sie wirklich, ich bin in Gefahr?«, fragte Christabel nachdenklich. »Kein Mörder wäre so dumm, eine Hundertjährige umzubringen. Das erledigt die Zeit für ihn, und zwar in nicht allzu ferner Zukunft.«

»Im Gegenteil: Weil die Zeit gegen ihn arbeitet, haben wir jetzt drei Tote«, entgegnete Pippa ernst. »Über das Alter seiner Opfer denkt der Mörder nicht nach, nur über das Motiv, das ihn antreibt.«

Christabel ließ sich Pippas Einwand durch den Kopf gehen. Dann nickte sie. »Sie haben vermutlich recht. Unter diesen Umständen ist es für Florian hier zu gefährlich. Holen Sie auf jeden Fall Brusche.« Sie zwinkerte Pippa zu und fuhr fort: »Der wollte sich schon immer mal als Kriegsberichterstatter profilieren.«

Pippa schüttelte lachend den Kopf. Sie war erleichtert, dass Christabel ihren Humor wiederfand.

»Brusche kriegt sein Interview«, sagte die alte Dame bestimmt, »und niemand wird je erfahren, dass auch Christabel Gerstenknecht Momente der Schwäche verspürt.«

»Dieses Geheimnis ist bei mir bestens aufgehoben«, erwiderte Pippa, »aber erlauben Sie mir trotzdem ...«

Sie öffnete die Terrassentür und rief nach Unayok. Sofort kam der Hund aus seiner Hütte und lief schwanzwedelnd zu Pippa. Vor der Terrassentür blieb er stehen und schüttelte sich, wobei er eine Fontäne feiner Wassertropfen versprühte. Erst danach betrat er das Haus. Seine Krallen klickten leise auf dem Parkett, als er zu Christabel ging und sie begrüßte, indem er sie sanft mit dem Kopf anstieß und leise schnaufte. Dann legte er sich zu ihren Füßen hin. Seine eisblauen Augen fixierten Pippa, als wollte er bestätigen, dass er seine

Aufgabe genau kannte und niemand es schaffen würde, Christabel zu nahe zu kommen.

»Wenn ich es recht bedenke: Mit Unayok an Ihrer Seite ist Brusche gar nicht nötig«, stellte Pippa fest.

Pippa trat vor die Haustür und dachte darüber nach, wo sie Brusche am ehesten finden könnte. Er war mit Sicherheit im Dorf unterwegs, um Hintergrundmaterial für seine Sonderausgabe zu sammeln und möglichst viele Leute zu interviewen. Ihn aufzustöbern konnte dauern.

Dann gehe ich zuerst zu Florian, dachte Pippa und spannte den Schirm auf. Sie ging um den Dorfteich herum. Aus dem Haus, das hinter Bornwassers Domizil lag, trat Erich, den sie am Bücherbus kennengelernt hatte. Zu ihrer Überraschung sperrte er die Haustür sorgfältig hinter sich ab. Er nickte ihr grüßend zu, schlug den Mantelkragen hoch und ging in Richtung Bushaltestelle die Straße hinunter.

Storchwinkel verliert seine Unschuld, dachte Pippa melancholisch, es kommt gerade in der kalten und ungastlichen Realität an.

Sie legte den Kopf in den Nacken und blickte den Turm in der Mitte des Dorfteiches hinauf bis zum Nest, das noch immer unbesetzt war. Die Störche schienen in diesem Jahr einen weiten Bogen um Storchwinkel zu machen.

Pippa wischte sich den Regen aus dem Gesicht und betrat den schmalen Vorgarten des Hauses, in dem die Wieks wohnten. Florian öffnete die Tür, bevor sie klingeln konnte.

»Ist mit Christabel alles in Ordnung?«, fragte er besorgt und entspannte sich sichtlich, als Pippa nickte.

»Ich möchte dich dennoch bitten, Kontakt zu deiner Mutter aufzunehmen«, sagte sie. »Sie sollte erfahren, was hier los ist.«

»Das habe ich schon versucht, leider vergeblich.« Er runzelte die Stirn. »In so einem Fall ist der ganzheitliche Therapieansatz dieser Kur echt blöd, es sind weder Telefone auf den Zimmern noch Handys erlaubt. Über die Dame im Büro bin ich nicht hinausgekommen, aber sie will meiner Mutter Bescheid sagen und ihr einen Rückruf ermöglichen. Auf jeden Fall muss ich warten, bis die heutigen Anwendungen abgeschlossen sind. Meine Mutter bekommt gerade irgendetwas, das *Anima* heißt und wohl ein Einlauf mit Öl, Milch oder Kräutern ist.« Er grinste schief. »Keine Ahnung, ob ich meine Mutter bedauern oder beneiden soll. Das reinigt ihr Verdauungssystem oder so. Genau hab ich es nicht verstanden – ich weiß nur, dass sie danach noch Ruhe braucht.«

»Bist du mit dem indischen Englisch klargekommen? Ich finde das gar nicht so einfach. Ich muss mich immer erst einhören.«

Florian zuckte mit den Schultern. »Die Frau sprach hervorragendes Deutsch, ohne jeden Akzent. Die haben viele deutsche Kunden, die bei ihnen kuren, und nicht jeder spricht Englisch. Deshalb gibt es mehrsprachige Angestellte. Meine Mutter hat sich auch aus diesem Grund für das Haus entschieden.«

Der Bücherbus bog in die Dorfstraße ein und stoppte an der Haltestelle. Timo Albrecht stieg aus und kam auf dem Weg zu Mandy in ihre Richtung. Er winkte ihnen und rief: »Florian, ich habe Bücher für dich dabei! Komm doch später vorbei!«

»Timo! Timo! Einen Moment, bitte!«

Aus dem Haus gegenüber stürzte Sebastian Brusche und überquerte im Sturmschritt die Straße, während er an seinem allgegenwärtigen Diktiergerät nestelte.

»Spontanes Statement eines Unbeteiligten, der noch nicht informiert ist«, sprach er hinein, als er vor Timo stand. »Timo, heute Morgen wurde bei *Lüttmanns Lütte Lüd* …«

Timo Albrecht winkte ab. »Sorry, Sebastian, weiß ich schon. Ich wäre beinahe im Graben gelandet, als ich der Blaulicht-Kavallerie ausweichen musste. Natürlich ist mein Bus im Schlamm des Seitenstreifens steckengeblieben. Ich hatte Glück – ein Bauer aus der Gegend kam zufällig mit seinem Traktor vorbei und zog mich wieder raus. Aber ich muss jetzt weiter. Tschüs.«

»Tolle Geschichte!«, rief Brusche ihm hinterher. »Wer war der Bauer? Was für ein Traktor? Ich brauche Details!«

Timo Albrecht stand bereits in der offenen Haustür von Mandy Klöppels Haus. Er drehte sich noch einmal um und rief zurück: »Später, Sebastian. Du weißt, wo du mich findest.« Damit ging er hinein.

»Das wird ein super Artikel«, murmelte Brusche, dann ging er weiter zu Pippa und Florian, die gerade vereinbarten, dass der junge Mann sich bei ihr melden würde, sobald er mit seiner Mutter gesprochen hatte.

»Nun zu Ihnen, Frau Bolle«, sagte Brusche strahlend.

»Nein, zu Ihnen, Herr Brusche«, antwortete Pippa. »Frau Gerstenknecht gewährt Ihnen ein Exklusivinterview. Das Angebot gilt allerdings nur noch fünf Minuten. Gehen Sie über die Terrasse hinein, sie erwartet Sie im Wohnzimmer. Sie dürfen jede Frage stellen, die Sie wollen. Keine verbotenen Themen. Sie haben doch keine Angst vor Hunden?« Damit ließ sie ihn stehen.

Als sie sich noch einmal umdrehte, brachte sie der Gesichtsausdruck, mit dem er ihr hinterhersah, zum Lachen. Dort stand ein Mann, der nicht fassen konnte, dass sich seine wildesten Träume urplötzlich erfüllten.

Der Blick der Arzthelferin sprach Bände. Hier wurde nicht diskutiert. »Mir ist gleich, wer Sie schickt oder für wen Sie arbeiten, Frau Bolle«, sagte sie streng. »Ich kenne Sie nicht.

Keinesfalls wird Doktor Wegner auf Zuruf ein Medikament für einen Dritten herausgeben. Wie alle anderen werden Sie warten, bis Sie an der Reihe sind, und dann können Sie ihm erklären, worum es geht. Bitte nehmen Sie im Wartezimmer Platz.«

Stimmengewirr drang aus dem überfüllten Wartebereich, und Pippa hörte schon in der Tür, dass auch Hollwegs Tod zu den Gesprächsthemen gehörte.

Würde mich gar nicht wundern, wenn Christabel mich auch deshalb hergeschickt hat, damit ich die allgemeine Stimmung erkunde. Die Meinung der Leute über sie und die Firma ist ihr wichtiger, als ich dachte. Allmählich sollte ich wirklich begreifen, dass Christabel nichts ohne Grund tut. Bestimmt hat sie ihre Tropfen noch literweise vorrätig.

Sie grüßte freundlich in die Runde und setzte sich auf die breite, niedrige Fensterbank, denn alle Stühle waren belegt.

Die Atmosphäre entsprach eher der einer Gastwirtschaft, zumal beinahe alle Anwesenden, unter ihnen auch Erich, ein Getränk in den Händen hielten. Auf einem kleinen Tisch in der Ecke des Raumes standen Thermoskannen, die mit »Kaffee« und »Tee« beschriftet waren.

Gerade hatte sich der rotwangige Mann bedient, den Pippa schon am Bücherbus gesehen hatte. Er ließ sich ächzend auf seinen Stuhl fallen. »Hier ist es doch bei diesem Wetter um einiges gemütlicher als in Heinrichs zugiger Mühle.«

Eine Frau kicherte. »Da hast du recht, Ernie. Und uns wird garantiert nicht dieser fürchterliche Storchschnabeltee verschrieben.«

»Storchschnabeltee geht ja noch. Mir gibt er Schafgarbe.« Erich verzog das Gesicht.

»Blähungen?«, fragte sein Stuhlnachbar interessiert. »Und? Hilft es dir? Ich kann mich immer noch nicht überwinden, das Gebräu zu trinken.«

»Dann nimm dir ein Beispiel an Hollweg. Wegen seines Magens lässt ihn Doktor Wegner das Zeug literweise trinken. Ließ, meine ich.« Als er Hollwegs Namen nannte, verstummten die anderen Gespräche im Raum.

»Die Fabrik wird wohl jetzt erst einmal geschlossen bleiben«, mutmaßte ein Mann. »Die Ade-Bar haben sie erst nach Tagen freigegeben.«

Zustimmendes Gemurmel erklang, dann sagte eine jüngere Frau: »Wir Heimarbeiterinnen haben nur noch so lange zu tun, wie es Vorräte unbemalter Wichtel gibt, Hermann. Dann wird es bei uns heikel.«

Wie auf ein geheimes Signal wurde es wieder still, und die Blicke aller wandten sich Pippa zu.

Diese blickte von dem Hochglanzmagazin auf, das sie zu lesen vorgab. »Frau Gerstenknecht wird niemanden finanziell hängenlassen, da bin ich sicher.«

»Es ist nur, weil Herr Hollweg in letzter Zeit immer wieder betont hat, dass es keine Gehaltserhöhungen gibt«, erklärte Hermann, »er sagte, dass es der Firma nicht gutgeht. Und als Frau Gerstenknecht jetzt auch ihren großen Geburtstag nicht feiern wollte ...«

Pippa schüttelte den Kopf. »Der Geburtstag wird definitiv gefeiert. Mir gegenüber macht Frau Gerstenknecht keineswegs den Eindruck, als drücken sie finanzielle Sorgen. Im Gegenteil: Sie plant, eine Stiftung ins Leben zu rufen.«

»Das kann man nur mit Geld«, warf eine andere Frau ein. »Und Frau Gerstenknecht macht keine leeren Versprechungen. Sie heißt ja nicht Biberberg.«

Einige Leute lachten, andere nickten nur – aber es wurde klar, dass sämtliche Anwesenden diese Meinung teilten.

»Aber warum sprechen Sie bei Christabel nicht ganz offen Ihre Sorgen an?«, fragte Pippa. »Es gibt doch sicher einen Betriebsrat.«

»Am besten, wir schicken eine Delegation ins Gutshaus«, schlug Hermann vor.

»Dann kannst du dich ja gleich als Betriebsleiter bewerben, wenn du dich das unter diesen Umständen noch traust«, sagte Martha Subroweit. »Oder fragt ihr euch nicht, warum es Hollweg getroffen hat? Ich jedenfalls sehe weit und breit kein Motiv.«

Der dicke, rotwangige Mann namens Ernie schnaufte. »Ach nein? Du hast doch selbst darauf hingewiesen: die Stelle als Betriebsleiter. Und Bartels ist nicht der Einzige, der sich für geeignet hält. Das weiß ich definitiv. Da drängeln sich eine ganze Menge Interessenten.«

»Aber dafür morden?«

»Warten wir ab, was Brusche schreibt«, rief Erich in die Runde, »spätestens morgen beim Frühstück wissen wir alle Bescheid«, sagte eine Frau, die ihren Arm in der Schlinge trug.

»Wegen solcher Menschen ist Storchwinkel verflucht«, sagte Erich düster, und Hermann lachte meckernd.

»Wie gut, dass du so ganz anders bist!«, prustete er.

Erich runzelte die Stirn. »Unter Bartels zu arbeiten wird jedenfalls keinen Spaß machen. Sein Plan, durch diesen überdimensionalen Zwerg in alle Medien zu kommen – Guinnessbuch der Rekorde und so –, kann er vergessen. Und ausgerechnet Hollweg hat es ihm versaut. Dafür werden wir alle büßen müssen, ich sag es euch.«

»Hollweg hätte sicher nichts dagegen, posthum berühmt zu werden«, sagte Ernie. »Wollte er nicht sowieso immer ganz groß rauskommen?«

Beifallheischend sah er sich um, aber die Reaktionen der Anwesenden waren gemischt. Einige grinsten, andere – denen er mit dieser Bemerkung zu weit gegangen war – schüttelten den Kopf.

Dich merke ich mir, dachte Pippa, du musst mir sagen, wer sich noch für einen zukünftigen Betriebsleiter hält … Sie bedauerte, dass das Gespräch bei Bartels hängengeblieben war.

Lediglich zwei alte Männer schenkten der allgemeinen Diskussion keinerlei Aufmerksamkeit, sondern unterhielten sich leise im örtlichen Platt miteinander, von dem Pippa zu ihrem Bedauern nur ein paar Sätze verstand.

»Wat dat die weij? Worüm bist du hier?«

»Mie dat nüst weij, ik bin blauss hier, wal et hier scheun warm is.«

Pippa verkniff sich ein Lachen und hätte zu gern gewusst, worüber sie sonst noch redeten.

Als hätte er das geahnt, stieß Erich, der neben ihnen saß, einen der beiden an. »Was haltet ihr eigentlich von alldem? Befürchtet ihr weitere Morde?«

Der alte Mann zuckte nicht mit der Wimper. »Heinrich hat gesagt, es passiert nichts mehr. Also passiert auch nichts mehr. Was sollen wir uns aufregen?«, erwiderte er gelassen in lupenreinem Hochdeutsch und wandte sich wieder seinem Gesprächspartner zu.

Beate Leising, die Pippa die Informationen über Waltraut Heslich zugetragen hatte, sagte: »Die Storchhenninger glauben, dass alles schon mit Eva Lüttmann losging, sagt meine Schwester. Ehemalige Mitarbeiter unserer früheren Ärztin leben in letzter Zeit gefährlich, findet ihr nicht?«

»Oder gar nicht mehr«, konterte Erich.

Ich hätte mir Brusches Diktiergerät borgen sollen, dachte Pippa, hoffentlich kann ich mir alles merken! Ich muss unbedingt herausfinden, in welcher Form die Toten mit Eva Lüttmann zusammengearbeitet haben. Ihr fiel ein, dass sie in ihrer Jackentasche einen kleinen Block samt Stift hatte. Das hatte sie bei Seeger gesehen und sofort übernommen.

Sie zog beides heraus und notierte sich einige Stichpunkte, tat aber so, als würde sie etwas aufschreiben, was sie in ihrem Magazin gelesen hatte.

Als sie wieder zuhörte, hatte die Diskussion bereits den nächsten thematischen Haken geschlagen.

»Sonst war um diese Jahreszeit das wichtigste Thema der erste Storch«, sagte Martha Subroweit, »jetzt ist es der nächste Tote.«

Erich hob den Finger. »Du musst zugeben, dass der Mörder sich bisher nur Leute ausgesucht hat, die sich nicht durch Freundlichkeit auszeichneten.«

»Ach, soll mich das etwa beruhigen?«, schnappte Martha.

Der rotwangige Mann warf ein: »Meinst du, der hat eine Liste, auf der auch Zacharias Biberberg steht, Erich?«

»Nee, aber du stehst drauf, wenn du mir nicht endlich die Kreissäge wiederbringst, die ich dir vor Weihnachten geliehen habe«, schoss dieser zurück.

»Du traust dich was!«, rief der Mann. »Wie heißt es so schön? Erster Riecher, erster Stinker! Die kriegst du wieder, wenn du endlich das Loch im Zaun reparierst, damit deine vermaledeiten Hühner nicht mehr in meinen Blumenbeeten scharren können!«

Als sich die allgemeine Heiterkeit gelegt hatte, fragte ein Mann, der sich bisher herausgehalten hatte: »War Hollweg eigentlich für oder gegen das Biberberg-Bauprojekt?«

Beate Leising antwortete. »Ich weiß aus sicherer Quelle, dass ihm ein gutes Stück des Landes gehörte, auf dem gebaut werden soll. Da hat er bestimmt einen Reibach gemacht.«

Der rotwangige Mann beugte sich interessiert vor. »Du meinst, daher hatte er das Geld, mit dem er *Lüttmanns Lütte Lüd* übernehmen wollte?«

Beate Leising zuckte mit den Achseln. »Woher sonst?

Aber da sieht man mal wieder: Wenn die moralische Sonne tief steht, werfen selbst Zwerge lange Schatten.«

Martha Subroweit sah die Frau überrascht an. »Ich dachte, es heißt, wenn die geistige Sonne tief steht ...«

Ihr Gegenüber machte eine wegwerfende Handbewegung. »Im Zusammenhang mit den Biberbergs passt alles.«

Pippa wurde allmählich warm. Seit sie das Wartezimmer betreten hatte, war kein einziger Patient hereingerufen worden, aber niemanden schien es zu stören. Die Luft in dem überhitzten Raum war verbraucht und stickig, und sie beschloss, kurz nach draußen zu gehen.

Die Arzthelferin an der Rezeption starrte missbilligend auf die Tür zum Behandlungszimmer, aus dem eine wütende Frauenstimme drang. In diesem Moment wurde diese Tür aufgerissen, und Gabriele Pallkötter stürmte heraus.

Unvermittelt blieb sie stehen, trat noch einmal einen Schritt zurück und fauchte: »Sie setzen da aufs völlig falsche Pferd, Herr Doktor, glauben Sie mir. Irgendwann sollte Ihre Dankbarkeit gegenüber Frau Gerstenknecht enden – und zwar nicht erst mit ihrem Tod!«

Gabriele Pallkötter wurde bewusst, dass sie Zuhörer hatte, und sie riss sich zusammen. Deutlich ruhiger fügte sie hinzu: »Ihre Loyalität ehrt Sie – aber wir alle wissen doch auch, dass Ihnen nichts anderes übrigbleibt ...«

Klingt für mich wie eine Drohung, dachte Pippa, während Gabriele Pallkötter grußlos aus der Haustür rauschte.

Doktor Wegner kam aus dem Behandlungszimmer, sah Pippa und bat sie mitzukommen.

»Tut mir leid, dass Sie das mit anhören mussten«, sagte er.

»Die war aber ganz schön geladen.«

Der junge Arzt winkte ab. »Nichts als heißer Wind – aber der nährende Regen danach wird leider ausbleiben. Ich erlebe Frau Pallkötter in letzter Zeit immer wieder in höchster Erregung. Vielleicht sollte ich ihr mal Valium verordnen.« Er grinste. »Oder mir.«

Er ging hinter seinen Schreibtisch und setzte sich. Mit einer Handbewegung bat er Pippa, ihm gegenüber Platz zu nehmen. Er sortierte einige Papiere auf seinem übervollen Schreibtisch, und Pippa sah nachdenklich zur Tür, die Gabriele Pallkötter für ihren lautstarken Abgang so schwungvoll aufgerissen hatte.

Wegner ertappte sie dabei und sagte ironisch: »Frau Bolle, Sie muss ich nicht untersuchen, um die richtige Diagnose zu stellen. Sie lautet: *Neugier*. Im dritten Stadium, unstillbar.«

»Genau, und die einzig wirksame Medizin ist, haarklein alles zu erfahren«, gab Pippa zurück. »Was war hier gerade los?«

Wegner zuckte mit den Achseln. »Warum nicht. Frau Pallkötter wollte mich als Gründungsmitglied eines neuen Doppelkopfquartetts anwerben, bestehend aus ihr selbst, Kommissar Seeger, Hollweg und mir. Ich habe abgelehnt.«

»Hollweg?«, rief Pippa aus. »Aber der ...«

»Sie weiß es noch nicht, und ich habe es ihr nicht gesagt. Sie kam direkt aus Wolfsburg in meine Praxis gerauscht.«

»Im Wartezimmer wird über nichts anderes gesprochen! Hat sie sich die Ohren zugehalten?«

»Sie glauben doch nicht, dass Frau Pallkötter sich herablässt, mit dem einfachen Volk im Wartezimmer zu sitzen. Die marschiert direkt zu mir durch.«

»Aber Ihre ...« Pippa deutete mit ihrem Daumen nach hinten.

»In manchen Fällen ist selbst mein Wachhund machtlos. Und das will etwas heißen.«

»Trotzdem haben Sie sich getraut, ihre Einladung zum

exklusiven Kartenzirkel abzulehnen? Meine Hochachtung. Ich frage mich, was es mit dieser Doppelkopf-Runde wirklich auf sich hat. Sucht Gabriele Pallkötter die Nähe zu Ihnen und Kommissar Seeger, um sich Ihre Unterstützung zu sichern? Nur: Wofür?«

»Ich will nicht unhöflich sein, aber könnten Sie mich das außerhalb meiner Sprechzeiten fragen?« Wegner lächelte. »Im Moment kann ich Ihnen nur bei Dingen helfen, die in meinen Arbeitsbereich fallen.«

Pippa wurde rot. »Selbstverständlich. Bitte entschuldigen Sie. Frau Gerstenknecht schickt mich, ich soll ihre Tropfen holen. Sie wüssten schon, hat sie gesagt.«

Doktor Wegner durchsuchte den Stapel Patientenakten, der auf seinem Tisch lag, und zog Christabels heraus. Er seufzte. »Ich muss gar nicht nachsehen, um zu wissen, dass sie davon in letzter Zeit mehr nimmt, als gut ist. Ich vermute, die Situation macht ihr zu schaffen – wie allen anderen auch. Ich kann es einer Hundertjährigen aber schlecht verweigern, nachts zu schlafen, statt zu grübeln.«

Er holte einen Schlüssel aus der Schreibtischschublade, ging zu einem Schrank und schloss ihn auf. Ihm entnahm er ein Fläschchen, das er an Pippa weiterreichte. Das Etikett trug die Handschrift des alten Heinrich.

Auf Pippas erstaunten Blick hin sagte er: »Nur gemeinsam werden wir des Storchendreiecks Herr. Unsere Patienten gehen sonst zu uns beiden und nehmen alles doppelt ein. Durch die Zusammenarbeit behalten Heinrich und ich den Überblick. Gerade bei Patienten wie Christabel, die etwas zum Schlafen oder zur Beruhigung wollen. Solche Sachen gibt es nur bei mir.«

»Hopfenzapfen, Johanniskraut, Melissenblätter, Baldrianwurzel, Passionsblumenkraut, in Essig angesetzt«, las sie murmelnd vom Etikett ab, dann fragte sie: »Sonst nichts?

Damit hält sie das alles durch? Wie schafft sie das? Wie bleibt sie so agil?«

Wegner zuckte mit den Achseln. »Keine Ahnung – aber irgendwas hält sie aufrecht. Und das sind weder Severin junior noch Julius Leneke. Denen könnte sie von ihrer Kraft noch einiges abgeben. Und das wissen die beiden auch.«

»Ich hoffe, ich mache wenigstens alles richtig. Ich achte darauf, dass sie gut schläft und richtig isst.«

»Das ist sehr gut, aber das war nie ihr eigentliches Problem.«

»Sondern?«

Wegner sah Pippa ernst an. »Christabel Gerstenknecht ist Alkoholikerin, seit fünfzehn Jahren trocken.«

»Das ist ... ich weiß nicht, was ich sagen soll.«

»Christabel hat Julius Leneke damals in einer Entzugsklinik kennengelernt. Dort hat sie die Entscheidung getroffen, ihr Leben zu ändern, und das hat sie durchgezogen. Bis heute. Julius hatte leider nicht ihre erstaunliche Willenskraft.«

»Jetzt verstehe ich. Sie hat ihn vor drei Jahren adoptiert und dann hierhergeholt.«

»Der Beginn der Prohibition im Storchendreieck.«

»Zeitlich kommt das genau hin.« Sie stutzte. »Gibt es in Storchwinkel kein Arztgeheimnis, oder warum erzählen Sie das so freimütig?«

Wegner hob die Handflächen in einer Was-bleibt-mir-übrig?-Geste. »Weil Christabel es wollte. Und weil Sie aus diesem Grund hier sitzen.«

Kapitel 24

Es regnete nicht mehr, als Pippa die Praxis verließ. Hier und da war die Wolkendecke aufgerissen und gab den Blick auf einen zartblauen Himmel frei. Pippa atmete tief durch und genoss den erdigen, frischen Geruch der Landschaft. Vor Hildas Schaufenster standen zwei Leute, die auf den Monitor zeigten und dann das Café betraten.

Es würde die Storchwinkeler ablenken, wenn endlich ein Storch auftauchte, dachte Pippa, niemand kann eine Hiobsbotschaft nach der anderen ertragen. Oder wird das Drama irgendwann zur Normalität?

Wieder fielen ihr die Peschkes ein, ihre Nachbarn aus der Transvaalstraße 55, die jeden Abend pünktlich zu den Nachrichten ihr Abendessen verputzten, ohne sich stören zu lassen, wenn auf dem Bildschirm Bomben fielen oder Menschen vor den Küsten Europas ertranken.

Pippa seufzte. Das funktionierte vielleicht, solange man zu den Ereignissen keinen persönlichen Bezug hatte, aber in Storchwinkel waren die Veränderungen unübersehbar. Die Menschen bekamen Angst und verloren das Vertrauen zueinander, einige schlossen mittlerweile sogar ihre Haustüren ab.

Der fast menschenleere Bücherbus an der Haltestelle zeigte nur allzu deutlich, wie ernst die Lage war: Außer Florian, der sich gerade von Timo Albrecht verabschiedete und ausstieg, konnte Pippa auf den ersten Blick niemanden entdecken, der an einem Tag wie diesem Bücher ausleihen wollte.

Sie wartete auf Florian, der einige großformatige Bildbände unter dem Arm trug.

»Eben war die Polizei bei mir«, erzählte er bekümmert. »Alle müssen sich zur Verfügung halten, jederzeit. Und ich ganz besonders. *Sie sind offensichtlich der Letzte, der Herrn Hollweg noch lebend gesehen hat*, hat der Kommissar gesagt.« Florian schnaubte. »So ein Blödsinn! Der Letzte war sein Mörder – nicht ich. Morgen Mittag habe ich eine dringende Verabredung, die will ich auf jeden Fall einhalten. Und die ist nicht im Storchendreieck.«

Sein Blick ging unwillkürlich zum Haus, in dem Anett Wisswedel wohnte, und Pippa fragte sich, ob sein Termin wohl mit der jungen Frau zu tun hatte.

»Sprich noch mal mit Kommissar Seeger«, schlug sie vor, »wenn es wichtig ist, lässt er vielleicht mit sich reden.«

»Sollte ich wohl versuchen«, sagte der junge Mann vage.

»Hast du denn morgen einen freien Tag?«

Florian Wiek nickte und sah dabei weiter zum Hause von Anett Wisswedel hinüber, als wollte er die junge Frau dadurch vor die Tür locken. »Hatte ich extra bei Hollweg beantragt. Am Sonntag, bei ihm zu Hause. Deshalb darf ich ja jetzt nicht mehr weg, weil ihn angeblich danach kein anderer mehr lebend gesehen hat.«

»Anett hat mir erzählt, dass Hollweg dir ein Zeugnis verweigert hat.«

»Stimmt. Und wo er schon mal dabei war, den harten Chef zu geben, wollte er auch gleich den Urlaubstag ablehnen. So kurz nach Ostern sei zu viel zu tun, sagte er. Ich habe ihn nur rumgekriegt, weil ich ihm sagte, ich müsste in Wolfsburg ein Geschenk für Christabels Hundertsten besorgen. Etwas, für das ich noch einige Tage Bearbeitungszeit benötige.«

»Sagst du mir, was es ist?«, fragte Pippa neugierig. »Ich werde es Christabel nicht verraten, versprochen.«

»Keine Chance!« Florian schüttelte den Kopf und grinste. »Das bleibt mein Geheimnis. Nicht mal meine Mutter weiß Bescheid.«

»Ich drück dir die Daumen«, sagte Pippa herzlich. »Soll ich mich um die Hunde kümmern?«

Florian wandte sich zum Gehen. »Danke, aber das ist nicht nötig. Das macht Julius.«

Pippa schlenderte weiter, um Timo zu begrüßen, und registrierte überrascht, dass jetzt auch Julius Leneke den Bücherbus verließ. Leneke hatte zwei Bücher unter dem Arm und schlug den Weg nach Hause ein, als er abrupt stehenblieb und sich panisch umsah. Der Heimweg wurde ihm von Gabriele Pallkötter abgeschnitten, die auf die Bushaltestelle zusteuerte. Leneke drehte auf dem Absatz um und rannte wie von Furien gehetzt an Pippa vorbei und durch Mandy Klöppels Vorgarten zu deren Haustür.

Timo steckte den Kopf aus der Bustür. »Um mit der Palle reden zu können, muss er wohl erst noch eines der Bücher lesen, das er sich gerade ausgeliehen hat.«

»Welche hat er sich denn geholt?«, fragte Pippa.

»*Wie führe ich zielgerichtete Gespräche* und *Wie gründe ich eine Stiftung*«, sagte Timo. »Ich war verblüfft. Das ist ganz schön weit weg von *Lebe und leide*. Offensichtlich gibt es in seinem Leben gerade einen Themenwechsel.«

Pippa und Timo sahen zu, wie Julius gleichzeitig klingelte und klopfte, um sich dann an der verdutzten Mandy vorbei hastig ins Haus zu drängeln.

Gabriele Pallkötter war näher gekommen und beobachtete ebenfalls Julius' Besuch bei Mandy. Ihre ganze Körperhaltung drückte höchste Missbilligung aus. »Was? Der auch?« Sie warf Timo einen herausfordernden Blick zu. »Er hat in seinem Leben doch wahrlich genug Probleme. Muss er sich auch noch mit Frau Klöppel einlassen?«

So, wie sie den Namen aussprach, klangen die Ps wie das Knallen einer Peitsche.

Timo Albrecht biss sich auf die Lippe. Es fiel ihm sichtlich schwer, sich nicht provozieren zu lassen.

Warum gibt ihr eigentlich niemand wirklich Kontra?, fragte Pippa sich ärgerlich. Diese unmögliche Person trägt ihre Selbstgerechtigkeit wie eine Monstranz vor sich her und nimmt sich das Recht heraus, andere in den Dreck zu ziehen. Und gerne hinter deren Rücken.

Sie spürte, dass sie wütend wurde, und sagte eisig: »Kontakt mit netten, wohlmeinenden Menschen tut jedem gut. Darin unterscheidet Julius sich nicht von anderen.«

Gabriele Pallkötter lächelte schmal. »Nett … O ja, da bin ich sicher. Ganz sicher. Frau Klöppel wird *sehr* nett zu ihm sein. Aber das ist ja allgemein bekannt, wie nett Frau Klöppel sein kann.«

»Ach, tatsächlich? Mir nicht. Ich bin neu hier.« Pippa sah Gabriele Pallkötter betont fragend an.

Diese tappte offenen Auges in die Falle. »Die Dame hat mindestens drei …«, sie hüstelte geziert, »*Verehrer*. Und sie wird von allen finanziell«, wieder ein Hüsteln, »*unterstützt*.«

»Die Glückliche«, gab Pippa zurück. »Da kann ich verstehen, dass Sie neidisch auf sie sind.«

Gabriele Pallkötter riss überrascht die Augen auf. Dann sagte sie: »Meine Liebe, Sie verstehen offenbar nicht, was da läuft.«

»Dafür verstehe ich, was *hier* gerade läuft«, fauchte Pippa. »Wenn ein Mann mehr als eine Freundin hat, dann klopft man ihm auf die Schulter und nennt ihn einen tollen Hecht. Wenn Frauen das Gleiche tun, wird die moralische Keule geschwungen.«

Timo wollte etwas sagen, kam aber nicht zu Wort.

»Natürlich überblicken Sie die Tragweite nicht, Frau Bolle, Sie sind ja neu hier. Mir geht es allein um das Kind. Lucie muss geschützt werden. Die arme Kleine kann einem leidtun.«

»O ja? Kinder müssen geschützt werden?«, rief Timo erbost. »Wann hätte Sie das jemals interessiert, Frau Pallkötter? Wenn Kinder geschützt werden müssen, dann vor Bürokraten wie Ihnen. Vor einem Jugendamt wie dem Ihrigen!«

Abrupt drehte er sich um und stieg in den Bus. Die Tür schloss sich zischend, dann fuhr Timo los.

»Also, das ist doch ...«, sagte Gabriele Pallkötter entrüstet. »Er fährt einfach ab! Noch während der offiziellen Ausleihzeit! Ich werde mich beschweren!«

»Was wollten Sie denn ausleihen?«, fragte Pippa. »Den *Hexenhammer*, um sich von der Inquisition inspirieren zu lassen?«

Gabriele Pallkötter tobte. »Das wird Konsequenzen haben! Ich bin eine Respektsperson im Storchendreieck. Zu mir sehen die Leute auf!«

»Wie groß sind Sie denn?«, fragte Pippa unschuldig.

Der Bus hatte den Dorfteich umrundet und kam wieder auf sie zu. Bremsen quietschten, dann zischte die Bustür. »Kümmern Sie sich in Zukunft gefälligst um sich selbst und Ihre vermaledeite Doppelkopf-Runde!«, rief Timo heraus. »Wenn Sie mich fragen, hat es da heute Morgen leider den Falschen erwischt!«

Die Tür schloss sich, und der Bus fuhr weg.

Gabriele Pallkötter drehte sich zu Pippa um. »Wissen Sie, was er damit meinte?«, fragte sie, deutlich ruhiger als zuvor.

Pippas Stimmung schlug um. Es fiel ihr doch schwer, dieser Frau eine so schlechte Nachricht zu überbringen. »Frau Pallkötter, es tut mir sehr leid. Herr Hollweg ... er wurde heute Morgen tot aufgefunden.«

»Oh.« Gabriele Pallkötter deutete auf zwei uniformierte Polizisten, die auf der linken Seite des Dorfteichs von Haus zu Haus unterwegs waren. »Dann sind die Herren nicht wegen Waltraut und Harry hier, sondern wegen Maximilian?«

Pippa nickte langsam. Die Frau hatte einen Unterton in der Stimme, den sie nicht definieren konnte. Lauernd? Ängstlich?

»Seltsam, wie das Leben so spielt. Oder der Tod«, sagte Gabriele Pallkötter trocken und marschierte in Richtung des Bungalows ihrer verstorbenen Freundin davon.

Verblüfft sah Pippa ihr nach. Das nenne ich Kaltschnäuzigkeit, dachte sie. War diese Frau etwa erleichtert über den Tod ihres Freundes? Wer solche Freunde hat, braucht wirklich keine Feinde.

Nachdenklich ging Pippa zum Gutshaus weiter. Als sie sich dabei ertappte, wie sie erneut zum Nest im Dorfteich hinaufsah, musste sie lächeln. Mittlerweile prüfte also auch sie automatisch, ob sich ein Storch niedergelassen hatte, ganz wie die Einwohner Storchwinkels. Die Position der Webcam schien sich verändert zu haben.

Zeigte sie bei meinem Weg zur Praxis nicht in einem anderen Winkel auf das Nest?, grübelte Pippa. Wirklich großzügig von Christabel, sogar bewegliche Webcams einbauen zu lassen …

Pippa musste sich sputen, wenn sie zu ihrer Verabredung mit Seeger pünktlich kommen wollte. Sie übergab Christabel die Tropfen und verpflichtete Brusche, nicht eher das Haus zu verlassen, bis sie zurückkehrte. Dann zog sie Gummistiefel von Severin junior an und machte sich auf den Weg.

Der Weg durch die Wiese war nach dem starken Regen aufgeweicht und rutschig. Sie begegnete niemandem, während sie sich durch den tiefen Matsch kämpfte. Das Vogelbeobachtungshaus war leer; Seeger war noch nicht da. Durch die

Sehschlitze schaute sie hinaus auf den Weiher. Ein Schwanenpaar glitt ruhig über das Wasser. Der Himmel bezog sich wieder mit dunklen Wolken.

Trotz der Postkartenidylle fühlte Pippa sich allein plötzlich unwohl.

Hoffentlich taucht Seeger bald auf, dachte sie, mir ist hier alles ein bisschen zu einsam. Und zu still.

Sie atmete erleichtert auf, als er endlich eintraf.

»Ich bin zu spät«, schnaufte er, als er sich neben sie setzte. »Ich war noch in der Mühle, um mit Heinrich zu sprechen. Er behauptet, er habe keinerlei Verbindung zu Hollweg gehabt. Wann immer er ihm zufällig begegnet ist, sagte Heinrich, habe Hollweg ihn schlicht nicht zur Kenntnis genommen. Offenbar hielt er Naturmedizin für Hokuspokus.«

Aber Heinrichs Gesundheitstees hat er literweise getrunken, weil er nicht ahnte, dass diese lediglich den Umweg über Wegners Praxis genommen haben, dachte Pippa und kicherte in sich hinein.

»Dass Hollweg elitär dachte, glaube ich sofort«, sagte sie. »Dieser Mann teilte Menschen in Kategorien ein. Soweit ich ihn erlebt habe, war er dünkelhaft und überheblich. Auf keinen Fall hätte Heinrich es je in die Doppelkopf-Runde geschafft, da bin ich sicher. Obwohl dort auch nicht nur eitel Sonnenschein geherrscht haben dürfte.«

Sie berichtete dem Kommissar von Gabriele Pallkötters Reaktion auf die Nachricht von Hollwegs Tod.

»Diese vier muss mehr verbunden haben als das Kartenspiel«, schloss Pippa ihren Bericht, »wenn das nicht ohnehin nur Fassade war. Nur – was war es?«

»Halten Sie dazu auf jeden Fall Augen und Ohren offen. Mich interessiert auch, warum Frau Pallkötter so dringend Ersatz für die Runde suchte, statt sie nach den Todesfällen einfach einschlafen zu lassen. Und vielleicht können Sie unauffällig herausfinden, ob Heinrich mir über seine angeblich nicht vorhandene Verbindung zu Hollweg die Wahrheit gesagt hat. In einem lockeren Gespräch schnappen Sie mit Sicherheit mehr Zwischentöne auf, als ich es bei einer offiziellen Befragung jemals könnte.« Er lächelte. »Solange ich davon profitiere, finde ich Ihren angeborenen Wissensdurst sehr nützlich.«

»Aller guten Dinge sind drei«, sagte Pippa und lachte. »Doktor Wegner diagnostiziert unstillbare Neugier, und Sebastian Brusche nennt es Ermittlungsfieber. Mit diesen Charakterzügen ausgestattet: Was kann ich noch für Sie ... für uns alle ... tun?«

»Sprechen Sie bitte mit Mandy Klöppel, an ihr beißen wir uns die Zähne aus. Sie ist eine gelehrige Schülerin von Frau Gerstenknecht – freiwillig würde die junge Dame uns nicht einmal verraten, ob sie eine echte Blondine ist. Sie müssen unbedingt herausfinden, worin die Verbindung zwischen den beiden besteht. Bei dieser Frage war Frau Klöppel besonders unkooperativ. Außerdem möchte ich schnellstmöglich mit den beiden Urlaubern reden.«

Seeger gab Pippa eine Visitenkarte mit seinen Kontaktdaten. »Wenn Sie Frau Wiek und Herrn Lüttmann sprechen, sagen Sie ihnen, dass sie mich jederzeit anrufen können. Zeitverschiebung hin oder her.«

Plötzlich hob Seeger den Kopf und lauschte. Als Pippa etwas sagen wollte, legte er den Finger an die Lippen. Sie horchte nach draußen, hörte aber nur das leise Rauschen des Windes und das Knacken kleiner Äste.

Seeger stand auf, schlich zum Ausgang des Beobachtungsstandes und öffnete abrupt die Tür. Dort verharrte er einen Moment lang unbeweglich, dann entspannte er sich wieder und kam zurück.

»Nichts zu sehen. Ich war mir ganz sicher, dass ich etwas

gehört habe.« Er grinste. »Ich hatte wohl gehofft, dass Brusche uns verfolgt, um uns bei einem romantischen Stelldichein zu ertappen.«

»Verstehe. Würde er über unsere geheime Liebesgeschichte schreiben, wären Sie Ihre Probleme mit dem Jugendamt los.«

Er seufzte. »Genau. Schade, dass Probleme sich nicht immer so schnell lösen lassen.«

Pippa lachte und erinnerte sich an eine kleine Scharade, die sie in Südfrankreich zusammen mit einem anderen Kommissar gespielt hatte. »Ein Wort genügt, und ich bin dabei. Es wäre nicht das erste Mal.«

Als er sie neugierig ansah, schüttelte sie den Kopf. »Staatsgeheimnis. Und auch bei Ihnen würde kein Wort nach draußen dringen. Ich kann verschwiegen sein.« Sie deutete auf seine Wachsjacke. »Aber alles hat seinen Preis.«

Er musterte sie amüsiert. »Interessanter Vorschlag. Ich werde ernsthaft darüber nachdenken.«

»Nicht zu lange, sonst überlege ich es mir anders. Übrigens habe ich etwas mitgebracht, Herr Kommissar.«

Sie zog ihre Notizen aus der Jackentasche, entfaltete die Blätter und reichte sie ihm. Besonders intensiv studierte Seeger ihre Fragenliste.

»Zwei davon kann ich Ihnen sofort beantworten«, sagte er. »Frau Heslich und Herr Bornwasser waren Waffenbrüder, weil er sie bei Zwangsversteigerungen als Strohmann einsetzte. Wir haben ja schon einmal kurz darüber gesprochen: Sie haben die Objekte ersteigert und mit ordentlichem Aufschlag weiterverkauft. Die Gewinne haben die beiden sich geteilt. Der Storchenkrug ist das beste Beispiel.«

»Bornwasser saß als Gerichtsvollzieher direkt an der Quelle. Er hörte als Erster von interessanten Angeboten. Aber hatte er keine Angst, dass Frau Heslich ihn doch mal verpfeift? Manchmal halten Allianzen nicht ein ganzes Leben.«

Seeger schüttelte den Kopf. »Das war nicht zu befürchten. Die beiden haben sich in ihren Testamenten gegenseitig als Alleinerben eingesetzt. Wer sich so absichert, liebt sich wirklich – oder das gemeinsame Geld.«

»Und ich dachte, Heslichs Busenfreundin Pallkötter soll alles bekommen.«

»Der Passus sollte erst in Kraft treten, falls Bornwasser vor Waltraut Heslich starb.«

»Was dann ja auch wirklich geschah«, sagte Pippa nachdenklich. »Umso spannender ist die Frage, was genau Waltraut Heslich in ihrem Testament ändern wollte. Und warum sie Timo Albrecht als Zeugen wählte. Wenn sie vorhatte, ihre Freundin aus dem Testament zu streichen, wäre das doch ein Mordmotiv für Frau Pallkötter, falls die davon Wind gekriegt hat. Für beide Morde.«

»Gut kombiniert. Das dachten wir auch – bis wir heute Morgen erfuhren, dass sie das gesamte Erbe abgelehnt hat. Sie hat sich aus Frau Heslichs Haus nur einige Erinnerungsstücke geholt.«

Pippa fiel die Kinnlade herunter. »Sie schlägt die Immobilien und das Geld von beiden aus? Unfassbar.«

Seeger nickte.

Bei meinen Trüffeln war sie nicht so bescheiden, dachte Pippa grimmig, dann fragte sie: »Wer ist der Nächste in der Erbfolge?«

»Maximilian Hollweg. Aber der hat jetzt auch nichts mehr davon.«

»Die vier aus der Doppelkopf-Runde hatten sich also über den Tod hinaus miteinander verbunden – und ich vermute, der Mörder wusste davon«, fasste Pippa zusammen.

Seeger nickte wieder. »Das ist absolut möglich. Aus diesem Grunde wüsste ich gern, ob Frau Pallkötter ebenfalls für die anderen vorgesorgt hat, und vor allem, wen sie jetzt bedenken will, nachdem sie erneut vor einem eindrucksvollen Erbe steht.«

»Die Dame ist jetzt eine richtig gute Partie, Herr Kommissar«, sagte Pippa und grinste.

Seeger bekam zwar einen roten Kopf, verlor aber seinen Faden nicht. »Wir müssen herausfinden, ob sie auch in Gefahr ist, aber ohne sie allzu sehr zu beunruhigen. Könnten Sie vielleicht mal bei ihr vorfühlen ... so von Frau zu Frau ...«

Pippa schnappte nach Luft. »Kommt überhaupt nicht in Frage. Das machen Sie selber. Da würde als Schmerzensgeld nicht einmal Ihre Jacke reichen.«

Seeger grinste beinahe verlegen. »Und ausgerechnet das hätte ich ganz besonders gerne an Sie delegiert. Ihre Fähigkeiten ...«

Pippa unterbrach ihn, indem sie kategorisch den Kopf schüttelte. »Ich bleibe hart, egal, wie sehr Sie mir schmeicheln. Aber Sie haben doch Hartung. Wenn er das durchzieht, ist er ein wahrer Mann der Tat, und seine amerikanischen Vorbilder sind nur noch verblassendes Zelluloid.«

»Dann kann er auch gleich herausfinden, seit wann das Quartett zusammenhing«, murmelte Seeger, »und was sie zusammengeführt hat.«

»Da würde ich gern Mäuschen spielen«, sagte Pippa. »Dürfen Sie mir übrigens etwas zum Todeszeitpunkt sagen?«

»Das ist kein Geheimnis«, entgegnete Seeger, »schließlich benötigen wir von allen Verdächtigen ein Alibi für diese Zeit, daher wird es sich ohnehin herumsprechen. Eines wissen wir genau: Am Sonntagnachmittag um vierzehn Uhr hat Hollweg die Werksuhr auf die Sommerzeit umgestellt, wohl um sicherzustellen, dass er es nicht vergisst und die Stechuhren am Dienstagmorgen richtig funktionieren. Er ging also vor diesem Zeitpunkt in die Fabrik und kam nicht mehr heraus.« Er schwieg einen Moment, dann fragte er: »Haben Sie eine Ahnung, wer das Werk kommissarisch leiten wird?«

»Christabel selbst. Aber ich habe Angst, dass sie sich überanstrengt. Heute Abend werde ich versuchen, Severin Lüttmann zu erreichen, dann ist in Alaska früher Morgen. Ich hoffe, ich erwische ihn, bevor er unterwegs ist, und kann ihn überreden, sofort zurückzukommen. Wenn er mit Ihnen spricht, können Sie dann bitte auch …«

»Natürlich.« Seeger sah auf seine Uhr. »Ich muss los. Ich finde, unser kleines Treffen war sehr aufschlussreich.«

»Einen Moment noch. Bevor Sie gehen, wüsste ich gerne, ob Sie eine Liste von Verdächtigen haben.«

»Natürlich, aber die kann ich nicht mit Ihnen teilen. Noch nicht. Gehen Sie einfach davon aus, dass ich wirklich niemanden ausschließe.«

»Das ist wirklich furchtbar«, sagte Pippa bedrückt. »Die meisten leben schon seit Jahrzehnten friedlich nebeneinander.«

»Na, wenn *das* kein Motiv ist«, entgegnete Kommissar Seeger ironisch.

»Dann sagen Sie mir wenigstens, ob wir es Ihrer Meinung nach mit mehreren oder nur mit einem Täter zu tun haben.«

Seeger seufzte. »Wenn ich das wüsste, wäre ich erheblich weiter. Könnte durchaus sein, dass Bornwassers Ermordung überhaupt erst zu den nachfolgenden Morden inspiriert hat.«

Pippa schluckte. »Trittbrettfahrer? Das hieße, wir hätten es nicht mit einem Serienmörder zu tun, sondern mit Morden in Serie.«

Kapitel 25

Pippa machte sich auf den Weg zurück nach Storchwinkel, nahm aber diesmal die Straße, die am Storchenkrug vorbeiführte, da es ihr zu mühsam war, erneut durch den Matsch des Wiesenwegs zu stapfen. Weil es nach Regen aussah, beschleunigte sie ihre Schritte, aber der Wolkenbruch erwischte sie, als sie gerade an der Mühle war.

Triefend nass rettete sie sich hinein und wurde von Heinrich in Empfang genommen. Er forderte sie auf, sich zu setzen und sich aufzuwärmen.

»Ich habe Sie kommen sehen«, sagte er und reichte ihr ein Handtuch, das sie dankbar annahm, um sich die langen Locken zu frottieren.

Der alte Mann schmunzelte. »Früher hätte man Sie wegen Ihrer roten Haare als Hexe verbrannt.«

»Unsere Scheiterhaufen hätten direkt nebeneinandergestanden, Herr Quacksalber und Geisterbeschwörer.«

Heinrich lachte herzlich. »Sie haben eine gute Portion Schlagfertigkeit aus Berlin mitgebracht. Ich wette, Christabel fühlt sich durch Sie bestens unterhalten.« Unvermittelt wurde er ernst. »Das ist wichtig, denn sie braucht Ablenkung und Unterstützung. Dies ist eine schwere Zeit. Eine Zeit wie das Wetter draußen. Meist ist es dunkel, nur ganz selten traut sich ein Sonnenstrahl in die Finsternis.«

Ich werde mich jetzt nicht von deinen Predigten oder Komplimenten ablenken lassen, nahm Pippa sich vor. Wenn ich schon einmal hier bin, will ich handfeste Informationen.

»Ich mag Christabel guttun, aber das reicht mir nicht«, sagte sie. »Ich hätte gern richtigen Schutz für sie, am besten durch die Polizei.«

»Sie glauben, Christabel ist in Gefahr?«, fragte er.

»Solange wir nicht mehr wissen, müssen wir davon ausgehen, dass jemand durch das Storchendreieck läuft und skurrile Morde an den Honoratioren der Region inszeniert – eine verstörende Vorstellung für die noch lebenden. Auch für Christabel.«

»Keine Bange. Wer ihr Böses wollte, der hätte zwanzig Jahre lang Zeit dazu gehabt.«

»Bin ich die Einzige, die sieht, was hier passiert?«, fragte Pippa verärgert. »Warum glauben alle, dass Zeit sich immer nur positiv auswirkt? Die Morde sind außerordentlich grausam, und das ist meiner Meinung nach ein deutliches Zeichen für langgehegten, tiefsitzenden Groll, der sich jetzt beim Täter oder der Täterin Bahn bricht. Es muss vor kurzem einen Auslöser gegeben haben – und jetzt will oder muss der Mörder handeln.« Sie machte eine Pause und sagte dann: »Die Frage ist doch: Zu welchem entscheidenden Moment seiner Biographie folgt ein Mensch dem Pfad der Rache statt dem der Liebe – und wer steht ihm dabei im Weg?«

»Sie machen nicht nur Christabel Konkurrenz, sondern auch mir«, entgegnete Heinrich. »Mit derlei eindringlichen Sätzen versuche ich sonst, meine Schäfchen zu erreichen.«

»Und sind damit äußerst erfolgreich. Mittlerweile denkt selbst die Polizei über Ihre Vier-Elemente-Theorie nach.«

Heinrich nickte nur und trat an das kleine Fenster. Er öffnete es und blickte lange hinaus in den strömenden Regen. Schließlich sagte er, ohne sich Pippa dabei zuzuwenden: »Ich kann das Unheil kommen sehen. Es ist eine Bürde.«

Das ist gruselig, dachte Pippa, riss sich aber zusammen. »Ich glaube nicht an das Zweite Gesicht. Aber ich glaube, dass es Menschen mit außergewöhnlicher Intuition gibt, die unbewusst deutlich mehr wahrnehmen und verarbeiten als andere Menschen und daraus instinktiv die richtigen Schlüsse ziehen. Und es gibt Menschen, die brisante Informationen aus sicheren Quellen erhalten, die sie dann als Spökenkiekerei weiterverkaufen. Zu welcher Kategorie gehören Sie?«

Heinrich drehte sich um. »Sie trauen mir nicht. Warum?«

Pippa beschloss, die Flucht nach vorn anzutreten. »Herr X hat mir erzählt, dass Ihr Sohn bei der Geburt in Christabels Kreißsaal gestorben ist, und ich frage mich ...«

Er unterbrach sie, indem er sich zu ihr an den Tisch setzte und sie offen ansah. »Nicht bei der Geburt. Sechs Tage später, und dafür kann niemand Christabel verantwortlich machen. Außerdem passierte es an ihrem freien Tag. Meine Frau und ich wollten Peter gerade nach Hause holen, aber ...«, er stockte kurz, »da war er schon nicht mehr da.«

Er kann nicht aussprechen, dass sein Kind tot ist, dachte Pippa betroffen, das kann ich verstehen.

Heinrichs Stimme war brüchig, als er fortfuhr: »Christabel wurde dafür gerügt, dass sie ihn nicht in den Brutkasten gelegt hatte. Aber das hätte auch keine der anderen Hebammen getan. Peter war so ein gesundes kleines Kerlchen. Mit Komplikationen war nicht zu rechnen. Auch Frau Doktor Lüttmann hatte keine weiteren Maßnahmen angeordnet.«

»Eva Lüttmann war die Ärztin, die mit Christabel zusammenarbeitete?«

Heinrich nickte. »Und Waltraut Heslich war die Oberschwester der Station. Sie war noch sehr jung und hatte die Stelle erst ein paar Monate zuvor durch Eva Lüttmanns Empfehlung bekommen. Natürlich war Frau Heslich deshalb erpicht darauf, sich des Vertrauens ihrer Förderin würdig zu erweisen und ... ihre Aufgaben in deren Sinne zu erledigen.«

So vorsichtig er es auch formulierte – Pippa registrierte, dass es eher nach Anklage als nach Kompliment klang. Offenbar sah er das Fehlverhalten bei der ehemaligen Oberschwester.

»Aber Christabel wurde dafür verantwortlich gemacht, oder nicht?«, sagte Pippa.

»Ihr wurde die Schuld gegeben – aber nicht von mir. Alle Welt glaubte, sie sei langsam zu alt und würde deshalb lebensbedrohliche Situationen falsch einschätzen oder schlicht übersehen. Auch meine Frau dachte so. Sie fand heraus, dass unter Christabels Obhut bereits drei andere Kinder gestorben waren, und verlangte ihre Absetzung.«

Pippa hielt den Atem an. Der alte Mann war so versunken in seiner Vergangenheit, dass sie ihn nicht zu unterbrechen wagte.

»Das war nur eines der Themen, über die wir beide immer wieder stritten«, erzählte er traurig weiter. »Sie verstand auch nicht, warum ich unseren Ausreiseantrag zurückziehen wollte.«

Überrascht vergaß Pippa ihre Zurückhaltung und fragte: »Sie hatten einen Ausreiseantrag gestellt?«

»Was blieb uns mit unseren Vorstellungen vom Leben anderes übrig? Wir galten damals schon als aufmüpfig – und bei manchen öffentlichen Stellen hat sich daran bis heute nichts geändert.« Heinrich zuckte resigniert mit den Achseln. »Wir hatten so sehr gehofft, dass wir ausreisen dürften, bevor unser Kind geboren wird.«

Einen Moment lang schwiegen sie, dann stand Heinrich abrupt auf und ging zum Kanonenofen, auf dem eine Teekanne stand.

»Ich habe hier einen wunderbaren Schietwettertee gegen Erkältung. Damit sind Sie gegen Wind und Wetter gefeit.«

»Ich nehme ihn mit Zucker. Und dem Rest der Geschichte, wenn Sie ihn mir erzählen mögen.«

»Bei mir gibt es keinen Zucker. Nur Apfeldicksaft«, entgegnete der alte Mann und lachte leise. Dann wurde er wieder ernst. »Meine Frau ist ein Jahr später wirklich in den Westen gegangen, aber ich wollte nicht mehr weg. Ich wollte in der Nähe meines Sohnes bleiben.«

Er reichte ihr einen Becher mit dampfendem Tee, und Pippa war froh über einen Moment der Ablenkung.

»Damals habe ich mich häufig mit Christabel getroffen«, fuhr Heinrich fort. »Diese Zeit war für sie keineswegs leichter als für mich. Die Leute haben mit dem Finger auf sie gezeigt und sie beschimpft. *Das ist die, bei der die Kinder sterben. Besser, unsere Kinder kommen zur Welt, wenn sie nicht in der Nähe ist.* Die Frauen zogen es vor, zu Hause zu gebären. Oder in Salzwedel.«

Während Pippa vorsichtig an dem heißen Getränk nippte, erinnerte sie sich an einen entsprechenden Eintrag Hermanns in der Chronik: Er sei froh, dass seine Tochter zu Hause und nicht im Krankenhaus in Storchhenningen zur Welt gekommen sei, hatte er geschrieben. Der schlechte Ruf des Kreißsaales hatte sich also gehalten, selbst als Christabel schon lange nicht mehr dort arbeitete.

»Frau Gerstenknecht hat einiges aushalten müssen«, sagte sie.

Heinrich trank von seinem Tee und stellte die Tasse ab. »Ich dachte, wenn alle Welt sieht, dass wir befreundet sind, lassen sie Christabel in Ruhe, aber das war nicht der Fall. Das alte Lied: Sündenböcke werden gebraucht, um Erklärungen zu haben, die man glauben und verstehen kann, wenn die Wahrheit zu schwer verdaulich ist. Alles, was ich tun konnte, war, ihr ein Freund zu sein und zu zeigen, dass ich ihr keine Schuld gab.«

So hat er Christabel also geholfen, dachte Pippa. Davon hat sie gesprochen.

»Aber Christabel ist dann auch weggegangen«, sagte sie.

»Sobald sie fünfundsechzig war und ihre Mutter in England besuchen durfte. Sie beantragte ein Visum und kehrte nicht zurück. Ich habe sie sehr vermisst.«

»Was glauben Sie, warum sie später doch wiedergekommen ist?«

Heinrichs harte Gesichtszüge entspannten sich, und er lächelte. »Das liegt doch auf der Hand: weil es hier wunderschön ist, weil man so eine Heimat nicht leichtfertig aufgibt – und weil Menschen dazulernen können.« Er hob den Zeigefinger. »Und: weil sie ganz schnell vergessen, besonders gerne ihre eigenen Fehler. Christabel hat sich ihre Welt zurückerobert. Mit ungeheurem Einsatz. Von ganz unten.«

Jetzt oder nie, dachte Pippa und fragte: »Sie meinen: Sie hat sich aus ihrer Alkoholabhängigkeit befreit?«

»Sie wissen davon?« Heinrich warf ihr einen erstaunten Blick zu, dann nickte er. »Ich habe geholfen, wo ich konnte.« Er deutete auf die Regale voller Tinkturen und Kräuter. »Sie trank schon viel zu viel, bevor sie wegging. Es war wie eine sich selbst erfüllende Prophezeiung: Jemand behauptet etwas immer wieder, irgendwann glaubt man es selbst und tut es schließlich – und schon ist es die Wahrheit. Diese Verleumdungen waren eine schwere Strapaze, eine Heimsuchung für sie. Es war schon schlimm genug, dass ihr Alter an den angeblichen Fehlentscheidungen im Kreißsaal schuld sein sollte, aber Waltraut Heslich streute obendrein das Gerücht, Christabel sei Alkoholikerin. Und das bereits zu einem Zeitpunkt, als das noch gar nicht stimmte.«

Aha, dachte Pippa, Waltraut Heslich sang im Chor der Verleumder mit. »Das passt doch überhaupt nicht zusammen. Wenn Frau Heslich und Frau Gerstenknecht ein so gespanntes Verhältnis zueinander hatten, warum hat dann Christabel für sie Bornwassers Beerdigung bezahlt?«

»Das hat mit Frau Heslich nichts zu tun«, sagte der alte Heinrich und hob den Zeigefinger, »das geschah, weil es hier Brauch ist, dass der Ortsvorstand entscheidet, ob zur Ehrung verdienstvoller Mitbürger ein Leichenschmaus ausgerichtet wird. In diesem speziellen Fall wollte Christabel sicherstellen, dass alle, die unter Bornwasser gelitten haben, an diesem Tag ohne Zorn Abschied nehmen können. Sie hat als Bürgermeisterin über die Bezahlung entschieden – nicht als Privatperson.«

»Und was ist mit Gabriele Pallkötter? Spielte sie auch eine Rolle?«

Heinrich lachte bitter. »Die war auch damals schon mit Frau Heslich im Bunde. Zu der Zeit bestand die Doppelkopfrunde aus Eva Lüttmann, Bornwasser, Pallkötter und Heslich. Der ehrenwerte Herr Hollweg kam erst nach Frau Lüttmanns Tod dazu.«

»Das klingt, als ob er bei Ihnen nicht gerade hoch im Kurs stand.«

»Damals wie heute habe ich mich von dem Mann ferngehalten. Er und ich, wir spielten nie in der gleichen Liga, politisch wie menschlich.«

Auf dem Heimweg dachte Pippa über Heinrichs Geschichte nach. Sie war jetzt von der tiefen Freundschaft zwischen ihm und Christabel überzeugt, denn die beiden hatten gemeinsam eine schwere Krise durchgestanden. Das kannte sie von sich und Karin: Nur eine echte Seelenverwandtschaft hielt so etwas aus.

Als Pippa das Gutshaus betrat, hielt sie inne und lauschte. Kein Laut war zu hören. Sie durchsuchte das Erdgeschoss nach Christabel und Brusche, ohne jemanden zu finden.

Ich bringe dich um, Reporter, dachte Pippa grimmig. Wenn du Christabel einfach alleingelassen hast, wirst du selbst das Thema deiner nächsten Schlagzeile!

Unruhig lief sie die Treppen hinauf in Christabels Stockwerk. Die Tür zum Schlafzimmer stand offen, aber auch dort war niemand. Mit wachsender Panik hämmerte Pippa an die Tür des begehbaren Safes und schrie Christabels Namen.

Die Stahltür ging auf. »Meine Liebe, es ist alles in Ordnung«, sagte Christabel.

Vor Erleichterung wurden Pippa die Knie weich, und sie lehnte sich gegen den Türrahmen.

»Es geht mir gut. Sehr gut sogar.« Christabel lächelte beruhigend. »Als Brusche ging, habe ich mich hier eingeschlossen, denn in diesem Raum bin ich wirklich in Sicherheit. Niemand kann von außen hinein. Außerdem war ich gut beschäftigt: Das Telefon hat pausenlos geklingelt – für Sie.« Die alte Dame ließ die Stahltür per Knopfdruck hinter sich ins Schloss fallen und bugsierte Pippa vor sich her ins Schlafzimmer. »Ihre reizende Großmutter hat angerufen, und wir haben uns prächtig unterhalten. Endlich konnte ich mein eingerostetes Englisch wieder etwas aufpolieren. Ich soll Sie herzlich grüßen, sie freut sich auf einen Rückruf. Überdies hat schon zweimal eine junge Frau versucht, Sie zu erreichen. Leider konnte ich nie ihren Namen verstehen, denn die Verbindung brach ständig ab. Als hätte sie kein richtiges Netz. Haben Sie eine Idee, wer das gewesen sein könnte?«

Pippa dachte nach, dann schüttelte sie den Kopf. »Keine Ahnung.«

Christabel musterte sie forschend. »Sie haben doch nicht etwa Unfug gemacht und gegen meinen ausdrücklichen Wunsch bei Melitta und Severin angerufen?«

Guten Gewissens schüttelte Pippa wieder den Kopf – schließlich stand der Anruf bei Severin wegen der Zeitverschiebung noch bevor, und Melitta Wiek war Florians Sache.

»Ich muss trotzdem mit Ihnen schimpfen, Christabel. Wie konnten Sie Brusche einfach so gehen lassen?«

Die Beantwortung dieser Frage überging Christabel elegant, indem sie sagte: »Ich muss mit *Ihnen* schimpfen. Sie haben mir schließlich den Drohbrief verschwiegen.« Sorgfältig zog sie ihre Handschuhe bis zum Ellbogen glatt. »Wir hätten das Problem schon viel früher klären können, wenn Sie ehrlich gewesen wären. Nun gut, das ist Schnee von gestern.« Sie sah Pippa triumphierend an. »Ich weiß jetzt, wer Ihnen den Brief geschickt hat.«

»Wie bitte? Woher wissen Sie denn das?«

»Von Sebastian Brusche natürlich. Ich sagte doch, er ist gut – der beste Journalist, den wir hier haben«, sagte die alte Dame in einem Ton, als hätte sie ihn schon immer für ein leuchtendes Beispiel seiner Zunft gehalten.

»Brusche?«, echote Pippa verständnislos.

»Ich habe ihn vorhin losgeschickt, Erkundigungen einzuziehen. Das Ergebnis hat er mir eben per Telefon durchgegeben.«

Genüsslich machte sie eine Pause.

Sofort vergaß Pippa ihren Ärger darüber, dass sie Christabel allein vorgefunden hatte. »Und?«, rief sie ungeduldig. »Sagen Sie schon: Wer war es?«

»Sie werden es nicht fassen: Thaddäus Biberberg.« Christabel konnte ihr Vergnügen nicht verhehlen und begann, gackernd zu lachen.

»Bestimmt von seinem Bruder angestiftet«, sagte Pippa und lachte erleichtert mit. Sie spürte plötzlich, dass der Drohbrief sie mehr belastet hatte, als ihr bewusst gewesen war. »Erstaunlich kreativ für die Biberbergs.«

»Das hat Daria Dornbier sich ausgedacht, da halte ich jede Wette. Das riecht ganz nach ihr.« Christabel winkte ab. »Ich habe natürlich sofort Nägel mit Köpfen gemacht und sowohl Thaddäus als auch Zacharias angerufen. Die machen Ihnen keinen Ärger mehr, das verspreche ich Ihnen.«

Pippa sah die alte Dame misstrauisch an. »Was haben Sie den beiden erzählt?«

»Als ich ihnen anschaulich erklärte, wozu Sie als meine Sicherheitsbeauftragte fähig sind, wenn ich Sie erst einmal von der Leine lasse, winselten sie um Gnade und schworen, Sie in Ruhe zu lassen.«

»Aber warum das Ganze? Warum haben sie mir gedroht?«

Christabel zuckte mit den Schultern. »Warum tun einflussreiche, machthungrige Menschen etwas? Weil sie es können – und deshalb glauben, dass sie es auch dürfen. In jedem Fall ist das Thema Drohbrief jetzt erledigt.«

»Wollen Sie wirklich eine Stiftung gründen? Oder haben Sie das nach dem Konzert nur gesagt, um den Bürgermeistern einen Schreck einzujagen?«

»Selbstverständlich werde ich das tun. Auch wenn ich zwei Minuten, bevor ich es aussprach, noch nichts davon ahnte.« Christabel lächelte breit. »Jetzt entschuldigen Sie mich, meine Liebe, ich möchte mich ein wenig hinlegen. Und Sie pflegen bitte Ihre Familienkontakte.«

Pippa ging zum Fenster und schloss die Vorhänge, dann zog sie leise die Zimmertür hinter sich zu.

Im Wohnzimmer setzte Pippa sich aufs Sofa und rief bei ihrer Großmutter an. Da die Leitung belegt war, wollte sie es nach einigen Minuten über die Wiederwahl noch einmal versuchen und drückte versehentlich den falschen Knopf: Im Display erschien eine Berliner Nummer.

»Die muss Christabel zuletzt angerufen haben«, murmelte sie nach einem flüchtigen Blick darauf, »mit Sicherheit Professor Piep. Ich könnte ihn gleich mal fragen, wann er endlich nach Storchwinkel kommt.«

Sie aktivierte die Nummer, und nach nur zweimaligem Klingeln meldete sich eine Frauenstimme mit: »Königliche Porzellan-Manufaktur Berlin. Personalbüro.«

»Entschuldigen Sie bitte, ich habe mich verwählt«, sagte Pippa überrascht und legte auf.

Sie war über sich selbst erschrocken, dass sie so gedankenlos diese Nummer gewählt hatte. Christabels private oder geschäftliche Telefonate gingen sie nun wirklich nichts an.

Dann wählte sie die Nummer ihrer Großmutter und hatte Glück. »Pippa!«, rief Hetty erfreut, kaum zu verstehen über das laute Stimmengewirr und Geschirrklappern im Hintergrund.

»Was ist denn bei dir los?«

»Wir feiern unsere Rückkehr aus Paris. Seit zwei Stunden sind wir wieder in Berlin. Der halbe Bus ist noch mit nach oben gekommen.«

»Wie war es in Frankreich? Erzähl!«

Hetty kicherte. »Also, für die Damen war es eine wunderbare Reise, weil es ständig regnete und deshalb niemand meckern konnte, dass wir so viele Museen abgeklappert haben, wie wir schaffen konnten. Und für die Herren war es eine wunderbare Reise, weil für sie dank Tatjanas Charme die gesamte Zeit die Sonne schien. Die wären ihr über glühende Kohlen gefolgt. Ebenfalls, ohne zu meckern.«

»Tut mir leid, Tante Pippa, aber es gab noch freie Plätze im Bus! Die Gelegenheit, nach Paris zu kommen, war einfach zu günstig!«, brüllte Pippas Patensohn Sven über den Lärm. »Aber bis du zurück bist, steht der Entwurf für deine Homepage, versprochen!«

Hetty wollte noch etwas sagen, wurde aber von Ede Glassbrenner gehindert, der rief: »Wäre deshalb besser, du lässt dir mit dem Heimkommen noch ein bisschen Zeit!«

»Hat sonst noch jemand etwas für Pippa, oder kann ich mich kurz mit ihr unterhalten?«, fragte Hetty in die fröhliche Runde, woraufhin lebhafte, für Pippa unverständliche Diskussionen folgten. Dann stöhnte Hetty und sagte: »Ich gebe auf. Freddy will dich unbedingt sprechen. Nur eines noch: Viele Grüße von Tatjana, sie hat es schon wiederholt versucht, dich aber nicht erreicht. Sie ist bereits zu einem neuen Auftrag unterwegs. Eine kleine Sache, aber immerhin. Sie meldet sich wieder.«

»Ach, Tatjana war das. Ich habe mich schon gefragt, wer meine Nummer in Storchwinkel sonst noch kennt. Bitte grüße sie, wenn du von ihr hörst.«

»Mach ich. Wollen wir zwei morgen mal in Ruhe reden?«

»Sehr gerne, Grandma. Bis morgen.«

Hetty übergab den Hörer an Freddy, und Pippa hörte zunächst nur, dass es leiser wurde, weil er den Raum verließ. Eine Tür wurde geschlossen, dann war es still.

Freddy war in seinem Reich angekommen und seufzte theatralisch in den Hörer.

»Hey, was ist los?«

»Tatjana ist wunderbar«, hauchte er. »Sie ist absolut vollkommen. Sie ist wie ein perfekter, fluffiger Windbeutel mit frisch geschlagener Sahne.«

Ihn muss es richtig erwischt haben, wenn er eine Frau mit seiner absoluten Lieblingsspeise vergleicht, dachte sie, während sie geduldig seinen melancholischen Schwärmereien zuhörte.

»Gestern habe ich ihr gestanden, wie wunderschön ich ihren Spitznamen finde. Tatti ... gerade mit diesem Doppelkonsonanten würde sie so gut zu uns passen. Ich habe ihr gesagt, dass ich mit Freuden alles tun würde, sie in unsere Familie aufzunehmen. Für immer.«

Pippa ahnte Böses. Sie wusste nicht nur, dass Tatjana ihren Spitznamen leidenschaftlich hasste, sondern auch, dass sie sogar für ganz andere Kaliber als den freundlichen Freddy unerreichbar blieb. »Was hat sie geantwortet?«

Freddy rang hörbar um Fassung. »Dass sie sich immer schon einen *netten kleinen Bruder* gewünscht hat!«

Pippa und Christabel verbrachten den Nachmittag bei Tee, Baumkuchen und Kerzenschein. Während Pippa beim Vorlesen tiefer in die Geschichte der Lady Chatterley einstieg, wünschte sie sich für ihren Bruder endlich eine so erfüllte Liebe, wie D. H. Lawrence sie für seine Heldin und ihren Wildhüter erdacht hatte.

Gegen zwanzig Uhr knurrte Pippas Magen so laut, dass Christabel sie lachend in die Küche schickte, um das Abendessen zuzubereiten. Erfreut entdeckte Pippa im Kühlschrank eine Lasagne, die sie nur noch in den Backofen schieben und erhitzen musste.

»Danke, Hilda«, sagte Pippa leise und deckte den Tisch für sich und Christabel. Mit schlechtem Gewissen dachte sie daran, dass sie heute nicht für Christabels regelmäßige Mahlzeiten gesorgt hatte. Sie lächelte, als Christabel in der Küche erschien.

»Freut mich, dass Sie doch noch Appetit auf etwas anderes als Baumkuchen haben«, sagte sie, als die alte Dame sich an den Küchentisch setzte.

»Ich brauche eine kleine Stärkung, bevor wir von der Literatur wieder zur Detektivarbeit wechseln«, erwiderte Christabel. »Nachdem Sie mich so erfolgreich mit Lady Chatterley abgelenkt haben, möchte ich jetzt endlich das Ergebnis Ihrer Recherchen erfahren.«

Während Christabel mit sichtlichem Appetit ihre Pasta verspeiste, berichtete Pippa von den Aktivitäten und Erkenntnissen des Tages. Von ihrem Gespräch mit Heinrich erzählte sie besonders ausführlich.

Weil Christabel dazu schwieg, widmete auch sie sich ihrem Essen und fragte schließlich: »Warum sind Sie Hebamme geworden, Christabel?«

»Weil ich jungen Familien und ihren Neugeborenen den Start ins gemeinsame Leben leichter machen wollte. Ein wertvoller, wunderbarer Beruf.«

»Das scheint Waltraut Heslich ähnlich gesehen zu haben. Sie hat für ihre Verdienste sogar einen Orden bekommen.«

Christabel schnaubte.

»O ja, sie hatte reiche *Verdienste*, da bin ich sicher«, sagte sie ironisch. »Ihr Bungalow wurde sozusagen auf den Extrawünschen zukünftiger Eltern erbaut und dann mit Bückware eingerichtet.«

»Bückware?«

»Nur über Beziehungen erhältlich«, erklärte Christabel knapp.

Pippa sah sie verblüfft an.

»Warum so erstaunt, Pippa? Selbstverständlich gab es auch im Arbeiter- und Bauernstaat Leute, die wussten, wie man sich Vorteile verschafft. Darauf ist der Westen nicht allein abonniert.«

Pippa grinste. »Aber musste wirklich alles in Rosa sein?«

»Rosa hat eine besondere Bedeutung, meine Liebe. Jedenfalls bei Frau Heslich.«

Es klingelte an der Haustür, und Pippa fluchte unwillkürlich.

Während sie die Küche verließ, sagte sie: »Nicht vergessen, wo wir waren. Das will ich unbedingt wissen.«

Beim Anblick der fünf Personen, die sich im Licht der Außenlampe aufgebaut hatten, trat die erschrockene Pippa unwillkürlich einen Schritt zurück. Vor ihr standen Seeger und Hartung sowie zwei uniformierte Polizisten, die einen sehr unglücklich aussehenden Florian Wiek zwischen sich hatten.

Seeger, der sich sichtlich unwohl fühlte in seiner Haut, räusperte sich und sagte: »Herr Wiek benötigt Beistand. Ich bin mir sicher, Frau Gerstenknecht möchte ihm helfen, solange seine Mutter nicht da ist.«

»Was ist los?«, fragte Pippa alarmiert.

Hartung ergriff das Wort. »Wir haben Florian Wiek wegen Mordverdachts festgenommen. Auf der Flucht.«

Kapitel 26

»Florian Wiek unter Mordverdacht?« Christabel war Pippa zur Tür gefolgt und sah ihr Gegenüber spöttisch an. »Mit Ihrem Hang zur Dramatik sollten Sie ans Theater gehen, Kommissar Hartung.«

Während Pippa sich am liebsten an die Stirn getippt hätte, blieb die alte Dame gelassen und fragte: »Und wen hat er getötet?«

»Maximilian Hollweg.«

»Sehr interessant«, sagte Christabel und winkte die Herren herein, als würde sie geladene Gäste empfangen. »Dies scheint mir nicht der richtige Ort für ein solches Gespräch. Ich darf Sie ins Esszimmer bitten – Frau Bolle geht voraus.«

In diesem Moment drängelte sich Sebastian Brusche an den Männern vorbei ins Haus und sah neugierig in die Runde.

»Sie haben ein gutes Gespür für Timing, Herr Brusche«, sagte Pippa, »das muss ich Ihnen lassen.«

Christabel winkte den Reporter huldvoll zu sich. »Kommen Sie. Sie dürfen mich stützen.«

Brusche ließ sich nicht zweimal bitten und bot der alten Dame den Arm, damit sie sich einhaken konnte.

Nachdem Pippa im Esszimmer Licht gemacht hatte, setzten sie sich um den Tisch. Die beiden uniformierten Polizisten blieben stehen und behielten Florian scharf im Auge.

Christabel nickte Seeger zu. »Jetzt bitte ich um eine wirklich plausible Erklärung für dieses ... Aufgebot.«

Seeger warf Florian einen Blick zu und seufzte. »Fluchtgefahr. Wir mussten handeln.«

»Dennoch verstehe ich nicht, was Sie bei *mir* wollen«, sagte Christabel scharf.

»Er will nicht mit der Polizei reden, und ich hatte gehofft, Sie könnten ihn positiv beeinflussen. Ihm ins Gewissen reden, damit er mit uns kooperiert. Wir haben in der Zwischenzeit gewisse Indizien entdeckt, die im Zusammenhang mit der Ermordung Hollwegs auf Florian Wiek hinweisen.«

»Wir hätten uns normalerweise an seine Eltern gewandt, aber er will uns noch nicht einmal sagen, wie man seine Mutter erreichen kann«, warf Hartung ein.

Christabel winkte ab. »Das würde eh nichts bringen. Wie lange dürfen Sie ihn festhalten? Achtundvierzig Stunden? Bis seine Mutter aus Indien hier sein kann, ist er längst wieder aus Ihrer ... Obhut entlassen.«

»Und sein Vater?«, fragte Hartung.

Christabel sah Florian an, der mit gesenktem Blick am Tisch hockte. »Er starb, als Florian noch sehr klein war. Frau Wiek ist alleinerziehend.«

Mit langsamen, beinahe hypnotischen Bewegungen strich sie ihre langen Handschuhe glatt, und Hartung ließ sich prompt davon ablenken.

»Warum tragen Sie ständig Handschuhe? Selbst im Haus?«, fragte er angriffslustig.

»Nennen Sie es eine Marotte«, erwiderte Christabel gleichmütig, »das klingt interessanter als ›notwendiges Übel‹.«

Sie hat zwar auf die Frage geantwortet, aber nichts gesagt, dachte Pippa, das zeugt von langjähriger Routine, was dieses Thema betrifft. Wann wird Hartung endlich kapieren, dass er sich nicht in einer Krimiserie befindet, in der die Menschen so reagieren, wie das Drehbuch es ihnen vorschreibt?

»Möchtest du tatsächlich weiterhin schweigen, Florian?«, fragte Christabel sanft. »Wohin wolltest du? Doch wohl nicht vor der Polizei flüchten. Mach reinen Tisch, das wird dich erleichtern.«

Der Blick des jungen Mannes wanderte zur Standuhr, dann schüttelte er den Kopf.

Florian hat mir von einer wichtigen Verabredung erzählt, dachte Pippa, und er war aufgeregt deswegen. Positiv aufgeregt. Aber warum gibt er sie jetzt nicht preis? Will er jemanden schützen?

»Wir haben Florian Wiek am Bahnhof in Salzwedel abgefangen, als er gerade den Zug besteigen wollte, eine Fahrkarte nach Berlin in der Hand«, sagte Hartung. »Er behauptete, er wolle Medizin vom alten Heinrich zu einem gewissen Professor Meissner bringen und auch dort übernachten.«

Christabel zog die Augenbrauen hoch. »Und das macht ihn zum Mordverdächtigen?«

»Wir hatten ihm ausdrücklich untersagt, Storchwinkel zu verlassen«, schnappte Hartung.

Christabel blickte fragend zu Florian, aber der schien weiterhin lediglich körperlich anwesend zu sein.

»Ich sehe ein, dass der Zeitpunkt der Reise nicht optimal gewählt ist«, sagte sie dann, »aber das rechtfertigt doch wohl keine Festnahme.«

Hartung schnaubte verärgert. »Wir haben Herrn Wieks Angaben selbstverständlich überprüft, Frau Gerstenknecht. Wir sind nicht die Amateure, für die Sie uns offenkundig halten. Ganz abgesehen von der Tatsache, dass man sich bei Professor Meissner selbst durch die Telefonleitung mit Grippe anstecken kann, weiß der leider überhaupt nichts von diesem Besuch. Außerdem hat er besagte Medizin längst erhalten. Per Kurier. Was also sollten wir Ihrer Meinung nach davon halten? Wir mussten davon ausgehen, dass Herr Wiek sich durch seine überstürzte Abreise dem Arm des Gesetzes zu entziehen versuchte.«

»Woher wussten Sie eigentlich, dass Florian sich auf dem Bahnhof befand?«, fragte Christabel.

»Hinweis aus der Bevölkerung«, erwiderte Hartung knapp.

»Anonym, nehme ich an?« Christabel blickte von Hartung zu Seeger, aber niemand antwortete.

Wer verhört hier eigentlich wen?, dachte Pippa. Und Seeger hält sich völlig raus. Das macht er nicht ohne Hintergedanken – darin sind er und Christabel sich ähnlich.

»Dachte ich es mir doch«, fuhr die alte Dame fort. »Und welche weiteren Informationen enthielt dieser Hinweis? Allein wegen der Abreise wären Sie doch niemals in Mannschaftsstärke ausgerückt. Ich wüsste wirklich gern, was Sie Florian im Einzelnen vorwerfen. Doch ganz sicher nicht den Mord an Hollweg! Es stimmt, die beiden haben sich nicht geliebt, aber wenn jeder die Vorgesetzten umbringen würde, mit denen er Probleme hat, würde sich längst niemand mehr freiwillig für übergeordnete Positionen zur Verfügung stellen.«

»Dazu können wir leider keine Angaben machen«, sagte Hartung.

»Aha! Aber Sie können in mein Haus kommen und um meine Hilfe bitten, ohne mir zu sagen, wofür. Sie beschuldigen Florian Wiek, aber niemand scheint zu wissen, weshalb.« Sie musterte Hartung aus schmalen Augen. »Wenn Sie meine Unterstützung wollen, dann raus mit der Sprache: Warum haben Sie Florian hergebracht?«

Hartung hielt ihrem bohrenden Blick stand. »Wir haben den begründeten Verdacht, dass Florian Wiek die zusätzlichen Prototypen Ihrer neuen Gartenzwergkollektion hergestellt und an den späteren Fundorten platziert hat.«

»Und das mit Ihrem Wissen, Frau Gerstenknecht«, fügte Seeger hinzu.

Christabel war sichtlich überrascht. »Sie glauben, ich hätte Florian dazu angehalten, eine strafbare Handlung zu begehen? Sie glauben tatsächlich, ich hätte meine Position als Chefin ausgenutzt, um ihn diese Doubletten anfertigen und als Warnung hinstellen zu lassen? Nein, meine Herren, ich pflege meine Igel selber zu kämmen, das bürde ich niemand anderem auf. Außerdem wäre ich klug genug, den betreffenden Personen die Zwerge *vor* ihrem Tod zukommen zu lassen, und nicht erst danach.«

Jetzt verstehe ich, was Seeger will, dachte Pippa, in Wirklichkeit wird Christabel verhört und nicht Florian. Und mich als seine Bundesgenossin bringt er damit in eine schöne Zwickmühle.

»Wir zweifeln keineswegs an Ihrer Klugheit, Frau Gerstenknecht«, sagte Hartung so freundlich, dass es wie eine Provokation klang. »Ganz im Gegenteil. Wir glauben, dass die Zwerge als Warnung für die noch *lebenden* Mitglieder der Doppelkopfrunde gedacht waren.«

Christabel behielt die Ruhe. »Wenn ich etwas mitzuteilen habe, dann tue ich das offen. Ich benötige keine symbolhaften Andeutungen. In Hollwegs Fall hätte ich zudem befürchten müssen, dass er derart dezente Hinweise gar nicht zu interpretieren weiß. Subtilität war nie seine Stärke.« Sie dachte kurz nach und fuhr fort: »Dennoch eine interessante Theorie, Herr Hartung. Welchen Grund hatte ich denn Ihrer Meinung nach, Florian für dieses Spiel zu missbrauchen?«

»Sie wollten Hollweg zur Räson bringen. Er redete seit Wochen überall im Storchendreieck schlecht über Ihre Manufaktur, schwadronierte von Zahlungsschwierigkeiten und Absatzeinbrüchen. Sie wollten es so aussehen lassen, als hätten diese Morde etwas mit ihm zu tun. Sie wollten den Verdacht auf ihn lenken und ihn so loswerden.«

Christabel winkte ab. »Meiner Firma geht es ausgesprochen gut, daran konnte auch Hollwegs Gerede nichts ändern. Wir haben gerade einen sehr lukrativen Vertrag mit China unter Dach und Fach gebracht. Pausenlose Dementis zu Gerüchten schaden eher, als dass sie nützen. Also habe ich darauf verzichtet.«

»Und damit unwidersprochen zugelassen, dass Hollweg den Ruf Ihrer Firma schädigt und so ihren Wert zu mindern versucht? Das sollen wir Ihnen glauben?«

»Wenn ich meinen Betriebsleiter hätte loswerden wollen, hätte ich ihm gekündigt oder ihm den Kauf meiner Firma verweigert. Beides habe ich nicht getan. Und ich kann auch kein Interesse daran haben, durch vorzeitige Präsentation einiger Exemplare der geheimen neuen Kollektion meiner eigenen Firma zu schaden. Noch dazu mit einem Wichtel, der mir selbst noch unbekannt war, weil Lohmeyer ihn mir bis dahin nicht gezeigt hatte. Nur jemand, der *diesen* Gartenzwerg kannte, hätte ihn auch nachmachen können.«

Florian stöhnte leise auf und schlug die Hände vors Gesicht.

Wenn er es wirklich war, hat er gerade begriffen, dass er sich mit diesem unbekannten Wichtel verraten hat, dachte Pippa.

Hinter seinen Händen sagte Florian gequält: »Ich gebe es zu. Ich war es. Christabel hatte keine Ahnung.«

Nachdem diese Bombe geplatzt war, schwiegen alle.

Pippa hatte Mitleid mit Florian, denn sein Kummer war beinahe körperlich spürbar. Jetzt müsste Heinrich kommen, um dem Ärmsten mit einem seiner Zaubertränke ein wenig Linderung zu verschaffen, dachte sie und schrie leise auf, als sie den alten Mann urplötzlich aus der Dunkelheit direkt hinter der Scheibe der Terrassentür auftauchen sah.

Sie sprang auf und öffnete ihm, froh, etwas anderes tun zu können, als stumm zuzuhören.

»Ich hatte das Gefühl, ich werde hier gebraucht«, sagte Heinrich bei seinem Eintreten.

Sebastian Brusche hatte sich die ganze Zeit redlich bemüht, nicht aufzufallen, um seinen Logenplatz nicht zu riskieren. Ein Notizblock lag auf seinen Knien, und natürlich hatte er eifrig mitgeschrieben. Jetzt grinste er über das ganze Gesicht.

Was ist hier los?, dachte Pippa alarmiert. Welche unsichtbaren Fäden werden hier von wem gezogen? Und auf wessen Kosten?

Auch Christabels Gesicht hellte sich auf, und sie bat Heinrich mit einer Handbewegung an den Tisch. »Wunderbar, du kommst wirklich immer zur rechten Zeit. Florian will uns gerade etwas Wichtiges erzählen. Es ist gut, wenn er dabei die Unterstützung eines wirklich loyalen Freundes hat.«

Heinrich setzte sich und sah sie ernst an. »Die Unterstützung seiner Mutter wäre noch besser. Du solltest sie endlich zurückholen. Und Severin ebenfalls, denn auch du benötigst Beistand.«

»Bravo«, entfuhr es Pippa leise.

Sie registrierte erstaunt, dass Christabel Heinrichs Vorschlag nicht brüsk zurückwies, sondern ihrerseits auf die antike Standuhr sah. Dann nickte die alte Dame. »Brusche, Sie versuchen alles, um meinen Stiefsohn zu erreichen.« Ohne auf seinen Protest zu achten, fuhr sie fort: »Pippa, Sie übernehmen Melitta Wiek. Wo finden wir die Telefonnummer deiner Mutter, Florian?«

Florian zuckte mit den Achseln und schwieg.

»Das nehme ich als Einverständnis, dass Pippa bei dir danach suchen darf«, sagte Christabel ruhig. »Ganz wie du willst.«

»Sie klebt am Bildschirm meines Computers«, flüsterte Florian ergeben. »In meinem Zimmer. Das erste links im Obergeschoss.«

»Wenn ich weggeschickt werde, bekomme ich doch nichts mehr mit!«, ereiferte sich Brusche. »Die Presse ...«

»... wird zu gegebener Zeit von der Polizei über alles informiert«, fiel Seeger ihm ins Wort. »Falls es für die Allgemeinheit von Interesse ist.«

Widerwillig stand Brusche vom Tisch auf und folgte Pippa ins Wohnzimmer.

Hinter ihnen sagte Christabel: »Ich ziehe mich zurück und lege mich im Wohnzimmer einen Moment hin. Ohne die Anwesenheit seiner Chefin, und sei sie von ihm auch noch so geschätzt, wird es Florian leichter fallen, sich zu offenbaren. Heinrich kann mich holen, wenn Florian mich braucht oder dabeihaben will.«

Pippa gab Brusche Severins Kontaktnummer und überließ ihn dann am Telefon seiner Aufgabe. Sie selbst warf sich eine Jacke über und rannte aus dem Haus. Schon aus der Entfernung erkannte sie vor Mandy Klöppels Domizil die dunkle Limousine, die sie einige Tage zuvor bei einem gefährlichen Bremsmanöver fast gestreift hätte. Also war Zacharias Biberberg wieder einmal bei der jungen Frau zu Besuch.

Mit dem Rücken zu Pippa lehnte Daria Dornbier an der Motorhaube und telefonierte. Als Pippa hinter ihr vorbeihuschte, sagte sie gerade: »Es tut mir wirklich außerordentlich leid, aber da kann ich Ihnen derzeit nicht helfen. Die Herren sind unterwegs – und es kann noch eine ganze Weile dauern, bis sie zurück sind. Ich gebe Ihre Nachricht selbstverständlich weiter. Sie können sich auf mich verlassen. Einer der beiden ruft ganz sicher zurück.«

Die liebende Schwester, dachte Pippa, immer im Einsatz

für die Herren Brüder. Bestimmt ist sie eine gute Wahlkampfleiterin, aber für einen der beiden wird sie sich entscheiden müssen. Wer wohl das Rennen macht?

Pippa hatte das Haus der Wieks erreicht und war erleichtert, wenn auch ein wenig überrascht, die Haustür unverschlossen vorzufinden, denn sie hatte vergessen, nach dem Schlüssel zu fragen. Sie ging direkt in Florians Zimmer. Der Computer war eingeschaltet, und der Monitor leuchtete bläulich in der Dunkelheit. Sie sah sich um in der vagen Hoffnung, vielleicht einen Hinweis darauf zu finden, warum Florian die Plagiate der Gartenzwerge angefertigt hatte. Aber alles, was sie entdecken konnte, war das ganz normale Zimmer eines jungen Mannes – mit ein wenig mehr Unordnung, als sich die meisten Mütter wünschten.

Wie Florian gesagt hatte, klebte am Monitor ein Zettel mit einer Telefonnummer. Pippas Blick fiel auf ein Telefon in einer Ladeschale, und sie beschloss, gleich von hier aus anzurufen.

Sie wählte, und es läutete, bis sie die Geräusche einer Weiterleitung hörte und eine Ansage abgespielt wurde. Eine weibliche Stimme sagte auf Deutsch: »Sie haben die Nummer des Kerala Moon Ayurveda Resorts gewählt. Leider rufen Sie außerhalb unserer deutschsprachigen Bürozeiten an. Diese sind täglich von neun bis elf sowie von vierzehn bis sechzehn Uhr deutscher Zeit. Dann stehen wir Ihnen gerne mit Rat und Tat zur Seite und unterstützen Sie dabei, einen unvergesslichen Aufenthalt im Kerala Moon zu planen. Vielen Dank für Ihren Anruf und …«

Fluchend beendete Pippa die Verbindung. »Vielen Dank auch«, schimpfte sie entnervt. »Offenbar befindet man sich bei euch auf der verdammten Rückseite des Kerala-Mondes und ist völlig von der Außenwelt abgeschnitten.«

Es musste doch eine Rezeption geben, die rund um die

Uhr besetzt war, oder zumindest eine Telefonnummer, unter der man eine Nachricht hinterlassen konnte – ganz gleich, ob in Deutsch oder Englisch.

Kurzentschlossen setzte sie sich an den Computer und rief eine Suchmaschine auf. *Kerala Moon Ayurveda Resort* tippte sie ein, denn mit diesem Namen hatte sich die Kurklinik auf dem Anrufbeantworter gemeldet. Es gab keinen Eintrag. Sie versuchte andere Suchmaschinen, ebenfalls ohne Erfolg.

»Was ist das denn?«, sagte Pippa erstaunt. »Es kann doch unmöglich sein, dass eine große Kurklinik keine Website hat. Ein kleiner Haushüterservice wie meiner, nun gut – aber eine eingeführte Ayurvedaklinik?«

Sie wählte noch einmal die Nummer. Vielleicht hatte sie vorschnell aufgelegt und relevante Informationen verpasst? Diesmal hörte sie die Ansage bis zum Ende ab, aber zu keinem Zeitpunkt wurde auf eine andere Telefonnummer oder auf den Standort der Klinik hingewiesen.

Ein leiser Verdacht stieg in ihr auf. War Melitta Wiek wirklich in Indien? Oder wartete sie in Berlin auf ihren Sohn, und diese Telefonnummer war reiner Schwindel? Hatte sich Melitta deshalb ihr gegenüber so abwehrend gezeigt, als sie die Haushälterin nach einer Nummer für den Notfall gefragt hatte?

Wenn ich schon im Internet recherchiere, dachte Pippa, kann ich auch gleich nach Severins Aufenthaltsort schauen ...

Sie hatte sich den Namen Martin Buser gemerkt. Sie gab ihn ein und fand nicht nur Wikipedia-Einträge in Deutsch und Englisch, sondern eine Vielzahl weiterer Informationen: über seine Siege beim Iditarod-Rennen, über Busers Schlittenhundezucht »Happy Kennels« sowie über die Frühstückspension, in der Severin sich für zwei Wochen eingemietet hatte.

Merkwürdig, dass Severins Urlaubsziel so leicht aufzuspüren ist, während es zu Melittas Aufenthaltsort überhaupt keine Hinweise gibt. Wieder griff Pippa zum Telefon, dann zögerte sie kurz, weil Brusche mittlerweile bestimmt in Alaska angerufen hatte. Würde es komisch aussehen, wenn sie es jetzt auch noch versuchte?

»Unsinn, ich will Gewissheit haben«, murmelte sie und wählte die Nummer, die sie mit Big Lake, Alaska, verbinden sollte.

Eine angenehme Frauenstimme meldete sich und fragte auf Englisch, womit sie helfen könnte. Im Hintergrund hörte Pippa frenetisches Hundegebell, und die Frau erklärte lachend, dass die Tiere so aufgeregt seien, weil einige von ihnen gerade für den Schlitten ausgewählt würden.

»Sie können es nicht abwarten, ins Geschirr zu kommen«, sagte die Frau. »Sprechen wir einfach etwas lauter. Was kann ich für Sie tun?«

Innerlich pries Pippa einmal mehr die Tatsache, dass Englisch ihre zweite Muttersprache war. »Ich würde gerne mit Severin Lüttmann reden.«

»Das kann ich mir denken«, sagte die Frau. »Die Herrschaften werden gleich mit dem Schlitten abgeholt, der eben angeschirrt wird. Wenn Sie in etwa einer Stunde anrufen, können Sie gratulieren!«

»Gratulieren?«, fragte Pippa verdutzt. »Hat Herr Lüttmann an einem Schlittenhunderennen teilgenommen und gewonnen?«

Die Frau lachte schallend und prustete: »So kann man es auch nennen. Interessanter Vergleich! Immerhin ist er bei der Dame auf jeden Fall als Sieger durchs Ziel gegangen. Severin Lüttmann hat heute Morgen geheiratet! Seine Melitta.«

Pippa schaffte es trotz ihrer Verblüffung gerade noch,

sich zu bedanken, dann legte sie verdattert auf. Minutenlang blieb sie an Florians Schreibtisch sitzen, bevor sie sich aufraffen konnte, zurück zum Herrenhaus zu gehen, um Christabel diese Botschaft zu überbringen.

Als Pippa an Haus Nummer 2 vorbeiging, traten Mandy Klöppel und Zacharias Biberberg aus der Tür. Die junge Frau war elegant gekleidet, machte aber nicht den Eindruck, als freute sie sich darauf, mit dem Bürgermeister auszugehen.

»Das wurde aber auch Zeit«, rief Daria Dornbier den beiden zu. »Ich dachte schon, ich muss die Nacht hier draußen verbringen.«

Was wird das hier, dachte Pippa, eine große Koalition? Warum geht Mandy mit?

»Lasst euch so viel Zeit, wie ihr braucht, um heute noch zu einem ordentlichen Ergebnis zu kommen«, sagte Daria Dornbier, als die beiden ins Auto stiegen. »Und mach dir um Lucie keine Sorgen, Mandy, die ist bei mir in den besten Händen.«

Sie stolzierte den kurzen Weg durch den Vorgarten zum Haus. Ihr schwarzer Lackmantel und die hochhackigen Stiefel im Leopardenmuster glänzten im Licht der Außenlampe, die über der Haustür leuchtete.

Schlagartig fiel Pippa ein, wo sie dieses außergewöhnliche Ensemble schon einmal gesehen hatte: auf dem Bahnhofsvorplatz in Wolfsburg, am Tag ihrer Ankunft.

Solche Stiefel vergisst man nicht, und ich glaube nicht an Zufälle, dachte Pippa. Hast du dich am Bahnhof etwa mit Gabriele Pallkötter getroffen? Mich würde gar nichts mehr wundern.

An der Oberfläche präsentierte sich das Storchendreieck so glatt wie ein friedlicher See, aber warf man einen Stein hinein, schlug er sofort Wellen oder ließ stinkenden Schlamm nach oben steigen. Oder hatten die Ereignisse der letzten Tage sie dazu gebracht, selbst hinter zufälligen, harmlosen Begegnungen Verschwörungen und Intrigen zu wittern? Andererseits wurden immer wieder echte Geheimnisse aufgedeckt – wie das von Severin und Melitta, von dem sie Christabel berichten musste. Daria Dornbiers Machenschaften standen derzeit nicht an erster Stelle.

Aber wir sprechen uns noch, dachte sie, ganz sicher. Ich will wissen, wo ich solche Stiefel bekomme.

Pippa rannte zurück zum Gutshaus und stürmte ins Wohnzimmer.

»Himmel, wo sind Sie denn so lange gewesen?«, rief Brusche sofort. »Wir haben gerade mit einer Mitarbeiterin von Martin Buser gesprochen. Gott sei Dank konnte sie Deutsch, genau wie ihr Chef.«

»Herr Brusche hatte Bedenken wegen seiner lückenhaften Englischkenntnisse«, warf Christabel ein, »aber ich erklärte ihm, dass Martin in der Schweiz geboren und aufgewachsen ist.«

Brusche nickte. »Die Herren sind gerade außer Haus, hat die nette Dame gesagt. Aber sie rufen zurück.«

Willkommen zur Märchenstunde, dachte Pippa, aber mit mir nicht mehr.

»Nicht ihr, sondern *ich* habe mit Happy Kennels telefoniert. Und diese Dame konnte kein Deutsch. Ich schätze, ihr hattet irgendeine Alibiagentur an der Strippe. Engagiert von Melitta und Severin ... um ihre Pläne geheim halten zu können, denn ...«, sie holte tief Luft, »die beiden sind gemeinsam nach Alaska geflogen – und haben heute geheiratet.«

»Oh«, sagte Christabel – aber es klang kein bisschen überrascht.

Kapitel 27

Pippa stand im Wohnzimmer vor der Stereoanlage und suchte vergeblich nach der ausgewählten Tagesmusik. Kein Wunder, dachte sie, der gestrige Abend war so aufregend, dass Christabel nicht einmal mehr ihrem liebgewonnenen Ritual folgen und CDs herauslegen konnte.

Nach kurzem Zögern wählte Pippa deshalb britische Komponisten aus, denn eine Erinnerung an ihre zweite Heimat bot Christabel und ihr neutraleren Gesprächsstoff als die verwirrenden Zusammenhänge zwischen Florian, seiner Mutter, Severin und Hollweg, und Pippa wollte zusätzliche Aufregung vermeiden.

Sie beschloss, Christabels Frühstückstablett nicht wie sonst mit dem Treppenlift nach oben zu bringen, denn im Gästezimmer des ersten Stocks schlief Florian. Nachdem Kommissar Seeger gnädig zugestimmt hatte, dass der junge Mann bei Christabel übernachten durfte, sollte er jetzt nicht vorzeitig vom surrenden Motor oder von klapperndem Geschirr geweckt werden.

Der Arme, dachte Pippa, welche Bürde hat er in den letzten Wochen mit sich herumgetragen. Das kann nicht einfach gewesen sein.

Sie horchte kurz an seiner Tür, aber es war kein Laut zu hören. Florian schlief offenbar noch immer den tiefen Schlaf der Erleichterung.

Ein Stockwerk höher fand Pippa die alte Dame trotz der Musik noch schlummernd vor.

Christabel wachte erst auf, als Pippa die Vorhänge aufzog und Tee einschenkte.

»Guten Morgen, Christabel. Möchten Sie lieber noch einen Moment allein sein?«, fragte Pippa.

Christabel setzte sich aufrecht hin und nahm das Tablett entgegen. »Bei so schöner Musik würde ich in der Tat zu gern noch ein wenig dösen. Exzellent ausgewählt, meine Liebe. Aber ich denke, wir haben heute zu viel vor und sollten umgehend mit unserem Tagwerk beginnen. Unangenehme Dinge werden nicht einfacher, indem man sie vor sich herschiebt.« Sie trank einen Schluck Tee und sah aus dem Fenster. »Mich bekümmert, dass ich nur reagieren kann. Alle Maßnahmen, die ich ergreife, kommen immer ein klein wenig zu spät, weil ich die Böswilligkeit der Menschen unterschätze. Ganz zu schweigen von der Kraft der Motive, die sie antreiben. Ist auch das eine Art von Schuld, Pippa? Ist das *meine* Schuld? Habe ich bei allem zu lange zugesehen?«

Spricht sie von früher?, fragte sich Pippa. Heute kann sie nicht meinen – heute macht ihr doch niemand mehr etwas vor, oder?

Christabel seufzte und fuhr fort: »Meine Namenspatronin hätte sich niemals so ins Bockshorn jagen lassen, wie ich es all die Jahre getan habe. Sie suchte die Konfrontation zwar nicht, sah dazu aber auch keine Alternative, wenn sie ihre Ziele erreichen wollte. Sie scheute nicht einmal vor handgreiflichen Auseinandersetzungen zurück – sonst wären wir Frauen nicht, wo wir heute sind.«

»Ich würde niemals die Fenster von Geschäften mit Steinen einwerfen«, sagte Pippa. »Selbst heute noch würde man Christabel Pankhurst und ihre Mitstreiterinnen als radikal bezeichnen. Und das, obwohl inzwischen hundert Jahre vergangen sind.«

»Die Wahl dieser Mittel muss nicht jedem gefallen«, erwiderte Christabel, »aber glauben Sie, die Frauen hätten jemals das Wahlrecht bekommen, wenn die Furchtlosigkeit der Suffragetten den herrschenden Männern nicht gezeigt hätte, wie ernst es ihnen ist? Es galt zu verändern, was Jahrhunderte, Jahrtausende Bestand hatte. Es ist schade, aber wenn man nicht mit harten Bandagen kämpft, erreicht man nichts. Eine freiwillige Frauenquote in Aufsichtsräten? Gleiche Bezahlung für gleiche Arbeit? Wie lange muss es denn dauern, bis jede Putzfrau so viel verdient wie ein ›Gebäudereiniger‹? Es passiert nur dann etwas, wenn man die Entscheidungsträger mit ihren eigenen fragwürdigen Methoden konfrontiert.«

»Dennoch bleiben sie fragwürdig«, beharrte Pippa. »Gewalt kann keine Lösung sein.«

»Sanftmut ist Luxus – den kann man sich erst leisten, wenn das Ziel erreicht ist. Tatsache ist doch, dass man mit Bitten, Betteln und guten Argumenten nur als lästig wahrgenommen wird und rein gar nichts erreicht. Nur wer mit der Faust auf den Tisch haut, der bekommt ihn auch gedeckt.«

Zumindest für einen Bereich stimmt das, dachte Pippa, wenn man mit vielen anderen auf dem Flur einer Behörde steht, ist oft nicht der geduldig Wartende als Nächster dran, sondern der mit der lautesten Stimme!

Sie erinnerte sich, wie lange sie einmal vor einem Behördenschreibtisch auf eine Beglaubigung gewartet hatte, weil die Beamtin immer wieder an das ständig klingelnde Telefon ging. Die Frau kümmerte sich erst um sie, als sie ihr Handy nahm, bei ihr anrief und wütend fragte, wann sie endlich an der Reihe sei.

Pippa reichte der alten Dame ein Paar frische Baumwollhandschuhe, die Christabel vorsichtig über ihre geschundenen Hände streifte.

»Bei Ihrem ausgeprägten Sinn für Gerechtigkeit frage ich mich noch immer, warum ausgerechnet Hollweg Ihre Firma bekommen hätte«, sagte Pippa.

Christabel zog die Handschuhe glatt und lächelte unergründlich. »Hätte er das?«

»Hätte er nicht? Ich dachte ...«

»Ich bestärkte ihn in seiner Hoffnung, und so fühlte er sich sicher. Auf diese Weise konnte ich herausfinden, wie er mit den Mitarbeitern umgeht, wenn er uneingeschränkte Macht fühlt – und wie das Personal über ihn denkt. Wäre diese Prüfung positiv ausgefallen, hätte er sich in die Firma einkaufen dürfen und wäre dem zukünftigen Besitzer an die Seite gestellt worden. Mit Hollwegs Geld wären dann die anderen Erben ausgezahlt worden. Hollweg ahnte es natürlich nicht, aber das war von Beginn an mein Plan.«

»Weder Julius noch Severin hätten sich mit Hollweg sonderlich gut verstanden ...«

»Von den beiden spreche ich nicht. Julius und Severin haben durch 3L eine Grundsicherung für ihr Leben – und mehr wollten sie auch nie.«

»Aber wer soll denn dann die Firma bekommen?«, fragte Pippa erstaunt.

Christabel beobachtete Pippa genau, als sie antwortete: »Der Haupterbe ist der dritte Sohn meines verstorbenen Mannes. Das habe ich so beschlossen, und auch mein lieber Severin hätte es so gewollt.«

Pippa hatte gerade das Buch für die morgendliche Vorlesestunde vom Nachttisch genommen und ließ es prompt fallen. »Der *dritte* Sohn? Severin junior und Julius haben noch einen Bruder?«

Christabel genoss die Situation sichtlich. »Julius war sein Pflegekind, und Severin junior ist adoptiert. Aber er hatte noch einen leiblichen Sohn.«

Pippa konnte die alte Dame nur anstarren. Ein leiblicher Sohn? Wer sollte das sein? Plötzlich wurde es ihr klar, und sie schlug sich mit der Hand an die Stirn. »Florian Wiek!«

Christabel nickte lächelnd. »Gut kombiniert. Deshalb hat Seeger nach unserem kleinen Vieraugengespräch auch erlaubt, dass der Junge hier bleibt. Er hat begriffen, dass Hollweg ein deutlich stärkeres Motiv hatte, Florian umzubringen, als umgekehrt. Hollweg war klargeworden, dass Florian sein Konkurrent war, jünger und deutlich fähiger als er selbst. Um ihn loszuwerden, hat er sein mieses Spiel mit ihm getrieben. Er wollte den Jungen unter Druck setzen und rausekeln.«

»Aber wie hat er Florian dazu gebracht, die Plagiate herzustellen und auch noch so zu platzieren, dass der Ruf von *Lüttmanns Lütte Lüd* massiv geschädigt wurde? Erst die Gartenzwerge haben doch die Verbindung zwischen den Todesfällen und der Manufaktur hergestellt! War es Größenwahn oder Verzweiflung, darauf zu spekulieren, dass nicht nur der Wert der neuen Kollektion, sondern auch der Kaufpreis der Firma sinkt? Und dass Florian schweigt?«

Christabel zuckte mit den Achseln. »Vielleicht beides, wer weiß. Aber Sie sehen doch: Hollwegs Spekulation ist aufgegangen – über seinen eigenen Tod hinaus. Er hat all das vorhergesehen, nur nicht, dass jemand auch ihn zum Schweigen bringen wollte – für immer.«

Christabel widmete sich ihrem Frühstück, während Pippa über das gerade Gehörte nachdachte. Obwohl sie nun bereits zum vierten Mal in Mordermittlungen verwickelt war, erschütterte sie von neuem die Erkenntnis, zu welchen Grausamkeiten Menschen fähig waren, um Nebenbuhler auszuschalten und ihre Ziele zu erreichen.

»Da ich nicht mehr selbst durch die Weltgeschichte jagen kann, nutze ich Sie, Brusche und moderne Kommunikationswege, um drängende Fragen zu klären«, sagte Christabel. »Unser Kommissar Hartung würde sich wundern.«

»Aber sogar über diese Wege haben Sie nicht herausgefunden, dass Severin und Melitta sich lieben.«

Christabel musterte Pippa amüsiert. »Glauben Sie wirklich, man kann tagtäglich mit zwei Menschen zusammen sein, ohne eine solche Veränderung zwischen ihnen wahrzunehmen? Kleine Gesten, verstohlene Blicke, strahlende Augen, abgebrochene Gespräche, wenn man zur Tür hereinkommt ...«

»Das leuchtet mir ein. Aber warum wollten die beiden ihre Liebe überhaupt geheim halten? Wegen Melittas Stellung bei Ihnen?«

»Fragen Sie Melitta, wenn sie zurück ist. Ich bin sicher, sie hatte gute Gründe. Die hat sie immer – und sie haben in den seltensten Fällen mit ihr selbst zu tun. Sie ist eine wirklich großherzige Frau.«

»Und Sie? Freuen Sie sich über die Hochzeit?«

»Was kann es Schöneres geben, als wenn Menschen zusammenfinden, die ihr ganzes Leben auf der Suche nach Geborgenheit waren? Menschen, die einander Heimat sind, ob verwandt oder nicht, sind dem Glück am nächsten«, antwortete Christabel mit einem Lächeln, dann wurde sie ernst. »Aber schöne Worte gießen noch keine Butter über den Spargel. Heute wird es unsere Aufgabe sein, uns mit Dingen zu beschäftigen, die noch kein Happy End haben – und auch keines verdienen: mit dem Mörder und seinen grausamen Taten.«

»Aber es gibt so viel, was ich noch nicht verstehe«, protestierte Pippa.

Christabel schüttelte unnachgiebig den Kopf. »First things first, meine Liebe. Florian ist kein Mörder, aber irgendwo läuft einer herum – und um den sollten wir uns kümmern.«

Pippa fügte sich mit einem Seufzen und legte das Buch zurück auf den Nachttisch. »Okay, was soll ich als Nächstes tun?«

»Gehen Sie zu Mandy Klöppel, und finden Sie heraus, was Zacharias und Mandy gestern so lange besprochen haben, dass Daria den Babysitter spielen musste.«

So viel zu modernen Kommunikationsmitteln, dachte Pippa, als sie das Haus verließ, ich bin mal wieder auf einem altmodischen Botengang. Einem, der mir besonders unangenehm ist, denn Christabel dringt damit in Mandys Privatsphäre ein. Heimarbeit bedeutet nicht, dass es Mandys Chefin zu interessieren hat, was im Heim ihrer Mitarbeiterin passiert, selbst wenn es um das Bürgermeisteramt von Storchwinkel geht.

Pippa bog in Mandys Vorgarten ein und blieb unvermittelt stehen. Die Haustür war einen Spaltbreit offen, drinnen stand Gabriele Pallkötter und sprach wütend ins Innere des Hauses hinein: »Denken Sie doch *einmal* in Ihrem Leben nicht nur an sich!«

Eine strenge Männerstimme, die Pippa als die von Zacharias Biberberg erkannte, fügte hinzu: »Außerdem passt die Politik nicht zu dir, Mandy. Lass dir bloß von Christabel nicht das Gegenteil einreden. Wir sind deine Zukunft, nicht Frau Gerstenknecht. Du solltest auf unserer Seite sein.«

»Wieso sollte ich?«, entgegnete Mandy gelassen. »Wahre Allianzen werden im Herzen geschmiedet, nicht mit dem Portemonnaie oder im Bett.«

Gabriele Pallkötter schnappte nach Luft. »Bedenken Sie, was Sie aufs Spiel setzen: eine gesicherte Zukunft für sich und Ihr Kind!«

»Noch eine gesicherte Zukunft? So eine wie die letzte, die Sie mir verpasst haben?«, gab Mandy bitter zurück. »Sie sehen doch, was die aus mir gemacht hat. Ich bin sicher, sowohl Kommissar Seeger als auch Sebastian Brusche interessieren sich brennend für meine – für unsere gemeinsame – Geschichte.«

»Wagen Sie nicht, Verleumdungen über mich in die Welt zu setzen!«, rief Gabriele Pallkötter schrill. »Denken Sie daran: Zacharias hat ein verbrieftes Recht auf Lucie, das ich verteidigen werde. Ich kann Ihnen Lucie auch einfach kraft meines Amtes entziehen. Ihr Lebenswandel gibt mir allen Grund dazu, vergessen Sie das nie. Lassen Sie es nicht auf einen Kampf zwischen Ihnen und Zacharias ankommen – Sie würden zwangsläufig den Kürzeren ziehen. Tun Sie, wozu er Sie auffordert: Nehmen Sie die angebotene Wohnung in Stendal, beginnen Sie ein neues Leben, und überlassen Sie Lucie ihm und Daria. Dort ist sie in besten Händen.«

»Ich habe gestern Abend nein gesagt, und ich tue es auch jetzt. Ich verkaufe meine Tochter nicht«, erwiderte Mandy mit fester Stimme. »Die Zeiten, in denen solche Drohungen bei mir gezogen haben, sind vorbei.«

Darüber haben die beiden gestern Abend verhandelt, dachte Pippa. Gar nicht fein.

»Das werden Sie noch bereuen«, zischte Gabriele Pallkötter, »Sie zwingen uns damit, Maßnahmen zu ergreifen ...«

Jetzt reicht es aber, dachte Pippa und marschierte entschlossen los, ich höre nicht weiter zu, wie ein kleines Mädchen als Druckmittel benutzt wird – selbst wenn Lucie Zacharias' Tochter ist.

Sie stieß die Haustür auf. Gabriele Pallkötter sprang erschrocken zurück, als diese gegen ihren Rücken prallte.

»Lucie ist ein Geschenk des Himmels, keine Handelsware«, sagte Pippa wütend. »Frau Klöppel, falls Sie eine Zeugin für diesen Erpressungsversuch brauchen – ich habe alles gehört. Außerdem würde sich unser Herr Brusche gerade im bevorstehenden Wahlkampf alle Finger nach einer solchen Schlagzeile lecken, schätze ich. Ich kann ihn gerne ins Bild setzen. Und der netten Frau Pallkötter hänge ich ein Verfahren wegen Amtsmissbrauchs an den Hals – kraft *meines* Amtes als besorgte Bürgerin!«

Zacharias Biberberg pumpte sich auf und holte Luft, klappte seinen Mund aber nach einem kurzen Kopfschütteln der Jugendamtsleiterin wieder zu und stürmte an Pippa vorbei aus dem Haus.

»An Ihrer Stelle, Frau Bolle, würde ich mich nicht in anderer Leute Angelegenheiten mischen«, erwiderte Gabriele Pallkötter unbeeindruckt. »Ich würde lieber dafür Sorge tragen, dass Christabel nicht noch mehr Nattern an ihrem Busen züchtet. Denn das ist es doch, wofür Sie bezahlt werden, oder nicht?«

Wovon faselt die Frau?, dachte Pippa alarmiert.

»Ich sehe Ihrem Gesicht an, dass Sie nicht wissen, wovon ich rede«, fuhr Gabriele Pallkötter triumphierend fort. »Ich meine zum Beispiel einen gewissen Gartenzwergmaler, der versucht hat, nach Berlin zu fliehen. Gott sei Dank konnte ich sein Verschwinden verhindern. Ich kam gerade vom Jugendamt in Stendal zurück und war auf dem Bahnhof, als er die Fahrkarte löste. Und dabei sollten wir uns doch alle zur ständigen Verfügung der Polizei halten und das Storchendreieck nicht verlassen. Auch ich bin eine besorgte Bürgerin, Frau Bolle.«

»Und deshalb haben Sie ...«

»Die Polizei informiert, ganz richtig.«

»Anonym«, sagte Pippa angeekelt.

»Man will sich schließlich nicht in den Vordergrund drängen. Florian Wieks Versuch, sich den ermittelnden Behörden zu entziehen, ist heute in aller Munde. Hier spricht sich eben alles sehr schnell herum.«

Pippa kochte vor Wut. Aus dem Augenwinkel sah sie, dass Mandy Klöppel das Streitgespräch aufmerksam verfolgte, während sie sich mit ihrer kleinen Tochter beschäftigte.

»Florians Probleme sind nichts gegen Ihre, Frau Pallkötter, wenn Kommissar Seeger erst mal Ihre Doppelkopfrunde durchzählt und dabei feststellt, dass außer Ihnen keiner mehr übrig ist«, fauchte Pippa. »Und dann wird er sich nach dem Grund fragen.«

Pippa wollte einfach nur austeilen, aber Gabriele Pallkötter wurde schlagartig knallrot und keifte:

»Mir Mord zu unterstellen ist unerhört! Was erlauben Sie sich?«

Das frage ich mich auch gerade, gab Pippa innerlich zu, aber deine bloße Anwesenheit bringt mich dermaßen auf die Palme, dass ich den Mund nicht halten kann.

»Kommissar Seeger kennt das Storchendreieck wie seine Westentasche, ihm fällt alles auf, und ihm wird alles zugetragen. Die Menschen vertrauen ihm«, sagte Pippa bissig. »Solange er hier lebt, werden Sie keine ruhige Minute mehr haben, Frau Pallkötter.«

Die Frau presste die Lippen zusammen, als wollte sie sich davon abhalten, noch etwas zu sagen. Dann drehte sie sich um, verließ das Haus und knallte die Tür hinter sich ins Schloss.

»Willst du Kekse kaufen?«, piepste Lucie aus dem Wohnzimmer, wo sie mit ihrem Kaufmannsladen spielte.

»Gerne«, sagte Pippa und ging hinein, froh über die Ablenkung. Während sie so tat, als würde sie bezahlen, und Lucie ihr eine Spielzeugpackung Kekse aushändigte, sagte Mandy Klöppel: »Meine Hochachtung. Das war das erste Mal, dass die Pallkötter in meiner Gegenwart mal nicht das letzte Wort hatte. Und das will etwas heißen. Schließlich habe ich schon mein ganzes Leben mit ihr zu tun.«

»Genau wie Severin Lüttmann junior und Julius Leneke?«, fragte Pippa überrascht.

»Genau wie alle, die dank Christabel hier in Storchwinkel leben«, erwiderte Mandy. »Christabel hat durch Professor Meissner von Ihnen erfahren, richtig?«

»Ja, stimmt.«

»Gregor ist der Beste, er findet einfach alles und jeden. Seine Geduld ist schier unendlich, das muss er durch die Vogelbeobachtung gelernt haben. Er wühlt sich über Wochen und Monate durch Geburts- und Sterberegister, Archive und verschimmelte Stammbücher. Außerdem hat er die richtigen Verbindungen zu staatlichen Stellen, Selbsthilfegruppen und unterstützenden Vereinen. Er kommt überall rein.« Sie lachte leise. »Und sein Professorentitel ist dabei bestimmt nicht hinderlich.«

Wovon redet sie?, fragte sich Pippa verdutzt, wurde aber von Lucie abgelenkt, die ihr fröhlich plappernd Waschmittel, Nudeln und winzige Plastiktomaten anbot.

»Als Sie nach Storchwinkel kamen, war ich nicht sehr glücklich«, fuhr Mandy Klöppel fort. »Nicht noch eine, dachte ich, aber Julius sagte, Sie tun Christabel richtig gut. Und das ist die Hauptsache. Schon deshalb finde ich, wir sollten uns allmählich duzen, ich bin Mandy Elise.«

»Pippa«, sagte Pippa und ergriff automatisch Mandys ausgestreckte Hand.

»Ich habe ja schon Pech mit meinem Namen. Mandy Elise ... was für eine Kombination.« Mandy kicherte. »Aber deiner ist die Krönung. Wie sind deine Adoptiveltern nur auf *Pippa* gekommen? Kennst du deinen ursprünglichen Namen? Willst du ihn wieder annehmen?«

Pippa verstand immer weniger, wovon die Rede war.

»Einen anderen Namen annehmen? Adoptiveltern? Was meinst du? Ich fürchte, hier liegt ein Missverständnis vor: Ich wohne im gleichen Gebäude wie meine leiblichen Eltern, nur im Hinterhaus.«

»Du lebst bei deinen *richtigen* Eltern?«, fragte Mandy verblüfft. »Wie hast du das denn geschafft? Und warum bist du dann hier bei Christabel?«

Pippa erklärte der jungen Frau, was es mit ihrem Aufenthalt in Storchwinkel auf sich hatte, und Mandy sank fassungslos in einen Sessel.

»Du bist gar keine von uns? Julius und ich waren uns so sicher. Du kennst Josef – Herrn X –, und Maik durfte dir alles über Christabels und Julius' Alkoholprobleme erzählen. Und du bist bei ihr eingezogen, nachdem Gregor dich gefunden hat. Alles passte zusammen, du musstest einfach auch eine Zwangsadoptierte sein. Wir hatten überhaupt keinen Zweifel, dass Christabel dich für immer bei uns aufnehmen wollte.« Sie schüttelte entsetzt den Kopf. »Sonst hätte ich doch gar nicht so viel erzählt!«

»Du sprichst in Rätseln«, entgegnete Pippa verständnislos, aber Mandy hörte schon nicht mehr zu. Sie ging zum Telefon, nahm den Hörer ab und drückte eine Kurzwahltaste.

Mandy wartete einen Moment und sagte dann: »Warum hast du mich in dem Glauben gelassen, dass Pippa eine von uns ist, Christabel?«

Sie lauschte konzentriert. Ab und zu nickte sie oder warf Pippa einen überraschten Blick zu.

»Verstehe«, sagte sie schließlich und legte auf.

Mandy sah Pippa lange nachdenklich an und sagte endlich: »Komm morgen früh zu mir. Bis dahin habe ich alle, die zu uns gehören, zusammengetrommelt. Dann werden wir dir alles erzählen, was du über uns wissen musst.«

Nach einer beredten Pause fuhr sie fort: »Christabel glaubt, wir Zwangsadoptierte sind der Schlüssel zu den Morden – und den sollen wir dir übergeben, damit das Töten ein Ende hat.«

Kapitel 28

Pippa verabschiedete sich von Mandy und ging gedankenverloren durch Storchwinkel, um frische Luft zu schnappen und einen klaren Kopf zu bekommen.

Auf dem Weg zur Ade-Bar kam sie am verschlossenen Werkstor von *Lüttmanns Lütte Lüd* vorbei. Die Gebäude lagen still und verlassen da, und sie zuckte zusammen, als jemand in der Pförtnerloge unerwartet von innen an die Scheibe klopfte. Überrascht erkannte sie den rotwangigen Mann namens Ernie, der ihr bei der Diskussion über die Nachfolge Hollwegs im Wartezimmer aufgefallen war. Er winkte sie zu sich heran.

Ernie nickte ihr freundlich zu und öffnete das kleine Sprechfenster. »Guten Tag, Frau ...«

»Bolle«, unterbrach Pippa, um sich ihm vorzustellen.

»Weiß ich doch«, sagte Ernie und zwinkerte verdutzt. »Sie sind heute vor einer Woche um 15.12 Uhr in Storchwinkel eingetroffen. In Begleitung von Doktor Wegner und mit einem äußerst interessanten Hut auf dem Kopf. Das weiß jeder. Sie sind private Sicherheitsexpertin und hier, um Frau Gerstenknecht zu schützen. Sie befragen alle Leute im Ort. Nur bei mir waren Sie noch nie. Ich frage Sie: warum? Ich sitze doch hier tagein, tagaus und sehe alles und jeden vorbeipromenieren. Ich registriere alles. *Alles*, das können Sie mir glauben. Ich nehme meinen Beruf ernst. Niemand verlässt Storchwinkel oder kommt hierher, ohne dass ich es bemerke. Von mir können Sie bestimmt mehr erfahren als von meiner Tochter.«

»Ihrer Tochter?«, fragte Pippa überrumpelt.

»Anett Wisswedel. Das ist die, die den Hollweg gefunden hat«, sagte er stolz.

»Danke, dass Sie mich auf meine unverzeihliche Nachlässigkeit hingewiesen haben, Herr Wisswedel. Dann wüsste ich gern …«

»Sollen wir nicht rübergehen?«, fiel er ihr ins Wort. »In der Ade-Bar ist es warm. Sie dürfen mir auch gerne einen Kaffee spendieren.«

»Können Sie Ihren Posten denn einfach verlassen?«

Ernie Wisswedel grinste. »Ich bin nicht im Dienst. Ich sitze nur in meiner Loge, weil ich von hier alles viel besser überblicke als von zu Hause aus. Meine Stubenfenster gehen alle nach hinten raus.« Er winkte ab. »Nichts als Landschaft. Und das Küchenfenster ist von meiner Frau besetzt.«

Auf Pippas Versprechen hin, ihm nicht nur einen starken Kaffee, sondern auch ein oder zwei Nonnenfürzchen zu spendieren, verließ er wieselflink seine Pförtnerloge.

»Sie können mir nicht zufällig etwas über Zwangsadoptionen zu DDR-Zeiten erzählen?«, fragte Pippa, als sie sich anschickten, die Straße zu überqueren.

Wisswedel sah sie erstaunt an. »Zwangsadoptionen? Sie meinen, Leute wurden gezwungen, Kinder anzunehmen, die keine Eltern mehr hatten? Damit die Kinder nicht mehr in Heimen leben mussten? Interessant. Nee, davon habe ich noch nie gehört. Aber ich hätte freiwillig eins genommen. Wir wollten immer mehr als ein Kind. Mich hätte man dazu nicht zwingen müssen.« Er schüttelte den Kopf. »Verrückt. Was es alles gibt …«

Die Ade-Bar war gerammelt voll. Der Monitor war nach innen gedreht, so dass die Besucher die Live-Bilder aus den Nestern nicht verpassten.

»Es ist immer noch zu kalt für unsere Störche«, sagte ein Mann. »Die wissen genau, dass es noch mal Schnee gibt.«

»Jetzt noch, im April?«, fragte sein Tischnachbar.

Der Mann nickte. »Seit heute Nacht habe ich wieder das Reißen. Ich schwöre dir, es wird noch mal richtig kalt.«

»Was ist denn hier los?«, sagte Pippa zu Ernie Wisswedel, nachdem sie einen Zweiertisch ergattert hatten. »So voll habe ich es hier ja noch nie erlebt. Das können doch unmöglich nur Storchwinkeler sein?«

»Die warten alle auf die Sonderausgabe vom *Ciconia Courier*«, antwortete dieser. »Die wird hierher ausgeliefert. Das wird ein echtes Ding! Brusche hatte sämtliche seiner Kollegen im Einsatz: Interviews machen, Meinungen einholen. Aber zu mir ist er selbst gekommen. Wegen meiner Schlüsselstellung, hat Brusche gesagt.« Wisswedel tippte sich mit dem Finger an die Nase und gluckste. »Verstanden? Ich bin der Pförtner ... Schlüsselstellung. Gut, oder?«

Pippa unterdrückte ein Grinsen und sagte todernst: »In meinen Kreisen nennt man das Informant.«

Wisswedel kniff die Augen zusammen und musterte sie abschätzend. »Das sind doch die, die bezahlt werden, oder?«

Pippa gab auf. Die Altmärker waren selbst ihrem sprichwörtlichen Berliner Mutterwitz überlegen. Obendrein würde sie nie verstehen, wann sie auf den Arm genommen wurde und wann nicht.

Hilda brachte dampfenden Kaffee und Gebäck an den Tisch. Zusätzlich servierte sie eine Flasche von Heinrichs Tinkturen, mit Wisswedels Namen auf dem Etikett. Dieser gab einen ordentlichen Schuss davon in seinen Kaffee und erklärte knapp: »Medizin. Ich hab zu hohen Blutdruck.«

»Was glauben Sie, wer jetzt Betriebsleiter wird, Herr Wisswedel?«, fragte Pippa, um nicht laut loszulachen.

Der Pförtner zuckte mit den Achseln. »Der Beste wäre

Lohmeyer. Der hat richtig was drauf und ist einer von uns. Aber Zacharias will, dass Thaddäus sich bewirbt.«

»Wie bitte? Wieso denn ausgerechnet der?«

»Thaddäus ist Porzellanmaler. Er hat bei *Lüttmanns* gelernt. Ist doch clever: Zacharias würde zwei Fliegen mit einer Klappe schlagen.«

»Er hätte einen Fuß in der Tür der Firma ...«

»Und sein Bruder wäre so beschäftigt, dass er sich nicht zur Wahl aufstellen lässt!«, vollendete Wisswedel den Satz und nickte.

»Hätte Thaddäus denn Interesse?«

Wisswedel winkte ab. »Ach was. Null. Der liebt sein Storchhenningen, und die Storchhenninger mögen ihn. Aber Zacharias wird ihm schon das Gegenteil einreden.«

»So weit kommt das noch, dass ausgerechnet ein Biberberg kommt und unsere Manufaktur leitet!«, rief ein Mann vom Nebentisch. Die Umsitzenden murmelten zustimmend.

»Da könnten wir den Posten ja gleich verlosen!«, sagte eine ältere Frau. »Oder derjenige bekommt ihn, bei dem der erste Storch landet. Dann hätte sogar ich eine Chance!«

Es kamen immer absurdere Vorschläge, wie man den Betriebsleiterposten vergeben könnte, und die Ade-Bar bebte vor Gelächter.

So belauscht uns wenigstens niemand mehr, dachte Pippa und fragte leise: »Wer hat Hollweg umgebracht?«

»Von uns war's keiner«, erwiderte Wisswedel im Brustton der Überzeugung. »Wir erkennen unsere Schweine am Gang – aber wegen einem von denen ins Gefängnis gehen? Nee.«

»Schlimmer als Bornwasser?«

»Ach, Bornwasser war eigentlich halb so wild. Solange man bei *Lüttmanns* arbeitete und seine Rechnungen pünktlich bezahlte, war man vor dem ja sicher. Aber der Hollweg ...« Er schnaubte. »Hab nie verstanden, was Christabel an dem toll fand. Der hatte so was wie Narrenfreiheit. Wahrscheinlich, weil er da war, als sie ihn am meisten brauchte.«

»Wann war das?«, fragte Pippa gespannt.

»Na, als der Senior aus dem Sumpf gezogen wurde. Hollweg hat ihn gefunden, müssen Sie wissen.«

»Nicht die Polizei?«

»Hollweg war bei der Suche dabei. Tag und Nacht. Da hat er sich wirklich nicht geschont, das muss man ihm lassen. Tja, und dann kam ihm wohl was komisch vor, sagt man, oben bei der Brücke im Naturschutzgebiet. Die Chefin war tief getroffen, damals. Hat bestimmt nicht damit gerechnet, dass ihr Mann vor ihr geht.«

Da Pippa nichts sagte, fuhr er fort: »Ich weiß nicht, ob Sie das wissen, aber *Lüttmanns Lütte Lüd* war einer der Handwerksbetriebe, die auch in DDR-Zeiten immer privat geblieben sind. Solche Firmen wurden zwar durch einen Berg von Gesetzen und Bestimmungen reglementiert, aber der Senior schaffte es immer, sich über Wasser zu halten, wenn auch nur gerade so. Der wollte nie was anderes tun als seine Wichtel herstellen, und zwar selbständig. Vermutlich hat seine Frau dafür gesorgt, dass er gewisse ... Freiheiten hatte.«

Danke für das Stichwort, dachte Pippa und fragte: »Wie war sie denn so? Eva Lüttmann, meine ich.«

Wisswedel war ganz in seinem Element und packte aus, was er wusste. »Also, wenn Sie mich fragen: Ohne die Einkünfte von Eva hätten die Lüttmanns nicht auf so großem Fuß leben können. Aber wir haben uns trotzdem gewundert, was die sich alles leisten konnten. Kein Sommer, in dem die nicht am Balaton waren oder am Schwarzen Meer. Unsereins kam da nicht so einfach hin. Die Eva muss eine ganz Schlaue gewesen sein. Oder eine ganz Linientreue. Vermutlich beides.«

»Severin Lüttmann nicht?«

»Ach, der war eher von der gutmütigen Sorte. Verstehen Sie mich nicht falsch, ich meine das nicht böse oder hämisch. Er war ein herzensguter Mensch. Der wusste gar nicht, dass es um ihn herum eine real existierende sozialistische Welt gab. Und den Kapitalismus hat er auch nicht begriffen. Höchstens das Soziale in *soziale Marktwirtschaft*.« Wisswedel lachte leise. »So gesehen könnte der Junior tatsächlich sein Sohn sein. Die beiden sind sich wirklich sehr ähnlich.«

»Haben die Lüttmanns eine glückliche Ehe geführt?«

»Der Senior hat alles gemacht, was die Eva wollte. Die Ehe hat also so gut funktioniert wie der Severin, so gesehen. Den Jungen hat er abgöttisch geliebt. Und den Julius hat er weiterhin im Heim besucht und ihm auch immer heimlich etwas zugesteckt.«

Pippa frohlockte innerlich – wohl selten zuvor hatten sich Kaffee und Gebäck so bezahlt gemacht wie beim Pförtner von *Lüttmanns Lütte Lüd*. »Woher wissen Sie denn das, Herr Wisswedel?«

»Weil ich sein Fahrer war«, antwortete er. »Unzählige Male hat er behauptet, dass er eine Verkaufsfahrt macht, und in Wirklichkeit haben wir dem Jungen etwas ins Heim gebracht.«

»Aber durchsetzen konnte er sich nicht, sonst hätte er seiner Frau davon erzählt.«

»Gegen Eva Lüttmann konnte sich keiner durchsetzen. Die saß immer am richtigen Ende des Tisches, bekam immer das dicke Ende der Wurst zu fassen und kannte immer die richtigen Leute an den entscheidenden Stellen – bis sie selber eine von denen war, die entscheiden konnten. Und ich bin mir sicher, Frau Bolle: Eva Lüttmann entschied immer zu ihren eigenen Gunsten.«

In diesem Moment kam Brusche durch die Tür und wurde

mit großem Hallo begrüßt. Keuchend wuchtete er einen riesigen Packen Zeitungen auf den Tresen.

»Nicht drängeln, Kinder, ich habe für jeden eine dabei. Und nicht vergessen: Vorher schön bezahlen ...«

Er fing Pippas Blick auf, die lachend den Kopf schüttelte.

»Journalismus ist kein Ehrenamt, meine Liebe«, sagte Brusche. »Auch wir Schreiberlinge müssen essen und trinken.«

Genau wie alle anderen in der Ade-Bar kramten auch Pippa und Ernie Wisswedel Kleingeld aus der Tasche und kauften sich ein Exemplar der sehnlich erwarteten Sonderausgabe. Eifrig begannen die meisten zu blättern – in der Hoffnung, sich selbst oder wenigstens ein Zitat von sich zu entdecken.

Wisswedel war ebenfalls in sein Exemplar vertieft, also schlug auch Pippa die Zeitung auf.

Von jedem Opfer gab es einen Lebenslauf, der nichts von dem, was Brusche über die Vergangenheit der Toten ausgegraben hatte, beschönigte.

Bei Harry Bornwasser wurde auf seinen Beruf als Notar in der DDR hingewiesen, außerdem auf seine frühere Tätigkeit als Vertrauter und juristischer Berater von Eva Lüttmann, mit der ihn laut Brusche nicht nur eine enge Freundschaft verband, sondern auch die gemeinsame Sorge für das damalige Krankenhaus, das er in schwierigen Fällen zu beraten pflegte.

Pippa tippte auf den Artikel und fragte Brusche: »Was für schwierige Fälle waren denn das?«

»Zur Beantwortung dieser Frage darf ich Ihnen meine Recherchen zur besagten Dame empfehlen«, sagte Brusche. »Gleich auf der nächsten Seite. Nur so viel: Eva Lüttmann und Bornwasser haben gemeinsam Kunstfehler oder zweifelhafte Todesfälle vertuscht.«

Pippa zog die Augenbrauen hoch. »Eine harte Anschuldigung.«

»Aber belegbar. Die Dame war eine ganz Gewiefte. Aber das ist viel zu nett formuliert. Sie war skrupellos, scharf, immer auf den eigenen Vorteil bedacht, bedenkenlos ...« Er schüttelte sich. »Eine unangenehme Person. Je mehr ich recherchiert habe, desto widerlicher fand ich sie. Ich frage mich, wie der alte Lüttmann es mit ihr ausgehalten hat. Nur ihr Aussehen kann es nicht gewesen sein.«

Hat er nicht, dachte Pippa eingedenk der Tatsache, dass er sich heimlich mit Melitta Wiek im Storchenkrug traf und Florian aus dieser Verbindung hervorging.

Brusche zwinkerte ihr zu. »Ich habe übrigens nichts von gestern Abend verwertet. Die Hochzeit wird mein Aufmacher für die nächste Ausgabe.«

Pippa knuffte ihn freundschaftlich, dann sagte sie: »Vielen Dank übrigens, dass Sie sich meinetwegen so viel Mühe gemacht haben.«

Brusche stutzte. »Wann soll das denn gewesen sein?«

»Thaddäus Biberberg. Wie haben Sie so schnell herausgefunden, dass er den Drohbrief geschrieben hat?«

Verdutzt kratzte der Reporter sich am Kopf. »Drohbrief? Thaddäus Biberberg? Können Sie da mal konkreter werden? Das wäre auch etwas für die nächste Ausgabe!«

Verdammt, er weiß gar nichts, dachte Pippa, wie komme ich da bloß wieder raus?

»Raus mit der Sprache«, drängte Brusche. »Wofür haben Sie sich gerade bei mir bedankt?«

»Na ja ... *Drohbrief* ist vielleicht etwas übertrieben«, sagte Pippa, während sie fieberhaft überlegte. »Diese ganzen Morde hier ... Das macht mich ganz kirre ... Da wird jede Kleinigkeit sofort zum Drama. Sie kennen ja dieses Parteiengerangel, da hat jemand gedacht, ich will Christabel bei der nächsten Wahl unterstützen, und wollte mir sagen, dass ich das besser nicht tun soll. Nichts weiter.«

Du meine Güte, ich lüge hier das Blaue vom Himmel herunter, dachte sie betroffen, das Storchendreieck hat mich fest in seinen Klauen.

Zu ihrer Erleichterung machte Brusche eine wegwerfende Handbewegung. »Die Wahl ist erst morgen wieder ein Thema für mich. Und dass die Biberbergs manchmal etwas ... übereifrig sind, weiß hier sowieso jeder. Ich komme auf die Sache zurück, sobald die Morde aufgeklärt sind. Und bis dahin nichts vergessen, hören Sie? Auch nicht das kleinste Detail.« Er sah auf die Uhr. »Verdammt, ich muss los. Wir sehen uns.«

Ehe Pippa antworten konnte, war er schon aus der Tür.

Da ihr der Rummel in der Ade-Bar zu viel wurde und Ernie Wisswedel in wilde Diskussionen verstrickt war, ging auch Pippa.

Unterwegs blätterte sie durch die Sonderausgabe. Trotz des düsteren Themenschwerpunktes beschäftigte sich auch eine ganze Seite mit dem mutmaßlichen Eintreffen des ersten Storches. Brusche stellte eine für das Storchendreieck sicherlich provokante Frage: Machte es einen Unterschied, ob Ost- oder Weststörche ins Dorf einzogen? Welche Rolle spielten die Flugrouten über Gibraltar oder den Bosporus für das Eintreffen des ersten Storches? Und: Brauchte man tatsächlich zwanzig Webcams an zwölf Storchennestern, um das herauszufinden? Sollte dieses Geld nicht besser dazu verwendet werden, bedürftigen Menschen Wünsche zu erfüllen – und nicht nur demjenigen, bei dem der erste Storch des Jahres landet? Christabels Stellungnahme dazu war so kurz wie deutlich: »Wie ich mein Geld ausgebe, mein Junge, ist meine Sache.«

Außerdem hatte Brusche diverse Leute zu ihren Wünschen befragt und ob sie die Ankunft des ersten Storches feiern würden wie immer, obwohl *das Dorf unter den dunklen Schwingen der Todesgöttin* lag, wie er es formulierte.

Hat Heinrich ihm das in die Feder diktiert?, dachte Pippa amüsiert und blätterte weiter.

Sie entdeckte einen Artikel, der sich bedauernd dazu äußerte, dass die Mordserie die aktuelle Tagespolitik überdeckte und die Bürger davon ablenkte, sich über die möglichen Konsequenzen der Zusammenlegung des Storchendreiecks zu einer Samtgemeinde klarzuwerden. Zu diesem Thema hatte Brusche die Biberbergs einzeln interviewt, und die Brüder widersprachen einander konsequent in sämtlichen Punkten.

»Da hättet ihr euch mal absprechen sollen«, murmelte Pippa, »so muss Christabel sich nur noch zurücklehnen und abwarten, wie ihr euch gegenseitig ausmanövriert.«

Sie stieß auf ein Interview mit einem Bestatter, das sie begeisterte, denn es ging um Hollweg und dessen »Sarg« aus Gips.

»Sehr bedauerlich, dass der Verstorbene nicht in diesem maßgeschneiderten Behältnis verbleiben darf«, wurde der Bestatter zitiert. »Leider lässt es die deutsche Friedhofsordnung nicht zu, Herrn Hollweg in seiner Gipshülle *auf* das Grab zu stellen. In meinen Augen wäre er dann nichts anderes als ein handelsübliches Denkmal. Mir persönlich scheint es irrelevant, ob da nun ein Engel steht oder ein riesiger Gartenzwerg. Vorstellbar wäre auch eine Art Vitrine. Dem Bestatterwesen täte es gut, endlich offen für Neues zu sein. In anderen Ländern ist man da wesentlich aufgeschlossener, wenn Sie zum Beispiel an den einbalsamierten Leichnam Lenins denken!«

Das auf der nächsten Seite folgende Interview mit Heinrich klang, als hätte dieser es selbst geschrieben, denn es entsprach ganz seiner üblichen Rhetorik. Besonders ein Zitat aus dem hebräischen Bundesbuch ließ Pippa die Stirn runzeln: »... so sollst du geben Leben für Leben, Auge für Auge, Zahn für Zahn, Hand für Hand, Fuß für Fuß, Brandmal für Brandmal, Wunde für Wunde, Strieme für Strieme ...«

Ich dachte, du hast dich von Hollweg ferngehalten, sinnierte Pippa, warum also ausgerechnet dieses Zitat?

Als sie die Einschätzungen und Meinungen der anderen Bewohner des Storchendreiecks überflog, blieb sie an etwas hängen, das Olaf Bartels zum Tode Hollwegs gesagt hatte: »Ich hätte ihn nicht in die Molle voll Gips gestoßen, ich hätte ihn nicht getötet, aber ich hätte auch niemanden davon abgehalten. Und wenn ich wüsste, wer das Storchendreieck von der Doppelkopfrunde und ihrem Häuptling befreit hat – ich würde es für mich behalten.«

Aus diesen Worten sprach tiefsitzender persönlicher Groll, fand Pippa. Was hatte Hollweg Bartels angetan? Sie war verwundert, dass ausgerechnet Bartels und der alte Heinrich sich in derart scharfen und deutlichen Worten äußerten.

Bevor ich mit irgendjemandem rede, muss ich bei Florian ins Internet gehen und sehen, was ich über Bartels, die Biberbergs und den alten Heinrich herausfinden kann. Und möglichst alles über diese entsetzlichen Zwangsadoptionen.

Der einzige Computer im Gutshaus stand in Severins privaten Räumen, und den wollte sie nicht ohne seine Erlaubnis benutzen.

Eigentlich erstaunlich, dass Christabel keinen besitzt, dachte Pippa, ist sie doch so stolz darauf, immer mit der neuesten Entwicklung der Technik mitzuhalten.

Florians Gesicht sah verweint aus, als er die Tür öffnete.

»Machst du dir Sorgen, dass deine Mutter sich von dir verraten fühlt?«, fragte sie. »Das brauchst du nicht. Sie wird verstehen, dass du nicht anders handeln konntest, ganz sicher.«

»Wenn es nur das wäre ...« Florian schüttelte verzweifelt den Kopf. »Ich sollte jetzt in Berlin sein. Ich kann unmöglich weiter für Christabel arbeiten – das war schon klar, als ich den ersten Gartenzwerg aufgestellt habe. Deshalb habe ich mich doch überall beworben und alles über Porzellanmanufakturen gelesen, was ich kriegen konnte, damit ich gut vorbereitet bin. Heute hätte ich einen Vorstellungstermin für ein Praktikum. Bei der KPM Berlin, als Porzellanmaler. Die Königliche Porzellan-Manufaktur Berlin, verstehst du? Das ist die Königsklasse. Es wäre meine Chance gewesen, hier wegzukommen. Deshalb bin ich gestern Abend einfach los. Ich habe gehofft, dass ich schnell zurück sein kann und niemand meine Abwesenheit bemerkt. Die Hunde wären bei Julius in besten Händen gewesen. Der hätte mich nicht verraten.«

Ich werde Christabel bitten, in Berlin ein gutes Wort für ihn einzulegen, auch wenn es gegen ihre Interessen ist, nahm Pippa sich vor, schließlich hat sie Kontakte.

»Hast du nicht angerufen und Bescheid gesagt, dass du verhindert bist?«, fragte sie.

»Und was soll ich denen bitte sagen? Falls Frau Gerstenknecht mich nicht wegen Werksspionage anzeigt, melde ich mich wieder? So etwas vielleicht?« Er seufzte. »Ich kann doch Christabel sowieso nie wieder in die Augen sehen.«

»Sprich doch noch mal mit ihr.«

»Ich wüsste nicht, was das bringen soll. Ich habe sie angelogen und hintergangen. Das ist unverzeihlich.«

»Aber doch nur, weil Hollweg dich erpresst hat! Loyalität ist eben nicht teilbar, und du wolltest deiner Mutter einen strahlenden Hochzeitstag ermöglichen.«

Florian schnaubte verächtlich. »Was gründlich in die Hose gegangen ist.«

»Was hat es eigentlich mit dieser Telefonnummer vom

Kerala Moon Resort wirklich auf sich?«, fragte Pippa, um ihn abzulenken.

»Es ist genauso, wie du vermutet hast: die Nummer einer Alibiagentur. Ich bekam sie für den Fall, dass jemand meine Mutter unbedingt erreichen will. Die Agentur sollte jeden Anrufer abwimmeln und meiner Mutter bei Gefahr im Verzug Bescheid geben.«

»Ganz schöner Aufwand.«

Florian zuckte mit den Achseln. »Mir hat diese Heimlichtuerei auch nicht gefallen, aber was sollte ich machen? Ich gönnte den beiden die gemeinsame Zeit.«

»Wie lange ist deine Mutter schon mit Severin zusammen?«

»Seit über zwei Jahren.«

»Zwei Jahre Heimlichtuerei, das muss doch ungeheuer belasten. Wieso haben sie nicht einfach alles erzählt? Das wäre doch ...«

Florian unterbrach sie mit einer Handbewegung. »Mama wollte eigentlich erst heiraten, wenn Christabel nicht mehr ... ist. Sie wollte ihr nicht das Gefühl geben, allein gelassen zu werden. Christabel hat sie damals nach meiner Geburt aufgenommen und ihr geholfen, immer wieder. Deshalb hat sie sich verpflichtet gefühlt.«

»So viel Loyalität, so wenig Vertrauen – vor allem in sich selbst«, sagte Pippa bestürzt. »Aber warum haben die beiden dann nicht einfach noch gewartet?«

»Ging nicht«, murmelte Florian und starrte auf den Boden.

»Herrje, hier geht es zu wie bei Lady Chatterley.« Pippa stöhnte. »Der Erste verheimlicht etwas, um den Nächsten zu schützen, und der wiederum erzählt auch nur die Hälfte der Wahrheit, damit letztendlich die Dritte heimlich ein eheliches Kind bekommen könnte, wenn sie wollte ...«

Florian wurde stocksteif und starrte Pippa entsetzt an. »Von wem weißt du das? Nicht von mir! Ich habe dichtgehalten!«

Pippa runzelte die Stirn, dann fing sie an zu lachen. »Wie sagt Christabel so schön: Gute Literatur ordnet alles und findet für alles eine Lösung. In ihr ist alles schon mal da gewesen.«

Er sah sie verwundert an, und Pippa erklärte ihm, dass sie nur das Durcheinander der Geheimnisse gemeint hatte – ohne zu wissen, dass sie mitten ins Schwarze traf. »Das erklärt also die Eile: Deine Mutter ist schwanger.«

»Und diesmal sollte das Kind eben auch einen Vater haben.« Plötzlich grinste er. »*Der kleine, uneheliche Florian ist endlich volljährig, und jetzt werde ich nie wieder ein Wort mit Frau Pallkötter sprechen*, hat sie gesagt, *nie wieder und unter keinen Umständen trete ich noch einmal über die Schwelle dieses Jugendamtes.*«

»Aber wieso ausgerechnet Alaska? Hätten die beiden nicht auch hier unerkannt heiraten können?«

Florian schüttelte den Kopf. »Jeder, der heiraten will, muss ein Aufgebot bestellen. Das Standesamt liegt Tür an Tür mit unserem Jugendamt. Wie lange, glaubst du, hätte es gedauert, bis das gesamte Storchendreieck davon gewusst hätte? In Alaska konnten die beiden eine Heiratslizenz beantragen und drei Werktage später heiraten. Ohne Einwohner Alaskas sein zu müssen. Und das für lächerliche fünfundzwanzig Dollar. Severins Plan, bei Martin Buser einen Kurs über artgerechte Hundehaltung zu machen, passte perfekt.« Er lächelte liebevoll. »Mama war begeistert. Mit der Kutsche oder dem Auto kann jeder zur Hochzeit fahren, aber ein Hundeschlitten ist schon außergewöhnlich. Das hat ihr gefallen.«

»Jetzt verstehe ich auch, warum Christabel immer auf

den Kalender geschaut hat, wenn ich davon anfing, dass wir Severin und Melitta informieren sollten«, sagte Pippa. »Sie wollte sichergehen, dass ich nicht vor der Hochzeit störe. Sie war wie immer glänzend informiert und hat die Tage gezählt.«

Aber woher wusste sie das alles?, dachte Pippa. Etwa von Hollweg?

Florian stöhnte, als er sich an den Abend zuvor erinnerte. »Zum Schluss war das fast wie ein Fotofinish. Ich habe ständig auf die Uhr gesehen und im Kopf die Zeitverschiebung nachgerechnet. Vor neun Uhr abends unserer Zeit durfte ich nichts verraten! Ich kenne meine Mutter: Hätten wir zu früh angerufen, hätte sie glatt die Trauung abgeblasen. Das wollte ich auf keinen Fall, ich gönne meiner Mutter ihr Glück. Aber genau das machte es Hollweg leicht, mich zu erpressen.«

»Ich frage mich, woher Hollweg wusste, dass die beiden heiraten wollten. Und wieso er dich damit erpresst hat und nicht Severin.«

»Severin hätte ihm die Gartenzwerge nicht herstellen können, dafür brauchte er mich. Er zwang mich auch, den Gartenzwerg in Bornwassers Nest zu deponieren.«

»Wie konnte er wissen, dass die Webcam nicht aktiv war?«

»Nach einer Besprechung in der Firma bat Christabel mich, diese Webcam abzuschalten. Das hat er mitgehört.«

»Und sofort in seine Pläne eingebaut.«

»Genau. Nachdem ich den Gartenzwerg ins Nest gelegt hatte, musste ich die Kamera wieder einschalten, damit der Wichtel gefunden werden konnte.«

»Den zweiten Zwerg hat er selber in Frau Heslichs Haus gebracht?«

»Das war ich auch, aber ich habe die Sprechfunktion nicht aktiviert, um Mister Allwissend eins auszuwischen.« Florian sah Pippa hilflos an. »Aber woher er überhaupt von den Hochzeitsplänen meiner Mutter wusste ... keinen Schimmer. Das habe ich mich auch schon gefragt.«

»Was für eine Bescherung«, sagte Pippa nachdenklich. »Nur weil jeder davon ausgeht, dass der andere aus Liebe nichts erzählt, entsteht Unheil.«

»Nicht nur aus Liebe, auch aus Scham«, entgegnete Florian leise. »Ich wusste nicht, dass Lüttmann senior mein Vater ist. Meine Mutter hat mir gesagt, dass mein Vater tot ist, und das hat mir immer gereicht. Bisher. Als mir Hollweg die Wahrheit erzählte, war das ein Schock – aber es fühlte sich auch gut an. Ich wusste nicht, ob es wirklich stimmte, aber ich wusste: Er hätte es herumerzählt, wenn ich nicht getan hätte, was er verlangte. Und dann hätten die Leute über meine Mutter gesagt: Erst der Vater, jetzt der Sohn ... diese Frau ist wirklich scharf auf *Lüttmanns Lütte Lüd*. Und ich hatte Angst, dass dann auch noch Christabel ... auf seltsame Art und Weise stirbt, denn dann, hat Hollweg gesagt, ändert sich das Gerede gewaltig.«

Pippa sah ihn fragend an.

»Dann würden die Leute sagen, dass sie wirklich alles tut, um an *Lüttmanns Lütte Lüd* zu kommen: Kinder kriegen, heiraten – und töten.«

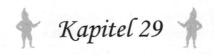

Kapitel 29

Florian hatte sie allein gelassen, während sie im Internet recherchierte, und während der Stapel bedruckten Papiers im Ausgabefach des Druckers immer dicker wurde, ahnte Pippa, dass ihr eine lange Nacht bevorstand. Jetzt saß sie auf ihrem Bett und las im Schein der Nachttischlampe mit wachsender Betroffenheit über die Zwangsadoptionen in der ehemaligen DDR.

Das hatte es wirklich gegeben? Kinder wurden nach der Geburt ihren Eltern gegenüber für tot erklärt, aber in Wirklichkeit an Heime oder linientreue Familien gegeben? Man zerstörte das Glück junger Eltern, um sie für Aufsässigkeit gegenüber Staat und Gesellschaft zu bestrafen? War das Heinrichs Schicksal – und das seines Sohnes Peter?

Mehrmals musste sie beim Lesen pausieren, um durchzuatmen, denn Fassungslosigkeit und Ekel schnürten ihr die Luft ab. Wieso war darüber in der breiten Öffentlichkeit nicht mehr bekannt? Weil es *nur* um Einzelschicksale ging? Auch Ernie Wisswedel hatte mit diesem Thema nichts anfangen können, erinnerte sich Pippa. Aber wie genau verband es Christabel, Julius, Mandy und Severin junior? Und was hatten Herr X und Professor Meissner damit zu tun, die Mandy in diesem Zusammenhang ebenfalls erwähnt hatte?

Weit nach Mitternacht vernahm Pippa schwere, unregelmäßige Schritte im Stockwerk über ihr. Sie hielt inne und horchte. Christabel war noch auf und bewegte sich mit Hilfe ihres vierfüßigen Stocks fort. Die harten Gummifüße der Gehhilfe klangen dumpf auf dem Dielenboden des alten Hauses.

Sie kann nicht schlafen, dachte Pippa. Kein Wunder: die Morde, Florian, die geschlossene Manufaktur. Und jetzt auch noch die Angst, dass ihre Vergangenheit und die der zwangsadoptierten Kinder etwas mit den Morden zu tun haben könnten.

Als Pippa mit der Sonderausgabe des *Ciconia Courier* zum Gutshaus gekommen war, hatte sich gerade eine fünfköpfige Delegation von Werksangehörigen und Heimarbeitern eingefunden, um die aktuelle Situation mit Christabel zu besprechen und nach Lösungen zu suchen.

Pippa hatte die Runde im Esszimmer mit Getränken und Knabbereien versorgt, bevor sie sich dazusetzte, um das Gespräch zu protokollieren. Danach hatte Christabel sich in ihren begehbaren Safe zurückgezogen und Pippas Bitte, sich hinzulegen, barsch mit den Worten zurückgewiesen, im Safe befände sich ein bequemes Sofa. Pippa hatte das Protokoll bei Florian abgetippt und vervielfältigt, da die Werksgebäude von der Polizei immer noch nicht wieder freigegeben worden waren. Julius und Florian übernahmen es, jedem von Christabels Mitarbeitern in Storchwinkel, Storchentramm und Storchhenningen ein Exemplar auszuhändigen, denn Pippa zog es zurück zu Christabel. Sie wollte in Rufweite der alten Dame sein, da sie sich um das Ausmaß von Christabels Erschöpfung Sorgen machte.

Um sich abzulenken, hatte Pippa nacheinander mit ihren Eltern, ihrer Großmutter und ihrer besten Freundin Karin telefoniert, die sämtlich Freddys Liebeskummer wegen Tatjana in herzzerreißenden Worten schilderten. Offenbar ließ ihr kleiner Bruder die gesamte Transvaalstraße 55 an seinem Unglück teilhaben. Als sie endlich Tatjana selbst an die

Strippe bekam, stellte sich heraus, dass diese von Freddys Gefühlen nicht das Geringste mitbekommen hatte.

»Das tut mir so leid für Freddy«, hatte Tatjana entschuldigend gesagt, »aber er ist einfach kein Mann für mich. Wenn ich etwas geahnt hätte, wäre ich selbstverständlich sofort auf Abstand gegangen und hätte mit ihm darüber geredet.«

»Das Ergebnis wäre dasselbe«, hatte Pippa erwidert, »mein kleiner Bruder ist traditionell leicht entflammbar. Außerdem: Wenn einer sich verliebt und der andere nicht, dann nützt freundliches Verständnis vom Nichtverliebten so gut wie gar nichts. Wir wissen doch alle, wie sich das anfühlt.«

Als sie nun tief in der Nacht erst die Stahltür des begehbaren Safes und dann Christabels Schlafzimmertür zuschlagen hörte, musste Pippa sich beherrschen, nicht sofort nach oben zu gehen. Christabel hatte darauf bestanden, bis zum nächsten Morgen ungestört zu bleiben, und auch die Hilfe beim Auskleiden abgelehnt. Sie wollte völlig unbehelligt sein: keine Telefonate, keine Musik, kein Besuch – selbst das Abendessen hatte Pippa lediglich vor der Tür abstellen dürfen, was bei ihr den Eindruck verstärkte, dass die alte Dame vor allem auch ihr aus dem Weg gehen wollte.

Pippa seufzte und nahm die ausgedruckten Rechercheergebnisse noch einmal der Reihe nach in die Hand und studierte einige Passagen, die sie mit einem Textmarker angestrichen hatte.

Die Wahrheit war, dass gewaltsame Familientrennungen in der ehemaligen DDR keine Seltenheit gewesen waren. Belegt waren mehr als fünfundsiebzigtausend Inkognito-Adoptionen, bei denen man den leiblichen Eltern nicht gesagt hatte, wohin ihre Kinder vermittelt wurden. Das betraf nicht nur Menschen, die etwa wegen Republikflucht verurteilt und von der Bundesrepublik freigekauft worden waren, sondern auch solche, die als gemeinschaftsunfähig eingestuft wurden, weil sie zum Beispiel ihre Arbeit verloren hatten. Das war Grund genug für die Behörden, ihnen das Recht auf die Erziehung ihrer Kinder zu nehmen. In der Ideologie der DDR galt Kindererziehung nicht als Privatsache. Die Adoptionen wurden vom Jugendhilfeausschuss beim Rat der Stadt beschlossen, der dazu keine Einwilligung der Mutter oder der Eltern benötigte. Ein besonders perfider Auswuchs dieser Praxis waren die Neugeborenen, die angeblich bei oder kurz nach der Geburt verstorben waren. Pippa hatte im Internet Aussagen von Müttern gefunden, die ihr totes Kind nie zu Gesicht bekommen hatten, aber sicher waren, es im Nebenraum schreien zu hören.

Als Pippa am nächsten Morgen nach unruhigem Schlaf in Christabels Zimmer trat, stellte sie fest, dass die alte Dame ebenso müde aussah wie sie selbst.
»Ich lasse Sie nicht aus dem Bett, keine Widerrede«, sagte Pippa und stellte das Frühstückstablett ab.
Christabel nickte müde. »Sie haben recht, ich habe mich in den letzten Tagen etwas übernommen. Gehen Sie bitte allein zu Mandy. Ich komme vielleicht später nach.«
Als Pippa nach dem Buch griff, winkte die alte Dame ab. »Meine gute Freundin Constance Chatterley muss heute warten, wir lesen ein anderes Mal weiter. Wir wollen doch nicht, dass ich mich überanstrenge, oder?« Christabel lächelte. »Schließlich möchte ich bis zur letzten Seite dieses Buches durchhalten.«
Sie versucht immer noch zu scherzen, dachte Pippa, aber ich lasse mir keinen Sand in die Augen streuen. Ich werde Doktor Wegner bitten, nach ihr zu sehen.
»Ich freue mich, dass Sie vernünftig sind«, sagte Pippa. »So haben Sie Zeit, sich eine gute Erklärung auszudenken.«

Als Christabel sie fragend ansah, fuhr Pippa fort: »Sie haben mir einen Bären aufgebunden: Es war nicht Brusche, der herausgefunden hat, dass der Drohbrief von Thaddäus stammte – er hatte gar keine Ahnung von dem Brief. Also: Woher wussten Sie, dass es Thaddäus war?«

»Das hat Brusche tatsächlich gesagt?« Christabel zog in aller Ruhe ihre Haushandschuhe glatt. »Ich war mir sicher, er wäre zu eitel zuzugeben, dass er das Geheimnis nicht selbst gelüftet hat. Wie man sich in einem Menschen doch täuschen kann.«

Damit wandte sie sich ihrem Frühstück zu, und Pippa wusste, dass sie gehen durfte. Wieder einmal hatte Christabel ihre Kunst demonstriert, Fragen, auf die sie nicht eingehen wollte, schlicht zu ignorieren.

Pippas Herz klopfte, als sie vor Mandy Klöppels Haustür stand. Sie zögerte, denn sie wusste nicht, wie sie der jungen Frau mit ihrem neuerworbenen Wissen gegenübertreten sollte. Pippa hatte schon beim Lesen kaum ertragen, was Mandy am eigenen Leib durchleben musste.

Sie wollte gerade klingeln, da öffnete die junge Frau ihr bereits und bat sie herein. Im Wohnzimmer kniete Julius vor Lucies Kaufmannsladen und spielte mit der Kleinen.

»Was meinst du, wollen wir uns in deinem Zimmer ein Bilderbuch ansehen, Lucie?«, fragte er, als die beiden Frauen hereinkamen.

Natürlich war Lucie von seinem Vorschlag begeistert, und Mandy sah den beiden liebevoll hinterher, als Lucie an Julius' Hand aus dem Raum hüpfte.

»Niemand von uns führt ein gänzlich unbeschwertes Leben, aber Julius trägt besonders schwer daran«, sagte Mandy. »Im Moment glaubt mein Bruder, dass er der Welt trotzen kann, wenn er sich einredet, Christabels leiblicher Sohn zu sein. So hofft er, ihre Stärke, ihre Tatkraft und ihr Durchsetzungsvermögen zu erben. Das führt ihn zwar in die eine oder andere Sackgasse, aber insgesamt ist er tatsächlich auf einem guten Weg. Vor allem dank der therapeutischen Arbeit mit Severin.«

»Dein Bruder?«, fragte Pippa überrascht. »Julius?«

Mandy nickte lächelnd. »Nachdem Christabel ihn in der Entzugsklinik in Wiesbaden zufällig wiedertraf, begriff sie endlich, welches böse Spiel mit ihr und mit uns allen gespielt worden war. Sie begann, systematisch nach uns und unseren leiblichen Eltern zu suchen, um uns wieder zusammenzubringen. Wer keinen Kontakt zu seinen richtigen Eltern haben konnte, dem bot Christabel an, ihn zu unterstützen oder selbst zu adoptieren, falls wir ...« Mandy seufzte und fuhr fort: »Falls wir unsere erzwungenen Namen ablegen wollten. Julius war überglücklich.«

»Mami? Darf ich mit Onkel Julius wippen gehen?«

Lucie war hereingestürmt und hopste aufgeregt umher, bis Mandy sie im Hausflur in eine dicke Jacke steckte und ihr eine Mütze aufsetzte. Dann gingen Julius Leneke und das kleine Mädchen durch die Terrassentür in den Garten.

Mandy setzte sich wieder zu Pippa und erzählte weiter: »Als Christabel dann Gregor Meissner kennenlernte, hat der Professor den Löwenanteil der Recherche übernommen. Er suchte gezielt nach Spuren der Kinder, deren angeblicher Tod ihr zu Zeiten ihrer Hebammentätigkeit angelastet worden war, während die wahren Schuldigen sich die Hände in Unschuld wuschen oder die Gerüchte über Christabel sogar noch tatkräftig schürten, um von sich abzulenken.«

»Eine außergewöhnliche Form der Familienzusammenführung.«

»Das stimmt. Ich habe mich für eine Adoption durch Christabel entschieden, weil ich zu ihr gehören wollte und weil ich ihr zutiefst dankbar bin. Genau wie Julius habe ich aber meinen ursprünglichen Namen angenommen.« Sie blickte nachdenklich in den Garten hinaus zu Julius und Lucie, die sichtlich und hörbar Spaß miteinander hatten. »Einen Namen kann man ablegen, so wie die Schlange ihre alte Haut abstreift, die Gefühle und Erinnerungen bleiben leider für immer. Wir alle haben Macken aus unserer Geschichte davongetragen, aber bei jedem von uns äußern sie sich unterschiedlich: Jeder von uns suchte in etwas anderem Halt. Julius hat lange geglaubt, dass der Alkohol ihm hilft. Bei mir ist es die Sucht nach Liebe und Zuwendung.«

Sie bemerkte Pippas Erstaunen und lächelte. »So viel Selbstreflexion hättest du mir nicht zugetraut, richtig?«

Pippa fühlte sich ertappt und setzte zu einer Entschuldigung an, aber Mandy fuhr fort: »Natürlich weiß ich, warum ich so bin, wie ich bin. Es stimmt, ich hatte schon viele Männer. Wer lange einsam ist, der braucht Zuneigung und Bestätigung wie das tägliche Brot. Aber Christabel hält meine Geltungs- und Gefallsucht für einen großen Vorzug. Aus diesem Grund traut sie mir nicht nur ihre Nachfolge in der Dorfpolitik, sondern sogar eine Karriere auf internationalem Parkett zu – stell dir das mal vor!«

Sie lachte fröhlich, und Pippa ließ sich davon anstecken.

»Macken sind doch ganz sympathisch«, sagte Pippa, »denk nur an Professor Meissner, der die Liebe zu seinen gefiederten Freunden zum Beruf gemacht hat. Oder Herr X, der seine Kreativität nicht in wechselnden Motiven, sondern in höchst variantenreicher Gestaltung eines einzigen Motivs austobt.«

»Bei manchen ist es auch besonders unkonventionelle Kleidung ...« Mandy sah Pippa bedeutungsvoll an und grinste. »Aber das ist genau, was ich meine. Jeder von uns hat sich irgendetwas gesucht. Spleen, Obsession, Macke ... nenn es, wie du willst.«

In Pippas Kopf ratterte es. Deshalb hatte Mandy den Professor und Herrn X schon bei ihrem letzten Gespräch erwähnt – und dort fand sich auch der Grund für Hildas tiefe Freundschaft zu Christabel: Die Cafébesitzerin hatte ihren Neffen wiedergefunden.

»Professor Meissner und Herr X sind also auch …«, begann Pippa.

»… aus unserem erlauchten Kreis«, vervollständigte Mandy.

Pippa dachte an ihr Gespräch mit dem alten Heinrich und überlegte laut: »Während Christabels Zeit als Hebamme sind angeblich vier Kinder verstorben. Das waren also du, Severin junior, Professor Meissner und Herr X? Und Julius wurde gleich ins Heim gebracht?«

»Nein«, sagte Mandy ernst. »Insgesamt waren es neun Kinder. Sie wurden in Heime gesteckt oder an Leute gegeben, die den Preis für uns … bezahlen konnten.«

»*Bezahlen*?« Pippa schluckte. »Die Kinder wurden *verkauft*?«

»In unserem speziellen Fall, ja. Das war nicht die Regel. Aber die Drahtzieher hinter unseren Adoptionen waren völlig skrupellos. Es reichte ihnen nicht, aufsässige Bürger durch Kindesentzug zu bestrafen – sie haben sich zusätzlich daran bereichert. Sie verhielten sich wie Zecken auf dem Wirtstier, indem sie ein gnadenloses System zu ihren finanziellen Gunsten perfektionierten. Das Schlimmste ist: Sie wurden bis heute nicht zur Rechenschaft gezogen.«

Pippa wagte kaum zu atmen, denn Mandy wirkte durch die Erinnerung an ihren Leidensweg tief bedrückt. Als es klingelte, ging Pippa zur Tür und erschrak, als sie Maik Wegner sah.

»Um Gottes willen – ist etwas mit Christabel?«

Er schüttelte den Kopf, und sie verstand plötzlich, warum

er gekommen war, und auch, was es mit seiner Dankbarkeit und Loyalität Christabel gegenüber auf sich hatte, die Gabriele Pallkötter so störte.

»Sie sind auch von Christabel adoptiert«, sagte sie, als sie im Wohnzimmer waren.

»Nein, das nicht«, erwiderte Wegner und setzte sich neben Mandy, »aber sie hat meine leiblichen Eltern gefunden und mich mit ihnen zusammengebracht. Als Christabel mir anbot, mich als Betriebsarzt bei 3L einzustellen und mir die Praxis einzurichten, habe ich sofort zugestimmt, denn ich fühle mich durch sie dem Storchendreieck verbunden.«

»Ich verstehe, dass Christabel sich verantwortlich fühlt, obwohl sie schuldlos ist«, sagte Pippa, »und dass sie so etwas wie Wiedergutmachung leisten will. Und Gott sei Dank hat sie nicht nur ein großes Herz, sondern auch die dazu passenden finanziellen Möglichkeiten. Aber wünscht ihr euch nicht trotzdem weit weg von diesem Ort, wo das Leiden begann?«

Wegner schüttelte den Kopf. »Hier ist unsere ursprüngliche Heimat, auch wenn andere Menschen Schicksal gespielt und uns in alle Himmelsrichtungen verstreut haben. Christabel hat uns bewusst ins Storchendreieck zurückgeholt, damit wir uns gegenseitig stärken und gemeinsam Wurzeln schlagen können. Hier sind wir geboren, und hier gehören wir hin.« Es klopfte an der Haustür, und er stand auf. »Da sind die anderen.«

Pippa blieb die Spucke weg, als er mit dem alten Heinrich, Herrn X und Olaf Bartels zurückkehrte.

»Wir hatten das falsch verstanden und gedacht, wir treffen uns im Gutshaus«, erklärte Bartels die Verspätung. »Ich soll allen sagen, dass die Chefin heute zu Hause bleibt. Aber gegen Besuch hat sie nichts einzuwenden.«

Pippa blickte fassungslos in die Runde. »Wer gehört denn noch alles dazu?«

Mandy grinste. »Daria Dornbier. Dann sind wir komplett.«

»Sie unterscheidet sich allerdings von uns, denn sie ist nicht sehr glücklich über die Enthüllung ihrer Herkunft«, sagte Herr X. »Sie war ganz zufrieden damit, hier in einer einflussreichen Familie zu leben und zwei ältere Brüder zu haben.«

»Leider entpuppte sich dieses Leben durch Christabels unerbetene Einmischung als Lüge«, fügte Maik Wegner hinzu. »Daria hätte ihre Illusion gerne weiterhin gelebt.«

Deshalb ist sie nach dem Konzert in Salzwedel Christabel gegenüber derart ausgeflippt, dachte Pippa.

»Sie ist wirklich wütend auf Christabel«, sagte Herr X. »Sie ist nach Wolfsburg gezogen, weil sie Distanz zu uns und zum Storchendreieck wollte.«

Olaf Bartels räusperte sich. »Auch ich lege weiterhin Wert auf förmlichen Umgang, denn ich möchte nicht, dass mein ... äh ... *Hintergrund* ... publik wird. Ich bitte darum, das auch hier allseits zu respektieren.«

Wie würde ich wohl reagieren, wenn ich plötzlich erfahren müsste, dass ich ganz jemand anderer bin, als ich mein Leben lang geglaubt habe?, dachte Pippa. Immerhin verstehe ich jetzt Bartels' ständig schwelende Wut und sein zwanghaftes Ringen um Anerkennung – und Christabels Engelsgeduld mit ihm.

»Daria ist eine patente Frau, und sie kommt wirklich gut mit Lucie zurecht«, sagte Mandy sanft. »Momentan ist ihre Wahrnehmung von Schuld und Wahrheit allerdings noch etwas verschoben. Sie wird sich schon daran gewöhnen, dass sie eine von uns ist. Genau wie Sie, Herr Bartels.«

»Und wie mein Peter.« Heinrichs Stimme war traurig. »Nur haben wir ihn noch nicht gefunden. Er ist das fehlende neunte Kind. Aber ich gebe nicht auf. Niemals. Ich bin damals nicht in den Westen gegangen, weil ich sicher war, dass er noch lebte. Mittlerweile gibt es viele wunderbare Menschen, die professionell bei der Suche helfen, sogar Vereine und Selbsthilfegruppen. Irgendwann werden wir seine Spur finden.«

»Aber müsste dann nicht mittlerweile bekannt sein, wer die Schuldigen sind?«, fragte Pippa.

»Einige kennen wir«, antwortete Mandy grimmig.

»Wie zum Beispiel Eva Lüttmann.« Herr X spuckte den Namen geradezu aus. »Die Frau Doktor hat sich stets Angestellte gesucht, die nichts dagegen hatten, durch sie und mit ihr zu verdienen und uns als Frischware direkt aus dem Krankenhaus in die Hände der ausgewählten Ehepaare zu geben.«

Pippa hielt den Atem an: War es das, was Christabel gemeint hatte, als sie von Waltraut Heslichs *Verdiensten* sprach? »War Frau Heslich auch mit von der Partie?«, fragte sie vorsichtig.

»Und ob sie das war! Die *Heldin der Arbeit*!« Herr X schnaubte. »Was glaubst du denn, wie sie sich als alleinstehende Frau ein eigenes Haus bauen konnte? Und immer musste alles in Rosa sein.«

»Die Heslich liebe Rosa, weil es als Farbe der Mädchen gilt«, erklärte Mandy. »Bei Mädchen war es ihr besonders wichtig, sie in linientreue Hände zu geben. Das war ihre kranke Vorstellung von Dienst am Staat.«

Herr X nickte. »Jungen waren ihr gleichgültig – es sei denn, sie brachten viel Geld. Ansonsten verschwanden sie in Heimen.«

»Aber es muss doch so etwas wie eine übergeordnete Instanz gegeben haben, die alles überwacht hat«, sagte Pippa.

Mandy schüttelte den Kopf. »Zum Teil war die Jugendfürsorge zuständig, zum Teil das Volksbildungsministerium. Deshalb ist es bei vielen Opfern bis heute schwierig, die Gründe für die Adoptionen nachzuvollziehen. Nach außen hin achtete die für uns zuständige Beamtin natürlich darauf, dass die verfügten Adoptionen in Einklang mit den geltenden Gesetzen standen – sie wollte sich ja nicht selbst in Schwierigkeiten bringen. Und sie wird nicht müde zu betonen, sie habe immer im Rahmen der staatlichen Fürsorgepflicht gehandelt.«

»Muss wohl so sein, sonst würde man sie doch nicht bis heute im Jugendamt arbeiten lassen«, fauchte Olaf Bartels.

Die Erkenntnis traf Pippa wie ein Schlag. »Ihr redet von Gabriele Pallkötter.«

»Außerdem musste jemand bestimmen, wann die staatliche Fürsorgepflicht zugunsten von ein paar Ostmark zu vernachlässigen war«, sagte Herr X. »Diese Person bestätigte die Adoptionen und gab den Kindern offiziell eine juristisch haltbare, neue Existenz.«

»Harry Bornwasser, der Notar«, hauchte Pippa.

Herr X hob die Hände. »Gregor ist sich noch nicht hundertprozentig sicher, aber alles deutet darauf hin. Außerdem muss es noch eine graue Eminenz im Hintergrund gegeben haben, die dabei half, diese miesen Machenschaften vor den Behörden geheim zu halten.«

»Keine Kleinigkeit in einem Staat, der jeden Bürger bis in die letzte Ecke seines Privatlebens bespitzeln ließ«, warf der alte Heinrich ein.

Hoffentlich war es nicht Severin senior, dachte Pippa und sagte: »Es sieht so aus, als hätten die Mitglieder der Doppelkopfrunde nicht ohne Grund ins Gras gebissen.«

Alle in der Runde nickten.

»Damit stellt sich folgende Frage«, fuhr Pippa fort. »War späte Rache das Motiv für die Morde? Rache für die vor Jahrzehnten getroffenen, willkürlichen Entscheidungen einiger Erwachsener, gegen die sich das unmündige Kind damals nicht wehren konnte?«

»Auf genau diesen Gedanken ist Christabel auch gekommen«, sagte Mandy leise. »Deshalb sitzen wir hier zusammen. Wir kannten oder kennen sämtliche Beteiligten. Das macht uns leider zu Verdächtigen. Aber für uns ist dieses Wissen kein Grund, die Schuldigen zu töten – denn damit würden wir unsere mühsam gewonnene Selbstbestimmung wieder aufgeben.«

Maik Wegner nickte. »Durch Mord würden wir uns lebenslänglich an diese Menschen binden. Das ist das Letzte, was wir wollen.«

»Ich bin in dieser Runde bestimmt nicht der Einzige, der auch mal an Rache gedacht hat. Aber nur an Erpressung oder Bloßstellung – mehr nicht. Doch auch davon habe ich Abstand genommen.« Olaf Bartels presste zornig die Lippen zusammen und ballte die Fäuste. »Ich hätte diesen Mistkerlen nicht den Triumph gegönnt, mich hinter Gittern zu sehen.«

»Christabel war uns ein Vorbild darin, unser Leben nicht durch das Bedürfnis nach Rache zu vergiften«, bestätigte Herr X.

Mandy sah Pippa ernst an. »Sie will natürlich nicht, dass auch nur der Hauch eines Verdachts auf uns fällt. Wir sollen dir alles erzählen, damit du es an die Kommissare weitergeben kannst. Seeger vertraut dir und wird eher dir als uns glauben. Bitte erkläre ihm alles. Noch heute. Damit das Morden aufhört – und keiner von uns das nächste Opfer wird.«

Kapitel 30

$\mathcal{P}$ippa sah auf die Uhr: kurz vor zwölf, also würde sie Seeger an seinem Rückzugsort im Vogelbeobachtungshaus antreffen. Mandys andere Besucher waren bereits aufgebrochen, als Pippa und Heinrich sich von ihr verabschiedeten. Sie stand in ihrer Haustür und winkte ihnen nach.

Von wegen, dachte Pippa und grinste innerlich, sie winkt uns nicht nach – sie winkt Timo zu!

Pippa hatte den Bücherbusfahrer längst entdeckt, der am Dorfteich entlanglief und vorgab, Mandys Haus *nicht* zu beobachten.

Christabel kam aus der Küche, als Pippa und Heinrich das Gutshaus betraten. Zu Pippas Erleichterung wirkte sie deutlich frischer als am Morgen.

»Geht es Ihnen besser?«, fragte Pippa. »Oder soll ich Doktor Wegner anrufen?«

Christabel schüttelte den Kopf. »Unsinn. Es geht mir blendend.« Sie warf Heinrich einen forschenden Blick zu. »Habt ihr alles besprochen?«

Statt seiner antwortete Pippa: »Sie haben mir alles erzählt. Ich ... ich weiß nicht, was ich dazu sagen soll. Ich hätte niemals gedacht, dass so etwas ...«

»Wir haben keine Zeit für Betroffenheit, meine Liebe«, unterbrach die alte Dame sie rigoros. »Kommissar Seeger muss so schnell wie möglich davon erfahren, und das ist Ihre Aufgabe.«

»Begleitest du mich zu einem Stück Baumkuchen in die Ade-Bar, Christabel?«, fragte Heinrich. »Wir wollten noch über Florians Zukunft sprechen.«

»Das ist bereits erledigt«, antwortete diese, »ich habe bei der KPM Berlin angerufen. Er bekommt sein Praktikum.« Sie lächelte zufrieden. »Für den Rest des Tages ziehe ich mich nach oben in meine Stahlkammer zurück. Ich habe nicht nur einen Wahlkampf zu planen, sondern auch eine Strategie zu entwickeln, wie wir Mandy und Lucie aus den Klauen der Biberbergs befreien können.«

Heinrich verabschiedete sich, und Pippa begleitete den Treppenlift mit Christabel bis in den ersten Stock, um sich Mütze und Schal zu holen.

»Woher wussten Sie von Florians Plänen?«

Christabel seufzte. »Der Junge machte keine Anstalten, sich für eine Stelle bei *Lüttmanns Lütte Lüd* zu bewerben.«

»Warum hätte er das tun sollen?«, fragte Pippa erstaunt. »War ihm der Arbeitsplatz nicht sowieso sicher?«

»Die Bewerbung wäre eine Formsache, aber ich wollte dennoch eine eindeutige Absichtserklärung, ob er bei uns bleiben will. Also bat ich Heinrich darum herauszufinden, was Florian nach der Lehre plant.« Die alte Dame grinste. »Und wo Kameras und Mikrophone versagen, gibt es immer einen Menschen, der den Mund nicht halten kann. In diesem Fall hieß er Timo Albrecht.«

Unten pfiff Pippa nach den Hunden, die sich nicht zweimal bitten ließen, wenn es um einen Spaziergang ging. Sie verließ das Grundstück durch das rückwärtige Gartentor, um quer über die Wiese und am Storchenkrug vorbei zum Vogelbeobachtungsstand zu marschieren. Das war der schnellste Weg. Die Temperaturen lagen knapp über null Grad, aber die feuchte Kälte kroch ihr schnell in die Glieder. Leichter

Nebel schwebte über der Landschaft und ließ ihre Kleidung bereits nach ein paar Metern klamm werden. Immer wieder liefen die Hunde ein Stück voraus. Dann blieben sie hechelnd stehen und warteten, bis Pippa zu ihnen aufschloss, damit sie weiterflitzen konnten. Ab und zu sank Pippa mit den Schuhen in matschiger Erde ein, denn die feuchte Wiese gab bei jedem Schritt nach.

Sie zog sich die Filzmütze tiefer über die Ohren und vergrub die Hände in den Taschen ihres neongrünen Filzmantels, während sie unverdrossen weiterstapfte. Auch die Anstrengung des Laufens über morastigen Boden konnte die Kälte nicht vertreiben. Wenigstens war es nicht mehr weit bis zu ihrem Ziel.

Allmählich sollte ich mir Kleidung zulegen, die nicht nur für einen Winter in Florenz geeignet ist, sondern auch für einen feuchtkalten April in nördlicheren Breitengraden, dachte sie grimmig. So eine ordentliche Wachsjacke mit heraustrennbarem Kuschelfutter wie die von Seeger, die wäre ...

»Also was mich nicht betrifft oder kümmert, sehe ich prinzipiell nicht. Jeder sollte auf sich selbst aufpassen!«

Pippa blieb verblüfft stehen, und auch die Hunde lauschten in die Richtung, aus der die Stimme gekommen war. Mandys Stimme, das war Pippa sofort klar.

»Sonst kehrt hier doch auch jeder vor seiner eigenen Tür! Ich finde, dabei sollte es auch bleiben, Kommissar Seeger!«, fuhr Mandy fort.

Wie kann Mandy jetzt bei Seeger in der Hütte sein? Wann hat sie mich überholt?, dachte Pippa. Jeder andere Weg ist länger als der, den ich gerade genommen habe! Und ich war doch bloß fünf Minuten im Gutshaus ... Warum spricht sie eigentlich so laut? Seeger würde doch nicht wollen, dass jeder, der zufällig vorbeikommt, mithören kann.

Pippa beschlich ein fürchterlicher Verdacht. Sie schluckte.

»Das ist nicht Mandy – das ist Seegers Diktiergerät! Er will auf sich aufmerksam machen!«, rief Pippa. »Los, Jungs! Sucht!«

Die Hunde stoben los, und auch Pippa begann zu rennen. Sie blickte sich um, sah aber weit und breit keine Menschenseele. Unayok kam ihr entgegen und forderte sie bellend auf, ihm zu folgen. Die beiden anderen Hunde waren bereits im Vogelbeobachtungshaus verschwunden. Keuchend und mit brennender Lunge erreichte auch Pippa die Beobachtungsstation und stürzte hinein.

Kommissar Seeger lag am Boden und blutete aus einer Kopfwunde. Rechts und links von ihm hatten sich Tuktu und Tuwawi eng an ihn geschmiegt, als wollten sie ihn wärmen. Der Kommissar war bewusstlos, neben seiner ausgestreckten Hand sah Pippa sein Diktiergerät, das noch immer Mandys Stimme abspielte.

»Verdammt! Verdammt!«, rief Pippa.

Zitternd vor Aufregung stoppte sie das Gerät, und Stille breitete sich aus. Ihre Gedanken rasten.

»Was muss ich tun? Was *kann* ich tun?«, murmelte sie. »Ruhig, bleib ruhig, denk nach.«

Sie zog die Hunde von Seeger weg und kniete sich neben ihn. Damit sie als Haushüterin auf alle Eventualitäten vorbereitet war, hatte Freddy ihr erst vor kurzem alle seine Erste-Hilfe-Tricks gezeigt. Als Wasserschutzpolizist wusste er genau, was zu tun war, wenn man eine bewusstlose Person aus der Havel zog. Zuerst den Puls fühlen, fiel ihr ein, und sie tastete fahrig an Seegers Handgelenk herum, ohne zu einem Ergebnis zu kommen. Mit zittrigen Händen öffnete sie seine Jacke und sein Hemd, um ihm Luft zu verschaffen.

Sein Handy!, dachte sie und suchte hektisch seine Taschen ab, gab aber auf, ohne es gefunden zu haben. Doch was jetzt? Stabile Seitenlage? Herzmassage? Beatmen?

»Seeger? Können Sie mich hören? Hallo?«

Sie schlug auf seine Wangen, während sie ihn anschrie, aber er regte sich nicht.

»Ich finde seinen Puls nicht«, keuchte sie verzweifelt, während sie sich zu erinnern versuchte, was Freddy ihr beigebracht hatte. *Du kannst nichts falsch machen, Pippa*, hatte er gesagt. *Nur wenn du gar nichts tust, machst du etwas falsch. Gib dem Menschen, der dich braucht, eine Chance. Tu es einfach. Du kannst das.*

»Ich kann das, ich kann das«, betete Pippa wie ein Mantra vor sich hin. Dann nahm sie allen Mut zusammen, atmete tief durch und kniete sich aufrecht neben Seegers leblos daliegenden Körper. Sie streckte die Arme durch und setzte die Hände in der Mitte seines Brustbeins auf. Sie beugte sich über ihn, bis ihre Schultern genau über ihren Händen waren, und presste mit durchgedrückten Ellbogen.

»Eins ... zwei ... drei ... vier ...«

Das Brustbein müsse immer wieder komplett entlastet werden, damit das Herz sich mit Blut füllen könne, hatte Freddy ihr erklärt, und dass man dreißigmal in Folge kurz und kräftig zudrücken müsse, dann kurz pausieren und wieder von vorn ...

»... achtundzwanzig ... neunundzwanzig ... dreißig!«

Sie richtete sich keuchend auf und schrie: »Hilfe! Hört mich jemand? Ich brauche Hilfe!«

Tuktu und Tuwawi sprangen auf und liefen vor die Hütte, wo sie ein ohrenbetäubendes Gebell anstimmten. Unayok blieb wachsam neben ihr sitzen.

»Und weiter«, murmelte Pippa und ging wieder in Position. »Eins ... zwei ... drei ... vier ... fünf ... sechs ...«

Sie spürte mit wachsender Panik, wie ihre Kräfte nachließen. Was sollte sie tun, wenn sie vor Erschöpfung nicht mehr weitermachen konnte?

»... achtzehn ... neunzehn ... zwanzig ...«

Unayok spitzte plötzlich die Ohren und rannte hinaus. Ob er jemanden gehört hatte? War da nicht ein Motorengeräusch gewesen?

»Hilfe!«, kreischte Pippa, so laut sie konnte, während sie weiter rhythmisch drückte. »Ist da jemand? Hierher! Hilfe!«

»Wir kommen!«, antwortete ein Mann, und Sekunden später tauchten Kommissar Hartung und der alte Heinrich in der Tür auf. Heinrich überblickte die Situation sofort und zog die erschöpfte Pippa von Seeger weg, um ihre Position einzunehmen und mit der Herzdruckmassage weiterzumachen. Pippa sank mit dem Oberkörper gegen die raue Holzwand, den kalten Boden unter ihren Beinen spürte sie kaum.

»Schicken Sie den verdammten Hubschrauber!«, bellte Hartung in sein Handy. »Es ist mir egal, ob der aus Stendal oder Wolfsburg oder Timbuktu kommt! Ich will hier in fünf Minuten einen Notarzt haben!«

Mit dem Telefon am Ohr verließ er die Hütte, um die Rettungsflieger einzuweisen.

Kraftlos schloss Pippa die Augen. Ohne die Herzdruckmassage zu unterbrechen, warf Heinrich ihr einen besorgten Blick zu. »Sie haben vielleicht einen Schock, Mädchen, wir müssen Sie warm halten.«

Er pfiff nach den Hunden. Als sie hereinkamen, brauchte er nur eine kurze Geste, und die Tiere drängten sich um Pippa, wie sie das vorher schon bei Seeger getan hatten.

Ihr seid eben ausgebildete Schlittenhunde, dachte Pippa und genoss die Wärme der pelzigen Hundekörper. Ihr Blick fiel auf Heinrich, dem bereits dicke Schweißperlen auf der Stirn standen.

»Nur einen winzigen Moment noch«, sagte Pippa zu dem alten Mann, »dann lösen Hartung oder ich Sie wieder ab.«

»Keine Sorge«, erwiderte Heinrich, »ich mach nicht schlapp. Ich weiß, wie ich meine Kräfte einteilen muss.«

Seeger stöhnte und bewegte sich, und vor Erleichterung begann Pippa zu weinen. Sie hatte es schon nicht mehr zu hoffen gewagt, aber er lebte.

Severin, ich melde mich bei dir und deinen phantastischen Hunden zu einer Therapie an, dachte sie dankbar. Die werde ich nach alldem hier auch dringend brauchen ...

Heinrich wickelte sich aus seinem Umhang, legte ihn doppelt gefaltet auf den Boden und manövrierte Seeger vorsichtig auf den weichen Wollstoff. Obwohl der alte Mann jetzt nur noch ein kragenloses Hemd, Cordhose und Sandalen an den bloßen Füßen trug, schien er die Kälte nicht zu spüren.

Diese Form der Abhärtung kannte ich bisher nur aus England, dachte Pippa, wo die undichten Fensterrahmen der alten Cottages für ständige Zugluft sorgen und die einzige Wärmequelle ein offener Kamin ist.

»Gott sei Dank trägt Seeger eine Wachsjacke und seine Manchesterhose«, sagte Heinrich, »trotzdem muss er allmählich ins Warme.«

Wie aufs Stichwort hörten sie das lauter werdende Rattern eines Hubschraubers.

Dann ging alles ganz schnell: Der Hubschrauber landete auf der nahen Wiese, ein Arzt und zwei Sanitäter sprangen heraus. Ruhig und professionell untersuchte der Notfallmediziner den benommenen Kommissar, dann legten sie ihn auf eine Trage und verfrachteten diese in den Hubschrauber, der umgehend abhob und davonflog.

Pippa, Hartung und Heinrich standen am Rand der Wiese und sahen ihm nach. Hartungs Blick war nahezu verzweifelt.

Heinrich legte ihm freundschaftlich die Hand auf die Schulter. »Er ist jetzt in guten Händen. Er wird es schaffen.«

Statt einer Antwort seufzte Hartung nur, und Heinrich sah ihn lange an. »Machen Sie sich keine Gedanken, mein Junge. Sie packen das. Ich habe Ihnen schon einmal gesagt: Sie werden Seeger gut ersetzen. Sie müssen nur lernen, sich helfen zu lassen. Dann werden Sie die Täter finden.«

»Die Spurensicherung ist schon unterwegs«, sagte Hartung, während sie zur Hütte zurückgingen. Seine Unsicherheit war verflogen, und er war wieder ganz der schneidige Ermittler, als den sie ihn kannten. Er deutete auf ein Brett, das unweit der Hütte im Gebüsch lag. Um seinen Fundort zu kennzeichnen, hatte er provisorisch ein weißes Stofftaschentuch an einen Ast geknotet. »Das habe ich entdeckt, als ich auf den Arzt wartete. Damit wurde Seeger vermutlich niedergeschlagen, denn es kleben frisches Blut und Haare daran.«

»Gibt es sonst noch Spuren?«, fragte Pippa, die rasch die Hunde heranpfiff, weil sie sich für das Brett zu interessieren begannen.

Hartung schüttelte grimmig den Kopf. »Falls es irgendwelche Fußabdrücke gab, sind sie jetzt leider zertrampelt. Sieht aus, als hätte der Täter das Brett in Panik weggeworfen. Sonst hätte er es sorgfältiger versteckt. Vielleicht hat er Sie gehört, oder die Hunde. Sie sind nicht zufällig jemandem begegnet, als Sie hierher unterwegs waren?«

»Niemandem. Aber die Hunde haben einen derartigen Rabatz gemacht, dass ich wohl schon von weitem zu hören war. Der Täter hatte Zeit genug zu verschwinden.«

In der Hütte hörten sie gemeinsam Seegers Diktiergerät ab, aber die Aufnahme lieferte keine neuen Erkenntnisse.

»Ich frage mich, wo seine Kamera ist«, sagte Hartung, »er macht doch keinen Schritt ohne sie. Würde mich nicht wundern, wenn der Täter weiß, wo sie geblieben ist.«

»Sein Handy hatte Seeger auch nicht bei sich«, entgegnete Pippa. »Ich habe alle Taschen durchwühlt. Nichts. Sonst hätte ich ja Hilfe holen können. Ich hatte mal wieder nicht daran gedacht, mein eigenes mitzunehmen. Aber wie haben Sie beide mich hier eigentlich gefunden?«

»Ich war in der Ade-Bar, als die Übertragung auf dem Monitor auf einmal Sie zeigte, als Sie wie von Furien gejagt zum Vogelbeobachtungsstand rannten«, erklärte Heinrich. »Hartung war auch gerade in der Bar, um Leute zu befragen, und Ihr Sprint und Ihr entsetztes Gesicht machten ihn genauso misstrauisch wie mich. Wir sind ins Auto gesprungen und wie der Teufel hergefahren.«

Hartung grinste. »Gehen Sie mal vor die Tür, und winken Sie – wahrscheinlich guckt gerade das ganze Dorf zu. Und Sie sind die Heldin des Tages. Die werden alles begeistert verfolgt haben; vor allem den Hubschrauber-Einsatz.«

Als Hartungs Kollegen von der Spurensicherung auftauchten, gab er ihnen einen Abriss der Ereignisse und verabschiedete sich mit dem Versprechen, bei Professor Meissner die Aufzeichnungen der Webcams anzusehen.

»Ich frage mich, wo die Kamera installiert ist, die diesen Bereich filmt«, sagte Hartung, während Pippa, Heinrich und er zu seinem Auto gingen. »Immerhin konnten wir Sie sehen, Frau Bolle.«

»Danach fragen Sie am besten Frau Gerstenknecht. Sie und Professor Piep, äh, Professor Meissner, haben ganz sicher eine Karte, in der die genauen Positionen der Webcams verzeichnet sind. Einige der Kameras lassen sich sogar schwenken.«

Pippa musste innerlich grinsen, als sie ins Auto stiegen. Der sonst stets blitzblanke Wagen war voller Schlammspritzer – genau wie Hartungs Schuhe und Hosenbeine. Aber der junge Mann, der immer so penibel auf polierte Schuhe und messerscharfe Bügelfalten geachtet hatte, zuckte nicht mit der Wimper, als auch die Hunde ins Auto sprangen und sich zu Pippa auf die Rückbank quetschten.

Heinrich, der auf dem Beifahrersitz Platz nahm, bat darum, kurz an der Mühle haltzumachen, und Hartung fuhr los.

»Seeger ist der Wahrheit zu nahe gekommen, richtig?«, sagte Pippa nachdenklich. »Jedenfalls für den Geschmack desjenigen, der ihn niedergeschlagen hat. Seeger muss also etwas wissen, das noch nicht allgemein bekannt ist, und der Täter wollte verhindern ...« Sie unterbrach sich, als ihr bewusst wurde, was sie gerade gesagt hatte.

Hartung nickte und knurrte: »Aber das war leider ein Fehlschlag, denn Seeger lebt noch.« Er hielt inne und fuhr leise fort: »Ich frage mich, was er als Nächstes machen würde. Hauptkommissar Seeger, meine ich.«

»Das Gleiche wie Sie, Herr Hartung«, sagte Pippa, »er würde Christabel Gerstenknecht nach den Webcams fragen. Und dann würde er sich von allen helfen lassen.«

Sie hatten Heinrichs Domizil erreicht. Hartung bremste und stellte den Motor aus, und Heinrich ging eilig in die Mühle.

»Heinrich liegt mit seinen Prophezeiungen vielleicht gar nicht so falsch«, überlegte Pippa laut. »Ich glaube mittlerweile auch, dass die alten mit den neuen Todesfällen zusammenhängen. Stellen wir uns nur mal vor, dass einer oder beide der damaligen Unglücksfälle gar kein Unfall war. Der Täter hat sich seit Jahrzehnten sicher gefühlt, und plötzlich stellt er fest: Bornwasser weiß etwas über ihn. Also will er durch den Mord verhindern, dass Bornwasser redet. Leider hat der aber schon geplaudert – und zwar gegenüber seiner Busenfreundin Waltraut Heslich. Also musste die auch noch aus dem Weg geräumt werden.«

»Und danach war Hollweg an der Reihe«, sagte Hartung. »Wie bei einem mörderischen Dominospiel: Jeder Klotz, der umfällt, bringt einen weiteren zu Fall.«

»Jeder Mord bedingt ein neues Opfer«, bestätigte Pippa. »Eine Kettenreaktion.«

»So ähnlich.«

Hartung verdrehte die Augen. »Besser nicht. So etwas gehörte nicht zum Lehrstoff auf der Polizeischule.«

»Die liegt ja auch nicht im Storchendreieck.«

Hartung drehte sich zu ihr um. »Trotzdem: Die Idee ist gut.« Er räusperte sich und fuhr fort: »Diesen Ansatz würde ich gerne weiterverfolgen, auch wenn es eigentlich Ihrer ist. Ich ... äh ... kann einen Aufklärungserfolg gut gebrauchen, um meine Chancen auf Seegers Nachfolge zu erhöhen.« Er sah sie bittend an.

Pippa zuckte mit den Achseln. »Von mir aus gern. Sie sind der Ermittler, und Sie schließen die Akte.« Sie lachte leise. »Und das wäre doch auch eine klassische Kettenreaktion: Einer sagt etwas, und beim andern fällt der Groschen.«

Heinrich stieg wieder zu ihnen ins Auto und reichte Pippa eine kleine, flache Flasche nach hinten. »Hier, Mädchen: Trinken Sie.«

Folgsam setzte Pippa die Flasche an die Lippen und nahm einen großen Schluck, dann hustete sie, denn die Stärke des Getränks hatte sie überrascht. Die Flüssigkeit verbreitete Wärme in Pippas Körper, sobald sie den Magen erreicht hatte.

»Endlich mal eine Medizin, die lecker ist«, verkündete Pippa. »Was ist das?«

»Kann nie mit dem Fragen aufhören, das Mädchen«, murmelte Heinrich, dann sagte er: »Spezialrezept. Aus Schottland. Ist nichts drin als Wasser, gemälzte Gerste und Hefe und ist beinahe so alt wie Sie. Nennt sich *Wasser des Lebens*.«

»Her damit«, sagte Hartung, der gerade vor dem Gutshaus anhielt.

»Nicht zu viel«, warnte Pippa, die begriffen hatte, was die Flasche enthielt, »das ist hochprozentiger Alkohol. Sie sind noch im Dienst.«

Hartung nahm zwei große Schlucke. »Macht nichts. Wenn ich das, was ich jetzt vorhabe, in den Sand setze, ist dies ohnehin nicht nur mein erster, sondern auch mein letzter Fall.«

Schwanzwedelnd liefen die Hunde auf Christabel zu, die in der offenen Haustür stand, als hätte sie Pippa und die beiden Männer bereits erwartet. Die Tiere ließen sich tätscheln und verschwanden dann hinter dem Haus.

»Wie geht es dem Kommissar?«, fragte Christabel, als Pippa, Hartung und Heinrich herangekommen waren.

»Die Sanitäter sagen, er schafft es«, sagte Pippa, erstaunt, dass Christabel Bescheid wusste.

Christabel nickte. »Sehr gut. Es ist schrecklich, helfen zu wollen und nicht zu können, ein echtes Handicap. Dummerweise war Florian gerade zum Bücherbus gegangen, sonst hätte ich ihn zur Ade-Bar geschickt.«

»Sie wollten helfen? Wieso? Woher wussten Sie, dass Frau Bolle Hilfe braucht?«, fragte Hartung und runzelte die Stirn. »Ich kann nicht glauben, dass man von Ihrem Dachgeschoss bis zum Vogelschutzgebiet sehen kann.«

»Kommen Sie herein, ich muss Ihnen etwas zeigen.« Christabel seufzte. »Ich hatte es bereits geahnt: Dies ist der Anfang vom Ende.«

Kapitel 31

»Wenn ich bitten darf, meine Herrschaften. Folgen Sie mir!« Christabel machte eine einladende Handbewegung zur Treppe hin.

Kommissar Hartung sah Pippa fragend an, aber die zuckte nur mit den Schultern. Sie folgten Christabel, die an Heinrichs Arm zum Treppenlift ging und sich auf den Klappsitz setzte. Surrend glitt der Lift an der Schiene nach oben.

»Dass ich Ihnen, Pippa, und dem bedauernswerten Herrn Seeger helfen konnte, ist es wert, denke ich«, überlegte Christabel auf dem Weg nach oben. »Mir blieb einfach nichts anderes übrig, als die Bilder live auf den Monitor in der Ade-Bar zu schicken. Sie haben wirklich vorbildlich reagiert, Kommissar Hartung. Meine einzige Hoffnung war, dass bei Hilda gerade jemand ist, der einen wachen, schnellen Geist hat. Und den haben Sie, junger Mann.«

Amüsiert und gerührt zugleich sah Pippa, dass der sonst so schneidige junge Ermittler bei Christabels Kompliment tatsächlich errötete – auch wenn er offensichtlich genauso wenig wie sie verstand, wovon Christabel wirklich sprach.

Zu Pippas Erstaunen führte Christabel alle vor die schwere Stahltür zu ihrem Allerheiligsten. Die alte Dame tippte eine Zahlenkombination in das kleine Tastenfeld am Rahmen, und die Tür schwang automatisch nach innen auf. Zu Kommissar Hartung bemerkte Christabel: »Ich hätte gerne eine dieser wunderbaren neuen Sicherheitsanlagen mit Kamera und Netzhauterkennung, aber ich fürchte, die Ausgabe lohnt sich in meinem Alter tatsächlich nicht mehr.« Sie lachte in sich hinein und ließ dann ihrem Besuch den Vortritt in ihr Reich.

Sie kamen in einen halbdunklen Raum, dessen einzige Lichtquellen ein kleines Fenster zum Garten und mindestens zwanzig flimmernde Monitore waren. Diese gruppierten sich in der Mitte des Zimmers im Halbrund um ein Schaltpult, vor dem ein bequemer Schreibtischsessel auf Rollen stand.

Ungläubig starrte Pippa auf die Monitore. Sie erkannte das Werksgelände, den Dorfplatz, Heinrichs Mühle, diverse Bereiche des Umlandes bis nach Storchhenningen und Storchentramm, das Naturschutzgebiet ...

»Das sieht ja aus wie die Schaltzentrale des Flughafens Frankfurt«, sagte Hartung verblüfft.

»Londoner U-Bahn – baugleich mit der Olympiaversion«, erklärte Christabel. »Eine wirklich vertrauenswürdige Sicherheitsfirma hat mir alles besorgt und nach meinen Wünschen installiert. Einige der Herrschaften hatten einschlägige Erfahrungen aus früheren Zeiten. Echte Experten.«

Pippa hörte nur mit einem Ohr zu, denn sie wurde abgelenkt durch eine Live-Übertragung vom Bücherbus: Gerade verließen Martha Subroweit und Anett Wisswedel die mobile Bücherei. Das Bild war so klar, dass Pippa mit ein bisschen Mühe sogar die Titel der ausgeliehenen Bücher hätte entziffern können. Sie hätte alles darauf gewettet, dass die Anlage zu diesen und ähnlichen Zwecken über eine Zoom-Funktion verfügte.

»Andere haben ihre Leichen im Keller – Sie haben sie unter dem Dach gestapelt«, sagte Pippa fassungslos. »Big Sister is watching you.«

»Die Idee kam mir tatsächlich durch die einschlägig bekannte Fernsehsendung. Jetzt verstehe ich, was Leute daran fasziniert«, entgegnete Christabel. »Wenn man wie ich in seinem Bewegungsradius eingeschränkt ist und nicht nur auf Berichte aus zweiter Hand vertrauen will, ist so etwas die perfekte Lösung. Seit Jahren warte ich vor diesen Monitoren auf Antworten. Es gibt noch immer zu viele ungeklärte Fragen.«

Pippa schüttelte den Kopf, konnte die Augen aber dennoch nicht von den Bildschirmen lösen. »Jetzt wird mir einiges klar: So haben Sie also nicht nur von Melittas und Severins Heiratsplänen erfahren, sondern auch beobachtet, wie Thaddäus Biberberg den Drohbrief an die Terrassentür gehängt hat.«

»Ich dachte, die Kameras laufen alle bei Professor Meissner zusammen«, sagte Hartung. »Das habe ich doch selbst gesehen!«

»Nur die Kameras in den Storchennestern«, erklärte Christabel. »Es gibt aber noch viel mehr, und die nutze ich privat. Allerdings kann ich von hier aus sämtliche Einstellungen tätigen – auch die für die Storchenzentrale in Gregors Haus, die mit dem Monitor in der Ade-Bar verbunden ist. Deshalb kann ich meine Kameras zuschalten, wenn ich will – so wie vorhin, als Pippa und Seeger Hilfe brauchten.«

Pippa war hin- und hergerissen. Einerseits verdankte Seeger diesem Überwachungssystem wahrscheinlich sein Leben, andererseits ...

»Ihnen ist hoffentlich klar, dass Sie sich dabei am Rand der Legalität bewegen«, sagte sie barsch. »Sie spionieren heimlich Menschen aus, die dem nicht zugestimmt haben. *Ich* würde Sie dafür anzeigen, Christabel. Überwachung am Arbeitsplatz oder sonst wo verurteile ich strikt. Ich bin wirklich entsetzt.«

Christabel winkte ab. »Ihre Empörung ehrt Sie, Pippa, aber sind Sie nicht häufig in England? Dann dürfte Ihnen bewusst sein, dass dort in den Städten tausende Kameras installiert sind, die dabei helfen sollen, Verbrechen zu verhindern und aufzuklären. Sie dienen dem Schutz der Menschen – auf ihre Weise jedenfalls.« Sie lächelte und fuhr fort: »Um Sie zu beruhigen: Natürlich habe ich alles juristisch prüfen lassen. Alle zusätzlichen Kameras befinden sich auf meinem Besitz und zeigen ausschließlich mein Eigentum. Wie andere Sicherheitskameras auch. Vielleicht ist es nicht wirklich erlaubt, dass ich alle zusammenschalten kann – allerdings ist es auch nicht ausdrücklich verboten. Keine der Kameras ist auf ein Haus gerichtet, bei dem nicht mein Name im Grundbuch steht.«

Pippa runzelte die Stirn. Wenn das mal so stimmt, dachte sie wenig überzeugt. Es wäre nicht das erste Mal, dass Christabel die Wahrheit zurechtbog, um sie ihrer Argumentation anzupassen.

Hartung hatte eine Entscheidung getroffen. »Gut«, sagte er entschlossen, »ich bezweifle zwar, dass sie vor Gericht verwertbar sind, aber: Ich will die Aufzeichnungen der letzten Tage sehen, Frau Gerstenknecht. Und behaupten Sie nicht, Sie hätten keine. Schade übrigens, dass man nicht auch noch hören kann, was vorgeht.«

Christabel kicherte und ging ans Schaltpult. Mit beiden Händen schob sie eine lange Reihe Schieberegler gleichzeitig nach oben. Sofort überschwemmten sie die Geräusche von Straßenlärm, Gesprächen und Vogelgezwitscher.

»Das geht zu weit! Veto!«, rief Pippa resolut und schob die Regler zurück, so dass der Lärm wieder verstummte.

So viel dazu, dass Christabel immer *wie durch ein Wunder* weiß, was die Menschen sich heimlich wünschen, dachte Pippa.

Hartung grinste und nahm im Schreibtischsessel Platz. Christabel aktivierte die Aufzeichnungen für den Zeitpunkt am Mittag, als Seeger sich im Vogelbeobachtungshaus aufgehalten hatte.

»Haben Sie denn keine direkten Aufnahmen von diesem Beobachtungsstand? Ich wüsste zu gern, wer ein und aus gegangen ist, während Seeger dort war«, sagte Hartung.

Christabel schüttelte den Kopf. »Bedauerlicherweise gehört dieses Stück Land nicht zu meinem Besitz. Also gibt es dort auch keine Kamera.«

»Setzen Sie ihr bloß keinen Floh ins Ohr, junger Mann«, brummte der alte Heinrich.

Hartung lachte und konzentrierte sich wieder auf die Aufzeichnungen, während Christabel, Pippa und Heinrich sich auf die Sofagarnitur am Fenster zurückzogen.

»Während Herr Hartung beschäftigt ist, können Sie uns vielleicht bei etwas anderem weiterhelfen, Christabel«, sagte Pippa. »Wir haben eine Theorie entwickelt, nach der wir es bei den Morden mit einer Kettenreaktion zu tun haben, die durch den ersten Mord ausgelöst wurde. Dabei gehen wir davon aus, dass der Schlüssel zu den heutigen Vorfällen in der Vergangenheit liegt.« Sie sah die alte Dame ernst an. »Deshalb müssen Sie uns endlich erzählen, was in der Mühle wirklich geschehen ist, als Eva Lüttmann starb. Die Wahrheit, bitte. Für geschönte oder sonst wie frisierte Versionen habe ich keine Geduld mehr.«

»Wie sagte schon Christian Friedrich Hebbel: *Lassen wir die Toten ruhen, die uns nimmer ruhen lassen*«, warf Heinrich ein. »Wem soll damit geholfen sein, wenn wir ...«

»All denen, deren Leben durch Eva Lüttmann und durch ihren Tod damals wie heute berührt wurden«, fiel Pippa ihm ins Wort.

Heinrich wollte noch etwas entgegnen, aber Christabel

stoppte ihn mit einer Handbewegung. »Pippa hat recht. Ich sehe ein, dass ich niemanden mehr vor der Wahrheit schützen muss. Alle sind alt genug, um das damals Geschehene richtig zu verstehen und zu verarbeiten. Herr Hartung, möchten Sie sich zu uns setzen?«

Der junge Kommissar schüttelte den Kopf und deutete auf die Monitore, während Heinrich abrupt aufstand und ans Fenster trat. Er blickte sehnsüchtig hinüber zu seiner Mühle, und seine hängenden Schultern zeigten, wie unglücklich er mit der Entwicklung dieses Gesprächs war.

Christabel sah ihn liebevoll an und erzählte dann: »Severin senior war damals schon mit Heinrich und mir befreundet. Unnötig zu sagen, dass seiner Frau diese Freundschaft ein Dorn im Auge war. Er gestand uns, er wolle sich endlich von Eva scheiden lassen, und bat um unsere Hilfe. Ihre Intrigen und schmutzigen Spielchen widerten ihn an. Als er herausfand, dass sie eine treibende Kraft hinter den Zwangsadoptionen gewesen war und dass sie sich obendrein daran bereichert hatte, wollte er ein letztes Mal mit ihr reden. Sie sollte uns sagen, welche Kinder wohin vermittelt worden waren.«

Heinrich wandte sich zu ihnen um. »Besonders für mich war das wichtig. Ich hoffte zu erfahren, wohin man meinen Peter gebracht hatte. Deshalb haben wir Severin zur Mühle begleitet.«

»Eva traf sich dort häufig mit ihrem Liebhaber«, warf Christabel ein. »Aber diesmal war sie allein – und hat uns ausgelacht.«

Klar, dachte Pippa, Frau Lüttmann brauchte einen eigenen Platz für heimliche Treffen. Der Storchenkrug war ja durch Severins Schäferstündchen belegt. Und so etwas nennt sich gute alte Zeit.

»Wie hat Eva Lüttmann darauf reagiert, dass sich ihr

Mann von ihr trennen wollte?«, fragte Hartung, der von seinem Platz am Schaltpult aus aufmerksam zugehört hatte.

»Sie drohte ihm massiv«, erwiderte Heinrich bitter. »Ich erinnere mich an jedes ihrer Worte: ›*Du bist so ein erbärmlicher Wicht! Wie, glaubst du, hast du deine Firma all die Jahre hindurch halten können?*‹, höhnte sie. ›*Doch nur durch mich und das Geld aus dem, was du so obermoralisch* ›*Kinderhandel*‹ *nennst. Weil ich die Fäden gezogen, die richtigen Verbindungen geknüpft habe. Selbst wenn du keine Ahnung hattest: Du hast ebenso profitiert wie ich. Und ich werde gerne erzählen, dass du nicht nur alles wusstest, sondern sogar Unterstützer warst! Du hast Severin direkt vom Mutterleib weg adoptiert und das Geld von anderen Adoptionen in deine Firma gesteckt. Man wird mir glauben. Aus dieser Sache werden dich auch deine herzallerliebsten Freunde nicht herauspauken können.*‹«

»An der Stelle schickten Severin und ich Heinrich hinaus und schlossen die Tür«, erzählte Christabel weiter. »Wir hatten Angst, dass er vor Wut und Verzweiflung durchdreht. Und tatsächlich schaffte Eva es, noch eins draufzusetzen: Sie drohte Severin, ihm seinen geliebten Junior wegzunehmen.«

»Ich stand vor der Mühle und sah zu, wie sich die Windmühlenflügel mit stoischer Ruhe drehten, drehten und drehten ... während drinnen Seelen zermahlen wurden«, sagte Heinrich leise. »Es war schrecklich. Ich konnte Severin verzweifelt schreien hören: *Du liebst ihn doch gar nicht! Du liebst meinen Sohn nicht!*«

Eine Zeitlang schwiegen alle. Die beiden alten Menschen litten sichtlich unter der Wucht der Erinnerungen, und sowohl Pippa als auch Hartung wollten ihnen Zeit lassen, sich wieder zu sammeln.

»Was geschah dann?«, fragte Hartung schließlich.

Christabel atmete tief durch. »Eva blieb eiskalt. Sie zuckte nur mit den Schultern und sagte: ›*Na und? Dich liebe ich auch nicht und lebe dennoch schon seit Ewigkeiten mit dir zusammen. Ich mache alles, solange ich es will und es mir nützt. Und wenn ich es nicht mehr will, dann beende ich es. Nicht du.*‹« Sie machte eine Pause und strich gedankenverloren ihre Handschuhe glatt, dann fasste sie sich wieder. »Severin war außer sich vor Angst und Wut. ›*Nein, das tust du nicht!*‹, schrie er. ›*Du nimmst mir meinen Sohn nicht weg! Ich habe das bei Julius zugelassen! Noch mal passiert das nicht!*‹ Dann stürzte er sich auf sie. Er berührte sie kaum, aber sie wollte ausweichen und stolperte dabei. Unter anderen Umständen hätte sie nichts als einen blauen Fleck davongetragen, es wäre nichts weiter passiert, aber …«

Nach einem Moment des Schweigens fragte Pippa: »Aber …?«

»Alles ging ganz schnell. Ihr langer Schal verfing sich in der Mühlenmechanik. Ich griff sofort nach dem Seil, mit dem die Zahnräder arretiert werden konnten, aber ich hatte nicht genug Kraft, sie zu stoppen. Riesige Räder, fünfzehn, sechzehn Umdrehungen in der Minute, bei siebzig Stundenkilometern – wie hätte ich die anhalten können? Das Seil raste wie ein Blitz durch meine Handflächen … Es fühlte sich an wie glühender Stahl.«

Vorsichtig zupfte sie die Handschuhe von ihren Fingern und zog sie aus. Dann hielt sie ihre vernarbten Handflächen Hartung entgegen, der entsetzt nach Luft schnappte.

»Reibungshitze«, erklärte Christabel. »Das Ergebnis waren Monate voller Schmerzen und die ewige Pein, dass ich Eva Lüttmanns Tod nicht verhindern konnte. Ein Blick auf meine Hände, und ich erinnere mich wieder daran.« Sie lachte kaum hörbar. »Mein persönlicher Kampf gegen Windmühlen.«

»Aber immerhin konnten wir Severin schützen«, fügte Heinrich leise hinzu. »Und damit *Lüttmanns Lütte Lüd* und all die Kinder, die wir suchen und finden wollten.«

Er setzte sich neben Christabel aufs Sofa und legte fürsorglich den Arm um sie. Die alte Dame lehnte sich an ihn und sagte: »Eva war keine angenehme Frau, und was sie anderen Menschen angetan hat, war unrecht. Aber sie hätte trotzdem nicht sterben dürfen. Das hätte nicht geschehen dürfen.«

»Wusste Ihr Mann, dass Florian sein Sohn war?«, fragte Pippa.

Christabel verstand sofort den Grund der Frage. »Ja, er wusste Bescheid. Aber er wollte Melitta nicht heiraten, um sie und den Jungen nicht mit in die Ereignisse in der Mühle zu ziehen. Er fühlte sich als Mörder, auch wenn von Heimtücke keine Rede sein konnte. Totschlag im Affekt, allenfalls. Für Severin zählte allein, dass er sie in seiner hilflosen Wut angegriffen hatte. Also verabredeten wir zu schweigen. Melitta hat bis heute keine Ahnung. Sie war enttäuscht, dass Severin sich nicht zu ihr bekannte, aber sie hat es stillschweigend akzeptiert. Zu allen Zeiten haben die Frauen von Männern derartige Entscheidungen akzeptieren ... müssen.«

Denkt sie dabei auch an ihre eigene Geschichte und die ihrer Mutter?, fragte sich Pippa, als Christabel fortfuhr: »Melitta hatte immer meine Unterstützung. Ich hoffe, ich habe genug getan, damit sie und Florian sich in meinem Hause wohl fühlten. Sie haben es verdient. Beide.«

»Und Ihr Gatte? Wie hat er damit gelebt?« Hartung sah sie nachdenklich an. »Glauben Sie, dass er mit seiner Schuld nicht zurechtkam und im Sumpf Selbstmord beging?«

Christabel erwiderte seinen Blick. »Das habe ich lange geglaubt. Sehr lange.«

»Und was hat Sie veranlasst, Ihre Meinung ... Oh, wir bekommen Besuch.« Hartung deutete auf einen der Monitore. »Gabriele Pallkötter will gerade klingeln ... Ach du liebe Güte! Sehen Sie sich das an! Frau Gerstenknecht, ich glaube, wir brauchen Sie am Regiepult ... aber bitte mit Ton. Sie haben meine offizielle Erlaubnis.«

Gabriele Pallkötter stand mit dem Rücken an die Haustür gepresst und starrte entsetzt auf die drei Hunde, die schwanzwedelnd aus unterschiedlichen Richtungen auf sie zuliefen, um sie zu begrüßen. Mit dem Mut der Verzweiflung stieß sich die verängstigte Frau von der Tür ab und rannte wie von Furien gehetzt über den Hof zum Tor, wobei sie gellend um Hilfe schrie und hysterisch mit ihrer Handtasche um sich schlug, als würde sie von einem wütenden Wespenschwarm verfolgt.

Unayok, Tuktu und Tuwawi waren begeistert, sie verstanden das als Aufforderung zum Spielen. Frenetisch bellend liefen sie neben Gabriele Pallkötter her, die mittlerweile den Dorfteich erreicht hatte. Da die Hunde noch immer nicht von ihr abließen, stürzte sie sich ohne Zögern ins eiskalte Wasser, um so ihren Verfolgern zu entkommen. Die Panik schien ihr ungeahnte Kräfte zu verleihen, denn als sie sah, dass Unayok fröhlich hinter ihr herpaddelte, rettete sie sich auf die Insel in der Mitte des Weihers und erklomm verblüffend schnell den stählernen Mast, auf dessen Spitze das Storchennest thronte. Schlammiges Wasser rann an ihr herab und tropfte auf Unayoks Kopf, was diesen am Fuß des Mastes zu noch lauterem Gebell anstachelte.

Tuktu und Tuwawi rannten am Ufer des Teiches hin und her und stimmten lautstark ein, während Gabriele Pallkötter die Spitze des Mastes erreichte und sich mit letzter Kraft über den Rand ins Nest hievte. Schlammbedeckt und mit völlig zerstörter Frisur hockte sie in luftiger Höhe und umklammerte ihre Handtasche.

»Hilfe! Polizei!«, schrie Gabriele Pallkötter. »Holt die Feuerwehr! Polizei! Rettet mich!«

Kapitel 32

Angelockt von den Hilfeschreien Gabriele Pallkötters und dem infernalischen Krawall der Hunde hatte sich bereits das halbe Dorf am Teich versammelt, als Pippa und Hartung als Erste aus dem Gutshaus eintrafen. Zum ersten Mal reagierten die Tiere nicht auf Pippas Pfiff – im Gegenteil: Auch Tuktu und Tuwawi sprangen ins Wasser und schwammen zum Storchenturm hinüber. Für sie war das fröhliche Spiel mit ihrer neuen Freundin viel zu schön, um es einfach aufzugeben. Unayok stürzte sich wieder in den Teich, und begeistert umkreisten die Hunde die kleine Insel.

»Sieht ganz so aus, als wollten die Jungs die nasse Lady unbedingt therapieren – ob sie will oder nicht«, nuschelte Brusche mit vollem Mund, der mit einem dampfenden Becher Kaffee in der einen und einem angebissenen Baumkuchenring in der anderen Hand neben Pippa auftauchte. »Live ist es noch schöner als auf dem Monitor in der Ade-Bar. Aber Hilda ist ja flexibel.«

Er deutete auf Hilda Krause und Herrn X, die mit großen Tabletts voller Kaffeebecher aus der Bar kamen und das Publikum am Teich versorgten, das sich dankbar die Hände an den heißen Tassen wärmte.

»Was wird das da unten? Ein Volksfest?«, kreischte Gabriele Pallkötter.

»Genau!«, rief Ernie Wisswedel zurück. »Wie immer, wenn das erste Nest im Dorf besiedelt wird!«

»Ich weiß nicht – ist die Palle nicht eher ein Kuckucksei?

Ich baue mein Nest besser ab, ehe dort auch noch eine alte Krähe landet!«, sagte Hermann in die Runde, und die Umstehenden – selbst die anwesenden Frauen – grölten vor Lachen.

»Was hat er gesagt?«, schrie Gabriele Pallkötter erbost. »Macht ihr euch etwa über mich lustig? Ruft endlich die Hunde zurück! Sonst zeige ich euch wegen unterlassener Hilfeleistung an! Alle!«

»Nicht gerade ein Ansporn, sie da oben rauszuholen«, murmelte Hermann und erntete wieder Gelächter.

Pippa verkniff sich ein Grinsen und sah sich nach Christabel und Heinrich um, die gerade zum Dorfteich kamen, knapp gefolgt von Mandy Klöppel und Daria Dornbier, die aus Mandys Haus traten. Maik Wegner und Julius Leneke kamen gemeinsam aus der Praxis und schlenderten ebenfalls neugierig heran. Als Florian endlich auftauchte, reichte ein kurzer Pfiff von ihm, und die Hunde verließen den Teich, um sich diszipliniert und ruhig an seine Seite zu setzen.

Christabel stellte sich neben Hartung und stützte sich schwer auf ihren vierfüßigen Gehstock. »Worauf warten Sie, junger Mann? Die Dame sitzt auf dem Silbertablett und kann nicht weglaufen. Finden Sie heraus, was sie über die ganze Sache weiß.«

»Bei der Feuerwehr in Storchentramm ist leider gerade besetzt«, rief Hartung zum Nest hinauf, »aber wir können die Zeit nutzen, indem Sie mir ein paar Fragen beantworten!«

»Wie bitte? Fragen beantworten? Jetzt?« Gabriele Pallkötter war fassungslos. »Sie müssen mich retten! Sie sind die Polizei!«

Hartung zuckte mit den Schultern. »Ich muss gar nichts! Wenn Sie in Ihrer Freizeit in ein Storchennest klettern wollen, geht das die Kriminalpolizei gar nichts an!«

Die Zuhörer verstummten und lauschten gespannt dem Dialog zwischen dem Kommissar und der unbeliebten Jugendamtsleiterin.

Sebastian Brusche hatte seine leere Tasse und sein Diktiergerät Pippa in die Hand gedrückt, damit er die Hände frei hatte, um Fotos zu machen.

Christabel wandte sich an Maik Wegner und fragte leise: »Kann es für sie gefährlich werden, wenn sie noch ein paar Minuten da oben bleibt? Sie ist klatschnass.«

Der junge Doktor schüttelte den Kopf und grinste. »Wir haben heute keine Minusgrade. Die Pallkötter ist robust. Und ein kleiner Schnupfen bringt keinen um.«

Gabriele Pallkötter starrte Hartung wütend an. Dann rief sie: »Warum sollte ich Ihnen Fragen beantworten?«

Statt seiner antwortete Christabel. »Weil wir sonst einfach nichts bemerkt haben und alle auf ein gutes Stück Baumkuchen in die Ade-Bar gehen, Frau Pallkötter! Bis auf die Hunde allerdings! Die müssen draußen bleiben! Aus hygienischen Gründen!«

»Das wagen Sie nicht!«, keifte es aus dem Nest.

Hilflos musste Gabriele Pallkötter zusehen, wie Florian sich zu den Hunden beugte und zum Nest zeigte. Die Tiere stimmten erneut lautes Gebell an und klopften aufgeregt mit den Schwänzen auf den Boden. Gleichzeitig drehten sich die meisten Zuschauer – inklusive Kommissar Hartung – wie auf ein geheimes Kommando um und schickten sich an, zur Ade-Bar zu gehen.

»Halt! Warten Sie! Was wollen Sie wissen?«

Alle wandten sich wieder dem Teich zu, und auf einen Fingerzeig von Florian verstummten die Hunde.

»Alles über die Doppelkopfrunde!«, rief Hartung. »Und über die Testamente!«

Gabriele Pallkötter warf ihm giftige Blicke zu. Nach einem Moment der Überlegung gab sie ihren Widerstand auf. »Also gut! Zuerst haben wir nur Karten gespielt, aber dann haben wir ab und zu gemeinsame Geschäfte getätigt und ein paar schöne Sümmchen verdient. Daran ist nichts Verbotenes! Keiner von uns hatte Familie, und deshalb haben wir uns gegenseitig als Erben eingesetzt. Wir waren alle zufrieden, besonders als Waltraut für kleines Geld auch noch den Storchenkrug für uns ersteigerte. Obendrein wollte Frau Gerstenknecht sich mit Bornwasser treffen, um die Schulden des Wirts auszugleichen. Das war ein Grund zum Feiern! Also haben wir uns am Abend davor im Storchenkrug getroffen und alle etwas zu tief ins Glas geschaut. Das Getränkeangebot im Keller war einfach zu verlockend.«

Julius Leneke schnaubte. »Aber sich über anderer Leute Alkoholproblem mokieren ...«

»Wieder ein Beweis dafür, dass Frau Gerstenknecht mit ihrer Prohibition gar nicht so falschlag«, bemerkte Maik Wegner.

»Was redet ihr da unten?«, fragte Gabriele Pallkötter misstrauisch, die kein Wort verstanden hatte.

»Nicht ablenken lassen, Frau Pallkötter«, rief Hartung. »Wir sind noch nicht fertig!«

Wütend über ihre Ohnmacht in dieser Situation, schlug die Frau mit der Handtasche auf den Rand des Nestes, dann erzählte sie weiter: »Zu fortgeschrittener Stunde hat Maximilian geprahlt, dass sich die alte Gerstenknecht zwar für eine ganz Schlaue hält, aber in Wirklichkeit er *sie* in der Hand hat, denn er wäre auf einem guten Weg, ganz billig an *Lüttmanns Lütte Lüd* zu kommen. Und das sogar unter unfreiwilliger Mitwirkung von Melitta, Florian und Severin junior, die sie alle so heiß liebte. Natürlich waren wir neugierig, wie er das anstellen wollte.«

»Ich kann mir lebhaft vorstellen, wie ihr die Köpfe zusammengesteckt und gegeifert habt«, murmelte Christabel grimmig. »Den armen Florian zu erpressen und für eure Zwecke zu missbrauchen – ekelhaft.«

»Und? Wie wollte Hollweg das anstellen?«, rief Hartung.

Gabriele Pallkötter lachte höhnisch auf. »Er hatte seiner Chefin vor Jahren die rührende Geschichte aufgetischt, er sei der Vater eines verschwundenen zwangsadoptierten Kindes, und die hat ihm diesen Schmu geglaubt! In Wirklichkeit war er nur an die Betriebsleiterposition gekommen, weil er Lüttmann senior jahrelang erpresst hatte!«

Christabel stieß einen erstickten Schrei aus und taumelte. Rasch griffen Heinrich und Florian zu, um sie zu stützen.

»Hollweg wurde niemals ein Kind weggenommen!«, keifte Gabriele Pallkötter triumphierend. »Niemals! *Er* hat sie gestohlen! *Er* hat die Kinder ihren Eltern entrissen!«

»Die graue Eminenz«, presste Heinrich zwischen den Zähnen hervor, »meine Ahnung hat mich nicht getrogen. Hollweg war der Kopf der Gruppe, Christabel. Ich habe es dir immer gesagt.«

»Ich habe Hollweg akzeptiert und ihm mein Vertrauen geschenkt«, sagte Christabel gequält, »Severin zuliebe. Ich konnte mir einfach nicht vorstellen, dass er ihn als Betriebsleiter eingestellt hätte, wenn er nicht vertrauenswürdig wäre. Deshalb habe ich mir auch nichts dabei gedacht, ihm zu verraten, dass Florian Severins leiblicher Sohn ist. Was für ein Fehler.«

Gabriele Pallkötter hatte Christabels Worte verstanden, denn die Zuschauer waren mucksmäuschenstill, um auch nicht die kleinste Enthüllung zu verpassen. »Ihr sauberer Severin hatte allen Grund zu tun, was Hollweg verlangte! Maximilian wusste nämlich über die Vorgänge in der Mühle Bescheid! Er war Eva Lüttmanns Liebhaber und hatte sich am Tag ihres Todes mit ihr zu einem Schäferstündchen in der Müllerkammer getroffen. Dort bekam er mit, wie Severin seine Frau umbrachte. Er konnte zwar nichts sehen, aber alles mithören. Natürlich hat Maximilian sich in seinem Versteck nicht gerührt. Er hielt auch anschließend immer schön den Mund und ließ den alten Lüttmann für sein Stillschweigen bezahlen. Severin senior kuschte, weil er der gerechten Strafe entgehen wollte!«

»Ich bin sicher, Severin wollte nur Heinrich und mich schützen!«, rief Christabel empört. »Er wusste, wir würden ebenfalls belangt, wenn Hollweg reden würde.«

Heinrich seufzte und schüttelte den Kopf. »Niemand von uns hat auch nur einen Moment lang daran gedacht nachzusehen, ob wir wirklich mit Eva allein waren. Der Lauscher an der Wand hat daraus Kapital geschlagen, das er jetzt mit seinem eigenen Leben verzinsen musste. Welche Ironie!«

Ein Raunen ging durch die Zuhörer, und Brusche keuchte: »O Mann, das wird eine Sonderausgabe!«

Pippa drückte Brusche das Diktiergerät in die Hand und fasste Christabel am Arm. »Ich bringe Sie nach Hause. Kommen Sie.«

Christabel schüttelte entschieden den Kopf.

»Endlich kommt die Wahrheit ans Licht, und ich soll mich zu Hause in einen bequemen Ohrensessel setzen? Kommt gar nicht in Frage. Ich will bis zum Ende dabei sein.«

Gabriele Pallkötter umklammerte den Rand des Nestes und beugte sich hinaus. »Hollweg hat Sie all die Jahre an der Nase herumgeführt! Wir haben uns *totgelacht* über Sie, Frau Gerstenknecht!«

»Im wahrsten Sinne des Wortes, will mir scheinen«, fauchte Hilda Krause, und die Umstehenden murmelten zustimmend.

»Sie dachten, Hollweg hat Ihren Mann Tag und Nacht und bis zur Erschöpfung im Sumpf gesucht? Und Sie waren ihm dankbar dafür? Dann habe ich eine Neuigkeit für Sie!« Gabriele Pallkötter reckte die Faust und schüttelte sie. »Er wusste ganz genau, wo er nach ihm suchen musste!«

Pippa spürte, wie die alte Dame an ihrem Arm sich versteifte. Die Gehhilfe, auf die Christabel sich schwer stützte, zitterte.

»Hollweg war ja schließlich dabei, als Severin in den Morast fiel! Ihr wunderbarer Gatte war sturzbetrunken, denn Hollweg hatte von ihm für weiteres Schweigen die Überschreibung der Firma verlangt!«

Ein Sonnenstrahl brach durch die Wolken und blendete Gabriele Pallkötter, die beinahe das Gleichgewicht verloren hätte und sich schwer ins Nest fallen ließ.

»Das soll ein Unfall aufgrund von Trunkenheit gewesen sein? Dass ich nicht lache«, rief Heinrich ungläubig. »Gestoßen haben wird er ihn! Aus Wut, als er erfuhr, dass Severin ihm um eine Nasenlänge voraus war. Der Senior hatte die Firma und seinen ganzen Besitz längst auf Christabel übertragen, um sein Lebenswerk zu schützen!«

So ist das also gelaufen, dachte Pippa, von wegen Erbschaft und in die Firma einkaufen!

Gabriele Pallkötter strich sich das von modrigen Wasserlinsen verklebte Haar zurück. »Lassen Sie endlich die Freiwillige Feuerwehr antanzen, Herr Hartung, und schaffen Sie die vierbeinigen Monster weg!«, befahl sie herrisch. »Mir ist kalt, und ich habe nichts mehr zu erzählen.«

»Wirklich nicht?«, rief Hartung ungerührt nach oben. »Ich kann nicht glauben, dass Sie alle drei Hollwegs Lebensbeichte kommentarlos hingenommen haben! Immerhin lag Bornwasser am nächsten Morgen tot im Bierkeller des Storchenkrugs!«

»Bornwasser war ein gieriger Idiot!«, schnappte Gabriele Pallkötter verächtlich. »Er konnte den Hals nie vollkriegen. Hätte er nicht einfach mit dem zufrieden sein können, was wir legal füreinander erwirtschafteten? Aber nein – er musste unbedingt Unfrieden stiften.«

»Das nennt ihr legal?«, rief Ernie Wisswedel entrüstet. »Und jetzt wollte Bornwasser auch noch Hollweg anzapfen, richtig? Ihr seid mir schöne Freunde!« Er spuckte aus, und die Umstehenden nickten.

Die Jugendamtsleiterin zuckte mit den Schultern. »Dafür könnt ihr mich nicht verantwortlich machen. Bornwasser hat schlicht zu hoch gepokert. Sein Pech.«

»Gepokert? Das war doch kein Spiel«, sagte Pippa angeekelt.

»Wahrlich nicht«, entgegnete Mandy Klöppel leise. »Trotzdem bekomme ich Lust, darauf zu wetten, wie lange sie es dort oben aushält, ohne zu erfrieren. Und ich bin sicher, ich finde genug Leute, die mitmachen.«

»Ich bin dabei!«, riefen Hermann, Ernie und Martha unisono.

Hartung bat mit einer Handbewegung um Ruhe. »Gut für Sie, dass Sie mit dem Mord an Bornwasser nichts zu tun haben! Aber wie sieht es mit dem Tod von Waltraut Heslich aus? Überzeugen Sie mich!«

»Wie bitte?«, kreischte es aus dem Nest. »Wieso das denn? Ich war am Tag von Bornwassers Beerdigung erst am Nachmittag wieder im Storchendreieck, da war Waltraut längst tot! Vorher war ich in Wolfsburg! Wie oft wollen Sie das noch von mir hören?«

»Wir haben sämtliche Busfahrer befragt, die die Bahnhöfe Salzwedel oder Oebisfelde angefahren sind«, gab Hartung kalt zurück. »Keiner hat Sie ein- oder aussteigen sehen.«

»Tja, kann auch schaden, wenn man überall bekannt ist«, warf Martha ein.

»Taxiunternehmen konnten uns lediglich eine Fahrt mit Ihnen bestätigen«, fuhr Hartung fort, »von Storchhenningen nach Storchwinkel. Kein Wagen hat Sie nach Wolfsburg chauffiert. Für mich sieht das so aus, als hätten Sie durchaus zur Tatzeit in der Backstube …«

»Ist ja schon gut!«, schrie Gabriele Pallkötter, ohne ihn ausreden zu lassen. »Hollweg und ich wussten, dass Waltraut vormittags in der Ade-Bar kontrollieren wollte, ob alles nach ihren Wünschen vorbereitet worden war. Wir gingen hin, um ihr ins Gewissen zu reden. Sie glaubte uns nämlich nicht, dass Bornwassers Tod ein Unfall war!«

»Und das wundert Sie? Ihr wart doch allesamt Hyänen!«, schrie Hilda plötzlich. »Und da habt ihr sie in *meiner* Backstube …« Sie begann zu schluchzen, und Herr X zog sie an sich, um sie fest zu umarmen.

Gabriele Pallkötter achtete nicht auf sie. »Waltraut sagte, sie wollte nichts mehr mit uns zu tun haben! Können Sie sich das vorstellen? Sie wollte noch am gleichen Tag ihr Testament ändern! Und wem wollte sie alles vererben? Irgendeiner ornithologischen Gesellschaft! *Störchen*, es ist kaum zu glauben!« Sie lachte hysterisch. »Den Hollweg hätte sie ja von mir aus enterben können – aber *mich*? Nach allem, was ich für sie getan habe? Jahrelang habe ich sie gedeckt und ihre Machenschaften auf der Entbindungsstation legalisiert – und jetzt sollte ich leer ausgehen?«

»Also haben Sie die Baumkuchenwalze befeuert …«, begann Hartung.

»Blödsinn! Ich habe nichts dergleichen getan! Ich bin unschuldig – Hollweg war es. Ich bin einfach gegangen und habe die beiden allein gelassen. Da war Waltraut noch am Leben, das kann ich beschwören! Ich habe mir nichts zuschulden kommen lassen! Allerdings habe ich schon vermutet, dass ein Alibi nicht schaden könnte, und deshalb habe ich mir Waltrauts Autoschlüssel aus ihrem Haus geholt.«

Das war also das Klimpern, das ich gehört habe, als ich bei Waltraut Heslich war, dachte Pippa. Sie hat nichts aus den Schubladen herausgenommen, sie hat den Autoschlüssel zurückgelegt!

»Sie hat ihre Freundin mit Hollweg allein gelassen. Wohl wissend, wozu dieser Mann fähig ist.« Heinrich schüttelte den Kopf. »Und das nennt sie unschuldig.«

»Dann bin ich mit Waltrauts Auto nach Wolfsburg gerast und auf dem dortigen Jugendamt vorstellig geworden. Die Kollegen können bestätigen, dass ich kurz vor dem von Ihnen genannten Todeszeitpunkt meiner lieben Freundin dort und nicht in Hilda Krauses Backstube war, Kommissar Hartung«, fuhr Gabriele Pallkötter selbstzufrieden fort. »Von Daria Dornbier wusste ich überdies, dass Christabel Gerstenknechts Aushilfs-Haushälterin mit dem Zug um 12.50 Uhr nach Oebisfelde fahren und dort von Doktor Wegner abgeholt würde. Also nahm ich für den Rückweg den Zug, denn so hatte ich auch für eventuelle Verzögerungen eine Zeugin. Ich wusste ja schließlich nicht, wie lange Maximilian Hollweg und Waltraut verhandeln würden.«

Pippa lief es kalt über den Rücken bei dieser perfiden Planung eines Alibis.

Deshalb hat sie mir die Pralinen geklaut, dachte sie, damit ich mich auch ganz sicher an sie erinnere. Während ich mich über meine gestohlenen Trüffel ärgerte, wurde Waltraut Heslich gerade …

Sie wandte sich abrupt Daria Dornbier zu, um das Bild aus ihrem Kopf zu verbannen, das dort zu entstehen drohte. »Musste das sein? Warum haben Sie Frau Pallkötter erzählt, dass ich in dem Zug sitze? Was hatten Sie davon?«

Diese zuckte mit den Achseln. »Ich denke, man sagt Ihnen eine gewisse Kombinationsgabe nach? Ich besitze eine Alibiagentur, bei der man jegliche Art von Vertuschung, und eine Detektei, bei der man alle Arten von Information bestellen kann. Ich stehe immer auf der Seite der Zahlenden.«

»Gehört zu Ihrem breitgefächerten Angebot an Dienstleistungen auch das Verfassen von Drohbriefen?«, fragte Pippa.

Die attraktive Frau schüttelte den Kopf. »Das war Zacharias – ich war lediglich für die hübsche Verpackung zuständig. Er hatte Angst, Sie könnten seine Pläne bezüglich Mandy und Lucie durchkreuzen. Sie müssen ihn beim Treffen mit Christabel am Ostersamstag mächtig beeindruckt haben.«

»Daria ist die Einzige aus der ganzen Bande, die ihr Leben fest im Griff hat!«, schrie Gabriele Pallkötter. »Aber wir haben sie ja auch damals in eine entsprechende Familie gegeben. Die Biberbergs stellen etwas dar! Die haben Stil!«

»Das waren tatsächlich Sie auf dem Bahnhofsvorplatz, Frau Dornbier«, sagte Pippa leise, »ich habe mich also nicht getäuscht. Diese Gummistiefel wären überall wiederzuerkennen. Mit denen würden Sie selbst beim *Acqua alta* in Venedig Furore machen.«

»Ich sollte mir für Außenrecherchen wirklich unauffälligere Kleidung zulegen«, erwiderte Daria Dornbier gelassen.

»Aber warum? Warum haben Sie nach mir Ausschau gehalten?«

Daria Dornbier warf Christabel einen Blick zu. »Sie sagt doch immer, wir Kinder sollten uns untereinander helfen – nichts anderes habe ich gemacht. Severin hatte mich um Hilfe gebeten. Er wollte wissen, ob ich Sie als vertrauenswürdig einschätze. In dem Fall hätte er Sie vor seiner Abreise in seine und Melittas Pläne eingeweiht.«

»Das hätte in der Tat geholfen«, warf Christabel trocken ein.

»Severin saß vor dem Bahnhof in Wolfsburg in meinem Auto und wartete auf mich«, erklärte Daria Dornbier weiter.

Pippa erinnerte sich, dass sie sich damals beobachtet gefühlt hatte, und fragte verständnislos: »Warum hat er denn nicht einfach mit mir geredet?«

»Als ich sah, wie Sie sich auf dem Bahnhofsvorplatz aus einer eleganten Dame in ein ... nun ... Landei im Strickpullover verwandelten, habe ich ihm abgeraten. Ich nahm an, Sie schlüpfen in eine Rolle, und solchen Leuten traue ich grundsätzlich nicht.« Sie lächelte flüchtig. »Da habe ich zu viel eigene Erfahrung.«

»Mir war einfach nur kalt, verdammt«, fauchte Pippa. »Wenn die Leute hier mehr miteinander reden würden, statt sich Masken vors Gesicht zu halten, würden in Storchwinkel deutlich mehr Menschen überleben.«

»Durch Sie hat Hollweg also von den Heiratsplänen meiner Mutter mit Severin erfahren«, sagte Florian. »Hat man in Ihrer Branche denn gar keinen Berufsethos?«

Daria Dornbier hob abwehrend die Hand. »Das hätte ich Severin niemals angetan.«

»Hallo! Seid ihr da unten endlich fertig?«, schrie Gabriele Pallkötter entrüstet.

Ihr Gesicht hellte sich auf, als Hartung, der bei den Erläuterungen Daria Dornbiers aufgehorcht hatte, ein Handy herauszog, in seinem Notizbuch nach einer Nummer blätterte und wählte.

»Na endlich! Das wird auch langsam Zeit! Hier oben wird es nicht wärmer! Wenn Sie mich nicht bald herunterholen, zeige ich Sie wegen unterlassener Hilfeleistung an!«

»Severin hat mir selbst erzählt, dass er Hollweg eingeweiht hat. Er hat ihn gebeten, während seiner Abwesenheit ebenfalls auf Christabel zu achten«, sagte Daria Dornbier zu Florian, ohne auf den Einwurf der Jugendamtsleiterin zu achten. »Severin hat ihm vertraut – warum auch nicht? Als angeblicher Vater eines vermissten Kindes gehörte er schließlich zu uns.«

Heinrich schnaubte verächtlich. »Alle Menschen sind Brüder – und sie heißen Kain und Abel.«

Ein Handy klingelte, und Daria Dornbier öffnete die große Handtasche, die sie an einem langen Riemen über der Schulter trug. Pippa warf unwillkürlich einen Blick hinein und erspähte ein offenbar maßgeschneidertes Innenfutter, in dessen zahlreichen Täschchen jeweils ein Handy steckte. Bei einem davon leuchtete das Display, und Daria holte es heraus. Sie wandte sich etwas ab, nahm das Gespräch an und sagte mit leiser, rauchiger Stimme: »Milena hier, hallo. Bist du auf der Suche nach Gesellschaft, Süßer?«

»Vielen Dank, das war es schon, Frau Dornbier«, sagte Hartung, »Sie haben mir gerade die Bestätigung gegeben, dass Severin für den Beerdigungstag ein Alibi hat.«

Und dir ist dein *Nutten*-Kommentar von damals jetzt hoffentlich peinlich, dachte Pippa amüsiert.

»Daria!«, schrie Gabriele Pallkötter. »Wenn dieser Kommissar es nicht tut, dann rufen Sie die Feuerwehr!«

»Ich rufe gerne für Sie an, aber das wird teuer!«, gab Daria Dornbier zurück und setzte ein professionelles Lächeln auf. »Mein übliches Honorar beträgt hundertzwanzig Euro pro angefangene Stunde – auch wenn das Gespräch nur fünf Minuten dauert!«

»Lassen Sie mal«, sagte Doktor Wegner, »ich erledige das von meiner Praxis aus.«

Ohne das geringste Zeichen von Eile machte er sich auf den Weg zu seinem Haus.

»Ich bewundere Ihre schauspielerischen Fähigkeiten!«,

rief Pippa zum Nest hinauf. »Sie sahen wirklich betroffen aus, als Sie von Waltraut Heslichs Tod erfuhren!«

»Natürlich! Mir wurde schlagartig klar, dass ich mich schnellstens absichern und mit einflussreichen Leuten umgeben musste, sonst wäre ich die Nächste!«

»Deshalb die verzweifelte Suche nach Nachfolgern für die Doppelkopfrunde«, sagte Christabel.

In diesem Moment zeigte Hermann auf das Nest und rief: »Seht mal!«

Gabriele Pallkötter hatte offenbar keine Geduld mehr, noch länger auf Hilfe zu warten, und machte Anstalten, aus dem Nest zu klettern. Sie schwang ein Bein über den Rand, hielt sich mit einer Hand krampfhaft an einem stärkeren Zweig fest und versuchte, mit dem anderen Arm, an dem ihre Handtasche baumelte, das Gestänge des Mastes zu erreichen. Langsam rutschte die Tasche an ihrem Arm nach unten. Beim Versuch, sie aufzuhalten, verlor Gabriele Pallkötter das Gleichgewicht und suchte mit beiden Händen panisch Halt am Nest.

Fasziniert verfolgten alle den Absturz der großen, steifen Handtasche, die mit einem gewaltigen Platschen ins Wasser fiel und die umstehenden Menschen bespritzte. Tuktu sprang mit einem Satz in den Teich, schnappte die Tasche am Henkel und brachte sie Christabel.

Die alte Dame nahm sie ihm lächelnd aus dem Maul und tätschelte seinen nassen Kopf, ohne auf ihre feinen Handschuhe Rücksicht zu nehmen. »Braver Hund. Kluger Hund. Was hat Severin euch denn noch alles beigebracht?«

»Wagen Sie es ja nicht, meine Handtasche zu öffnen!«, schrie Gabriele Pallkötter, die sich wieder ins Nest gerettet hatte. »Das ist mein Privateigentum!«

Christabel reichte die Tasche ungerührt an Hartung weiter.

»Das dürfen Sie nicht! Nicht ohne Durchsuchungsbeschluss!«, kreischte Gabriele Pallkötter. Sie war blass geworden.

Hartung musterte sie nachdenklich. »Es ist also etwas Interessantes für mich darin?«

Gabriele Pallkötter sah stumm zu, während er die Tasche öffnete, sie mit ein paar Handgriffen durchsuchte und dann eine silbrig glänzende Digitalkamera an ihrem Halteriemen herauszog. »Wenn das nicht die Kamera meines hochgeschätzten Kollegen Seeger ist. Das ist ja eine Überraschung. Und wo ist sein Handy? Können Sie mir das auch verraten?«

»Natürlich nicht! Ich habe nur die Kamera! Da sind lediglich Bilder von Vögeln drauf, weiter nichts!«, schrie Gabriele Pallkötter erbost. »Nichts als Vögel, Vögel und nochmals Vögel!«

»Kann schon sein«, sagte Hartung. »Aber das erklärt nicht, warum sie in Ihrem Besitz ist.«

»Kommissar Seeger hat sie mir gegeben! Paul-Friedrich und ich sind befreundet!«

»Wo und wann hat er das getan?«, schoss Hartung zurück. »Heute Morgen im Kommissariat hat er sie noch gehabt.«

»Ich ... Wir haben einen Spaziergang zum Vogelbeobachtungsstand gemacht! Gegen Mittag!«

Du bist ihm nachgestiegen, meinst du wohl, dachte Pippa, und wahrscheinlich hast du uns auch früher schon belauscht, weil du Angst hattest, dass wir etwas gegen dich in der Hand haben. Und ich Idiotin setze bei Mandy noch eins drauf und bringe Kommissar Seeger damit in Gefahr.

»Kommissar Seeger ... äh ... *Paul-Friedrich* pflegt im Vogelbeobachtungsstand Pause zu machen!«, rief Gabriele Pallkötter hastig. »Immer zwischen zwölf und eins. Woher sollte ich das wohl wissen, wenn wir nicht miteinander vertraut wären? *Bis morgen, Gabi*, hat er gesagt, als ich heute Mittag von dort aufbrach! Und da war er noch gesund und munter!«

Hartungs Finger schnellte vor. »Und woher wissen Sie, dass er das jetzt nicht mehr ist?«, rief er barsch.

Ein erschrockenes Flüstern ging durch die Menge, und Gabriele Pallkötter presste die Lippen zusammen.

»Am Monitor in der Ade-Bar kann sie das nicht gesehen haben«, sagte Christabel leise zu Hartung. »Hubschrauber, Polizeieinsatz … nichts davon habe ich übertragen. Gleich nachdem Heinrich und Sie losgefahren sind, habe ich abgestellt.«

Hartung nahm unwillkürlich Haltung an. »Frau Pallkötter, jetzt sorge ich wirklich dafür, dass Sie aus dem Nest geholt werden. Und dann verhafte ich Sie wegen dringenden Verdachts auf versuchten Mord an meinem Kollegen Seeger.«

»Machen Sie sich nicht lächerlich! Wegen eines kleinen Schlages auf den Hinterkopf?« Sie versuchte, sich zu beherrschen. »Ich will meinen Anwalt sprechen. Sofort. *Mordversuch* an Seeger, absurd. Ja, wenn es um Hollweg ginge, das wäre …« Sie schlug erschrocken die Hand vor den Mund. »Aber damit habe ich natürlich nichts zu tun. Da müssen Sie schon an anderer Stelle suchen.«

»Warum sollte er woanders suchen?«, rief Christabel scharf. »Ich habe Sie am Ostersonntag gemeinsam mit Hollweg in der Manufaktur gesehen, Frau Pallkötter! Ich war empört, dass er jemanden wie Sie in die Firma mitnahm! Eine Unbefugte!«

»Jetzt ist man *einmal* nicht da …«, brummte Ernie Wisswedel.

Unter den Zuhörern kam Unruhe auf. Sie stießen sich an und murmelten miteinander, wobei sie verstohlene Blicke zum Nest hinaufwarfen. Allen war das Lachen längst vergangen, nur Brusche konnte sein Glück angesichts der Fülle an Enthüllungen kaum fassen.

»Das glaube ich nicht!« Gabriele Pallkötter lachte siegessicher. »Warum sollten Sie sonntags in die Firma gehen?«

Hartung warf Christabel einen schnellen Blick zu, den Pippa sofort verstand: Auf keinen Fall sollte ihre geheime Beobachtungszentrale hier und jetzt publik werden.

Die alte Dame nickte unmerklich und hatte sofort eine Erklärung parat. »Ich kann die Werksuhr von meinem Schlafzimmerfenster sehr gut sehen. Frau Bolle hatte bereits alle Uhren im Haus umgestellt, und ich machte mir Sorgen, Hollweg könnte die Zeitumstellung vergessen haben. Genau wie meine Sicherheitsexpertin hatte ich nicht mitbekommen, dass wegen der Osterfeiertage diesmal erst von Sonntag auf Montag umgestellt werden sollte.« Sie holte tief Luft und fuhr fort: »Die Straße war wie ausgestorben. Alle waren beim Eiersuchen. So weit bin ich schon Ewigkeiten nicht mehr allein gegangen. Das sollte ich öfter tun, danach würde ich auch ohne Heinrichs Tropfen tief und fest schlafen.«

So viel zur offiziellen Version, dachte Pippa, ich halte jede Wette, dass sie sich nicht einen Meter aus ihrer Schaltzentrale wegbewegt und alles über die Monitore verfolgt hat. Gott sei Dank scheint niemand anzuzweifeln, dass Christabel körperlich noch imstande ist, derart weite Wege ohne die Sänfte zurückzulegen.

»Als ich in die Werkshalle kam«, berichtete Christabel weiter, »hörte ich Sie, Frau Pallkötter, lautstark mit Herrn Hollweg streiten. Über die Aufteilung des gesamten Erbes der Doppelkopfrunde.«

»Sie waren wirklich da? In der Firma?«, kreischte Gabriele Pallkötter fassungslos. »Warum können Sie nicht einfach tot umfallen, Sie alte Hexe?«

»Ist das Ihre Lösung für alles? Dass die Leute, die Ihnen unbequem sind, sterben?« Christabel schüttelte den Kopf und sah Hartung an. »Frau Pallkötter erklärte, dass sie Waltraut Heslichs Erbe nur ausgeschlagen habe, damit die beiden nicht des Mordes verdächtigt würden und Hollweg erben könnte. Sie machte überdeutlich, dass sie jetzt erwartete, von ihm ihren Anteil ausgezahlt zu bekommen.«

»Dieser Gierschlund!«, brüllte es so zornig aus dem Nest, dass einige der Zuhörer zusammenzuckten. »Erst die Waltraut und jetzt auch noch Hollweg! Dieses undankbare Pack! Er wollte mir verweigern, was mir rechtmäßig zustand! Die Hälfte des Vermögens!«

»Ich hätte gut darauf verzichten können, zu sehen und zu hören, was dann geschah. Ganz abgesehen davon, dass ich um mein eigenes Leben fürchtete«, sagte Christabel und lachte leise. »So wenig noch davon übrig ist – ich wollte es nicht in einer Wanne voll flüssigem Gips beenden. Und das plante Hollweg offensichtlich für Frau Pallkötter, denn er entfernte die Abdeckung, während er auf sie einredete, sie sollte besser nach seinen Regeln spielen, wenn sie nicht alles verlieren wolle.«

»Sehen Sie? Er trachtete mir nach dem Leben!«, rief Gabriele Pallkötter triumphierend. »Ich konnte mich nur retten, indem ich schneller war! Während er mit dieser Abdeckung beschäftigt war, schnappte ich mir eine dieser vierfüßigen Gehhilfen, die in der Firma an jeder Ecke herumstehen. Als er dann einen Schritt auf mich zukam, dachte ich, mein letztes Stündlein hätte geschlagen! Ich riss das Ding hoch und traf ihn mit allen vier Stümpfen direkt auf den Solarplexus. Er kippte nach hinten wie ein nasser Sack.«

Christabel kannte die Wahrheit die ganze Zeit über, wusste aber nicht, wie sie das publik machen sollte, ohne ihre zweifelhaften Beobachtungsmethoden zu verraten. Kein

Wunder, dass sie mich dann auf die Lösung angesetzt hat, dachte Pippa. Dumm gelaufen, Pallkötter, du hättest dir nicht ausgerechnet die Manufaktur aussuchen sollen, um den Schlusspunkt unter deine Doppelkopfrunde zu setzen.

»Sie müssen nur meine Gehhilfen in der Firma untersuchen, um die zu finden, die Frau Pallkötter benutzt hat, Herr Hartung«, sagte Christabel. »Es ist die mit ihren Fingerabdrücken. Meine können es ja nicht sein – ich trage immer Handschuhe.« Sie wandte sich Mandy zu. »Ich bin erschöpft, meine Liebe. Bist du so gut?«

Mandy hakte die alte Dame unter und führte sie langsam in Richtung Gutshaus. Alle sahen ihnen nach, bis Gabriele Pallkötter sich noch einmal zu Wort meldete und die Menschen am Dorfteich sich ihr wieder zuwandten.

»Es blieb mir doch nichts anderes übrig!«, schrie sie. »Das müsst ihr doch verstehen! Das war Notwehr! Ich habe ihn aus reiner Notwehr getötet, sonst wäre ich die Nächste gewesen!«

Die Dorfbewohner drehten ihr kollektiv den Rücken zu, um sie mit Verachtung zu strafen, also legte sie in einem letzten Aufbäumen noch einmal an Lautstärke zu. »All die Arbeit und das mühselige Zusammentragen des Geldes! Sollte ich denn gar nichts davon haben? Das versteht ihr doch! Wer würde das denn nicht verstehen? Ihr würdet doch genauso handeln!«

Das Heulen von Polizeisirenen wurde hörbar. Ein Leiterwagen bog in die Dorfstraße ein und holperte langsam näher, gefolgt von einem Streifenwagen.

»Schau an, Doktor Wegner hat also tatsächlich angerufen«, sagte Pippa fast erleichtert.

»Das ist der Hippokratische Eid. Der *muss* das tun«, entgegnete Martha Subroweit mit deutlichem Bedauern in der Stimme.

Ernie Wisswedel zuckte mit den Schultern und hob beide Hände. Mit seinen roten Pausbacken sah er aus wie ein großer Gartenzwerg, als er den finalen Kommentar abgab: »Nu ist die Palle alle.«

Epilog

»Es geht los!«, rief Ernie Wisswedel aufgeregt.
Sofort scharten sich alle Besucher in Hilda Krauses proppenvoller Ade-Bar um den großen Monitor, auf dem ein animierter Storch quer übers Bild flog. Im Schnabel trug er kein Tuch mit einem Baby, sondern ein beschriftetes Banner: +++ *Sondersendung* +++ *Bürgermeisterwahl Samtgemeinde Storchendreieck* +++ *Sondersendung.*

»Guten Abend, meine Damen und Herren, es ist achtzehn Uhr, und wir begrüßen Sie herzlich zur ersten Sendung von Ciconia TV, dem einzigen Sender aus der Region – *für die Region!*«, verkündete eine Männerstimme, die durch den Beifall von Hildas Gästen beinahe übertönt wurde.

Der gezeichnete Storch verschwand vom Bildschirm, und stattdessen erschien Sebastian Brusche in der zu einem improvisierten Studio umgebauten Eingangshalle des Storchenkrugs. »Guten Abend, liebe Zuschauer daheim und beim Public Viewing in der Ade-Bar, im Getränkemarkt von Storchentramm und im Geräteschuppen der Freiwilligen Feuerwehr Storchhenningen sowie auf den Wahlpartys in der Werkshalle von *Lüttmanns Lütte Lüd* und nebenan in der Schankstube des Storchenkrugs! Mein Name ist Sebastian Brusche. An diesem herrlichen Septembersonntag begrüße ich Sie ganz herzlich zur ersten Sendung von Ciconia TV. Vor einer Minute haben die Wahllokale geschlossen, und wir dürfen gespannt sein auf die erste Hochrechnung.«

Sein Gesicht wurde ernst, als er fortfuhr: »Dieses Jahr war für das Storchendreieck ein Jahr der Umwälzungen. Unsere gesamte Region trauert um unsere beliebte Mitbürgerin Christabel Gerstenknecht, die im Alter von einhundertundeinem Jahr so plötzlich und unerwartet starb. Unser tiefempfundenes Mitgefühl gilt ihrer Familie und allen Hinterbliebenen.«

Verschiedene Bilder einer gigantischen Trauergemeinde wurden gezeigt; unter anderem eins von der schwarzgekleideten Mandy Klöppel, die an einem offenen Grab stand und unter Tränen eine Rede hielt. Die Gäste der Beisetzung trugen Gartenzwerge statt Blumen in den Händen.

»Es wird allgemein angenommen, dass die mörderischen Zeiten im März und April diesen Jahres, als sich eine Doppelkopfrunde aus prominenten Persönlichkeiten der Region gegenseitig auslöschte, bei unserer Grande Dame des Storchendreiecks ihren Tribut forderten und letztendlich auch sie das Leben kosteten.«

Brusche räusperte sich, um seine Rührung zu überspielen, und fuhr fort: »Alle Mitbürger atmeten auf, als endlich der erste Storch des Jahres wie eine Friedenstaube in Storchwinkel landete und Normalität ins Dorf zurückbrachte.«

Ein Amateurfilm mit einem winzigen nasebohrenden Gartenzwerg in der linken unteren Ecke zeigte eine strahlende Martha Subroweit, die Kusshände hinauf zum Nest auf ihrem Hausdach warf, in dem sich ein stattlicher Storch niedergelassen hatte.

»Außerdem haben wir einen Zuzug aus Salzwedel zu verzeichnen«, sagte Brusche, als er wieder ins Bild kam. »Exkommissar Paul-Friedrich Seeger, den wir alle während seiner Ermittlungen in den bereits erwähnten Todesfällen kennen- und schätzenlernten, wurde von der Bevölkerung Storchwinkels mit offenen Armen aufgenommen.«

Ein Foto mit der Aufschrift »Archivbild« zeigte Seeger in Manchesterhose und Karohemd, auf einen Spaten gestützt, im Vorgarten des ehemaligen Hauses von Waltraut Heslich, in dem nichts mehr an die formale Strenge der Buchsbaum-Zinnsoldaten erinnerte, die seine Vorbesitzerin so geschätzt hatte. Stattdessen blühten üppige Stauden mit Sommerflieder um die Wette.

»An einem Tag wie heute ist unser Blick nach vorne gerichtet«, moderierte Brusche weiter, »denn es entscheidet sich, von wem die Samtgemeinde Storchendreieck in Zukunft regiert wird: von Mandy Elise Klöppel, die ihren Wählern eine familien- und umweltorientierte Regionalpolitik verspricht, oder von einer geschäftstüchtigen Doppelspitze aus Zacharias und Thaddäus Biberberg, die mit der Verheißung auf wirtschaftlichen Aufschwung für sich geworben haben.«

Die Wahl der beiden Fotos, die sich jetzt den Bildschirm teilten, sprach Bände: Auf dem linken winkte eine zahnlückig grinsende Lucie Klöppel auf dem Arm ihrer strahlenden Mutter in die Kamera des Fotografen; auf dem rechten stieg Zacharias Biberberg gerade in den Fond seiner schweren Limousine, während sein sauertöpfisch dreinblickender Bruder ihm die Autotür aufhielt.

»Um sicherzustellen, dass bei Wahl und Auszählung alles korrekt zugeht«, fuhr Brusche fort, »haben wir die Sicherheitsexpertin Pippa Bolle als Wahlbeobachterin zu uns gebeten. Ich übergebe an Pippa Bolle, liebe Zuschauer.«

Die Kamera schwenkte auf Pippa, die vor einer Landkarte der Region auf ihren Einsatz wartete.

»Guten Abend, liebe Zuschauer«, sagte Pippa, »während in den Wahllokalen fieberhaft ausgezählt wird, gestatten Sie mir einige Bemerkungen zum Ablauf dieses Wahltages: Die

Wahlbeteiligung lag bemerkenswert hoch. In Storchwinkel ist jeder Wahlberechtigte zur Urne gegangen, und auch aus Storchhenningen melden die Wahlhelfer großen Andrang. Lediglich in Storchentramm, dem Stammbezirk des Kandidaten Zacharias Biberberg, verlief die Stimmabgabe mehr als schleppend. Auf dem Weg zum Wahllokal waren Stände mit Freigetränken und kostenlosen Snacks aufgebaut, an denen zahlreiche Wähler ihr eigentliches Ziel völlig vergaßen. Das vom Kandidaten aus Storchentramm alarmierte Ordnungsamt hat uns auf Nachfrage versichert, dass der Sponsor dieser Stände die vorgeschriebene Bannmeile um das Wahllokal herum eingehalten hat und keine Abstandsunterschreitung nachgewiesen werden konnte. Liebe Zuschauer, zu diesem Zeitpunkt wage ich noch keine Prognose zum Ausgang der Wahl, aber ich kann bestätigen, dass beide Wahlkampfteams bis zur letzten Minute um jede Stimme gekämpft haben. Dennoch: Jeder, der das Storchendreieck kennt, weiß, dass in der Altmark stets mit handfesten Überraschungen gerechnet werden darf. Damit gebe ich zurück an Sebastian Brusche.«

Brusche kam wieder ins Bild. »Für eine Hochrechnung ist es noch zu früh, deshalb möchte ich diesen Moment nutzen, *Lüttmanns Lütte Lüd* herzlichen Dank auszusprechen. Die Firma hat uns hier, im Heimathaus Storchenkrug, die notwendigen technischen Geräte zur Verfügung gestellt, um diese Sendung ins gesamte Storchendreieck zu übertragen. Die Anlage war zwar bereits über längere Zeit andernorts in Gebrauch, ist aber dennoch so modern, dass wir über eine Internetleitung sogar ein Grußwort direkt aus Alaska zuschalten können! Wir begrüßen den gebürtigen Schweizer Martin Buser, den berühmten Schlittenhundezüchter und mehrfachen Gewinner des Iditarod-Rennens, des härtesten und längsten Schlittenhunderennens der Welt. Aus seinem Stall stammen die Therapiehunde unseres geschätzten Mitbürgers Severin Lüttmann junior, der gemeinsam mit seiner Frau Melitta Wiek im alten Gutshaus ein Therapiezentrum für Menschen mit Erschöpfungszuständen eröffnen wird.«

Das Gesicht eines jugendlich wirkenden, attraktiven Mittfünfzigers erschien auf dem Monitor. Die Bildqualität ließ zu wünschen übrig, aber der Ton war glasklar. Zu hören war zunächst nur das Bellen zahlreicher Hunde.

»Liebe Melitta, lieber Severin«, sagte Martin Buser in Deutsch mit sowohl amerikanischem als auch schweizerischem Einschlag, »ich wünsche euch für euer *Therapiezentrum Storchendreieck* alles Gute und hoffe, dass ihr noch oft zu meinen Hunden und mir in die Happy Kennels kommt! Und bringt Little Christabel mit!«

Das Bild wechselte. Jetzt sah man Severin vor dem Gutshaus und ein Gespann von fünf Hunden, die einen Kinderwagen zogen.

»Vielen Dank an Martin Buser nach Alaska«, sagte Sebastian Brusche und fasste sich automatisch ans linke Ohr, als er über Kopfhörer von der Regie eine Information bekam. »Liebe Zuschauer – ich höre gerade, wir haben die erste Hochrechnung ... nein, die einhundertundelf Stimmen der Storchwinkeler Wähler sind sogar bereits vollständig ausgezählt.« Er lauschte einen Moment. »Wie ich höre, stand das ganze Dorf geschlossen hinter Mandy Elise Klöppel, bis auf eine ungültige Briefwahl-Stimme, zu der ich folgenden handschriftlichen Kommentar vom Wahlzettel verlesen soll, der mir ... Moment ... der mir gerade über meinen Monitor hereingespielt wird. Ich darf zitieren: *Liebe Freunde, bitte entschuldigt, aber es ist mit mir durchgegangen. Ich musste einfach an jeder möglichen Stelle ein Kreuz machen. Euer Herr X.*«

Brusche lächelte breit und fuhr fort: »Bis zur vollständigen Auszählung des nächstgrößeren Ortes Storchentramm bleibt uns noch ein wenig Zeit. Deshalb schalten wir direkt in die große Werkshalle von 3L zur Wahlparty von Mandy Elise Klöppel.«

Eine fröhlich feiernde Menge in ausgelassener Stimmung war auf dem riesigen Monitor neben Brusche zu sehen. Als die Menschen in der Halle sich selbst auf der dort aufgehängten Leinwand entdeckten, brachen sie in Jubel aus.

Die Kamera in der Manufaktur richtete sich auf das noch leere Pult, an dem Christabel stets ihre Ansprachen gehalten hatte.

»Ich spreche jetzt mit Vitus Lohmeyer, dem Betriebsleiter des größten Arbeitgebers unserer Region«, sagte Sebastian Brusches Stimme aus dem Off. »Herr Lohmeyer, können Sie mich hören?«

Olaf Bartels tauchte im Bild auf und brummte: »Ja, kann er!«, dann machte er widerwillig für Lohmeyer Platz.

»Guten Abend, Herr Brusche.«

»Guten Abend. Herr Lohmeyer, unsere Zuschauer interessiert, wie Ihre Pläne für *Lüttmanns Lütte Lüd* aussehen, nachdem Frau Gerstenknecht so plötzlich von uns gegangen ist.«

»Ihre Befehle … ihre Anweisungen sind so klug wie eindeutig, und sie werden Punkt für Punkt erfüllt werden. Ohne den Ausgang der heutigen Wahl mit Sicherheit vorhersagen zu können, gehen wir doch zuversichtlich davon aus, dass kein Einkaufszentrum gebaut werden wird. Stattdessen planen wir, in eine Erweiterung von *Lüttmanns Lütte Lüd* zu investieren, um fünfzig neue Arbeitsplätze zu schaffen. Sobald Florian Wiek sein Praktikum bei der KPM Berlin beendet hat und zu uns zurückkehrt, werden wir außerdem eine neue Produktreihe von Gartenzwergen aus farbigem

Glas auf den Markt bringen. Diese Linie wird im Hochpreissegment angesiedelt sein und kann, bei Interessenten ohne Garten, auch Vitrinen und Mahagoni-Schreibtische schmücken. Die zahlreichen Vorbestellungen aus Fernost und Nordamerika lassen die berechtigte Hoffnung zu, dass wir mit dieser Innovation in eine zukunftsträchtige und profitable Marktnische stoßen.«

»Vielen Dank, dass Sie unsere Zuschauer an Ihren vielversprechenden Plänen teilhaben lassen, Herr Lohmeyer«, sagte Brusche. »Und wie ist die aktuelle Stimmung bei Ihnen auf der Wahlparty?«

Bei diesen Worten brandete in der Werkshalle erneut Jubel auf. Viele schwenkten Papierfahnen, die mit einem Gartenzwerg bedruckt waren, oder bliesen in Tröten.

Vitus Lohmeyer lächelte. »Sie hören und sehen es ja selbst!«

»Wo ist die Kandidatin, Mandy Klöppel?«

»Bereits auf dem Weg zu Ihnen ins Studio, Herr Brusche.«

Lohmeyer winkte zum Abschied in die Kamera. Beim Ausblenden sah man ganz kurz noch einmal Olaf Bartels, der sich von der Seite ins Bild schob.

»Meine lieben Zuschauer«, sagte Brusche, »nun schalten wir zur Wahlparty der Gegenkandidaten, die in der Schankstube des Storchenkrugs stattfindet. Dort sind die Gäste vor den Elementen sicher, sollten sie heute nach Auszählung aller gültigen Stimmen im wahrsten Sinne des Wortes im Regen stehen. Unsere Reporterin vor Ort ist Martha Subroweit, der Christabel Gerstenknecht posthum damit ihren Wunsch für den ersten Storch des Jahres erfüllt. Martha, wie geht es euch?«

Eine strahlende Martha wurde eingeblendet. Ihr Gesicht unter einem Hut mit Storchenfedern glühte vor Stolz und

Aufregung, als sie das Mikrophon zum Mund hob und sagte: »Mir geht es wunderbar: Hallo, Ernie, Erich und Hermann – das hättet ihr nicht gedacht, dass ihr mich mal im Fernsehen seht, oder?« Sie winkte begeistert in die Kamera. »Ich grüße alle aus dem Getränkemarkt in Storchhenningen. Bitte nehmt endlich diesen großartigen Cider aus der Mosterei in Diesdorf in euer Angebot auf. Pippa Bolle und der alte Heinrich sagen, der ist viel gesünder als Bier und gut gegen Verstopfung. Und jetzt grüße ich meinen Lesezirkel *Federnlese* in Storchentramm. Hallo, Mädels! Huhu!« Wieder winkte Martha frenetisch. »Wir lesen gerade *Lady Chatterleys Liebhaber*, und ich möchte unsere Männer deshalb auffordern, mit uns gemeinsam einige Textpassagen in praktische Übungen umzu...«

»Vielen Dank, Martha«, fiel Brusche ihr eilig ins Wort, »für diese Einschätzung der Gegenpartei – aber jetzt wird es leider Zeit für eine kurze Werbeunterbrechung. Den nun folgenden Spot mit Frau Dornbier haben wir vor der Sendung aufgezeichnet.«

Daria Dornbier kam ins Bild. Sie trug ein elegantes rotes Kostüm und war perfekt geschminkt.

»In der Detektei und Alibiagentur Dornbier bekommen Sie alles aus einer Hand«, sagte sie. »Sichern Sie sich selbst ab, und behalten Sie gleichzeitig die Gegenseite im Auge. Zu einem minimalen Aufpreis verpflichte ich mich vertraglich zu unbedingter Loyalität gegenüber Ihnen als meinen Kunden. Dornbier-Alibis – ganz sicher eine sichere Sache.« Daria Dornbier lächelte und fügte hinzu: »Ein Wort noch an dich, Pippa Bolle: Eine Alibiagentur ist mindestens so lukrativ wie ein Haushüterservice – Menschen haben immer etwas zu verbergen. Wir sollten uns zusammentun. Meine Nummern hast du ja. Ruf mich an.«

»Anrufen ist mein Stichwort«, sagte Brusche. »Ich höre gerade, dass unsere Leitung nach Berlin steht. Am Telefon sind unser Professor Meissner und Florian Wiek, der uns von seinem spannenden Praktikum bei der KPM Berlin erzählen möchte. Guten Abend, Professor Meissner.«

»Chrrrr ... piep ... piep ... piiiep ... Abend, meine sehr verehrten Damen und Herrchrrrr ... piiiep ...«

»Professor Meissner? Hören Sie mich?«, rief Brusche.

»Chrrrr ... piiiep ...«

»Die Leitung nach Berlin scheint momentan gestört. Wir versuchen es später noch einmal und überbrücken mit einem kurzen Werbeblock«, sagte Brusche.

Der alte Heinrich und Maik Wegner erschienen auf dem Bildschirm. Sie flankierten das Schild ihrer gemeinsamen Praxis für Spökenkiekerei und Allgemeinmedizin.

»Bei uns werden Sie ab sofort im ehrlichsten Sinne des Wortes ganzheitlich betreut«, verkündete Heinrich.

»Es erwarten Sie vertrauensvolle Gespräche ...«, fügte Maik Wegner hinzu.

»... genaue und sorgfältige Untersuchungen ...«

»... Anamnese der Vergangenheit – und der Zukunft ...«

»... individuell für Sie erstellte Medizin ...«

»... aus den Händen zweier Menschen, auf die Sie sich verlassen können: *Heinrich Alt und Maik Wegner* – die Praxis Ihres Vertrauens.«

»Hausbesuche jederzeit«, schloss der alte Heinrich, »wir kommen, wenn Sie es sich wünschen.«

»Liebe Zuschauer, wir haben leider immer noch Probleme mit der Telefonleitung nach Berlin. Es sieht so aus, als käme die Verbindung heute leider nicht zustande«, sagte Brusche. »Aber Pippa Bolle hat einen Studiogast. Bitte, Pippa.«

Pippa und Exkommissar Seeger standen an einem Tisch, der ohne Zweifel aus der Werkstatt von Herrn X stammte.

»Ich freue mich, Kriminalhauptkommissar a. D. Paul-Friedrich Seeger bei uns begrüßen zu können«, sagte Pippa.

Seeger, in traditioneller Cordhose und knapp sitzender nagelneuer Wachsjacke, nickte einen Gruß in die Kamera.

»Wie schmeckt Ihnen das Leben als Privatier, Herr Seeger? Vermissen Sie Ihre Arbeit als Ermittler?«

Seeger lächelte. »Christabel Gerstenknechts Vermächtnis, die Stiftung *Heimathaus Storchenkrug*, lässt mir keine Zeit für Langeweile.«

»Wenn ich richtig informiert bin, bauen Sie eine Art Volkshochschule für das Storchendreieck auf? Können Sie unseren Zuschauern schon einen Vorgeschmack auf das kommende Angebot geben?«

»Neben Kursen in Altmärker Platt und Ihren Sommerferienkursen in Englisch und Italienisch, Frau Bolle, planen wir für alle Altersgruppen eine Grundausbildung in Selbstverteidigung, für die wir Kommissar Hartung gewinnen konnten. Ich selber halte einen Kurs mit praktischen Übungen: Wie sichere ich Haus und Hof mit einem Hausschlüssel?« Seeger grinste. »Dieses Angebot würde ich jedem Einwohner von Storchwinkel dringend empfehlen. Außerdem wird Professor Meissner Interessierte auf ornithologische Wanderungen führen, sowohl hier in der Umgebung als auch im Naturpark Drömling.«

»Aber wie wollen Sie das alles finanzieren?«

»Frau Gerstenknecht hat es mit juristischer Unterstützung geschafft, dass die Erbmassen Bornwasser, Heslich und Hollweg der Stiftung zugesprochen wurden. Somit gehört der Storchenkrug nun ebenfalls der von ihr gegründeten Stiftung. Sämtliche Gelder fließen zu hundert Prozent in den finanziellen Grundstock für die dringend notwendigen Modernisierungsmaßnahmen, die Anschaffung aller Lehrmittel und den Aufbau des Kursangebotes.«

»Unsere Zuschauer wird in dem Zusammenhang interessieren, Herr Seeger: Kann Frau Pallkötter nicht doch noch ihren Anspruch geltend machen?«

Seeger schüttelte den Kopf. »Die gesamte Erbmasse gehörte bei seinem Ableben Maximilian Hollweg. Frau Pallkötter ist als ...«, er räusperte sich, »Schuldige ... somit von der Erbfolge ausgeschlossen.«

»Was geschieht nun weiter mit der Angeklagten?«, erkundigte sich Pippa. »Frau Gerstenknecht kann ja leider vor Gericht nicht mehr als Augenzeugin aussagen.«

»Bei der Anzahl Beobachter, die beim Geständnis von Frau Pallkötter anwesend waren, sollte es keinen Zweifel an einer Verurteilung geben.«

»Das gilt für den Mordfall Hollweg, aber was ist mit dem Angriff auf Sie? Ich bin sicher, die Zuschauer würden gerne hören, was sich damals abspielte.«

»Das ist schnell erzählt.« Paul-Friedrich Seeger sah in die Kamera. »Gabriele Pallkötter erschien im Beobachtungsstand und gab vor, sich für Vogelbeobachtung zu interessieren. Sie bat mich, einen Blick auf meine Digitalkamera werfen zu dürfen, da sie sich eine ähnliche anschaffen wolle. Das verweigerte ich ihr mit der Begründung, es sei wichtiges Bildmaterial darauf.« Er runzelte die Stirn. »Mir waren an dem Tag bereits wunderbare Aufnahmen gelungen. Ich wollte verhindern, dass sie versehentlich gelöscht werden.«

»Frau Pallkötter schloss daraus, dass die Kamera für sie belastendes Material enthielt?«, fragte Pippa.

»Das nehme ich an«, bestätigte Seeger. »Ich versuchte, sie zu ignorieren, denn ich wollte gerade einen besonders prachtvollen Graureiher ablichten, während sie mir einen Vortrag darüber hielt, dass sie von ehemaligen Schutzbefohlenen verleumdet würde. Sie redete lauter und lauter, bis der Reiher schließlich davonflog. Ich wurde sehr wütend und fuhr sie an, dass ich nicht übel Lust hätte, sie zum Segen aller sofort hinter Gitter zu bringen. Dadurch hat sie sich erst recht bedroht gefühlt und wollte sich wehren, bevor sie überhaupt angegriffen wurde.«

»Wie schon bei Hollweg«, sagte Pippa.

Paul-Friedrich Seeger nickte. »Bevor ich begriff, was sie vorhatte, bückte sie sich nach einer losen Holzlatte – und schlug damit zu. Direkt auf Kopf und Schulter. Das Letzte, woran ich mich erinnere, ist, dass sie meine Taschen nach meinem Handy durchwühlte. Hartung und seine Männer haben es nach langem Suchen im Teich vor dem Beobachtungshaus wiedergefunden.« Er zuckte mit den Achseln und lächelte Pippa an. »Den Rest kennen Sie ja.«

Pippa erwiderte sein Lächeln. »In der Tat. Eine letzte Frage, Herr Seeger: Wie geht es Ihnen jetzt gesundheitlich?«

»Danke, ausgesprochen gut. Mein Diktiergerät, das ich gerade noch einschalten konnte, bevor ich das Bewusstsein verlor, hat mir tatsächlich das Leben gerettet.« Er sah sie anerkennend an. »Nur weil Sie, Frau Bolle, und im Folgenden auch Heinrich und Hartung derart schnell geschaltet und reagiert haben, kann ich heute hier neben Ihnen stehen. Und aus diesem Grund …« Er schlüpfte aus der Wachsjacke und hängte sie der überraschten Pippa über die Schultern, »habe ich hier auch ein kleines Dankeschön für meine Lebensretterin.«

Pippa strahlte vor Freude. »Wie lieb von Ihnen. Ich bedanke mich von ganzem Herzen, Herr Seeger, und wünsche Ihnen auch im Namen unserer Zuschauer alles Gute für die Zukunft. Ich persönlich hoffe, dass wir uns bald einmal wiedersehen, spätestens aber im Sommer, wenn ich für meine Kurse nach Storchwinkel komme. Und damit zurück zu Sebastian Brusche.«

»Ich habe elektrisierende Neuigkeiten, liebe Zuschauer«, rief Brusche enthusiastisch, »die aktuelle Hochrechnung zeigt: Die Samtgemeinde Storchendreieck hat seine erste Bürgermeisterin gewählt! Die Kandidatin Mandy Elise Klöppel hat das Rennen gemacht – und sie steht bereits neben mir.«

Die Kamera fuhr ein Stück zurück und erfasste eine glückstrahlende Mandy Klöppel.

»Ich danke allen Mitbürgerinnen und Mitbürgern für ihre großartige Unterstützung«, sagte Mandy. »Dies ist ein großer Tag für unsere junge Samtgemeinde Storchendreieck – und für mich. Ich werde versuchen, dem Vertrauen gerecht zu werden, das Sie alle heute in mich gesetzt haben. Auch ich werde von Zeit zu Zeit Politgirlanden aufhängen müssen – aber ich verspreche Ihnen: Sie bleiben bunt.«

»Mandy, was wird denn deine erste Amtshandlung als Bürgermeisterin des Storchendreiecks sein?«, fragte Brusche.

Mandy Klöppel lächelte. »Das Standesamt auf unserem gemeinsamen neuen Rathaus in Storchhenningen wird in Bälde eine höchst interessante Entscheidung zu fällen haben: die Eingabe von Melitta Wiek und ihrem Ehemann Severin Lüttmann. Ich werde meinen ganzen Einfluss geltend machen, damit ihre gemeinsame Tochter den Namen bekommt, den ihre Eltern sich wünschen und der ihr gebührt.«

»Dazu liegt uns eine kurze Einspielung vor«, sagte Brusche. »MAZ ab.«

Severin Lüttmann junior erklärte in ein Mikrophon: »Wir wollen für unsere Tochter den Namen Christabel Junior, das ist im Sinne der Gleichberechtigung nur recht und billig. Wir werden das durchkämpfen. Schließlich kennt man Beispiele: Niemand würde Rainer Maria Rilke seinen mittleren Namen streitig machen. Warum also nicht auch Christabel Junior Wiek-Lüttmann?«

»Wir wünschen unserer jüngsten Mitbürgerin und ihrer

Familie viel Erfolg bei diesem Bemühen und werden weiter berichten«, sagte Brusche, als er wieder im Bild war, und wandte sich dann wieder Mandy zu. »Herzliche Gratulation und vielen Dank an unsere neue Bürgermeisterin für ihr Kommen.«

Die Kamera fuhr wieder auf Sebastian Brusche zu, bis nur noch sein Gesicht zu sehen war.

»Liebe Zuschauer, lassen Sie mich diese Sendung mit den Worten des Mannes schließen, dessen *Lady Chatterley* Christabel Gerstenknechts Lieblingsbuch war und der, wie sie glaubte, jeden Tag seines Lebens feiern wollte, wie sie selbst es tat: David Herbert Lawrence. Ich möchte einen seiner Sätze modifizieren, dem alle Einwohner des Storchendreiecks aus vollstem Herzen zustimmen können und den Christabel zu ihrem Lebensmotto erkoren hatte: Ganz einerlei, wie viele Himmel eingestürzt sind – wir sollen leben.«

Er machte eine Pause, dann fuhr er fort: »In diesem Sinne, liebe Zuschauer, lassen Sie uns genau das tun, hier und heute in unserem wunderbaren Storchendreieck. Rund um den Dorfteich von Storchwinkel und im angrenzenden Gutshaus findet unter diesem Motto ab zwanzig Uhr eine von Christabel Gerstenknecht testamentarisch verfügte Party statt. Alle Zuschauer sind herzlich eingeladen, dort mit unserer neuen Bürgermeisterin ihren Sieg zu feiern. Und damit endet unsere Sondersendung zur Bürgermeisterwahl. Das waren Pippa Bolle und Sebastian Brusche für Ciconia TV. Wir bedanken uns für Ihr Interesse. Bis zum nächsten Mal.«

Scheunen Dank ook för all dütt!

In der Altmark scheint immer die Sonne – jedenfalls fühlte es sich in der Kindheit so an, wenn die Ferien kamen und endlich unbeschwerte Tage in der Altmark vor der Tür standen. Damals mussten langwierige Visaanträge gestellt sowie enge Interzonenzüge und unangenehme Grenzkontrollen in Kauf genommen werden, bis wir endlich bei Lieblingsonkel und -tante ankamen. Heute erinnert nur das Bahnhofsgebäude von Oebisfelde an die ewigen Wartezeiten und die Angst, zurückgeschickt zu werden, ohne »zu Hause« gewesen zu sein. Die kleine Bahn, die über den Mittellandkanal und durch den Drömling und winzige Dörfer zuckelte, spuckte uns regelmäßig in Kusey aus. Von dort legten wir die letzten Kilometer unter schattigen Alleebäumen zu Fuß zurück. Wenn endlich die verfallene Bockwindmühle hinter dem winzigen Hügel auftauchte, waren alle Unannehmlichkeiten vergessen – und die Sonne schien auf unsere private Idylle, bis es wieder Zeit für den Abschied war.

Die Landschaft und ihre Dörfer sind heute herausgeputzte Kleinode in jahrhundertealter Kulturlandschaft. Trotz seines hohen Himmels, der beeindruckenden Natur und der heimeligen Natursteinkirchen ist dieser lauschige Flecken in Deutschland dennoch nur wenig bekannt. Da blieb uns nur, dieses Schmuckstück entweder weiter ganz für uns allein zu beanspruchen – oder es von Pippa bereisen zu lassen und so zumindest einen winzigen Ausschnitt der Vielfalt zu beschreiben, die das Füllhorn der Altmark über dem Besucher ausschüttet. Dabei ist eines ganz besonders hervorzuheben: die hilfsbereiten, humorvollen Menschen, die sich auch bei widrigsten Umständen nicht unterkriegen lassen. Wer hier Freunde findet, hat sie für immer.

Mit Pippas viertem Abenteuer bedanken wir uns für unzählige Tassen Schokolade und dicke Scheiben Baumkuchen bei Freunden und Verwandten, die stets Zeit für uns haben, und bei allen anderen Menschen und Plätzen in dieser attraktiven Region, zu denen wir immer wieder nach Hause kommen dürfen.

Danke für die Inspiration zu diesem Buch, in dem so viel gemordet wird, obwohl gerade eure Landschaft doch so friedlich wirkt.

Wieder haben wir die Region, in der Pippa ermittelt, um ein unserer Geschichte entsprechendes Detail erweitert, aber wie immer wissen wir genau, welche Orte Pate standen und dass wir gerne viel öfter dort zu Besuch wären ... Wir verneigen uns vor dem Enthusiasmus und der Einsatzbereitschaft all der Menschen, die ihr Wissen über unsere thematischen Ideen für dieses Buch sowie über die alte Mark und ihre Bewohner mit uns teilten. Sollten sich trotzdem sachliche Fehler eingeschlichen haben, so gehen sie allein auf unser Konto.

Unser Dank richtet sich an:

... die Familien Wegner aus Hohenhenningen und Klein-Apenburg, die uns unermüdlich durch das Salzwedeler Land und den Drömling begleiteten und durch deren Verbindungen wir immer und überall willkommen waren. Bei Euch sein, *das ist immer was Genaues!*

... Irma Mügge, Muttersprachlerin des Altmärkischen, die geduldig die von uns gewünschten Sätze und Ausdrücke in eine Schreibweise packte, die alle Leser und Leserinnen verstehen können.

... das Freilichtmuseum Diesdorf. Wer dieses Kleinod nicht kennt: unbedingt hingehen! Hier bekommt man Einblicke in das Leben der Altmark jenseits von Handy und Hetze. Wir danken Herrn Friedhelm Heinecke, dem Leiter des Museums, und Herrn Hartmut Bock vom Verein Junge Archäologen der Altmark e. V. für die uns so freigebig geschenkte Zeit, Frau Ritter danken wir für ihre freundliche Vermittlung. Ganz besonders danken wir Herrn Manfred Heiser, dessen eindrucksvoll-gruselige Erklärungen in der Museumsmühle auf direktem Weg zu Eva Lüttmanns Tod in einer baugleichen Bockwindmühle führten. Sollten wir trotz seiner Gabe, anschaulich zu erläutern, Fehler gemacht haben, so gehen wir gerne noch einmal bei ihm in die Schule.

... das Polizeirevier Altmarkkreis Salzwedel und Kriminalhauptkommissar Semisch, der uns angesichts der Größe des Einsatzgebietes und der damit einhergehenden (Zeit-) Probleme Hochachtung abrang: ein Gebiet von der Ausdehnung des Saarlandes zu sichern, das jedoch nur die Hälfte der Straßenkilometer jenes Bundeslandes zu bieten hat, ist eine echte Herkulesaufgabe. Wer dabei noch so humorvoll und lehrreich bleibt wie Herr Semisch und seine Kollegen und so viel Zeit für uns erübrigt, verdient unseren Respekt. Unser persönlicher Liebling Kommissar Seeger ist ein Geschenk an Sie alle.

... Baumkuchen-Hennig in Salzwedel, wo wir von Frau Hennig, Maik Suske und Frau Paeseler sowie ihren Kollegen und Kolleginnen alles Wissenswerte über die Traditionen der Baumkuchenherstellung erfuhren. Um wirklich zu verstehen, »musste« von uns sehr viel von ihrem köstlichen Baumkuchen probiert werden. Das war Recherche ganz nach unserem Geschmack!

… Herrn Albert Schulz, der uns mit seinem schönen Gutshof in Umfelde zu Christabels Anwesen inspirierte.

… die Süßmost- und Weinkellerei Diesdorf und Stefan Schulz, der es sich mitten im Hochbetrieb nicht nehmen ließ, mit uns seine köstlichen Erzeugnisse durchzuprobieren und uns die Anlage zu zeigen. Die Erkenntnis, dass es einen Platz in unserem Lande gibt, an dem tatsächlich Cider hergestellt wird, der sich mit unserem britischen Lieblingsgetränk messen kann, war eine große Freude – wir hoffen, es kommt nie zu Lieferengpässen.

… an die Happy Trails Kennels in Big Lake, Alaska, und jeden Einzelnen der agilen Schlittenhunde sowie an ihren Züchter Martin Buser, dessen Erklärungen und langjährige Erfahrungen schließlich zur Auflösungsszene dieses Buches führten. Wir kommen gerne jederzeit wieder – schon allein, um die Hunde im Hamsterrad laufen zu sehen. Bis dahin werden wir die Übertragung des Iditarod-Rennens am Computer verfolgen. Many happy trails!

… die Gartenzwergemanufaktur aus Hünstetten-Beuerbach und Frau Keil, die unser Wissen rund um die kleinen Kerle hilfsbereit vervollständigte und auf unsere mörderischen Ideen mit Humor reagierte. Wir wünschen weiterhin allzeit 100 % Zwergen-Power!

… den Storchenvater Ulrich Blum aus dem deutschen Storchendorf Rühstädt an der Elbe, der unsere Begeisterung für die *Ciconiidae* weckte und weder Zeit noch Mühen scheute, uns in ihre Geheimnisse einzuweihen. Rühstädt ist ein Paradies: für Vögel *und* Besucher!

… Ina Finger, der kein Weg zu weit und kein Wetter zu schlecht war, um zu Storchennestern hinaufzuklettern, und der wir trotz Schnee und Eis eine nicht nur unterhaltsame, sondern auch sichere Außenrecherche in Rühstädt verdanken.

... den Wirt des Landgasthauses Storchenkrug in Rühstädt, Rainer Neumann, der uns das perfekte Zimmer mit Ausblick auf ein Storchennest anbot. Aus eigener akustischer Erfahrung verstehen wir jetzt, warum die Bezeichnung »Klapper«-Storch passend gewählt ist.

... Frau Katrin Behr von der UOKG (Beratungsstelle für Betroffene von DDR-Zwangsadoptionen), deren Einsatz für die Menschen, die sie brauchen, um ihre wahre Identität leben zu können, nicht hoch genug einzuschätzen ist. Uns haben die Gespräche mit ihr berührt, und ihr Buch über ihre Erlebnisse haben wir verschlungen. Wir hoffen, dass ihre Arbeit weiterhin unterstützt wird und viele Menschen bei ihr und ihren Kollegen Hilfe finden.

... die Königliche Porzellan-Manufaktur (KPM) Berlin und besonders Frau Christine Mangold für die freundliche Genehmigung, den Namen ihres traditionsreichen Unternehmens in unserem Krimi verwenden zu dürfen. Florian Wiek hat uns nur Gutes über sein Praktikum erzählt!

... die unermüdlichen Testleser, die mit uns ins Storchendreieck reisten und fleißig die Kuckuckseier aus dem Storchennest suchten: die drei Martinas von Hamburg bis Masaya, Anett aus Potsdam, Anke aus Mainz und Sabine, Gerdi, Claudia und Ludwig aus Wiesbaden sowie Kirsten aus Wilhelmshaven. Und natürlich unsere neuen Unterstützer Marion, Ole und Gudrun. Wenn Ihr mögt: Band 5 wartet auf Euch!

... Frau Julia Wagner vom Ullstein Verlag, die uns durch ihren Glauben an die Reihe zu immer neuen Abenteuern unserer Pippa beflügelt und akzeptiert, wenn unsere Ideen Zipfelmützen tragen oder Nonnenfürzchen futtern.

... unsere Agentin Margit Schönberger, die uns mehr wert ist als alles Geld der Welt. Wir wissen nie, wie wir unsere Dankbarkeit ihr gegenüber wirklich ausdrücken können. Also schreiben wir in jedes Buch ein heimliches Schmankerl nur für sie – und sie findet es immer heraus.

… Uta Rupprecht, unsere verständnisvolle Lektorin, die uns sorgfältig und mit der nötigen Portion Humor bereits zum vierten Mal durch Pippas Universum begleitete.

… an alle, die uns mit viel Geduld ertragen, wenn wir wieder einmal ganz in Pippas Welt abtauchen, besonders Kirsten und Jürgen, ohne deren Rückendeckung Pippa nicht denkbar ist …

Wie gout, dat wej nu all wedder tusame' hore.
Wie gut, dass wir jetzt alle wieder zusammengehören.

Auerbach & Keller
Unter allen Beeten ist Ruh'

Ein Schrebergarten-Krimi
ISBN 978-3-548-61037-5

Pippa Bolle hat die Nase voll von ihrer verrückten Berliner Familien-WG und bietet ihre Dienste als Haushüterin in der beschaulichen Kleingartenkolonie auf der Insel Schreberwerder an. Das Paradies für jeden Großstädter! Bienen summen, Vögel zwitschern, das Havelwasser plätschert. Doch die Ruhe trügt: Nachbarn streiten sich um Grundstücke, ein Unternehmer träumt vom großen Coup. Und dann gibt es auch schon die erste Tote ...
Miss Marple war gestern: Jetzt ermittelt Pippa Bolle in ihrem ersten Fall!

List

www.list-taschenbuch.de

Auerbach & Keller
Tote Fische beißen nicht

Ein neuer Fall für Pippa Bolle
ISBN 978-3-548-61089-4

Pippa Bolle wähnt sich im Glück: Sie soll in Südfrankreich die Renovierung eines Sommerhauses überwachen. In einem Anglerparadies bei Toulouse bezieht Pippa eine Ferienwohnung, die Pascal, Koch der Hôtellerie au Vent Fou, ihr unentgeltlich zur Verfügung stellt – nicht ohne Hintergedanken. Als dann auch noch der Berliner Anglerclub »Kiemenkerle e. V.« zum großen Wettangeln anreist, ist es mit der Ruhe vorbei: Denn plötzlich hängt kein Fisch am Haken, sondern eine Leiche. Und schon befindet sich Pippa, Detektivin wider Willen, in einem neuen Fall.

www.list-taschenbuch.de

List

Camilla Läckberg
MEERJUNGFRAU
Kriminalroman

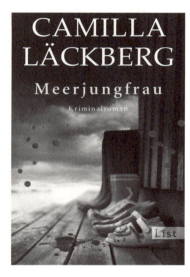

**SPIEGEL-
BESTSELLER**

ISBN 978-3-548-61126-6

Ein Strauß weißer Lilien, ein Drohbrief, ein Unbekannter dringt nachts in sein Haus ein und beschmiert die Kinder mit blutroter Farbe: Christian Thydell, der beliebte Bibliothekar von Fjällbacka, wird erpresst. Die Situation eskaliert, als Christians Freund Magnus tot im Meer gefunden wird. Kommissar Patrik Hedström vermutet ein Familiendrama. Doch erst seine Frau, die Schriftstellerin Erica Falck, entdeckt das schreckliche Geheimnis der Meerjungfrau.

www.list-taschenbuch.de

Inge Löhnig
VERFLUCHT SEIST DU
Kriminalroman

»Ein Muss für alle Fans von packenden Ermittlerkrimis.«

Sebastian Fitzek

ISBN 978-3-548-61123-5

Der Selbstmord einer jungen Frau erschüttert München. Aber war es überhaupt Selbstmord?
Warum wird ein Freund der Toten kurz darauf heimtückisch ermordet?
Kommissar Dühnfort und sein Team folgen der blutigen Spur eines Mörders und verstricken sich dabei in einem Netz aus Lügen, Verrat und Eifersucht.

www.list-taschenbuch.de